Franck Thilliez

Né en 1973 à Annecy, Franck Thilliez, ancien ingénieur en nouvelles technologies, vit actuellement dans le Pas-de-Calais. Il est l'auteur de *Train d'enfer pour Ange rouge* (2003), *La Chambre des morts* (2005), *Deuils de miel* (2006), *La Forêt des ombres* (2006), *La Mémoire fantôme* (2007), *L'Anneau de Moebius* (2008) et *Fractures* (2009). *La Chambre des morts*, adaptée au cinéma en 2007, a reçu le prix des lecteurs Quais du Polar 2006 et le prix SNCF du polar français 2007.

Plus récemment, Franck Thilliez a écrit *Le Syndrome [E]* (2010), *[GATACA]* (2011) et *Atom[ka]* (2012) – trois enquêtes réunissant à nouveau Franck Sharko et Lucie Henebelle – ainsi que *Vertige* (2011), *Puzzle* (2013), *[Angor]* (2014), *Pandemia* (2015) et son dernier roman, *REVƎЯ* (2016), tous parus chez Fleuve Éditions. En 2016, Franck Thillicz publie également une nouvelle illustrée à l'initiative du Palais de Tokyo dans le cadre de l'exposition « Double Je ».

L'ensemble de ses titres, salués par la critique, se sont classés à leur sortie dans la liste des meilleures ventes.

Retrouvez l'auteur sur sa page Facebook :
https://fr-fr.facebook.com/Franck.Thilliez.Officiel

DU MÊME AUTEUR
CHEZ POCKET

TRAIN D'ENFER POUR ANGE ROUGE
DEUILS DE MIEL
LA CHAMBRE DES MORTS
LA FORÊT DES OMBRES
LA MÉMOIRE FANTÔME
L'ANNEAU DE MOEBIUS
FRACTURES
LE SYNDROME [E]
[GATACA]
VERTIGE
ATOM[KA]
PUZZLE
[ANGOR]
PANDEMIA

TRAIN D'ENFER POUR ANGE ROUGE / DEUILS DE MIEL
(en un seul volume)

LA CHAMBRE DES MORTS / LA MÉMOIRE FANTÔME
(en un seul volume)

LE SYNDROME [E] / [GATACA] / ATOM[KA]
(en un seul volume)

LA FORÊT DES OMBRES / L'ANNEAU DE MOEBIUS
(en un seul volume)

L'ENCRE ET LE SANG
avec Laurent Scalese

FRANCK THILLIEZ

LA FORÊT DES OMBRES

—

L'ANNEAU DE MOEBIUS

POCKET

MIXTE
Papier issu de sources responsables
FSC® C003309
www.fsc.org

Pocket, une marque d'Univers Poche,
est un éditeur qui s'engage pour la préservation
de son environnement et qui utilise du papier fabriqué
à partir de bois provenant de forêts gérées
de manière responsable.

ISBN : 978-2-266-27195-0

Sommaire

LA FORÊT DES OMBRES

À cet ange lointain, tout là-haut,
qui m'accompagne...

Pas d'aile, pas d'oiseau, pas de vent, mais la nuit,
Rien que le battement d'une absence de bruit.

Eugène Guillevic, *Sphère*

1

La femme fracassa le test de grossesse contre une poutre du grenier.

Résultat positif. Son monde s'écroulait.

Tête baissée, pieds nus, elle errait sur le plancher, s'écorchant les talons sur des échardes. Peu importait le sang. La douleur était ailleurs.

Trahison.

Le vent hurlait sous les tuiles du toit, les flammes des bougies s'essoufflaient avant de s'étirer plus fines, happant les reflux d'oxygène. Sous les tourbillons invisibles, une lettre parfumée, lacérée à coups de ciseaux, sur une vieille table en bois. Une lettre d'amour. La soixante-troisième qu'elle lui écrivait. Celle-là, il ne la recevrait jamais. Pas après cet affront. Non, non, jamais !

Son regard tomba sur le test usagé, sa rage décupla encore.

Des bruissements d'ailes emplissaient le grenier. Une colombe s'agitait frénétiquement sous un couvercle. Dans moins d'une heure, elle serait morte, par manque d'air. Derrière la fenêtre, la nuit déroulait ses spectres filiformes, le givre s'accrochait aux vitres en étoiles translucides.

Les pupilles noires contemplèrent un temps le mouvement des nuages. Au loin, le tas gris des habitations… Rouen.

La femme serra le poing. Dans l'orage de ses traits se lisait l'histoire de ce que nous avons toujours été : des prédateurs. Quand ses membres impatients se départirent quelque peu de leur nervosité, elle s'installa auprès de la table et déversa sur une feuille vierge :

Tu es aveugle. Elle se sert de toi. Alors un gosse ne suffisait pas ? Il fallait remettre ça et l'engrosser ? Pourquoi ? Pour t'éloigner de moi ? Ne te laisse pas faire. Nos sangs sont mêlés, personne n'y pourra rien, même pas elle.

Les tremblements agitaient à nouveau l'extrémité de ses doigts squelettiques. La mine du stylo bondissait d'une ligne à l'autre, pareille à un sismographe déréglé.

Ses ongles crissèrent sur le bois et vinrent effleurer le canon d'un revolver.

Je ne sais pas si je vais encore t'écrire.

Tu n'es pas à la hauteur. Prends mon silence comme une punition.

À mon tour de te faire souffrir. En t'ignorant.

Miss Hyde

Le stylo explosa contre la charpente. La lettre fut pliée sans soin, puis enfoncée au fond d'une boîte bien trop volumineuse pour cette poignée de mots.

Il y manquait encore quelque chose.

Cette colombe, achetée dans une animalerie.

La femme se précipita au rez-de-chaussée, l'oiseau de paix serré entre ses mains furieuses. Aucune porte à pousser pour traverser les pièces obscures, elle les avait toutes ôtées, méticuleusement, les unes après les autres.

L'ombre glissa devant un miroir, puis revint, à reculons, abandonnant sous ses pas les traces sanglantes de ses talons abîmés.

Elle fixa alors la trotteuse de sa montre et porta le volatile à hauteur de son nez.

— Si tu clignes sept, non, huit fois des yeux en moins de dix secondes, c'est que David m'aime à la folie. Sept fois, il m'aime, mais un peu moins. Ne descends pas en dessous de six, OK ?

Et elle compta, pressant la pauvre bête de plus en plus fort. Des piaillements s'élevèrent jusque dans les combles.

— Cligne des yeux, putain de bestiole !

L'oiseau sursauta une dernière fois.

Face à l'échec, la femme essaya de trouver des excuses. Ce pari-là n'était pas valable, elle en avait déjà fait un autre dans l'heure, perdu lui aussi. On ne peut pas réaliser deux paris trop rapprochés ! Bien sûr !

Elle considéra le miroir. Derrière elle, punaisé au mur, un article de journal agrandi à taille humaine : David… De près, qualité exécrable, malgré la retouche informatique de chaque pixel du visage, mais de loin, en tamisant la lumière… la subtile illusion que David l'enlaçait. Souvent, elle se pâmait là, dans le flux des heures blanches, à disséquer leur couple dans la glace. Ils formaient un duo tellement parfait. Si seulement sa sale garce de femme…

Elle pensait constamment à eux. Dans son lit, dans son bain, et même au théâtre, sous les traits des personnages qu'elle interprétait. David avait arrosé sa vie de soleil, comme tant d'autres auparavant. Eux n'étaient plus que poussière. Mais lui… Il était différent. Un homme bien, instruit et intelligent. Il lui avait écrit des mots si profonds, si touchants ! Il l'aimait. Il l'aimait vraiment.

Soudain attendrie, elle faillit lui pardonner et déchirer la lettre. Après tout, il avait probablement engrossé la garce avant leur première rencontre par e-mails interposés. Comment pouvait-il savoir ?

Ses doigts ne tremblaient plus. Tout allait bien. Oui. Du calme. Juste souffler un bon coup.

Le miroir, face à elle. David, David, David, là, tout près.

Peut-être faudrait-il enfin se soumettre à son regard. Se rendre à Paris et le rencontrer, pour de vrai, sans se cacher cette fois. Voir ses yeux noirs plonger en elle. Sentir ses mains la caresser…

Elle secoua la tête, ses mâchoires se crispèrent. Tout cela n'aurait pas lieu. Demain, très tôt, prendre à nouveau la route pour la capitale. Et livrer à David et Cathy Miller une surprise de taille.

2

Dans l'intimité du petit matin, David Miller remonta d'un doigt délicat la chemise de nuit de Marguerite, trois fois plus âgée que lui. Il ne la connaissait pas et il n'y aurait jamais entre eux que cette ultime fusion charnelle. Puis il disparaîtrait comme il était arrivé, dans le courant d'air de janvier. Deux heures de communion parfaite. À la vie, à la mort…

Allongée sur le lit, Marguerite dégageait une agréable odeur d'eau de Cologne. Un peu en retrait, dans cette chambre étroite, son mari les observait, David et elle, l'œil triste. Bien plus jeune, lui aussi. Quoique… Ces photographies cornées ne devaient pas dater d'hier…

Tout en enfilant ses gants et sa blouse par-dessus son costume sombre, David examinait le corps de la défunte. Il ne releva ni traces de perfusion, ni escarres. Les lividités sur l'oreille gauche s'estompèrent d'une simple pression du pouce. Sa température, encore élevée, augurait un travail facile. Tant mieux. Contrairement à Gisèle, une collègue un peu hargneuse du scalpel, David abhorrait les complications, surtout pour son premier défunt de la journée.

Il désinfecta le nez, la bouche, avant de mettre en place les paupières, puis les lèvres. Trouver le sourire juste était la plus grande difficulté de ce métier. Éviter l'artificiel, l'exagéré. Résumer tout ce qu'elle avait été par la position de deux morceaux de chair blanchie. Jamais évident, même après sept années de pratique et pas loin de cinq mille cadavres traités.

À présent, il allait attaquer ce qu'il ne racontait jamais. Il incisa précisément au creux du cou, de gauche à droite, parvint à extraire l'artère carotide et la veine jugulaire du même roulement habile des phalanges. L'une par laquelle il injecterait dix litres de solution artérielle, l'autre servant à refouler les fluides corporels. Une vidange, une purge, une absolution.

Avec l'expérience, il avait appris à paralléliser les tâches et, ainsi, à raccourcir le délai des soins de conservation. Ce qui lui permettait, au terme de ses longues journées – il rentrait rarement avant vingt et une heures, embouteillages obligent –, de traiter un défunt de plus. Financièrement, avec une femme au chômage et une enfant en bas âge, ces quinze euros supplémentaires n'étaient pas à négliger.

Avec une attention particulière, il coupa les ongles bien à ras, étala une crème hydratante sur les mains, tandis que les liquides circulaient dans les tuyaux transparents. Après avoir ôté son gant droit, il caressa le front plissé du dos de la main et, étrangement, ne ressentit pas le froid cadavérique. Il aurait tant aimé la connaître, elle, les autres. Juste discuter un peu, partager ne serait-ce qu'un sourire ou une tasse de café. Se présenter, tout au moins. « Salut, moi c'est David. Et vous ? »

Croiser tant de monde, et ne connaître personne. Juste un embaumeur, comme on l'appelait. « L'embaumeur » ou, pire, « Le croque-mort ».

Avant de recoudre, il termina par l'injection d'un astringent.

Plus que les formateurs, c'était Cathy, sa femme, qui lui avait appris à maquiller un visage. « David, ou l'art de transformer un visage en carrière de craie ! » avait-elle plaisanté la première fois où il s'était exercé sur elle, avant son examen d'admission. Pourtant, il avait fait du maquillage un précieux atout. Étaler les crèmes, poudrer les pommettes, redonner aux lèvres leur couleur…

S'appliquer, du mieux possible. Car s'il y avait une image qui rayonnerait de Marguerite, plus précise que les autres dans la mémoire de ses proches, ce serait celle-là. Une vieille dame qui dort paisiblement.

David ouvrit la fenêtre. Le froid cinglant s'engouffra dans la pièce. La nuit reculait sur le manteau de brouillard, laissant présager une journée mortelle. « Encore une belle brochette d'accidentés en perspective », songea-t-il dans un soupir. Les blessés ou les autopsiés étaient ce qu'il redoutait le plus. Il détestait les puzzles. Et puis, comment affronter les pupilles vitreuses et stupéfiées d'un enfant déchiqueté ?

Adorer et détester son art. Triste antagonisme.

David referma avant de jeter un œil sur sa montre. Plus de huit heures, Cathy n'avait toujours pas appelé. Peut-être n'y aurait-il pas de lettre, ce matin.

Ces courriers anonymes qui inondaient leur boîte aux lettres, « David & Cathy Miller », depuis presque un mois. Malgré lui, il ne cessait d'y songer.

Il rangea le matériel et les bocaux de déchets organiques dans ses deux valises en aluminium. Les relents de formaldéhyde – une véritable puanteur pour les non-initiés – s'étaient en partie dissipés. Marguerite serrait son chapelet en bois entre ses mains jointes, elle paraissait en paix, dans sa robe la plus élégante. Belle comme un sou neuf. Sa fille pouvait entrer.

— Je dois encore lui brosser les cheveux, mais vous pouvez le faire, si vous le souhaitez, murmura-t-il sur le ton du respect.

La femme s'emmitoufla dans son gilet, avec un léger mouvement de repli. Puis elle s'avança vers sa mère. David perçut le voile intime du soulagement derrière les larmes, certificat d'un travail bien fait. Il aurait préféré un pourboire, mais bon, un mot, un regard, un sourire discret, ça pouvait suffire. Et puis, de l'argent dans un instant si grave… Il faut savoir rester digne… professionnel…

— On dirait qu'elle s'est assoupie, finit-elle par chuchoter, saisissant la brosse avec douceur.

David se pencha et accompagna son geste. Il fallait toujours aider un peu, au début. Approcher un défunt n'est jamais facile, l'effleurer, moins encore. Puis les mouvements revenaient d'eux-mêmes. Dernier échange entre une mère et sa fille. Peut-être le moment le plus intime et émouvant de toute une vie.

Une fois à l'extérieur, David s'empara de son portable pour appeler Cathy. Il voulait savoir. Qu'est-ce que Miss Hyde allait encore inventer dans sa prochaine lettre ? Lui joindrait-elle un billet pour qu'il se rende à une pièce de théâtre « en pensant à moi » ? La photographie d'un coucher de soleil, « une destination où nous irons un jour ensemble » ? Ou alors, comme souvent, simplement des menaces ?

Finalement, il se ravisa. Mentionner ces lettres mettrait à nouveau le feu aux poudres. Ces derniers temps, Cathy était à fleur de peau, une véritable anguille électrique, proche et fuyante à la fois. Glissante, dès qu'il l'enlaçait. Depuis combien de temps n'avaient-ils pas fait l'amour ?

Tout compte fait, prévenir la police n'était peut-être pas une mauvaise idée. Histoire de crever l'abcès.

Aujourd'hui, Miss Hyde ne l'impressionnait pas. À vrai dire, elle ne l'avait jamais impressionné, mais elle l'intriguait. À l'élégance de sa plume, il l'imaginait plutôt mûre, cependant ses mots brûlaient d'une fougue adolescente. Jamais elle ne parlait d'elle, toujours d'eux. Curieuse créature. Un bon personnage de roman, en tout cas.

David remonta le col de sa veste polaire, enfouit son nez dans son écharpe et s'enfonça dans les épaisseurs obscures. Un bail qu'il n'avait pas erré dans ce coin du 19e, sur les pavés de la butte Beauregard, dans ce tissage étroit de constructions étagées aux toitures écrasées par la brume. Un endroit intéressant pour un prochain thriller, qui sait ? Une terre à l'histoire ensanglantée, truffée de galeries souterraines. Pas une âme dans ces boyaux escarpés. Oui, une idée pas si stupide. Des kilomètres de tunnels se jetant dans une carrière de plâtre. Facile d'y cacher l'antre d'un psychopathe, d'y sceller de folles atrocités. Tout un programme pour Jack Frost, son flic de plume.

Car David écrivait. Quand il ne recousait pas, quand il ne dormait pas, quand il ne s'écroulait pas de fatigue, il écrivait.

Au bout de la rue de Compans, il marqua une pause. Sa gorge sifflait, le manque de sport sûrement. Tant d'années de tennis pour finir sans même avoir le temps de courir une demi-heure par semaine…

Heureusement, il ne s'en sortait pas trop mal, côté silhouette. À trente ans, David avait gardé un physique d'adolescent, avec ses iris et ses cheveux d'un noir éclatant, ses dents bien plantées. Son front droit, par contre, cultivait ses premiers sillons, mais il ne s'en souciait absolument pas. On finit tous par y passer, crèmes antirides ou pas. Et il le savait mieux que quiconque.

Ce fut au moment de repartir qu'il la remarqua, juste à l'angle de la rue. L'énorme BMW aux vitres teintées.

Elle lui arracha un ressac d'adrénaline. Trop grande coïncidence… David était sûr de l'avoir déjà repérée hier, garée en bas de chez lui. Et aujourd'hui, à trente kilomètres de là…

Il devait passer devant pour récupérer son épave.

Il avança au milieu de la rue, ralentit le pas, puis accéléra à nouveau.

Alors, une masse gigantesque jaillit de l'habitacle et se précipita dans sa direction.

3

Enroulée dans un châle à grosses mailles, Cathy Miller courut jusqu'à sa boîte aux lettres. Une heure déjà qu'elle patientait à la fenêtre de son petit pavillon de banlieue, à guetter le facteur.

En général, depuis le début du mois, Miss Hyde leur envoyait deux lettres par jour. L'une écrite aux alentours

de vingt-deux heures, la seconde bien plus tard, dans les replis de la nuit. À croire que la folle qui rédigeait ces âneries, prenant toujours soin d'y noter les heures et les minutes, ne dormait jamais. Quant à la fragrance qui berçait ces phrases absurdes, elle provenait du meilleur cru. Du Chanel n° 5, Cathy en aurait mis sa main à couper.

Un peu de parfum, quelques mots d'amour adressés à son mari suffisaient à lui gâcher la journée. Et savoir qu'une inconnue se masturbait dans son bain de mousse en pensant à David lui donnait l'envie de tout casser.

Elle fit défiler la pile de courrier sous son nez. Pas d'odeur. Malgré le froid mordant, la jeune femme ne put s'empêcher de le dépouiller, en remontant lentement l'allée du jardinet. Factures, réponses négatives aux annonces d'assistante médicale auxquelles elle postulait… D'un autre côté, pas de missives de l'illuminée. Aberrant d'en arriver à se réjouir devant tant de mauvaises nouvelles, quand même !

Elle fila à l'étage pour contrôler les e-mails de David. Elle cliqua sur le bouton « Recevoir », inlassablement, certaine que, d'un instant à l'autre, une déclaration enflammée ou un poème allait apparaître. Mais toujours rien. Alors il faudrait revenir, dans une heure, puis vérifier, encore et encore. Ça devenait réellement insupportable.

Siméon, l'un des deux chats qu'elle avait arrachés des cages de la SPA, se faufila entre ses jambes alors qu'elle entrait dans le salon. Il serrait un oiseau mort dans sa gueule.

— Viens donc ici ! Sale bête !

Il déguerpit. Elle le traqua jusqu'à ce que la trappe de la porte d'entrée émette ce tintement qui amusait la petite Clara. Cathy répondit à sa fille par un sourire forcé, son cœur n'était pas à la fête. Car, même si le calvaire des lettres cessait, restait le second abcès à percer.

Ce machin, qui tissait sa toile dans son utérus.

Elle sortit Clara de son parc et la pressa sur sa poitrine, comme le dernier rempart contre sa détresse.

— Oh ! Ma chérie ! Si seulement tout pouvait être à refaire…

Face au regard de l'enfant, Cathy serra les dents pour ne pas pleurer. Non, elle ne craquerait pas. Elle n'avait jamais racheté ni ses erreurs ni ses défaites avec des larmes.

Elle reposa sa fille et lui caressa la nuque, tendrement. Elle allait devoir affronter une terrible épreuve, seule. L'ultime punition pour ses faiblesses passées.

Arracher cet embryon de son organisme.

Son deuxième rendez-vous à l'hôpital était dans une heure. La première fois, elle y avait signé son consentement pour l'avortement. Il avait alors fallu attendre huit jours, huit longs jours. Pire qu'une torture. Ce matin, on lui administrerait de la Mifépristone, qui détacherait l'embryon et amorcerait la dilatation du col. Puis elle recommencerait, samedi très tôt, avec des comprimés de Misoprostol. Dans quarante-huit heures, elle l'expulserait de son corps, dans l'anonymat d'une chambre d'hôpital. Sans que David ne le sache jamais.

Elle habilla chaudement la petite, l'emmitoufla dans une écharpe avant de plonger elle-même dans une longue veste en daim. Si quelqu'un téléphonait, elle prétendrait être allée proposer son aide au refuge de la SPA. Son abri à elle, en définitive, contre ses irrépressibles envies de se jeter sur le réfrigérateur et d'y dévorer tout ce qui s'y empilait. Loin, très loin de la sportive svelte et acharnée d'autrefois.

Elle cherchait les clés de la vieille Ford quand on frappa avec insistance à la porte.

— Deux secondes !

Elle empoigna Clara.

Un enfant, sur le pas de porte. Le petit Jérémie, le fils des voisins.

— Oui ?

Il lui tendit un paquet-cadeau.

— C'est pour vous.

— Comment ça ?

— Ben oui ! C'est une dame qui m'a dit de vous l'apporter. Elle m'a même donné dix euros !

Cathy lâcha brusquement sa fille et s'élança à l'extérieur. Rien, hormis le tissu terne du brouillard.

— Qui ! Qui t'a donné ça ?

— Ben… Une femme, je vous ai dit. Enfin, j'crois. Elle est vite partie. Excusez-moi m'dame, mais je dois y aller !

Cathy claqua la porte, rouge de rage.

Ainsi rien n'était fini. Après les lettres, les cadeaux. Et cette teigne se déplaçait, en plus ! De Rouen ! De Rouen pour amener un cadeau à son mari ! Si seulement elle pouvait l'avoir là, à portée de poings ! Sûr que l'autre passerait les trois minutes les plus longues de sa vie.

— Attends-toi à une petite surprise, toi aussi, maugréa-t-elle, plaquant sa paume à plat sur le colis.

Cette fois, c'était décidé, elle irait au front. Tout déballer à la police. Cet après-midi…

Le papier-cadeau fut réduit en lambeaux.

Une enveloppe, une boîte en carton. Cathy souleva le couvercle.

L'horreur eut pour unique expression le cri qui émergea de sa gorge. Elle s'écroula sur une chaise.

Clara, tétine au bec, sursauta.

Cathy se releva lentement, se pencha au-dessus du carton.

Du sang.

Des coulées pourpres coagulaient sur la poitrine d'une colombe. Le regard de Cathy s'assombrit, l'éclat précieux de ses iris vira au vert-noir.

Un test de grossesse était enfoncé dans l'anus de l'oiseau.

La sonnerie du téléphone la fit tressaillir. Elle ne bougea pas, paralysée sur sa chaise, presque KO, tandis que Clara tirait sur le nœud de son bonnet Oui-Oui, criant des « Maman, téléphone ! Maman, téléphone ! ».

Cathy ignora les sonneries, sa fille. Direction le jardin. Tout tournait. Ce test… Était-il possible que… « Oh non, faites que ce ne soit pas ça ! Ce n'est pas possible ! » Elle rapporta la poubelle à l'intérieur, plongea le nez dans les odeurs écœurantes tout en repoussant Clara, qui se mit à pleurer. Le test. Il fallait retrouver ce foutu test, enroulé dans trois feuilles de papier journal, elles-mêmes enfoncées dans une vieille boîte à chaussures. Comment aurait-on pu…

Les ordures sur le carrelage. Lait, graisses, sauces.

Pas de boîte à chaussures.

Accroupie au milieu des déchets, Cathy peinait à retrouver son souffle.

On venait de la violer. De la manière la plus brutale qu'il soit, en inspectant ses détritus. Avec une minutie de prédateur.

Son secret, un morceau d'elle-même, dans les bras d'une folle.

Cathy tira sur son écharpe, jeta son bonnet, arracha presque les boutons de sa veste. Hermétique aux cris de son enfant, elle extirpa de sa poche un pilulier et avala un demi-cachet de Lexomil. Dans quelques minutes, tout irait mieux. Ses mains tremblaient si fort.

Que faire ? Que faire ? Le rendez-vous à l'hôpital. Déposer Clara chez sa grand-mère. Remettre les ordures dans la poubelle. Se débarrasser du paquet ensanglanté. L'autre savait, mon Dieu, l'autre savait ! Elle ouvrit l'enveloppe :

Alors un gosse ne suffisait pas ? Il fallait remettre ça et l'engrosser ?

Tu n'es pas à la hauteur. Prends mon silence comme une punition...

À mon tour de te faire souffrir. En t'ignorant...

Cathy se plia en deux. La nausée revenait, sa tête tournait.

— Tais-toi, Clara, merde !

Réfléchir... Chiffonner le papier en boule, le jeter dans la cheminée avec la boîte en carton. Des allumettes maintenant. De l'alcool à brûler. Tout faire disparaître. Ces horreurs.

Le feu gonfla dans une large effluence d'ambre. Cathy y plaça trois bûches, qui craquèrent à la rencontre du brasier. Au retour, il n'y aurait plus que des cendres à ramasser. Ombre et poussière...

Face à la ronde des flammes, la jeune femme se prit la tête dans les mains. « Un bilan... Un bilan, vite ! »

Primo... Miss Hyde... Miss Hyde pensait que le bébé était de David. Évidemment... Comment aurait-elle deviné qu'il ne pouvait pas avoir d'enfant naturellement ? Trop peu de spermatozoïdes, Clara était arrivée par insémination artificielle, avec du sperme enrichi. Cette Miss Hyde, qui avait connu David à un salon du livre, le mois dernier, ignorait donc la réalité de leur histoire.

Secundo, et peut-être le seul point positif de ce cauchemar, la folle avait décidé de ne plus écrire. Tu parles d'une bonne nouvelle ! Pour combien de temps ? Et si elle se remettait à envoyer des e-mails, des courriers, dévoilant son secret, sa grossesse ? Elle le ferait, c'était sûr ! Et David finirait bien par découvrir qu'elle, Cathy Miller, avait couché avec son meilleur ami.

C'était il y a six semaines. Six longues semaines à s'emmurer dans le mensonge…

Le téléphone sonna à nouveau. Sa mère.

— Je sais, tu attends !… Oui, je serai prudente… Mais non, je ne suis pas bizarre ! Arrête, tu m'énerves ! Mais j'entends bien que Clara est en train de pleurer ! Je… J'arrive, maman !

Détritus dans la poubelle, passage de serpillière. Cathy aperçut son reflet dans le miroir. Ses si jolis yeux, métamorphosés en deux pierres mortes. Et ses lèvres, sèches, si sèches.

À présent, il était hors de question de prévenir la police. Bien trop dangereux. Parce que, évidemment, la cinglée raconterait tout, y compris cette histoire de test de grossesse…

Elle était piégée, condamnée à se calquer sur le cycle des tournées postales, à essayer de contrer les moyens que la névrosée inventerait pour éperonner leur couple.

Le duel psychologique commençait.

Elle décrocha le combiné et exigea la fermeture immédiate de leur messagerie électronique. Impossible sans envoyer un recommandé. Que faire ? Abandonnant Clara à ses pleurs, elle fila à l'étage, démonta le modem ADSL, fit sauter un composant minuscule avec un tournevis avant de revisser minutieusement le tout.

« Connexion impossible. » Le temps que David reçoive un nouveau modem, ça demanderait des jours. Une solution temporaire, pas définitive. Juste de quoi sortir la tête des cordes.

Son acte la répugnait, mais elle ferait tout pour préserver son couple. Parce qu'elle l'aimait, David. Elle l'aimait à tout rompre.

Avant de partir, elle avala un comprimé de Primperan. Un comble, elle avait les grossesses ultra-mauvaises. Des grossesses ponctuées de vomissements et de suées.

Elle prit Clara dans ses bras et referma la porte derrière elle. Une nuit, sûrement, Miss Hyde avait franchi le portail pour se cacher dans son jardin. Les avait-elle observés, tapie dans l'ombre, pareille à une veuve noire guettant sa proie ? Depuis combien de temps cela durait-il ? Jusqu'où irait la passion dévastatrice de cette folle ?

Très vite, le froid fit place à une autre piqûre, à la puissance décuplée. La peur.

Elle ne remarqua pas la femme installée dans sa voiture, au bout de la rue, un revolver sur le siège passager…

4

Au milieu de la rue pavée, David relâcha son trop-plein de tension. Le colosse qui avait surgi du véhicule n'avait rien d'agressif, hormis sa carrure de tour Montparnasse. Costume noir, gants blancs, chaussures derby à bouts pointus, cheveux gris gominés, plaqués vers l'arrière : le stéréotype du parfait majordome.

— Mon patron souhaiterait s'entretenir quelques instants avec vous, monsieur Miller. Nous avons conscience que cette manière de vous aborder est un peu abrupte, mais… monsieur Doffre pensait que cette rencontre originale ne déplairait pas à un auteur d'intrigues policières tel que vous…

David eut un mouvement de recul, ahuri.

— D'intrigues policières ? Mais… Qui êtes-vous ? Comment savez-vous que…

— Nous avons essayé de contacter votre éditeur, qui a refusé de nous donner votre numéro personnel, et comme vous êtes sur liste rouge… Mais monsieur Doffre est un enquêteur dans l'âme. Avec les informations glanées à votre propos sur Internet, et quelques coups de fil, nous avons réussi à obtenir votre adresse…

Il baissa la voix.

— Mon patron est très admiratif de votre travail, mais aussi très… comment dire… capricieux. Il était tellement impatient de vous rencontrer qu'il a décidé de venir vous attendre devant chez vous, hier soir. Une interminable attente, puisque nous ne vous avons pas vu rentrer…

David posa ses lourdes valises sur le trottoir.

— Qu'est-ce qui vous empêchait de venir sonner à la maison ?

— C'est que… Monsieur Doffre a perdu l'usage de ses jambes. Et, pour une première rencontre… il ne voulait pas se montrer à vous cloué dans son fauteuil roulant. Dans sa voiture, il se sent… bien, et en sécurité…

David promena son regard sur les vitres teintées.

— Il est venu là, maintenant, uniquement pour discuter de mon roman, vous dites ?

— Précisément.

David n'en revenait pas. Un individu qui se déplaçait en voiture de luxe pour parler de son premier livre. Puissante berline, avec chauffeur. Insistant, qui plus est. Après tout, peut-être fallait-il lui accorder une minute ou deux ? La bonne coopération de Marguerite lui avait permis de prendre de l'avance sur le programme chargé de la journée.

— Bon, eh bien… d'accord, rétorqua David. Mais à une condition.

— Laquelle ?

— Ne touchez pas à mes valises, s'il vous plaît…

Le chauffeur acquiesça et lui ouvrit la portière.

— Installez-vous, monsieur Miller, prononça une voix posée.

David lança un bref coup d'œil à l'intérieur et s'engouffra dans le paquebot. Tour Montparnasse se figea dans le brouillard, entre les valises. Dans cet univers de cuir, deux yeux intensément noirs fixèrent David. Un vieil homme au crâne lisse et au visage ridé, d'une expression plutôt rassurante.

— Pardonnez-moi de ne pas vous avoir accueilli en personne, dit-il avec ce même ton tranquille, mais…

— Je… Je sais, répliqua David. Votre chauffeur m'a… m'a parlé de vos difficultés à vous déplacer.

— Christian est parfois très maladroit dans sa manière de présenter les choses.

Un long trois-quarts en fourrure couvrait ses jambes jusqu'au sol. Il tendit sa main gauche. Ongles soignés, doigts très fins.

— Je m'appelle Arthur Doffre.

— David Miller, mais… mais je pense que… que vous le savez déjà.

Doffre répondit par un léger sourire.

— Je vous sens nerveux… Cette façon peu commune de se rencontrer, certainement… J'en suis désolé, mais je ne pouvais attendre plus longtemps, je devais vous voir ! Peut-être préféreriez-vous un lieu public ? Je peux bien faire l'effort de…

— Non, non… ça ira, monsieur.

— Très bien… Un ami m'a transmis votre roman qui, je l'avoue, m'avait échappé. Je suis pourtant à l'affût des nouveautés littéraires, mais là…

— C'est qu'il a été noyé dans la masse. Un simple livre, parmi huit cents autres parus le même mois. Pas facile de se faire une place, surtout pour un inconnu.

Doffre sortit l'ouvrage de la poche de son manteau et le feuilleta rapidement. Vu l'état de la couverture, il devait l'avoir lu et relu.

— Un simple livre, dites-vous ? Une véritable réussite, oui ! Je suis un énorme lecteur de polars, et je dois dire que vous m'avez littéralement bluffé !

— Vous me flattez… Mais ça me fait plaisir. Vous savez, on m'a beaucoup reproché son caractère… glauque… « glauquissime » même, m'a-t-on dit.

Doffre plaqua sa nuque contre l'appuie-tête. Dans la lueur du plafonnier, sa main droite luisait. Prothèse.

— Les lecteurs sont de bien étranges créatures, répliqua-t-il. Ils s'abreuvent de sang, se délectent devant les pires atrocités que leur servent les thrillers à deux sous… tant qu'ils ne se sentent pas concernés. Ils se croient extérieurs à tout cela. Mais vous, vous avez frappé là où ça fait mal, vous les confrontez à ce qu'ils repoussent sans cesse, par tous les moyens. Leur propre mort, cette réalité du corps pourrissant.

David approuva la remarque. Enfin un lecteur qui le comprenait.

— C'était peut-être une erreur, enchaîna-t-il d'une voix qui ne tremblait plus. Je n'ai pas réellement tenu compte du côté détente, évasion du livre. Ces pages qu'on tourne au coin d'un bon feu, après une pénible journée de travail… Je voulais le pire, tout le temps, derrière chaque page. Et du réalisme. Trop de réalisme. Je vais essayer d'y remédier, pour le prochain.

— Y remédier ? Mais il ne faut surtout pas ! En tout cas, vous feriez un malheureux ! Je n'ai plus que ça… les livres…

Il inspira, le regard incliné vers le bas.

— Malheureusement, il faut bien que je tienne compte des critiques, que j'essaie d'aller dans le sens du public…

C'est la seule façon d'y arriver.

— Écrire contre votre nature ? Hmm… Je ne sais pas si c'est une bonne solution… On devine tout de suite à votre manière de raconter les histoires que vous êtes habité, hanté devrais-je même dire… Mais je me trompe peut-être…

— Pas vraiment, non. Habité, oui… Je crois que c'est le mot… Des images un peu noires, qui trottent dans ma tête.

— Des morts ? Tous ces hommes, ces femmes, ces enfants que vous videz chaque jour de leur substance ? Ils vous harcèlent ?

— Vous savez, la mort est laide, elle répugne, elle réclame qu'on hurle quand on la croise. Moi, je la contiens, j'en fais abstraction. Mais, en définitive, tout reste enfoui en moi. Alors, la plume, c'est comme…

— Votre paratonnerre. Vous l'utilisez pour déverser sur le papier votre trop-plein de souffrance.

— Exactement. Mon… paratonnerre… Très jolie comparaison. Mais je vous rassure, mon quotidien n'a rien d'épouvantable ! J'ai une femme que j'aime, un enfant en bonne santé, et je ne suis absolument pas attiré par le morbide !

— Ou si peu ! plaisanta son interlocuteur.

David se fendit d'un sourire, tout en caressant tranquillement la petite cicatrice en forme de boomerang, accrochée à son arcade sourcilière droite.

— Désirez-vous boire quelque chose ? lui proposa Doffre.

— C'est que… je suis un peu pressé. J'ai beaucoup de travail. Mais peut-être pourrions-nous nous revoir ?

Doffre s'empara d'un jus d'abricot dans le minibar.

— J'ai un rêve, David. Un rêve qui me suit depuis plus de vingt-cinq ans… Et je crois que vous pouvez enfin le réaliser…

— Je ne vous comprends pas.

— Je veux marcher à nouveau. Il me reste mon bras gauche et, comble de malchance, j'étais droitier. Je veux retrouver l'usage de ce membre disparu, de mes jambes, qui ne me transmettent plus que des sensations fugitives et désagréables quand le kiné me les torture avec ses appareils. Je voudrais courir, sauter, faire l'amour. Et tout l'argent du monde, les voyages, les voitures, les maisons que je possède ne pourront malheureusement jamais exaucer ce souhait. Mais vous, vous avez ce pouvoir…

— Je ne crois pas que…

Le vieil homme se recroquevilla légèrement, l'air nostalgique.

— Je suis comme Tantale. Je voudrais boire l'eau qui m'entoure, mais elle se retire dès que je me penche. Tout ce luxe qui m'environne n'est pour moi qu'imagination et supplice. La lecture, elle, reste ma seule réalité. Je la sens, je la palpe, je la renifle. Les mots glissent sur mon palais, me retournent le cerveau, semblables aux drogues les plus puissantes.

Il marqua une pause, avant de fixer David.

— Écrivez pour moi ! Donnez-moi un rôle dans votre roman, faites-moi revivre au travers de vos métaphores !

Je vous paierai plus que vous ne pourriez le souhaiter pour chaque journée de travail. Je connais du monde. Je pourrai vous épauler, vous aider à percer. Je vous offrirai le moyen de choisir enfin votre vrai métier !

Il posa sa main tiède sur celle de David, ses doigts tremblaient… De l'émotion éruptive.

— C'est que… balbutia David. Ouah !

Il secoua la tête, comme s'il venait de recevoir une claque.

— C'est si… inattendu ! Mais… pourquoi moi ? Je veux dire… Pourquoi ne pas vous offrir un nègre ou un écrivain plus réputé ?

De sa main valide, Doffre écarta les pans de son manteau, dévoilant ses jambes d'une extrême maigreur.

— Encore une fois, regardez-moi attentivement. Les trois quarts de ce corps ont passé l'arme à gauche. Je suis cette frontière que vous décrivez si bien dans vos livres. Je suis mort et, en même temps, vivant. Votre roman est venu jusqu'à moi, il ne peut s'agir d'un hasard. Je vous veux, vous, et personne d'autre. Un spécialiste de la mort, un thanatopracteur-écrivain. Vos mots sont le reflet de ma propre histoire. Je sais que vous ferez les choses bien…

David respira le compliment à pleins poumons. Cet homme enfermé dans la prison de sa charpente délabrée, aux traits mornes, malheureux, lui parlait comme le faisaient toutes ces familles endeuillées. « Je sais que vous ferez les choses bien… »

— Je… Que dire ? Je dois en parler à ma femme, d'abord, puis… C'est tellement fou !

Déjà, David sentait l'excitation le gagner, lui qui, chaque jour, ne laissait paraître qu'une face monolithique, lui qui encaissait, qui prenait sur sa personne, sans jamais se relâcher, même avec sa famille, sauf quand… oui, quand il se mettait derrière son ordinateur pour écrire. Le paratonnerre… Après tout, pourquoi pas ? Pourquoi ne pas tenter ? Essayer, au moins ? Être payé pour écrire… Oui, ça ne lui coûterait rien, absolument rien. Bien au contraire.

— Co… comment procéderait-on ? Je veux dire : si on concluait un accord… Le thème, les lieux, l'époque… C'est vous qui choisissez, et moi j'écris ? Combien de pages ? Roman policier ? Thriller ? Je ne sais pas si…

Doffre tempéra de la main.

— Pas si vite, pas si vite ! Évidemment, j'ai certaines idées. Mais… prenez ceci. Vous verrez, j'y ai glissé quelques clichés de notre lieu de retraite, ainsi qu'une première indemnisation…

— Notre lieu de retraite ? répéta David en s'emparant de l'enveloppe que lui tendait Doffre.

— On ne forge pas dans une cordonnerie. Disons que je vous offre un décor d'ambiance, celui qui stimulera au mieux votre imagination, selon mes souhaits. Je veux obtenir le meilleur de vous. Pour notre bien, à tous les deux. Par ailleurs, vous le verrez, ce chalet est très agréable. Et la nature environnante, absolument magnifique.

David essayait de garder la tête froide tandis que Doffre continuait :

— De toute façon, ne vous inquiétez pas. Si finalement vous refusez, vous conserverez tout simplement l'argent et n'entendrez plus jamais parler de moi… Mais, de tout cœur, j'espère pouvoir vous séduire.

David voulut ouvrir l'enveloppe, mais Doffre l'en empêcha d'un geste de la main.

— Venez ce soir, vers dix-sept heures, à l'hôtel Saint-Pierre, à Vincennes. Christian, mon chauffeur, vous y remettra mes instructions pour le livre et il vous expliquera la manière dont notre séjour va se dérouler. Si vous êtes partant, je m'occuperai de tout, vous serez mes hôtes. Vous n'aurez pas à vous soucier de la logistique. Vous penserez seulement à prendre quelques vêtements chauds : blousons, pulls, après-ski. Là où nous allons, il peut faire très froid. Nous partirons dans quatre jours, le premier février, pour une durée d'un mois.

— Quoi ? Quatre jours ? Et… Un mois, vous dites ?

Ma femme et ma fille m'accompagneraient ? Mais… Quitter la maison un mois complet ? Avec mon job, mes chats ? Non, mais… attendez !

Doffre but une gorgée de jus d'abricot, avant de répliquer :

— Je sais, je sais, c'est très abrupt. Mais… Pourquoi attendre plus longtemps ? Attendre, c'est perdre du temps et de l'argent. Et puis, votre « job » va vite devenir très secondaire, avec ce que je vais vous proposer.

David palpait sa cicatrice plus nerveusement.

— On doit pouvoir s'arranger différemment ! Je pourrais tout aussi bien travailler chez moi !

— Écoutez, David, ne vous inquiétez pas, prenez ce séjour comme des vacances. Est-ce si compliqué ? Je vous veux simplement à mes côtés, afin de pouvoir suivre vos écrits, réagir, bondir chaque jour. Vibrer sous votre plume, dans un endroit tranquille. Vous savez, je vous paierai grassement pour ce petit sacrifice, si tant est que l'on puisse parler de sacrifice. Et, dès notre retour, je ferai ce qu'il faut pour vous. Il suffit que votre roman soit bon, mais ça, je n'en doute pas. Alors, ne manquez pas cette chance.

— Mais… Un livre, ça se prépare ! Il faut de la documentation, un plan, des idées précises ! Départ dans quatre jours ? Je ne pourrai jamais m'organiser !

— Quel que soit votre choix, je le respecterai. Mais essayez d'être raisonnable. Je vous offre une occasion qui ne se refuse pas : l'argent, et donc le temps pour écrire sans contraintes… Allez, je vous laisse partir. Venez ce soir à dix-sept heures.

Alors que David descendait de la voiture, Doffre l'interpella une dernière fois.

— Quant aux idées, je les ai déjà. Je sais que les énigmes scientifiques vous passionnent, alors notre séjour tournera autour du mystère des nombres. Parce que, comme vous le savez, toutes les vérités se cachent au cœur des chiffres…

La voiture démarra lentement, avant de se fondre dans le brouillard.

Un mirage… Rien d'autre qu'un mirage. Ce vieillard, aux yeux de lignite. La rigidité de son corps. Les muscles atrophiés de ses jambes. Sa main droite luisant sous la lumière du plafonnier. Arthur Doffre…

Un peu sonné, le thanato boutonna son caban jusqu'au cou et ramassa ses valises avant de reprendre sa lente progression. Il sourit, la tête inclinée, piégeant son expression dans le reflet d'un pare-brise. Quatre jours avant le départ ! Une histoire de dingue !

L'enveloppe, dans sa poche !

Il reposa soudain ses valises et déchira précipitamment le papier kraft.

Des photos, des billets. Un, deux, trois… dix, quinze ! Quinze billets de cent euros ! Plus d'un mois de salaire. Il les rempocha aussitôt, mal à l'aise, scrutant autour de lui. Décidément, cette histoire n'avait aucun sens.

« … Notre séjour tournera autour du mystère des nombres. Parce que toutes les vérités se cachent au cœur des chiffres… » Qu'est-ce que ce charabia voulait dire ?

David jeta un œil aux photos. Sur le papier glacé, un paysage grandiose. Des sommets déchiquetés, une forêt aux troncs noirs. Et un immense chalet, construit autour d'un arbre géant.

David secoua la tête. « Eh, petit ! Sors de tes rêves ! Cette vie, ça peut pas être pour toi ! Métier, maison, famille ! Tu as déjà oublié ? »

Et pourtant, tout ceci était bien réel. En témoignait l'argent, dans sa poche.

Peut-être la chance était-elle enfin venue le percuter, ce matin.

Et cette chance s'appelait Arthur Doffre.

5

— Qu'est-ce que tu fous, Miller ! Dépêche-toi ! Ça se bouscule au funé ! Encore deux soins à boucler, et il est déjà trois heures !

Madelin, directeur des pompes funèbres Roc Éclair. Un beau vautour, au nez courbé comme un bec, qui avait fait du deuil un commerce fructueux sur le Nord parisien.

— Quoi ? Deux autres ? Je vous ai prévenu, je pars dans une heure ! Un problème personnel à régler. J'ai des heures d'avance… et c'était pas prévu !

— Ils choisissent rarement l'heure du départ. Je les veux dans mon bureau, pour ce soir ! Aussi fringants que le jour de leur mariage ! *Comprendo ?*

— Mais Gisèle pourrait me remplacer ! Elle…

Madelin claqua la porte du laboratoire de thanatopraxie sans se retourner.

« Quel vieux con ! grinça David. Demande-leur de t'y rejoindre, dans ton bureau ! Et organisez-vous une fiesta à trois ! Ça te décoincera un peu ! »

Il arracha son masque de coton et le jeta sur le sol. Sept ans qu'il se démenait pour Roc Éclair, besoin de partir plus tôt, et voilà le remerciement ! À croire qu'il le faisait exprès ! Bientôt, tout finirait par exploser.

Assuré que *Kill them all* s'était éloigné, il se laissa glisser contre le mur de catelles blanches et se prit le front dans les mains. Depuis ce matin, sa tête était entre ces murs mais son esprit ailleurs, au milieu des arbres, aux confins de l'isolement, dans ce chalet cerné de montagnes et de précipices. Un monde de féerie.

Il entendit un bruit derrière lui. Panoramique oculaire. Rien de grave. Juste une pince Dieffenbach qui chutait, comme ça, déséquilibrée par le pouvoir des morts. Ça se produisait souvent, sans réelle explication. On s'y habituait, à force.

Une fois debout, David lissa ses cheveux vers l'arrière d'un mouvement nerveux. Il se repassait la scène de la BMW en permanence. Jamais il n'avait été confronté à une proposition si violente, si tranchée, et pour tout dire si attrayante.

Jusqu'où cet être de chair et de plastique le connaissait-il ? Qu'avait-il décrypté dans *De la part des morts*, son thriller ? David se remémorait clairement le physique si particulier du sexagénaire. Chauve, élégant, en dépit de son handicap. Il ne portait pas d'alliance. Qui pouvait bien l'aider à s'habiller chaque matin ? Son chauffeur, aussi âgé que lui ? Comment peut-on vivre avec le seul usage du bras gauche ? Coraco brachial, brachial antérieur, biceps, triceps, carré pronateur, long fléchisseur du pouce… Tout ce qu'il lui restait. Derniers boulons d'une machine désarticulée.

Pupilles qui se rétractent. Le cœur du laboratoire. Scalpels, vidoirs, antiseptiques. Du concret. Trop de concret. Devant lui, le corps d'une jeune femme, étalé sur la table réfrigérante. À peine vingt-cinq ans. Du vomi collé sur son jean, son pull, envahissant la partie gauche de son visage. Bouche grande ouverte, comme si un pavé s'y était engouffré. Les pompiers l'avaient trouvée agrippée au pied de son lit. Sa main droite, crispée, témoignait encore de la violence de sa mort.

Elle s'était mal suicidée. Et personne ne l'avait nettoyée. Ça, c'était son job.

David inspira avec dégoût, les odeurs de produits conservateurs s'infiltrèrent jusque dans ses poumons. N'importe qui aurait gerbé. Comment pouvait-on s'habituer à une puanteur pareille ? Ses doigts effleurèrent le métal bleuâtre, et il grimaça. Parce qu'il se trouvait face à son pire ennemi.

La ressemblance.

Ça arrivait au moins une fois par mois. Nez busqué, front avancé, pommettes saillantes, toujours un détail pour lui rappeler un visage familier… père, grand-mère, voisins, amis d'enfance, camarades de classe. Et lui donner l'impression qu'il vidait sa propre mère.

Sa mère… Il secoua la tête. Cette fille-là, moins grande, plus mince, avec un menton plus prononcé, ressemblait à Cathy. Ses iris panachés, ni verts ni bleus, son nez éclaboussé de taches de rousseur, ses torsades blondes… Il serra le poing. En venir à décrire son épouse dans le reflet d'un cadavre… C'était ça qu'il raconterait à Clara quand elle réclamerait des explications sur son métier ? C'est à cela qu'il penserait en enlaçant sa moitié ?

Il la déshabilla, puis incisa en portant sa conscience ailleurs.

Son rendez-vous.

Il s'y rendrait, avec ou sans l'autorisation de Madelin. C'était trop important. Peut-être une porte ouverte sur un nouvel avenir. Ne plus jamais avoir à regarder la mort en face…

Un bruit d'aspiration brisa le silence. Des couleurs éteintes emplirent les tubes veineux, puis noircirent les tuyaux en silicone.

Mais David s'était fixé une règle, pour cette rencontre. Ne pas s'engager, garder ses distances. Y aller juste en observateur… Il n'avait pas encore mêlé Cathy à l'histoire. C'était sûr, elle tomberait amoureuse du chalet. L'immense cheminée, le chêne géant à la conquête de la charpente, la nature tout autour et les bêtes sauvages… Mais enfin, il fallait quand même lui faire accepter l'idée de tout plaquer pendant un mois.

La vanne de ventilation se mit à gronder. Le drap replié

sur la tête de la jeune femme se souleva presque insensiblement avant d'étreindre de nouveau le profil figé.

Le silence se fit.

Le praticien remonta un peu l'étoffe, sans révéler le haut du visage. Puis il saisit une aiguille courbe et se mit à coudre les lèvres d'un geste automatique.

Le froid glissa plus intense dans son cou.

Il continuait à penser à Doffre… à cette idée de muer, d'abandonner son enveloppe charnelle, ce corps en désuétude, pour renaître par l'intermédiaire d'un roman. Une idée géniale, en définitive. Quelle somme le vieil homme allait-il lui offrir, pour que son rêve se réalise ?

David remonta plus haut le drap, affronta la ressemblance et achcva le travail.

La fille ne s'était plus suicidée aux médicaments, elle n'avait plus la bouche obstruée par le vomi. Elle serrait entre ses mains la photographie de ses parents, comme ils l'avaient souhaité. Elle dormait en paix, un sourire serein aux lèvres.

Le thanatopracteur déplaça un chariot porte-cercueil contre le mur. Des écarteurs à jugulaires tintèrent dans leurs coupelles en acier, un écho métallique roula le long des parois. Il éteignit les néons, et le laboratoire carrelé de blanc sombra dans la glace de son silence.

« À présent, se défaire des deux autres clients. Gisèle… »

Gisèle avait élu domicile dans le second laboratoire de Roc Éclair. Derrière la porte de sa chambre nuptiale, comme elle l'appelait, était accrochée une pancarte sur laquelle on pouvait lire : « Je n'ai pas de dons particuliers, ceux qui rentrent ici les pieds devant ressortent les pieds devant. Mais avec le sourire. » Un humour à réveiller un macchabée, la Gisèle.

Elle passait plus de temps avec les morts qu'avec les vivants. Elle n'était pourtant ni nécrophile, ni gothique, ni même tueuse en série – enfin, *a priori* – mais… une force étrange la retenait ici. Sans doute celle qui l'avait poussée à jouer avec des jeux de construction jusqu'à seize ans… Aujourd'hui, elle s'amusait toujours, version plus *hard*.

Elle pointa un tube nasal d'aspiration dans sa direction.

— Toi, t'as un souci avec Madelin ! Je l'ai entendu hurler, ce vieux con !

Elle travaillait sans masque ni gants, transparente aux règles d'hygiène. Une radio diffusait en sourdine un vieux Robert Palmer, *Johnny & Mary*. David s'avança.

— Il faut que tu m'en prennes deux. Je dois m'absenter, c'est important. Tu peux faire ça pour moi ?

Gisèle fit une bulle avec son chewing-gum décoloré, qu'elle plongeait dans un verre d'eau chaque fois qu'elle ne le mâchait pas. Un sacré souci de l'économie.

— Ils sont comment ? Des mecs, j'espère ?

— Crise cardiaque et cancer du poumon. L'un tout neuf, l'autre plutôt… maigrichon.

Elle évalua rapidement la remarque en nombre d'heures.

— Hmm… Avec ce que j'ai déjà sur le tapis, ça va me faire décoller à minuit, ton histoire ! Eh, mon poussin ! J'ai des pulsions à assouvir, moi !

Elle lui décocha un clin d'œil.

— Envoie la marchandise…

Piégé dans le flux métallique du périphérique, David avait pris du retard. Il arriva néanmoins presque à l'heure sur le parking de l'hôtel Saint-Pierre, à Vincennes. Façade de verre, matériaux précieux, superbes berlines. La grande classe.

Il pénétra dans le hall où l'attendait Christian, la dernière édition du *Monde* déployée entre ses mains énormes. Christian se leva et l'invita à le suivre dans un salon privé, où des hommes d'affaires fumaient le cigare. Il en proposa un à David, qui refusa. Puis il posa la paume sur son épaule pour l'emmener dans un renfoncement sombre, à l'abri des regards. David nota qu'il lui manquait l'index droit.

— Écoutez, monsieur…

— Appelez-moi Christian…

— Écoutez, Christian. J'ai beaucoup hésité avant de venir. Tout cela me paraît trop… Comment dire… trop précipité.

— Mais vous êtes venu quand même…

L'homme promena la flamme d'une allumette sous son cigare, avant d'en embraser l'extrémité en pompant goulûment.

— Vous voulez mon avis ? confia-t-il en se courbant légèrement. Vous devriez accepter l'offre de monsieur Doffre. C'est une personne extrêmement généreuse, qui saura vous récompenser pour votre production littéraire. J'ai cru comprendre que cela pourrait correspondre à vos aspirations, non ?

— Si, bien sûr que si, mais… j'aurais aimé disposer de plus de temps, avoir des détails ! Mettez-vous un peu à ma place ! Je ne le connais pas ! C'est quand même une situation originale !

— En effet, mais il faut savoir sauter sur les occasions, lorsqu'elles se présentent.

Christian décrivit un arc de cercle de la main, tandis que son visage disparaissait derrière des nuages de fumée.

— Ce monde pourrait, un jour, être le vôtre… La lumière, l'éclat… Il suffit juste de sortir du moule, et d'oser… Alors, soyez raisonnable. Gardez l'enveloppe que Monsieur vous a donnée, il s'agit d'un présent, et…

Il plongea sa main dans la poche intérieure de sa veste.

— … acceptez également celle-ci. Elle contient une avance plus conséquente sur votre rémunération pour ce travail, ainsi que les instructions de Monsieur. Tout y est noté de manière détaillée. Je pense que le programme vous plaira…

David aurait aimé ne pas bouger, refuser et déguerpir. Il tendit pourtant la main.

— Attention, ça ne veut pas dire que monsieur Doffre a gagné.

— Bien sûr, répondit Christian avec un sourire.

D'ailleurs ne l'ouvrez pas tout de suite, prenez le temps de la réflexion, discutez-en avec votre épouse. Quel que soit votre choix, ce sera le bon.

— J'aimerais m'entretenir à nouveau avec votre patron. Il loge dans cet hôtel ?

— Non, non… Cet hôtel lui appartient, c'est tout.

— Ah… C'est tout.

— Vous voulez prendre un verre ?

David déclina poliment l'offre et Christian le raccompagna jusqu'à l'entrée.

Au volant de sa voiture, le jeune homme ne parvenait pas à lâcher du regard l'enveloppe posée sur le siège passager. Il quitta le parking et se gara à peine quelques mètres plus loin. Impossible de résister.

Il déchira le papier kraft.

De l'argent. Une somme énorme. Cette fois, difficile de faire abstraction de l'éventail qu'il tenait entre les mains.

Quatre mois de salaire, sans avoir écrit une seule ligne. Cinq mille euros…

« C'est pas possible… Un rêve ! Un putain de rêve ! »

Il regarda autour de lui et renfonça rapidement les billets, avant de sortir la lettre.

Il la parcourut de haut en bas, d'abord sans la lire. Mais, avant d'arriver à la dernière phrase, ses pupilles remontèrent, lentement, jusqu'à s'arrêter sur deux mots.

Bourreau 125.

Son cœur s'emballa. Une suée lui traversa le front. Il se mit à lire avec la plus sérieuse attention.

Puis son esprit s'envola loin, très loin d'ici. Là où Doffre avait décidé de les emmener. Le poumon de l'Allemagne. La Forêt-Noire.

Il dévora à nouveau les consignes, s'autorisa une profonde réflexion… Il lut, relut… Le rêve devenait tangible. Le lieu, le thème, la rémunération. Pas une ombre au tableau. Tout lui plaisait. Mais alors, où était le problème ?

« Aucun… Il n'y en a aucun… Ceci est la réalité. Un

type plein aux as te propose de l'argent pour lui écrire un livre, c'est aussi simple que ça... »

Il devait saisir sa chance, s'offrir la possibilité de respirer et d'écrire... Écrire à n'en plus finir sur un thème génial. Et en plus, gagner sa pitance pour ça...

Il ne restait plus qu'à convaincre Cathy.

Il passa un coup de fil à la maison. Pas de réponse. Sans doute partie à la SPA...

Il relut la lettre une dernière fois avant de démarrer.

Le Bourreau 125.

L'arracheur de chair.

6

Cher David Miller,
Si vous lisez ces mots, c'est qu'une partie de moi est déjà entrée en vous. Je ne peux être que flatté par ce début prometteur.

Cathy retira ses lunettes et se frotta les paupières. David était contre elle, dans le canapé du salon. Clara, dans son parc de jeu, s'amusait à lancer des fruits en plastique en criant.

— Mais fais quelque chose ! Elle est insupportable depuis son réveil ! Tu ne peux pas t'en occuper un peu !

— Oui, bien sûr. Excuse-moi, ma chérie. C'est que j'ai eu une drôle de journée.

— Et ma journée, à moi, tu y penses ? Tu me dis à peine bonjour, tu te moques de ce que j'ai à raconter, mais toi, par contre ! Tu me plaques cette lettre sous les yeux ! Je n'y comprends rien ! Qu'est-ce que c'est ?

— Une surprise ! Continue à lire, tu verras !

— Une surprise ? Tu parles ! La vraie surprise, ce serait que tu te lèves et que tu embrasses enfin ta fille !

David se redressa et se dirigea vers le parc.

— Comment va son œil ?

— Tu le vois bien ! Un coquard c'est un coquard, et il est pas près de partir. Tu as des questions plus constructives ?

David ramassa la feuille qu'elle avait jetée sur le sol.

— Mais lis-la, tu vas comprendre !

— La lettre, la lettre, la lettre ! Tu te moques vraiment de tout !

Elle soupira. Quand il ne s'agissait pas de ses romans ou de cadavres à recoudre, c'était autre chose. Peut-être devrait-elle lui avouer sa grossesse. « Tiens ! Chéri ! Tu sais, Greg ! Eh bien, on a couché ensemble, pendant que toi, tu partais pour tes salons et tes dédicaces ! Et puis, j'allais oublier… Dans la matinée, je suis allée à l'hôpital. Tu vois, là, je suis en plein processus d'avortement. J'ai des saignements et j'ai super mal au crâne. Alors, s'il te plaît, évite de me gonfler ! »

Elle le mitrailla du regard avant de reprendre sa lecture.

La règle est très simple. Je vous demande de m'écrire un livre, un thriller, dans lequel je tiendrai le rôle principal, moi, Arthur Doffre. Ah ! Bien sûr, vous aurez tout intérêt à me rajeunir, je vous donnerai des photos de l'époque où j'étais un beau jeune homme, elles vous inspireront, j'en suis certain…

Elle ôta une nouvelle fois ses lunettes, se massa les tempes avant de poursuivre.

Pour cette aventure commune, nous partirons la totalité du mois de février, soit vingt-huit jours. Notre lieu de retraite ? Un splendide chalet, dont vous avez les photos en votre possession. Vous verrez, il s'agit d'un théâtre absolument féerique, planté dans le cadre magnifique du Wildseemoor, dans l'isolement absolu de la Forêt-Noire. Ma compagne sera à mes côtés ; quant à votre épouse et votre enfant, elles sont, bien entendu, les bienvenues.

— Mais qu'est-ce que c'est que cette histoire !

David reposa Clara dans son parc.

— J'ai eu exactement la même réaction que toi. J'aurais

peut-être dû commencer par… Tralalala ! Roulements de tambour !

Il sortit les liasses de sa poche, qu'il lança sur la table basse. Son épouse en resta bouche bée.

— Mais…

Elle soupesa les billets.

— David ?

— Juste un peu d'argent de poche. Cinq mille euros.

— Quoi ?

— Auxquels on ajoute les mille cinq cents euros qu'Arthur Doffre m'a remis ce matin…. Une broutille…

Cathy retira brusquement sa main.

— Là, il va falloir que tu m'expliques, et sérieusement ! C'est quoi ce délire ?

David reprit l'histoire en détail. L'entretien du matin, dans la BMW. Le cadeau des mille cinq cents euros. Le rendez-vous à l'hôtel. L'argent dans l'enveloppe avec les instructions. Le départ dans quatre jours.

Cathy essayait de garder son sang-froid, l'œil rivé sur les photos.

— C'est complètement dingue…

— Je sais, je sais ! Mais regarde tout ce fric !

Elle secoua la tête, essayant de faire abstraction de la petite fortune.

— Attends, tu es en train de me dire que toi, tu es prêt à plaquer ton job et à t'engager comme ça avec quelqu'un que tu connais même pas ?

Elle se pencha vers lui, à dix centimètres de son visage.

— Tu as perdu la tête ?

Elle se dirigea vers la cuisine d'un pas de fantassin. David lui collait aux talons.

— Mais pourquoi pas ? Dis ? Pourquoi pas ?

— Il suffit qu'on te parle de bouquins et tu délires complètement ! Arrête tes conneries, d'accord !

— Et ces billets, c'est quoi ? C'est des conneries aussi ? Tu n'as pas l'air de bien te rendre compte ! Merde, il m'aurait fallu presque six mois pour gagner ça !

David reprit, plus calmement :

— Je pose juste quatre semaines de congés sans solde, il est hors de question de tout plaquer ! Et puis, tu te rends compte, Doffre me paiera trois mille euros par jour ! Vingt mille francs ! Multiplie par vingt-huit ! Réfléchis, pour une fois.

— Pour une fois, oui. T'es gentil…

— Dans un mois, la maison est presque payée, et on aura devant nous un horizon complètement nouveau. Peut-être que grâce à ce type je serai enfin reconnu dans le milieu littéraire ! Il m'a dit qu'il me lancerait. Tout peut changer pour nous, tu ne peux pas en faire abstraction !

Elle fit mine de ne pas écouter et sortit des cuisses de poulet du frigo. Cette histoire était ahurissante. Et pourtant… les billets étaient bien réels. Six mille cinq cents euros…

Lorsqu'elle se redressa, elle sentit les mains de David glisser sur sa poitrine.

— Arrête… Clara est juste à côté.

La chaleur de son corps se fit plus intense. Cathy se crispa.

— Mettre les voiles, ça nous permettrait de respirer, tous les deux. Se retrouver loin d'ici, en pleine nature. Ne plus penser aux délires de Miss Hyde, au boulot, au chômage… Juste oublier un peu le quotidien et se vider la tête. De vraies vacances, aux frais de la princesse.

Il chuchota :

— Pour toi, je bâtirai un logis de bois au cœur des fougères, de mes mains d'ouvrier. Avec les meilleurs arbres, pour la plus belle des femmes.

Cathy retrouvait le *bad boy*, cheveux courts, barbe naissante, qui l'avait fait chavirer. Cette déclaration… sa demande en mariage. Elle ferma les yeux. Pourquoi la lui sortir maintenant ? Il voulait la faire craquer ? Un simple artifice ? David se mit à lui caresser le ventre. « Pitié… Pas maintenant… » Et s'il devinait ? La jeune femme retint sa respiration. Ses doigts se rétractèrent sur les poignets de son mari. Elle ne pouvait pas. Pas ce soir. Ni demain. Ni après-demain.

— Chéri… Je t'en prie… Clara… Je l'entends arriver…

— Moi, je n'entends rien… Imagine, là-bas, au calme, on aurait le temps d'y réfléchir.

Le sang qui gonfle les artères.

— Réfléchir à quoi ?

David fit pivoter son épouse. Les yeux dans les yeux. Il allait lire le mensonge. Lire…

— Tu le sais très bien, répondit-il en lui effleurant la joue. Un petit être, dans ton ventre…

— David… Que… Je…

— Un deuxième enfant ! On en a déjà parlé. Maintenant qu'on va avoir de l'argent ! Plein d'argent ! Il n'y a plus d'excuses !

Elle se serra contre lui. Fuir ses prunelles. Ne pas craquer.

« Pense à un truc qui te dégoûte. Réfléchis ! Un chien écrasé… Un berger allemand écrasé. »

Elle avait les larmes aux yeux.

— Tout ça va trop vite.

— Mais c'est dans quatre jours, pas demain ! Et puis, on l'a déjà fait, non ? Partir à l'aventure ! Confier les chats à ta mère et tout oublier ! Rappelle-toi avant, la tente dans le sac ! La *Miss petits nichons*, envolée pour la grande vadrouille !

— Oui, mais avant il n'y avait pas Clara ! Et ne m'appelle pas comme ça, j'ai toujours eu horreur de ça !

Tout s'emballait dans sa tête. Quatre jours… Samedi… Son rendez-vous à l'hôpital, après-demain. L'expulsion de l'embryon… Non !

— Je… Comment tu veux que je te réponde maintenant ? Arrête un peu avec ça, OK ?

Ils dînèrent presque sans un mot. Malgré elle, Cathy ne cessait de penser à cette somme incroyable qu'ils pouvaient accumuler, en si peu de temps. Départ samedi, pour la Forêt-Noire... Elle avortait jeudi. Si elle décidait de partir, elle ne pourrait pas passer l'échographie de contrôle, quinze jours après... Et si la chose n'était pas expulsée ? Elle tenta de se rassurer. Tout se déroulait bien dans quatre-vingt-dix-huit pour cent des cas. Et puis, pas besoin d'échographie. Non, pas besoin, l'embryon se décrocherait, du premier coup.

Elle regarda David. Il y croyait vraiment. Si elle lui cassait son rêve, leur couple risquait de morfler.

— J'ai encore besoin de réfléchir un peu, fit-elle en lui prenant la main. Tu peux comprendre ça ? Ce n'est pas le fait de partir qui m'inquiète. Mais cette histoire est tellement bizarre. Je veux dire : pourquoi toi ? Pourquoi tout cet argent ? Pourquoi une telle urgence ?

Il lui caressa doucement la main.

— Je me suis déjà posé toutes ces questions. Il a réussi à réserver ce chalet pour le mois de février, pas un jour de plus. C'est expliqué dans la lettre. Pour l'argent, c'est énorme pour nous, mais pour lui... De la rigolade ! Tu aurais vu l'hôtel dans lequel j'avais rendez-vous ! Il en est propriétaire...

— Mais tu ne trouves pas ça complètement dingue, toi ? Si... Et s'il ne te paie pas, finalement ? En plus, on ne connaît même pas l'adresse ! Il faut un médecin à proximité ! Si Clara tombait malade !

— Tu sais, Doffre est infirme, il est âgé, sa compagne doit l'être tout autant, ils auront sûrement pensé au médecin. Quant à l'argent... Il dit dans la lettre qu'il me remettra des bons au porteur. Un par jour. J'ignore à quoi ça ressemble, je vais me renseigner sur Internet.

Internet... Le modem trafiqué... L'estomac de Cathy se tordit.

— N'y songe pas trop. J'ai essayé de me connecter, impossible.

— Qu'est-ce qui se passe ? Tu as l'air bizarre.

— J'ai un peu mal au ventre, je sais pas... Le froid, l'humidité, le contact des bêtes, à la SPA...

David désigna une tablette vide de Lexomil.

— Tu devrais éviter ces saletés.

Elle se leva et partit s'allonger sur le canapé.

— Tu peux coucher Clara ? Je commence à avoir la migraine.

David lui palpa le front.

— Tu n'as pas l'air d'avoir de fièvre. Repose-toi, j'emmène la puce en haut. Je jetterai un œil au modem, il est peut-être HS. Tu as essayé avec le modem interne ?

— Quoi ?

— Il y a un modem intégré à l'ordi. Il est moins rapide, mais il fonctionne.

David se dirigea vers le parc.

— Allez, Clara, donne-moi la main.

Cathy se redressa et lui demanda :

— Tu veux pas me lire la fin de la lettre ? J'arrête pas de penser à ton histoire… Tu as peut-être raison… Fuir loin d'ici, quelques semaines… Tente et fringues mouillées.

— Et épaules qui pèlent !

Elle laissa éclore un sourire sur ses lèvres.

— On s'est un peu ratés, ces derniers jours, non ?

David acquiesça. Il lui posa un baiser sur la joue.

— Et puis c'est une chance qui n'arrive qu'une fois, ajouta-t-elle. Tu… On ne peut pas rater ça. Ça fait si longtemps qu'on n'est pas allés en vacances.

— Presque trois ans… Attends, je te lis la suite. Bon, je te passe le baratin sur les titres au porteur et sur le fait qu'il se charge de toute la logistique, y compris, je cite, « des instruments pour écrire le livre ». Bref, il va me filer la grosse artillerie, portable, imprimante, scanner… OK… Voilà le passage intéressant, le roman à venir : « Vous vous arrangerez pour rédiger dix pages par jour que vous me remettrez le lendemain avant midi. Libre à vous d'organiser vos horaires, tant que le contrat est rempli. »

— Attends, là ! Dix pages ? Tu en écris deux d'affilée, au meilleur de ta forme !

— Ouais, mais après dix heures de boulot, et complètement crevé. Dix pages, à plein régime, c'est jouable ! Il faut le prendre comme un défi. Je continue, écoute bien : « Vos connaissances en criminologie, entomologie, sciences forensiques, ainsi que votre goût pour le mystère vous seront utiles. Car vous allez ramener à la vie, et transposer dans notre époque, un être dont le seul nom fait encore trembler les lèvres de ceux qui en parlent. Le Bourreau 125… »

Cathy rabattit ses genoux contre son torse.

— Le Bourreau 125 ? C'était pas…

— Chut ! Attends, attends ! « Je ne vous ferai pas l'affront de vous le présenter, car, si je ne m'abuse, vous en connaissez un rayon en matière de tueurs en série, même si celui-là n'est pas de votre temps, mais plutôt du mien. Ressuscitez-le, faites qu'il ne se soit pas suicidé, laissez-le s'exprimer de sa lame la plus violente et, surtout, confrontez-le à un digne adversaire. Le meilleur des flics. Un type sans croyances, sans interdits, un chien de rue de la pire race, un prédateur. Je le veux ténébreux, secret, et néanmoins terriblement séduisant, à votre image, à la mienne, il y a si longtemps… Pour le reste, bien évidemment, je fais confiance à votre imagination. Donnez-moi le meilleur de votre plume. Notre paradis, fait d'arbres et de silence, vous inspirera, je n'en doute pas. Bien à vous, dans l'impatience de vous revoir, et surtout de vous lire. Arthur Doffre. »

David replia la feuille et la reposa délicatement sur la table.

— Alors, qu'en penses-tu ? Le flic Arthur Doffre, confronté à…

— Stop ! Je trouve le sujet affreusement glauque. Drôle de thème pour un type qui souhaite remarcher. Pourquoi pas une histoire d'amour, ou un roman d'aventures ? Il y a tellement de possibilités ! Pourquoi sortir de sa tombe cet être… abominable ?

— J'en sais rien, Doffre a peut-être toujours rêvé d'être

flic. En tout cas, il a vu sacrément juste. Le Bourreau 125, c'est un thème que j'adorerais traiter. J'ai lu un tas de trucs sur lui. C'est l'occasion ou jamais !

— Super-thème ! Franchement, il n'y a rien de plus gai ?

David leva les yeux au plafond.

— Je vais taper « Arthur Doffre » sur Internet ! Verdict dans deux minutes.

Il s'élança dans l'escalier, et cette fois, ce fut Cathy qui lui emboîta le pas, laissant Clara seule dans son parc.

— Excuse-moi d'insister, mais pourquoi cet endroit si isolé ? Pourquoi pas en France ? Nous aussi, on a des forêts !

— Les bons écrivains ont besoin d'un environnement de mystère, et Doffre en est conscient, plaisanta David en paramétrant son modem de secours. Cette ambiance me paraît idéale. Imagine les randonnées, les paysages… Vacances, vacances ! Quant au vieil homme, attends de le rencontrer. C'est quelqu'un d'étonnant !

Le bruit de la connexion. Clic sur la messagerie, par réflexe. Une petite enveloppe… L'arrivée de messages.

— Ça y est, ça marche. Qu'est-ce que c'est long !

La jeune femme crut qu'elle allait s'évanouir. Tout pouvait s'écrouler. Là, maintenant.

— Rien de Miss Hyde, s'étonna David.

Il garda un instant le silence.

— Bon, tant mieux… Et maintenant, Doffre.

Cathy se recula légèrement et souffla sans bruit. La menace Miss Hyde, plus lourde que jamais… Tout compte fait, s'ils pouvaient s'envoler là, tout de suite !

— Tiens, c'est bizarre, il n'y a rien sur lui.

David fronça les sourcils. Un riche anonyme ? Pourquoi pas, après tout ? Avec son handicap, Doffre devait sûrement fuir la publicité.

Recroquevillé devant son écran, il s'enfonça dans les méandres d'Internet. Bons au porteur… Forêt-Noire… Bourreau 125…

Cathy redescendit chercher Clara pour aller la coucher.

— Toi aussi, tu cherches après ton papa, ma puce, chuchota-t-elle à sa fille. Tu vois, il n'est plus avec nous…

Avec ses recherches, son mari resterait plaqué à son ordinateur ce soir, jusque tard dans la nuit. Tant mieux. Inutile de trouver des excuses pour ne pas faire l'amour.

7

Du bout des doigts, Arthur Doffre poussa la porte de sa chambre, un large sourire creusant plus encore les sillons entrecroisés sous ses yeux noirs. Dans trois heures environ, les Miller – l'homme, la femme, l'enfant – allaient le rejoindre ici, en pleine Forêt-Noire. Il se dirigea vers la fenêtre. Dehors, la neige s'était remise à tomber. Bientôt, les chemins, les routes s'effaceraient. Le chalet se rétracterait alors en un minuscule îlot, coupé du monde, perdu dans l'infini des arbres.

Il actionna la manette plantée dans le manche gauche de son fauteuil roulant, le petit moteur propulsa la tête chauve à travers un long couloir en direction du salon.

Au centre de cette large pièce aux tons tièdes, ambrés, la curiosité de l'endroit : un tronc noueux, couvert de rainures et de coulées de sève durcies, transperçant la charpente comme pour répondre à un besoin irrépressible de puissance et de liberté. Le chalet, soigneusement isolé du froid et de l'humidité, avait été bâti autour d'un chêne rouge, tricentenaire.

Doffre contourna l'arbre prudemment, puis stoppa net face à la table basse sur laquelle il saisit un vase en porcelaine rose, rapporté d'un voyage en Chine, et dont il ne se séparait jamais. Sans plus bouger, l'objet sur les genoux, il s'abandonna à de lointaines pensées, puis s'approcha de la cheminée où crépitaient de hautes flammes rouges.

Des bouffées ardentes vinrent lui caresser les pommettes. Il se sentait bien.

À sa gauche, posées sur un fauteuil, des centaines de feuilles et de fiches cartonnées, enserrées dans des pochettes colorées.

Un dossier, classé secret d'État.

Celui du Bourreau 125. Les secrets de son histoire. Et ceux de son esprit.

Arthur Doffre s'empara d'une pochette bleue à élastiques, l'ouvrit, et baissa lentement les yeux. Il connaissait le moindre cliché par cœur. L'expression d'agonie des visages. Les stries des liens tailladant la peau. La chevelure blonde des femmes s'engouffrant dans leur bouche hurlante. Les numéros, tatoués à l'encre noire sur les crânes de leurs enfants épargnés. 101703… 101005… 98784… 98101… 98067… 97878… 97656… Le mystère des nombres, jamais résolu.

Doffre termina par le cliché du Bourreau, étranglé au bout de sa corde.

Les poils de son avant-bras gauche se hérissèrent, il en perçut chaque infime vibration. Il lui arrivait rarement de frissonner, mais, chaque fois que ça se produisait, c'était comme si on lui plantait des épines dans le dos.

Quand il sortit de ses pensées, il vit sa main crispée sur le bras du fauteuil roulant.

Soudain, ses doigts se durcirent. Arthrite. Et elle serait fulgurante, selon l'annonce de son médecin.

Il porta sa paume devant son regard et serra le poing de toutes ses forces, les phalanges rétractées comme les serres d'un aigle. La douleur était atroce, mais il la supporta. La maladie ne l'abattrait pas. Pas lui.

Le vieil homme desserra un peu le nœud de sa cravate, sur son front perlaient des gouttelettes de sueur. Il rangea soigneusement les clichés, puis appela :

— Adeline, mon abricot ! Viens me rejoindre, s'il te plaît !

Dans sa chambre, Adeline boutonnait son gilet de laine au ras du cou. Elle avait allumé un feu de cheminée dès leur arrivée, dans la nuit, mais réchauffer un tel volume allait bien demander la journée.

Elle jeta un œil par la fenêtre. À l'extérieur, rien d'autre qu'une violence blanche par-devant les troncs démesurés. Magnifique… et déprimant…

Avant de rejoindre Doffre, elle voulut vérifier sur son portable que Saint-Osier n'avait pas laissé de message. Pas de réseau ! Forcément, si loin du monde !

— Bah, et puis zut ! grogna-t-elle.

Elle lança le téléphone sur le lit. Pourquoi se soucier de Saint-Osier, et des messages d'insultes qu'il lui enverrait ? Ce gros con l'éjecterait à coup sûr, dès son retour. Tant pis, ou plutôt tant mieux. Elle aurait gagné suffisamment d'argent pour enfin plaquer cette agence minable et se lancer dans une aventure plus respectable. Son institut de beauté…

Elle fourra dans une armoire le kimono rouge que son riche client venait de lui offrir. Elle détestait le rouge, à vomir. « Traumatisme d'enfance », disaient les médecins.

Puis elle plaça le bon au porteur au fond de sa valise, qu'elle posa au-dessus de l'armoire. À ce rythme-là, dans un mois, elle serait riche.

Juste avant de sortir, son regard s'attarda sur la malle, casée dans l'angle de la pièce, qu'elle avait eu tant de mal à transporter de la voiture au chalet. L'ouverture était barrée d'un énorme cadenas en U, l'une de ces protections codées à cinq chiffres dont on se sert pour bloquer les roues des motos. Peut-être Doffre entreposait-il là, entre autres, tous ses bons au porteur ? « Drôlement prudent, le vieil homme », songea-t-elle en franchissant la porte.

Elle s'avança dans l'étroit corridor.

— Tu as froid, mon abricot ?

Elle sursauta et fit volte-face.

— Un peu, oui. Vous… Tu… Tu veux que je passe d'autres vêtements ? Une robe courte…

Il l'interrompit d'un signe tranchant.

— C'est comme ça que j'aime les femmes, celles qui suggèrent plus qu'elles ne dévoilent. C'est l'une des raisons pour lesquelles je t'ai choisie. Promets-moi de ne rien changer, et de te comporter ici comme tu le ferais chez toi.

Adeline acquiesça.

— Tu veux peut-être manger un morceau ? demanda-t-elle sans vraiment trouver la juste repartie.

— Il paraît que tu es une excellente cuisinière. Prépare-moi un bon déjeuner. La nourriture est stockée dans l'arrière-cuisine. Tu décides du repas, mais évite la viande saignante, j'ai horreur de ça.

Après lui avoir caressé les cheveux, il recula vers la chambre des Miller, située en face, en ne cessant de la fixer de ses yeux noirs. Claquement de porte, bruit de serrure.

Adeline resta un temps interloquée. Drôle de manière de se comporter, pour un type de sa classe, mais bon, elle avait l'habitude. Lunatiques, capricieux, grincheux, son pain quotidien…

En remontant le couloir, elle plissa le nez. Ces affreuses odeurs d'antiseptiques ! Elle voulut ouvrir une porte latérale, pour voir d'où elles provenaient, mais n'y parvint pas. Fermée à clé…

Le salon, à présent. Quel silence ! Dire qu'elle n'avait même pas pensé à emporter un lecteur de CD. Trente ans, seule avec un vieux paraplégique à cinq cents kilomètres de chez elle. La maison de retraite de sa grand-mère, à côté de ça, c'était le carnaval…

Elle remit une bûche dans la cheminée et s'attarda devant la flambée, les mains ouvertes en regard des flammes. Un mois… Un mois à aller chercher des bûches, allumer des feux, mitonner les repas, satisfaire les caprices de son client… ça risquait de faire long. Heureusement, il n'avait pas trop l'air menottes et cravache, celui-là, handicapé jusqu'à l'os. Quoique… Elle avait quand même embarqué le matériel. Deux paires de bracelets en acier, et le petit nécessaire du plaisir nuptial. Après tout, il était de son devoir de répondre à ce genre d'*exigences*.

Elle leva un peu la tête, son regard s'appesantit sur le fusil, accroché au-dessus de la cheminée. Un Weatherby Mark. Elle s'en approcha et glissa son index sur le canon. Une poudre noire se déposa sur le bout de son doigt, elle la porta sous son nez et renifla. L'arme avait servi récemment. Curieux, estima-t-elle, car il s'agissait d'un équipement lourd, avec lunette de visée, conçu spécialement pour chasser l'éléphant ou le rhinocéros, et capable de percer un mur de parpaings. Il existait de si gros animaux, dans la région ? En tout cas, les précédents locataires devaient être des chasseurs.

La jeune femme se frotta les doigts, détournant son

regard du fusil, essayant de chasser cette odeur de poudre.

D'un coup, sa respiration se fit sifflante, ses bronches se rétractèrent. La brusque sensation de respirer avec une paille. Adeline piocha en catastrophe l'inhalateur dans la poche de son gilet et envoya une bruyante expiration au fond de sa gorge. Bronchodilatation. Délivrance. Elle jeta un œil derrière elle et dissimula rapidement le petit objet en plastique.

En se dirigeant vers la cuisine, elle s'attarda devant la porte d'entrée. Elle se souvenait de son épaisseur ahurissante, à leur arrivée. Tout juste si elle avait réussi à la pousser ! Un gros verrou en barrait le chambranle. Le vieux avait fermé à clé. Pourquoi tous ces verrous, même en travers des fenêtres, dans les chambres ? La peur des vols ? Pourtant, venir ici pour un cambriolage, il fallait le vouloir ! Cela dit… Avec tous ces bons au porteur…

Adeline n'était pas rassurée. Finalement, personne ne savait précisément où elle se trouvait. Pourquoi avait-elle fait confiance à un homme qu'elle connaissait si peu ? Parce qu'il était handicapé et, à première vue, inoffensif ?

« Un incroyable don pour t'embarquer dans les coups fourrés », songea-t-elle avec regret.

Une chose, surtout, la préoccupait depuis son arrivée. Tous ces détails que Doffre semblait connaître sur elle. Il avait dû consulter son dossier, à l'agence. Mais comment s'était-il procuré son adresse ? Comment avait-il réussi à biaiser avec le requin Saint-Osier et à contourner le circuit de location classique des filles ?

Et surtout, pourquoi l'avoir fait, lui qui était plein aux as ?

8

David ne décollait plus le front de la vitre du puissant 4 × 4, sauf pour noircir son calepin de notes. Il situerait l'action de son roman dans la Forêt-Noire, c'était décidé. Le Bourreau 125, en Allemagne. Une forêt vaste, mythique et énigmatique, au service d'un thriller… L'idéal… Il imaginait déjà les hurlements que personne n'entendrait,

pourquoi pas une longue course poursuite sous la brûlure de l'hiver, la fuite d'une victime qui n'aurait, pour s'en sortir, d'autre choix que de se jeter dans un ravin. Bref, les idées foisonnaient à mesure que la petite famille et le chauffeur aux gants blancs s'enfonçaient dans le labyrinthe de branchages.

Après Baden-Baden, puis Hilpertsau, la route avait commencé à se tordre, s'effiler pour éventrer les vallées puis épingler le col de Kaltenbronn. Pendant quelque temps, ils avaient croisé des auberges fermées et des refuges déserts, puis plus rien. Des arbres, rien que des arbres. David était fasciné par le spectacle de cette forêt, à la fois possessive, dense et intime. À certains endroits, le soleil ne filtrait que par gouttelettes dorées, l'obscurité donnait alors l'impression d'une seconde nuit.

Les roues du 4 × 4 traçaient à présent de profonds sillons dans la poudreuse. David s'étonna de la soudaine quantité de neige. Il se pencha vers l'avant du véhicule et observa le thermomètre. Un degré, alors qu'il en affichait dix de moins il y avait à peine un quart d'heure !

« Peut-être un microclimat, songea-t-il, à cause de ce relief particulier, ou de la densité arboricole. » Il en prit note et considéra le GPS. D'après les indications, ils n'allaient pas tarder à arriver…

Dans l'enceinte d'une minuscule clairière, le chalet se dessina enfin, son toit en rondins recouvert de neige, resplendissant sous les rayons inclinés du soleil. Il était bien plus imposant que sur les photos. Les fûts empilés, enchevêtrés et à peine écorcés donnaient une impression de matière brute, taillée à même la forêt.

Cathy leva les yeux, plaquant son nez sur la vitre arrière. Le chêne majestueux, qui surgissait de la toiture, semblait être né de la demeure elle-même. Quant aux fenêtres de la façade, un peu arrondies, elles ressemblaient à de grands yeux curieux.

— Comment peut-on construire un truc pareil autour d'un arbre ? Tu as vu la hauteur de ce chêne ? Et l'épaisseur de ses branches ?

David se pencha par-dessus son épaule.

— Alors ? Première impression ? Tu t'attendais à ça ?

— Pas vraiment, tout est tellement… démesuré. Ces arbres, ce chalet, cette forêt… Cette tranquillité… Je crois que je vais adorer… Quand je me sentirai un peu moins nauséeuse…

Christian se gara à proximité d'un autre 4 × 4. Clara émergea progressivement de son sommeil lorsque le moteur cessa de ronfler. Même à moitié endormie, la gamine amena sa tétine entre les dents. David la serra dans ses bras et l'embrassa dans le cou.

— Si tu es heureux, alors je le serai aussi, confia Cathy en ouvrant la portière.

— Tu as bien fait d'accepter. Tu ne le regretteras pas…

Clara s'agitait comme un asticot.

— Neize… Neize ! Neize ! Neize !

David la libéra de son siège. La môme se mit à courir et s'enfonça rapidement jusqu'aux tibias. Elle avait repéré un piquet surmonté d'un globe rouge, semblable au nez d'un clown. Yoyo le clown !

— Regarde comme elle est contente ! reprit David, une fois sorti de la voiture.

Il fit une grosse boule de neige qu'il jeta vers son épouse.

— Arrête, chéri ! Je me sens pas bien… J'ai été malade à crever tout le long de la route, alors sois gentil…

Arme au poing, David s'approcha encore, prêt à récidiver.

— Il faut te le dire en quelle langue ? Arrête, t'as compris !

En une fraction de seconde, son visage s'était assombri.

— Bon sang ! C'est quoi ton problème ? chuchota David en explosant le projectile contre un tronc. Dans le temps, c'est toi qui les commençais, les batailles !

— Mon problème ? Tu veux le connaître, mon problème ?

Une voix grave, autoritaire, brisa subitement leur querelle.

— La petite ! Allez chercher immédiatement la petite ! Vite ! Avant qu'elle n'atteigne le piquet !

Doffre hurlait depuis le perron, l'index pointé vers Clara. L'enfant progressait à bon rythme, en dépit de la neige qui s'accumulait sur ses vêtements. Qu'il avait l'air amusant, ce nez de clown ! Et il y en avait tout le long ! Des dizaines de Yoyo le clown, rien que pour elle ! Mieux que dans un grand cirque !

Cathy retint un cri.

Ça y est, la fillette atteignait son objectif. Elle tendait déjà le bras.

Ses deux pieds décollèrent brusquement de terre. Elle se mit à hurler.

David venait de l'attraper, il l'emmena avec lui vers le chemin, la respiration courte. Il regarda Cathy sans comprendre. Le couple s'approcha de Doffre, silencieux et gêné. Le vieil homme les salua chaleureusement, tandis que

Christian déchargeait leurs bagages. Puis il jeta un œil sur Clara, qui sanglotait encore, avant de désigner les piquets.

— Désolé d'avoir été aussi abrupt. Mais ces vingt-neuf repères, dispersés autour du chalet, indiquent l'emplacement de pièges à loups, et votre enfant aurait pu se retrouver avec le tibia broyé. Christian aurait dû vous prévenir.

— Christian n'y est pour rien, corrigea David. Nous avons manqué de vigilance.

— Des pièges à loups ? répéta Cathy.

Arthur Doffre pivota, libérant le passage vers l'intérieur.

— Oui. Des lynx rôdent dans la région. Ils viennent du Nord. Plusieurs individus ont été repérés, ces derniers temps. Le jour, ils sont inoffensifs, plutôt craintifs, mais la nuit, ils deviennent de redoutables chasseurs. Il vaut mieux éviter les sorties une fois l'obscurité installée, on ne sait jamais. Et surtout, n'approchez pas de ces repères, car la neige a rendu les pièges invisibles. Il y en a partout. Devant, derrière, ils jalonnent aussi le sentier qui mène à la réserve à bois, sur le côté.

— Des lynx… Ça commence bien, ironisa Cathy en bloquant sur la silhouette longiligne qui se tenait penchée devant la cheminée.

Adeline posa le tisonnier sur son support et se frotta les mains sur un torchon avant de venir saluer les Miller.

— Adeline est la tendre dévouée qui nous accompagnera dans notre grande aventure littéraire, expliqua Doffre en lui caressant le bout des ongles.

Cathy tira ses cheveux en arrière, le sourire crispé. Alors c'était ça, la « vieille compagne » de Doffre ? Une tendre dévouée ? Ça signifiait quoi, une tendre dévouée ? Elle n'avait pas l'air d'une pute, pourtant. Plutôt l'inverse, d'ailleurs, genre rouquine un peu coincée, limite *Petite maison dans la prairie*. Vachement mignonne avec ses prunelles d'un bleu perçant, sa plastique à éblouir un aveugle. Apparemment, le danger n'était pas que dehors.

Cathy prit David par la taille et se serra contre lui. Doffre l'arracha à ses pensées.

— Je vous souhaite donc, à tous les trois, la bienvenue ! Adeline va vous mener à votre chambre, afin que vous puissiez vous installer. Vous voudrez manger un morceau ?

— Ça ira, merci, répondit David. Nous pourrons attendre le repas du soir, nous avons grignoté en route.

Doffre fit jouer un trousseau de clés entre ses doigts.

— D'accord. Nous ferons ensuite une courte visite des lieux, puis vous pourrez vous reposer, si vous le souhaitez. Adeline, tu leur montres le chemin, s'il te plaît ?

Le long corridor au tapis rouge. Toilettes, salle de bains. Puis l'odeur des antiseptiques, enfer d'hôpital qui fit faire la grimace à Cathy. Ensuite, une porte fermée, suivie de deux autres, au fond, sur la droite.

— Je vous en prie, fit Adeline en ouvrant.

— Merci, répliqua David avec un sourire de politesse.

Avant d'entrer, Cathy tourna la tête vers la rouquine, qui s'éloignait.

— Elle a besoin de rouler des fesses comme ça, celle-là ?

— Oh ! Je t'en prie. Pas ici…

— On pouvait se retrouver qu'à deux, mais non… Une autre fille… Y a toujours un truc qui cloche. Ça promet…

— Pour une fois, j'espère que tu mettras de côté ta jalousie.

David posa Clara, son sac à dos, inspira un grand coup. Puis il s'élança sur le lit. La petite l'y rejoignit en piaillant.

— Alors ! Géniale la chambre, non ?

Cathy tourna sur elle-même. Lambris, parquet, poutres. Tons chauds. Nid douillet au cœur de la forêt.

— Plutôt pas mal, ouais. Un peu rudimentaire, mais… elle est grande…

— Et le lit a l'air de ne pas trop grincer !

Cathy se dirigea vers la fenêtre en haussant les épaules. L'obscurité s'installait déjà. Seize heures…

— Même de ce côté-ci, il y a des piquets à bout rouge. Bizarre, quand même… Je savais pas qu'il y avait des lynx en Allemagne.

Elle demanda à David :

— Tu peux me donner les photos ?

— Pour quoi faire ?

— Donne, c'est tout !

David fouilla dans la poche de son caban, en sortit les clichés et les lui tendit. Cathy les observa attentivement, en retournant vers la fenêtre.

— Je m'en doutais… À l'époque, pas de pièges à loups !

— Peut-être pas de lynx, tout simplement. Ils ne débarquent sans doute que l'hiver, puisqu'il a dit qu'ils venaient du Nord.

Cathy fronça les sourcils.

— Et… Attends… Oui, c'est bien ça ! Il y a quelque chose qui me tracassait, quand on est arrivés, mais je n'arrivais pas à trouver quoi.

— Quoi ?… soupira David.

— Les grandes vitres, sur la façade !

— Et alors ?

— Des vitres, mais pas de volets ! Or, il y en avait, sur les photos !

Elle voulut ouvrir la fenêtre, mais un verrou l'en empêcha. Elle plaqua son visage contre le carreau.

— Et pareil pour notre chambre, apparemment. Pas de volets.

— Quelqu'un les a peut-être démontés pour les traiter ou pour les peindre ? Ou alors ces photos datent d'il y a plusieurs années ? Qu'est-ce que j'en sais ! Bon ! On retourne dans le salon ?

Cathy frappa doucement du poing sur la vitre. Plexiglas.

— Vas-y avec Clara… répliqua-t-elle. Je vous rejoins. Je voudrais me passer de l'eau sur le visage…

La minute d'après, elle s'enfermait dans les toilettes et

baissait son jean. La présence d'abondants saignements l'effraya. Après s'être nettoyée, elle sortit un comprimé blanc d'Exacyl, l'avala sans eau et renfonça la boîte bien au fond de sa poche. Cette boîte, il faudrait la cacher en lieu sûr, ou jeter l'emballage.

Si David tombait dessus… Des cachets censés freiner les hémorragies… Pas besoin d'un dessin pour comprendre.

Elle se rassura, néanmoins. Hormis le sang – elle prétendrait avoir ses règles s'il voulait faire l'amour –, aucune séquelle physique, excepté les vomissements, durant le trajet. L'avant-veille, l'expulsion s'était déroulée sans douleur et les médecins avaient su trouver les mots justes pour la réconforter.

Là, maintenant, elle aurait dû se sentir plus légère, soulagée. Mais l'avortement n'enlevait rien à la gravité de son acte. Elle avait froidement trompé son mari.

Elle fixa son reflet dans le miroir, sans baisser les yeux.

Dans le salon, les hommes l'attendaient au pied du chêne. Adeline, installée dans un fauteuil en cuir, ne cessait de regarder Clara.

— Monsieur Doffre vient de me dire que cet arbre avait au moins trois cent cinquante ans, raconta David. Tu imagines ? Trois cent cinquante ans !

— Il s'agit d'un chêne rouge, planté de main d'homme, ajouta Doffre, du temps où la Forêt-Noire abritait encore ses tisseurs, ses boisseliers et ses fabricants d'horloges. Construire ce chalet autour a été, en quelque sorte, un symbole de respect. Et un sacré défi architectural, notamment au niveau de la charpente et du plancher, qui garantissent un isolement total.

Cathy pointa le doigt en direction du plafond.

— Et là-haut, sur le tronc ? Qu'est-ce que c'est ?

Arthur siffla brièvement.

— Excellent sens de l'observation ! Ce sont des inscriptions, gravées en profondeur dans l'écorce, dans lesquelles a été coulé de l'argent fondu. Afin qu'elles ne s'effacent jamais. Il y est écrit *« Oktober 1703 »*.

— Et ça signifie ?

— Il faut remonter loin dans l'histoire de ces terres pour en interpréter la signification, conta-t-il sur le ton du mystère. Au temps des sorcières, des sortilèges et des confréries secrètes. Mais chut ! Nous en reparlerons plus tard…

— Et comment deviner qu'un arbre a été planté par un homme ? s'intéressa Adeline en étendant ses longues jambes prises dans son jean moulant.

— Parce qu'il n'y a aucun autre chêne rouge dans cette région, principalement faite de sapins aux aiguilles vert-noir, d'où le nom de « Forêt-Noire ». C'est le seul et unique spécimen.

— D'accord, mais pourquoi l'avoir planté précisément ici, au milieu de nulle part, dans ce cas ?

— Pas au milieu de nulle part. Mais… le plus loin possible de toute forme de civilisation…

Il claqua la main sur le bras de son fauteuil.

— Et maintenant, la visite des lieux ! Prenez votre fille avec vous, j'ai une petite surprise pour elle !

À certains endroits, le tronc se gonflait de déformations hideuses, de tourbillons, de bosses. Cathy frôla l'arbre du bout des doigts et les retira rapidement. L'écorce était glacée.

Doffre les emmena vers le couloir. Adeline resta dans le salon, en compagnie de Christian.

— Rien de pire pour les fauteuils roulants que les virages à angles droits, râla Doffre en bifurquant dans le corridor.

— Vous voulez de l'aide ? proposa David.

— Personne n'a jamais poussé mon fauteuil, trancha-t-il d'un ton subitement froid.

Les Miller échangèrent un bref regard. Au fond du couloir, Doffre enfonça une clé dans un gros cadenas et ouvrit une porte qui donnait sur une espèce d'enclos, à la toiture faite de tôle ondulée. Une petite boule rose s'engouffra à l'intérieur de la maison. David laissa passer le porcelet devant lui, l'air ahuri, tandis que Cathy se baissait pour l'intercepter. Clara se précipita vers l'animal.

— Lui, c'est Grin'ch, fit Doffre en s'amusant devant l'expression câline de l'enfant.

Il mima un cercle, autour de l'œil.

— À croire que votre fille et lui étaient faits pour se rencontrer… Peut-être un signe ?

— Une mauvaise chute, s'empressa de justifier Cathy, accroupie devant le petit cochon qui ne cessait de grogner.

Doffre acquiesça avec un sourire.

— Pour en revenir à notre cher Grin'ch, il est tout jeune et ne pèse que cinq kilos. Nos prédécesseurs nous ont chargés de nous occuper de lui. Le nourrir, en fait… Mais je vois qu'il a un certain succès auprès de vous, Cathy !

— Elle et les animaux, c'est une véritable histoire d'amour, précisa David. Si je l'écoutais, chez nous, ce serait une véritable arche de Noé !

— On pourra le laisser entrer de temps en temps ? demanda la jeune femme sans lever les yeux. Ce serait bien, pour Clara…

— Je ne suis pas contre, répondit Doffre. Mais ne vous y attachez pas trop. Grin'ch ne nous appartient pas, et il pourrait partir, très bientôt…

— Juste une question… Qu'est-ce qu'il fait ici, en pleine Forêt-Noire ? l'interrogea David.

— Vous n'allez pas tarder à comprendre…

Doffre signifia à Cathy de replacer Grin'ch dans l'enclos. Clara protesta un temps, puis ils firent demi-tour dans le couloir.

— Désolé pour ces odeurs désagréables, mais nous n'avons pas réellement eu le temps d'aérer, expliqua le vieil homme en déverrouillant une autre porte. Et nos prédécesseurs ne se sont pas vraiment occupés de notre confort.

— Qu'est-ce qu'ils ont bien pu faire avec ces antiseptiques ? fit David.

— *Calliphora vicina*, *Hydrotaea pilipes* sont des termes qui vous inspirent ?

— Des mouches, me semble-t-il…

— Très bien ! Les propriétaires de cet endroit sont des entomologistes…

— Des ento quoi ? questionna Cathy.

— Des entomologistes. Des spécialistes des insectes, expliqua David.

Les gonds grincèrent légèrement.

Cathy eut un mouvement de recul, tant les odeurs lui fouettaient les narines.

Puis ils pénétrèrent dans la pièce, juste derrière Doffre, qui allumait la lumière.

La jeune femme n'en crut pas ses yeux.

Partout, des mouches. Des centaines de mouches d'un vert luminescent, grosses comme des billes en porcelaine, plantées par des aiguilles sur du contre-plaqué. Mêlés à ce vert organique, des rouges rubis, des bleus améthyste, sur des ailes de papillons. Puis l'ambre des flacons d'antiseptiques, et des transparences, celles des loupes, des lentilles de microscopes, des objectifs photographiques.

Un laboratoire. Ils venaient de mettre les pieds dans un laboratoire.

Elle se retourna vers David, qui tenait Clara par la main. Ils restèrent là un temps, sans rien dire, elle légèrement écœurée, lui intrigué, avant que Doffre n'annonce :

— David, voici l'endroit où vous passerez le plus clair de votre temps. Et, prêts à être utilisés, vos outils…

Il désignait une machine à écrire et deux ramettes de papier, au milieu des scalpels, des larves desséchées, des tissus cellulaires conservés entre des lamelles. L'ampoule, juste au-dessus, diffusait une faible lumière.

— Ici ? tressaillit Cathy.

— Une machine à écrire ? hallucina David. Mais comment voulez-vous ? J'ai l'habitude de corriger, de revenir en arrière ! Je ne sais pas utiliser cette chose ! Je vais perdre un temps fou !

Doffre agita lentement la tête.

— Non, non… Les lettres ont une force, elles ne doivent pas être posées au hasard. Vous en aurez ainsi conscience chaque fois que vous enfoncerez ces touches… Je suis persuadé que votre texte n'en sera que meilleur. Et puis les ratures, ce n'est pas réellement un problème… Ce qui compte, c'est l'intrigue. Vous ne croyez pas ?

— Si, si… Bien sûr.

Doffre fit à nouveau couiner le moteur de son fauteuil, s'orientant cette fois vers un large drap noir, accroché devant la fenêtre, au fond du laboratoire. À sa droite, sur une étagère, une boîte de cartouches.

— Je vous parlais d'un endroit d'ambiance, David, vous vous rappelez ? Un endroit qui stimulerait au mieux votre imagination. Un lieu permettant d'obtenir le meilleur de vous-même… Approchez, je vous en prie…

David sentit les doigts moites de Cathy se glisser dans la paume de sa main. Clara était repartie dans le couloir, seule, profitant de l'inattention de ses parents.

— Je… Je me rappelle, répondit David en s'avançant, Cathy serrée contre lui.

— Qu'est-ce qu'il nous fait, là ? chuchota-t-elle à son oreille. Tu étais au courant pour le labo ?

Il secoua discrètement la tête.

Doffre empoigna le drap.

— Pour dire la vérité, vous ne vous trouvez pas réellement dans un chalet, confia-t-il.

— Vous pouvez préciser ?

— Monsieur, madame Miller, je vous présente la *TotenBauernhof*… La ferme des morts…

Et il tira le drap d'un geste sec.

Instantanément, le visage de David se plissa de dégoût.

Cathy eut un haut-le-cœur.

Là-bas, entre les sapins, dans l'obscurité du soleil couchant…

Jamais, de toute sa vie, la jeune femme n'avait vu pareille horreur.

9

Tout se mit à tourner. Cathy eut tout juste le temps d'atteindre le lavabo des toilettes pour y vomir un filet de bile.

Resté dans le laboratoire, David fusillait Doffre du regard. Il explosa :

— Mon Dieu ! Mais à quoi jouez-vous ? Vous… Vous êtes malade ou quoi ?

— La science, répondit Doffre. La science. Et c'est la nature elle-même qui a créé ces monstruosités. Pas l'homme…

Dehors, éclairées par les tout derniers rayons, six carcasses de porcs, suspendues par le train arrière à deux mètres au-dessus du sol, présentant différents degrés de décomposition. Certaines, juste entamées par la putréfaction. D'autres en lambeaux, décharnées, percées par leurs propres os. Recouvertes de colliers blancs d'œufs et de pupes.

Une nécropole suspendue.

Cathy rentra à nouveau dans la pièce, livide.

— Mais… mais à quoi ça rime ? Vous… Vous êtes ignoble !

Doffre se tassa un peu sur lui-même.

Elle agrippa son mari, les traits déformés.

— On… On fiche le camp d'ici ! Tout de suite ! Co… Comment peut-on…

— Je suis sincèrement navré, fit Doffre. Je ne pensais

pas que cela vous mettrait dans un état pareil. Il s'agit uniquement d'un programme scientifique, dont le seul but est de sauver des vies… Des vies humaines…

— Peu importe ! intervint David. Vous auriez dû nous prévenir ! Ce n'est pas le genre de spectacle que n'importe qui peut supporter ! Vous comprenez ça ?

Doffre essaya de remettre le drap, mais n'y parvint pas. Il finit par l'abandonner sur le sol.

— Mais ni votre épouse ni votre fille n'auront à le supporter ! Ils ne sont visibles que depuis ce laboratoire, ma chambre et une autre chambre vide, juste à côté. Je voulais simplement vous mettre au courant, voilà tout !

Il fixa Cathy.

— Je vous avoue que j'ai eu peur que vous refusiez de venir, à cause de ce détail… Mais… Je vous en prie, excusez-moi…

— Un *détail*, oui !

David voulut enlacer Cathy pour tenter de la rassurer, mais elle le repoussa, hors d'elle, avant de disparaître dans le couloir.

— Clara ! Clara !

David se retourna alors vers le vieil homme :

— Expliquez-moi ! Je ne comprends pas !

— L'entomologie forensique, David ! Huit escouades successives d'insectes, qui se relaient sur les carcasses suivant le degré de décomposition des chairs. L'influence des températures, de l'humidité, de la flore avoisinante, sur la rapidité de la putréfaction ! Un moyen imparable de dater le jour et l'heure de décès d'un cadavre !

— Je sais tout ça ! Mais je ne pensais pas qu'on… étudiait ça sur des porcs ! Qu'on les exposait de cette manière, volontairement, à l'air libre !

— Justement, ce ne sont que des porcs ! Vous savez que la même chose existe, dans le Tennessee. Sauf qu'il s'agit… d'êtres humains, dont le corps a été légué à la science… Abandonnés aux carnages du temps, à la chaleur, aux nécrophages… Exposés par dizaines sur des planches de bois, au cœur d'une ferme, comme ici… Disons que, en ce qui nous concerne, il s'agit d'une version allégée… Mais tout aussi passionnante…

Doffre s'approcha et vint lui attraper le bras.

— J'ai besoin de vos écrits, David. Inventez-moi une histoire… Ne m'abandonnez pas maintenant… Ce… Cet environnement doit vous inspirer ! Dites-moi que je ne me suis pas trompé en vous faisant confiance ! Dites-le-moi ! David !

Il semblait maintenant abattu et faisait presque pitié à voir, dans son costume immaculé, avec ses jambes atrophiées et sa prothèse droite gantée, qui amplifiait son handicap plus qu'elle ne le dissimulait.

David jeta encore un regard vers l'extérieur. Des entomologistes… Sauver des vies… Un lieu d'ambiance… Doffre avait cru bien faire…

— Cathy risque d'être très difficile à convaincre, murmura-t-il.

— Je sais, je sais ! Mais elle comprendra, j'en suis certain ! Et puis, vous n'allez pas repartir ce soir ? La neige, la nuit. Les routes sont probablement verglacées, ce serait de la folie ! Faites qu'elle accepte, je vous en prie… Pensez avant tout à l'argent…

David entendit des clameurs, dans le salon. Des voix de femmes. Ça chauffait…

— Je vais essayer, dit-il finalement. Mais, s'il vous plaît, ne nous faites plus une surprise comme celle-là. Parce qu'à mon avis, ce serait la dernière…

10

La ferme des morts. Rien que le nom faisait frissonner Cathy. Seule devant la fenêtre de sa chambre, elle se pelotonna sous son pull. Après le dîner, elle avait pris prétexte de sa fatigue pour s'éclipser rapidement, espérant que David la suivrait. Une heure déjà qu'elle l'attendait.

Une nuit d'un noir intense drapait la forêt. Elle se frotta vigoureusement les mains. Le radiateur électrique peinait à réchauffer la pièce, et cette Adeline n'avait pas rentré assez de bois pour la nuit. Bien évidemment, personne n'avait osé aller jusqu'à l'abri, à l'arrière de la ferme. Les lynx, chasseurs nocturnes… La Forêt-Noire portait bien son nom, finalement.

Elle s'était persuadée d'avoir fait le bon choix, en restant. Repartir, avec une météo pareille et une telle obscurité, aurait été du suicide. Et puis, briser le rêve de son mari, à cause de ce programme entomologique… Finalement, David avait raison. Ces porcs expliquaient l'isolement du chalet, et l'absence complète de civilisation, des kilomètres à la ronde. Il suffisait juste d'oublier les charognes. Pas facile…

— Déjà ? fit-elle quand David franchit le pas de porte.

Elle jeta un bref regard au-dessus de l'armoire en pin, où elle avait soigneusement caché la boîte d'Exacyl, plaquée contre le mur du fond.

— Franchement, tu aurais pu faire un effort, pour le dîner. C'était vraiment limite de te barrer comme ça…

Bon, je suis juste passé te dire bonne nuit, Arthur veut me voir dans dix minutes, dans le laboratoire. Je pense que nous allons enfin discuter du roman.

Il ôta la tétine des lèvres de Clara, qui dormait à poings fermés dans le lit à barreaux.

— Il ne faut pas m'en vouloir, lui dit Cathy d'une voix plus douce. Je n'ai pas emporté mes Lexomil, histoire de me sevrer, mais là… Je suis plutôt stressée. Demain, ça ira mieux. Le temps de m'habituer à cet endroit et à ce couple bizarre…

— Pourquoi bizarre ? Il arrive souvent que des types fortunés se paient une *escort girl* pour les accompagner dans leurs voyages. Même des hommes mariés, pour tout te dire !

— Je me doute ! Je ne parlais pas du couple en lui-même… Mais par exemple, Lèvres de feu, qui n'a pas arrêté de dévisager notre fille du coin de l'œil, et qui n'a pas dit un mot de la soirée… Qui est-elle ? Où habite-t-elle ? On l'ignore, en fin de compte. Parfois elle vouvoie, l'instant d'après, elle tutoie. Agréable, puis d'un seul coup super-sèche… J'ignore où Doffre est allé la chercher, mais, premièrement, elle doit avoir un problème sérieux avec les enfants, et deuxièmement, elle ne m'inspire pas.

— Les femmes qui se trouvent dans la même pièce que moi t'inspirent rarement. Je l'ai trouvée très simple, très accessible.

— Accessible, bien sûr… Ouverte, tant que tu y es ? Qu'est-ce que t'attends ?

— Je t'en prie… Arrête…

— En tout cas, à voir sa tête, il avait certainement oublié de la prévenir pour les carcasses, elle aussi !

Elle avança au fond de la pièce.

— Alors comme ça, c'est toi qui vas dénombrer, chaque jour, les larves sur ces charognes ? C'était pas prévu au programme ! Et puis, en plus d'être répugnant, c'est hyperpassionnant ! Tu vas me dire, ça ne te changera pas beaucoup.

— Qui le fera ? Toi ? Adeline ? Christian, qui repart demain ? Doffre a pu obtenir la ferme parce qu'il finance ces recherches, et il avait juste besoin d'une main experte pour effectuer les relevés. Je suis cette main experte ! Ça explique peut-être en partie pourquoi il m'a choisi, moi. Un spécialiste de la mort, qui, en plus, écrit… Et puis, je trouve ça plutôt honorable de sa part de mettre de l'argent là-dedans. C'est sérieux, tu sais. Ça peut vraiment contribuer à faire progresser la criminologie.

— Oui, oui, bien sûr, mais…

— Ne pense plus aux porcs. Ils sont de l'autre côté, enfoncés entre les arbres. Ni toi ni Clara ne les verrez. Et, avec le froid qu'il fait, vous ne sentirez aucune odeur.

Elle croisa les bras.

— J'ai accepté de venir ici pour toi, pour que nos rapports s'améliorent. Je pensais que quitter ton environnement morbide te ferait le plus grand bien… Et, finalement…

Elle se retourna et lui embrassa le bout du nez.

— En tout cas, j'espère que tu prendras le temps de t'occuper de ta fille et de ton épouse, et de respirer autre chose que de la matière en décomposition.

David acquiesça, un œil sur sa montre.

— Promis, ma muse. Je… Je vais y aller, il m'attend…

— N'oublie pas que si tu ne tiens pas ta promesse…

— Alors mes dents tomberont et des poils pousseront sur ma langue.

Elle l'agrippa, juste avant qu'il franchisse le seuil, le tira à l'intérieur et chuchota :

— Ne traîne pas trop, il est minuit passé. J'ai besoin de toi, ce soir… C'est important pour moi. Je t'attendrai, OK ?

Il posa un baiser sur ses lèvres.

— Je ne traînerai pas.

— Et, s'il te plaît, demande-lui s'il a la clé de la porte. Je me vois mal dormir sans verrouiller.

— Tu as peur qu'il te saute dessus ? lui répondit-il dans un sourire.

David remonta le couloir. Malgré le tapis rouge, le plancher craquait sous ses pas. Avant de pénétrer dans le laboratoire, il jeta un œil dans le salon.

— Bonne soirée… dit-il en agitant les doigts.

Adeline était assise en tailleur face à la cheminée. Elle portait un kimono en soie noire, serré à la taille par une ceinture grenat. Elle tourna lentement la tête vers cette voix apaisante.

— Oui, bonsoir…

— Où est Christian ?

— Il est allé se coucher. Demain, il repart tôt…

David se mit à parler plus bas.

— Ces anecdotes d'insectes et de carcasses de porcs ne vous ont pas trop effrayée, j'espère ? Désolé pour ce sujet de conversation un peu… particulier, que nous avons eu à table…

— Vous savez, j'ai l'habitude… Et les échanges sont parfois bien plus curieux que ça…

— Arthur ne vous avait pas prévenue non plus pour la nécropole, n'est-ce pas ?

— Pas avant d'arriver ici… Un peu comme vous… La bonne surprise de l'endroit !

Elle fixa le chêne un instant.

— Vous voulez venir près du feu ? C'est très agréable.

— Désolé, mais je dois y aller… Arthur m'attend… Bonne nuit…

— À demain… répondit-elle.

Doffre patientait dans le laboratoire. Dans sa main, deux dés qu'il lançait contre les rebords d'un cadre vide. De profil, sa prothèse droite luisait, noblement posée sur l'accoudoir de son fauteuil. Avec les jeux d'ombres, ses jambes semblaient tranchées, aussi nettement qu'elles auraient pu l'être avec une scie.

Le maître des lieux s'adressa à David :

— Si vous deviez associer une fleur à la mort, laquelle choisiriez-vous ? Répondez sans réfléchir, s'il vous plaît.

— L'arum, fit David en s'approchant.

— Une couleur, qui vous suggère, elle aussi, la mort ?

— Le vert.

— Et pour finir, un outil.

— La scie électrique, répliqua David du tac au tac.

Doffre fouilla dans sa poche et en sortit un papier plié, qu'il tendit devant lui.

— Et à votre avis, que répondent en général les gens à ces questions ?

— Je dirais… le chrysanthème… le noir et… la faucille ?

Doffre approuva d'un hochement de tête.

— Presque cent pour cent, oui. Parfois la pelle, à la place de la faucille, la rose ou la tulipe noires à la place du chrysanthème. Et pourquoi vos réponses sont-elles si différentes ?

David inclina la tête, songeur.

— J'ai dû faire une association inconsciente avec mon métier, avec ce que je rencontre tous les jours. L'arum, qui sent l'ammoniac, l'odeur des cadavres qui se décomposent. Le vert pour la tache verte abdominale, premier signe de la putréfaction qui apparaît en fosse iliaque droite. Par contre, concernant la scie électrique… je ne sais pas trop, c'est la première image qui m'est venue… L'instrument du légiste pour la découpe du crâne, peut-être.

Doffre eut un geste pour inciter David à déplier le papier.

— Arum, vert, scie ! Comment avez-vous fait ?… OK ! J'ai saisi ! Vous cachez plusieurs feuilles dans votre poche, avec différentes combinaisons !

— Judicieux, mais absolument pas. Vous pouvez vérifier.

— Mais j'aurais très bien pu dire… bistouri, marteau, hache, ou bleu, la couleur des lividités !

— Pourtant, vous ne l'avez pas fait. L'influence, mon cher ami, l'influence !

— C'est-à-dire ?

— Quelle est la couleur dominante de cette pièce ? Le vert. Le vert de toutes ces mouches. Quand vous êtes entré, la prothèse de mon bras se trouvait volontairement tournée vers vous, bien luisante. Membre coupé, scie électrique, vous voyez le rapprochement ? Quant à l'arum, une évidence, vous l'avez dit vous-même. Cette odeur que vous respirez chaque jour, comparable à celle qui flotte à proximité des porcs. L'ammoniac.

David n'eut pour toute réponse qu'un silence d'admiration.

— Et qu'en déduisez-vous ? finit-il par demander.

Le sexagénaire fit rouler les dés au creux de sa paume. David fronça les sourcils, les faces ne comportaient que des six.

— L'influence, répéta Doffre en empochant ses cubes blancs. Tout est une question de point de vue, et d'influence.

David s'empara du cadre d'une photographie, posé à gauche d'un crâne animal. Pris de loin, un colosse barbu, pull moisi, grosses bottes en caoutchouc, masque chirurgical sur le visage, planté au milieu des suidés aux poitrails ouverts. Un entomologiste au travail.

— Bon ! Le Bourreau, à présent ! proposa Doffre. Attaquons-nous au Bourreau, et à ses motivations secrètes !

— Ses motivations secrètes ? Elles sont aujourd'hui précisément connues par les analystes comportementaux, les psychiatres, les psychologues et les policiers ! Et même par n'importe quel lecteur lambda ! *Idem* pour son rituel, la manière dont il... contraignait ces pauvres femmes à accomplir l'impensable... L'encre a tellement coulé depuis...

— Alors pour vous, le Bourreau ne cache plus de secrets ? Avez-vous étudié sérieusement son histoire ?

— Oui... plus que de raison.

— Certainement pas autant que moi. Voilà plus d'un quart de siècle que je m'acharne sur son cas, comme…

Il rétracta ses doigts devant son visage.

— … une maladie, qui me gangrène. Avez-vous, par exemple, compris pourquoi il n'avait pas commis le huitième massacre, censé clore la série ? Pourquoi s'être donné la mort la veille de la date fatidique ?

— Passé de suicidaire, frustrations, tendances schizophréniques. Il se sentait prisonnier de son délire, incapable d'assouvir ses pulsions, même dans les actes de réification ou de mise à mort, devenus insuffisants. En s'ôtant la vie, il s'est délivré.

— Verbiage de bouquins ! Connaissez-vous un autre tueur en série qui ait essayé de se suicider ?

— John Wayne Glover et David Birnie, par exemple.

— Vous citez là les exceptions…

— Le Bourreau en était une.

Doffre expira bruyamment par les narines, comme subitement exaspéré.

— Parlez-moi donc de la signification de ces nombres, qu'il tatouait à l'encre noire sur les crânes des enfants épargnés. 101703… 101005… 98784…

— Vous savez parfaitement que personne n'a jamais compris. Il a emporté ce mystère dans sa tombe…

David marqua une pause, avant de poursuivre :

— Dans la voiture… vous m'aviez dit que notre séjour tournerait autour du mystère des nombres… Auriez-vous été meilleur que les mathématiciens qui se sont penchés sur le problème ?

— Oh non, malheureusement ! Mais… le mystère de ces chiffres n'est pourtant pas complètement enterré. Car ces enfants tatoués, ils existent, aujourd'hui. Ils portent sur eux les stigmates du criminel. Ils ont assisté à l'exécution de leurs parents. Certes, ils n'avaient que deux ou trois ans, mais ce tatouage, c'est comme si… comment dire… le Bourreau vivait encore, par leur intermédiaire. Le nom de Frédéric Brassart vous dit-il quelque chose ?

— Brassart ? L'ouvrier qui a assassiné sa femme et son fils d'une balle dans la tête, avant de se supprimer ?

— Exactement. C'était l'un des sept. Le fils des Potier, la troisième famille massacrée.

— Qu'est-ce que vous racontez ?

— La pure vérité…

David se recula.

— Mais… Mais ces mômes avaient été placés dans des orphelinats, des familles, certains ont été adoptés ! Comment les avez-vous pistés ? Comment avoir la certitude de leur identité ?

— Quand on s'acharne, et que l'on a les contacts qu'il faut, on finit par trouver… Prenez la fille Böhme, pour ne citer qu'elle. Elle ignore complètement qui elle est… Moi, je sais… Un lourd, très lourd secret à porter, croyez-moi…

David fit un geste pour marquer son incrédulité.

— Ça paraît fou. J'avoue que j'ai du mal…

— Vous ne me faites pas confiance ? Une réaction toute naturelle, ma foi… Mais vous voyez bien que vous êtes loin de connaître toute la vérité. Maintenant, David, entrons dans le vif du sujet… Vous allez me raconter… non, pas me raconter, mais me faire vivre le dernier massacre du Bourreau. Le double meurtre de Patricia et Patrick Böhme, en 1979. Il y a presque vingt-sept ans… Glissez-vous dans la peau du Bourreau, des Böhme, faites la caméra, soyez précis, très précis dans votre récit… Surprenez-moi à nouveau, comme l'a fait votre livre.

David s'installa sur un siège de cuir noir. Les sept enfants… Brassart, devenu un meurtrier. Les stigmates du criminel, gravés sur leurs crânes et dans leurs esprits…

— David ?

— Oui, pardon… C'est… C'est un test ?

Doffre tira sur une longue chaînette. La pièce sombra dans les ténèbres. On ne percevait plus que le tic-tac de l'horloge, avec, par-devant, la respiration creuse du vieil homme. Et ces abdomens de mouches, phosphorescents, démoniaques.

— Pas un test, mais plutôt… une mise dans l'ambiance.

— J'ai carte blanche ?

— Carte blanche… Du réalisme, de la précision. Voilà tout ce que je demande…

David eut une pensée pour Cathy, impatiente sous la couette.

Puis ses pupilles se dilatèrent, pareilles à celles des félins. Plus rien n'existait. Hormis le feu roulant de son imagination.

— L'orage craque juste au-dessus de moi, la pluie me trempe jusqu'à l'os. Une pluie froide d'hiver, qui court le long de mon torse et me gonfle d'envie. Ce que je ressens cette nuit, devant la fenêtre de ce pavillon, est unique, inexprimable, comme chaque fois avant l'acte. Mon sexe me fait mal… Il me la faut, il me la faut ! Des semaines à t'observer. Bientôt, c'est moi que tu vas supplier ! Tu vas gémir ! Je vous possède pour la nuit, toi et ton mari. Et cette fois, ce sera encore mieux que les précédentes. Atteindre la perfection.

David s'orienta à tâtons vers la fenêtre. Il avait les mains moites, sa lucidité s'exacerbait. La scène s'esquissait dans son cerveau, tissée de sang et de hurlements. Ces tonnes de livres dévorés… Ces reportages sur les tueurs en série… Scènes de crime, rituels, carnages… Ses cauchemars récurrents, cette terreur irrespirable.

— Les Böhme sont d'origine allemande. Une famille tranquille, qui vit au bord du Rhin, à proximité d'un village appelé Schoenau, me semble-t-il… L'homme, la femme, l'enfant dorment. Le Bourreau sait que cette maison, en lisière de forêt, n'est pas sous alarme. Des restes de nourriture, des canettes, à proximité, ont prouvé qu'il étudiait ses victimes pendant plusieurs semaines, voire des mois. Il aimait se les approprier du regard, connaître leurs forces et leurs faiblesses, s'imaginer des scénarios. Le Bourreau n'enfile pas de gants, pas besoin. Il s'est raclé les doigts avec du papier de verre, presque jusqu'au sang, pour effacer ses sillons digitaux. Il pénètre en brisant une vitre à l'arrière, étouffant le bruit avec de l'adhésif. Patrick Böhme est svelte et bel homme. Son épouse, Patricia, blonde, mignonne, travaille dans un office du tourisme, à quelques kilomètres de là. Sundhouse, je crois.

— Ne croyez pas. Soyez sûr !

— Les… les Böhme ont une fillette. Un critère décisif dans le choix du Bourreau…

— Quel âge, l'enfant ?

— À peu près deux ans.

Les images qui enflent, les sens gonflés de bruits, d'odeurs. Senteurs de sève et de pommes de pin, mêlées à la puanteur bien présente des antiseptiques. La maison des Böhme, vingt-sept ans plus tôt… La forêt… L'orage…

— Le Bourreau monte l'escalier le plus doucement possible. Sur son dos, un sac. À l'intérieur, une bougie, une balance de Roberval, une plume de Maât, des instruments tranchants. Ciseaux, scalpels, tenailles. Des menottes, des cordes. Un Smith & We…

— Quel type de corde ? La précision des chiffres, s'il vous plaît ! Corde blanche, neuf millimètres. Un Smith & Wesson calibre quarante-quatre, six coups.

Des froissements de cuir témoignaient de l'agitation de Doffre.

— Je… Excusez-moi…

— Continuez, et tâchez d'être meilleur !

« Corde neuf millimètres ? Comment savoir ? » Brève déconcentration, avant d'être de nouveau happé par le récit.

— Je… Je me dirige vers la chambre de l'enfant, je la sors délicatement de son lit. Je ne veux pas la réveiller. Elle inspire, palpite, mais sombre à nouveau lorsque je la plaque contre mon torse. C'est la septième fois que j'agis de la sorte. J'embarque aussi la couverture. On y est. Leur lit. Je vais te transpercer ! On me croise et on m'ignore ? Pas assez intéressant pour toi ? Trop laid ? Mon strabisme te dérange, hein, c'est ça ? À partir de maintenant, je deviens celui qui décide. L'homme le plus important de ta vie. Tu m'appartiens ! Je vais te détruire… Te détruire psychologiquement avant de te broyer physiquement…

David rouvrit les yeux. Éclipse de la pupille sur l'œil. Mâchoires douloureuses. Le tic-tac. Le souffle de Doffre. Son fauteuil qui grince. Des craquements de plancher, incessants. Malgré le froid, de la sueur, grasse et piquante.

— Il sort le revolver de son sac et assène un coup violent sur la tempe de l'homme, avant d'éjecter la femme du lit et de la gifler de toute sa hargne. Les rapports d'autopsie ont révélé, sur l'ensemble des victimes, la présence d'hématomes et de fractures. Il les assommait quasiment, de la seule force de sa main. N'oublions pas que le Bourreau pratiquait la musculation et que…

— L'action uniquement ! brailla Doffre, l'haleine courte. Ensuite ! Ne t'égare pas ! Enchaîne ! Enchaîne !

— D'accord. Il allume la lumière, traîne l'homme par les cheveux et le menotte au pied avant droit du lit. Il attache les poignets de la femme par…

— Les prénoms ! Utilise les prénoms ! Et fais-les bouger ! Ils vivent, se déplacent ! Ton récit est trop statique ! Pense au paratonnerre ! Décharge-toi !

Doffre était de plus en plus agité. Les deux mains à plat sur la fenêtre, David poursuivit l'acrobatie verbale, tentant de contrôler la justesse de ses idées. Mais les ouragans ne se maîtrisent pas.

— Il attache, avec la corde blanche neuf millimètres, les poignets de Patricia par-devant. Il… « Si tu hurles, je tue la gosse. Tu essaies de fuir, je tue la gosse. *Idem* pour toi, connard. On va jouer ! D'accord ? D'accord pour jouer ? Patricia ! Tu vois, je connais ton prénom ! Patricia, fais taire la gosse ! Fais-la taire tout de suite ! » Patricia gémit, des cheveux rentrent dans sa bouche, ses yeux la brûlent. Elle est plaquée contre un mur, blessée, recroquevillée, amoindrie. La destruction psychologique débute. Elle sait qu'elle va mourir. Non, elle ne sait pas ! Elle ne sait pas ! Impossible ! Elle ne peut pas mourir ! Du sang coule sur le front de Patrick, jusqu'à son menton.

Il supplie, supplie encore. Il promet de l'argent. Il ne dira rien. « Pitié ! Pitié ! » Patricia se lève, terrorisée. Chaque pas lui arrache des pleurs. Son enfant ! Elle a envie de hurler, hurler à se rompre les cordes vocales. Mais il faut calmer la fillette. C'est un caractère fort, même dans ces moments terribles elle essaie de gérer. « Calme-toi ! Calme-toi, mon cœur ! » Elle bascule doucement. « Là, là, calme, calme… C'est bien. Tu reviens ici, près de moi. Prends ton temps, ma puce. Prends tout ton temps. » « Ne nous faites pas de mal ! Ne nous faites pas de mal, s'il vous plaît ! » Le Bourreau ne l'écoute pas. Il ouvre son sac, en sort sa balance de Roberval. Les deux plateaux de cuivre, le balancier, les tiges mobiles, les différentes masses. Un, cinq, dix grammes. Lentement, très lentement, il assemble les éléments, sur le sol, face à Patrick. Puis il sort la plume de Maât et ses différents instruments de torture, qu'il étale devant lui. Patricia s'app…

— Stop ! Stop ! Stop !

La lumière. Doffre claqua son poing sur la table.

— « Il monte sa balance, il sort sa plume, ses outils, gna gna gna… » Et que ressent-il, à ce moment-là ? Il s'agit de son rituel, de l'explosion de ses sens ! La salive qui afflue, le cœur qui lui déchire la poitrine, l'adrénaline, ses poils qui se hérissent ! Et ses victimes ? Comment réagissent-elles ? Tu es pressé d'en finir ou quoi ?

— C'est que…

Doffre reprit son souffle.

— Tu as le sens du récit, c'est évident, mais j'espère que tu seras largement meilleur dans le roman ! Comment veux-tu que je m'évade si tu me récites un baratin qui a déjà été raconté des centaines de fois, et que je connais par cœur ? Saisis l'âme, l'instant, la peur de ces personnages ! Sois différent ! C'est si compliqué ? Je t'ai choisi toi ! Toi, David Miller ! Sois à la hauteur !

— Je le serai. Mais ne me forcez pas la main. Obliger quelqu'un à puiser au fond de sa conscience, pour mieux le connaître… C'était bien le but caché de cet exercice, non ? Je ne suis pas quelqu'un qu'on manipule psychiquement, monsieur Doffre.

— C'est pourtant ce que j'ai fait, avec mes petites questions, quand tu es entré.

— Disons qu'il s'agit plus d'un tour de passe-passe que d'autre chose.

Arthur fit claquer ses ongles sur le bras de son fauteuil.

— Tu croyais que ce séjour serait une partie de plaisir ? N'oublie pas que je paie chaque seconde de ta présence ici. Et chèrement. Donne-moi juste un mois, un mois de ta vie, à cent pour cent. Et tu n'embaumeras peut-être plus jamais ces cadavres qui te font si mal au cœur. Tu n'auras plus de cauchemars…

— Mes cauchemars ne regardent que moi. Et vous qui êtes soucieux du détail, sachez que je n'embaume pas. Je pratique des soins de conservation. C'est complètement différent.

Doffre désigna du menton une pile de pochettes colorées et de feuilles, à sa droite.

— Prends ce dossier. Tu as du travail. Dix pages de qualité, pour après-demain, au matin.

David ne bougea pas.

— Je pensais à cette machine à écrire, justement… Nous n'aurons qu'un exemplaire papier, n'est-ce pas ? Pas de disquette, pas de CD-rom ? Et de retour en France, comment procédera-t-on, si le texte doit être publié ? Il faut nécessairement une version informatique !

— Ne t'inquiète pas pour ça. Un coup de scanner à reconnaissance de caractères, et ton texte sera dans la bécane. Je le transmettrai aux bonnes personnes, fais-moi confiance. Mais je te l'ai dit, il faut qu'il soit bon… Très bon… Et maintenant, prends ce dossier, s'il te plaît…

David hésita, puis s'empara du paquet de feuilles.

— Ce trésor de renseignements est pour toi. Imprègne-toi de chaque nuance, de la moindre subtilité.

Le jeune homme se pencha en avant. L'ombre du crâne

qui s'étire sous l'ampoule. Des lèvres qui s'écartent, des horreurs qui claquent au visage, dès les premières pages.

Dans le dossier, les massacres, photographiés. Gros plans des plaies, des incisions. Du sang, à outrance. David perdit ses moyens.

— Le... Mais... On dirait... les photos authentiques des scènes de crime ! Les... Les rapports d'expertise, d'autopsie ! Même celui du Bourreau, de Tony Bourne !

Il releva la tête, la baissa à nouveau, feuilleta... une multitude de documents d'époque.

— Des... Oui, ce sont bien des séances de psychanalyse ! Celles... Celles du Bourreau, couchées sur papier ! Et... Mais comment...

La soudaine mollesse de ses jambes le força à s'asseoir.

— Votre signature ! Vous, Arthur Doffre ! Vous étiez... psychologue ! Son psy ! C'est pour ça que vous connaissez à ce point son histoire ! Tous ces détails ! Tony Bourne avait consulté chez vous avant de commettre ses crimes !

— Non, pas avant... Pendant... souffla Doffre. Pendant qu'il était en activité...

— Quoi ? Pendant ?

— Jusqu'à mon accident, où ma vie s'est arrêtée. Je ne possède plus les enregistrements audio, conservés par la police. Les flics m'ont tout pris. Ne restent que ces fiches, que j'ai réussi à arracher de leurs griffes, ainsi que ces... différents éléments, négociés très chers. Tu as entre les mains l'un des dossiers les plus confidentiels et les plus brûlants de ces trente dernières années...

David palpait sa cicatrice, le minuscule boomerang.

— Son psychologue, répéta-t-il. Son psychologue... Mais...

Sa pensée ne se fixa qu'après dix bonnes secondes.

— On n'y a jamais fait allusion ! Les médias, la justice. Tous ces bouquins. Nulle part, absolument nulle part, on ne trouve votre nom ! Ce n'est pas possible.

— Si, c'est possible, et j'en suis la preuve vivante.

David entendit grincer ses dents. Quel fantôme se dressait face à lui ?

— Cela te paraît inconcevable, n'est-ce pas ? Mais il faut resituer les éléments dans le climat social et politique de l'époque, expliqua Doffre d'un ton à nouveau posé. Fin des années soixante-dix. La peine de mort, au cœur des débats. Des conférences se multiplient en Europe, sous l'égide d'Amnesty International. Valéry Giscard d'Estaing exprime sa profonde aversion pour la sanction capitale, mais, d'un autre côté, le peuple gronde, réclame justice contre les assassins. Buffet et Bontems qui égorgent des otages en 71 et Ranucci qui assassine une fillette en 74 font pencher très largement la balance vers le pour. La condamnation à perpétuité, en 77, de Patrick Henri, meurtrier d'un enfant, fait s'envoler l'indignation. Des groupes de pression se créent, dans lesquels on retrouve des membres des plus hautes instances de la sphère politique. Procureurs, ministres, et même le garde des Sceaux. Giscard est partagé entre sa ligne politique et ces influences qui lui ordonnent de suivre l'opinion publique…

Doffre se tamponna le crâne avec un mouchoir.

— Le Bourreau ne va pas arranger les affaires de l'État. Début 79. Sept doubles meurtres en moins de deux ans, et il court toujours. La police est huée, méprisée, les politiciens s'affolent. « Que ces incapables l'attrapent ! Qu'ils nous apportent sa dépouille ! » Voilà les slogans que l'on entend dans les rues des grandes villes de France. « À mort ! À mort ! » Le trois juillet, Tony Bourne est retrouvé pendu à son domicile. L'autopsie confirmera le suicide. Avec ce qu'ils découvrent chez lui, à la vue de ses doigts rabotés, et après comparaison des traces de pas et des cheveux retrouvés chez les victimes, les policiers comprennent rapidement qu'il s'agit du Bourreau. Ils consultent son compte en banque, découvrent des chèques à l'ordre de mon cabinet, et je les vois débarquer, peu après, alors que je n'exerce plus depuis quatre mois, à cause de mon accident. Ils m'emmènent dans la plus grande discrétion, m'interrogent, font disparaître tout ce qui concernait l'assassin. Dossier, enregistrements. Le Bourreau n'a jamais consulté de psychologue. On me conseille de déménager, « pour ma sécurité », et on me verse chaque mois une somme misérable, censée assurer ma tranquillité jusqu'à la fin de mes jours... Tu parles ! J'ai dû payer trois fois plus en droits de succession, à la mort de mes parents, et je donne chaque année à l'État plus que tu ne pourrais l'imaginer ! Hériter, ça coûte très cher...

— Mais... Mais pourquoi ?

Son interlocuteur rabattit sa main sur ses genoux, d'un mouvement las.

— Tu ne comprends donc pas ? Le Bourreau devait rester, aux yeux des Français, le monstre qu'il avait toujours été ! Quand les flics l'ont retrouvé pendu, le sentiment d'injustice était plus fort encore. Jamais les sondages n'avaient tant prôné la peine de mort ! Le peuple voulait le voir mourir devant ses yeux, mais il était déjà mort ! Il était inimaginable, pour le gouvernement en place, et à l'approche des présidentielles, de présenter le Bourreau comme un malade qui cherchait à se soigner. Car aller à l'encontre du peuple, c'était perdre les élections ! C'est aussi simple que cela !

David se leva brusquement, une main plaquée sur le tas de feuilles.

— C'est une histoire de dingues ! Plus de vingt-sept années de mensonges, de tromperies... Vous n'aviez donc pas de conscience ?

— Si j'en avais eu une, je ne serais plus ici pour t'en parler. La DST m'aurait descendu, ou le peuple lui-même. Les pressions étaient énormes, les enjeux gigantesques. Ils m'ont surveillé, David, de longues années... Et n'oublie pas que, tout le temps de ces séances, j'ignorais que Tony Bourne et le Bourreau ne faisaient qu'un. Comment aurais-je pu le savoir ? Il s'est amusé avec moi, et je n'ai rien soupçonné. Les gens n'auraient pas pu comprendre… Ils m'auraient lynché…

David s'effondra sur sa chaise.

— Et vous m'avouez ça, à moi… Vous vous rendez compte de ce que vous me racontez ?

— J'y ai longuement réfléchi, crois-moi. Mais je ne pouvais concevoir que tu écrives sur le Bourreau sans palper la moelle de son âme. Il doit pénétrer en toi autant qu'il a été, et qu'il est encore, en moi. Sinon ton roman deviendra un ramassis de suppositions et de mensonges, comme tout ce qui existe aujourd'hui…

Il pointa l'index.

— Tout cela restera, bien entendu, entre toi et moi… Tu t'es suffisamment renseigné, si j'en crois ton précédent roman, pour savoir qu'« Ils » détestent qu'on remue les affaires classées…

— Vous… Vous m'avez piégé… Vous cherchez à libérer votre conscience, par tous les moyens… Avec ce programme scientifique… Avec le livre, que vous me demandez… Vous le traquez encore, parce que vous n'avez pu le confondre à l'époque…

David laissa tomber son regard sur la photographie de Bourne, pendu au bout de sa corde neuf millimètres.

— Saisis cette chance que je te donne, enchaîna Doffre. Partager un secret d'État, comprendre la façon dont notre cher pays trompe l'opinion pour de simples enjeux politiques. À partir de maintenant, tu vas pénétrer dans le cerveau d'un tueur en série. N'est-ce pas ce que tu recherches, au fond de toi ? Ce moyen d'approcher au plus près les frontières interdites ? La mort ? Le mal ? Quelque chose t'habite, David. Quelque chose dont tu ignores la force. C'est pour cette raison que tu es ici, avec moi.

Le Bourreau, Doffre, la personnalité de l'un venue habiter l'autre, par le biais de séances de psychanalyse. Un transfert de consciences… L'homme au costume immaculé actionna le moteur de son fauteuil roulant, direction la sortie, puis s'arrêta brusquement.

— Ah ! J'oubliais.

Il fouilla dans la poche intérieure de sa veste et en sortit une enveloppe qu'il jeta sur le bureau.

— Des photos de moi, plus jeune, ainsi qu'un premier bon au porteur. As-tu réfléchi à mon personnage ?

Pas de réponse. David se tenait le front dans les mains.

— David ?

— Un personnage ? Euh… Oui… Il faudrait que… je regarde vos photos, mais vous serez le flic que vous avez… commandé. Un… Un commissaire assoiffé de traque, hors norme, hors la loi, incisif… Tout ce que vous voulez… Vous…

Doffre l'interrompit d'un rire franc.

— David, David, David, décidément ! Ai-je fait le bon choix en t'embauchant ?

— Je… Je ne comprends pas bien…

— Ce n'est certainement pas dans la peau d'un flic que je veux me retrouver ! Les flics sont si décevants.

Sel amer sur la langue, David bégaya :

— Le Bourreau… Vous voul… voulez être le Bourreau 125.

Doffre ferma les yeux et pencha la tête vers l'arrière, dans une lente expiration.

— Pouvait-il en être autrement ? C'est le seul moyen pour que son fantôme sorte enfin de moi. Car ce fantôme existe, David. Crois-moi, il existe vraiment… Et tu dois l'exorciser…

Après un court silence, le maître des lieux ajouta :

— Au fait, j'ai constaté à quel point ta fille et Grin'ch avaient… comment dire… sympathisé, tout à l'heure. Mais, comme je l'ai déjà dit, tu veilleras à ce qu'elle ne s'attache pas trop à ce cochon. Personne ne va venir le récupérer, mais… nous devrons le pendre, dehors, avec les autres… Exigence des entomologistes… Et c'est toi qui t'en chargeras.

Et la porte claqua, enfermant David au cœur de la nécropole de mouches.

11

Cathy émergeait avec mollesse de la brume des songes. Un premier réflexe avait failli la précipiter vers la fenêtre, à l'affût du facteur et des lettres de Miss Hyde… Mais elle s'était rendormie, profondément. Lorsqu'elle ouvrit de nouveau les paupières, tout lui revint en mémoire. L'isolement, la nécropole suspendue. Ces dépouilles offertes à l'appétit du temps et aux hordes ailées. Mais, curieusement, elle se sentait bien et n'éprouvait plus aucune tension, ni dans les muscles, ni dans la tête. Elle traîna au creux de la couette jusqu'à neuf heures, à caresser la joue de sa fille endormie. Une belle petite blonde aux yeux noirs. Le plus parfait des mélanges, arrivé par la magie de la médecine moderne.

La lumière du jour, qui filtrait à travers un drap blanc que Cathy avait transformé en rideau, flattait les poutres et les lambris d'un jaune chaleureux. Ce matin-là, loin du monde des pots d'échappement, des factures et des tourterelles ensanglantées, le chalet respirait presque la joie de vivre.

Vacances… Un mot qu'elle n'imaginait même plus dans le dictionnaire.

La jeune femme se glissa hors du lit, enfila un épais peignoir de coton et chaussa ses mules fourrées. Clara manqua de se réveiller, avant de se recroqueviller contre sa peluche *Nemo*. Quant à David, vu l'heure, il devait déjà être rasé, habillé, et imbibé de caféine.

Elle jeta un œil dans le couloir puis revint promener ses doigts sur le dessus de l'armoire, à la recherche de la boîte de comprimés blancs. Elle saisit l'emballage d'Exacyl, plaqué contre le mur, puis avala un cachet, l'oreille attentive aux moindres grincements du plancher.

Elle se dirigea vers la cuisine. Ce qu'elle se sentait légère, à présent ! Elle ne parvenait pas à savoir si elle devait ce bien-être au miracle de l'avortement, ou à ce sommeil réparateur qui l'avait emportée avec la violence d'une marée d'équinoxe. Oui, en définitive, ce serait génial, ici. Rien à prouver, rien à justifier. Plus de lettres, plus d'e-mails de la folle…

D'agréables odeurs de croissants chauds, de chocolat fondu et de beurre tiède planaient dans la cuisine ouverte, séparée du séjour par un mur à mi-hauteur où étaient disposés des brocs en faïence. Dans la cheminée, les flammes grimpaient haut et fort, libérant une chaleur bienveillante. Adeline était déjà apprêtée, maquillée, le chignon impeccable.

— David m'a dit que vous étiez plutôt lait et cacao.

— Toute ma famille était orientée café. Mais moi, la sportive, je n'y avais pas droit. Alors, en grandissant, mes habitudes sont restées. Je n'ai jamais bu de café de ma vie… Et puis, ce ne serait pas bon. J'évite les excitants, vu ma nervosité naturelle.

— J'avais remarqué ! Et quel sport pratiquiez-vous ? Avec un physique comme le vôtre, je vous verrais bien joueuse de tennis.

Cathy s'approcha de la table, les mains enfoncées dans les poches.

— C'est un compliment ?

— Plutôt, oui.

Sourire timide.

— Vous êtes loin du compte. J'étais boxeuse. Boxe française, poids léger, les 56-60 kilos. J'ai tout arrêté avant de ressembler à un champ labouré.

Adeline siffla.

— Comme quoi, il ne faut jamais se fier aux apparences.

Elle laissa flotter un silence qui mit Cathy mal à l'aise.

— Bref ! Pour les viennoiseries, c'est du congelé ! reprit-elle. À moins que vous n'ayez une boulangerie sympa à me suggérer ?

— Au Croissant paumé, improvisa Cathy sans cacher sa bonne humeur. Huit avenue du Trou perdu !

Adeline lui répondit par un sourire, puis versa le lait chaud dans un grand bol, avant d'y ajouter du chocolat fondu.

— Merci bien, répondit Cathy. Désolée mais… je ne me suis pas habillée, la petite dort encore et je ne voulais pas la réveiller.

— Pas de soucis. Après tout, vous êtes en vacances.

— Vous avez vu David ?

— À peine. Il a juste mis le nez hors du labo pour venir chercher un bol de café, il y a une demi-heure. Il n'est pas allé se coucher ?

— Si ! Bien sûr que si ! Enfin… Je suppose ! J'ai dormi d'une traite. Assez surprenant, d'ailleurs, moi qui suis une lève-tôt.

— La magie de l'endroit, probablement. Coupés du monde, loin du fracas des moteurs…

Cathy fut distraite par un craquement de bois, dans la cheminée.

— Désolée, au fait, pour les bûches. J'aurais aimé vous aider.

Adeline haussa les épaules, apportant une pleine corbeille de viennoiseries encore chaudes.

— Ne vous inquiétez pas, vous aurez l'occasion de vous rattraper. Le bois, ce n'est pas ce qui manque ici.

Elle s'installa à table, le dos bien droit, sa tasse aux lèvres.

— Je n'ai pas vu de traces de lynx, dans la neige. C'est rassurant, on pourra peut-être se promener dans le coin ? Arthur m'a dit qu'il y avait un torrent, vers le sud, du côté des montagnes, et que les tourbières au nord sont très impressionnantes.

Cathy acquiesça.

— Avant la naissance de Clara, je marchais énormément avec David. Question endurance, je m'en sors pas mal. Mais moi et le sens de l'orientation, ça fait deux. Il m'est déjà arrivé de me perdre dans les jardins de Versailles !

Adeline lui adressa un sourire amical.

— Pas bien grave, j'ai appris à me débrouiller. Nous nous compléterons, car l'endurance, pour moi… Si ça vous intéresse, je compte me rendre au village le plus proche, à une heure de voiture, que vous avez dû traverser à l'aller. Enfin, quand le sol sera moins verglacé. Parce que je ne sais pas pour vous, mais ici, impossible de téléphoner !

— *Idem* pour nous. J'avais dit que j'appellerais ma mère à notre arrivée. Elle risque de s'inquiéter. Et… Christian, le chauffeur, il a quand même repris la route, malgré le verglas ?

— On dirait. Il n'y a plus qu'un seul 4 × 4 devant…

— Et si on va au village, Arthur vous laissera partir ? Je veux dire : vu qu'il est handicapé, il doit avoir…

— Besoin d'une assistance permanente ? Au contraire. Il tient à rester le plus indépendant possible. Il ne supporte pas que je touche à son fauteuil roulant, par exemple. Il ne m'appelle que… pour les choses délicates. Il a l'air un peu froid, comme ça, mais en fait c'est quelqu'un de charmant.

Une clochette tinta au fond du couloir. Adeline défit son chignon et ébouriffa ses cheveux.

— Arthur déteste les coiffures trop ordonnées, confia-t-elle en se levant. C'est son côté maniaque… Au fait, j'ai ensaché les restes d'hier, à côté de la poubelle… Pour le porcelet, le petit grincheux… Arthur m'a laissé comprendre que vous vous en occuperiez… Parce que moi, les cochons, c'est pas trop mon truc…

— Pas de problème ! Je me charge de Grin'ch. Clara l'adore déjà ! Elle n'a pas arrêté d'en parler, quand je l'ai couchée, hier soir. Ils ont un coquard au même œil, j'ai trouvé cette coïncidence assez extraordinaire…

Cathy prit un croissant dans la corbeille.

— Adeline !

— Oui ?

— Excusez-moi pour hier. Je n'étais pas vraiment au meilleur de ma forme. Et cette histoire de nécropole suspendue m'a un peu retournée…

— Nous étions tous déstabilisés… En tout cas, je suis ravie que nous puissions enfin discuter en adultes…

Elle s'éloigna. Cathy avala son croissant, puis un deuxième dans la foulée. Drôlement bon, le chocolat à l'ancienne ! Elle plongea son doigt au fond de la casserole presque vide. Puis, le bol à la main, elle se rendit dans l'arrière-cuisine. Deux réfrigérateurs, deux congélateurs, des conserves, de l'alcool, des packs de lait, des biscuits, des sucreries. De quoi soutenir un siège ! Ça n'allait pas arranger le régime qu'elle avait décidé de commencer…

Après avoir fait un rapide détour par l'enclos pour donner les déchets à Grin'ch, elle se faufila dans le laboratoire. Les vapeurs d'antiseptiques étaient moins fortes que la veille. David se tenait avachi face à la machine à écrire, la tête entre les mains. À ses côtés, des boules de papier chiffonné, une plaque de chocolat entamée et un bol vide. En fait, une vraie caricature de lui-même. Café, chocolat, écriture…

— Oh la sale tête ! s'écria-t-elle en l'enlaçant tendrement. Mauvaise nuit ? Encore les mêmes cauchemars ?

David referma rapidement le dossier Bourreau et embrassa son épouse dans le cou.

— Je n'y arriverai jamais… C'est impossible.

Cathy s'installa sur ses genoux et lui pinça le menton.

— Toi, tu es en gros manque de mamours… Allez, raconte !

— Je ne sais pas trop… Cette putain de machine, pour

commencer. Regarde cette épave ! Je suis obligé de taper un doigt à la fois !

Cathy rajusta ses lunettes, repoussa le chariot, introduisit une feuille vierge et commenta :

— Marque allemande, rien de plus robuste. Tu sais, au lycée on n'apprenait pas sur des Rheinmetall, mais sur des Remington dans un état encore pire ! À l'époque, je croyais que notre prof était un vieux sadique. Il s'appelait Eckmeyer, je m'en souviens encore. Il refusait catégoriquement qu'on utilise les ordinateurs. Mais, avec le recul, j'ai compris qu'il nous avait rendu un service énorme. Qui peut le plus peut le moins…

Elle se mit à taper à un rythme soutenu : « Portez ce vieux whisky au juge blond qui fume. »

— Toutes les lettres de l'alphabet en un alexandrin. Un très bon test pour voir ce que vaut une machine. Celle-là a un excellent caractère, les tiges mordent parfaitement le papier, le son est chantant. Une pure merveille. Où est le problème ?

— Vas-y, moque-toi de moi, Money Penny ! grogna David en lui volant ses lunettes.

— Alors ?

— C'est Doffre…

— Ce vieux rabougri ?

— Il… Comment dire ? Il m'a mis une pression, tu peux pas imaginer. Résultat, je suis stressé, tout se bouscule dans ma tête et je n'arrive pas à démarrer.

Cathy caressa sa cicatrice en boomerang.

— Quoi ? Tu plaisantes ? Tu me l'as raconté dans la voiture, ton début. Une famille, dans un chalet, aux prises avec le Bourreau. Il dégomme tout le monde sauf une femme qui réussit à s'échapper et à se réfugier dans une auberge. Et là, course poursuite dans la Forêt-Noire. J'ai pas vraiment relevé, parce que j'étais malade, mais je trouve l'idée pas mal.

— Pas mal, mais un peu légère.

— Je trouve pas. Imagine la victime qui s'enfuit dans

l'inconnu, complètement paumée, affolée, en sang. Au bout d'un moment tu la fais tomber sur un autre chalet, au milieu de nulle part ! Elle pénètre à l'intérieur et là, elle se rend compte qu'il s'agit de l'antre du Bourreau ! Photos de cadavres, mèches de cheveux… Trop tard pour fuir, le monstre revient déjà ! Alors… Elle se cache sous le lit, un placard, ou un truc dans le genre… Tu pourrais même introduire quelques lynx, ou pourquoi pas des carcasses de porcs, pour corser l'intrigue ! Et puis l'hiver, le froid… Sympa comme idée, non ?

— Yes ! C'est ce que je vais faire ! Je vais m'inspirer de ce qui nous entoure pour bâtir la tanière du Bourreau ! L'arbre qui transperce le salon, les porcs, à l'extérieur, que je remplace par ses trophées de chasse… Puis elle, qui croit être sauvée, et qui tombe dans son repaire ! En plus, Doffre sera content. Il veut être le héros du bouquin ? Ainsi soit-il. Je vais lui servir chaque matin des descriptions ignobles de

la baraque où on passe nos journées. Il va pas être déçu !

Il leva le regard au plafond, l'air songeur.

— De toute façon, j'ai pas le temps de faire un plan détaillé. Je vais écrire au feeling, j'espère que ça va marcher.

— Mais bien sûr que ça va marcher ! En tout cas, si tu es à la bourre ou si tu as besoin de quatre mains, je peux t'aider pour taper.

— Tu veux me piquer la vedette ?

Il lui mordilla l'oreille.

— Arrête ! Pas ici ! Tu sais, il va encore falloir attendre. J'ai mes règles…

David grimaça.

— C'est pas vrai !

— Tu seras bien capable de résister une semaine de plus, non ?

— Il faudra bien… En tout cas, ça me fait du bien de te savoir à mes côtés.

— Moi aussi, j'ai besoin de toi. Et plus que tu ne le crois… Je t'aime. Passé, présent, futur…

— Par-dessus et par-dessous… Ma chérie… Une idée qui m'a traversé l'esprit, pour le roman… Tu sais, pour l'aspect psychologique de mes personnages…

— Décidément… il n'y a vraiment que ton livre qui compte.

— … Suppose que le policier qui est sur les traces du Bourreau déterre un secret vieux d'il y a, disons, vingt-cinq ans. Une révélation qui, à l'époque, aurait pu tout bouleverser mais qui, aujourd'hui, n'a plus la moindre espèce d'importance… Ce secret, on lui conseille de le garder pour lui, afin de protéger ses proches. Mais lui, il a besoin d'en parler, ça lui pèse sur le cœur… Comment doit-il réagir, à ton avis ?

— Il doit avant tout penser à ses proches, les préserver, coûte que coûte. Moi, à sa place, je le garderais. Et je vivrais avec.

— Tu le garderais ?

— Oui, c'est certain.

Une larme fleurit sous sa paupière. David la cueillit du bout de l'ongle.

— Je t'aime, ma puce. La sensible qui se cache derrière la guerrière… Tu sais, moi aussi c'est ce que je ferais dans une situation pareille. Le mutisme, pour vous protéger.

Cathy desserra légèrement les lèvres.

— Il… Il faut encore que je te demande quelque chose… balbutia David. C'est… C'est à propos de Grin'ch… Il ne faut plus trop t'en occuper… Les entomo…

Les cris de Clara, dans leur chambre, brisèrent leurs confidences.

— Ah ! s'exclama Cathy en se frottant les yeux. Miss Clara au rapport ! Tu y vas ? Je vais préparer le biberon, OK ?

— Je… OK.

Avant de partir, Cathy désigna des clichés en noir et blanc.

— Doffre était bel homme… De loin, on pourrait

presque vous trouver une certaine ressemblance, à tous les deux. Le regard, peut-être. Oui… Vous avez quelque chose en commun dans le regard…

Elle lui souffla un baiser.

— Je t'aime, mon chéri.

Elle disparut. Un courant glacial la mordit quand elle pénétra dans le salon. Ses traits se raidirent. Elle tourna la tête. La porte d'entrée, grande ouverte. Elle s'y précipita, les deux mains protégeant sa gorge nue.

— Adeline ? appela-t-elle, sur le pas de porte.

Pas de réponse. Dehors, branches squelettiques, poudreuse éclatante, profondeurs obscures des bois. Sur l'un des piquets à extrémité rouge, un oiseau noir. Il la fixait avec insistance, ouvrant puis fermant le bec sans émettre un son. Cathy frissonna. Elle pensa aux *Oiseaux* de Hitchcock. Au moment de refermer, elle aperçut des petites flaques sur le sol. Des traces de pas.

Elle songea immédiatement à Christian, le vieux chauffeur. Impossible. Dehors, un seul 4 × 4, celui d'Adeline et Arthur.

Un inconnu venait d'entrer.

— Il… Il y a quelqu'un ?

Froissements de plastique. Raclements de métal. Claquements de pas. Dans l'arrière-cuisine.

— Répondez !

Les bruits cessèrent. Cathy recula, sur ses gardes, en appui sur ses jambes.

— David ! David ! hurla-t-elle.

Brusquement, une masse noire se précipita dans sa direction.

Des bols éclatèrent sur le sol.

Une face barbue, transpercée de deux améthystes, vira sur la droite et disparut dans la neige.

David accourut, suivi par Adeline et Doffre.

— Qui a déverrouillé cette porte ? cria le vieil homme, rouge de colère.

— C'est moi, quand je suis allée chercher du bois,

répondit Adeline, sur la défensive. J'ai fait quelque chose de mal ?

— Il… Il y avait un type ! grogna Cathy. Un homme deux fois comme moi, qui fouillait dans l'arrière-cuisine ! Il… Il était coiffé d'une peau de castor !

Doffre roula jusqu'à la porte, la claqua et en tourna les trois verrous.

— Je crains que vous n'ayez plus effrayé Franz qu'il ne vous a effrayée. Il a une fâcheuse tendance à pénétrer ici, à la première occasion venue.

Les trois autres se regardèrent sans comprendre.

— Franz ?

Arthur continua :

— C'est un pauvre type qui vit depuis une vingtaine d'années dans une cabane, à un kilomètre environ, derrière l'abri à bûches. Il n'est pas méchant. Il passe son temps à couper du bois et il apporte même parfois le fruit de sa chasse. Attendons-nous donc à récolter un ou deux présents devant notre porte, qu'il vaudra mieux accepter afin de ne pas le froisser.

— Ça vous aurait étranglé de nous prévenir ? s'emporta Cathy, encore sous le coup de son émotion.

Arthur, surpris de sa réaction, s'approcha d'elle et lui prit la main.

— Je comptais le faire, bien évidemment ! Je n'ai simplement pas eu le temps. Je suis profondément désolé de ce petit incident.

Elle retira ses doigts d'un mouvement sec.

— Décidément, vous êtes désolé de beaucoup de choses !

La jeune femme, en rage, fonça vers la salle de bains.

— Une vraie furie, ton épouse ! constata finalement Arthur.

— Ne vous inquiétez pas, c'est juste qu'elle a eu peur.

— Évidemment, je me mets à sa place… Une forêt où il est censé n'y avoir personne… Franz est l'un de ses… habitants de l'ombre…

— Pourquoi, il y en a d'autres ?

Doffre tira du bout des doigts sur un pli de son pantalon, éludant la question.

— Notre Bourreau adorait les femmes de caractère, sportives de préférence. Tu en connais, bien évidemment, la raison ?

— Parce qu'elles étaient plus combatives. Ce qui ne faisait que prolonger leur calvaire… Il faut d'ailleurs que j'en tienne compte dans le roman.

— Je l'espère bien.

Fermant à moitié les yeux, Doffre caressa la jambe d'Adeline, debout à ses côtés. Puis il tourna son regard vers la fenêtre.

— Ramène-moi le Bourreau, David… Ramène-le-moi, le plus vite possible…

12

Clara avait passé la journée à jouer avec Grin'ch. Une étonnante complicité s'était tissée entre elle et le petit cochon, si bien que la fillette, même à moitié endormie dans son lit à barreaux, ne jurait plus que par lui.

Cathy resta un moment avec elle, puis sortit discrètement de la chambre.

Elle s'attarda devant la porte fermée du laboratoire. Le bruit saccadé de la machine à écrire, couvert par *La Jeune Fille et la Mort*... Elle faillit ouvrir, avant de renoncer. Mieux valait ne pas déranger David.

Une fois dans le salon, elle ne put réprimer un généreux bâillement. Le grand air, sans doute, combiné à cette chaleur bienveillante qui avait investi le chalet. Elle dénoua la ceinture de son peignoir, découvrant son pyjama de lin bleu, très fin.

— Je ne vous dérange pas ? demanda-t-elle à Arthur, qui fixait les flammes dans l'obscurité.

— Schubert aimait à s'attarder longtemps à la contemplation d'une seule et même figure, sous toutes ses faces, répondit-il en l'invitant à approcher d'un signe lent. Moi, ce sont les feux qui me fascinent. Tranquilles, puis imprévisibles. Ronflant de puissance, et si destructeurs...

Cathy effleura le tronc, ses bosses curieuses. Toujours aussi glacé.

— Mon père disait qu'il suffisait de se mettre face à

un feu pour comprendre ce que l'on avait au fond de soi. Que le feu permettait de voir à l'intérieur des gens.

— Et vous êtes de cet avis ?

— Je n'ai jamais été de son avis.

Il la toisa attentivement, passant la main sous son menton.

— Dans ce cas, pourquoi me parler de votre père ? C'est vous qui m'intéressez, pas lui.

Arthur reposa doucement le vase en porcelaine de Chine, qu'il tenait calé entre ses genoux, sur la table basse. Cathy remarqua que ce simple geste le faisait grimacer.

— Un problème ?

— Non ! Aucun ! riposta-t-il sèchement.

Elle s'installa dans le canapé, après avoir plié avec soin son peignoir à côté d'elle.

— La mère de David, de quoi est-elle morte ? s'enquit-il soudain.

— Pardon ?

Il promenait ses doigts sur le pneu de son fauteuil, le frôlant à peine.

— J'ai lu son roman, il n'est pas difficile de se rendre compte qu'il a perdu un parent très proche, comme son héros. « Il sentait le vide gonfler, là, en lui, ce vide dévorant qui, chaque jour, l'éloignait d'elle. » C'est donc cela la source de ses cauchemars ? De quoi est-elle morte ?

Cathy fixa le crâne de Doffre, qui se nuançait de reflets cramoisis et orange.

— Excusez-moi, mais… en quoi ça vous regarde ?

Doffre déboutonna le col de sa chemise.

— Éclairez ma lanterne… Il a eu le cran de le faire ?

— Je ne saisis pas bien…

— A-t-il ouvert, vidé puis recousu sa propre mère, sur le métal froid et anonyme d'une table de dissection ? C'est ce geste qui le hante ? Ou le fait que sa mère lui cachait un horrible secret, qu'elle ne lui a jamais révélé ?

— Mais comment vous savez ?

— J'ai simplement lu. Tout est écrit dans son livre, noir sur blanc.

Cathy regroupa ses genoux contre son torse.

— Un instant, j'ai presque cru qu'on pourrait mener une discussion normale…

Arthur sourit. La remarque lui passa par-dessus la tête.

— Je le devinerai, rétorqua-t-il avec un clin d'œil. En persévérant, on finit toujours par obtenir les informations que l'on souhaite…

La jeune femme reprit son peignoir et le déplia sur elle.

— Au fait, vous avez remarqué l'oiseau noir, perché sur le piquet ? demanda Arthur.

Elle hésita, fallait-il poursuivre ce simulacre de dialogue ?

— Effectivement, il est resté là, à nous observer. Un merle noir, avec son beau ramage d'hiver. Avec Adeline et Clara, nous lui avons jeté du pain cet après-midi. En quoi cet oiseau vous intéresse-t-il tant ?

— Connaissez-vous la plume de Maât ?

— Le prétexte d'un oiseau pour me parler d'une plume… Vous vous essoufflez, monsieur Doffre.

Il éclata de rire.

— Oh diable ! J'espère que non !

Cathy sentait le sang battre dans ses veines.

— Je ne connais pas la plume de Maât. Et je ne sais pas si j'en ai trop envie. On ne pourrait pas discuter plutôt de scrapbooking ou de macramé ?

— Pardon ?

— Non, rien. Juste une plaisanterie. Allons-y pour la plume de Maât…

Arthur ne souriait plus.

— Maât était une déesse égyptienne. Elle personnifiait ce qui devait être accompli pour que l'univers continue d'exister. La Maât assurait le fonctionnement de l'Égypte ancienne, ainsi que sa longévité, en éliminant le chaos. Dans le chapitre cent vingt-cinq du *Livre des morts*, on trouve la déclaration d'innocence, qui expose toutes les actions négatives, non conformes à la Maât, relevant de l'Isfet, le Mal…

Il racontait avec un ton, un rythme empreints de fascination. Le sang des flammes se répandait dans ses iris.

— Le chapitre cent vingt-cinq, lâcha Cathy à voix haute… Le Bourreau 125… Cette histoire de plume me rappelle quelque chose, maintenant que vous le dites.

Le vieil homme s'approcha, ses longs sourcils gris ombrageant ses cavités oculaires.

— Cent vingt-cinq, aussi, pour les cent vingt-cinq grammes de chair qu'il faisait prélever par les femmes sur leurs maris.

— C'est effrayant.

Arthur garda le silence un temps, avant de poursuivre :

— Revenons à notre sujet. La plume de Maât servait à peser le cœur du défunt. L'équilibre laissait au Juste l'accès au royaume des dieux. Un cœur trop léger prou-

vait un manque d'actions dans la vie terrestre, ce qui était punissable. Trop lourd, il signifiait une existence de péchés. Vol, maltraitance, blasphème ou mensonge. Oui, le mensonge…

Cathy se tamponna le front. Ses joues la brûlaient.

— Excusez-moi mais… il fait incroyablement chaud.

Elle regarda vers le foyer.

— Pourquoi me raconter ça ? demanda-t-elle d'une voix troublée.

Elle sentait qu'il l'observait.

— Comme le Bourreau, j'aimerais moi aussi posséder une plume de Maât.

— Et… Et pourquoi ?

— Parce que j'ai l'impression… non, je n'ai pas l'impression, je suis certain qu'Adeline me cache quelque chose, en dehors de son asthme… Et j'ai horreur de côtoyer des personnes qui me mentent.

— Son asthme ?

— Ses disparitions impromptues, aux toilettes ou dans la salle de bains. Le fait qu'elle ne boive pas d'alcool.

L'une de ses valises en hauteur, dans ma chambre, bourrée d'inhalateurs je suppose… Vous savez, les petits jeux de chacun se repèrent très vite. Il suffit d'être observateur.

— J'ai passé la journée avec elle à discuter et… je n'ai rien vu. Vous vous trompez sûrement…

— Je ne me trompe pas.

Des crépitements, au cœur de l'âtre.

— Dans ce cas, Adeline a peut-être ses raisons pour ne rien dire, des raisons qui ne concernent qu'elle. Chacun a ses jardins secrets. Mais apparemment, tout ceci vous obsède.

Il soutint son regard.

— Tout me concerne, ici.

Cathy voulut se lever pour couper court à la conversation, mais elle fut interrompue dans son mouvement par l'arrivée d'Adeline.

— Tenez, quand on parle du loup, chuchota Doffre en claquant des doigts. Mon abricot, sers-nous un verre, si tu le veux bien ! Vodka, Cathy ?

— Pourquoi pas ? Ça égaiera un peu.

Adeline versa deux doses d'alcool. Arthur la déshabillait du regard.

— Allergique à la vodka ? la nargua-t-il.

— Non, désolée, mais je ne supporte pas trop, s'excusa Adeline. Je préfère le jus d'orange.

Il lui effleura le dos.

— La plus belle des flammes… Ce kimono te va à ravir… Tu aimes le rouge, n'est-ce pas ?

— Tu as bien choisi. Cet ensemble est… parfait.

Ils trinquèrent.

— Dis-moi, Cathy, cette mélodie en boucle dans le labo, c'est quoi ?

Cathy vida son verre, cul sec. Adeline, asthmatique…

— Cathy ?

— Oui, excuse-moi, répliqua-t-elle en faisant la grimace. *La Jeune Fille et la Mort*, de Schubert. À force, je me suis mise à détester ce quatuor. Le pire, c'est que

David a oublié ses écouteurs. Je crains qu'on y ait droit tous les soirs.

— C'est vrai que là ça frôle l'obsession !

— La musique de l'écrivain, intervint Arthur. Il trouve son rythme d'écriture et ses idées au son des instruments. Pareil à ces tueurs qui se repaissent du mode de vie de leurs victimes, avant de passer à l'acte.

— Géniale la comparaison, rétorqua Cathy.

Adeline vint s'asseoir près d'elle.

— Tiens, c'est marrant, cette histoire de musique... Quand j'étais gamine, je laissais en permanence un radiocassette sur mon bureau, dans ma chambre. Et quand je faisais mes devoirs, j'avais une chanson pour chaque matière. Je ne pouvais pas terminer mes exercices de maths sans écouter *Heidi*. Pour le français, c'était *Le Manège enchanté*, avec Pollux. Et pour l'histoire, je rembobinais, direction *Capitaine Flam*. C'est fou, parce que ça ne marchait jamais dans un ordre différent. C'était une espèce de rituel. Je n'avais plus pensé à ça depuis longtemps.

— Peut-être parce que tu n'as jamais pris le temps d'y songer, souligna Arthur. Nous sommes aussi là pour ça. Faire ressurgir ce qu'on croyait mort. La nature et ses espaces vierges possèdent cette force cachée de délier les souvenirs. De bien terribles souvenirs, parfois.

— De bien terribles souvenirs, oui... répéta-t-elle.

Elle secoua imperceptiblement la tête, avant de reprendre :

— Tiens, au fait, avec Cathy on compte faire un aller-retour jusqu'au village, demain après-midi. Elle m'a dit que...

Un craquement effroyable la coupa net. La charpente grinça sauvagement. Le chalet trembla, du sol au plafond.

— C'était quoi ce truc !

Recroquevillée, la tête rentrée entre les épaules, Cathy scrutait le plafond avec de grands yeux ronds.

— Le chêne rouge... murmura Doffre.

— Le chêne rouge ?

— Je crains que votre sortie ne soit compromise, répliqua Arthur en désignant une fenêtre.

Cathy s'approcha de la vitre, pas très rassurée.

— Mince ! Il commence à neiger…

Lorsqu'elle se retourna, elle piégea le regard de Doffre balayant sa silhouette. Gênée, elle détourna les yeux vers l'arbre. Ce tronc torturé, vieux de trois cents ans…

— Cet arbre, Arthur… Quelle… quelle est son histoire ? questionna-t-elle. La date, gravée là-haut, octobre 1703, vous disiez que…

— Allons nous coucher, Adeline, veux-tu ? l'interrompit Arthur.

Adeline écarquilla les yeux.

— Mais on ne va pas laisser Cathy passer la soirée toute seule !

— Ne discute pas, s'il te plaît ! Allez, suis-moi !

Adeline enfonça deux grosses bûches au cœur de l'âtre et s'excusa auprès de Cathy, avant de disparaître, l'air désolée.

Cathy les regarda fondre dans l'obscurité du couloir, elle devant, lui derrière. Culotté, quand même, le Doffre. Pourquoi un tel empressement ? L'appel du lit ? Qu'allait-il lui faire subir ?…

La jeune femme resta seule un moment, en proie à ses interrogations. Ne s'élevaient plus, dans le salon, que les notes étouffées de l'œuvre de Schubert. La respiration du vent, contre la toiture…

Cathy contourna l'arbre, sans oser le regarder. Avec la danse des flammes, le tronc projetait des ombres tout autour. Des mains, sur les murs… On aurait dit que des mains, des dizaines de mains, cherchaient à l'agripper. Tout se mit à tourner. Sol, poutres, parois. Elle s'empara de son peignoir et s'enfuit dans le couloir. Le grincement du plancher. Le long tapis pourpre. Le laboratoire et ses odeurs écœurantes. David, courbé sur sa machine à écrire.

Elle se plaqua contre son mari, le cœur en alerte.

— Tu m'as fait peur ! cria David en baissant le son du lecteur CD. Mais… Tu as froid ou quoi ? Tu trembles.

Elle peina à retrouver sa voix.

— C'est… Comment dire… Adeline parlait… elle parlait à Arthur de notre excursion au village, demain. Alors, le chêne… Il a fait craquer toute la charpente, comme ça, sans raison ! On aurait dit que les murs allaient s'écrouler ! Ne me dis pas que tu n'as rien entendu !

— Non…

Cathy triturait ses mèches blondes. Tout son corps vibrait.

— Au même instant, il s'est mis à neiger, alors qu'il a fait un temps magnifique toute la journée !

David se leva et appuya son front contre la fenêtre. Nuit noire.

— Il neige, tu dis ? Ça m'étonnerait, le thermomètre indique moins huit… Et… Je ne vois pas un seul flocon…

Elle se colla contre lui.

— Mais comment…

— C'est sûrement le vent. Il a fait vibrer la charpente et il a soulevé quelques flocons des branchages.

Elle se recula en secouant la tête.

— Non, non ! C'était comme si le craquement venait de l'intérieur de l'arbre ! Adeline et Arthur aussi l'ont entendu ! Et tu as vu l'écorce ! Ces bosses ! On dirait des visages !

— Mais qu'est-ce que tu racontes ?

— Mince ! Ça t'arrivera, un jour, de savoir ce que c'est que la peur ?

David soupira.

— Tu sens la vodka. Vous avez bu un coup… Tu as dû croire que…

— Toi, c'est le whisky ! Je n'ai rien cru du tout, bon sang ! Doffre ! Il était… bizarre ! Tu aurais vu son regard ! Il n'arrêtait pas de toucher des objets, de promener ses yeux sur mon corps, sur celui d'Adeline. Ou alors il regardait par la fenêtre, comme si… Comme s'il y avait quelqu'un dehors !

Elle avait rabattu ses deux poings sous son menton.

— Il m'a aussi parlé du Bourreau et de cette plume de Maât… je suis sûre que c'était pour me faire peur !

David fronça les sourcils.

— La plume de Maât ? La plume des péchés et du mensonge ?

— Oui…

— Ne te laisse surtout pas influencer par Arthur. Il m'a l'air d'avoir un don certain pour jouer avec les esprits.

Elle se dirigea vers l'armoire à pharmacie et se mit à la fouiller.

— Il n'y a que des calmants pour animaux ou du Valium, reprit David. Rien pour toi… C'est dingue, maintenant, au moindre problème, il te faut des médocs.

— Qu'est-ce qu'ils fichent avec du Valium en injection ? C'est certainement pas pour les animaux.

Elle revint se lover dans ses bras.

— Viens avec moi. On va se coucher. J'ai besoin que tu me réconfortes.

Il secoua la tête.

— Écoute. Là, j'ai un bon feeling. Tu te rappelles, l'histoire de la victime qui s'échappe ? J'y arrive bientôt. J'ai déjà écrit douze pages !

— Mais c'est bon alors ! Tu peux remettre tes dix pages demain matin. T'en as même deux d'avance ! Je t'ai pas vu de la journée… Clara t'a réclamé ! Tu avais promis !

La Jeune Fille et la Mort reprit à son allegro d'ouverture.

— Ouais mais ce soir, ça coule tout seul ! Je ne sais pas, on dirait que c'est magique ! Ça doit être cet endroit, cette ambiance ! Arthur avait vu juste, je…

— Merde, mais sors de ton monde débile ! Tu ne vois pas que j'ai besoin de toi depuis des mois !

Elle avait hurlé, tandis que la musique explosait.

Cette nuit-là, enlacée contre David, Cathy eut extrêmement mal. Elle saignait encore beaucoup, malgré l'Exacyl, son abdomen était tendu et son col ouvert. Huit jours, encore, à supporter ça. Au-delà, si les saignements continuaient, il faudrait consulter. Ce qui, dans l'état actuel des choses, s'avérait impossible.

Elle se réveilla plusieurs fois, hantée par les images de la journée. Ce merle noir, devant le chalet, claquant du bec sans émettre le moindre son. Les armées de sapins. Les visages, piégés dans l'arbre. Et puis cette plume, dont Doffre avait parlé.

L'instrument du Bourreau, qui punissait le mensonge.

Son mensonge.

David, lui, s'était endormi en pensant à ces numéros tatoués sur les crânes des jeunes enfants épargnés. 101703… 101005… 98784… 98101… 98067… 97878… 97656… Ces heures, ces journées qu'il avait perdues pour essayer d'en comprendre le sens… En vingt-sept ans, personne n'avait jamais réussi à établir le moindre rapport dans cette suite meurtrière.

Et la réponse se cachait peut-être là, dans l'épais dossier, entre ses mains…

13

— Haaaaa !

Cathy recula d'un pas et faillit trébucher dans la neige avec Clara, harnachée sur son dos dans un porte-bébé. Adeline la soutint à temps.

— Oh là, mes grandes ! Des envies d'évasion ?

— Regarde par… par terre !

Devant l'abri à bûches, d'où s'échappait le ronflement des groupes électrogènes, deux lapins morts reposaient sur une toile de jute. Les globes oculaires, ainsi que la peau, avaient été ôtés avec une extrême précision, offrant la vision de deux pavés de chair sanguinolents.

— Ouah ! Ça déménage ! s'exclama Adeline en se penchant au-dessus des bêtes. Marques nettes autour du cou. Ils ont certainement été piégés à l'ancienne, avec un collet.

Elle s'accroupit et plissa le nez.

— La vache ! On dirait qu'ils ont été tailladés au scalpel, à l'intérieur même des cavités oculaires ! Toutes ces plaies entrecroisées…

— Un… Un scalpel ?

— Exactement… Et il s'est bien acharné…

Cathy frotta ses gants l'un contre l'autre, comme pour se réchauffer. Le soleil brillait au travers des branches. Autour d'elle, un blanc laiteux, et cet air qui s'agrippait aux poumons.

— Franz ? se hasarda-t-elle en apercevant la tronçonneuse, accrochée sur un mur à l'intérieur de l'abri.

— On dirait, répondit Adeline, désignant les traces de raquettes qui contournaient le cabanon et disparaissaient vers la forêt.

Elle sortit un couteau de chasse de sous son anorak et l'enfonça dans la chair d'un des deux lapins. Cathy crut halluciner en découvrant la taille de la lame. Après l'Adeline asthmatique, l'Adeline armée à la Rambo.

— Ils ne sont pas encore gelés, il a dû les déposer récemment. Sympa comme cadeau de bienvenue ! Pas mal pour emballer les filles !

Cathy se décala, surprise par l'aplomb dont faisait preuve Adeline.

— Qu'est-ce qu'on va en faire ? questionna-t-elle en fixant la lame avec appréhension.

Sous les piaillements de Clara, qui voulait descendre, Adeline rangea le couteau dans son fourreau et roula la toile autour des lapins.

— L'hygiène n'a pas l'air d'être le fort de ce mec. Laisser traîner comme ça des bêtes dépecées… Cela dit, Arthur nous a prévenues, mieux vaut laisser croire qu'on les accepte, sinon il pourrait mal l'interpréter… Je les balancerai dans le torrent… Allez ! En route !

Cathy lui agrippa l'arrière de l'anorak.

— Attends ! Tu… Tu ne penses pas qu'on devrait remettre notre promenade à plus tard ? J'avoue que je ne suis pas très rassurée. Ces blessures au scalpel… Ce Franz… C'est forcément un gars louche, à vivre seul dans un endroit pareil ! Tu crois qu'il nous surveille ? Je veux dire… Voir des filles, ça doit…

Adeline mit sa main en visière et observa aux alentours.

— L'exciter ? Et pas qu'un peu, je suppose… Mais attends, on ne va quand même pas fusiller notre séjour parce qu'un vieil attardé campe à un kilomètre d'ici ! Pour une boxeuse, je te trouve bien trouillarde.

— C'est une question de bon sens. Tu n'as pas vu la taille de ce type.

— Allez ! Dis-toi que ces lapins, c'est sa manière à lui de nous offrir des fleurs !

— Ouais, un peu comme proposer des chrysanthèmes à une mariée…

Elle désigna la tronçonneuse et les bidons d'essence.

— On ne devrait peut-être pas laisser traîner tout ça…

Adeline haussa les épaules et s'adressa à Clara :

— Une sacrée peureuse, ta mère !

— Tu te fiches de moi, mais c'est vrai que je suis pas tranquille. Déjà les lynx…

La rouquine enduisit ses lèvres de beurre de cacao et sortit ses lunettes de soleil avant de s'enfoncer dans la poudreuse en direction des premiers arbres, la toile de jute à la main.

— Parlons-en, justement ! Trois jours qu'on est ici, et pas une trace. Ni dans la neige, ni dans les pièges, ni à proximité des carcasses !

— Tu es allée près des porcs ? Quand ?

— Euh… Hier, avec… avec David, pendant que…

Cathy démarra au quart de tour.

— Pendant que je dormais ! Quand le chat n'est pas là, les souris dansent ! Et le spectacle t'a plu ?

Elle doubla sa partenaire de marche sans la regarder, et prit la tête, d'un pas de grenadier.

— Oh ! Du calme ! Je voulais juste vérifier cette histoire de lynx. C'est quand même bizarre qu'ils ne soient pas attirés par les odeurs. Tu sais quoi ? Je crois qu'Arthur a tout inventé, uniquement pour nous effrayer. Ce serait bien son genre !

Cathy, furieuse, augmenta encore l'allure.

— Eh ! Mollo ! Marche moins vite ! Je t'ai dit que je n'étais pas très endurante !

— Pourtant, une fille comme toi, tu devrais l'être, rétorqua Cathy dans un nuage de buée.

— Comment ça ?

— Faut que je te fasse un dessin ?

— Écoute, j'ai appris à essuyer les critiques de ce

genre… Alors je vais ignorer ce que tu viens de me cracher à la figure et je vais mettre ta remarque sur le compte de la colère et de… ta nervosité naturelle…

Elles continuèrent en silence. Cathy maintint son rythme. Avec Clara qui s'agitait dans son dos, elle sentait pourtant son cœur pomper plus que la normale. Derrière elle, Adeline suivait de plus en plus difficilement, indifférente à cette nature magnifique. Les mélèzes immenses, frissonnant dans l'azur. Les cristaux de gel, accrochés aux branches en étoiles translucides. Partout, une blancheur éclatante.

Elles attaquèrent un raidillon sévère.

— T'es… à côté de la… plaque… Le torrent doit… couler… plus à gauche, reprit soudain Adeline. Plus à gauche… Et… ralentis un peu… s'il… te plaît…

— Un problème ? ironisa Cathy sans se retourner. Tu… as la gorge… qui commence à siffler.

— Mer… de, Cat… Ra… lentis… bon Dieu !

En haut de la pente, Adeline s'effondra contre un tronc, les deux paumes sur la poitrine. Un bruit de missile grimpait de son larynx. Elle fouilla dans sa poche, les paupières plissées, la bouche grande ouverte, et absorba deux larges inspirations de Ventoline. Elle finit couchée dans une congère, les pupilles au ciel, les bras écartés.

Cathy se pencha difficilement et lui tendit la main.

— Ça va aller ? se contenta-t-elle de demander d'un ton glacial.

La rouquine ne bougea pas.

— Tu l'as fait exprès… de marcher vite ! Espèce de…

Cathy dessangla le porte-bébé et laissa Clara faire quelques pas dans la neige. Elle se tourna à nouveau vers Adeline.

— Pourquoi tu ne m'as… rien dit ? Ça fait trois jours… que tu te caches ! Je pensais pourtant qu'on… pourrait avoir confiance… l'une en l'autre.

Adeline se releva, seule, chassa la neige de sa combinaison de ski, abandonna les lapins morts et fit demi-tour.

— Tu me parles de confiance… alors que… tu deviens dingue simplement parce que… je discute avec ton mari… Je rentre ! Continue si tu veux !… Et évite de te perdre, tu n'es pas… à Versailles ici !

— Mais… Je croyais simplement qu'on pourrait être amies.

— T'es vraiment trop naïve, ma pauvre !

— Moi, naïve ? C'est quoi ton problème, bon sang ?

— Je n'ai pas de problème !

— Ah bon ! Alors pourquoi tu te caches ?

Adeline brandit son couteau et le propulsa contre un arbre, en hurlant. La lame fendit l'écorce.

— T'es cinglée ! cria Cathy. Clara est juste à côté !

Adeline plaqua sa tête sur le tronc, les doigts repliés sur le manche en ivoire. Cathy, un instant tétanisée, finit par venir lui caresser le dos avec énergie.

— Tu m'as fait peur… Qu'est-ce qui se passe ?

Pas de réponse. L'enfant s'approcha des deux femmes et enlaça la jambe de sa mère.

— Adeline ?

La rouquine inspira lentement.

— Il t'est déjà arrivé de mentir ? Mentir à ceux que tu aimes le plus au monde ? C'est comme une brûlure à l'acide, qui ronge un à un les derniers souvenirs propres qu'il te reste…

Cathy sentit une boule monter dans sa gorge, ses jambes se firent flageolantes. Elle avait envie de crier *« Oui ! »* de toutes ses forces. *« Oui ! Ça m'arrive, là, maintenant ! Et tu n'imagines pas combien je souffre ! »*

Se maîtriser, se contrôler ! Ne rien dire ! Les larmes pouvaient jaillir, là, à chaque instant.

Trop tard… Adeline s'était retournée brusquement.

— Alors toi aussi… souffla-t-elle avec une profonde détresse dans la voix. Toi aussi, tu es hantée… Tu vois, finalement, les animaux cabossés finissent toujours par se retrouver.

Elle marqua une pause.

— Tu sais, mon asthme… Les médecins affirment que je suis une simulatrice, que la maladie se trouve dans ma tête, dans mon cerveau, dans mon putain de cerveau, tu entends ? Je… Ces inhalateurs… Je ne sais même pas s'ils contiennent de l'air ou de l'eau salée. Ce que je sais, par contre, c'est que, sans eux, je mourrais ! Tu l'as vu, toi, à l'instant ! Comment pourrais-je simuler ? Hein ? Comment ?

Elle décrocha le couteau de l'arbre et le renfonça dans son fourreau, le visage fermé.

— Voilà, tu voulais savoir, maintenant tu sais. Mais je te préviens, si t'en parles à quelqu'un, je te jure, je te tue !

14

L'expression la plus franche et la plus singulière de la mort.

Six carcasses de porcs, dont les plus dégradées remontaient à la fin de l'été. Suspendues par le train arrière à l'aide d'un treuil et d'une épaisse corde tressée, à deux mètres cinquante de hauteur. Les liens effleurant directement l'os, pour deux d'entre elles. Un contraste saisissant avec les squelettes d'un blanc de nacre qu'on pouvait étudier dans les laboratoires d'ostéologie, à l'université. Une pancarte en bois, sur leur échine ou ce qu'il en restait. Dessus, barbouillé à la peinture rouge : Bundy, Gacy, Kraft, Bishop, Ralph et Fish. Les noms des plus célèbres tueurs en série. Il fallait vraiment être entomologiste pour rire devant un pareil spectacle.

Des bêtes, à l'origine de plus de quarante kilos, âgées de trois ans minimum.

Du haut de son escabeau, David baissa son masque chirurgical et souffla sur la mine de son stylo avant d'inscrire sur la fiche de suivi de Bishop qu'apparemment, ce trois février, à quinze heures douze, aucun insecte n'était venu y pondre et aucun œuf n'avait éclos. Bien trop froid pour les *Calliphora vicinal* et les *Calliphora vomitories*. Pas folles les mouches. La faune des cercueils aussi aimait le confort.

David replaça sa protection de coton avec soin. Dans cette nécropole de chairs rances, de totems décharnés, il songeait au triste sort réservé au petit Grin'ch. Qu'est-ce qu'un porcelet de quelques semaines, pesant à peine le poids d'un caniche, pouvait bien avoir en commun avec l'expérience *Schwein 2005-2006* ? Évidemment, comme l'affirmait Doffre, les organismes plus jeunes réagissaient différemment au processus de décomposition ! Bien sûr, grâce à des études menées sur des porcelets, on obtiendrait plus de précisions sur la façon dont se décomposent les corps d'enfants découverts dans les forêts ! Selon le vieil homme, les scientifiques leur avaient confié la mission d'égorger et de pendre l'animal le cinq février, dans le but de démarrer une nouvelle étude au cœur de l'hiver, intitulée *Schwein 2*. Mais pourquoi, dans ce cas, à quelques jours près, ne l'avaient-ils pas exécuté eux-mêmes ? Il y avait là quelque chose qui clochait.

Le jeune homme traîna son escabeau jusqu'au charmant Bundy, non sans réprimer un certain dégoût. Le sang, qui

avait gelé en gouttelettes noires, outrageait la blancheur ouatée déposée par la nature. Cette mort-là, puant la charogne, n'était pas la sienne, pas celle qu'on pouvait masquer à l'aide de produits conservateurs ou à coups de bistouri. Elle se déployait ici librement, sans tabou, et creusait toujours plus ses sculptures, secondée par la lente maturation du temps. Cette mort-là était celle de l'enfant que le meurtrier enterre et laisse pourrir dans son jardin, celle de l'adolescente, abandonnée ligotée contre un arbre, en proie aux bêtes sauvages. Cette mort-là était celle dont on ne parle jamais.

Seul sous ces cosses morbides, David la défiait, les yeux dans les yeux.

Malgré la fine protection, Bundy l'obligea à enfouir le nez dans son blouson. Ce n'était pas un masque qu'il aurait fallu, mais un scaphandre ! Bien que le froid sec ralentisse fortement la putréfaction, le porc, égorgé à la fin de l'automne, puait l'ammoniac. Un remugle âcre, acide, qui lui agrippa les tripes. Il n'osait imaginer la scène au cœur de l'été, sous les rayons brûlants du soleil.

Sans doute l'impression de s'être perdu dans un champ d'arums.

Les arums… Le test de Doffre, dans l'officine… Arum, tache verte abdominale, scie électrique…

L'officine… L'officine… La photo de l'entomologiste… Les loupes et microscopes… Les différents tiroirs, dans les commodes latérales… Doffre y avait pioché les fiches de suivi… Bien sûr ! Ces meubles devaient forcément contenir des dossiers scientifiques, ainsi que les différentes déclinaisons du programme entomologique. Facile, dans ce cas, de vérifier l'existence de *Schwein 2.*

David sauta de son escabeau et passa par-derrière. L'enclos. Grin'ch vint se frotter contre lui. Porte fermée. Le jeune homme s'agenouilla, la bouille du porcelet entre ses mains.

— Hors de question de te sacrifier, mon gros, murmura-t-il. Ma fille et ma femme t'ont adopté, alors tu vas rester avec nous jusqu'au bout, OK ?

Puis il se précipita vers l'entrée du chalet. Cathy jouait avec Clara à faire un bonhomme de neige, qui n'en était encore qu'à ses balbutiements d'existence : un amas blanchâtre. Adeline, un peu plus loin, sciait des branches, clouait, découpait, bien décidée à construire un abri pour le merle noir. Depuis leur retour d'excursion, sous l'œil curieux du volatile, les deux femmes ne s'adressaient plus la parole. Et, évidemment, impossible d'en connaître la raison.

En pénétrant dans le laboratoire, David sursauta. Dans un coin, Doffre, chemise blanche et pantalon gris anthracite, des feuillets entre les doigts.

— Je… Je croyais que vous faisiez votre sieste ! s'étonna David.

Doffre roula jusqu'au bureau, pour une fois il semblait gêné.

— Tu me prends en flagrant délit ! Je ne t'ai pas vu quitter l'aire d'étude ! Je te savais parti pour les relevés et je suis venu ici pour… comment dire…

— Lire la suite, que vous n'êtes pas censé découvrir avant demain matin.

Doffre acquiesça et reposa les pages à gauche de la machine à écrire.

— Il règne ici une ambiance particulière, exaltante même. Ces odeurs, cet isolement, ces carcasses en état de décomposition. Tout cela magnifie tes écrits. Ton début est excellent ! Ça part sur les chapeaux de roues ! Quel supplice pour moi de devoir attendre !

— Il le faudra, pourtant, rétorqua David du tac au tac.

Il posa la grille de relevés près du microscope, se dirigea vers le bureau et remit en ordre le tas des pages déjà rédigées.

— Un souci particulier ? fit Doffre.

— Non, aucun. C'est juste que je n'aime pas trop qu'on fouille dans mes affaires…

Il regarda vers les tiroirs.

— J'aimerais consulter les différents dossiers des programmes *Schwein* et *Schwein 2*, si vous n'y voyez pas d'inconvénient.

Doffre haussa les sourcils.

— Puis-je en connaître la raison ? Tu n'as donc pas assez de lecture avec le dossier Bourreau ?

— Si, si, évidemment, mais… J'aimerais vérifier quelque chose…

— Quoi donc ?

— L'existence de *Schwein 2*… Je ne comprends pas pourquoi c'est à moi de sacrifier Grin'ch. Pourquoi est-il seul dans l'enclos ? Où sont les autres porcelets ?

Il désigna la photo de l'entomologiste entre les carcasses.

— Pourquoi ne l'a-t-il pas pendu lui-même ? Et qu'en est-il de…

— Doucement, David, doucement… Je comprends ton sentiment, mais je t'avais prévenu, pour ton épouse et ton enfant. Elles ne doivent pas s'y attacher… Grin'ch devra être sacrifié le cinq février. Il en est ainsi, selon le planning. Qu'est-ce qui te met dans un état pareil ? Ce n'est qu'un animal, après tout… Tu fais dix fois pire sur des humains.

Il hocha sèchement la tête.

— Ouvre ces tiroirs, si tu veux, et remue les dossiers dans tous les sens. Si tu es fortiche en allemand, tu verras que je ne te mens pas.

Doffre déverrouilla un tiroir. Puis il brassa des feuilles.

— Vas-y ! Tout est là ! Courbes, relevés, *Schwein*, *Schwein 2*. Vas-y ! Qu'est-ce que tu attends ? Puisque tu me prends pour un menteur !

David sentit le rouge lui monter aux joues.

— Ça… Ça ira, je vous crois… Mais… Je ne sais pas si je pourrai faire… ce que vous attendez de moi…

Doffre retourna auprès du bureau.

— Tu y arriveras. Je te fais confiance… Bon ! Parlons de ce qui nous intéresse, si ça ne te dérange pas ! T'es-tu approprié le dossier Bourreau ?

— En partie. Difficile d'avancer comme je le voudrais, avec l'écriture, les tâches quotidiennes, les relevés pour les entomologistes… Mais j'y ai décelé… des faits intéressants…

Doffre sortit ses dés, qu'il jeta sur le bureau. Double six, bien entendu.

— Ah ! Tu m'intéresscs. De quel genre ?

David s'était figé. Il fixait les dés avec une intensité d'hypnotiseur.

— David ? Un problème ?

Tout tremblant, il plongea sur une feuille de papier, y gribouilla des chiffres. Une opération. Il posait une opération. 101703… 101005… 98784… 98101… 98067… 97878… 97656… Les énigmes du Bourreau… Triturées là, au bout de sa plume.

— Tu commences à m'inquiéter ! s'impatienta Doffre.

Le jeune homme leva soudain un regard noir.

— Arthur !

Il s'appesantit de nouveau sur ses calculs.

— J'espère que vous avez un peu de temps à m'accorder !

— S'il s'agit d'une urgence… Je t'écoute.

David se rua sur l'épais dossier. Il se mouilla l'index, en proie à son excitation, et se mit à feuilleter les pages. Doffre le contemplait avec fascination.

— D'accord ! D'accord ! Passons rapidement en revue l'histoire du Bourreau… Le 4 juillet… Le 4 juillet 1977… Georges et Pascale Dumortier, les premières victimes, sont assassinés à leur domicile, selon un rituel très précis qu'ont réussi à reconstituer les criminologues. Il menotte et bâillonne le mari, le déshabille…

— Je connais ! Abrège, s'il te plaît !

— Écoutez, j'ai… j'ai besoin de ça ! Laissez-moi continuer !

— Vas-y, fit Doffre.

— Donc, le Bourreau étale des instruments devant lui. Des tenailles de différentes tailles, des bistouris, une paire de ciseaux et toutes sortes de couteaux. Il installe sa balance de Roberval, pose sa plume de Maât d'une masse de cent vingt-cinq grammes sur l'un des plateaux, et demande à l'épouse, Pascale, de l'équilibrer en prélevant ce qu'elle souhaite sur son mari. Pascale est directrice d'école, c'est une femme à poigne…

— Ce qu'elle souhaite… répéta l'ancien psychologue. Il ne lui dit pas quoi, ni comment. Il laisse libre cours à son imagination. Si la balance est équilibrée, il leur accorde la vie.

— Exactement ! embraya David. La vue de son enfant dans les bras du tortionnaire, ce couteau pointé sur la gorge du petit la forcent à coopérer. La peur de mourir, l'instinct de survie…

Arthur acquiesça.

— Le Bourreau aimait détruire psychologiquement ses proies… La destruction, l'un des éléments clés qui l'emmenaient au nirvana. Ce pour quoi il choisissait des femmes au caractère fort. Les plus combatives.

Doffre baissa les yeux, soudain troublé. Revivait-il ses séances avec Bourne ? Se remémorait-il ses erreurs de jugement sur son patient ?

Le transfert se mettait en place. La fusion des personnalités. Les blessures du temps.

— En effet, continua David. Alors, Pascale va trouver le courage de le faire. Leur sauver la vie, à tous les trois. Parce qu'elle croit l'homme en face d'elle. Il est devenu son bourreau, mais aussi, paradoxalement, son sauveur. Celui qui décidera. Les techniciens de scène de crime ont supposé qu'elle avait commencé par couper les cheveux de son mari, le plus à ras possible, puis ses poils sur le torse, sous les bras… ses poils pubiens… Elle ne récoltera qu'une quarantaine de grammes, largement en deçà de ce qu'elle escomptait…

— La masse des poils et cheveux est tellement trompeuse, intervint Doffre en levant l'index. Grave erreur d'avoir commencé par là… Parce que, selon la règle établie, elle peut rajouter du poids, mais pas en ôter. Elle aurait dû garder les cheveux pour plus tard, afin d'équilibrer la balance. Car à présent… Que prélever sur un homme svelte comme Georges Dumortier ? Et, surtout, comment ne pas en prélever trop ? Un sacré défi. Il…

Doffre s'arrêta brusquement.

— Excuse-moi. J'ai tendance à m'emporter. Cette histoire est si profondément ancrée en moi… Mais continue, je t'en prie.

David présenta une photographie couleur de la scène de crime.

— Le lendemain, après un appel anonyme d'une cabine, les enquêteurs retrouveront, sur le sol, des cheveux, des poils, un pouce, et divers morceaux de chair provenant des fesses de Georges… Bien entendu, ils ne saisissent pas la signification d'un tel carnage, et ne feront le rapprochement avec une pesée qu'après la découverte du corps pendu de Tony Bourne et de son matériel de torture, un an plus tard.

Il piocha un autre cliché aux dominantes pourpres. Gros plans des victimes.

— Georges a été tué d'une balle de Smith & Wesson dans la tempe, son épouse torturée puis… étouffée d'une manière particulièrement horrible. L'enfant de deux ans, lui, a été épargné. Sur son crâne, à un endroit que Bourne a rasé, un nombre, tatoué à l'encre noire. 101703. Ce numéro, dont le mystère n'a jamais été élucidé.

David fouilla de nouveau dans le dossier et en extirpa des feuilles en bristol vert pomme. Arthur dévorait chacun de ses gestes, intrigué.

— Le 25 juin 1977, dix jours avant la première tuerie, un patient dénommé Tony Bourne se rend à votre cabinet, qui se situe à une trentaine de kilomètres des lieux du crime. Il se présente comme caissier dans une grande surface, et semble atteint d'une angoisse très particulière. Depuis son enfance, il souffre d'un souffle au cœur. Peu

avant sa visite chez vous, une douleur lancinante dans la poitrine l'a persuadé que son myocarde le lâcherait dans un avenir proche. Bourne a peur d'informer les médecins, car il craint une greffe. Il est terrorisé à l'idée qu'un élément étranger soit introduit dans son organisme. C'est pour lui une véritable phobie. Je résume bien la situation ?

— Parfaitement, répondit Doffre avec un temps de retard. Nous nous attachons donc à mettre en place une…

— … psychanalyse, que vous ne réussissez pas à démarrer car Bourne manque d'assiduité et surtout, il a des accès de colère qui le poussent à plaquer les séances au bout de cinq minutes. Si bien qu'entre le premier et le troisième massacre, exactement huit mois plus tard, vous n'avez pas avancé. Je vous cite : « J'ignore le but profond de ses visites. Il persiste à venir quand bon lui semble et refuse de libérer sa conscience. On dirait qu'il joue, tout en souffrant énormément. La thérapie s'annonce longue et fastidieuse… » Après un silence radio d'un mois, Bourne revient. Cette fois, il est plus bavard, et terriblement angoissé. Il vous confie qu'il se déplace de moins en moins, d'où son absence, et qu'il ne sort que lorsque c'est absolument nécessaire, afin d'économiser les battements de son cœur. À sa caisse de supermarché, il se sent bien, car ses mouvements sont limités et ne nécessitent que de maigres efforts. Une remarque, sur l'une de vos fiches : « Lorsqu'il ne parle pas, je peux lire sur ses lèvres qu'il compte les pulsations de son cœur. Je lui ai conseillé d'acheter un cardiofréquencemètre, mais il refuse, de peur que le champ magnétique provoqué par le capteur ne perturbe son rythme sinusal. » Une seconde observation, au terme d'une autre consultation : « Il est obsédé par le poids des objets. Il pèse visuellement tout ce qu'il rencontre. Montre, tee-shirt, bijoux. Un besoin évident de capturer les chiffres, de quantifier ce qui l'entoure. Je suis aujourd'hui persuadé qu'il cherche par là à révéler quelque chose. Une frustration, ou un moyen de se rassurer… »

— Où veux-tu en venir ?

David se leva, un article de journal entre les mains.

— 4 mai 1978, quatrième massacre. Pour la première fois, la police, relayée par la presse, parle des tatouages sur les crânes des enfants et divulgue les nombres : 101703 pour le premier môme, puis 101005, 98784 et 98101 pour les trois autres. Les autorités mettent en place un centre d'appel gratuit. Le pays tout entier se ligue contre le Bourreau. Il existe bien une personne, en France, qui trouvera un sens, une relation entre ces numéros ! Évidemment, tout le monde téléphone. Dates, décompositions de facteurs premiers, coordonnées planétaires, positionnement des versets de la Bible, délires ésotériques, cryptographie… tout y passe. Mais la solution, elle, n'est présente que dans un seul crâne. Celui de la personne qui consulte chez vous, quand elle n'est pas occupée à épier ou à torturer ses prochaines victimes.

David s'empara des dés truqués et les mit sous le nez de Doffre.

— Depuis que je m'intéresse aux tueurs en série,

j'avoue que le cas de Tony Bourne est celui qui me passionne le plus. Je suis avant tout un scientifique, Arthur, et je dois vous confier que moi aussi, plus d'un quart de siècle plus tard, j'ai passé des nuits entières à tenter de comprendre la signification de cette série de sept nombres. J'en ai même souvent cauchemardé ! Et, comme tout le monde, je m'y suis cassé les dents. Pourquoi, à votre avis ?

— Tu vas peut-être me l'expliquer ?

— Parce que ces numéros… ces numéros n'avaient aucune relation directe entre eux ! Il ne fallait pas les traiter dans un ensemble, mais au cas par cas !

D'un mouvement rapide, Doffre déroba les dés et les serra dans sa paume.

— Tu commences à m'intéresser. Aurais-tu une solution à me soumettre ?

— Vous la connaissez déjà, Arthur !

David écrasa son poing sur sa poitrine.

— C'est là que se trouve la clé, en chacun de nous !

— Continue !

— Les pulsations cardiaques ! Il n'y avait rien de plus simple !

Arthur se pencha vers l'avant, aux aguets.

— Précise !

— La première fois où nous nous sommes rencontrés, dans votre voiture, vous m'avez dit : « Notre séjour tournera autour du mystère des nombres… Toutes les vérités se cachent au cœur des chiffres » Au cœur des chiffres… Quel habile jeu de mots ! Les chiffres, liés au cœur. Le cœur, qui crée les chiffres. Quel est le nombre moyen de pulsations cardiaques en vingt-quatre heures ? Vous connaissez la réponse, Arthur, je me trompe ?

Son interlocuteur hocha la tête.

— Tu ne te trompes pas. Soixante-dix à la minute, ce qui donne cent mille, environ…

David allait et venait, bras croisés.

— Cent mille, oui. Et quels sont les nombres du

Bourreau, associés à ses sept doubles meurtres ? 101703, 101005, 98784, 98101, 98067, 97878, et 97656. Des numéros qui vont en décroissant, alors que Tony Bourne réduisait son activité physique ! Ils représentaient les marques de son organisme, juste avant qu'il agisse ! Une séquence de signes qui l'identifient, lui, et uniquement lui ! Sa signature !

Doffre applaudit.

— Que de progrès ! Tu es décidément très doué !

David claqua son poing sur le bureau.

— Arrêtez ce petit jeu avec moi ! Vous suiviez la presse ! Par ces tatouages, vous aviez forcément fait le rapport entre Tony Bourne, qui vous parlait d'un nombre de battements cardiaques, et le Bourreau 125, comme je viens de le faire ! Vous auriez pu tout arrêter !

Doffre resta impassible, d'un calme déstabilisant.

— Évidemment... Parce que tu crois que j'avais résolu l'énigme de cette série de chiffres durant l'analyse ? David ! Cesse d'être naïf à ce point ! Toi, tu disposes de tous les éléments pour résoudre le problème ! Tu sais d'emblée que Tony Bourne et l'assassin à la plume de Maât ne font qu'un. Vingt-sept années d'historique. Des dizaines d'ouvrages sur le Bourreau. Des photos, des rapports d'autopsie, des témoignages. Mais moi ! Y as-tu songé un seul instant ? De quoi disposais-je alors ? De rien ! Absolument de rien ! Un patient qui vient me voir quand bon lui semble, un malade comme j'en reçois plus d'une demi-douzaine par jour. Il compte ses pulsations cardiaques ? Et alors ? J'ai eu des patients qui mangeaient leurs excréments, ça en faisait des cannibales ? Non mais sors de ton délire ! Mon cas a été passé au peigne fin par les policiers de la Crim, par la DST, et toi, tu oses mettre en cause ma parole ? Si j'avais su qui était le Bourreau, à l'heure qu'il est, ça aurait été prouvé, et je ne serais pas là pour t'en parler !

Pour la première fois, son crâne se voila d'un léger film rouge sang.

— Je t'ai mis une bombe entre les mains ! lui dit-il en sortant du laboratoire, et je sais que tu y prends un pied phénoménal ! Mais manipule-la avec la plus grande prudence. Parce qu'elle pourrait bien t'exploser à la gueule !

15

Adeline n'avait plus éprouvé une telle pitié depuis… elle ne s'en rappelait plus. La première fois où elle avait déshabillé Doffre, voilà trois jours, son cœur s'était serré et elle n'avait pu cacher sa tristesse. Il l'avait pris avec le sourire. De sa seule main valide, il lui avait massé la nuque, comme ces pères qui encouragent leurs enfants avant leur montée sur le podium, à la fête de l'école.

Nu, Doffre ressemblait à un mannequin brisé auquel on aurait maladroitement ressoudé les pièces de mannequins plus jeunes. Certains gestes, pas forcément les plus compliqués, le simple fait de se verser un verre d'eau, ou de tourner les pages d'un livre, le faisaient se tordre de douleur, en silence. Un vivant, dans le corps d'un mort. Qu'est-ce qui avait bien pu lui arriver ? En parlerait-il de lui-même, un de ces soirs ?

Adeline vida la poche d'urine dans les toilettes. Pour Arthur, au moins, le drame se voyait. D'autres sont bien plus abîmés, à l'intérieur… Après avoir déplié une poche propre, elle l'apporta au vieil homme et se retourna, mains dans le dos, sans un mot, comme chaque fois qu'il l'enfilait.

Il avait appris à faire des mouvements extraordinaires avec son bras, son seul membre valide. Ses biceps, triceps, les muscles de son avant-bras et surtout de son épaule étaient considérablement développés. Flexion, extension, ils soutenaient, propulsaient, soulevaient. Pour s'aliter, par exemple, ce concentré de fibres, de chair et de tendons savait tirer et orienter le corps mort jusqu'à la position adéquate. À voir chaque soir Doffre se démener de la sorte, Adeline pensait au gymnaste sur son cheval d'arçons. Un architecte de la gravité.

Il était allongé sur le lit, les jambes serrées, sa prothèse posée à ses côtés, sur la table de nuit. Position du soir, position du matin.

— Tu te rappelles la première question que tu m'as posée, quand nous nous sommes rencontrés ? l'interrogea-t-il soudain.

Adeline enfila rapidement son pyjama de velours et se faufila sous la couette.

— Je ne me souviens plus vraiment. Sûrement combien ça payait ! dit-elle dans un sourire.

— Tu m'as demandé si je fumais. Et je t'ai répondu : « Uniquement après avoir couru un cent mètres. »

— Et j'ai éclaté de rire ! J'étais vraiment confuse, je ne savais plus où me mettre. Je me suis dit : « Là, c'est fini. »

Arthur lui caressa la joue, longuement. Dans ces moments-là, elle le sentait radicalement différent du serpent froid, serré dans ses costumes luxueux, qu'il se plaisait à paraître. À ses côtés, elle se sentait bien et, étrangement, en sécurité.

— Arthur…

— Elle était curieuse ta question, tu ne trouves pas ? D'ordinaire, on demande plutôt… Oui, comme tu disais, combien ça paie…

— Je ne suis pas une fille ordinaire… Mais tu l'as peut-être deviné…

— Oui, je l'ai deviné… Mais j'aurais préféré que tu m'en parles de toi-même. Je n'aime pas qu'on me cache des choses…

— Tu veux parler de mon asthme… J'ai simplement eu peur que tu ne me choisisses pas à cause de ça.

Il lui sourit. Sa main tremblante lui effleura les seins.

— Tu as essayé d'ouvrir ma malle, n'est-ce pas ?

Elle se mit à rougir.

— Je… De quoi parles-tu ?

— La malle, là-bas, dans l'angle.

— J'ai… Non ! Pourquoi tu dis ça ?

— Les molettes ont été tournées, j'avais noté la position de chaque chiffre, en arrivant ici. Cette malle sera ouverte le moment venu.

— Quel moment ?

— Il arrivera tout naturellement. Il ne faut pas précipiter les choses.

Il ferma les yeux, le visage serein, presque heureux. Comme après l'amour.

— Je peux te demander un service ? lui demanda-t-il après un long silence.

Adeline se raidit. Ça y est, on y venait. Le sexe…

— Caresse-moi les pieds… Je veux ressentir la chaleur de tes doigts. J'ai besoin de savoir qu'ils vivent encore, même si…

— Chut… murmura Adeline en se glissant sous les draps.

Et elle massa ses orteils durcis, les pressa entre ses paumes moites et douces, se demandant ce qu'il pouvait ressentir dans l'influx de ses jambes mortes.

— As-tu déjà vu un arbre mourir ? lâcha-t-il subitement en la ramenant à lui.

Elle secoua la tête, hypnotisée par les pupilles opaques qui la dévoraient.

— Le premier signe, ce sont les feuilles qui roussissent, se rétractent, puis chutent, à cause des racines, qui s'asphyxient. Dans le même temps, les branches s'assèchent, l'écorce se décroche à certains endroits. Je suis un arbre qui meurt, mon abricot.

Adeline bascula sur le côté, face à lui. D'instinct, ou tout simplement parce qu'elle en avait envie, elle lui posa un baiser sur la joue.

— Tu auras toujours des gens pour te soutenir,

murmura-t-elle. Parce que, derrière cette carapace, tu es quelqu'un de bien…

— Alors, poursuivit-il, une pluie se met à tomber, une averse inespérée, glaciale et violente. L'eau dévale des cieux, à n'en plus finir, et elle pénètre le sol, se charge de minéraux, brasse l'azote, le phosphore, la potasse de la terre. L'arbre puise dans ses dernières forces, il se nourrit de cette abondance inopinée. Il a traversé tant d'épreuves dans sa longue existence ! Sécheresses, tempêtes, hivers. L'arbre ne veut pas mourir, il sait qu'il peut encore lutter, pour un dernier combat, un accomplissement suprême.

Adeline sentit son cœur se rétrécir. Doffre, face à elle, ressemblait à un oisillon tombé du nid.

— Quel accomplissement ?

— Voir germer les graines de ses propres semences.

Il avait prononcé cette dernière phrase différemment du reste, d'un ton très rude. Adeline se recroquevilla. Il lui caressa les cheveux, puis il lui poussa doucement la tête en direction de son sexe.

Deux heures du matin. La jeune fille se tournait et se retournait dans le lit, sans trouver le sommeil. Y aurait-il, un jour, un endroit où elle se sentirait en paix ? Effacer une heure, juste une heure de sa mémoire. Cette heure qui s'étirait indéfiniment, qui venait effleurer le présent. Ces soixante minutes, qui avaient peuplé ses nuits de cauchemars, qui avaient détruit sa vie.

Le mensonge.

Elle se leva et plaqua son nez contre la fenêtre. La lune se découpait dans les ramures, travaillant le relief d'ombre et de lumière. La forêt était si profonde, si hostile. Un paysage de conte, terrifiant et magnifique. Rien n'avait jamais été aussi beau, si angoissant, si loin des frontières du monde.

Franz, cet arriéré, était-il là, dehors, à les observer et à se masturber, tapi derrière un tronc ?

Elle eut envie d'un grand verre de lait chaud, comme

son frère Éric avait l'habitude de lui en apporter, en pleine nuit, quand elle se réveillait en pleurs. Avant de sortir, elle s'arrêta à l'entrée de la chambre, et se pencha sur la malle. Arthur avait noté la position de chaque molette… Malin… Mais il ne serait pas meilleur qu'elle. Les codes, elle connaissait. Elle trouverait le moyen de l'ouvrir.

Elle referma doucement la porte et se faufila, pieds nus, dans le couloir. Le plancher se mit à grincer.

Une lumière cuivrée, échappée de sous l'entrée du laboratoire. Le murmure d'une mélodie. *La Jeune Fille et la Mort*. Elle eut une pensée pour Cathy. Ça ne devait pas être facile tous les jours de vivre aux côtés de quelqu'un qui jouait comme ça avec la mort, dans son boulot, ses romans, et qui en cauchemardait la nuit… Mais question cauchemars, elle avait aussi son compte.

Dans le salon, le chêne torturé, l'obscurité… ces fenêtres, sans volets… Elle songea à tous ces films d'horreur, où des bandes de copains se font massacrer en pleine forêt. Ces trucs avec des esprits, genre vaudou… Elle décida finalement d'aller voir David dans le laboratoire.

Des aigreurs, dans l'estomac. Ces mouches, ces odeurs de clinique, le faible éclairage… La boîte de cartouches, sur une étagère… La simple idée que là, derrière la vitre, les porcs en putréfaction veillaient… Pire que le salon, en définitive.

— David ?

Affairé derrière la Rheinmetall, il ne répondit pas. Un pianiste fou, emporté par l'euphorie de sa composition. À ses côtés, une bouteille de Chivas entamée.

— Je ne vous dérange pas ?

Il se retourna brusquement, les pupilles explosées, l'acide des mots au cœur de l'iris. Il se frotta le front, avala une gorgée de whisky, puis replongea sur sa machine.

— Vous avez un sacré sens de la conversation… reprit Adeline. On dirait mon père…

Aucune réaction. Vachement sympa, le type… Elle s'avança derrière son épaule.

Il la traînait par les cheveux, cette courte chevelure brune qui ne ressemblait plus qu'à un sac de nœuds. Elle n'avait même plus la force de hu…rler, compléta-t-elle par la pensée, alors qu'il tapait ce dernier mot. Elle observa les cadres de mouches. Des nécrophages… Nourries de chairs pourrissantes… « Alors c'est toi, le responsable du massacre ? » songea-t-elle en se penchant vers la photographie d'un des scientifiques. Un véritable colosse, barbu, lunettes de soleil, qui posait entre les carcasses. « T'as pas l'air très catholique, avec ton petit masque vert. Bienvenue à *MacabreLand* ! Qu'est-ce qui peut bien te pousser à exercer un métier aussi morbide ? » Et lui, Miller ? L'empailleur de morts. Jamais elle ne dormirait aux côtés d'un type pareil. Et en plus, il était séduisant. Ça cachait forcément quelque chose.

Au moment de sortir, elle marqua un temps d'arrêt. Puis revint sur ses pas. La photographie… Le géant masqué…

Elle la tira de son cadre.

— David ?

— Deux secondes ! Deux secondes !

Il se retourna, agacé. Il empestait le whisky.

— Écoutez, Adeline, j'ai besoin de me concentrer ! J'ai horreur qu'on me dérange quand j'écris !

Elle lui planta le cliché sous le nez.

— Vous vous souvenez, Christian, le chauffeur ?

— Christian, oui… Et ?

Elle posa son ongle sur le colosse.

— Regardez la main droite de ce mec. Il lui manque l'index… Vous voyez ? Comme Christian…

— Faites voir.

Il s'empara du cliché.

— Sacré sens de l'observation… Cela dit, hormis la carrure, il ne lui ressemble pas du tout.

— Normal, avec des lunettes, une barbe, un masque…

Adeline reprit la photo, vexée, et considéra de nouveau l'entomologiste. David lui agrippa soudain le bras et récupéra le cliché.

— Vous avez vu ! Là ! À l'arrière !

Adeline se pencha.

— Ouais, une date. Et alors ?

Poussée d'adrénaline. David fouilla dans le dossier, dans un état proche de la transe. Une photographie. Celle d'un crâne. Le crâne du deuxième enfant.

Il plaça les deux photos en vis-à-vis, l'une pile, l'autre face. 10-10-05. 101005…

10-10-05, la date sur la photo de l'entomologiste. 101005, le tatouage sur le crâne de l'enfant.

— C'est quoi ce môme ? chuchota Adeline en grimaçant. Un truc du Bourreau dont Arthur n'arrête pas de parler ? Ce type qui faisait couper des morceaux de chair et les pesait sur une balance ? C'est horrible…

David replongea dans ses papiers, l'esprit en feu.

— Il tatouait des numéros sur les enfants des victimes. Des numéros… Non, attendez, c'est pas possible… C'est une coïncidence… Ça ne peut être qu'une coïncidence…

Adeline s'approcha et lui posa la main sur l'épaule.

— David… Vous commencez à me faire peur.

Il s'empara d'un autre cliché. Celui d'un garçonnet. Une partie du crâne rasée. Un numéro. Six chiffres qu'il connaissait par cœur.

— Là ! Bon sang ! Non ! C'était sous mes yeux !

Il se précipita dans le salon. Lumière. L'escabeau, qu'il récupéra dans l'arrière-cuisine. Le chêne. Adeline, paniquée, le suivit.

— Expliquez-moi, bordel !

David escalada les marches, vitesse grand V. Sa chemise, imbibée de sueur, sortait de son jean.

— Cette marque, en haut du tronc ! Vous vous rappelez la date ?

— Je ne me souviens plus. 1700 et quelques ?

David palpa l'inscription dans laquelle on avait coulé de l'argent, qui, avec les siècles, s'était oxydé en une couleur noire.

— Alors ? s'impatienta Adeline.

— *Oktober 1703* ! 101703 ! Le nombre tatoué sur le premier enfant ! Le fils de Pascale et Georges Dumortier !

La jeune femme resta quelques instants sans voix.

— Bon, OK ! Pas de panique ! Vous n'êtes quand même pas en train de me dire que les numéros qu'un tueur en série s'amusait à tatouer il y a plus de vingt-cinq ans sur des crânes d'enfants se… se retrouvent ici, dissimulés dans ce chalet ?

— Pas dissimulés ! Sous nos yeux ! Et dans l'ordre ! D'abord celui-ci, que Cathy a remarqué lorsque nous sommes arrivés. Puis la date sur la photo de l'entomologiste… Le deuxième môme…

Une fois au sol, David se frotta les mains l'une contre l'autre. Les bambins épargnés… Les pulsations cardiaques… Les numéros… Le chêne torturé…

— Mais merde, ça ne vous effraie pas ? Qu'est-ce que ça veut dire ? l'agressa Adeline. Répondez ! Mais répondez, putain !

Un effroyable craquement roula dans le tronc, et se libéra contre la charpente, qui vibra sur toute sa longueur. David sursauta. Adeline sentit sa poitrine se rétracter. Ça allait exploser. L'asthme…

— Retournez vous coucher, lui conseilla David, plaquant son oreille sur l'écorce glacée à la façon d'un médecin écoutant le pouls au stéthoscope. Je ne sais pas ce qui se passe ici, mais ces nombres… Je crois que vous devriez les ignorer… Il faut les ignorer…

Et il resta là, seul, dans la nuit.

Il souriait.

La peur ne se fuit pas. Elle se vit…

Et il adorait ça.

16

Recroquevillée derrière un arbre, Emma se plaqua la main sur la bouche. Ne pas hurler ! « Crie… Crie une seule fois et t'es morte… »

Ouvrir, fermer. Ouvrir, fermer. Faire circuler le sang dans les doigts. Ouvrir, fermer. Et repartir.

« Tu dois repartir. Repars ou tu vas crever. Les traces de pneus… Suis les traces… Tes empreintes. Il va te traquer. Te rattraper. Te saigner ! »

La lutte acharnée d'un organisme en milieu hostile. La peur.

Le soleil blanc, froid, sur cet horizon de troncs nus et de branches entremêlées, jusqu'à l'infini.

Une forêt de cauchemar.

Emma s'arrêta à nouveau, l'écume aux lèvres. L'air glacé lui ravageait tout l'intérieur. Une douleur par-delà les sons, les lumières. Une souffrance qui détruisait tout sur son passage. Elle était sur le point d'abandonner, de laisser la Chose la rattraper. La Chose, qui avait surgi, devant elle, abattant ses griffes démesurées en zébrures d'acier. La Chose, qui avait manqué de la transpercer. La Chose, à ses trousses.

« Neun, acht, sieben, acht, vier… 98784… 98784… » Cette série de chiffres qui n'arrêtait pas de circuler dans sa tête. Ces chiffres, face à elle, sur son compteur kilométrique, au moment de l'accident. Ce nombre, qui l'avait précipitée contre un arbre.

98784.

Qu'est-ce qui lui avait pris de s'engager sur cette route gelée avec sa vieille voiture ? Tout cela pour gagner du temps… Elle le payait à présent au centuple.

Les sillons des pneus… Dieu merci, la neige ne les avait pas totalement dévorés. Ils menaient forcément quelque part. Un refuge, une auberge peut-être.

Pas de gants. La neige qui lui mord le bas du pantalon, qui s'agglutine sur ses bottines. Le gel, à l'assaut de ses cheveux. Combien de temps tiendrait-elle encore ?

Un craquement. Elle se retourna, la bouche ouverte, le larynx régurgitant cet air sifflant des fumeurs. « Viens ! Viens donc me chercher ! Espèce d'enfoiré ! »

Les bras écartés, elle hurla :

— Viens !

Rien. La Chose la suivait, la pistait, mais ne l'attaquait plus. Jeu cruel du prédateur sanguinaire.

Elle repartit en marchant, incapable de courir à présent. Elle ne pouvait plus. Même face à la pire des terreurs.

98784... 98784... 98784... Dans sa tête… À se fendre le crâne contre la pierre…

« Réfléchis… Où te trouves-tu ? OK… OK… Forêt-Noire… Wildseemoor. Le cœur du Wildseemoor. Une terre morte. Isolée. Démoniaque. »

Elle allait périr.

« Emma ! Tu t'appelles Emma Schild ! Emma Schild ! Emma Schild ! Vingt-neuf ans ! Tu vends des assurances, une saloperie de métier où tu dois marcher ! Tu marches tout le temps ! Championne de course au lycée ! Les médailles ! Les semi-marathons ! Alors maintenant, tu vas courir ! Pour te réchauffer ! Garder le corps chaud… Par tous les moyens…

Deux heures que t'avances… Peut-être trois… ou quatre. Les traces, les traces. Une grosse voiture… Un 4 × 4, sans doute… Plusieurs personnes… Tu vas arriver dans un foyer chaleureux… On va t'accueillir… T'offrir un bon café brûlant, une couverture… Puis ce sera le bain… à te cramer la peau. Oh oui ! Te cramer la peau…

T'allais où ? T'allais où avant l'accident ? Ah oui… L'enterrement de grand-mère. Grand-mère Marmelade. Fallait pas y aller. Prendre direct la route vers la Pologne. Je m'en doutais… Pour toi, Mama… Pour toi que j'ai fait ça. Pas pour elle… Pas pour elle… Je les hais tous. De leur faute… C'est de leur faute. »

Emma se massa les tempes, à s'écraser les os. Ses cheveux… Si seulement elle avait pu les avoir longs ! Ils lui auraient au moins protégé les oreilles. Et ce corps, cette maigreur… Qu'aurait-elle donné pour un peu de graisse, là, tout de suite… De la bonne graisse, bien chaude ! Chaude…

Elle se laissa choir, les genoux dans la neige.

C'était fini.

Loin sur l'horizon, une épaisse fumée noire.

Sa délivrance.

Ou le début de son calvaire.

17

David se leva du bureau, en faisant craquer glorieusement ses doigts. Cinq pages grattées depuis ce matin, et il était à peine onze heures. Impensable.

Il se frotta les yeux. Pendant une bonne partie de la nuit, il avait fouillé le laboratoire de fond en comble, persuadé que d'autres numéros du Bourreau se dissimulaient autour de lui. Nombres inscrits dans les relevés, concentration des produits antiseptiques, étiquettes des masques chirurgicaux, il avait tout vérifié, scrupuleusement... Évidemment, il n'avait rien trouvé. Alors quoi ? Une coïncidence ? Probablement. Des battements cardiaques, rien de plus. Mais deux numéros sur sept, ça faisait quand même beaucoup.

Et puis, il y avait ce craquement, remonté des entrailles de l'arbre bosselé. Là, c'était plus difficile à expliquer. Le vent ? Sans doute... Un effet de vibration, peut-être, jouant avec le vieux bois et les mystères de la forêt.

De toute façon, des choses bizarres, David en vivait tous les jours, avec ses macchabées. Des filles, couchées sur une table d'acier, dont les yeux versent des larmes au moment où il leur incise la gorge. Simple réaction physiologique, paraît-il. Un enfant, une fois – Alain Mouquier, il s'en souviendrait toute sa vie –, qui avait embué le verre de sa montre, tandis qu'il s'apprêtait à lui coudre les lèvres. Cette buée, glaciale, jaillie de sa bouche morte depuis trois jours. Comment l'interpréter ?

Et sa mère… Sa mère…

Un jour, il comprendrait tout cela. Et il se comprendrait lui-même.

Il se dirigea vers le salon. Pause technique, repos cérébral, câlins avant de s'attaquer à la suite du dossier. Petit à petit, le Bourreau lui livrait ses secrets. Les séances de psychanalyse… Cette incroyable phobie qu'il avait d'épuiser son muscle cardiaque… Les pulsations…

Devant la cheminée, Cathy aidait Clara à mettre son gros blouson polaire, ses moufles et son bonnet Oui-Oui. Au centre de la pièce, Grin'ch frimait avec son petit couvre-chef noir, percé de manière à laisser passer ses oreilles roses.

— Qu'est-ce que vous lui avez fait, à ce malheureux ?

— C'est Clara qui a absolument voulu que je le fasse rentrer. Tu le trouves comment ? Mignon, non ?

Cathy se sentait légère. Lentement dans son ventre, les saignements diminuaient, l'ombre de l'avortement s'estompait.

— On dirait un boxeur, avec son bonnet et son œil au beurre noir. Ça vous fait rien de le martyriser ?

— Mais non ! Regarde-le ! Eh, au fait ! Tu n'as pas remarqué ?

— Quoi donc ?

Cathy désigna discrètement Clara de la tête.

— Ta fille !

David prit un air dubitatif, la main sous le menton.

— Je vois pas… Le coquard, qui a presque disparu ?

— Mais non ! Regarde, elle n'a plus sa tétine !

— Oh… C'est vrai ! Viens là, mon poussin !

Un petit missile blond s'écrasa dans ses bras.

— Comment tu as réussi à la convaincre ? demanda David, serré contre sa fille.

— Je crois que c'est grâce à Grin'ch ! Il a croqué la tétine, tout à l'heure. Et depuis, elle n'en veut plus ! Merci, mon grincheux !

Le porcelet approuva d'un couinement complice.

— Tu vois, il a compris !

David embrassa Clara dans le cou, la reposa et se rapprocha de sa femme.

— Tu devrais faire attention à ce qu'elle ne s'y attache pas trop.

— Comment ça ?

— Rappelle-toi. Arthur avait dit qu'il… ne serait avec nous que quelques jours… Ce porcelet… Il appartient bien à quelqu'un ! On va forcément venir le reprendre.

— Ou alors ces… entomologistes vont le laisser tranquillement grandir pour…

Elle frissonna sous son blouson.

— En tout cas, il fait un bien fou à notre puce. Tu as vu comment elle s'amuse avec lui ? C'en est presque magique. Depuis qu'ils jouent ensemble, elle est toute gaie. Et puis, ils sont tellement mignons tous les deux, avec leur œil au beurre noir du même côté… Ne t'inquiète pas. Si quelqu'un veut le récupérer, je saurai le convaincre de nous le laisser !

— Quoi ?

— Avec l'argent que tu vas gagner, on pourra sans aucun doute le négocier et le ramener chez nous. Et quand il sera trop grand, on le mettra chez mon oncle. Il sera bien là-bas. Et Clara pourra aller le voir tous les jours.

— Mais on ne peut pas ! Il n'est pas à nous !

— Chut !

Adeline apparut, vêtue façon trappeur. Blouson fourré en peau retournée, bottes molletonnées, chapka grise. Un mannequin sibérien. Doffre avait drôlement bien choisi sa poupée. David détourna le regard, Cathy veillait au grain.

— Voilà, je suis prête, dit-elle en agitant ses clés de voiture. Mais qu'est-ce qu'il fait là, lui ? Pas mal le déguisement… Bon, Cathy, j'y vais, tu me rejoins ? À plus tard, David.

Elle alla faire chauffer le moteur du 4 × 4.

— Vous vous reparlez ? demanda David.

— Pas vraiment, non. Mais elle va au village. Il faut à tout prix que je téléphone à maman…

Elle se mit à chuchoter.

— T'as vu la tête qu'elle a ? Une folle nuit avec Arthur, tu crois ?

Ils entendirent le vieil homme qui arrivait du couloir. Elle embrassa David, prit Clara dans ses bras et s'éloigna.

— J'espère qu'on va te manquer, ajouta-t-elle avec un clin d'œil.

— Attends, ma puce ! Je ne veux pas que vous partiez seules ! Je viens avec vous !

Elle se retourna vers lui.

— Il faut que quelqu'un reste avec Arthur. Tu sais, on ne fait que l'aller-retour. À deux heures, on sera revenues ! Tu pourrais peut-être préparer à manger, tiens ! Et autre chose que des pâtes et du jambon !

— Mais…

— Il ne t'est jamais venu à l'esprit que ta femme savait se débrouiller toute seule ?

— Faites bien attention…

David s'avança sur le perron, remuant les deux pattes avant de Grin'ch.

— « Au revoir ! Au revoir ! » cria-t-il en imitant la voix de Porcinet.

Il referma la porte derrière lui. Arthur lui bloquait le passage.

— Mais qu'est-ce que c'est que cet accoutrement ? Qu'est-ce que vous faites avec cette pauvre bête ?

Doffre s'avança vers le cochon que David venait de reposer, se baissa péniblement et lui arracha son bonnet.

— Très bien ! On va profiter de leur absence pour faire ce que nous avons à faire… Une journée en avance, certes, mais ce sera moins pénible… pour nous tous.

David fixa le crâne lisse du vieil homme puis répondit froidement :

— Hors de question. Je ne peux pas. Je ne toucherai pas à un poil de Grin'ch.

Doffre se plaqua dans son fauteuil, la tête renversée.

— David, David, David… Où est passée cette main froide qui ouvre les corps ? On fait dans le sentimental, à présent ?

— J'aime mon épouse et j'aime ma fille. Jamais je ne ferai sciemment quelque chose qui puisse les attrister…

— Mais nous n'avons pas le choix ! Il *faut* le tuer !

David reprit Grin'ch dans ses bras et se dirigea vers le laboratoire sans la moindre attention pour son interlocuteur.

— Nous remplirons notre devoir ! s'exclama Doffre en claquant le poing sur le bras de son fauteuil. Jusqu'à nouvel ordre, je contrôle ce qui se passe et doit se passer ici ! Et il n'est pas question qu'il en soit autrement !

David se retourna, furieux.

— Vous pouvez peut-être décider du destin d'un cochon, mais…

Soudain, ses muscles se tétanisèrent.

Même le réflexe de la respiration lui échappa.

Dehors, Cathy hurlait son prénom.

De toutes ses forces…

18

David largua le porcelet et traversa le salon aussi vite qu'il le put. À l'extérieur, à une centaine de mètres, dans l'éclat d'un rayon de soleil, le 4 × 4, de travers. Les portières ouvertes. Adeline, Cathy, courbées dans la neige. David se mit à courir de toutes ses forces. Visages figés par l'effroi. Clara, plus en retrait, indifférente au drame.

— Elle… Elle est vivante ! cria Adeline. Elle s'est effondrée là ! Devant la voiture !

Après avoir repris ses esprits, David porta la jeune femme inanimée dans ses bras et ils rejoignirent le chalet.

— Non, surtout pas à proximité du feu ! s'exclama Arthur. Dans ma chambre ! Quelqu'un, des couvertures ! Et ôtez-lui ses chaussures et ses chaussettes, immédiatement !

Une fois la jeune femme installée sur le lit, Doffre reprit :

— Ses doigts et ses orteils ! Il faut les réchauffer tout de suite ! Couvrez-les de vos mains, sans masser surtout ! Vous, Cathy, déshabillez-la ! Vite ! Faites vite !

Son front perlait, il voulait agir, à tout prix. Il dictait, les autres exécutaient. Le corps à la chevelure cristallisée, aux lèvres craquelées, restait inerte.

Pupilles réactives. Rythme cardiaque lent, mais régulier. Pas de gelures profondes. Extrémités qui rosissent. Elle vivrait.

Cathy sentit ses larmes couler. Le stress. Envie

puissante d'avaler un comprimé de Lexomil. Le séjour virait au cauchemar.

Elle jeta un œil dans le couloir pour s'assurer que Clara était bien occupée à jouer avec Grin'ch, avant de s'approcher à nouveau du corps.

— Qu'est-ce qui a pu lui arriver ? demanda-t-elle d'une voix vacillante.

David était livide. La réalité dépassait la fiction. Cette inconnue brune, comme jaillie des pages qu'il venait de terminer à l'instant ! Ici, en plein hiver, dans un endroit aussi fréquenté que le désert de Namibie ! Il avait peine à garder le contrôle de son esprit.

— Elle a dû se perdre, supposa-t-il d'un ton peu affirmé. Une randonneuse imprudente… Ou bien sa voiture est tombée en panne… Pas de téléphone… Alors… alors elle a pisté les traces de pneus… Oui, c'est ça… Elle a suivi les traces dans la neige…

— Je le pense aussi, approuva Arthur en posant sa paume sur le front tiède. Et elle s'est laissé surprendre par la distance. Seigneur ! Elle est tellement maigre ! Elle aurait pu mourir gelée.

— Une panne de voiture… Oui, c'est sûrement ça, reprit Cathy.

Adeline ramassa les vêtements trempés. Blouson, pull, sous-pull et tee-shirt, lacérés. Quatre déchirures, parallèles, d'une finesse et d'une netteté que seule une lame incroyablement aiguisée avait pu provoquer.

— Une panne de voiture ? Et comment elle aurait pu se faire ça ? C'est un miracle qu'elle soit encore en vie ! Sa poitrine a à peine été effleurée ! Elle a dû se faire attaquer par une bête énorme !

Elle souleva légèrement la couverture. De fins sillons rouges barraient le torse nu, de l'épaule gauche jusqu'à la hanche droite.

— Un accident ! répéta-t-elle. Un accident ! Vous délirez ou quoi ? Pourquoi vous ne…

— Tais-toi ! lui ordonna Doffre en lui agrippant le bras, d'une poigne très ferme.

Adeline se défit de son emprise d'un mouvement brusque et s'éloigna du lit, le visage fermé. Soudain, la femme aux courts cheveux noirs remua les lèvres. Un mot filtrait entre ses dents. Des syllabes qu'elle répétait en boucle, très faiblement.

— Chut ! exigea Cathy en se penchant au-dessus de la jeune femme.

Plus rien.

— Mince !

— Qu'est-ce qu'elle a dit ? demanda David.

Cathy secoua la tête.

— Je… Je ne sais pas trop… Un truc du genre « tassetine », ou « dazedine ».

— « *Das Ding* », répéta Arthur. La chose… Ça signifie « la chose » en allemand.

Silence, flambée des imaginations. La chose… Certainement le mot le plus neutre de toute forme de langage. Mais là, en cet instant, en ces lieux… La façon dont elle l'avait prononcé… Cette énergie qu'elle avait déployée pour le vomir… *Das Ding*…

Cathy surprit David en train de palper sa cicatrice, les yeux braqués vers la fenêtre. Pourquoi ne disait-il rien ? Pourquoi personne ne parlait ? Cette fille ne pouvait être qu'une paumée, ou la victime d'un accident ! « Mais dites quelque chose ! Dites que n'importe quelle bête sauvage est capable de faire des entailles pareilles ! Dites-moi qu'il s'agit juste d'un animal, et je vous croirai ! »

— Il s'agit juste d'un animal, avança Arthur en touchant les blessures. Un lynx, qu'elle aura percuté en pleine nuit. Le coup de volant, la voiture qui sort de la route. La conductrice quitte son véhicule accidenté, complètement affolée. Il fait noir. Elle se penche sur la masse inerte et ne peut éviter un coup de patte de la bête mourante.

— Ce qui expliquerait pourquoi elle s'est fait attaquer à la poitrine, et non pas dans le dos en fuyant, approuva

David qui cherchait à rassurer sa femme. Et aussi pourquoi elle ne portait ni gants, ni bonnet, mais juste un blouson. Elle sortait d'une voiture chauffée.

— Oui, ça doit être ça ! surenchérit Cathy. Tout se tient ! Un lynx !

Arthur acquiesça.

— Terrorisée, elle se met à courir, persuadée d'être poursuivie par… la Chose. Elle s'enfonce dans le chemin et découvre nos traces de pneus. Elle pense qu'un chalet n'est pas loin. Ce qui la pousse à progresser… Arrive le moment où elle se demande s'il faut faire demi-tour. La Chose… Le véhicule accidenté… Elle se décide à poursuivre… Quinze longs kilomètres dans la neige, à monter et descendre des pentes… Et la voilà devant nous, après quatre ou cinq heures de marche forcée… Elle a eu une chance incroyable.

— Une chance inouïe, répéta Cathy.

Elle se mit à caresser les joues de la femme.

— Il faudrait désinfecter ces mauvaises griffures. Les faire disparaître… Chéri, va me chercher de l'eau oxygénée, s'il te plaît. Il faudrait aussi lui donner de l'eau et lui préparer une soupe. Une soupe de légumes bien chaude.

— Je m'en charge, répondit Adeline. Mais je ne comprends toujours pas… Un lynx n'aurait jamais pu faire une chose pareille !

— Qu'est-ce que t'en sais ?

— Je le sais, c'est tout. Je sais aussi que nous sommes en plein cœur d'une forêt, à une heure de voiture de la première habitation, et que rien n'empêche des malades de la pire espèce, genre Franz, d'arpenter la région. Alors il ne…

Cathy s'était retournée, soudain elle éclata de rire…

— Elle ronfle ! s'exclama-t-elle. Écoutez ! Et ça monte en puissance, en plus ! Écoutez !

Chacun se surprit à retenir son souffle. Sans savoir pourquoi, David se rappela une scène étrange.

Un jour, il avait vu un père attraper un fou rire à la

crémation de son fils. Le malheureux s'était suicidé une semaine plus tard.

— Je vais chercher l'antiseptique, se contenta-t-il de dire.

Dans le salon, Clara courait comme une folle après Grin'ch, mais il ne s'en soucia pas. En entrant dans le laboratoire, il se précipita vers la machine à écrire. Il avait beau les connaître par cœur, il voulait relire les dernières phrases qu'il avait tapées.

`À bout de forces, la femme très maigre, aux courts cheveux noirs, aperçut enfin le chalet. Sa délivrance.`

Il braqua un œil inquiet sur la photographie de l'entomologiste. L'homme à l'index coupé… Les numéros, et maintenant cette histoire jaillie d'un livre ouvert… Juste un mauvais hasard ?

— Non… Ne parle plus de hasard ! maugréa-t-il.

Mais quoi ? Quoi alors ?

L'inexplicable.

L'inexplicable, qu'il traînait partout dans son sillage. Comme une malédiction.

Il s'empara d'un flacon d'eau oxygénée, rangé entre des seringues emballées, du formol, des aiguilles. De quoi embaumer un mort. Puis il chaussa ses après-ski et enfila son blouson. Il fallait savoir.

La Chose…

David rejoignit les autres en même temps qu'Adeline, qui revenait dans la chambre avec un verre d'eau. À peine avait-il poussé la porte que Cathy l'agressa :

— Où tu vas comme ça ?

— Je vais essayer d'atteindre la route. De dénicher sa voiture.

— Hors de question !

— Bonne idée, approuva Arthur. Nous n'avons trouvé aucun papier sur elle, pas de portefeuille… Si vous pouviez les récupérer, de même que des vêtements.

— Hors de question, j'ai dit !

Adeline donna les clés du 4 × 4 à David. Elle lui tendit également son couteau, avec le fourreau.

— Prenez ceci… Au cas où…

David s'empara avec précaution de la ceinture de cuir. Qu'est-ce qu'Adeline pouvait bien faire avec une arme pareille ?

— Pas question que tu t'aventures seul là-bas ! gronda Cathy, tout en nettoyant les plaies. C'est complètement stupide ! Il suffit de la réveiller, et de lui demander ce qui s'est réellement passé !

— Si tu continues à crier ainsi, c'est sûr qu'elle va se réveiller ! Laisse-la se remettre, elle est morte de fatigue ! En plus, elle ne parle peut-être pas français… ni anglais. Quelqu'un comprend l'allemand, ici ? Moi, je sais à peine compter jusqu'à dix.

— Quelques mots, j'ai appris sur le tard, répondit Adeline.

— Moi je le comprends, enfin je le lis plutôt, fit Arthur.

— David ! Tu ne partiras pas seul ! répéta Cathy d'un ton sans équivoque. Tu as compris ?

— Je peux l'accompagner, proposa Adeline. À deux on…

— Ça va pas la tête ?

David s'approcha de son épouse et l'embrassa tendrement.

— Ne t'inquiète pas ma puce. Je reviens dans une heure, maximum… Fermez bien derrière moi.

Cathy l'accompagna jusqu'à la voiture avant de rejoindre Adeline, partie préparer la soupe et le déjeuner dans la cuisine. Arthur était resté dans la chambre auprès de la jeune femme.

Soudain, elle émergea.

Vivante. Elle était vivante.

19

Cathy, le nez sur la vitre, regardait le merle au ramage de jais qui sautillait sur la neige, collectant les dernières miettes de pain. À ses côtés, Adeline malaxait des pommes de terre cuites, qu'elle pétrissait ensuite dans la farine. Elle brisa le silence.

— On pourrait peut-être arrêter de se faire la tronche, non ? Parce que moi, après ce qui vient de se passer, je vais devenir folle.

— Ça va bientôt faire vingt minutes… soupira Cathy.

— Vingt minutes… Tu voudrais qu'il soit revenu avant même d'être parti ! Tu le surveilles toujours comme ça ?

— C'est que… David n'a pas vraiment conscience du danger. Enfin, ce n'est pas ce que je voulais dire… Il en a conscience, bien sûr, mais… la mort ne l'effraie pas…

— Le genre à secourir une mamie agressée par cinq lascars armés ?

— Exactement… répondit Cathy avec un sourire forcé.

Adeline hocha la tête.

— Tu me diras, c'est normal, avec son métier. La mort devient… une amie, en quelque sorte.

— Tu parles… Son père est décédé dans un accident de voiture, il n'avait même pas quinze ans. Quant à sa mère… Fauchée par la maladie. En fait, il n'a pas réellement de famille… Des oncles, des tantes, mais il ne les fréquente pas. Quand il était petit, ses parents n'ont pas cessé de déménager...

— Les miens c'est pareil, répondit Adeline. Durant toute mon enfance. C'est dur de ne pas avoir d'attaches.

Cathy plongea les mains dans les poches de son jean, rentrant la tête entre les épaules.

— J'ai l'impression qu'il cherche quelque chose derrière tous ces cadavres... Jour après jour, il inventorie les habitudes de la mort, il établit ses mouvements et ses horaires, un peu comme toi tu cuisines... Exactement ce qu'il fait de nouveau ici, avec ces carcasses... C'est... C'est ce qui me fait le plus peur chez lui, cette ambiguïté... Et j'ai le sentiment de la retrouver chez Doffre.

— Ce qui explique pourquoi ils sont si proches... Cette fascination pour l'inconnu, pour l'extrême...

Adeline se frotta les mains sur un torchon et s'approcha de la fenêtre.

— Son métier... Vous n'en parlez jamais ?

— Jamais... Quand il rentre, il va s'enfermer en haut, devant son ordinateur. Je tente bien de lui demander comment s'est passée sa journée, mais...

Elle secoua la tête.

— ... Ça peut paraître étrange mais c'est comme s'il cherchait à protéger ses défunts. Il ne veut pas les déshonorer en parlant des disgrâces, des cicatrices qu'il a relevées sur leurs corps. De ces secrets qu'ils ont conservés de leur vivant et qu'ils ne peuvent plus dissimuler. Un tatouage, un piercing, un stérilet... Il les respecte trop. En discuter, c'est comme violer leur intimité. Tu comprends ?

— Bien sûr...

— Je sais pas pourquoi il fait ce boulot. Son père était commercial... J'ai tout juste connu sa mère, avant qu'elle... qu'elle ne sombre dans la maladie. Elle était... si différente de son fils ! Jusque sur son lit de mort, elle m'a suppliée de l'éloigner de ce métier. Suppliée, tu imagines ?

— Mais pourquoi ?

— Je ne sais pas trop… Elle sentait comme… des entités néfastes rôder autour de son fils. C'était… complètement dément…

Le carreau s'embuait de son souffle tiède.

— Mais qu'est-ce qu'il fout ?

— Il va revenir !

— Avant d'arriver ici, durant le trajet, je me suis imaginée perdue au cœur de cette forêt immense. Moi aussi, j'aurais tout fait pour m'en sortir. Marcher, et marcher encore, sans jamais m'arrêter. Aller au bout, même si j'imagine que l'espoir, à un moment, doit forcément s'évanouir et que la mort devient préférable, presque tentante. David m'a expliqué qu'on ne sent rien, quand on s'endort dans le froid. Il paraît que cette fin est la plus douce qui existe…

Adeline retourna brusquement vers la table. Elle se mit à rouler des *Spätzle*, jusqu'à obtenir de petites quenelles ivoirines.

— La mort n'est jamais douce. Elle est la même pour tous. Puante et sournoise.

Un frisson lui parcourut les épaules.

— Et tout sent franchement la mort, ici.

Cette fois, ce fut Cathy qui s'approcha d'elle.

— Tu veux qu'on parle de ce qu'il s'est passé, hier, pendant la randonnée ?

— Non, non ! Désolée, mais j'aime mieux pas. Je crois que tu n'es pas… prête à écouter ça…

— Pourquoi tu dis ça ?

Elle frappa du poing sur sa poitrine.

— Trop longtemps que c'est enfermé là-dedans…

— Justement ! Ça te fera du bien d'en discuter !

Elle contracta les mâchoires.

— Mon père m'avait appris, quand il m'emmenait à la chasse, à reconnaître un gibier rien qu'à son envol. Les canards, par exemple, partaient comme des fusées, le cou tendu, en une belle diagonale, inclinée d'environ trente degrés. Deviner, du premier coup d'œil…

— Je ne comprends pas…

— La première fois où je t'ai aperçue… La toute première expression de ton visage. Tes premiers mots… Sans te connaître, je les ai fixés dans ma mémoire. Aujourd'hui, tu dissimules tes *a priori*, parce qu'on se côtoie et que tu es polie. Mais je sais ce que tu penses de moi. Et ce n'est pas très différent de ce que pensent les autres.

— Détrompe-toi ! Je t'apprécie beaucoup.

— Ouais, tu m'apprécies… mais pourtant quand tu me regardes… Je suis sûre que tu te demandes ce qui peut pousser une femme à vendre son corps pour de l'argent… Eh bien, mets des prisonniers dans une cour cernée de miradors, laisse la porte d'entrée ouverte et tu verras… Combien vont se ruer vers la liberté, même s'ils savent qu'ils risquent de se faire tirer dessus ?

Elle croisa les bras sur sa poitrine.

— Nous ne faisons que réagir aux influences, que nous le voulions ou non. Ma jeunesse a été faite d'influences…

Elle s'en voulait de parler autant, mais l'envie de s'expliquer était trop forte.

— Toute mon enfance s'est organisée autour du culte de l'image, du profit. J'avais à peine six ans que mon père m'inscrivait déjà à des castings. Pas pour moi, pas pour m'amuser, mais pour le peu d'argent que ces clichés rapportaient. Il n'hésitait pas à arpenter la France… Il n'a jamais manqué un concours de photos. Le week-end, au lieu de plancher sur mes devoirs, il me forçait à aller à la chasse avec lui ou à défiler sur les podiums de Miss Tartempion, à m'exhiber en maillot de bain. Puis à douze ans…

Quelque chose la bâillonnait. Ses yeux trahissaient sa détresse.

— À douze ans ? demanda Cathy, fronçant légèrement les sourcils.

Adeline secoua la tête.

— Excuse-moi. À… À seize ans, il me pousse vers le mannequinat. Une seule école, celle de l'hypocrisie et de la concurrence. Ça fonctionne un temps, mais pas aussi fort qu'il l'aurait souhaité. Mon asthme ne va pas aider. Et je n'avais pas dix-sept ans quand il a fichu le camp au bras d'une jeune héritière, en me laissant avec ma mère dépressive. Assez caricatural, non ? Et pourtant… La réalité des familles malheureuses est faite de caricatures.

Cathy écoutait sans bouger.

— Tu devines aisément la suite. Scolarité morcelée, presque inexistante, famille détruite, une seule chose que je sache vraiment faire, ce que ce salaud m'a appris : exploiter ce corps et ramener de l'argent à la maison. J'ai eu de la chance de ne pas dévier et de finir dans des cercles privilégiés, des harems pour riches… Je n'ai jamais connu la rue, juste le cuir des fauteuils et les volutes des cigares. Mais au fond, c'est la même chose, la même crasse humaine. Que tu me croies ou non, je n'attends qu'une chose. Quitter ce milieu pourri. C'est terrible à dire, mais mon client, Arthur, va m'y aider. En fait, je suppose que vous êtes ici pour la même raison que moi. L'argent…

— C'est un peu plus compliqué… Quand est-ce que tu es devenue asthmatique ?

Adeline écarquilla les yeux. Elle fit un signe de la tête et murmura entre ses dents :

— Derrière toi…

À l'entrée de la cuisine, la femme aux courts cheveux noirs, debout, pieds nus, enroulée dans une couverture grise. Le visage étrangement calme, ni triste, ni gai, ni intrigué. Des traits d'anesthésiée. Arthur arriva derrière elle, l'air serein.

— Elle s'appelle Emma, glissa-t-il dans un sourire. Elle… Comment dire… Elle aimerait s'habiller, mais ses vêtements…

Cathy réagit avec un temps de retard.

— Oh, vous m'avez fait peur, s'exclama-t-elle en se levant. Euh… Adeline est bien trop grande. Elle fait plutôt ma taille, au premier coup d'œil. J'ai ce qu'il faut, j'y vais… Même si mes habits ne sont pas faits pour habiller des allumettes. Vous pouvez le lui expliquer, Arthur ? Enfin, différemment…

— Merci, sourit timidement Emma. Ce sera parfait, je pense…

Face à la surprise et à la gêne de son interlocutrice, elle ajouta :

— Mon père est français, ma mère allemande. J'habite en France depuis cinq ans. Strasbourg…

Elle parlait un très bon français, malgré son accent. Adeline se présenta comme la compagne d'Arthur, puis, sans détour, posa la question qui leur brûlait les lèvres à tous.

— Excusez-moi d'être aussi abrupte mais… vous pourriez nous raconter ce qui vous est arrivé ?… Vous avez murmuré durant votre sommeil… Vous répétiez toujours le même mot… La Chose…

Sous la couverture, les doigts d'Emma se crispèrent, pareils aux pattes d'une araignée brûlée. Elle mit un temps avant d'ouvrir de nouveau la bouche.

— Je… Je roulais sur la B 500, il devait être sept heures du matin. Ma grand-mère va être enterrée dans…

Elle jeta un œil à l'horloge murale. Elle cherchait ses mots.

— … deux heures, à Pforzheim. Dire que je suis passée par cette mauvaise route pour éviter le détour par Karlsruhe et gagner du temps ! En pleine Forêt-Noire, la neige m'a… capturée. J'ai… J'ai failli faire chemin arrière. À ce moment, le sol glissait beaucoup, mais j'ai supposé que ce devait être… comme souvent dans la région… Alors j'ai continué, roulant très doucement. Puis, d'un coup, juste après un virage, j'ai aperçu une… une… masse, dans mes phares. J'ai… freiné fort. Comment vous dites ? Piger ?

— Piler, corrigea Cathy, le front soucieux.

— Piler, oui. Ma… ma voiture a glissé, puis quitté la route puis dégringolé sur le côté bas, avant de foncer dans un arbre. Je… Je ne savais pas quoi faire. Impossible de téléphoner, pas de ligne. Alors j'ai… j'ai pris la lampe, dans la boîte de gants, puis je suis retournée au bord de la voie… La masse… C'était… un animal, une espèce de gros chat méchant… Un… un puma, je crois.

— Un lynx, plutôt, intervint Adeline.

Emma porta ses doigts sur ses lèvres.

— Vous n'auriez pas une cigarette ?

— Désolée, mais personne ne fume ici. Peut-être que David, le mari de Cathy, pensera à vous rapporter les vôtres.

— Ne me dites pas que quelqu'un est parti là-bas !

Cathy explosa. La panique.

— Pourquoi ?… Pourquoi ?

Emma sombra dans une longue absence. Ses yeux trahissaient ce que son visage cherchait à dissimuler.

— Mademoiselle ! Emma ! Pourquoi dites-vous ça !

La jeune femme reprit doucement :

— Ce… Ce lynx, il avait été… *zerrissen*… lacéré, oui, c'est le mot, lacéré de part en part… puis… tiré là, en plein milieu de la route. Je l'ai vu à cause… des traînées, dans la neige… De longues traînées de sang qui venaient du bois… Je… Quand je me suis retournée, il…

Des larmes perlaient sous ses paupières. Ils étaient tous les trois pendus à ses lèvres.

— … il y avait une énorme silhouette, devant moi ! Et ces griffes ! Ces griffes gigantesques qui se sont abattues ici, sur ma poitrine !

Elle mima le geste. Un ample mouvement du bras, pareil à l'arc d'une faucille. Emma reprit sa respiration, avant de poursuivre :

— Je… Je me souviens avoir hurlé, puis… puis j'ai couru ! Et j'ai entendu ! J'ai entendu ses pas dans la neige ! *Ça* me suivait !

— « Ça ! Ça ! » Pourquoi vous dites toujours « ça » ? hurla Cathy. C'est quoi, « ça » ?

Emma, apeurée, ne trouvait plus ses mots. Cathy se

rua vers la fenêtre, lâchant dans son sillage le prénom de son mari.

— David ! David ! David !

— Cette forme, à quoi ressemblait-elle ? demanda calmement Arthur en suivant Cathy des yeux.

Sous sa couverture, Emma continuait à grelotter.

— Je… Comment expliquer ? Il faisait la fin de la nuit. Je… J'ai pas vu grand-chose… Une espèce de… large forme poilue… Comme une fourrée…

— Une fourrure… Et son visage ?

— Je… Je n'ai pas eu le temps… Il y avait… ces griffes monstrueuses… Elles ont déchiré l'air, d'un coup ! Aussi grandes… que ma main !

Elle finit par s'écraser sur une chaise. Ses bras pendaient entre ses jambes.

Cathy se planta devant elle.

— Emma ! Emma ! Il faut nous raconter ce que c'était !

Un animal ? Un ours ? Emma ! Vous vous rappelez ce que vous avez vu, bon sang !

Emma secoua la tête.

— Je… Je sais plus, je sais plus… J'étais très fatiguée. Il faisait noir. Non, pas un ours… Il n'y en a pas dans cette forêt… Je… Tout est trouble sous ma tête. Je… Je suis désolée…

Cathy saisit la couverture et se mit à la serrer de toutes ses forces, à la limite de l'étranglement. Adeline se précipita sur elle.

— Il faut que tu te calmes, OK ? lui ordonna-t-elle en la repoussant. Ton mari est en voiture, à l'abri, et il va revenir ! Quel que soit l'animal qui a attaqué Emma, il n'a pas pu rester sur place !

Elle aurait souhaité avoir un ton plus convaincant, mais elle n'y parvenait pas. Cathy ne se contrôlait plus. Arthur lui prit la main, qu'il écrasa assez durement.

— Ressaisissez-vous ! D'accord ? Et allez donc chercher quelques vêtements pour notre amie ! Nous discuterons de cette histoire au calme, devant un bon repas, quand David sera de retour. Je suis persuadé qu'il ne va plus tarder. Il doit y avoir une explication logique derrière tout cela.

— Une explication logique ! Oui, une explication logique ! hurla Cathy en disparaissant dans le couloir. Dès que David reviendra, on foutra le camp d'ici ! Je ne veux plus jamais entendre parler de vous, ni de votre putain de Bourreau !

Arthur la regarda s'éloigner, l'auriculaire se promenant sur le bras de son fauteuil.

— Et vous, Emma, retournez vous coucher. Ce n'est pas raisonnable de rester ainsi debout. Vous avez besoin de repos.

Restée seule à ses côtés, Adeline prit le vieil homme à partie.

— J'ai besoin de savoir ce qui se passe !

— C'est-à-dire ?

— Les portes épaisses, les verrous partout, les vitres, quasiment blindées ! Et ce fusil, au-dessus de la cheminée ! Une arme de portée énorme, et qui a servi il n'y a pas longtemps ! Et maintenant, ce délire, avec une bête aux griffes démesurées ! Tu… Tu as raconté que tu finançais ce… ce programme morbide ! Tu dois forcément savoir !

— Une arme de portée énorme ? Tiens, tiens ! Je ne savais pas que tu t'y connaissais en fusils ! Tu sais, il y a deux choses qui transforment un objet quelconque en objet traumatique : son utilisation perverse contre soi ou… à l'encontre de quelqu'un…

Adeline sentit ses poumons se contracter. Une seule solution. Contrôler sa respiration. Et contre-attaquer.

— Ne retourne pas mes questions contre moi ! Réponds !

Arthur la jaugea d'un œil mauvais.

— Je te conseillerais vivement de changer de ton !

— Qu'est-ce que tu vas faire ? Me virer ? De toute façon, je crois que notre petite aventure est terminée ! Les Miller vont mettre les voiles ! Tu as vu l'état de Cathy ?

Elle absorba sa Ventoline, juste devant son nez. Il la fixa, avant de retrouver son rictus malsain.

— Voilà l'Adeline que j'aime ! Féroce, presque chienne…

— Arrête ! Réponds, s'il te plaît !

Arthur se déplaçait à présent dans la cuisine, comme indifférent au drame qui se nouait autour de lui.

— Que crois-tu ? Que financer un projet revient à suivre ce qui s'y déroule au jour le jour ? J'ai pour volonté de lutter contre le crime, avec ce qu'il me reste, c'est-à-dire mon argent. Je veux uniquement des résultats, des courbes, des chiffres exploitables. Le reste, je m'en fiche complètement ! Ce n'est pas moi qui vis dans ce trou, je ne contrôle ni l'existence, ni le quotidien des entomologistes. Alors ces verrous, ce fusil, qu'est-ce que j'en sais ?… Les scientifiques traquent-ils le gros gibier ? Certainement ! La chasse est un loisir appréciable, ici. Craignent-ils les vols en leur absence ? Tu as remarqué qu'il n'y avait plus de volets, à l'extérieur ? Qui les a embarqués ? En tout cas, crois-moi, ces verrous ne me paraissent pas superflus, ne serait-ce que pour éviter les irruptions intempestives de Franz.

Il lui tendit la main. Après un imperceptible mouvement d'hésitation, Adeline lui donna la sienne, qui tremblait. Il l'embrassa du bout des lèvres.

— Mon abricot… chuchota-t-il.

— Tu sais… Franz… Maintenant que tu me reparles de lui…

— Oui ?

— Il… Il nous avait déposé deux lapins dépecés, hier matin, à l'abri à bûches ! J'avais décidé de les jeter dans le torrent, mais avec Cathy, on a fait demi-tour avant de l'atteindre. Du coup, on les a laissés dans la poudreuse, peut-être pas assez loin d'ici !

— Aïe ! Le genre d'erreur qu'il valait mieux éviter. Je vous avais pourtant prévenues.

La rouquine rejeta sa chevelure vers l'arrière et s'accroupit à sa hauteur.

— Dis… Tu penses qu'il y a un rapport avec l'histoire de cette… Emma ? Ce Franz… Il a l'air sérieusement perturbé. D'après ce que j'ai vu, il avait… Comment dire… lacéré les cavités oculaires des lapins !

Arthur grimaça.

— Écoute, attendons le retour de David. Cette Emma, comme tu dis, semble encore très affectée, elle a sans doute exagéré l'ampleur de son accident. Le froid, le noir, les ombres étranges portées par ces grands sapins… Qui aurait intérêt à traîner une bête déchiquetée au milieu d'une route où personne ne circule ?

— Justement ! C'était peut-être un piège, pour forcer un conducteur à s'arrêter ! Il… Il s'agit peut-être d'un malade qui rôde dans cette forêt, déguisé en… Je ne sais pas moi ! Un fanatique qui vit là, tout près ! Et qui s'est amusé à déposer ces bêtes dépiautées au cabanon ! Nous sommes si loin du monde… Cette femme brune, tu as forcément remarqué la terreur dans ses yeux. Elle a vu quelque chose, Arthur. Quelque chose qui nous épie peut-être, recroquevillé derrière un tronc…

Elle s'avança vers la fenêtre.

— Les volets… C'est… C'est lui qui les a enlevés, j'en suis sûre… Il avait tout prévu… Il nous observe… Il nous observe, j'en ai la conviction.

La jeune femme regarda sa montre. Elle sentait l'angoisse monter en elle. Après tout, sans véhicule, ils n'étaient plus que de vulnérables naufragés sur une île entourée de monstres invisibles. Des prisonniers de l'infini.

— Depuis qu'on est là, chaque jour est pire que la veille, marmonna-t-elle. Faites qu'il revienne… Mon Dieu… Faites qu'il revienne vite…

20

En d'autres circonstances, l'épopée de David dans ce feu d'artifice de verdure, au volant d'un puissant 4 × 4, aurait été fantastique. Des hectares de silence. Des infinis rendus violets par la réfraction de la lumière à travers la glace. Des sculptures irréelles, que seul l'hiver savait modeler. Mais les événements des dernières heures donnaient à l'endroit une tout autre tonalité. Nettement plus terne, plus macabre.

David fixait le GPS lorsque l'arrière du véhicule se mit à chasser dramatiquement. Il écrasa la pédale de frein, entraînant la masse d'acier sur le côté gauche puis, dans un contrecoup, sur le côté droit. Il plaqua ses paumes sur le volant. Qu'est-ce qui s'était passé ?… Était-il possible que…

Il descendit, l'œil rivé au sol. À ses pieds, des traces de pas de petite taille, orientées vers le chalet. Des traces de course… Des traces de fuite. Celle de la femme aux cheveux noirs.

L'héroïne, échappée de son roman. Encore elle.

David se retourna vers la voiture. Alors ses joues se creusèrent, sa gorge se serra. Pneus avant et arrière gauche crevés ! « Eh merde ! » Il souffla dans ses mains nues, contourna le véhicule. Juste pour vérifier.

Les quatre pneus étaient à plat !

De ses doigts gourds, il chassa la neige des roues, s'agenouilla, ausculta.

Des trous, en plein milieu des pneus. Gros comme des mines de stylo.

Ses muscles se contractèrent douloureusement. Il détailla les alentours, perturbé par les craquements dus aux amas neigeux devenus trop pesants pour les branches. Il se concentra. Un murmure lointain, semblable à une respiration terrifiante. De l'eau qui s'écoule…

La forêt changeait progressivement de visage. Terre d'abandon, de mystères, de meurtres… Moteur des cauchemars de jeunesse et des réveils en pleurs.

David ouvrit la portière côté passager, tira le couteau de son fourreau, puis fit quelques enjambées sur la route, à la recherche de ce qui lui avait fait perdre le contrôle du véhicule. Là-bas… Un reflet, sur le sol. Du métal. Il s'approcha avec prudence, l'arme pointée devant lui.

Alors, ses doigts se crispèrent autour du manche en ivoire.

Une herse, dissimulée sous un tas de poudreuse. Ses pointes, acérées et rouillées, barraient le chemin sur toute sa largeur.

David l'arracha du sol et la propulsa sur le côté, fou de rage. On venait de lui crever volontairement les pneus. On les avait coupés du monde.

Piégés ! Sans téléphone, sans voiture.

Il ne maîtrisait plus rien.

Il tourna sur lui-même, les poings serrés.

— Qui êtes-vous ? hurla-t-il. Qu'est-ce que vous voulez ?

Sa voix lui revint en écho.

Tapi dans les ténèbres, un fou jouait avec leurs nerfs.

Rentrer à pied, sans voiture ? Il n'osait imaginer l'état d'hystérie dans lequel cela plongerait Cathy. Il fallait trouver une solution. Et vite.

Il s'attarda de nouveau sur les empreintes. Les dessins des pneus, les pas de la fuyarde en direction du chalet. Puis d'autres traces, bien plus grandes. Des traces de raquettes. Elles montaient de la droite, et repartaient dans la même direction, entre les arbres.

Le propriétaire de la herse.

Un seul nom lui vint à l'esprit. Franz. Le colosse qui avait pénétré dans la cuisine. Celui qui avait dépecé les lapins. Qui d'autre ? Étaient-ils si nombreux à se terrer ainsi comme des bêtes recluses ?

Mais pourquoi ?

« Plus de vingt années coupé du monde », avait dit Arthur… Deux femmes, soudain, dans son environnement… La bête du désir qui se réveille. L'instinct du prédateur qui refait surface.

Ses doigts, ses oreilles commençaient à le brûler. Il retourna dans l'habitacle, enfila ses gants et son bonnet, et s'empara d'une lampe torche dans la boîte à gants qu'il plongea dans sa poche. Le GPS indiquait la B 500 à cinq kilomètres de là. S'il voulait retrouver l'origine des griffes, il lui faudrait au moins une heure avant d'arriver sur place et de nouveau une heure pour revenir ici. Hors de question.

David tenta désespérément de faire repartir le 4 × 4. Mais les jantes patinaient. Le moteur hurlait. Rien à faire…

Il ferma la voiture à clé et retourna vers la herse.

Deux solutions.

Pister les marques de raquettes. Ou regagner le chalet, rentrer sans réponse, écrasé par les doutes et les suppositions.

Il regarda sa montre. Presque treize heures. Il lui restait encore quatre heures avant la tombée de la nuit.

Les gants, le bonnet, les après-ski, le gros blouson. Sa dernière randonnée remontait à loin, mais à l'époque, il se débrouillait plutôt bien. « C'est comme le vélo, ça ne se perd pas », se dit-il. Il serra le fourreau autour de sa taille, y plongea le poignard… Il eut alors une dernière hésitation. Cathy… Elle devait déjà être en train de paniquer. Mais bon… retard pour retard… Elle n'en mourrait pas. Il y avait plus important. Débusquer le monstre.

Il quitta le chemin et s'enfonça parmi les arbres.

La traque commençait.

Très vite, il se rendit compte qu'il faisait deux enjambées, pour une de l'individu qu'il pistait. Pentes, raidillons… Le relief luttait, comme pour écraser l'humain de fatigue. David se retourna à plusieurs reprises pour vérifier les marques de son passage. Son fil d'Ariane. Autour, le paysage défilait, identique à lui-même. Des sapins, de la neige. À perte de vue.

Sa montre. Treize heures trente. Au loin, la lisière de la forêt.

La lisière ?

Il accéléra le pas, malgré le sifflement dans sa gorge. Des bouffées de condensation jaillissaient de ses narines.

D'un coup, plus aucune végétation. Un lit immaculé. À l'infini…

Les tourbières.

Les tourbières du Wildseemoor, ensevelies sous la neige. Labyrinthe d'étroits chemins slalomant entre des étendues de boue. Là, partout, de la matière en décomposition épaisse de plusieurs mètres. Pire que des sables mouvants ou des crevasses. Un seul faux pas et c'était la mort. Une mort horrible.

Il hésita de nouveau. Du 4 × 4, il fallait environ deux heures de marche, à très bon rythme, pour rejoindre le chalet. Pas énormément de marge. Il s'autorisa néanmoins une demi-heure de pistage supplémentaire. Puis il rebrousserait chemin, coûte que coûte.

Il prit garde à bien poser ses pas dans les marques de raquettes. Autour, des craquements de glace. Les traces viraient à gauche, à droite, revenaient même parfois en arrière. Comment l'homme avait-il pu se repérer dans ce piège immense ?

Loin dans le ciel, les nuages s'organisaient en colonnes guerrières. David se sentait écrasé, ridicule dans cette nature démesurée.

Les empreintes… Dieu merci, il y avait les empreintes. Car à présent il ne savait plus d'où il venait. Ni où il allait.

La neige lui montait jusqu'aux tibias. Après encore un quart d'heure d'efforts, il finit par croiser ses propres pas.

Alors il comprit, et son corps lui parut se vider de son sang.

L'autre s'était amusé avec lui. Il l'avait fait tourner en rond. Le citadin face au chasseur. L'agneau contre le loup. Qu'avait-il espéré, avec sa lampe torche et son pauvre couteau ?

Il se mit à paniquer. Il fit demi-tour et accéléra le rythme. Son jean, rentré dans ses après-ski, était mouillé jusqu'aux genoux. Ses articulations commençaient à le faire souffrir.

Atteindre la forêt, puis le 4 × 4, avant quinze heures. À tout prix.

Mais il retombait sans cesse sur ses propres traces. Encore, et encore, et encore…

Le fil d'Ariane était brisé.

À présent, il n'était plus question de Bourreau, de numéros, de griffes.

Mais de survie.

Le ciel virait au noir complet.

David ôta son bonnet et frotta son front trempé. Il pensa à son épouse et à sa petite fille, qui devaient l'attendre, le nez contre la fenêtre.

Une heure plus tard, lorsqu'il s'assit dans la neige, à bout de souffle, il songeait encore à elles, à quel point il les aimait. Et combien il aurait dû le leur dire.

Le froid l'enveloppait délicatement. Ses cheveux commençaient à geler.

Sa mère lui souriait, prête à lui dévoiler enfin ce secret qu'elle avait emporté dans sa tombe. Ce secret qui le rongeait, nuit après nuit.

Puis il revit Cathy et Clara, pressées contre lui. C'est toujours dans l'éclat étrange des dernières secondes qu'affluent les plus belles images, paraît-il.

Il ressentit un immense regret.

Dès lors, il sut qu'il allait mourir…

21

Dans l'obscurité, à travers des tourbillons de neige, une lueur tremblotante, infime, perdue dans les ténèbres glacées, tel un radeau à la dérive.

La respiration lente et ridicule d'un chalet.

Cathy pleurait à la fenêtre du salon, un mouchoir écrasé contre son nez. Elle avait passé l'après-midi là, à attendre, persuadée, chaque fois qu'elle rabattait puis ouvrait de nouveau ses paupières, de voir le 4 × 4 surgir sur le chemin. David ! Son David ! Il ne pouvait rien lui être arrivé ! Il allait revenir, forcément ! Peut-être avait-il simplement décidé de se rendre jusqu'au village ? Ou un problème avec la voiture ? Panne ? Crevaison ? Il saurait bien se débrouiller, il était fort, intelligent… Il reviendrait, et les embrasserait de toutes ses forces. Il ne les abandonnerait jamais… Pas lui… Pas comme ça…

Les autres s'étaient réunis autour de la cheminée. Plus personne n'avait envie de discuter ou de faire semblant. Le repas du soir n'avait pas été préparé, celui du midi, laissé sur place. Seule Clara dormait paisiblement.

Adeline brisa le silence :

— Je… Je crois qu'on devrait parler de ce qu'on va faire demain, osa-t-elle d'une voix qu'elle aurait souhaitée moins chevrotante. Au cas où… où il ne reviendrait pas cette nuit…

Cathy réagit du tac au tac :

— Comment peux-tu envisager qu'il ne revienne pas ! hurla-t-elle. C'est impossible !

Elle s'avança vers eux.

— De toute façon, encore une heure… Encore une heure et je vais le chercher. Avec une bonne lampe, des vêtements chauds…

— Je… Je ne veux pas retourner là-bas ! protesta Emma.

Elle rabattit ses mains sur sa poitrine, dans un geste de repli. Adeline s'approcha de Cathy.

— Ce soir, ce ne serait pas raisonnable. Nous mourrions de froid… On partira à sa recherche dès le lever du jour… À plusieurs, et… armées…

— Vous êtes capable d'utiliser ce machin, vous ? intervint Emma en montrant le fusil au-dessus de la cheminée. On ne sait même pas si c'est rempli de balles ! Je… Je n'irai plus dans la forêt !

— Vous pourriez pas la boucler ! rétorqua la rouquine en lui attrapant le poignet. Je vous rappelle que si David est parti là-bas, c'est uniquement à cause de vous ! Quant aux cartouches, il y en a une boîte complète dans le laboratoire !

Emma se débattit. Ses joues viraient au rouge méchant.

— Lâchez-moi, *Dummkopf* !

— Lâche-la ! répéta Arthur.

— Si elle veut rester, qu'elle reste ! s'écria Cathy d'une voix outrée. Moi, j'irai ! Seule ou accompagnée ! Avec ou sans arme !

Adeline se pinça les lèvres, les yeux rivés sur le Weatherby Mark.

— Je… Je viendrai avec toi, mais… j'ignore jusqu'où je pourrai avancer… Mon asthme…

Elle fut interrompue. Le bruit de la poignée, puis des coups répétés sur la porte.

Cathy se précipita, tourna les verrous, ouvrit en grand. Des rouleaux de flocons s'engouffrèrent dans la pièce. Un spectre courbé, dans l'embrasure. Le visage creux et terrifié. Le bonnet, le front, les sourcils ensevelis sous d'épaisses couches de glace.

Cathy l'entoura de sa chaleur explosive.

— Oh ! Mon chéri ! Mon chéri !

David enleva son bonnet, se frotta le visage et lança, les cordes vocales brisées :

— Qu'est-ce… qu'on mange ?

Il enlaça violemment son épouse, l'arrachant même du sol. Elle pleurait à présent de bonheur, comme elle n'avait jamais pleuré. Emma et Adeline s'étaient levées. La rouquine s'approcha pour l'embrasser, puis se trouva gênée devant cet être dont elle avait souhaité le retour plus que tout au monde. Elle plongea timidement les mains dans les poches de son jean.

— J'avoue que vos allers-retours incessants à la cafetière commençaient à nous manquer, lui lança-t-elle.

— Je compte… bien me rattraper… répliqua David en retirant son blouson.

Son regard tomba alors sur celui d'Emma, qui se tenait là, derrière. La silhouette longiligne… Ces yeux, curieux et effrontés… Cette rigueur sur le visage… Cette femme, il l'avait posée à plat, le matin même, sur les pages de son thriller ! Son personnage, échappé des griffes du Bourreau !

— Il est rare de… d'éprouver tant de peur pour quelqu'un sans même le connaître, confia Emma en lui tendant la main. Ravie de vous rencontrer, malgré ces circonstances… spéciales…

David la salua, dissimulant son trouble derrière un sourire gêné. Emma prolongea longuement le contact de leurs doigts.

— Vous avez failli y mourir… de ma faute… ajouta-t-elle, sans le regarder vraiment. C'est très courageux. Vous…

— Arrêtez cette hypocrisie ! l'interrompit Cathy en se faufilant entre eux. Il n'y a pas cinq minutes, vous ne vouliez pas lever le petit doigt pour aller le secourir !

La brune s'écarta, prête à répondre, le regard mauvais.

— Dites donc ! s'exclama Arthur. Voilà des retrouvailles mouvementées ! Tu nous as fait drôlement peur !

Adeline revint avec une serviette. David s'écrasa dans un fauteuil, ses traits étaient tirés, ses lèvres craquelées. Cathy lui essuya les cheveux.

— Crevaison, à dix kilomètres d'ici, raconta David. Les quatre pneus. Une herse, en travers de la voie, cachée sous la neige.

Cathy, la serviette dans les mains, s'arrêta net. Après la Chose, la herse.

— Ce taré de Franz ! lança Adeline. Cette fois, il n'y a plus de doute !

David massait ses cuisses raidies.

— Je n'en ai malheureusement pas la preuve, regretta-t-il en faisant une grimace tant ses muscles lui tiraient. J'ai suivi des traces un bon bout de temps, jusqu'aux tourbières… où j'ai manqué de… me perdre.

— C'est forcément lui ! insista Adeline.

— Non, non… Pas obligatoirement, reprit David. D'autres chasseurs vivent peut-être dans la forêt… Il… Il est certain qu'il s'agit de quelqu'un qui connaît bien la région, mais… si c'est Franz, pourquoi est-il allé poser la herse si loin ?

— Pour éviter qu'on le soupçonne ! Pourquoi vous ne voulez pas voir la vérité en face ? Qui rôde dans les parages ? Qui a pénétré ici ? Qui a posé ces lapins dépiautés ? Qui a dérobé les volets ? Il veut nous effrayer !

De ses deux mains, elle tira les traits de son visage, donnant l'impression qu'il était aspiré par-derrière.

— Une herse ! Et comment on va pouvoir repartir, maintenant ? demanda Cathy.

Elle se tourna vers Arthur.

— Dites-moi que vous avez des roues de secours !

— Une seule…

— Mais ! Mais vous pouvez bien joindre Christian ?

— Pas plus que vous.

— C'est pas vrai… C'est pas vrai !

Tout s'accélérait dans sa tête. David se leva et la prit dans ses bras. Emma se tenait en retrait, les yeux brillants. Son cœur battait encore furieusement.

— La situation n'a rien de dramatique, tempéra Arthur. Nous dispo…

— Là, tu m'excuseras, l'interrompit Adeline. La forêt, l'hiver, une femme qui débarque les vêtements lacérés, à la limite de rendre l'âme, et une Chose, dehors, qui vient d'anéantir notre seul lien avec le reste du monde. Impossible d'appeler du secours, évidemment, puisque nos téléphones ne fonctionnent plus. Et je suppose que, hormis Christian, censé venir nous chercher dans plus de trois semaines, personne ne sait où nous nous trouvons ? Je me trompe ?

Elle se tourna vers David.

— Non, répondit-il. Les parents de Cathy nous savent en Forêt-Noire, mais pas précisément où.

— Et pour vous, Emma, c'est pareil ! Personne n'est au courant que vous avez pris cette route ! Autrement dit, ils peuvent vous rechercher n'importe où entre la France et l'Allemagne. C'est bien ça ?

Emma hocha la tête.

— Donc, tu avais bien raison, Arthur. La situation n'a rien de dramatique !

Il la fusilla du regard.

— Tu sais, je ne fais que constater ! Mais vas-y, grogna-t-elle encore. Vire-moi ! Et appelle-moi un taxi avant !

Le vieil homme ignora la remarque.

— Nous disposons de nourriture, de médicaments, d'armes… Ici, nous ne craignons rien. Je pense qu'on cherche juste à nous intimider…

— Formidable ! maugréa Adeline. En fait, nous sommes relégués au rôle de guerriers assiégés !

— Écoute, calme-toi un peu ! Si celui qui a griffé Emma avait vraiment voulu l'éliminer, tu ne crois pas qu'il y serait parvenu ?

— D'autant plus que… là où j'ai crevé, il n'y avait que vos empreintes, précisa David en se tournant vers Emma. Apparemment, cette « chose » ne vous a pas poursuivie…

Les joues de Cathy s'empourprèrent. L'envie soudaine de les gifler tous les deux.

— Qu'est-ce que ça signifie ? Que vous comptez demeurer ici plus longtemps ?

Arthur posa l'index sur la roue de son fauteuil.

— Personnellement, je n'ai pas réellement le choix. Christian viendra nous chercher, Adeline et moi, le vingt-huit, pas avant… Et cela risque d'être la même chose pour vous, vu les circonstances. À moins que vous n'ayez une autre solution à me proposer. Dans ce cas, je suis preneur.

Cathy chercha du soutien du côté d'Adeline, mais elle n'y trouva qu'un regard absent.

— La mauvaise météo ne va pas arranger les choses, reprit David, mais une expédition jusqu'à la route est pos-

sible. Il y en a pour quatre heures environ, en marchant bien. Là, il nous suffira d'attendre une voiture, et de…

— Je vais retourner le couteau dans la blessure, l'interrompit Emma en s'avançant, mais, avec de telles tombées de neige, je ne suis pas sûre qu'il passe plus d'une ou deux voitures par jour, sur la B500. Il faut tenir la possibilité de rentrer… *unverrichteterdinge*… Euh… vide, sans rien quoi… Ce qui ne fait plus quatre heures de marche, mais huit minimum, avec le retour…

— Vous, vous feriez mieux de la fermer, maugréa Cathy, avec vos *unverrich* machin.

— Que croyez-vous ? Que ça me fait plaisir de me retrouver dans ce piège ? Après l'enterrement, je partais skier en Pologne pendant quinze journées ! Tous mes habits, papiers, argent sont dans mon auto, qui est fichue !

— Mais on en a rien à foutre que vous partiez skier ! C'est le cadet de nos soucis ! Il s'agit de nos vies, bon Dieu !

David s'interposa, écartant les bras. Chaque intervention virait à l'insulte, à l'agression. Tout se passait comme si la peur les dépossédait de leurs différences, de leur identité, pour les reconduire à leurs pulsions primitives.

— Calmons-nous, d'accord ? Arthur a raison. Tant que nous resterons ici, groupés, nous serons en sécurité. Et je le répète, on peut tout à fait rejoindre la B 500…

Il savait qu'il exagérait. Quatre heures de marche étaient une maigre estimation, avec toute cette neige. Il avait réussi à se sortir des tourbières en retrouvant finalement son fil d'Ariane, mais la marche avait failli le briser… Il chercha Clara du regard, pour l'embrasser, la sentir. Elle devait dormir… Dire qu'il avait manqué de…

Il releva le menton, avant de poursuivre :

— … Mais il est évident que nous devrons nous diviser en deux groupes, dont un restera ici… Et de toute façon, il faut attendre une amélioration de la météo. J'ai vu qu'il y avait des raquettes, dans la remise, qui pourront nous servir.

— Et une tronçonneuse, qu'on aurait intérêt à récupérer si on ne veut pas finir découpés en morceaux ! l'interrompit Cathy.

Excédé, David ignora la remarque.

— Étant donné l'état de mes jambes, je suis incapable de marcher avant deux jours. Je crois que la première chose à faire, demain, ce serait d'aller voir ce Franz… À condition que j'arrive à rester debout.

— C'est tout sauf une bonne idée, dit Adeline. Si c'est lui qui nous persécute, vous le voyez nous offrir le café et les spéculos ?

— Nous prendrons nos précautions… répliqua David. Bon, maintenant excusez-moi, mais je vais me doucher…

Emma se glissa devant lui.

— Encore une fois, vous n'auriez pas dû aller là-bas pour moi… Vous êtes très valeureux. Je…

Arthur s'interposa.

— Fichez-lui la paix à présent ! Il lui faut du repos !

Il suivit David jusqu'à l'entrée de la salle de bains.

— Tu as très bien parlé, je t'en remercie. Elles ont toutes besoin d'être rassurées.

David jeta un œil dans le couloir, personne ne les entendait.

— Avec cette ambiance électrique, nous ne tiendrons pas une journée de plus. Chacun est prêt à étrangler l'autre. Cathy est quelqu'un de très nerveux. Parfois elle est même explosive… Mais Adeline et Emma m'ont l'air d'avoir aussi des caractères drôlement trempés.

— Dis-moi que tu ne m'abandonneras pas en cours de route… Le roman… Il me faut absolument le roman…

Arthur avait un air pitoyable de hyène déchue.

— Je ne comprends toujours pas pourquoi c'est si important pour vous. Qu'est-ce que vous attendez de moi, réellement ?

— Simplement que tu me ramènes le Bourreau… Que tu le fasses se matérialiser… Pense à l'argent… Le vingt-huit, tout sera fini…

— Je m'en fiche pas mal de l'argent !

Il baissa d'un ton.

— Mais c'est d'accord, je reste. Je veux aller au bout de cette histoire…

Arthur changea instantanément d'attitude, comme on change de masque. Son front se dérida. Ses iris noirs exprimaient… pas de la reconnaissance, non… autre chose… Un soulagement infini ou… une forme de jouissance secrète.

— Une dernière chose, marmonna le jeune homme en rabattant lentement la porte. Je reste, mais ça ne signifie pas que je vous fasse confiance. Bien au contraire…

Arthur eut le temps d'attraper sa main. Il ferma les yeux, puis les rouvrit.

— J'aurais réagi exactement de la même façon, à ta place… On se ressemble tellement… Toi et moi, nous sommes liés…

David retira brusquement sa main et claqua la porte.

Il était frigorifié.

22

Cathy s'était endormie. Trop de tension nerveuse. Une heure après le repas, elle s'était installée contre son mari, devant la chaleur des braises, incapable de combattre le sommeil que réclamait son organisme. David l'avait alors portée jusqu'à leur lit. Son épouse… Son enfant… Qu'avait-il voulu prouver en s'aventurant dans ces labyrinthes mortels ? Avec le recul, il était effrayé par son propre égoïsme.

De retour dans la cuisine, il ingurgita un bol de café. Au centre de la pièce, accoudée à la table, Adeline se tenait immobile, les yeux dans le vide.

— Vous n'allez pas vous coucher ? demanda David en rinçant son récipient.

— Pardon ? répliqua-t-elle en secouant légèrement la tête.

Les pointes de sa chevelure rousse étaient emmêlées. Son visage démaquillé lui redonnait sa peau laiteuse, mouchetée d'un feu cuivré.

— Je vous demandais si vous alliez vous coucher, répéta David en s'asseyant à côté d'elle.

— Avec ce qui traîne dehors ? Je crois que mes nuits risquent de blanchir sérieusement.

Enfoncée dans le velours ocre d'une banquette, silencieuse, Emma veillait près de la cheminée. Elle les observait de loin.

— Et elle, pourquoi l'éviter ? chuchota David en la désignant discrètement du menton.

— Je… Je n'en sais rien. Depuis tout à l'heure, elle est devenue muette comme une carpe. En plus, je n'ai pas spécialement envie de lui parler. Mieux vaut la laisser tranquille, pour le moment… Elle semble sacrément bouleversée. Remarquez, il y a de quoi… Quinze kilomètres, seule dans les bois, la mort aux trousses…

Adeline se leva et avança jusqu'à la fenêtre, les bras croisés.

— Vous vous rappelez, ces sous-mariniers russes, piégés dans les profondeurs glaciales de la mer de Barents ? J'ai l'impression de vivre la même chose. Une force oppressante, partout et nulle part, qui cherche à nous broyer, là, juste à l'extérieur. Vous vous rendez compte que s'il… s'il venait à arriver un malheur, nous… nous n'avons plus aucun moyen de fuite, ni de prévenir les secours ?

— Arrêtez de dramatiser ! Ici, tous ensemble, nous sommes à l'abri ! Au pire, Christian viendra nous chercher dans trois semaines. Ce n'est pas si long, quand on y pense, et c'était prévu comme ça, initialement. En plus, je suppose que vous êtes payée tout aussi généreusement que moi. J'ai déjà connu pire, comme situation.

Les flocons s'écrasaient sur la vitre, telles des météorites furieuses. Petit à petit, le chalet sombrait sous un monde de glace, dans l'oubli des hommes et l'indifférence de la nature.

— Pas moi, rétorqua-t-elle. Enfin, pas dans le même registre, je veux dire. On ne sait pas ce qui se trame dehors. Et si… si quelqu'un se décide à nous faire la peau ? Une espèce de malade mental, de tueur, comme l'illuminé de votre dossier ? Ce… Ce Bourreau… On pourrait tous nous massacrer, nous passer des vêtements fluorescents, faire le tour de la forêt en traînant nos cadavres, que personne ne s'en apercevrait.

— Brillante imagination. C'est moi le romancier, pas vous.

Elle n'esquissa pas l'ombre d'un sourire.

— Il ne s'agit pas de fiction. Des faits horribles se produisent tous les jours, même en pleine ville, alors ici… J'ai toujours détesté les forêts… Ça fait des années qu'elles hantent mes cauchemars.

David la fixa avec un intérêt grandissant.

— Quel genre de cauchemar ? J'en ai aussi un, récurrent, qui me harcèle depuis l'adolescence. Une gamine qui…

— S'il vous plaît, parlons d'autre chose, parce que là, je crois que je vais craquer.

— Vous avez raison, dit-il en se levant. De toute façon, il faut que j'aille travailler.

— Ah oui… Votre livre… Je ne sais pas comment vous réussissez encore à écrire…

David se dirigea vers le couloir. Il boitait légèrement.

— Vous ne restez pas un peu, lui demanda Emma d'une voix fragile.

— Il me reste cinq pages à faire, ça risque d'être difficile, murmura-t-il. Je suis exténué. Vous n'avez pas sommeil ?

Elle se rongeait les ongles.

— Contraire à votre femme, je ne vais pas réussir à dormir. Surtout dans cette pièce avec… ces *Gerippe*, visibles de ma fenêtre. Tout cela est véritablement ignoble.

— C'était la seule chambre libre, désolé…

— Je… Je préfère encore attendre ici, dans le feu. Je ne sais pas comment vous faites pour rester si… positif. Je suis… terroriste…

— Terrorisée, vous voulez dire.

Elle frissonna.

— S'il vous plaît… Restez… Histoire de discuter d'autre chose que… de ce qui se passe à l'extérieur… J'ai besoin de… Je ne sais pas… ça me ferait du bien de parler…

— C'est que…

Les flammes projetaient des nuances rouges sur la

partie gauche de son visage, tandis que le profil droit restait dans l'ombre.

— Arthur m'a dit que… vous êtes écrivain ?

David s'avança. Elle le détaillait avec attention. Elle se décala légèrement, afin qu'il s'asseye. Mais il resta debout, appuyé sur le dossier d'un fauteuil.

— Écrivain, écrivain… disons que j'ai écrit un roman.

— Alors il ne s'agit pas que d'une légende. L'écrivain… qui s'isole dans des endroits sinistres afin de creuser son aspiration.

— Inspiration. Il faut avouer que cette situation est particulière… Mais ce serait trop long à vous expliquer, pour ce soir. Maintenant, si vous permettez…

Elle acquiesça, déçue. Depuis la cuisine, c'était au tour d'Adeline de les observer, par-dessus le mur où reposaient les brocs en faïence.

— Je ne sais pas vous intéresser beaucoup, reprit Emma.

— C'est pas ça du tout, mais…

— Il est certain que vous devez avoir une vie bouillante, comparée à la mienne.

— Pourquoi vous dites…

— Mon existence est d'un ennui accablant. Je dois sentir la vieille fille à plein nez.

— Vous interrompez toujours les gens comme ça ?

— Mon métier qui veut. Moins vous laissez causer le client, plus vous ven…

— Moi, mes clients, ils parlent rarement, l'interrompit à son tour David.

— Et qu'est-ce que vous faites ?

— Thanatopracteur…

Elle écarquilla les yeux.

— Pardon ?

— Ah, comment expliquer… Je… prépare les gens, quand ils sont morts, pour les rendre présentables à leur famille, avant leur enterrement.

— Non ! Ah ça, c'est incroyable ! Je n'aurais jamais cru !

— Pourquoi ?

Elle haussa les épaules. Deux sacs d'os qu'un marionnettiste délirant paraissait manipuler. Son cou, anormalement gros, donnait l'impression d'un personnage fait de pâte à modeler, ceux dont on assemble la tête et le reste du corps d'un coup de poing.

— Je… Je l'ignore. Vous êtes jeune, et votre très jolie apparence… est plus proche du romancier de ténèbres que d'embaumeur… Vous devez avoir un tas d'*Anekdoten*. Des morts qui se réveillent, par exemple, alors que vous les découpez. Ou… Je ne sais pas. Racontez !

— Désolé, mais…

— Au moins une !

David se réfugia derrière un sourire de politesse. Il détestait cette proximité qu'elle lui imposait.

— Non, non… Ce ne sont pas des choses dont on peut rire.

— Ne le prenez pas comme ça… S'il vous plaît, restez encore un peu. Je ne vous intéresse vraiment pas du tout ? Pourtant, vous avez risqué votre vie pour moi, sans vraiment me connaître. Et maintenant que vous avez l'occasion, vous fuyez ! Pourquoi ?

— Mais… Je n'ai pas risqué ma vie pour vous !

— Si ! Vous avez essayé d'aller à ma voiture pour…

— Mais non ! Je voulais juste comprendre ce qui vous était arrivé !

— Une cigarette… Il me faudrait vraiment une cigarette… Personne n'a ça, ici ?

David s'éloigna dans l'obscurité, sans même lui répondre.

— Si je prends peur, je sais où vous retrouver, ajouta-t-elle encore, criant un peu fort. Dans le *Labor*, je crois ?

De la cuisine, Adeline lui lança un regard de tueuse. David posa son index sur ses lèvres.

— Chut, vous allez réveiller tout le monde. Oui, je travaille dans le laboratoire. Mais s'il vous plaît, évitez de venir pendant que j'écris… Même Cathy ne le fait pas.

Il l'entendit marmonner quelque chose, mais ne s'en soucia pas. Il s'envolait déjà vers l'ailleurs. Son ailleurs.

La Rheinmetall noire, sous l'ampoule pleurant ses watts. Le siège en cuir usé, juste devant. Autour, les luminescences vertes des *Hydrotaea pilipes* et autres comparses ailées. Plein sud, une large vitre, avec, pour toile de fond, les mâchoires charnues de la forêt. Cette pièce ressemblait à une salle d'exécution. La chaise électrique, au centre. Les yeux des observateurs, partout sur les murs. La glace du silence. Et lui, le condamné.

Cette image lui plut, en définitive.

Une fois la porte fermée, David s'installa, descendit d'un trait un verre de whisky, s'en servit un deuxième… Des craquements, dans le corridor. Sans doute Emma ou Adeline qui allait finalement se coucher.

Il patienta calmement, le temps que l'alcool fasse son effet.

Il brancha le lecteur CD et régla le volume au minimum. *La Jeune Fille et la Mort*. L'allegro d'ouverture qui, chaque fois, le transperçait d'émotion.

Poils hérissés… Mains qui se rétractent… Doigts qui s'abattent sur les touches…

L'homme face à sa machine. Place à l'inconscient. Au moins soixante-dix pour cent des capacités cérébrales… Un renard, caché au fond d'un poulailler.

En avant… Phrases hachées, lettres torturées. Le style d'un boucher, entre les vers d'un poète. Quand il écrivait, il ne songeait plus qu'à cette face noire du monde. L'horreur, prête à jaillir dans le poison de ses lignes.

Cette forêt muette… Ces événements… Il en frémissait d'excitation…

À présent, le tsunami.

Ses pages… Les mots qui se déversent… Son héroïne, Marion, qui vient d'échapper aux griffes du Bourreau. La fumée qui sort de la cheminée. Elle pénètre dans le chalet, le souffle déchiré… Appelle à l'aide… Personne… Cuisine, salon. Sur le lit de la chambre, des revues pornographiques, des menottes, des cordes, imprégnées de sang séché. Elle est chez lui ! Chez celui qui vient de tuer son mari d'une balle dans la tête ! Et son enfant ? Qu'est-il arrivé à sa fille ? Comment a-t-elle pu les abandonner ? « Lâche ! Sale traîtresse ! » se maudit-elle. Elle s'effondre, se relève. Fuir, fuir… Un claquement de porte… Prise au piège. Des pas lourds. Le plancher qui craque, doucement, comme si l'autre marchait au ralenti. Le bruit qui enfle. Il approche. Elle veut mourir. Qu'il la tue ! Une douleur au creux de son ventre. « Non ! Ne crie pas ! Ne crie pas ! » Elle roule sous le lit. Ses muscles la brûlent.

`Et la porte s'écarta lentement, en face, dévoilant une botte énorme dans l'embrasure…`

David ôta la feuille de la Rheinmetall et l'empila sur les autres.

Maintenant qu'il était lancé, le roman venait à lui avec une facilité déconcertante. Comparé aux dix-huit mois que lui avaient demandés les six cent mille signes de *De la part des morts* ! Ces jours et ces nuits qu'il avait passés en compagnie de Jack Frost, devant la lueur blême de son écran d'ordinateur. Jack Frost qui, serré dans son pull à larges mailles et ses Doc Martens, le mégot jaune aux lippes, l'avait littéralement passé à tabac. Blanc de l'œil explosé, scènes de ménage…

Jack Frost avait failli lui faire la peau.

David relut attentivement ce qu'il venait d'écrire, corrigea sept ou huit fautes de frappe. Un sourire de satisfaction illumina son visage. C'était vraiment très bon, du pur instinct, de l'imagination débridée. Son héroïne, Marion, était en définitive une sacrée garce. Avoir abandonné son mari et son enfant pour sauver sa peau… Quelle mère, quelle femme aurait fait une chose pareille ? De toute façon, pas le temps de s'intéresser à ces détails. Arthur n'avait qu'à aller se plaindre au service après-vente s'il n'était pas content.

En tout cas, lui, c'est comme ça qu'il l'aimait, Marion. Brute et sauvage.

Demain, il déciderait s'il la laisserait vivre. Bientôt, il mettrait en scène le flic, ce chien de rue, teigneux, acharné, mystique, dont Doffre avait parlé dans sa lettre. Il lui avait déjà choisi un prénom. David… Son sobriquet ? L'Embaumeur.

Deux heures cinquante-deux. Il terminait de se consumer, comme une vieille braise, bien incapable d'aller se coucher. Il était encore prisonnier de ses pages. Dans les bras de Marion. Oui, cette brune squelettique l'habitait déjà…

Emma...

Le Bourreau allait-il jaillir de ses pages, lui aussi ?

Franz...

Sur sa droite, le dossier, plongé dans l'ombre. Il hésita, puis le tira à lui. Les séances de Tony Bourne. Les pulsations cardiaques, tatouées sur les crânes des sept enfants… Les bilans psychologiques d'Arthur…

Les gonds gémirent. Porte ouverte. Il s'y précipita. Personne dans le couloir, pas un bruit. Tout le monde dormait.

Il retourna se cloisonner au milieu des odeurs de formol et d'éther. Son reflet dans la vitre, en face. Il aurait bien fermé les volets. Mais pas de volets…

Dossier ouvert. Les fiches couleur pomme, entre ses doigts… Il les parcourut rapidement. Sur les bristols, de moins en moins de notes du praticien. Sur les dernières, Arthur se contentait de consigner les dates de rendez-vous de son patient, à côté desquelles il dessinait des flèches. Vers le haut, vers le bas, ou à l'horizontale. *A priori*, elles représentaient l'évolution de l'état de Bourne, l'encéphalogramme simplifié de sa conscience. Quantité de flèches vers le bas…

Arthur s'était-il découragé face à cette psychanalyse qui ne progressait pas ? Car, à la vue des quelques lignes abandonnées sur les fiches, Bourne récitait toujours le même refrain. Son cœur malade, les numéros qui l'obsédaient, le souhait de quantifier le monde. Nombre de brins d'herbe dans un jardin, longueur d'un spaghetti, volume d'une expiration d'air. Peser, mesurer, compter. Une rengaine dont le psychologue devait avoir plus qu'assez.

Bourne parlait, mais n'écoutait pas. Doffre écoutait, mais ne parlait pas.

Bourne n'en faisait qu'à sa tête.

Mais dans ce cas, pourquoi ne pas l'avoir orienté vers un psychiatre, plus à même de traiter son cas ? Pourquoi avoir continué à le recevoir ? Conscience professionnelle ? Envie de percer cette phobie des palpitations cardiaques ?

David empila soigneusement les bristols déjà lus, à gauche de la machine à écrire, et plongea au cœur des autres feuillets. La volonté de savoir. D'aller au bout.

Début de l'année 1979. Changement de cadence dans les dates des rendez-vous. D'une visite par mois, on passe à une par quinzaine, puis une par semaine, alors que la date du septième et dernier massacre approche. 7 janvier 1979, 14 janvier 1979, 21 janvier 1979… Cette fois, plus aucune remarque. De simples flèches. Février… Des rencontres bihebdomadaires, régulières… La psychanalyse qui se met enfin en route ? Après pas loin de deux ans de cache-cache ?

Mais alors, pourquoi ne plus prendre de notes ? Pourquoi juste ces flèches insignifiantes ?

Sous le crâne de David, et partout autour, les mouches se mirent à bourdonner.

Le vert iridescent des insectes. L'odeur de l'arum. La scie électrique.

Un film de neige collé au carreau avait chassé la nuit.

Retour au dossier. 7 mars 1979. Le dernier bristol. Trois jours après l'ultime carnage. Tout s'arrête. Plus d'annotations, de flèches, de fiches. Psychanalyse terminée. Ou interrompue brusquement…

David fouilla encore. Il dénicha un cahier, trouvé entre ces dernières conclusions et le rapport d'autopsie de Tony

Bourne. Un vieux cahier d'écolier, aux pages jaunies et cornées. Il ne se souvenait pas l'avoir remarqué.

Il le considéra longuement, sans l'ouvrir.

Puis il s'en empara. Sur le cahier, une écriture tremblotante. Celle d'un droitier, qui pour la première fois coince un stylo entre le pouce et l'index gauche.

Un journal intime. Celui de Doffre.

Avril 1979. Pitié-Salpêtrière.

Doffre, cloué sur un lit d'hôpital.

Écriture écorchée d'un être qui avait tout perdu. Confessions d'un condamné à vivre.

Subitement, le laboratoire parut bien plus froid. David remonta le col de son sous-pull et éteignit le lecteur CD.

Il se mit à lire. Des plaintes, de la douleur, des malaises, des envies de mourir. Des gribouillis, des dessins macabres, noirs, bleus, rouges, transperçant parfois le papier. Sur une feuille, un seul mot, répété à l'infini. *Mort.*

Doffre ne parlait pas de suicide, mais de mort. Quelle mort ? La sienne ? Celle de son âme ? De son corps en miettes ?

David se redressa, la nuque douloureuse. Le martyre d'Arthur qui transpirait de ces pages le frappait en plein cœur.

À l'époque, Doffre devait avoir trente-cinq, quarante ans. Un psychologue doué, séduisant… privé net des trois quarts de ses membres. Le réveil, dans une pièce remplie de capteurs. Soudain découvrir que, sous le bassin, le relief des draps est figé. Tenter de bouger les jambes, le bras droit, qui n'existe plus, et qui pourtant gratte encore, démange, brûle… Apercevoir sa propre chair, pouvoir effleurer ses os. Moignons. Corps déchiqueté. Vivant. Une tortue qu'on retourne sur sa carapace et qu'on laisse se débattre, jusqu'à la mort. Savoir qu'on ne pourra plus jamais capturer la sensation de la vaguelette, venue mourir sur les pieds, les orteils enfoncés dans le sable chaud. Deux troncs déracinés, sous le bassin. Vouloir fuir sans le pouvoir. Un fauteuil roulant. *Ad vitam aeternam.*

David poursuivit la descente aux enfers. Doffre, qui raconte la douleur du membre fantôme, pendant des semaines. Des élancements paroxystiques dans son bras droit inexistant, à se claquer la tête par terre, tellement puissants qu'on lui injecte sans cesse des dérivés morphiniques… Puis le thérapeute, qui vient masser du vide… Geste inutile, mais qui soulage. Faire comprendre à ce stupide cerveau que ce membre n'existe plus…

Et soudain, Bourne qui réapparaît. Partout entre les pages, une gangrène de l'écriture.

Aujourd'hui encore, Bourne est venu me rendre visite. Il reste de plus en plus longtemps, me parle énormément. Je ne l'écoute pas, il ne m'intéresse pas. Pourtant, je le laisse agir. Pourquoi ?

Il est mon ombre, celui qui marche à ma place. Chaque jour, j'attends sa visite, pire qu'un chien impatient du retour de son maître.

Il s'est mis sur le rebord de la fenêtre et m'a dit qu'il se tuerait si je ne m'en sortais pas.

Dans la chambre, Tony Bourne en oublie son propre malaise. Il ne dénombre presque plus. Juste d'imperceptibles mouvements de lèvres, de temps à autre. Aussi étonnant que cela puisse paraître, il est en train de guérir…

Des visites devenues quotidiennes. David n'en revenait pas. Jamais la moindre allusion au Bourreau, aux massacres, aux fantasmes. Un type exemplaire, qui aide et qui rassure. « Un frère, un père, un clown, un enfant », avait écrit Arthur.

Aujourd'hui, il a joué un sketch de Coluche, et j'ai beaucoup ri. J'en ai eu mal aux mâchoires. Je n'avais pas ri depuis deux mois.

Un clown… Comment comprendre qu'un tueur en série, un assassin qui forçait les femmes à mutiler leurs maris, puis qui les torturait, les étouffait d'une façon démoniaque, vienne jouer les assistantes maternelles au chevet d'un handicapé ?

Comment était-ce humainement possible ?

David inspira un grand coup. Les livres, les articles, les reportages sur le Bourreau ne véhiculaient que la face noire de l'être. À présent, il comprenait pourquoi la police avait décidé d'enterrer cet autre pan de la réalité, de faire taire Arthur, de le contraindre à déménager.

Car un assassin qui aide son psychiatre à retrouver la lumière du jour…

Impensable. Extraordinaire.

Bourne devait rester un monstre, aux yeux de tous. Enjeux présidentiels obligent.

La fin du cahier approchait.

Cent quinzième jour après l'accident. Arthur explique sa sortie d'hôpital, ses premiers instants chez lui, épaulé par un assistant dénommé Christian, *le* vieux Christian au doigt en moins. L'écriture est régulière, déliée, Arthur est devenu un pur gaucher. On perçoit, au travers de sa prose, le soulagement, une forme de renaissance. La liberté. Des pages entières de croquis, sous tous les angles, de son fauteuil roulant, auquel il a donné un nom : *Dolor*. En référence à la souffrance. Sa souffrance. Peut-être pour cette raison qu'il exige que personne n'y touche, aujourd'hui encore. *Sa* souffrance.

Dernière feuille du cahier. 2 juillet 1979. Ultime confession.

J'ai tiré un trait sur le passé. Tout ce qui existait doit sortir de mon esprit. Cette maison, la psychologie, les patients, l'hôpital. Bourne en fait partie. Cela m'a été difficile, mais je lui ai demandé de ne plus jamais me rendre visite. Je l'ai vu se décomposer sous mes yeux. Il me semble n'avoir jamais autant blessé un être humain.

Demain, je brûlerai tous les dossiers.

Je dois laisser derrière moi l'inaccompli. Et renaître de mes cendres...

Le lendemain, Bourne se pendait. Un jour avant l'exécution programmée de son huitième double meurtre. Celui censé clore la série.

Un bref grésillement, provenant du filament de tungstène. Puis l'obscurité complète, avant le retour de la lumière.

Où était la fin ? La réponse aux questions ? L'élucidation du mystère ?

Non ! Cela ne pouvait pas se terminer de cette façon !

Toutes ces victimes…

« Voilà le plus important de toute une vie, répétait sa collègue Gisèle. La manière dont on va mourir. Le lieu, l'instant, l'ambiance. Tout se résume en une poignée de secondes… S'il y avait un souvenir à emporter, ce serait celui-là… »

Les Dumortier, Lefebvre, Potier, Pruvost, Cliquenois, Aubert, Böhme. Maris et femmes. Déchiquetés. Quel avait été l'ultime souvenir de ces gens-là ?

David prononça encore chaque nom, très lentement. Dumortier… Lefebvre… Potier… Pruvost… Cliquenois… Aubert… Böhme…

Sous ses yeux, leurs rapports d'autopsie, qu'il n'ouvrit même pas, se réservant le pire pour le lendemain. Il feuilleta de nouveau le dossier. Quelques articles de journaux. Les cartons vert pomme. Une photographie du Bourreau, vivant. Souriant, frange blonde sur le côté gauche, front très haut, barré d'une longue cicatrice. Strabisme prononcé. Stéréotype parfait du psychopathe. Le portrait-robot du Mal… Puis les expertises de la police scientifique, concernant la découverte du corps pendu de Bourne et les dizaines de preuves retrouvées à son domicile. Enfin les dépositions de témoins, prouvant sa culpabilité à cent pour cent.

Rien d'autre.

David rabattit la couverture, découragé. Durant toutes ces années, il n'avait rien appris. Toutes ces théories, ces hypothèses dressées au sujet du Bourreau, le décrivant comme un boucher, un être de colère, asocial, schizophrène. Du vent ! Mensonges ! L'esprit de Bourne était bien plus complexe. Plus ambigu.

David aurait donné cher pour savoir ce qu'avaient bien pu se confier ces deux êtres fracassés durant ces journées passées ensemble dans une chambre d'hôpital.

Bourne s'était-il suicidé simplement parce que Arthur l'avait rejeté ? Tout pouvait-il être aussi simple que cela ?

Non, bien sûr que non… Le praticien n'avait noté, sur ses bristols et son cahier, que ce qui l'arrangeait, c'était évident.

Toujours la même question, qui revenait : comment un psychologue avait-il pu ne pas déchiffrer, dans ces prunelles-là, la flamme rouge et perverse du psychopathe ?

L'influence…

« Tout est une question de point de vue, et d'influence », avait dit Arthur la première fois, dans le laboratoire. Qu'avait-il voulu dire ?

Il tira sur la chaînette, vidé de son énergie. Noir complet. Cinq heures vingt-trois du matin…

Avant de rejoindre sa chambre, il passa devant celle d'Emma, dont la porte était grande ouverte. Elle était éclairée par la lune, malgré le drap tendu devant la fenêtre. Sur l'écran blanc du tissu, des ombres pareilles à une toile d'araignée géante encoconnant un insecte.

David baissa les yeux. Une silhouette nue, sur le lit. Les reins cambrés, les fesses creusées, trop maigres, disgracieuses. La brune squelettique. Sa Marion…

Il voulut refermer la porte, mais il entendit la femme murmurer. Des chiffres, semblait-il. *Neun… acht…*

— Marion… Emma ?

Aucune réaction. Juste ces mots qu'elle ne cessait

de répéter, comme un souffle sorti de son rêve. David s'avança le plus doucement possible.

— *Neun... acht... sieben... acht... vier...*

La connexion fut instantanée. 98784. Le numéro ! Le numéro tatoué sur le crâne du troisième enfant !

S'il avait été cardiaque, David serait mort à cet instant-là.

Il secoua la maigre charpente, sans ménagement.

— Emma ! Emma… Emma !

Elle émergea, en sursaut. Très vite, elle glissa un drap sur son corps décharné, strié de quatre marques parallèles. La Chose…

— *Was ! Was !* David ?

— Ce numéro ! Ce numéro que vous venez de chuchoter ! *Neun*, *acht*, *sieben*, *acht*, *vier*. Que… Qu'est-ce qu'il représente ?

Elle se frotta les paupières, pas certaine d'être réveillée.

— *Ich*… Je ne saisis pas bien… Vous venez me *stören* pour ça, ou pour…

Elle désigna la porte.

— Pourquoi vous avez ouvert ? Vous aviez bien une raison ?

— Mais pas du tout ! C'était déjà ouvert.

Elle se replia, genoux contre le torse.

— Je me trompe ou… vous… vous m'avez observée ?

— Répondez ! Le numéro !

— Vous… Je sais que vous m'avez étudiée… Vous êtes entré dans ma chambre pendant que je dormais…

David se sentit gêné.

— Emma… Parlez-moi d'abord de ces numéros… Ces numéros, *neun*, *acht*, *sieben*, *acht*, *vier*…

Elle se releva un peu, dévoilant un instant sa poitrine. Ses seins étaient pendants, d'une blancheur livide.

— Un nombre, qui n'arrête pas de *immer wieder kehren* dans ma tête, depuis mon accident. Juste avant que ma voiture percute l'arbre, j'ai vu ces chiffres. 98784. Le nombre parfait de kilomètres qu'indiquait mon *Kilometerzähler*. Pourquoi je l'ai retenu, je n'en sais rien. Mais je ne cesse pas d'y penser.

Elle prit la main de David.

— Pourquoi prendre… le prétexte de ce nombre pour… pour venir me voir ? David, vous êtes un peu… nigaud…

David perdait ses moyens, sa lucidité.

— Ce n'est pas… un prétexte. Mais…

Il retira sa main qu'il porta à son front.

— Vous avez un rôle dans cette histoire, Emma… Votre… Votre accident n'était pas fortuit… On… On dirait que nous sommes pris dans une spirale, une sorte de plan.

— Un plan ?

La marque au sommet du tronc. La photographie de l'entomologiste. Le compteur kilométrique. Trois nombres sur sept, découverts dans l'ordre des massacres… L'impensable, qui se matérialise.

— Le plan du destin… ou de la Mort… Une chaîne d'événements qui… reconstituent le chemin d'un homme, décédé voilà vingt-sept ans, et qui cherchent à nous conduire quelque part…

— Quel homme ?

David ne commandait plus ses nerfs.

— Un démon… De la pire espèce… Et qui essaie de revenir.

Elle attrapa de nouveau sa main.

— Vous êtes certain que vous n'essayez pas de me… rembobiner avec vos histoires bizarres ? Cette porte, elle était fermée, j'en suis certaine. Et là, maintenant, je vous vois assis sur mon lit…

Elle baissa les yeux, puis les releva.

— David, vous avez quelque chose à me dire ?

— Écoutez, Emma. Je crois qu'il vaut mieux que…

Derrière eux, le grincement du plancher.

David, sur le lit. Elle, horriblement nue, lui souriant.

La foudre.

Le coup de poing s'abattit sur Emma avec la rage d'un ouragan, explosant sa lèvre inférieure.

23

Des empreintes, apparues pendant la nuit. Au moins quatre, estima Cathy en plissant les paupières devant le soleil blanc qui se décrochait des cimes.

Depuis la porte du chalet, emmitouflée dans son châle à grosses mailles – l'un des horribles cadeaux de sa mère –, elle vérifia autour d'elle, puis risqua une avancée jusqu'à l'abri du merle.

La cage en bois avait été renversée dans la neige, explosée. Autour, des paquets de plumes noires. Pas de corps, ni de sang, mais un bec d'un orange vif, à côté de la petite entrée en arc de cercle. Glorieux vestige du volatile.

Cathy se rua vers le perron, faisant craquer la neige sous ses après-ski. D'après ce qu'elle avait pu apercevoir, les traces contournaient le chalct, évitant avec soin les pièges à loups, direction les amas de chairs grises et pourrissantes.

Ainsi, Arthur n'avait pas menti. La légende des lynx, attirés par l'odeur des carcasses, était devenue réalité.

Et maintenant, ces animaux affamés, excités par la charogne hors d'atteinte, rôdaient là, à proximité. Peut-être même l'observaient-ils en ce moment, prêts à la déchiqueter.

Elle se réfugia à l'intérieur, passa sa tête dans l'embrasure de la porte. Elle nota alors des traces de pas, sur le côté. Des allers et retours à proximité des fenêtres.

On les avait observés, cette nuit. Ce taré de Franz.

Dedans, dehors, les dangers se démultipliaient.

« Il est vraiment temps de mettre les voiles », se dit-elle. Sans nouvelles, ses parents devaient être fous de panique. Elle avait promis d'appeler. Sa mère avait dû alerter la police.

Cette idée qu'on puisse être à leur recherche la rassura un temps, mais très vite l'espoir fit de nouveau place à la terreur. Car en fait personne ne savait précisément où ils se trouvaient. La Forêt-Noire… une galaxie de troncs. Jamais on ne les localiserait.

Elle fixait le chemin, au loin, s'enfonçant parmi les arbres. Au moins quatre heures de marche forcée, avait dit David, dans la neige et le froid, raquettes aux pieds. Huit, minimum, aller-retour. En partant au petit matin, un sac de nourriture et de vêtements de rechange sur le dos, c'était jouable. Le temps des rings, des footings et des épaules qui pèlent n'était pas si loin. Elle tiendrait la distance. Oui, elle tiendrait. Il le faudrait. Question de survie.

Les lettres de Miss Hyde, l'avortement… Tout cela lui paraissait maintenant si loin, tellement secondaire, au regard de la sensation d'écrasement qu'elle éprouvait.

Tout à coup, ses narines vibrèrent. Son propre parfum, *Loulou*, activant la machinerie olfactive.

Elle se retourna et sursauta. Emma, juste derrière elle, les bras le long du corps, un croissant à la main, la lèvre inférieure épaisse, mauve, semblable à une chambre à air prête à éclater.

— Vous allez regretter de m'avoir frappée.

L'haleine de poivre, en pleine figure.

— Des menaces ? répliqua Cathy, l'air mauvais. Pour commencer, je ne veux plus vous voir avec mes vêtements ni que vous touchiez à mon parfum. Non mais !

Mais Emma s'éloignait déjà, mâchouillant son croissant.

« Cette femme me sort par les trous de nez ! » se dit Cathy en préparant le petit déjeuner. Elle se rappelait encore l'autre ronflant pire qu'un marin bourré. Vendeuse d'assurances ? Peut-être, après tout. Sûrement, même. En tout cas, elle ne manquait pas de toupet.

Décidément, la journée commençait très mal. Mais ça devenait une habitude.

Adeline arriva dans le salon peu après, Grin'ch serré contre sa poitrine. Elle avait les yeux rouges, cernés, les cheveux décoiffés, genre lendemain de cuite. Cathy s'approcha d'elle, bouche bée.

— Je dois être en train de rêver... Qu'est-ce que tu fais avec Grin'ch dans les bras ?

Le petit cochon se débattait ardemment.

— Oh... Adeline ne te fera jamais de mal, mon gros. D'accord ?

Elle le maintenait avec fermeté par la croupe, cherchant à capturer son regard.

— D'accord, mon gros ?

Elle le posa enfin à terre. Il disparut prestement derrière un fauteuil.

Cathy avait peine à reconnaître en elle la fille classe et apprêtée du premier jour.

— Un café... Je crois vraiment qu'il me faut un café, lui dit la rouquine en se dirigeant vers la cuisine.

— Mince ! Tu vas m'expliquer ce qu'il...

Cathy fut coupée net par un bruit de meuble qu'on traîne, un raclement, long et déchirant.

— Bon sang ! Mais qu'est-ce qu'elle fiche, cette crétine !

Dans la seconde qui suivit, les pleurs de Clara retentirent dans la chambre.

La jeune femme se précipita, furieuse, vers la porte d'Emma. Elle tourna la poignée. Fermé.

— Arrêtez votre remue-ménage ! Vous allez réveiller tout le monde ! Vous le faites exprès ou quoi ?

Pas de réponse. Un raffut de déménageur.

— Ouvrez ! Vous vous croyez seule ?

Elle attendit quelques secondes puis elle abandonna et partit embrasser sa petite. En entrant dans la chambre, elle ignora superbement David, couché sur des couvertures au pied du lit, à même le plancher, et qui se massait la nuque en grognant tout bas :

— Qu'est-ce que c'est que ce cirque ?

— Va demander à ta copine !

— Arrête… S'il te plaît… soupira-t-il.

— Non, je n'arrêterai pas ! répliqua Cathy en posant Clara sur le lit.

Elle lui passa une paire de chaussettes en laine et lui mit ses chaussons.

— Cette femme se moque du monde ! Si elle ne fiche pas le camp d'ici, c'est moi qui partirai !

— Et pour aller où ? Écoute, sois raisonnable !

Elle prit Clara par la main et disparut en claquant la porte.

Tintement de clochette au fond du couloir. Arthur…

Adeline attendait Cathy dans le salon.

— Écoute, fit-elle à voix basse. Je… Je ne sais pas comment te l'expliquer…

— Griche ! Griche !

Clara avait repéré son nouveau copain.

— Qu'est-ce qu'il y a ? demanda Cathy.

La rouquine plissa le front.

— Arthur m'a demandé de…

Le mot peinait à sortir de sa bouche. Elle jeta un coup d'œil vers Clara et chuchota :

— … tuer Grin'ch.

— Quoi ?

— Il a exigé que… que je le pende, avec les autres. Il paraît que les entomologistes veulent démarrer un nouveau programme, et que Grin'ch est une espèce de cobaye, de précurseur. C'est l'unique raison de sa présence ici… Le cinq… Ça doit être fait le cinq février ! Et le cinq, c'est aujourd'hui !

— Mais c'est du délire !

— Il a l'air décidé. Je sais pas pourquoi mais il prend son engagement vraiment à cœur, il en fait une question de principe. Il m'a proposé de l'argent pour le faire, comme si…

Elle eut un regard triste.

— … comme si on pouvait m'acheter ça aussi.

La clochette retentit de nouveau. Adeline sursauta.

— J'ai refusé. Tout cet argent. Plus de quatre mille euros… C'est fini, il ne m'achètera plus.

Elle serra les poings sur sa poitrine.

— Je crois que ça l'a mis en rogne. Enfin… Il n'a rien dit… ou presque… Mais il me fait peur, chuchota-t-elle encore. Il essaie sans cesse de revenir sur mon passé, de… de fouiller. Et… Et il passe son temps à regarder à l'extérieur, comme si… Je l'ai encore surpris, tout à l'heure ! Comme s'il attendait quelqu'un !

— Il est complètement cinglé… À propos, je sais pas si tu as vu, mais il y a des traces de pas, autour du chalet. Ça peut pas être David parce qu'il a neigé cette nuit… Je… C'est peut-être Franz… Tu crois que…

— Et Christian ? On n'en a jamais reparlé de celui-là ! Il y a la photo d'un entomologiste, dans le laboratoire. Un type avec une barbe et des lunettes, et l'index en moins. Je suis persuadée que c'est lui…

— Mais ça n'a aucun sens !

— Je sais, je sais… Mais je te garantis, c'est bien lui…

Cathy observait Clara qui jouait avec le porcelet. Au loin, Arthur s'excitait sur sa clochette.

— Pour Grin'ch, c'est incroyable ! Pourquoi vouloir le tuer ? Pourquoi ? Je vais aller le voir, moi, ce vieux con !

— Ne lui parle surtout pas de ça, je t'en prie ! Il m'a demandé de garder le silence. Il serait fou…

Cathy s'approcha de Clara et s'empara du minuscule cochon.

— En tout cas, personne ne l'approchera… Je me doutais bien qu'il était pas clair, ce type-là…

Une pensée terrible lui traversa l'esprit.

— Il pourrait essayer de convaincre David !

— Non, ne t'inquiète pas… David a refusé…

— Comment tu…

— Je dois y aller, mais, s’il te plaît…

Elle posa son index sur ses lèvres.

Son expression avait changé, définitivement. Celle d’une bête, qu’on convoyait à l’abattoir…

Une fois seule, Cathy fixa à nouveau la fenêtre du salon et frissonna.

Les lynx… Franz… Christian… La Chose… L’étau se resserrait. Dangereusement…

24

En observant sa fille, assise à proximité de Grin'ch dans un angle du salon, Cathy sentit sa rage enfler. Elle ne pouvait imaginer la réaction de Clara si le petit animal venait à disparaître.

Lorsqu'elle entendit Doffre entrer dans la cuisine, elle se mordit les joues très fort pour ne pas exploser. Derrière lui, Adeline la suppliait du regard de ne rien dire.

Ni David, ni Adeline n'oseraient le tuer. Quant à ce vieil handicapé, il était bien incapable de le faire lui-même.

Restait la menace Emma Schild. Un porcin à tuer, pour quatre mille euros. Cette conne était capable d'accepter. Mais elle saurait l'en empêcher, dût-elle la séquestrer dans sa chambre.

« Vous allez regretter votre geste », lui avait-elle craché d'un air complètement absent. C'était ça, finalement, le plus effrayant. Ce visage creux et vide, presque transparent, capable de déverser des tonnes de lave en une fraction de seconde.

— Vous n'y êtes pas allée de main morte avec Emma, lui dit Arthur, tandis qu'Adeline l'installait à table. Elle est venue se plaindre, à l'instant, de votre comportement.

— Mon comportement ? *Mon* comportement ? C'est moi qui dors nue, la porte grande ouverte ? Qui déplace des meubles à neuf heures du matin ? Mon comportement… C'est la meilleure, celle-là !

Arthur desserra un peu sa cravate et glissa délicatement une serviette sous le col de sa chemise blanche.

— J'espère sincèrement que vos petits différends vont s'arranger. Cela me peinerait de vous sentir mal à l'aise... Je ne voudrais pas que le bien-être de notre communauté s'en trouve déséquilibré. Ni que ces heurts puissent affecter les écrits de David.

Il avala un morceau de croissant puis s'essuya les lèvres de façon maniérée, avant d'ajouter :

— Il faut être tolérant avec cette jeune femme. Vous êtes suffisamment intelligente pour imaginer le traumatisme qu'elle vient de subir...

Cathy bouillait. Si elle restait ainsi en face de lui, elle allait lui tordre le cou. Elle se rua vers la cafetière, sans réfléchir, se versa une pleine tasse de café et l'ingurgita d'un trait. Voilà à quoi elle en était réduite : avaler la boisson qu'elle détestait le plus au monde.

— Et quel est le programme de la journée ? demanda-t-elle dans une grimace. Déplacement puis empilement de tous les meubles du chalet ?

— Ne soyez pas acide, répliqua Arthur en promenant ses doigts sur les courbes de son bol en faïence. Emma a juste bougé le lit et la commode. Certaines personnes ne parviennent pas à dormir la tête orientée vers le nord. C'est magnétique.

Il continuait à petit-déjeuner tranquillement, comme si la situation n'avait rien d'anormal. Cathy claqua sa tasse sur la table, le foudroyant du regard. Elle s'apprêtait à quitter la pièce quand David arriva, blouson fermé, bonnet, après-ski, écharpe à la main. Premier réflexe, la cafetière.

— Si tu comptes encore jouer les Rambo, c'est hors de question ! l'agressa immédiatement Cathy. L'expérience d'hier ne t'a pas suffi ?

David la regarda sans répondre. D'épouvantables cernes alourdissaient son visage. Il se tourna vers Doffre.

— La cabane de Franz se trouve bien derrière l'abri à bûches ?

— Effectivement. À un kilomètre selon les entomologistes. Il faut remonter vers le torrent, et le longer.

— Bon… Je vais aller jeter un œil. Je resterai sur mes gardes, ne vous inquiétez pas.

Il se dirigea vers l'arrière-cuisine et s'empara d'une bouteille de whisky.

— À notre tour de lui offrir un petit cadeau.

— C'est une excellente idée ! s'exclama Arthur.

Cathy explosa.

— Tu restes là !

— Calme-toi ! Tu ne vois pas qu'on va tous devenir fous si on continue comme ça ? Il faut crever l'abcès ! Je suis persuadé qu'il n'y est pour rien, et il pourra certainement nous expliquer ce qui se passe !

Elle lui agrippa l'épaule.

— Mais pourquoi tu veux y aller ? On pourrait préparer notre expédition ! S'enfermer ici et partir demain, très tôt ! Il y a bien une voiture qui passera sur cette putain de route !

— Avec ce qui est tombé cette nuit ? Plus de trente centimètres de neige ! Ça m'étonnerait que les saleuses circulent dans le coin !

Il s'adressa à Arthur :

— Emma va m'accompagner, puisqu'elle parle allemand.

— Vas-y et je te quitte sur-le-champ ! hurla Cathy.

— Emma est encore très fatiguée, fit Doffre de sa voix mielleuse que Cathy ne supportait plus. Adeline va y aller avec toi, elle se débrouille en allemand.

— Vous pourriez la laisser se décider toute seule ! s'emporta Cathy.

Elle se tourna vers David.

— Tu veux y aller ? Si c'est ça, je viens avec toi !

Elle se précipita vers le portemanteau, tout en continuant à râler :

— Ah, j'oubliais ! Il y a des lynx dehors ! Trois beaux lynx, qui sont venus faire patte folle avec le merle. Et puis, on nous a observés cette nuit. L'espèce de taré qui s'amuse à nous effrayer depuis le début ! Mais je suppose qu'on s'en fiche ?

— Les lynx ne sont pas vraiment un problème, expliqua Arthur. Ils ne chassent…

— Que la nuit, je sais ! Pourtant, spécialement pour nous, je les sens bien s'octroyer une petite exception !

Les mots sortaient de sa bouche en un flot amer. Excédé, David ne cherchait même plus à l'excuser. Cathy était devenue *comme ça*. La chieuse de service.

— Je suis d'accord pour me joindre à vous, ajouta Adeline d'un ton peu assuré. Juste le temps de me couvrir. Mais je vous préviens, mon allemand, c'est une catastrophe. J'ai appris sur le tard… Disons qu'avec le langage des signes, on devrait se débrouiller…

— Très bien ! Allez-y tous les trois, c'est mieux, confirma Arthur.

— Mais oui… à trois, c'est drôlement mieux ! rétorqua Cathy.

Ce n'est que lorsqu'elle vit Emma entrer dans le salon qu'elle réalisa l'erreur qu'elle était en train de commettre. Elle ôta lentement la parka qu'elle venait d'enfiler.

— Et puis non ! Allez-y tous les deux !

— Peut-on savoir ce qui vous fait changer d'avis ? lui demanda le vieil homme.

— Clara va se surveiller toute seule ?

Doffre plissa légèrement les paupières, un horrible rictus leva une partie de sa lèvre supérieure. David soupira, désespéré devant l'arrogance de son épouse.

— Je peux la garder, proposa Emma d'un ton très doux. Au moins je me rendrai utile. J'ai toujours aimé les *Kinder*.

Elle perdit sa bonne humeur quand Cathy s'avança vers elle.

— Vous, retournez dans votre chambre bouger vos meubles et fichez-nous la paix ! Les *Kinder*, c'est ça ! Pour rien au monde je ne vous laisserais ma fille ! Pour rien au monde, vous m'entendez ?

— *Dreckskerl !*

Cathy se retourna vers Adeline.

— Qu'est-ce qu'elle a dit ?

La rouquine haussa les épaules.

— Ça suffit, bon sang ! cria David en claquant du poing sur la table. On dirait des ados dans une colonie de vacances ! Tu arrêtes maintenant, Cathy !... Bon, Adeline, allons-y !

Il se dirigea vers le salon, rapidement suivi par les autres. Il s'approcha de la cheminée, décrocha avec précaution le fusil de son présentoir et s'assura qu'il était chargé.

— Hors de question de l'utiliser, se justifia-t-il pour prévenir les commentaires. Je compte juste le cacher derrière un tronc, à proximité de la cabane, au cas où...

— Au cas où quoi ? s'emporta Adeline. Vous ne l'utiliserez pas ? Alors laissez-le ici ! Si vous prenez ce fusil, je reste !

— C'est quoi, votre problème, à vous ? répliqua-t-il sèchement, incapable de se contenir.

Il hésita longuement, dévisageant tour à tour Emma, Doffre, Adeline, Cathy. Il s'apprêtait finalement à reposer le Weatherby Mark, quand son mouvement s'interrompit net.

Une intuition.

Il ramena l'arme devant ses yeux et la considéra sous toutes ses coutures. Canon, pontet, fût, lunette et...

Accélération de son rythme cardiaque.

Ce fut à droite de la crosse qu'il le dénicha, gravé dans l'étain, minuscule.

Le numéro de série.

Identique aux cinq chiffres définitivement imprimés dans son cortex. 9-8-1-0-1.

Le nombre tatoué à l'encre noire sur le crâne du quatrième enfant.

Livide, il fixa Arthur, ne notant pas la moindre réaction sur son visage de rides, puis empoigna fermement le Weatherby.

Le fusil dans une main, la bouteille de Chivas dans l'autre, il se dirigea vers la porte.

— Allons-y, il faut crever l'abcès... répéta-t-il.

25

— Je suis bien contente de ne pas être allée à l'enterrement, tout compte fait. La grand-mère Marmelade, je la détestais… Elle m'a toujours dit que j'étais une… bâtarde. Que ma mère avait été… mise enceinte avec un autre homme que mon père. C'était une méchante femme. Elle a dû mourir seule, comme un *Ratte*. Si un jour je retourne à Pforzheim, ce sera uniquement pour cracher sur sa tombe.

Emma se parlait à elle-même, assise en tailleur devant la cheminée. Parfois ses doigts effleuraient sa bouche, comme pour y déposer une cigarette invisible.

Elle tournait le dos à Cathy, qui ne l'écoutait pas. Quelques mots seulement, par-ci, par-là, venaient frapper ses oreilles. Marmelade… enceinte… méchante femme…

Le regard absent, la jeune maman manipulait la tétine croquée par Grin'ch. L'objet de plastique allait puis venait entre ses phalanges nerveuses. Elle l'écrasait, le malaxait, le fixait sans le voir. Elle le serra très fort dans son poing, imaginant déjà Grin'ch dans le petit enclos qu'elle construirait sur le côté de la terrasse, à la maison, dès que les beaux jours reviendraient. Elle était sûre que Siméon et Toupie l'adopteraient *illico*.

Oui, Grin'ch repartirait avec eux. Et ce salaud de Doffre pourrait aller se faire foutre.

« À mon tour de jouer avec toi, vieux con », songea-t-elle en serrant les dents.

Elle resta longtemps à ruminer ainsi son amertume. Lorsqu'elle s'échappa de ses pensées, bien plus tard, elle s'aperçut qu'Emma et Clara n'étaient plus là.

Panique.

La première image qui lui traversa l'esprit fut celle de sa fille pendue, la poitrine éventrée, boyaux débordants, dans le charnier puant. Elle se précipita dans le couloir, beuglant à tue-tête le prénom de son enfant.

La porte de la chambre d'Emma était ouverte… Et Clara, assise sur le lit, observait calmement la jeune allemande occupée à ajuster le drap qui lui servait de rideau et qui dissimulait l'horrible spectacle. Par terre, un des scalpels du laboratoire avec lequel elle venait de découper le tissu.

« Tu es en train de virer complètement barge », pensa Cathy.

— Ma puce ! Viens vite me voir !

La pièce avait été entièrement réorganisée. Le lit se trouvait à l'opposé de sa place initiale, la commode au niveau de la porte.

— Vous pouvez la laisser, elle ne me dérange pas, dit Emma en ramassant l'instrument tranchant pour le poser sur le rebord de la fenêtre. C'est une gentille petite gamine.

— Je préfère la savoir avec moi. Les enfants ont parfois des réactions imprévisibles.

— Pas plus que certains adultes… Tant que vous êtes là, vous pouvez m'aider ? J'ai besoin que vous tenez le drap, le temps que je redécoupe.

Sa lèvre n'avait pas dégonflé. Les « s » sortaient de sa bouche comme des « f », lourds et pâteux.

— C'est si gentiment demandé, répliqua sèchement Cathy.

Elle maintint le tissu comme le lui indiquait Emma.

— Oui, un peu plus à droite, là, c'est très bien… Vous savez… Pour l'histoire, avec David…

— Je ne veux pas en parler.

— C'est lui qui a ouvert la porte et qui est entré dans ma chambre. J'ignore ce qu'il vous a raconté, mais quand je me suis réveillée, il me *streicheln*… euh… caressait. Je crois que… qu'il ne s'attendait pas à… mon réveil…

Cathy vit rouge.

— Ce que vous dites est complètement absurde ! David n'aurait jamais fait une chose pareille ! À quoi jouez-vous ?

— Je ne joue pas, je rapporte la vérité, c'est tout. Ce n'est pas moi qui a rentré en pleine nuit dans sa chambre…

Elle se redressa et recula vers la porte.

— Vous avez deux minutes ? Histoire que je vais chercher des aiguilles dans le *laboratorium*.

— Dépêchez-vous, alors !

— Vous savez, nous deux, je pense que nous sommes roulées sur de mauvaises routes. Je suis prête à vous pardonner ce que vous m'avez fait à la *Lippe*. Parce que je comprends votre… sensation. C'était la réaction normale d'une femme qui aime son mari.

Cathy n'eut pas le temps de répondre.

La porte qui claque.

Puis le bruit de la clé dans la serrure.

Elle fonça, les deux mains en avant, hurlant de toutes ses forces.

— Noooon !

Ses poings s'abattirent sur la porte verrouillée.

Clara, effrayée, et comme par instinct, se mit à appeler Grin'ch. Sans s'arrêter.

— Griche ! Griche ! Griche ! Griche !

Dans le couloir, des bruits de pas, des chuchotements, puis le bruit monotone du fauteuil roulant d'Arthur, sortant de sa tanière.

Là, à dix centimètres, de l'autre côté.

Il venait de s'arrêter.

— Arthur ! Je vous en prie ! Non ! S'il vous plaît !

Aucune réponse, juste les battements acharnés de son cœur. Et le souffle du vieil homme.

— Arthur ! Ouvrez ! Ouvrez cette porte !

Puis le bruit du fauteuil, de nouveau, s'éloignant vers le salon.

Hors d'elle, Cathy cogna avec une rage folle sur le bois, se retourna, les cheveux dans la bouche. Elle ouvrit l'armoire. Vide. Rien à propulser !

Elle se précipita encore, le pied en avant. Les gonds ne bougèrent pas d'un millimètre.

Elle arracha les ersatz de rideaux. L'ignoble vision des carcasses. Puis ses martèlements, sur la vitre. Incassable. Plexiglas. Une serrure en interdisait l'ouverture.

Enfermée dans un chalet… Un chalet enfermé dans une forêt… Une forêt enfermée dans l'hiver… Un piège gigogne…

Pas d'échappatoire.

Clara, à présent, sanglotait. Sa petite bouille ronde demandait : « Qu'est-ce qui se passe, maman ? »

Cathy la serra fort contre elle. Puis elle s'assit dans un coin, son enfant sur les genoux, et se mit à lui caresser la tête.

Grin'ch allait mourir… Sous leurs yeux…

26

— Il n'y a pas… à dire, cet endroit… est quand même… magnifique, souffla Adeline en attardant un œil émerveillé sur les montagnes qui s'étiraient au loin.

— Dommage qu'on soit obligé de s'y promener avec un fusil à rhinocéros dans une main et une bouteille de whisky dans l'autre, répliqua David. Et dommage que les traces de pas aient été recouvertes ! Ça va, votre souffle ?

— On fait avec…

Mais non, ça n'allait pas. Il fallait pratiquement s'arrêter tous les cinquante mètres. La neige leur montait presque jusqu'aux genoux, alourdissant chaque enjambée, mobilisant à chaque pas toute leur attention pour ne pas poser le pied dans un trou. Une chose était certaine : pour Adeline, rejoindre la B500, ce serait comme traverser le Pacifique à la nage.

David avança sans plus parler. Le froid piquait, il avait la gorge sèche. Depuis leur départ, il ne cessait de penser aux numéros… Il avait beau retourner l'énigme dans tous les sens, chercher la faille, essayer de déjouer le tour de magie, il n'y comprenait rien.

Parce que ces nombres étaient arrivés dans l'ordre chronologique, rapportés chaque fois par une personne différente. D'abord celui sur le chêne, que Cathy avait découvert dès leur arrivée, correspondant au premier massacre. Puis celui derrière la photographie de l'entomologiste, découvert par Adeline. Ensuite Emma qui, à moitié morte, avait débarqué avec le numéro de son compteur kilométrique – sans aucun doute le cas le plus troublant. Et, aujourd'hui, le numéro de série d'un fusil, relevé par lui, David. Quatrième numéro, quatrième tuerie.

Que fallait-il y comprendre ?

Arthur voulait ramener le Bourreau à la vie, par l'intermédiaire du livre. Et le Bourreau, effectivement, revenait par bribes, par indices, par signes… Ces numéros, éparpillés dans le chalet. Emma, la brune rachitique jaillie de la page blanche, alors qu'elle tentait d'échapper au monstre. Les empreintes, la herse, les lapins dépiautés. Et surtout, l'épouvantable sensation d'écrasement, qui, de plus en plus, les dressait les uns contre les autres, les ébranlait psychologiquement, comme aimait le faire Tony Bourne avec ses victimes.

Aussi stupide et incohérent que cela pût paraître, l'ombre du Mal planait là, quelque part entre ces troncs gigantesques. On pouvait essayer de rester aussi cartésien qu'on le voulait, impossible de nier l'évidence.

Le soleil éclata dans les frondaisons, s'éparpillant en étoiles lumineuses. David plissa les yeux.

Le livre… Tout semblait tourner autour du roman qu'il écrivait… Ces mots, qui coulaient littéralement de ses doigts dès qu'il se positionnait face à la Rheinmetall, sans qu'il éprouvât le moindre besoin de réfléchir. Cet état extraordinaire qui l'enveloppait au cœur du laboratoire.

L'arum, la tache verte abdominale, la scie électrique… L'influence…

Pourquoi Arthur tenait-il tant à ce livre, comme si c'était pour lui une question de survie ? Et pourquoi impérativement avant le vingt-huit février ?

David regarda loin devant, le torrent miroitait sous le soleil. Toujours pas de cabane en vue. Derrière lui, Adeline inspirait et soufflait régulièrement, avec application. Elle ne s'était pas encore servie de sa Ventoline.

David serra plus fermement le fusil, qui commençait à

glisser de ses doigts. Derrière ses rétines, l'image obsessionnelle d'un crâne chauve.

Qui était Arthur Doffre ?

David se rappelait la première fois où il l'avait rencontré, vêtu de son trois-quarts de fourrure, jailli de la brume dans sa longue berline. L'entretien dans l'habitacle, puis, d'un coup, les événements qui s'enchaînent, le destin qui se bouleverse. Boulot presque plaqué, chats parachutés, maison quittée… Et personne pour savoir précisément où ils se trouvaient. Le tout en quelques jours…

— Arthur, comment l'avez-vous connu ? demanda-t-il en ralentissant le rythme. Enfin, si ce n'est pas trop indiscret.

Adeline était courbée, haletante. Elle commençait à peiner sérieusement.

Ils s'arrêtèrent.

— Je rentrais chez moi… tout simplement. Et là… une grosse voiture dans une petite rue, en face de… mon appartement. Le brouillard… Je dois avouer que tout cela… m'a un peu refroidie, mais… ça m'a pas empêchée de monter. Ça… m'intriguait… Et c'est là que je l'ai rencontré la première fois… Rien de bien romantique, vous voyez.

— Et personne, dans la rue, à ce moment-là, qui ne vous ait vue entrer ni sortir…

Adeline respira bruyamment.

— Je ne me suis pas posé la question… mais je n'en ai pas le souvenir. Il n'y avait que… ce Christian, planté dehors… Quand je suis… sortie de là, je n'avais qu'une idée en tête… C'était de refuser et de rentrer chez moi. C'était beaucoup trop… loufoque. C'est… cette enveloppe, bourrée de fric, qui m'a convaincue. Une semaine plus tard, je me retrouvais ici…

— Et vous n'avez pas le sentiment de l'avoir aperçu avant ?

Elle secoua la tête.

— Non, non… Je ne l'avais jamais vu… C'est plutôt ce Christian qui m'intrigue…

Ils reprirent leur marche. David avait du mal à encaisser le coup. L'impression atroce que ses pas ne lui appartenaient plus. Que ces pas, *on* l'incitait à les faire, de la même façon qu'*on* l'avait poussé à venir en ce lieu étrange. Lui, mais aussi Adeline, et Cathy, et Emma.

Ils marchèrent encore une vingtaine de minutes. Aucune cabane en vue.

— Vous croyez qu'on l'a ratée ? interrogea Adeline, les mains sur les hanches, la bouche grande ouverte.

David tournait sur lui-même, bras écartés.

— Je ne comprends pas. D'ici on domine le lit du torrent, et je n'ai rien vu de l'autre côté, sur la droite. Ni traces de pas, ni fumée de cheminée… Pourtant, on a parcouru largement plus d'un kilomètre !

Il réfléchit quelques instants.

— Vous savez ce qu'on va faire, on va s'écarter l'un de l'autre d'une cinquantaine de mètres, et revenir sur nos pas. Comme ça, on pourra couvrir un périmètre plus large. On se perd pas de vue, évidemment.

Adeline reprenait son souffle, elle acquiesça.

— J'ai une drôle d'intuition, ajouta David. J'ai l'impression que cette cabane, on ne la trouvera jamais.

— Je pense exactement la même chose… Pourtant, on peut pas s'être trompés !

— Je sais… Je n'y comprends absolument rien…

Il ouvrit la bouteille de whisky.

— Vous en voulez ? Ça réchauffe…

Elle haussa les épaules.

— Allez ! Tant pis pour l'asthme !

Elle colla ses lèvres sur le goulot et se mit à biberonner.

— Eh ! Doucement ! Doucement ! fit David en lui arrachant la bouteille des mains.

Elle grimaça puis gonfla les joues. David but à son tour.

— J'ai pas trop l'habitude de ces choses-là, lui dit Adeline. Mais si on reste dans ce chalet plus longtemps, je crois que je vais me mettre à picoler. Une certitude au moins, c'est qu'on ne mourra pas de soif.

Elle regarda autour d'elle.

— Cette forêt… j'ai l'horrible sentiment qu'elle nous retient prisonniers… Qu'elle ne nous laissera jamais partir… On dirait qu'elle se bâtit autour de nous, à chaque pas que nous faisons. C'est comme un cauchemar sans fin. Je… Je commence à flipper sérieusement…

David ne répondit pas. Adeline avait raison. Leur histoire, les paysages autour d'eux, semblaient se construire, en ce moment même, comme jaillis d'un livre ouvert.

Son roman. Aussi fou que cela pût paraître, tout semblait provenir de son roman… Peut-être faudrait-il le brûler…

27

— Vous avez été longs ! s'écria Emma en ouvrant la porte. J'imaginais déjà le pire !

David et Adeline claquèrent les talons de leurs après-ski contre les rondins de la façade. D'une chiquenaude, Emma chassa de la neige amassée sur l'épaule du jeune homme, puis elle se serra contre lui. Il regarda Adeline avec une expression de surprise.

— Ce Franz ? Vous l'avez vu ? demanda-t-elle en relâchant son étreinte.

Alors qu'ils entraient, Arthur opéra une manœuvre pour s'éloigner de la cheminée et les rejoindre.

— Non, nous n'avons vu personne ! fit David. Arthur, vous…

Il fronça les sourcils.

— Où sont Cathy et Clara ?

Le son de sa voix déclencha des tambourinements acharnés au fond du couloir.

— David ! David ! David !

Cathy ne prononçait pas son prénom, elle le vomissait. David abandonna le fusil, la bouteille de whisky, et se précipita vers le corridor.

— N'oubliez pas ça ! conseilla Doffre en lui tendant la clé de la chambre. Et faites attention, elle est devenue hystérique !

David écarquilla les yeux et s'empara de la clé.

— Mais qu'est-ce que ça signifie ? Pourquoi les…

Il ne termina pas sa phrase.

L'évidence le percuta en pleine face.

Il s'était fait avoir.

Les empreintes d'Emma, dirigées vers le charnier, qu'il venait d'apercevoir à l'instant dans la neige… On était le cinq !

— Grin'ch ! Où est Grin'ch ? hurla-t-il.

Il vit Adeline se plaquer les deux mains sur la bouche. Arthur le fixait d'un air ironique tandis qu'Emma restait absolument impassible. Il jeta ses gants sur le plancher, se précipita dans le couloir. Le bois vibrait sous la violence des coups. Il plongea la clé dans la serrure.

Cathy était défigurée. Un monstre de larmes et de colère. Clara se faufila entre ses jambes et disparut vers le salon.

— Griche ! Griche ! Griche !

Draps arrachés, lit retourné, marques d'ongles sur les lambris. Par la fenêtre, au loin, une masse, toute rose et plus petite que les autres.

Des traînées grasses, sur les vitres. Empreintes de doigts.

David laissa tomber un regard plein d'effroi sur son épouse.

Cathy avait assisté à l'exécution. Elle avait vu Grin'ch se faire vider de son sang.

Dans un terrible grognement, la jeune femme poussa son mari aussi fort qu'elle le put et se fraya un passage vers la porte. Dans son poing droit, un scalpel.

— Sale garce ! Je vais te saigner !

David tenta de la stopper, mais dès que Cathy sentit la pression sur son poignet, elle frappa, par instinct.

Le sang gicla.

Une entaille, au niveau du pouce.

— T'approche pas ! vociféra-t-elle en agitant l'instrument tranchant.

Un démon l'habitait. Son blanc de l'œil était injecté.

Elle était partie pour tuer.

Emma s'était réfugiée dans un angle, ses bras

squelettiques rabattus sur sa poitrine. Elle tremblait et semblait ne pas comprendre.

Adeline essaya d'intervenir, mais Cathy lui fit clairement saisir qu'elle devait rester à l'écart. Quand elle aperçut Doffre, elle hurla :

— Ne vous avisez pas d'approcher, espèce de fumier ! Ou je vous arrache votre prothèse ! Vous allez crever ici ! Je vous jure que vous allez crever ici, comme un chien !

Clara courait de pièce en pièce, le sourire aux lèvres, persuadée que le porcelet magique jouait une nouvelle fois à cache-cache.

— Griche ! Griche ! Griche !

Cathy s'approcha d'Emma, contrôlant les mouvements de chacun des autres autour d'elle.

— Mais calmez-vous ! supplia Emma. Que se passe-t-il ? Vous êtes malade ou quoi ?

— Vous avez raison, je suis cinglée ! Sacrément cinglée, même !

La lame siffla dans l'air, à dix centimètres du nez d'Emma.

— David ! Elle va me tuer !

— David ! Fais quelque chose ! ordonna Doffre.

Cathy se retourna, trop tard. Elle reçut un choc dans le dos, qui la propulsa sur le sol. Son mari l'écrasait, de tout son poids.

— Calme-toi ! Ma chérie ! Mais calme-toi, bon sang !

Elle se débattait dans tous les sens. Sa tête claqua contre le parquet, son arcade se mit à bleuir.

— Tu vas te blesser ! Mais arrête, putain !

David ne parvenait pas à l'immobiliser. Elle se cabrait, rageait, mordait dans le vide.

Elle hurla plus fort encore quand une aiguille se planta dans son mollet.

— Qu'est-ce que vous faites ! brailla David.

Le vieil homme était penché vers l'avant, une seringue entre l'index et le majeur.

— Un calmant. Elle risque de se faire très mal, et aussi

aux autres. Tout va bien se passer. Elle restera tranquille deux petites heures…

Arthur avait un visage incroyablement serein.

— Espèce d'enfoiré ! cracha Cathy. Enfoiré ! Enfoiré ! Enfoiré ! Tous des enfoirés ! Même toi, David !

Des bulles vinrent mousser sur ses lèvres. Elle se mit à pleurer, alors que ses muscles se relâchaient, que son corps ne se soulevait plus que par à-coups nerveux. David la maintint fermement par les poignets jusqu'à ce qu'elle s'immobilise. À présent, il lui caressait la joue. Il était plein de colère, de honte, d'indignation. Adeline s'était agenouillée à leurs côtés.

— Mon Dieu, supplia-t-elle. Pourquoi ? Je veux comprendre !

David se leva et brandit le poing. Il allait frapper sur cette gueule pisseuse, pitoyable. Lui arracher un à un les membres, les dévorer, au point de s'éclater la panse d'une

overdose de plastique.

Arthur ne bougea pas d'un millimètre, le défiant du regard. Sa face ressemblait à celle d'un mannequin de cire.

— Vas-y, murmura-t-il. Frappe !

Soudain, derrière, un claquement effroyable. Adeline venait de gifler Emma, qui finit à quatre pattes, la marque des phalanges incrustée sur la joue.

— Mais… Pourquoi ? pleura la brune squelettique. Arthur ! Pourquoi elle me fait ça ?

Adeline s'enfuit dans le couloir, le visage entre les mains.

— Non, je ne vous cognerai pas, dit David en se baissant vers Cathy. Ce serait trop facile.

Il porta son épouse jusqu'à son lit. Quelques instants plus tard, Clara apparut dans l'embrasure de la porte.

— Griche, papa… Griche est où ?

Elle fixait sa mère, l'index sur les lèvres. Après s'être enroulé le pouce sanguinolent dans une serviette, David s'agenouilla à sa hauteur.

— Grin'ch est très fatigué, tu sais.

— Griche, papa… Veux voir Griche…

Clara était sur le point d'éclater en sanglots. David lui repoussa les mèches derrière les oreilles.

— Grin'ch a très froid, ma puce. Alors papa va aller chercher Grin'ch, puis nous le coucherons sur une couverture, pour qu'il se repose bien et qu'il se réchauffe. C'est toi qui t'en occuperas. Tu voudras coucher ton petit cochon sur la couverture ?

La petite fille sautilla.

— Wouiii !

— Je vais appeler Adeline, elle va jouer avec toi, le temps que papa récupère Grin'ch qui s'est sauvé dans les bois, d'accord ?

— Dort maman ?

— Oui…

Mais il ne trouva pas la force de laisser Cathy seule. Il resta là, allongé contre elle, à murmurer, à l'embrasser doucement. Le sommeil de Cathy était son alcool, qui le désinhibait, ouvrait son cœur, le libérait. Il lui dit qu'il l'aimait, qu'il n'y avait jamais eu qu'elle. Il lui raconta encore que s'il parlait si peu, c'était pour la protéger, pour qu'elle ne souffre pas, qu'il préférait encaisser seul les coups. Il lui confia finalement que s'il devait recommencer sa vie, il choisirait exactement la même. Parce qu'il avait en elle une confiance absolue.

Une confiance absolue…

Il lui dit tout ce qu'il aurait aimé lui dire…

Puis il se leva, sans ciller, s'interdisant de pleurer devant son enfant.

Le petit être de blondeur et d'amour, lui, se colla contre sa mère, le pouce dans la bouche. Un inexprimable moment de tendresse et de douleur muette. Que pouvait-il bien se passer dans sa tête ? Que comprenait-elle ?

David eut peur. Peur pour son épouse. Peur pour sa fille.

Au bord des larmes, cette fois, il prit sa puce par la main et sortit.

Dans la chambre d'en face, Adeline fourrait des

vêtements dans sa valise. Le kimono rouge, toutes les mochetés qu'Arthur lui avait offertes gisaient sur le plancher.

— Hors de question que je dorme une nuit de plus avec ce malade ! vociféra-t-elle en s'essuyant le coin de l'œil. Il n'a qu'à se débrouiller avec l'autre exécutrice, puisqu'ils s'entendent si bien !

Elle se moucha dans une serviette éponge.

— Dites-moi que demain on tente quelque chose ! Dites-moi qu'on va foutre le camp de cet enfer ! Dites-moi juste ça, David !

David plaça Clara devant lui.

— Essayez de vous calmer, Adeline, vous allez lui faire peur. J'y réfléchis, vous savez. Croyez-moi, j'y réfléchis…

— Réfléchissez bien, alors ! Il y va de la santé de Cathy. Je l'aime beaucoup, et je sais que tout cela pourrait très mal se terminer. Si… si on reste, je… j'ai peur de ce qui va arriver…

— Adeline… J'ai besoin que vous vous occupiez de Clara et de Cathy. Que vous ne les quittiez pas des yeux. Je peux compter sur vous ?

Elle acquiesça.

— Qu'est-ce que vous allez faire ?

— Leur ramener Grin'ch, dit-il en s'éloignant.

Adeline resta clouée sur place, ahurie, alors qu'il fonçait vers le laboratoire pour s'emparer de l'instrument du bourreau : la Rheinmetall.

— Voilà qu'il s'en prend à cette malheureuse machine à écrire ! s'exclama Arthur tandis que David traversait le salon. Vas-y ! Défoule-toi ! Tu écriras à la main, s'il le faut !

David brandit la masse noire au-dessus de sa tête et la jeta par la porte. Elle disparut dans la neige.

— Je n'écrirai plus ! Fini ! Demain, on fiche le camp !

Doffre crispa ses doigts sur le bras de son fauteuil roulant.

— Tu écriras, David. Parce que nous sommes bloqués

ici, et que tu n'auras rien d'autre à faire. Parce que tu es ici pour le faire revenir ! Tu as une mission !

David replaça le fusil sur son support.

— Une mission ? Quelle mission ? *Vous* êtes bloqué. Moi, je suis libre. Aussi libre qu'un oiseau.

— Comme le merle noir, par exemple ?

David ne répondit pas et se dirigea à nouveau vers son antre.

— Vous, ne m'approchez surtout pas ! aboya-t-il à l'intention d'Emma, qui lui avait emboîté le pas. Ne m'approchez plus jamais ou je vous démolis !

Elle continua à le suivre jusqu'au laboratoire, ignorant totalement sa colère.

— Merci de m'avoir sauvée de votre femme, dit-elle d'un ton très doux. C'était un geste courageux, que je n'oublierai pas.

— Fichez le camp, j'ai dit !

Elle le regarda d'un air surpris, comme si elle ne comprenait pas sa réaction, puis s'avança, avec la mine d'un clown triste.

— Mais… Pourquoi la mort de ce *Schwein* vous chagrine, étant donné que vous auriez dû l'éliminer vous-même ? Que c'était votre *Job* ?

— Quoi ?

— Qui a fait votre sale *Job* ? Qui, dites-moi ? Je croyais plutôt avoir droit à des félicitations, ou au moins des remerciements ! Mais non ! Qu'est-ce que je récolte ? Des claques et des méchancetés !

Elle parlait sérieusement.

— Mais vous êtes complètement folle ! répliqua David.

— Ce n'est pas moi qui jette des machines pour écrire par la porte ! Ce n'est pas moi non plus qui blesse son mari avec un scalpel, et qui arrache les rideaux ! Ce n'est pas moi qui me suis fait ce truc à la lèvre, ni qui me suis giflée ! Qui est le plus folle, ici ?

Elle se mit à tourner en rond, le visage baissé, les mains dans le dos.

— Je pensais vous avoir fait du plaisir, je me suis… *offensichtlich* trompée. Je vais mettre votre comportement sur le coup de la colère. Nous en reparlerons plus tard, quand vous serez mieux en forme.

— Nous n'en reparlerons plus ! Demain, je disparais !

Elle s'immobilisa.

— Vous… Vous ne pouvez pas partir ! Ou *ça* vous tuera ! *Ça* vous arrachera la tête dès que vous pousserez le nez dehors !

— Quoi *ça* ? Il y a quoi, dehors ? Quand je pense que vous osez encore me parler après ce que vous avez fait à ma femme ! Je vous déteste !

Elle porta ses doigts sur sa lèvre énorme. Les larmes montèrent en une fraction de seconde.

— Vous… Vous me détestez vraiment ?

— Plus que votre cervelle de moineau ne peut l'imaginer ! Dégagez !

Elle se retourna brusquement et disparut en claquant la porte.

David s'empara de la bouteille de Chivas, histoire de calmer ses nerfs. Cette fille, ce n'était pas une case qui lui manquait, c'était l'échiquier complet.

« Un personnage inachevé, songea-t-il en avalant une rasade. Marion s'est enfuie de ton roman pour réapparaître ici… Tu as juste oublié de lui colorier les petites cellules grises et de lui injecter un morceau d'intelligence… Voilà ! Tu paies les conséquences de ton travail bâclé. »

Une image lui traversa l'esprit. Le fusil qu'il avait laissé contre le mur. Il faudrait le cacher. Absolument.

Direction l'armoire à pharmacie. Il en extirpa du fil de soie, des aiguilles courbes, des compresses, des bistouris, une bonbonne de trois litres de formol. Il en profita pour soigner son pouce, la plaie était profonde. Puis il plaça sur le bureau le plateau en acier qui servait à disséquer les insectes.

Il sortit. Devant lui, les porcs suspendus.

Grin'ch n'avait plus une goutte de sang dans le poitrail.

Sa peau commençait à blanchir. Il n'était pas plus lourd qu'un nouveau-né quand David le décrocha de sa branche. Comment Emma avait-elle pu oser exécuter ce petit être, même pour de l'argent ? En plus, elle l'avait sérieusement amoché. Neuf coups de couteau. Un acharnement évident.

Cette femme était dangereuse.

— Tu n'imagines pas les conséquences de ton geste, lui dit Arthur quand il le vit passer avec le cadavre enroulé dans une serviette. Tu es en train de détruire un programme très important, et de me placer dans une posture extrêmement délicate vis-à-vis des entomologistes.

David chercha Emma des yeux, mais ne la trouva pas.

— C'est vous qui détruisez tout ce qui vous entoure, pas moi. Mais je peux vous assurer qu'à partir de maintenant, c'est fini votre petit jeu avec nous.

Doffre allait répliquer mais il se retint. Ses lèvres s'étirèrent en un sourire glacial.

David rabattit la porte de son laboratoire et posa délicatement Grin'ch sur le support inoxydable.

— Tu vas revenir parmi nous, mon gros. Parce que ma femme et ma fille te réclament…

Dans sa mémoire, la journée du 13 décembre 2002…

Maman, reviens… Maman, reviens… je t'en prie…

Je ne te laisserai pas partir… je ne te laisserai pas partir… je ne te laisserai pas partir…

Paris… Matin d'hiver, quatre ans auparavant… Le laboratoire…

David, c'est toi qui t'occuperas de moi… Toi et personne d'autre… Promets-moi que tu m'accompagneras au-delà de tes forces…

Le scalpel qui caresse la poitrine, ce sein mat et ferme qui lui a donné la vie.

David, je dois t'avouer quelque chose… Quelque chose qui concerne ton enfance… Tu sais, ce secret dont je t'ai toujours parlé ? David… Oh ! Je ne peux pas…

Elle était morte sans lui avoir raconté.

Il avait embrassé ses lèvres froides, les yeux piquants de sel. Ensuite, il ne conservait plus que l'image d'un bistouri posé sur une gorge. Trois heures pendant lesquelles il avait plongé dans une sorte de coma éveillé. Des souvenirs flous et distincts à la fois, une sorte de ralenti, de décomposition de chaque mouvement, chaque son, chaque grain de lumière. Il ne se rappelait plus ses gestes, mais il se souvenait d'éclats de rire, de couleurs très vives, tourbillonnant comme des voiles, de chansons sous son crâne, pareilles à des comptines d'enfants dont il était incapable de fredonner l'air mais qui étaient pourtant en lui. Il entendait la chute d'un flacon, dans son dos, et voyait encore chaque éclat de verre exploser sur le carrelage. Puis un grand courant d'air…

Il se remémorait tout cela, mais pas les soins pratiqués sur sa mère. Que s'était-il passé, ce jour-là, dans le laboratoire ?

Une voix, derrière lui. Grin'ch réapparut soudain dans son champ de vision, le poitrail fendu d'une mince entaille.

— Je me demandais si tu l'avais fait… Embaumer ta propre mère… Maintenant je sais… Merci, David…

Et Arthur disparut, poussé par Emma, qui le dévisagea longuement.

— Espèce de…

Mais David ne termina pas sa phrase. Il y avait quelque chose de bizarre.

Emma, poussant le fauteuil d'Arthur. Alors que ces deux-là se connaissaient à peine. Alors que le vieux ne supportait pas qu'on touche à *Dolor*.

Les pupilles braquées sur la photo de l'entomologiste, David pressentait qu'un piège se rabattait sur lui et sur sa famille. Il était urgent de se mettre à l'abri. Mais impossible de tenter quoi que ce soit avant demain matin.

Encore un après-midi et une nuit à tenir…

28

Pendant plus d'une heure, Adeline avait veillé au chevet de Cathy, Clara dans les bras. Un moment d'une grande intimité, partagé entre les caresses, les murmures, les promesses secrètes… Mais toujours cette terreur qui les enveloppait, cette envie de fuir…

Attendre… Rester ici et espérer le départ… Quitter cet endroit maudit et ces âmes nuisibles… Pour toujours…

— Merci infiniment, chuchota David en rentrant dans la pièce, une couverture enroulée dans les bras.

Adeline se leva et posa l'enfant sur le sol.

— Prenez bien soin de votre famille, répondit-elle, l'air grave. Cathy aura besoin de vous comme jamais lorsqu'elle sc réveillera.

David acquiesça en silence, puis il dit :

— Demain, j'espère que vous nous accompagnerez. Nous nous mettrons en route dès le lever du soleil. La marche sera fastidieuse, peut-être même dangereuse, mais je pense que vous y arriverez.

Elle secoua la tête, le front baissé, les mains jointes entre les jambes.

— Moi je ne crois pas… Faut être réaliste… Vous… Vous n'aurez qu'à prévenir la police… On viendra me rechercher…

David lui prit la main et la fixa intensément.

— Ne dites pas n'importe quoi. Demain matin… Je

sais que vous y arriverez… Vous êtes quelqu'un de bien, Adeline…

Il lut dans ses yeux qu'elle le remerciait. Elle sortit sans se retourner.

Après son réveil, Cathy mit cinq bonnes minutes pour retrouver ses esprits. Le flou d'une chambre qui n'était pas la sienne, le trouble d'un visage, dans son champ visuel. Une ronde d'images horribles, sous son crâne. L'enfer.

Elle finit par murmurer, la voix éraillée :

— Comment va Clara ?

David l'aida à se redresser dans son lit. Elle vacilla sur la gauche avant de retrouver un équilibre fragile, puis, de ses doigts tremblants, elle arracha un petit morceau de peau sur ses lèvres. Ses yeux avaient gonflé. Ils le piquaient douloureusement. Sa gorge était horriblement sèche.

— Oh, mon Dieu ! gémit-elle.

Aux pieds du lit à barreaux, Grin'ch était délicatement installé sur une couverture. David lui avait passé le bonnet troué, qui lui donnait son air de boxeur, et noué une écharpe autour du cou de manière à cacher la longue suture qui souriait d'une oreille à l'autre. Le porcelet reposait sur le flanc gauche. La disposition de ses babines lui donnait l'air heureux et insouciant. De sa peau brossée s'exhalait une agréable odeur de parfum, chassant la puanteur du formol.

— J'ai dit à Clara de ne pas faire de bruit, que Grin'ch se reposait parce qu'il partirait très bientôt pour un long voyage à travers la forêt, chuchota David.

Cathy se laissa tomber dans les bras de son mari, tandis que l'enfant s'approchait doucement du petit animal.

— Je n'arrive pas à croire qu'ils aient pu faire une chose pareille, chuchota Cathy en secouant la tête. Assassiner comme ça une pauvre bête. Cette Emma est un monstre… une cinglée.

— Arthur a acheté son geste, comme il nous a tous achetés.

— Tu savais, toi ? Tu savais qu'il en avait après Grin'ch ?

David lui enveloppa l'arrière du crâne de sa paume ouverte.

— Il m'en avait parlé, pas très longtemps après notre arrivée. Il était vraiment décidé… Je… J'aurais dû te prévenir… Éviter que vous ne vous y attachiez trop… Mais… j'ai eu peur… Peur que tout s'arrête…

— Il… Il est fou, David. Ce type est complètement fou. Et vicieux. Je…

Elle caressa sa cicatrice en boomerang. Ses gestes étaient encore approximatifs.

— Qu'est-ce qu'on va faire ? demanda-t-elle.

Il plaqua son front contre celui de sa femme.

— Demain, si le temps est clair, on se barre dès que le jour se lève. Toi, Adeline, moi et Clara. Je la prendrai dans le porte-bébé. On embarquera les raquettes, de l'eau, de la bouffe et des vêtements. Le 4 × 4 se trouve à une dizaine de kilomètres d'ici. On l'utilisera comme relais pour se réchauffer et se reposer. Une fois arrivés à la route, on s'abritera dans la voiture d'Emma en attendant que quelqu'un passe et nous dépose au village.

Il s'attendait à une réaction plus expansive. En face de lui, Cathy restait amorphe, comme éteinte.

— Les traces de pneus sont effacées, fit-elle. Avec ce qui est tombé dehors, on ne voit même plus le chemin, il n'y a que du blanc, à l'infini. On risque de se perdre. Et puis c'est dangereux. Ce… Ce malade qui traîne là, autour de nous.

Il la serra très fort contre lui.

— Écoute, j'ai réussi à rentrer en pleine tempête de neige. Il n'y a pas de raison qu'on n'y arrive pas dans l'autre sens. Et puis, je pense à un truc, on pourrait marquer notre progression… avec des morceaux de tissu… Comme ça, on pourra toujours revenir.

— Quinze kilomètres… avec ce froid… À quelle vitesse on avancera, raquettes aux pieds ? Trois kilomètres-heure ? Ça… ça ferait dix heures, aller-retour… Je ne sais pas si je vais y arriver…

— Ce n'est pas le moment de lâcher, Cathy ! Merde ! Tu étais boxeuse ! La meilleure ! C'est bien enfoui quelque part en toi, tout ça ? Il faut que tu te reposes, c'est tout.

Elle se recroquevilla.

— Je… J'ai l'impression que j'ai plus confiance en moi… Je…

— Tu y arriveras ! Il le faut ! Nous devons absolument partir d'ici. Emma est en train de débloquer. Elle… Je crois qu'elle est malade. Schizophrène, ou un truc dans le genre. Elle prend tout pour argent comptant. Elle amplifie tout jusqu'au délire. Sous l'effet de la colère, elle pourrait faire des bêtises.

Il baissa les yeux.

— Hier, quand je me suis perdu… J'ai… J'ai compris combien vous comptiez pour moi… Je ne veux plus jamais vous laisser… Je veux vous protéger. On va tout reprendre à zéro, d'accord ?

Elle fixait le pansement sur le pouce de David.

— Comment tu t'es fait ça ?

— Tu ne t'en souviens plus ?

— Je… Je sais plus…

— Ce n'est pas important. Dis-moi juste que demain tu me suivras.

— Je vais te suivre… C'est quand même fou qu'il nous faille une telle épreuve pour qu'on se rapproche.

Elle posa le nez sur son épaule, le serrant par la taille, puis releva la tête.

C'est alors qu'elle le vit.

Ses doigts se rétractèrent sur le dos musclé. Ses joues s'empourprèrent instantanément.

L'emballage des comprimés d'Exacyl était placé en évidence sur le dessus de l'armoire. Cet emballage qu'elle prenait toujours soin de plaquer contre le mur, bien au fond.

Elle bafouilla et posa une main sur sa tempe.

— Je crois que j'ai un vertige… Qu'est-ce… qu'il m'a injecté ?

— Un sédatif puissant. Du Valium.

Il suffisait que David se retourne, et tout s'écroulait. Sa vie, son avenir. Il ne pardonnerait jamais. La boîte lui paraissait énorme, disproportionnée, et semblait appeler : « Tourne-toi, David, regarde-moi ! Ta femme te ment ! Tourne-toi donc ! »

— Tu... Tu peux aller me préparer un petit quelque chose ? J'ai... J'ai faim... Je te rejoins... Prends Clara avec toi, s'il te plaît.

Cathy ne put s'empêcher de jeter encore un œil vers la boîte.

David intercepta son regard. Il se mit à pivoter. Elle aurait voulu lui attraper la nuque, la briser, interrompre son mouvement. Mais il était trop tard.

Il allait savoir.

Soudain un cri atroce. Adeline, dans sa chambre.

David se retourna vers la porte.

— Qu'est-ce qui se passe encore ?

Cathy ne suivit pas son mari. Elle se lança en direction de l'armoire, manquant de chuter, se hissa sur la pointe des pieds, s'empara de la boîte de comprimés et la fourra en catastrophe dans sa poche.

Pas le temps de la dissimuler ailleurs.

Des gouttes perlaient sur son front.

Quelqu'un, ici, savait qu'elle avait avorté, à l'insu de son mari.

Quelqu'un qui avait fouillé dans ses affaires, alors qu'elle était enfermée dans l'autre chambre. Quelqu'un de suffisamment vicieux pour inspecter le dessus de l'armoire.

Arthur ne pouvait pas avoir déplacé la boîte.

Emma.

Cette garce connaissait à présent son secret. Elle avait le pouvoir de briser son couple. N'importe quand.

Le cauchemar n'était pas terminé.

Une puissante envie de tuer lui traversa le cerveau. Elle allait le faire, pour sauver son couple. Là, maintenant, elle en était capable.

29

Adeline était plaquée contre la fenêtre de sa chambre. À l'extérieur, un lynx tournait autour des carcasses, le dos bas, les oreilles dressées. Un prédateur sur ses gardes. Le soleil déclinant brossait son poil bleu-gris, ses iris jaunes furetaient au ras de la neige. C'était une bête d'une cinquantaine de kilos, aux pattes larges et disproportionnées,

qu'il décrochait de la poudreuse avec cette force tranquille des tueurs aux aguets.

Il flairait la chair fraîche.

Cathy sortit dans le couloir sur la pointe des pieds et longea le mur de droite, là où le plancher craquait le moins. Les autres, alertés par les cris d'Adeline, étaient tous agglutinés à la vitre qui donnait sur le charnier.

Ils ne la remarquèrent pas.

Elle s'enferma dans les toilettes. Là, les dents serrées, elle déchira l'emballage et les plaquettes, fourra le tout dans la cuvette et tira la chasse d'eau. Puis elle resta longtemps sans bouger, le front sur l'inox glacial, les bras pendants, ankylosés.

Plus de preuves.

Mais cela ne suffirait pas. Emma possédait une arme redoutable : elle pouvait parler.

Et elle le ferait. C'était certain. Cathy se rappelait encore l'acharnement avec lequel cette folle avait poignardé Grin'ch, levant ses yeux noirs vers la fenêtre, la face barbouillée par le sang du porcelet. Une vision cauchemardesque.

Elle retourna discrètement dans sa chambre et ferma la porte. Sa tension artérielle explosait. Elle n'allait pas bien… Vraiment pas bien…

« Que faire ? Putain ! Que faire ? »

Elle fonça sur son armoire, l'ouvrit, renversa les piles de vêtements et se mit à déchirer une chemise de David, de toute sa hargne.

« Regarde ! Elle a fouillé dans nos affaires ! Tu l'as dit ! Cette fille est malade et dangereuse ! Elle a torturé Grin'ch pour nous blesser. Et maintenant, elle te raconte que je prends des cachets parce que je viens de subir une IVG ? Mais c'est du délire ! Tu ne peux pas avoir d'enfants ! Et puis, faut subir une opération ! Se faire hospitaliser ! Explique-moi quand j'y serais allée ? D'ailleurs, ces cachets, où sont-ils ? Pourquoi ne te les a-t-elle pas donnés en main propre ? Tu ne comprends pas qu'elle cherche à nous éloigner ? Nous détruire ? Elle est cinglée ! Cinglée ! Cinglée ! »

Cathy inspira, expira profondément. Rien n'y fit. Son corps vibrait de part en part, ses veines gonflaient toutes bleues sur ses avant-bras. À peine sortie d'un sommeil forcé, elle allait tomber en hypertension. Il fallait à tout prix se débarrasser de cette terreur qui l'habitait, qu'elle ne pourrait plus cacher longtemps.

Le couloir. Déplacement en crabe, le long du mur de droite. Emma qui se tourne vers Arthur, juste à l'instant où elle passe. Moins une. Le laboratoire, enfin. L'armoire à pharmacie. Les médicaments. Antibiotiques, antiseptiques, laxatifs, Valium liquide, Calmivet… un tranquillisant vétérinaire, qu'ils utilisaient à la SPA. Il en fallait deux pour endormir un berger allemand pendant trois heures, se rappela-t-elle. *A priori*, pas de contre-indication pour les humains. Elle hésita, puis en avala un, sans eau.

« OK… relax, calme-toi. La situation n'est pas si catastrophique », pensa-t-elle. Emma n'avait encore rien révélé à David, elle ne lui avait pas non plus donné la boîte.

Peut-être voulait-elle juste s'amuser à lui faire peur, façon Doffre.

Ou alors elle attendait le bon moment pour frapper. À table, ou en traître, dans son dos. N'importe quand. Elle irait voir David, lui parlerait du nombre anormal de serviettes périodiques dans le placard, et elle sortirait une tablette de comprimés d'Exacyl, qu'elle avait dû soigneusement conserver.

Elle ne les laisserait pas partir tranquilles. Impossible.

Cathy sentait que le calmant commençait déjà à faire effet. Ses épaules se détendaient. Un voile léger brouillait son champ de vision. La marée montait. Tant mieux.

Sa montre. Bientôt seize heures. Une soirée, une nuit à tenir… Après… tchao ! Entre deux, il suffisait juste qu'Emma ne parle pas.

Juste faire taire Emma.

Le brouillard s'épaississait. L'envie de s'assoupir. Elle se pinça méchamment les joues.

— Crois-moi, Emma, tu vas la fermer, ta grande gueule… dit-elle dans un souffle.

Des bruits de pas, qu'elle crut entendre dans le couloir. Étaient-ils bien réels ? Elle s'en fichait. Elle commençait sérieusement à perdre conscience.

Elle s'empara avec difficulté des deux plaquettes de Calmivet. Douze comprimés minuscules, qu'il suffirait de broyer et de mélanger au repas de ce soir. L'autre conne s'effondrerait jusqu'à perpète. Net et invisible.

— On peut savoir ce que vous fichez ici ?

Cathy se tourna lentement. Elle avait l'impression que sa vision accompagnait le mouvement de sa tête de façon décalée.

— Mal au… crâne… Ça vous étonne ? répondit-elle à Arthur.

Il jeta un œil vers l'armoire ouverte.

— Les aspirines se trouvent dans la cuisine…

Il glissa sa main sous le menton.

— … Je pensais que vous le saviez.

— Eh bien… non, je ne le… savais pas… On… ne peut pas tout… savoir…

Elle se frotta les paupières. Ça n'allait plus du tout. Une forme opaque s'approcha.

— Il paraît que David et vous avez décidé de mettre les voiles ? demanda Emma. Pas vraiment raisonnable, avec une météo pareille. Et pas très gentil non plus.

Cathy plissa les yeux. Elle crut s'évanouir.

— À quel… jeu jouez-vous ? Qu'est-ce que vous… me voulez ? bafouilla-t-elle. Fichez… nous la paix…

— Vous vous rappelez la plume de Maât ? lui répondit Doffre. L'instrument qui punit le mensonge ? Que répondrait la balance du Bourreau, si on y pesait votre cœur ? Que répondrait-elle ?

Elle n'y comprenait rien. Elle sentait qu'on l'approchait encore, comme pour l'encercler.

— Qu… Quel mensonge ?

— Votre avortement.

— Arrêtez… Arr… êtez…

Arthur lui saisit le poignet et pressa très fort, jusqu'à ce qu'elle ouvre la main. Les deux tablettes de Calmivet finirent sur le sol.

— Tiens donc… miaula la voix derrière elle. On ne chercherait pas à nous nuire ?

Cathy ne répondit pas. Elle avança en titubant jusqu'à la porte. Les parois du couloir semblaient se rétrécir autour d'elle alors qu'elle progressait. Les sons lui parvenaient comme ralentis. Elle finit assise au beau milieu du tapis rouge, à moitié inconsciente.

David accourut. Arthur tendit le bras, lui intimant de se calmer.

— Rien de grave ! s'exclama-t-il en lui montrant les plaquettes. Elle a juste avalé des calmants pour animaux. Heureusement, nous sommes arrivés à temps, avec Emma. Nous avons réussi à l'empêcher de tout ingurgiter…

David attrapa Cathy par les épaules et se mit à la secouer.

— C'est pas vrai… C'est pas vrai ! Mais… Pourquoi tu as fait ça ? Pourquoi ?

— Da… vvvv… Ze…

— Ce n'est malheureusement pas tout, ajouta Arthur en ouvrant la main.

David fronça les sourcils.

— Qu'est-ce que c'est ?

— C'est bien ce que je pensais… Tu n'es pas au courant… C'est pour cette raison qu'elle voulait en finir.

Cathy essaya de lui agripper la cheville.

— Ne… écout… pas… mentent…

— Votre épouse a-t-elle des saignements ? questionna Emma. Prétend-elle avoir ses règles, en ce moment ?

David ferma les yeux, le pouce et l'index sur le front.

— Mais qu'est-ce que vous me faites, là ?

— L'Exacyl est un médicament prescrit pour stopper les saignements vaginaux, expliqua Arthur, qui semblait se nourrir de la souffrance qu'il provoquait.

Il patienta un moment, jouant cruellement avec le silence, puis ajouta :

— On le préconise souvent à la suite d'une grossesse qui s'est mal déroulée ou d'une IVG.

— Une… une IVG ?

— Une IVG… David, ta femme s'est fait avorter juste avant d'arriver ici.

— Non mais vous délirez, là !

Adeline se tenait un peu en retrait, à côté de la porte de sa chambre. Une IVG… Le secret… le secret qui torturait Cathy… C'était ça… Elle s'adossa au mur.

Pourquoi faisaient-ils une chose pareille ? Pourquoi détruire cette famille ?

David s'apitoya sur son épouse, recroquevillée autour de sa jambe. Elle le suppliait. Elle le suppliait de ne pas écouter.

— Non, non, non, répéta David. Vous vous trompez…

Ce n'est pas possible… Ce n'est physiologiquement pas possible…

Il s'agenouilla, caressa les cheveux de Cathy.

— Cathy ! Cathy ! Non ! Dis-moi qu'ils mentent !

Elle le fixa de ses yeux devenus vitreux, où des larmes froides se mirent à couler.

Alors, très vite, dans sa tête, tout s'organisa. L'état d'anxiété de Cathy, les jours précédant le départ. Ses prétendus maux de tête. Cette espèce de dégoût sur son visage, chaque fois qu'il la touchait, qu'il s'approchait d'elle. Ses règles qui n'en finissaient pas. Des signes qu'il avait ignorés, qui ne le dérangeaient pas, obnubilé qu'il était par son roman, son ordinateur, sa petite vie rangée.

« Non… Pas Cathy… Pas elle… »

— Tu… dois… pas… les croo… oire… balbutia Cathy, qui tentait de se relever.

David l'empoigna fermement et la tira jusqu'à leur chambre. Il claqua la porte avec le pied et jeta sa femme sur le lit avec une violence dont il ne se savait pas lui-même capable.

Dans le couloir, sans quitter Adeline des yeux, Arthur Doffre massa longuement le crâne d'Emma. Il la fit s'agenouiller, plongea le nez dans sa chevelure.

Adeline retourna dans sa chambre. Elle avait découvert quelque chose dans le regard d'Arthur, tandis qu'il remuait les cheveux noirs. Une flamme rouge et ravageuse. Ce même regard qui avait dû l'habiter quand il avait touché sa toison cuivrée à elle.

L'expression la plus franche et singulière du vice.

30

— Oh ! Ma pauvre… murmura Adeline en caressant les boucles blondes. Dis-moi si je peux faire quelque chose…

Cathy était ramassée en chien de fusil sur son matelas, comme pétrifiée dans la lave. Clara dormait profondément, le bras à travers les barreaux. Ses doigts minuscules effleuraient le groin glacé du petit cochon. La nuit froide et infinie les enveloppait tels de ridicules insectes, qu'une main malveillante n'avait plus qu'à broyer.

Adeline éprouvait une peine sincère pour la femme qui sombrait devant elle. Une ancienne boxeuse, passée dans une lessiveuse. Une femme moralement détruite, à des années-lumière du paquet de nerfs qu'elle avait vu arriver le premier jour, avec son franc-parler et ses remarques saillantes.

Malgré les barrières sociales, les *a priori*, les histoires si différentes de chacun, une complicité s'était créée entre les Miller et elle. Dans cet échange de silence et de compassion, la souffrance de Cathy devenait la sienne.

Des sonorités vinrent briser le calme de la pièce. La rouquine tendit l'oreille, elle ne rêvait pas.

La mélodie lancinante des cordes. Cette musique… *La Jeune Fille et la Mort*. Il écrivait ! L'embaumeur avait récupéré la machine dans la neige et il écrivait, alors que son épouse était en train de dépérir, là, devant elle !

Quel diable l'habitait ? Comment pouvait-il agir avec une telle cruauté ?

Cathy gonfla la poitrine, réaction organique à cette sonorité qu'elle ne pouvait plus supporter. Ses yeux se remplirent de larmes. Elle bascula sur le côté, tournant le dos à Adeline.

— Il sait tout… souffla-t-elle. Toute la vérité… Et la seule chose qu'il ait trouvée à faire, c'est de partir sans rien dire, sans un regard, sans une explication… Je ne l'ai jamais vu comme ça… On aurait dit un bloc de glace… Ses mâchoires… Il semblait en vouloir à la terre entière.

Elle serra le drap entre ses doigts.

— Il… On aurait dû avoir une conversation… D'habitude, c'est quelqu'un qui écoute, il sait prendre sur lui… Mais là…

Tout se perdait dans sa mémoire. Quand ce calvaire avait-il commencé ? Depuis combien de temps lui mentait-elle, exactement ?

— Ce chalet… Ce que lui demande Doffre, cette histoire de Bourreau… C'est trop… Beaucoup trop… J'ai tout détruit… Tout… Sa confiance…

Adeline contourna le lit et vint s'asseoir devant elle. Elle voulait la réconforter mais se sentait incapable de trouver les mots, comme bloquée.

— J'ai peur, Adeline… Peur de cet endroit… Peur de ce qui va arriver à mon couple… À notre enfant… Je… Je ne le récupérerai pas… Je l'ai trompé froidement… son indifférence me dégoûtait… J'aurais dû continuer à nier…

— Mais non, Cathy… Garder ce secret t'aurait détruite… Il suffit de me regarder… Toi, au moins, tu… tu t'es libérée de ce poids… Moi, tu sais… ça fait dix-huit ans que mon silence me pèse sur le cœur.

Elle fixait les barreaux du lit de Clara. Sans même s'en rendre compte, elle s'était mise à caresser la main de Cathy.

— Je… j'avais douze ans quand ça s'est produit… Le 9 juillet 1988. Je m'en souviendrai toute ma vie.

Sans bouger, Cathy tourna le regard vers Adeline.

— Cet après-midi-là, mes parents étaient partis faire

des courses… Comme souvent, je suis restée à la maison avec mes frères, Éric et Pascal, des jumeaux qui ont deux ans de plus que moi, et Dakari, on l'appelait Dakari… le fils des voisins.

Ses cordes vocales semblaient la torturer à chaque mot qu'elle arrachait à sa conscience. Et pourtant, Adeline raconta.

— Mon… mon père adorait la chasse et les armes à feu. Chez moi, il y avait des carabines et des tas de revolvers sur les murs. Américains, anglais, français… Ma mère, elle… elle avait toujours été effrayée par ça, elle détestait quand il nous emmenait chasser avec lui… Bien sûr, ces armes étaient toutes déchargées, mais elles fonctionnaient à merveille… De temps en temps, il nous faisait tirer sur des boîtes, dans le jardin… Moi, ça me fascinait, cette force jaillie d'un canon, ce pouvoir… Même tuer des animaux, j'aimais ça…

Après une courte pause, elle continua :

— Ses cartouches, il les enfermait dans un coffre-fort, protégé par une combinaison à quatre chiffres. Mes frères ont essayé des centaines de fois de l'ouvrir, sans succès, car mon père changeait le code très souvent… Mais un jour, j'ai eu l'idée de prendre le fard à joue de ma mère et j'ai mis un peu de poudre sur chaque chiffre, avant que mon père parte chasser… Après, j'ai juste eu à relever les touches sans poudre. 1, 3, 8, 9. Il n'y avait plus que vingt-quatre combinaisons à tester. Et en moins de deux minutes, j'ai réussi à ouvrir le coffre. 3891… J'étais très fière de mon coup… Parce que ces armes, je voulais… Je sais pas, je voulais les posséder, je voulais que mes frères fassent quelque chose avec… Qu'ils… Qu'ils tuent des animaux… Je me souviens, je passais mon temps à appeler ça « un coup de maître ». Alors… alors j'ai filé la combinaison à mes frères. En fait, je venais juste d'ouvrir la porte de l'enfer.

Adeline sortit un mouchoir en papier et se tamponna le

coin de l'œil. Cathy restait immobile, abattue mais fascinée par son récit.

— Ce fameux jour où mes parents sont partis faire des courses, mes frères et Dakari sont descendus à la cave, avec un Colt, modèle 1889… Et… Et une balle dans le barillet à six coups. Une balle qu'ils avaient prise dans le coffre-fort… Dakari, le petit gros, il… je le vois encore… il ne voulait pas descendre… Mais ils l'ont charrié… et moi aussi, je m'y suis mise… On l'a traité de poule mouillée… Des trucs de gosses qui font qu'à douze ans, tu… tu serais prêt à faire n'importe quoi… Alors Dakari est descendu avec eux… Il était vraiment mort de trouille… Ils lui ont un peu forcé la main… C'est…

Adeline resta là, la bouche ouverte, le front baissé. Cathy dut faire preuve d'une volonté démesurée pour parler.

— Ils t'ont laissée descendre aussi ? demanda-t-elle.

— Ils m'ont ordonné de remonter dans ma chambre…
Mais j'ai assisté à tout… Je voulais y assister ! À la cave, il y avait un tas de parpaings en vrac. Je me suis glissée derrière. Les garçons s'étaient assis autour de l'établi de mon père, ils avaient éteint les lumières et allumé une bougie. Leurs… je vois encore leurs visages… Les ombres qui obscurcissaient leurs yeux, leurs pommettes. On aurait dit des fantômes… Et le Colt, au milieu. Ils avaient mis une cassette avec des musiques militaires. C'était en allemand, et ça gueulait… ça gueulait vraiment… J'étais tétanisée… Dakari était juste en face de moi… Je me souviens encore de son regard… Une bête, qui sait qu'on l'amène à l'abattoir, et qui pourtant avance, avance, avance. Éric lui a dit : « Tu es un homme ? Tu es un homme, alors tu vas prendre le revolver et pointer le canon sur ta tempe. Moi et Pascal, on l'a déjà fait. Maintenant, on est tous les deux des hommes ! Mais toi, toi tu dois nous montrer que tu as du cran. On doit tous le faire pour appartenir au groupe. »

Adeline parlait d'un ton détaché, et pourtant, il lui

semblait revivre la scène. Les propos, les images, tout lui revenait avec une terrible précision.

— Je me rappelle m'être dit : « Il va appuyer et il va mourir. » C'était... C'était pour moi une évidence... Dakari allait mourir. C'est à ce moment-là que j'aurais dû crier, les menacer de tout raconter, mais... mais je n'ai pas bougé. Je suis restée derrière les parpaings et j'ai continué à regarder par les interstices... J'étais terrorisée, et, en même temps, fascinée... Dakari avait ramassé le flingue, mais son bras tremblait si fort qu'il... qu'il était incapable de le tenir... Alors... il l'a reposé en criant : « Non ! Je ne peux pas ! Je ne peux pas... » Il pleurait... de la morve s'était mise à couler de son nez... Il a voulu se lever... mais Éric, bien plus fort que lui, lui a posé une main très ferme sur l'épaule. « Prends-le ! Prends le flingue et appuie ! » Et la musique qui hurlait dans la radio ! C'était horrible ! Et là, d'un coup, Pascal, fou de

rage, lui a collé le Colt dans la main, l'a forcé à le poser sur sa tempe et... tandis qu'Éric le... l'empêchait de... de bouger, il a...

Adeline se tut, puis elle éclata en sanglots.

— ... appui... yé sur la... gâ... gâchette... C'est... C'est Pascal et Éric qui... qui ont tué... Dakari... Quand... Quand je... me suis mise... à hurler... ils... ils m'ont dit que... c'était le gros qui... avait appuyé... que... si je disais la vérité, ils... s'en iraient... pour toujours, que... je ne les... reverrais plus jamais... Alors, quand la police est venue... j'ai... j'ai...

— Tu as menti...

Adeline se moucha. Ses lèvres et ses mains tremblaient.

— Je... ne mentais pas... Du moins... je n'en avais pas conscience... J'ai dit... ce que je croyais bon... Ce dont je... m'étais convaincue... Dakari avait appuyé... tout seul... Une... Une semaine plus tard, j'ai fait ma première crise d'asthme. Il... Il n'est pas une nuit où... où Dakari ne vient pas me hanter, où ces musiques militaires ne circulent pas dans ma tête. C'est ça, garder un mensonge au fond de soi… Ça te ravage le corps et l'esprit… David a raison… Les abcès sont faits pour être percés.

Elle se leva. Ses jambes flageolaient.

— C'est… C'est incroyable, balbutia-t-elle. C'est la première fois que… que je raconte cette histoire à quelqu'un… Après dix-huit ans… Tout est sorti d'un bloc… Exactement comme pour David, quand… quand il écrit ces obscénités… Tu ne me croiras sûrement pas, mais… mais lui et moi, on se ressemble… On a tous les deux quelque chose enfoui en nous… Quelque chose de mauvais… Et… Et je crois que c'est pour cette raison que nous sommes réunis ici…

31

Et la porte s'écarta lentement, en face, dévoilant une botte énorme dans l'embrasure...

Le pas, incroyablement lourd, laissait derrière le Bourreau une mélasse de neige fondue et de sang.

La neige fondue ! Dans sa précipitation,
242 Marion n'avait pas eu le temps d'essuyer ses propres traces.

Il allait la saigner. Lui ~~ouvrir~~ trancher la gorge et la pendre par les pieds. Jusqu'à ce que les bêtes sauvages ~~se réga~~ lui arrachent les intestins, dans une lente torture. Elle gémit en silence.

Les bottes ferrées s'arrêtèrent à cinquante centimètres de son nez. Une main appuya sur les ressorts du lit, juste au-dessus d'elle. De plus en plus fort. Et encore, encore, encore ! Marion se recroquevilla, le poing dans la bouche.

Puis le matelas disparut, happé par une force surhumaine.

Elle put alors voir le visage du monstre, séparé du sien par le maillage métallique du sommier.

– Garce ! Toutes des garces ! Tu vas comprendre le sens profond du mot souffrance ! cracha-t-il dans un rire puant.

Et il promena sa lame contre les mailles, provoquant un raclement terrifiant.

David tira avec hargne la feuille du chariot, puis en engagea une autre. Il avala successivement trois gorgées de whisky et se frotta le front du dos de la main. Se laisser habiter par Marion. Marion… Il ne devait plus y avoir qu'elle. Plus de Cathy, « Cathy, qu'est-ce que tu as fait ! », ni de Clara, « Ma petite chérie ». Juste Marion.

« Ah tu le veux ton roman ! Je vais te le servir tout chaud. Et tu vas pas être déçu ! Vieux con ! »

Il augmenta le son du lecteur CD. La musique ébranla les boiseries. Le whisky coulait dans ses veines. Il agita les doigts en l'air, devant ses yeux gonflés, et les abattit sur le clavier avec la maestria d'un pianiste déjanté. Au plafond, son ombre était gigantesque… démoniaque.

Il projeta le sommier sur le côté, dans un ~~hurlement~~ grognement de bête, et agrippa Marion par la tignasse. Il la décolla du sol, alors qu'elle fendait l'air de vains mouvements de bras. Elle se mit à le supplier. Ce qu'il adorait, plus que tout au monde.

— Pitié ! Pitié !

Plus elle implorait, plus il jubilait. Son sexe, à trop se tendre, lui fit mal. Il lui arracha les vêtements, la soulevant même par la culotte, puis la traîna dans la neige derrière le chalet, une solide corde enroulée autour du bras. Marion s'accrochait à tout ce qu'elle pouvait. Branches, racines, troncs. Chaque fois, elle avait l'impression qu'il allait lui déchirer les bras. La glace lui brûlait la peau, des entailles superficielles lui ~~entaillèrent~~ quadrillèrent le dos. Une odeur de viande pourrie monta, Marion vomit, alors qu'il lui attachait les deux pieds et lançait la corde par-dessus une grosse branche.

La brune squelettique sentit son corps se décoller de terre. Le sang afflua dans sa tête. Le froid lui dévora les chairs. Elle se courba, s'arqua, hurla, tandis que l'autre était retourné dans ce chalet de mort. Le nylon lui déchirait les chevilles. À ses côtés, des carcasses, noires, décharnées, bourgeonnantes de larves repues. Marion manqua de s'évanouir.

À ce moment-là, elle aurait aimé être déjà morte.

Le pire restait à venir...

Sans même avoir rempli la feuille, il la retira de la machine et il l'empila sur les autres. Puis il s'empara du dossier Bourreau, le regard fou.

« Ah, tu veux du détail ? Je vais t'en donner moi ! »

Je t'en voulais tellement de nous laisser. Je l'ai fait par colère. Par colère uniquement.

Cathy…

Rapport d'autopsie de Patricia Böhme, la dernière victime. Il l'ouvrit avec une froide détermination. Puis se gava des gros plans exposés. Le corps en lambeaux, toutes sortes de couleurs. Vert, bleu, mauve. Du rouge, partout. Visage, cheveux. Il était difficile de deviner qu'il s'agissait là d'une femme.

Juste une terre, labourée à la herse.

Il étala les clichés devant lui, puis ferma les yeux. Des flashs, des relents de putréfaction, des hurlements. Ceux de Patricia Böhme, au moment où Tony Bourne passait à l'acte de mise à mort, après plus de trois heures de torture moyenâgeuse.

Point final de son rituel, il plaçait la femme juste à côté du cadavre de son mari, lui attachait les membres aux quatre pieds du lit et lui bourrait la bouche de chiffons, afin qu'elle ne puisse plus respirer que par le nez. Sur plusieurs clichés, on voyait la corde de nylon qui avait entaillé les chevilles jusqu'au tendon.

Puis le Bourreau sortait un cierge, qu'il allumait et qu'il penchait juste au niveau des narines. La cire brûlante venait roussir la peau, s'accumulait et durcissait, empêchant peu à peu l'arrivée d'oxygène. Et là, alors que la respiration devenait un effort surhumain, une souffrance, une récompense, il fixait sa victime dans les yeux. Le corps qui se met à réclamer, le battement du cœur qui s'accélère, qui résonne dans les oreilles, de plus en plus fort, l'étau dans la gorge qui se resserre, lentement, à broyer la trachée et exploser les poumons. Et le dernier espoir de pouvoir tout libérer, d'un coup, puis d'aspirer l'atmosphère entière dans un long sifflement libérateur.

Et Bourne qui guettait, qui guettait le moment exact où la Mort venait cueillir sa proie. L'instant précis où l'âme s'arrache du corps.

Là, il possédait enfin sa victime. Et, dans l'incompréhension du monde, devant les yeux de l'enfant épargné, il jouissait.

David attrapa une feuille vierge qu'il chiffonna dans le creux de sa main, les mâchoires contractées. Sans cesse, au travers de ce déferlement d'horreur, la même image revenait. Cathy, en train de s'éclater au pieu avec son meilleur ami. Cathy, qui gémissait. « Encore ! Encore ! Encore ! »

Un premier coup de lame, sur la jambe gauche.

« Tu n'aurais pas dû… Tu aurais dû m'en parler. Cathy ! Qu'est-ce que tu as fait ? »

L'arc de sang qui étoile la blancheur du sol. ~~Marion~~ Emma chercha à lui griffer le visage, hurlant de tout son soûl. Il esquiva et la poussa dans le dos. La corde se balança, le corps squelettique vint percuter des car-

`casses, dont l'état de putréfaction était tel qu'elles se brisèrent dans un craquement de bois mort. Des tonnes de larves ~~tombèrent~~ gigotèrent dans la neige, par paquets hideux.`

`Le monstre, vêtu d'un grand tablier vert, se mit à rire, un rire qui n'en finissait plus. Des nuages de brume sortaient de sa gorge.`

`Emma allait ~~mourir~~ crever. À l'instant précis où il posa la lame sur son téton gauche, elle pria Dieu de lui pardonner le mal qu'elle avait fait autour d'elle.`

David tapait si fort sur les touches que ses doigts commençaient à lui faire mal. Elle l'avait trahi, sali. Six semaines ! Six semaines qu'elle traînait son mensonge, alors que lui se cassait à recoudre des cadavres douze heures par jour, qu'il affrontait des enfants démantibulés, des adolescentes explosées à l'héroïne, à peine dix-sept ans, nues, violées. Sans compter le souvenir de sa mère, dès qu'il mettait les pieds dans un laboratoire de thanatopraxie.

Et elle ! Elle, Cathy, qui avait osé !

« Allez ! On va fêter ça au whisky ! Que ceux qui veulent se payer une nuit avec ma femme se lèvent ! »

Bouteille à la main, il se décolla de sa chaise. Son genou percuta la table, un tube à essai explosa sur le sol, il ne s'en rendit même pas compte.

« Venez ! Venez ! Il y en aura pour tout le monde ! »

Soudain, Schubert. L'allegro d'ouverture. Il s'écrasa près du poste, mains bien à plat, le son dans les oreilles, le front sur le bureau, essayant de pleurer, de libérer la rage emprisonnée sous son crâne. Impossible.

Ce n'était pas sa femme qu'il haïssait. C'était lui-même, David Miller.

Les mouches bourdonnaient autour de lui. Il saisit un scalpel et l'enfonça dans le bois, le serrant de toutes ses forces par le manche. Son pouce blessé se remit à saigner.

À l'évidence, il devenait fou, lui aussi. Destruction psychologique. Le spectre du Bourreau se matérialisait dangereusement.

Il se dirigea lentement vers la fenêtre et resta un moment à contempler les ténèbres.

Alors, une certitude l'envahit.

Le Monstre allait revenir.

32

Adeline pointa son nez dans le couloir. *La Jeune Fille et la Mort* dans le laboratoire, les voix d'Emma et de Doffre dans le salon…

Chacun restait cloisonné dans son coin. Pas de repas ce soir, aucun échange. Des larmes, de la peur et de la colère. Les signes évidents d'une névrose collective.

Sur la pointe des pieds, la rouquine se faufila dans sa chambre. Elle laissa la porte entrouverte, par sécurité. Elle s'était arrêtée à une décision : ouvrir la malle mystérieuse, combattre son système de fermeture et le vaincre.

Il fallait découvrir ce que le vieux y cachait depuis leur arrivée, pourquoi il la fixait si souvent, l'air lointain. Peut-être la clé de cette histoire de dingues. Elle essaya de la déplacer, la tirant par une poignée, mais n'y parvint pas. Le poids d'un cheval mort. Que pouvait-elle bien contenir ?

Elle s'agenouilla et ausculta le cadenas en U. Cinq molettes sur chacune desquelles étaient gravés les chiffres de zéro à neuf. Cinq chiffres… Pouvait-on choisir la combinaison soi-même à l'achat, comme pour certains antivols ? Elle aurait bien tenté la date de naissance d'Arthur, mais elle ne la connaissait même pas.

Elle essaya en vain le coup de l'oreille sur les molettes, à l'écoute du *Clic* de cinéma, et expérimenta également quelques combinaisons triviales – 11111, 22222, 12345, 54321… –, sans plus de succès. Alors, une pensée franchit la barrière de sa conscience pour finir sur ses lèvres :

— Cinq chiffres, les numéros du Bourreau.

Elle se souvenait de l'acharnement dont David avait fait preuve lorsqu'il retournait le laboratoire à la recherche des signes gravés sur les crânes des enfants. Peut-être, après tout… Il fallait tenter le coup.

Elle sortit discrètement de sa chambre, longea silencieusement le couloir et pénétra dans le laboratoire. Les odeurs médicales lui levèrent l'estomac.

David était écrasé sur sa machine à écrire. La blessure de son pouce s'était rouverte, il y avait du sang partout. Un scalpel planté dans le bois, à sa droite. Des dizaines de photographies étalées devant lui, sur le bureau. Adeline s'approcha. Elle porta la main vers sa bouche, essaya d'ignorer ce que ses yeux voyaient sur le papier glacé et se mit à lire la feuille restée coincée dans la machine.

Il lui coupa ensuite un morceau de lèvre, le sang lui éclaboussa le visage. Emma n'arrivait même plus à hurler, les flots pourpres coulaient dans ses yeux. Doffre se frotta les mains sur son ~~pantalon~~ tablier barré de traces de doigts ~~rouge~~. Emma ressemblait bien à une ~~grosse~~ truie, une truie nue, qu'on saignait avec la plus primitive des méthodes. Cette garce souffrait, tant mieux. Chacun son lot de ~~souffrances~~ tortures.

L'expression d'un chaos, d'une folie qu'il recrachait sur le papier. C'était abject. Un mélange d'imaginaire et de réalité. Plus aucune barrière, aucun tabou.

Elle voulut s'emparer du dossier laissé ouvert à gauche de la machine. David lui agrippa soudain le poignet, puis la relâcha. Il était ivre mort. Sans même lui dire un mot, il se remit à taper. Adeline s'écarta un peu, il lui faisait peur. Elle fouilla dans le dossier, plus une seule photographie. Elles étaient toutes là, autour de lui. Elle inspira profondément. Il allait falloir fouiner là-dedans. Supporter la vue des victimes et les gros plans sur leur calvaire.

Avec courage, elle se mit à observer chaque cliché, à la recherche de crânes. De crânes d'enfants.

Elle dut se mordre le poing très fort pour ne pas vomir. Elle ne comprenait pas. C'était peut-être cela le pire, en définitive. Ne pas comprendre cet insatiable acharnement de destruction.

— On en est loin, n'est-ce pas ? cracha David en se retournant, l'haleine chargée.

— Loin de quoi ?

— Des Hannibal Lecter du cinéma. Du lissage cinématographique. Ici, tout n'est que furie, une délectation innommable, accouchée de la souffrance et du sadisme. Ôter une vie pour un orgasme, déchirer les chairs pour se masturber avec, éclater les crânes et bander quand le sang jaillit. C'est ça, leur réalité ! Quand je pense que les gens en font des objets de culte, des sujets de discussion, bien au chaud dans leur petite vie tranquille. Certains les admirent, même, vous imaginez ? Voilà ce qu'on devrait leur montrer ! La mort n'est pas ce qu'ils croient, bordel ! Elle est aussi rouge et sanglante que les cuisses de ces pauvres femmes !

Il plongea à nouveau vers la Rheinmetall. Adeline le regarda s'enfoncer dans son récit, abasourdie. Était-il si différent de ces êtres abominables, au fond ? Lui qui se déchargeait sur sa machine, comme eux le faisaient sur des corps en vie. Et si on lui retirait son papier et son crayon ? Quel autre dérivatif utiliserait-il, pour expier le mal et la douleur qui l'habitaient ? Tuerait-il, lui aussi, comme elle l'avait fait avec Dakari ?

Où se situait la frontière ?

Après cinq minutes de voyage dans l'horreur des charpentes mutilées, elle finit enfin par dénicher le premier tatouage. Le crâne rasé d'un enfant. Un numéro inscrit en grand, à l'encre noire. 98784. Elle ramassa le cliché et poursuivit courageusement sa recherche.

Peu après, elle avait découvert toutes les photographies. Les sept clichés.

— David…

— Une seconde, une seconde… J'ai presque fini.

Adeline hésitait à lui parler de la malle. Elle fit quelques pas vers la porte et revint vers lui. À peine s'était-elle assise à ses côtés qu'il s'écria :

— Et voilà… Fin !

Il regarda en direction des mains de la jeune femme.

— Les photos des enfants ? Qu'est-ce que vous voulez faire avec ça ? Un album de famille ?

— Vous êtes ignoble !

— Ah… les numéros ! Vous aussi vous vous attaquez à la quête du Graal !

Il l'agrippa par le pull, alors qu'elle s'éloignait.

— Attendez ! Attendez ! Ne manquez pas la chute, le clou du spectacle !

— Écoutez, David, je vous signale que votre femme est à l'agonie ! Vous avez peut-être mieux à faire qu'à rester ici à boire et à écrire !

Sans lui laisser le temps de s'échapper, il se mit à déclamer :

— « Doffre trancha la corde de la pointe de son scalpel. Emma chuta la tête la première, la neige amortit la chute et elle roula sur le côté. Des torrents de sang coulaient de sa bouche. Dans le brouillard de sa douleur, elle perçut un cliquetis que n'importe quelle femme pouvait reconnaître parmi mille. Celui d'une boucle de ceinture. Doffre baissait son pantalon, pointant un tout petit sexe. Un sexe ridicule. »

— Vous… Vous êtes pitoyable ! l'interrompit Adeline. Je m'en vais.

Il attrapa de nouveau son pull.

— Restez ! J'ai fini ! J'ai presque fini ! « Au moment où il s'agenouillait pour la pénétrer, elle lui fracassa une pierre pointue sur la figure. L'arcade explosa, il sombra sur le sol, les deux mains devant lui, grognant comme une bête. Emma se redressa, le bloc brandi au-dessus de la tête, et cogna, cogna, cogna. Il vivait encore. Alors elle ramassa le scalpel et lui sectionna le sexe, d'un coup net. Elle le lui fourra au fond de la gorge. "Bouffe ! Bouffe ! Espèce de porc ! Bouffe-toi la bite !" hurla-t-elle en se vidant de son sang. Doffre mourut étouffé, la bite entre les lèvres. Quant à Emma… elle mourut aussi, la bite dans la main. Fin. Roman dédié à Arthur Doffre et à Emma Machin. Votre serviteur, David Miller. »

Il posa les feuilles sur la table et se leva, titubant.

Adeline secoua la tête de dépit.

— Un asile de fous… J'ai mis les pieds dans un asile de fous…

Et elle disparut en refermant la porte derrière elle.

Dans le couloir, elle s'arrêta pour écouter. Toujours les voix d'Emma et Arthur dans le salon.

« Pas mécontente qu'il m'ait trouvé une remplaçante », pensa-t-elle.

Elle plaqua son oreille contre la porte de Cathy. Aucun bruit. La pauvre devait être épuisée et avait dû s'endormir.

De retour dans sa chambre, elle essaya la première combinaison à cinq chiffres. 98784. Rien. Puis 98067, le cinquième des sept numéros tatoués.

Quand la dernière roulette se positionna sur le 7, ses oreilles frémirent. La barre d'acier s'éjecta de son emplacement d'un mouvement latéral. Le déclic se propagea dans tout son organisme.

L'étrange impression d'avoir déjà vécu cette scène.

Alors, elle eut soudain une envie enfantine de refermer le cadenas et d'ignorer ce qui venait de se produire. De se plonger dans son lit et de s'enfouir sous ses draps.

Elle regarda les jeux d'ombres sur le plafond, provoqués par les sapins dans le vent, puis se retourna vers le couloir.

Lorsqu'elle entendit craquer le mur du fond, elle crut mourir de peur.

Elle se concentra sur sa tâche.

Ses phalanges tremblantes chassèrent le cadenas de son emplacement. Elle poussa le loquet métallique. Ne restait plus qu'à soulever le couvercle. Et ouvrir la boîte de Pandore.

La peur d'un monstre aux griffes d'acier, lui tranchant soudain la carotide, la paralysa. Et s'il surgissait de là-dedans ?

« Tu es vraiment stupide, pensa-t-elle. Tu vas quand même pas t'y mettre aussi. »

Un léger grincement.

Elle était accroupie.

La terreur la fit vaciller.

L'image n'eut pas le temps de se figer dans son esprit.

Le cri ne traversa pas son larynx.

Elle se retourna, les yeux écarquillés, la bouche cherchant un oxygène qui n'arrivait plus.

Une crosse de fusil lui percuta l'arcade.

33

Ce fut d'abord l'odeur de brûlé qui arracha David de son sommeil. Il décolla la joue du bureau, l'esprit embrumé, des battements à l'intérieur de son crâne. Dans un mouvement de panique, il se cogna violemment la main contre la machine à écrire.

Devant lui, des flammes, des formes, une silhouette repliée, presque immobile. Lorsque les pupilles de David se contractèrent, que le brouillard éthylique se dissipa, il distingua vaguement une femme maigre. Emma, assise sur le sol, une poubelle devant elle.

Du puits métallique s'élevait une faible lumière.

David secoua la tête, les paumes sur les tempes, s'assurant qu'il ne cauchemardait pas.

Non, la brune maigrichonne se trouvait bien là, à quelques mètres de lui. Elle brûlait des feuilles, la bouche serrée, les lèvres pincées, malgré les boursouflures. Des veines saillaient en racines puissantes sur son cou disproportionné. Elle avait passé son pull lacéré, ainsi que son jean trop large pour ses jambes squelettiques.

La pure réincarnation d'un monstre mythologique.

— Inutile de dire quoi que ce soit, prononça-t-elle d'une voix très dure, sans le regarder. Ce que vous avez fait est impardonnable.

Des boules de papier étaient disposées devant elle, les unes derrière les autres et régulièrement espacées, façon obsédée du détail inutile. À côté, une pile de feuilles.

— Ce que j'ai du mal à comprendre, c'est pourquoi vous vous en prenez à moi, même dans cet état pitoyable, ajouta-t-elle de cette même voix monocorde. Je vous ai fait quelque chose de mal ?

David se frotta les paupières. Les paroles d'Emma résonnaient douloureusement dans sa tête. L'horloge indiquait deux heures et quart du matin.

— Qu'est-ce que vous fichez ici… marmonna-t-il sans vraiment réussir à prendre un ton interrogatif. Vous allez… dégager, et vite fait…

Elle ne répondit pas. Un silence effrayant. Un vide spirituel d'où pouvait se libérer une violence inouïe.

David se plaqua contre le dossier de son siège. Tout lui revenait en mémoire, crûment. Cathy… L'IVG… Leur dispute dans la chambre. Son délire face à la machine à écrire. La présence floue d'Adeline… Les photographies des enfants, entre ses mains. Son héroïne Marion, cachée sous le lit… Les bottes du Bourreau… Le matelas soulevé… Puis plus rien. En apercevant la bouteille de whisky, il comprit rapidement la raison de son trou noir.

Il jeta un œil sur sa droite. Son tas de pages. Disparu. Il prit enfin conscience de ce qui se produisait en face de lui.

Elle était en train de brûler son livre !

— Imbécile ! Qu'est-ce que vous faites ! hurla-t-il en se redressant.

Il s'apprêtait à lui sauter à la gorge. Mais il s'arrêta net.

L'impression d'une entaille dans le larynx.

À dix centimètres du genou droit d'Emma, le fusil. Bien luisant. La gueule noire du canon orientée dans sa direction.

Il dessoûla instantanément et eut l'instinct de ne pas paniquer.

Elle continuait à détruire les feuilles. La fumée s'élevait, de plus en plus dense.

— Écoutez, Emma, je… je suppose que vous avez une bonne raison de ruiner mon travail mais… Arthur risque de ne pas apprécier. Ce livre lui appartient.

— Arthur est au courant… répondit-elle.

— Pardon ?

— C'est lui qui a eu cette excellente idée. Arthur a toujours de bonnes idées.

Un rictus de mauvais clown agita sa lèvre épaisse.

— Non ! Arthur y tient plus que tout ! Il n'aurait jamais fait une chose pareille !

— Oh que si !

Elle mentait ! Elle mentait forcément ! Tout son travail anéanti, devant ses yeux. Le Bourreau qui redevenait poussière. Comment Arthur pouvait-il la laisser faire ?

— Nous avons lu et relu très attentivement vos dernières pages, reprit Emma. Celles que vous avez rédigées cette nuit… Et nous avons été incroyablement déçus.

— Ce… Cette nuit ?

Emma commençait à s'agiter. Assise en tailleur, elle oscillait d'avant en arrière.

— Oui, cette nuit. Vous ne pouvez imaginer à quel point vous nous avez blessés.

— Je… n'y comprends rien… Je ne me souviens plus de… de… ce que j'ai tapé, bafouilla David. J'avais beaucoup bu et…

— Ah ! Alors vous rejetez la faute sur l'alcool ! Mais vous êtes quelqu'un de responsable, monsieur Miller ! Personne ne vous a forcé à boire !

Les veines se démultipliaient partout sur son corps. David croyait voir une déséquilibrée, échappée d'un hôpital psychiatrique.

— Vous avez tenté de me tuer ! continua-t-elle. Et si… si je m'étais écoutée, je vous… je vous… je vous aurais déjà placé une balle au beau milieu du front !

David sentit que ses jambes se mettaient à flageoler. Emma pouvait exploser à n'importe quel moment. Aussi instable qu'un bâton de nitroglycérine.

— Emma, je… je ne saisis pas bien. Comment pouvez-vous dire une chose pareille ? Vous tuer ? Mais…

Emma plaça sa main à plat sur la crosse du fusil. David

pensa un instant à plonger sur le côté, mais se ravisa aussitôt. Cette folle devait être aussi souple et rapide qu'un lièvre.

— Écoutez, Emma… ça a peut-être un… un rapport avec ce que j'ai écrit, mais… mais ce n'est que de la fiction ! Ces personnages ne sont pas réels !

— Et moi, je suis quoi ? De l'encre sur du papier ? Vous avez intentionnellement remplacé le prénom de Marion par le mien ! Pour me faire mal !

— Je… Je n'avais plus toute ma tête, improvisa-t-il. Avec… avec l'annonce de mon épouse, ça… ça m'a fait un vrai choc… Je… Je vous en ai voulu, à Arthur et à vous, c'est pour ça que…

Elle déplia violemment la jambe et percuta la poubelle, qui roula sur le côté. Des flocons noirs s'envolèrent dans la pièce.

— Vous m'en avez voulu ? Vous m'en avez voulu de vous dire que votre femme vous avait trompé ? Qu'elle avait avorté dans votre dos ? Mais… Mais vous auriez dû me remercier ! Vous auriez dû m'aimer pour ça !

— Vous… Vous aimer ? Mais, Emma !

La colère qui déforme le visage. Les lèvres qui se chargent d'un voile d'écume. Emma leva le fusil, puis le reposa. Deux, trois fois d'affilée…

Elle se décida finalement. L'arme décolla du sol. Elle empoigna fermement le Weatherby, le canon braqué vers le bureau.

David comprit qu'il lui restait une fraction de seconde pour sauver sa vie.

— Emma ! Emma ! Vous… Vous avez bien fait de tout me raconter ! Emma, vous… vous avez eu raison !

Elle épaulait.

— Il est chargé à bloc, au cas où vous vous poseriez la question, grogna-t-elle. Quatre balles, les unes derrière les autres.

David estima les possibilités qui s'offraient à lui. Impossible d'atteindre la folle sans contourner le bureau.

S'emparer de la Rheinmetall et la lui balancer à la figure ? Elle lui aurait explosé le crâne bien avant.

— Je sais que j'ai eu raison, dit-elle en maintenant sa visée. Mais vous êtes incapable de comprendre ça. Vous n'êtes qu'un sale égoïste !

— Emma ! je n'ai jamais voulu vous…

— Ouvrez le tiroir !

David s'exécuta. Il n'y avait plus que quelques feuilles.

— Prenez la page du dessous et lisez les dernières lignes !

— Emma ! Votre accent allemand ! Où est passé vo…

— Liseeeeeeeez !

— Je… Non, Emma ! Je ne veux pas lire. Ce… Ce n'est pas une bonne idée.

L'index sur la détente.

— D'accord ! D'accord !… « Doffre mourut étouffé, la bite entre les lèvres. Quant à Emma… elle mourut aussi, la bite dans la main. Fin. Roman dédié à Arthur Doffre et à Emma Machin. Votre serviteur, David Miller. »

David tremblait. Il posa la page devant lui, sans quitter la Furie des yeux. Elle ne laissait plus passer aucune expression sur son visage, mais ses pommettes saillantes et les mouvements convulsifs de ses mâchoires lui donnaient un aspect terrifiant. Un magma volcanique. Un diable, dans un corps de porcelaine.

— Quand on surprend un chien qui défèque, on l'attrape et on lui plonge le nez dans ses excréments pour s'assurer qu'il ne recommencera jamais.

Puis elle se tut et éteignit la lumière. David fut alors ébloui par le faisceau d'une lampe torche sur son visage. Il ferma à moitié les yeux et tenta de se protéger du rayon lumineux.

Cette fille était folle, d'une folie dévastatrice, guidée par la volonté de détruire. Mais elle ne l'avait pas encore tué… Cette lampe torche, dans la figure… Sinistre présage… Elle allait le faire souffrir.

À ce moment-là, David eut la certitude qu'il était arrivé

malheur à sa famille. Tant de silence, autour. Pourquoi Cathy et Clara ne réagissaient-elles pas, malgré les hurlements d'Emma ? Et Adeline ?

— Emma… Dites quelque chose… Je vous en prie… Qu'est-ce que… vous attendez de moi ?

Comment trouver les mots, les gestes qui ne la heurteraient pas ? Comment apaiser cette colère immense ?

Aveuglé, il ne distinguait plus qu'une forme noire.

— Emma, je vais me lever, ramasser cette corbeille et… brûler tout ça. Je… Il faut que je les brûle moi-même. Je vais le faire pour… pour vous prouver que je regrette sincèrement mon erreur. Et je réécrirai cette histoire. Rien que pour vous. Une… Une histoire qui vous plaira…

— Ce serait trop facile, rétorqua-t-elle durement. Il faut que vous pesiez le poids de chaque mot que vous avez écrit. Alors, ces sept pages d'obscénités, vous allez les bouffer jusqu'au dernier gramme de papier.

— Non, Emma ! Je…

La voix jaillie de l'obscurité prit soudain des intonations militaires.

— Un conseil, fermez-la et obéissez. Vous ne pouvez vous en prendre qu'à vous-même. À personne d'autre ! Nous ne sommes pas responsables de vos conneries.

Elle semblait au bord de la rupture. David savait qu'elle était décidée, qu'elle irait jusqu'au bout.

S'il n'obéissait pas, il était mort.

Il ramassa la feuille sur le bureau et en déchira un minuscule morceau qu'il enfonça dans sa bouche. Son palais se tapissa d'un film d'encre écœurant. Il mâcha le papier jusqu'à le liquéfier, avant de l'avaler dans une grimace.

— S'il vous plaît, Emma… C'est infect. Je…

Le pinceau de la lampe se mit à osciller. Emma se leva. David sentit soudain le canon du Weatherby sur son front.

Elle poussa une feuille vierge vers lui.

— Une de plus chaque fois que vous ouvrirez le bec.

— Non, Emma ! Non ! Je…

Deuxième feuille, en plus des sept qu'il devait ingurgiter.

— Croyez-moi, ça ne me fait pas plaisir de vous traiter de la sorte. Mais si nous ne nous fixons pas de règles, d'ici un mois, ce sera l'anarchie. Nous avons énormément de travail pour y parvenir, David Miller, mais nous y arriverons. Je suis sûre que nous y arriverons…

De quoi parlait-elle ? Elle était complètement tarée. Quel travail ? Parvenir à quoi ? Un mois ! Un mois ! Elle ne comptait pas le tuer ! Elle allait l'empêcher de partir ! Le retenir dans cette prison, d'une manière ou d'une autre. Christian ! Il ne reviendrait peut-être jamais !

Il déchira un autre morceau de papier et avala l'infect mélange d'encre, de bois et de cellulose. Emma s'était de nouveau éloignée, en position de tir.

Pourquoi Arthur l'avait-il laissée brûler le manuscrit ? Par rage ? Lui qui tenait tant à ce livre ?

Il y avait là quelque chose que David ne comprenait pas, la brume était encore trop épaisse. Cependant, une chose était certaine, Arthur utilisait Emma pour le retenir, l'emprisonner, comme il s'en était servi pour tuer Grin'ch. Il profitait de son instabilité psychologique, de ses emportements violents, afin de la manipuler.

Par l'intermédiaire d'une folle que lui seul pouvait contrôler, il marchait et agissait à nouveau.

Bien mieux qu'un simple roman.

Emma, les vêtements lacérés, à bout de force, était arrivée au bon moment. Une malade, genre schizophrène, qui se retrouve nez à nez avec un psychologue, dans l'endroit le plus paumé du monde… Et Emma, qui, à présent, parlait le français le plus pur, sans une pointe d'accent…

Une horrible pensée venait de naître sous son crâne. Elle se dissipa un moment… Sa gorge le faisait souffrir terriblement. L'impression que sa langue avait triplé de volume. Cette torture, qui s'ajoutait à la déshydratation liée aux effets de l'alcool. Il fallait boire. Impérativement.

Réclamer sans parler.

D'un mouvement très lent, il prit le stylo à côté de la machine à écrire et, sur une feuille vierge, il nota : « De l'eau ». Puis il repoussa le papier devant lui, ainsi que le stylo.

Le stylo, parce qu'il voulait vérifier quelque chose. Quelque chose d'impensable et qui, pourtant, pouvait fournir une explication à cette histoire de dingues.

Ses doigts tremblaient. Il glissa ses mains sous le bureau.

Emma approcha d'un pas prudent. L'œil jaune de la lampe se balançait dans l'obscurité. Soudain, David s'étrangla et recracha un mélange d'encre et de pâte gluante.

Elle s'empara de la note, alors qu'il s'étouffait.

« Ramasse ce stylo ! pensa-t-il en crachant encore. Ramasse ce putain de stylo et écris-moi un mot ! Juste un mot ! »

— Et la phrase magique ? se moqua-t-elle en repoussant la feuille dans sa direction.

Il ajouta, en s'essuyant la bouche avec un mouchoir : « … s'il vous plaît. »

— Vous n'aurez pas d'eau, prononça-t-elle d'une voix neutre. La punition doit être appliquée jusqu'au bout.

Il voulut reprendre le stylo mais elle se recula.

— Mangez ! exigea-t-elle en chassant d'un geste violent le tas de feuilles sur le sol. Goinfrez-vous de vos âneries !

Alors qu'elle l'humiliait, elle s'obstinait à le vouvoyer. Le ton était cependant devenu définitivement agressif. Au bord de l'explosion.

Les yeux en larmes, David fourra des lamelles dans sa bouche et il avala…

Emma le regardait sans pitié.

Longtemps après, elle lâcha enfin :

— Je pense qu'on devrait faire une petite escapade dehors, tous les deux. Je crois que je devrais vous pendre par les pieds et vous couper le sexe pour vous l'enfoncer dans la bouche. Oui, c'est ce que nous allons faire.

David avait les mains sur l'estomac. La tête lui tournait, et il avait de la peine à respirer.

— Emma... Vous... Je vous ai obéi... J'ai tout mangé... Jusqu'au dernier gramme... implora-t-il, les lèvres et la langue noires.

— Vous n'avez fait que réagir à la menace. Pour préserver votre vie. Mais vous me prenez vraiment pour une idiote, sale petit égoïste ? Une *Dummkopf* ! Une *i-diote* !

Elle sortit de l'ombre et visa sa poitrine.

— Tournez-vous et sortez de la pièce !

— Emma ! Pitié...

— Tournez-vooooooooous ! hurla-t-elle, défigurée.

Il obtempéra, les bras levés, tandis qu'elle se plaçait derrière lui. Devant, le couloir de la mort. La porte de sa chambre, fermée à clé. Ils s'arrêtèrent devant celle d'Emma. Plus loin, l'éclat de l'acier. Puis deux yeux scintillants.

— Arthur ! Je vous en prie ! Dites-lui de...

Le vieil homme partit en marche arrière et disparut dans l'ombre.

— Arthur ! Arthur !

Un coup de crosse dans les reins le cassa en deux. Emma le propulsa contre la porte.

— Entrez là-dedans !

Il était au sol. Il la supplia du regard.

— Je vous en prie... Ne leur faites pas de mal...

— Tout aurait pu être si simple, David... Mais il a fallu que vous fassiez votre forte tête...

Elle le frappa à nouveau d'un coup de pied phénoménal dans les testicules. Il rampa à l'intérieur de la pièce.

— Arthur va m'aider... Oui, Arthur va m'aider... lui dit-elle. Nous y arriverons, mon chéri... Nous avons tout le temps qu'il faut pour ça...

Elle referma à double tour. David roula sur le plancher, à la limite de l'asphyxie.

Quand il baissa les paupières, dans un éclair de douleur atroce, il comprit la raison de sa présence dans cet enfer de verdure, où aucun de ses cris ne pouvait être entendu.

Un piège démesuré.

On ne viendrait pas le secourir. Jamais.

Il poussa le gémissement d'une bête, qu'on s'apprêtait à abattre.

34

Attachée, les bras en croix, aux barreaux d'un lit.

Vivante. Quelque part.

Le noir, le froid.

La nausée montait. Des odeurs d'excréments, d'urine. Des senteurs de bêtes. À gauche, à droite, sur ce matelas infect, sur les murs. Partout autour.

Adeline voulut hurler, mais aucun son ne sortit de sa gorge.

Un antre. On l'avait enfermée dans un antre glacial. L'image des quatre griffures traversant la poitrine d'Emma lui fracassa l'esprit.

Elle releva la nuque et tourna la tête. Une pièce, un lit au milieu, la silhouette mystérieuse d'un poêle, des vitres en morceaux, une porte ouverte. Et des volets démontés, posés à plat dans le coin opposé.

Les volets du chalet.

Par le carreau, la lune, la forêt, l'hiver, l'Allemagne.

Adeline tenta de pivoter pour regarder au sol.

Partout, des inhalateurs. Des dizaines d'inhalateurs, disposés en arc de cercle sur le plancher, comme les bougies d'un rituel satanique. À portée de main, mais inatteignables. Elle orienta son regard de l'autre côté, même scénario.

Le supplice de Tantale.

Cette fois, Adeline hurla pour de bon. Elle ne reçut pour seule réponse que son propre écho.

Un élan de panique accéléra son souffle. Elle rabattit

les pouces aux creux de ses paumes et tira sur ses poignets, de toutes ses forces. Mais les bracelets, ces bracelets d'acier qu'elle avait elle-même apportés pour les jeux sexuels, étaient trop serrés. Et les barreaux, trop solides. Aucune chance de s'échapper.

Une légère stridulation prit naissance à l'ouverture de ses bronches. Une peur violente gonflait dans ses entrailles. Sa langue collecta le sang durci à la commissure de ses lèvres, ses membres se raidirent encore. Elle n'était pas morte, mais une voix, en elle, lui murmurait qu'elle aurait mieux fait de l'être.

Que s'était-il passé ?

Elle se mordit les joues. Une douleur insoutenable lui traversait le crâne. Elle se souvenait de David, hystérique devant sa machine à écrire. Sa bouteille de whisky à moitié vide, ses yeux fous… L'obscurité du couloir, les murmures dans le salon… Elle se rappelait s'être glissée dans la chambre d'Arthur, d'avoir approché la malle… Et après ? Il s'était forcément passé quelque chose ! Qui l'avait frappée ? Pourquoi ?

Et tous ces inhalateurs, autour, comme jaillis d'un cauchemar.

Un vent glacial s'cngouffra par la porte. Dehors, le grincement des branches…

La certitude qu'elle se trouvait dans le repaire de la Chose, et qu'elle allait mourir.

Adeline rabattit ses genoux et les regroupa contre son torse. Ses mouvements remuèrent la puanteur, elle se retint de vomir.

Son cœur palpitait. Le sifflement, cette fois, avait pris la tonalité aiguë d'une crise imminente. Ça arrivait. Le raz de marée levait son mur destructeur et rien ne pourrait freiner sa colère.

La crise d'asthme.

Désespérément, elle se contorsionna, s'arqua, se tordit la colonne vertébrale pour tenter d'approcher sa bouche de la poche de son jean. Elle imaginait déjà la Ventoline lui soulager les poumons. Si près, elle était si près !

Impossible. Elle ne réussit qu'à se vriller l'épaule droite.

Adeline cria en secouant la tête dans tous les sens.

Cette fois, elle tira sur les menottes si fort que la peau de ses poignets s'arracha.

Dans son larynx, le passage de l'air se fit plus difficile.

« Ils disent que c'est psychologique ! pensa-t-elle en serrant la mâchoire. Des crises d'angoisse, juste des crises d'angoisse ! Tu bloques l'air ! Tu bloques l'air et tu provoques le sifflement. C'est ton cerveau qui dérègle tout là-dedans. Ils te l'ont expliqué des milliers de fois ! Dis à ton cerveau que tout ceci est faux ! Que ça n'existe pas ! Respire, putain, respire ! Dakari… Dakari… Tu dois sortir de ma tête ! Ce n'était pas ma faute… »

Mourir privée d'oxygène, dans le poumon monstrueux d'une forêt. Et cernée d'inhalateurs.

Elle haletait, sa poitrine se levait, s'affaissait, bondissait encore. Le sifflement aigu s'écrasa en un son rauque, court et infiniment répété. Elle sentait sa glotte battre, ses amygdales se rétracter, ses poumons brailler « De l'air ! De l'air ! », alors que ses muscles s'atrophiaient, tels des cordages gonflés d'eau et abandonnés à la morsure du soleil.

Le navire organique se disloquait de part en part.

Puis vint le moment où le flux glacé ne circula plus du tout. Une coupure nette.

Attachée à un lit, en train de s'asphyxier.

Ses veines gonflaient. Dans son cerveau, l'image d'une truite se débattant sur une étendue herbeuse. Elle tourna la tête sur le côté, la bouche grande ouverte, priant pour que tout se passe vite.

Mais l'agonie dura des siècles.

Le temps se dilatait. Il lui semblait percevoir chaque seconde se décomposer en dixièmes, chaque dixième en centièmes. L'absence d'oxygène devenait insupportable.

Mourir… Pitié, mourir…

Ses pensées devinrent vierges, immaculées. Ses tendons se relâchèrent. Son organisme abandonnait le combat.

Plus tard, beaucoup plus tard, apparut le visage de la mort. Un masque d'os et de chair pendante, perché au-dessus d'elle. Des cavités béantes, un nez plat, presque inexistant. La figure enfantine de Dakari. Dakari, trempé de sueur. Il était là, venu la chercher de ses petites mains potelées.

Ses yeux se fermèrent lentement. Progressivement, la douleur s'estompa. Elle devait être morte, parce que, en elle, les blocages se rompaient. L'air s'engouffrait de nouveau peu à peu sous son palais. Un écoulement tout d'abord limité, qu'elle sentait glisser au plus profond de son système respiratoire. Ça respirait. Ça respirait tout seul…

Elle rouvrit les yeux. Elle vivait ! Plus de sifflement, plus de blocage !

Dans l'euphorie de la récupération, elle rit. Elle rit comme elle n'avait jamais ri.

— Tu n'existais pas ! s'étouffa-t-elle. Ils avaient raison ! Durant toutes ces années, tu n'as jamais existé !

Son rire se termina par une toux ignoble. Elle explosa en sanglots. Toute sa vie n'avait été qu'un leurre, un accident, une simulation.

Un cauchemar éveillé.

Elle ne mourrait pas étouffée, pas cette fois-ci. Mais combien d'autres morts la guettaient ? Quelles souffrances devrait-elle encore endurer ?

La lune qui jouait avec les nuages lui dévoila une nouvelle esquisse de sa prison. Adeline s'imprégna du moindre détail. Le bois pourrissant de la charpente, laissant entrevoir, juste au-dessus d'elle, la fourrure blanche des amas neigeux. Un fil électrique au plafond, sans ampoule. Les murs, les fenêtres. Le poêle en faïence, noir de crasse. L'ombre d'un outil posé contre. Une hache.

Et ce lit. Ce lit aux solides barreaux de bois.

On l'avait frappée à la tête, traînée jusqu'ici et attachée. Puis on avait disposé les médicaments autour d'elle, peut-être même cette hache, pour ajouter au supplice physique la torture morale. Quel monstre était capable d'une chose pareille ?

Emma… Qui d'autre qu'Emma ?

Son arcade, on l'avait cognée à l'arcade. Elle se rappelait s'être retournée, alors qu'elle se trouvait proche de la malle, qu'elle avait déniché quelque chose à l'intérieur. Quoi ?

Elle leva son épaule gauche et s'y frotta les yeux, qui rougissaient sous le sel des larmes. Elle voulut se redresser, mais la peau de ses poignets la brûla. Elle agrippa un barreau de la main droite et tira à se rompre les tendons. Le bois craqua légèrement… sans se briser. Ses doigts commençaient à geler. Le froid pénétrait aussi les mailles de son pull en laine.

Un frémissement, dehors. La jeune femme se raidit.

— Il… Il y a… quelqu'un ?

« Rien. Sûrement le vent qui agite les branches », se dit-elle.

Elle venait à peine de se rassurer que la neige se mit à crisser. Un bruit de plus en plus distinct.

Envahie par la peur, tremblante, Adeline ne parvenait plus à contrôler le tintement des menottes sur le bois des barreaux. Les odeurs d'urine, la puanteur ambiante. Des lynx ? Impossible. Des animaux sauvages ne squatteraient pas une vieille bicoque. Quoi alors ? Le pauvre arriéré ? Ce Franz ?

— Christian ?

Pourquoi avoir crié ce prénom, alors qu'elle pensait à Franz ? Toujours l'image de cet entomologiste au doigt en moins, dans sa tête. Cette carrure, ce regard. Les quadrillages de plaies, dans les orbites des lapins décharnés… Peut-être pas l'œuvre d'un chasseur.

— Christian ? Répondez, je vous en prie !

Les crissements s'estompèrent un temps, avant de s'éloigner.

Le silence de la grande forêt reprit ses droits.

Une chose était certaine. Qu'il s'agisse de Franz, de Christian, ou de la Chose, il y avait un rapport avec Emma.

Et si c'était cette brune maigrichonne, la dingue qui avait trucidé ces lapins, dérobé les volets, crevé leurs pneus et qui l'avait traînée jusqu'ici ?

Et si le loup était entré dans la bergerie ?

35

— Il s'obstine. Il s'obstine à me haïr. Il me hait. C'est sûr. Je fais tout pour lui et il me déteste. Ça ne marchera jamais. C'est parce qu'il m'a vue. Il m'a regardée, observée, il m'a… Ça… Ça a brisé la vision qu'il avait de Miss Hyde. Je ne lui plais pas. Je m'en doutais. Il n'aurait jamais dû me rencontrer ! Je ne suis pas belle ! Miss
270 Hyde, elle, a du charme, une jolie écriture, elle… elle stimule l'imagination. Mais moi… Une pauvre paumée. On devrait lui dire que je suis Miss Hyde. Arthur, on devrait lui dire. Ce serait une bonne idée.

Arthur força Emma à s'agenouiller devant lui.

— Emma ! s'exclama-t-il d'une voix rude. Je pense qu'il l'a deviné !

— Mais… Mais il aurait dû m'aimer alors, puisqu'il aime Miss Hyde !

Le vieil homme se pencha au-dessus d'elle et lui massa tendrement le cuir chevelu. Longtemps. Très longtemps. Il semblait ailleurs, et heureux.

— Arthur ? Tu dois me dire ce qu'il faut faire… Il faut me dire, Arthur. David… David, je ne veux pas le perdre !

— Laisse-lui le temps de venir à toi, de t'apprécier autrement que par tes écrits. Il s'accroche encore à son épouse, c'est normal. Mais l'image qu'il a d'elle va vite se dégrader. C'est elle qu'il finira par haïr, pas toi.

Il fit un mouvement du menton.

— Donne-moi le vase !

Elle lui tendit la porcelaine rose, puis s'agenouilla à nouveau, avant de se tirer violemment à plusieurs reprises la peau de l'avant-bras.

— Il m'a dit tellement de fois que j'étais importante à ses yeux ! Je… Oh, Arthur, il est si différent aujourd'hui ! J'ai peur…

— « Pour ma plus grande fan », « je vous embrasse », « espérant vous rencontrer un jour ». C'est à *toi* qu'il a adressé ces messages électroniques. Avec le cœur ! Il s'est installé devant son écran, seul, dans la nuit, et il a tapé ces lignes en pensant à toi. À toi et à personne d'autre !

— Justement ! Il m'a trahie ! Il… Il m'a tailladé la figure, il m'a suspendue avec les porcs ! Avant de… de me mettre ton… ton machin dans la main ! C'était écrit, noir sur blanc ! Je pourrais te citer chaque phrase, chaque virgule ! Il… Il a été odieux avec nous !

Arthur lui posa l'index sous le menton pour la forcer à relever la tête.

— C'est pour cette raison que nous sommes obligés de le punir. Et que nous le punirons sévèrement, chaque fois que ce sera nécessaire…

Elle serra les poings.

— Ces méthodes ne me plaisent pas. Tu le sais, Arthur… Tu sais que quand je suis en colère, je fais des choses pas bien. Et en plus, quand j'ai pas mes cigarettes… Tu m'avais promis de ne pas les oublier… Un rien m'irrite. Tu… Tu dois me protéger de ces accès de violence… Si… Si toi tu ne me protèges pas, qui le fera ? Je… Je ne veux pas retourner à l'hôpital.

Elle se releva et s'éloigna à reculons.

— Emma… Viens là… miaula Arthur.

— Non, Arthur, non ! Je… Je… Je ne lui ferai plus de mal !

Arthur frappa du poing sur le bras de son fauteuil. Emma se raidit et leva vers lui un regard craintif.

— Emma ! Tout de suite !

Elle se mordilla les doigts, hésitante. Ses épaules

retombèrent. Elle s'approcha d'Arthur et posa son oreille sur les jambes rigides. Il se remit à caresser son vase. Les flammes crépitaient, furieuses dans l'âtre.

— Tu sais combien je t'aime, murmura Arthur. Comme mon enfant…

Il retourna l'objet en porcelaine de Chine et palpa son bord ovale.

— Je ne veux pas te voir souffrir, poursuivit-il. Mais tu sais bien que ce sont les punitions les plus dures qui font les êtres les plus aimants. David a déjà prouvé à maintes reprises combien tu comptais pour lui. Pourtant, une carapace de fierté et d'orgueil lui interdit de s'ouvrir à toi. Cette carapace, nous allons la briser ensemble. Toi et moi. D'accord ?

Elle acquiesça, au bord des larmes.

— Je sais que tu ressens beaucoup de peine pour Adeline. Que tu étais très en colère quand tu l'as emmenée là-bas. Mais essaie de me comprendre… Adeline, je la connais depuis longtemps, et moi aussi, j'ai eu du chagrin… mais elle n'a pas fait que des choses bien dans sa vie, crois-moi. Elle… C'était quelqu'un de diabolique. Une mauvaise fille dont le seul et unique but était de nous nuire, à tous les deux. Tu le sais qu'elle voulait nous nuire et s'accaparer David, n'est-ce pas ?

— Oui. Oui… Arthur… Je… Je ne sais plus…

— Tu as bien fait, Emma. C'était la seule solution pour vous réunir, Clara, David et toi. Ta nouvelle famille.

Le visage d'Emma s'illumina. Sa famille…

Les phalanges d'Arthur se crispèrent autour de la nuque de la jeune femme, ses ongles pénétrèrent sa chair. Emma eut mal mais ne dit rien.

— Tu sais mieux que quiconque combien la vie peut être dure et cruelle, poursuivit-il. Que personne ne viendra te secourir si tu t'enfonces. Moi, j'ai toujours été là. Dans les moments les plus noirs. Je t'ai fait connaître David, ses écrits… Je t'ai offert le moyen de l'approcher… Tout ce temps que j'ai passé avec toi, à rédiger les lettres de Miss Hyde… Tu n'oublies pas, n'est-ce pas, Emma ?

— Je n'oublierai jamais…

Arthur baissa les paupières et expira profondément.

— Très bien. Il est primordial que tu fasses ce que je te dirai.

Un craquement de bois mort les fit sursauter. La vibration remonta dans le chêne avant de gagner toute la charpente. Les poutres gémirent.

— Qu'est-ce… que… c'était ? bafouilla Emma, les yeux rivés au plafond.

— Le vent…

— Non ! Non ! C'était…

— Suffit !

Clara se mit alors à pleurer dans sa chambre.

— Le jour se lève déjà ! ajouta-t-il. Va chercher la fille, s'il te plaît, et prépare-lui son lait. Autant que la petite se détende un peu. Tout à l'heure, tu joueras dans la neige avec elle. La mère doit encore être sous l'effet du sédatif, mais prends garde. Elle est très agressive.

— Je sais, répliqua Emma en s'emparant du fusil. Je serai prudente.

Quand elle disparut, Arthur plongea la main à l'intérieur du vase couleur chair et en toucha les parois internes. Tout le haut de son corps se tendit comme un arc.

36

Il y avait d'abord eu la brume. Ce flou nauséeux qui avait accompagné la sortie du sommeil. Puis, très vite, le souvenir de la piqûre dans le dos et ces mots, les derniers qu'Emma avait prononcés avant que la vague de l'inconscience n'emporte Cathy : « Je ne vous laisserai plus lui faire de mal. »

La jeune femme tenta de se redresser. Elle fut prise d'un vertige qui la plaqua de nouveau sur le matelas. Elle se sentait hideuse, sale, en rupture complète avec l'image de la battante qu'elle était jadis. Une éponge. Elle se voyait comme cette vieille éponge qu'on jette sur les rings de boxe, à la fin des combats.

Tout juste réveillée et, déjà, prête à pleurer.

Détruite.

Depuis l'extérieur, lui parvint le son d'une voix qui fit affluer le sang dans ses tempes. Elle réussit enfin à se décoller du lit. La main contre le mur, elle tituba vers la fenêtre. La drogue encore présente dans son organisme rendait sa bouche pâteuse et lui donnait envie de vomir.

Les rayons du soleil transformaient la neige en un miroir aveuglant. Cathy ferma les yeux, éblouie, puis les rouvrit progressivement. Dans son champ de vision, deux silhouettes. Emma et Clara. Sa fille, emmitouflée dans son épais blouson, ses gants, son écharpe et son bonnet Oui-Oui. Et qui riait à pleine gorge, tandis qu'Emma lançait des boules dans les branches et provoquait une pluie de flocons.

Son enfant, aux côtés d'une folle.

Cathy tambourina sur le Plexiglas, hurlant désespérément le prénom de son bébé.

— Clara ! Clara ! Clara !

La fillette se retourna, souriante, lui fit de grands signes de la main, avant de s'élancer à la poursuite d'Emma, de sa démarche maladroite.

Elle tournait le dos à sa mère.

De derrière sa prison de verre, Cathy écoutait son rire éblouissant. À cet instant, elle n'éprouva pas de colère, mais une terreur qui fit exploser un bouquet d'images morbides dans sa tête. David, mort. Adeline, morte. Arthur, brandissant leurs organes sanglants au-dessus de son crâne chauve. Sa gamine, enlevée. Et elle, Cathy, en train de crever dans un cimetière de sapins.

Elle se traîna vers la porte, la bouche ouverte, tordue, les jambes molles, s'agrippa à la poignée, s'y suspendit en suppliant. Puis elle regagna la fenêtre, s'y plaqua, cogna, au-delà de la douleur, à se briser les os, jusqu'à ce que la voix de son mari remonte le conduit auditif et vienne frapper son cerveau. Demi-tour. La porte, à nouveau, le cri du cœur, long, déchirant :

— Daaaaaavid !

Son mari, son homme. Lui, de l'autre côté. Vivant. Vivant !

— Je suis là ! Cathy ! Je suis là !

Il tambourinait aussi. Enfermé ! Enfermé dans une autre chambre ! Elle brailla son prénom cinq, dix fois, tandis que ses genoux s'écrasaient sur le plancher, la clouant au sol dans une position de prière. Sa tête lui tournait.

— Écoute-moi ! Cathy, écoute-moi et calme-toi ! Je… Je suis enfermé dans la chambre d'Emma ! Et toi ?

— Moi aussi ! Elle m'a enfermée aussi ! David ! Elle…

— Écoute ! Tu dois écouter ce que je vais te dire ! Écoute-moi ! D'accord ?

Sa voix était forte et autoritaire. Il devait avoir une solution, une explication. Il avait toujours la solution. Il allait les sortir de là. Forcément ! Tout allait s'arranger. Un cauchemar. Juste un mauvais rêve. Pitié…

— Elle… Elle est dehors avec notre fille ! cria-t-elle. Qu'est-ce qu'ils vont nous faire ? C'est… C'est Clara qu'ils veulent ! Ils vont nous la prendre ! Partir et nous laisser crever ici ! Les vitres en Plexiglas ! Les serrures ! Tout était prévu ! David ! J'ai peur ! J'ai peur !

— Ça n'a rien à voir avec Clara ! Écoute, Cathy, écoute ! Emma, c'est Miss Hyde ! C'est elle qui nous a harcelés, qui a envoyé les lettres ! C'est Emma !

Une gifle en pleine figure. Colombe ensanglantée, menaces, colère. L'enfer parisien, ramené dans l'isolement du chalet.

L'air qui se bloque. Encore des images. Adeline, les sifflements, l'asthme. Cathy cracha sur le sol.

David, qui parle mais qu'elle n'entend plus. Juste le bourdonnement des artères, les soubresauts du cœur.

Du sang coula de son nez. Ça ne lui était plus arrivé depuis son dernier match de boxe, des années plus tôt, au temps de la hargne. Agenouillée, elle laissa le liquide se répandre sur ses doigts écartés, le regard vide, sans réagir.

Dehors, Clara riait plus fort encore.

Miss Hyde, ici. Un traquenard. On les avait piégés. Et maintenant ? Qu'attendait-on d'eux ?

— Cathy ! Cathy ! répétait David, à s'arracher les cordes vocales.

— Je… suis là…

— Tu sais où est Adeline ?

— Non…

— On va s'en sortir, d'accord ? On va…

Un bruit, dans le couloir. Là, juste derrière le mur.

Un silence, puis de nouveau la voix de David.

— Arthur ?

Nouveau silence, avant des coups répétés.

— Arthur ! Ouvrez ! Ouvrez !

Cathy secoua la tête, presque au ralenti. Elle était désespérée.

Mais une force en elle l'arracha du sol. Non… ne pas se laisser abattre ! Comme lorsqu'on va au tapis, et que l'arbitre se met à compter. Sa famille. Rassembler sa famille. Peu importait le reste, leur méchanceté, leur folie. Juste sa famille. À nouveau, ensemble.

Elle hurla :

— Mon enfant ! Rendez-moi mon enfant ! Arthur ! Dites quelque chose ! Dites que vous ne nous ferez pas de mal ! Mon mari ! Ma fille ! David ! David !

Aucune réaction. Pas un mot, pas un souffle. Juste le sifflement électrique du fauteuil roulant. Deux secondes à peine, comme pour les narguer. Arthur venait de se déplacer, mais il était toujours là, à l'affût de leurs paroles, à se nourrir de leur souffrance.

Elle imagina son sourire. Un grand sourire illuminant son visage de pervers d'une joue à l'autre. Alors elle abattit son poing sur la porte avec une telle violence que ses os craquèrent, que sa peau se déchira. Elle cria comme elle n'avait jamais crié.

Mais elle resta debout, forte. Elle ne voulait pas sombrer.

Combattre pour eux. Pour leur amour.

Rester droite, coûte que coûte. Encaisser…

Quand le bruit du moteur s'éloigna enfin, David répéta :

— On va s'en sortir, ma chérie… On va s'en sortir…

Mais le ton était devenu définitivement terne.

37

La lumière du jour avait peu à peu redonné ses couleurs, son relief, à la cabane abandonnée. Adeline voyait à présent les nuages de buée qui s'évadaient de sa gorge chaque fois qu'elle respirait.

Il y régnait un froid glacial. Elle se tenait là, épuisée, les traits de son visage s'étaient raidis, ses lèvres asséchées et elle ne sentait plus ses doigts, anesthésiés.

Il fallait qu'elle s'échappe.

L'idée de passer une journée complète dans cet endroit puant… puis une nuit… jusqu'à crever, gelée, déshydratée, ou dévorée… Elle ne savait pas comment, mais elle devait s'échapper.

Les barreaux du lit auxquels étaient attachées les menottes étaient plus épais qu'elle ne l'avait imaginé pendant la nuit. Elle essaya une nouvelle fois de mettre à contribution ses poignets meurtris. Elle serra les mâchoires, plissa les paupières et tira avec une rage infinie. En vain.

Trouver à tout prix une autre solution… Son cerveau ne devait cesser de fonctionner, d'élaborer des scénarios, ne serait-ce que pour la maintenir éveillée. Elle se sentait proche de l'abattement. Il fallait résister à la tentation de s'endormir, d'attendre la mort.

La hachette, posée contre le pied du poêle en faïence, laissée là, derrière les flacons de Ventoline, comme une nouvelle provocation.

Elle devait trouver un moyen de s'en emparer.

Impossible. Rigoureusement impossible.

À moins que…

Elle agrippa solidement les barreaux – il lui sembla que ses phalanges allaient se briser en morceaux –, s'enroula sur elle-même jusqu'à ce que ses bottines se posent à plat sur le mur, derrière elle, et poussa de toutes ses forces. Elle ressentit une douleur atroce dans les épaules et les abdominaux.

Le lit ne bougea pas d'un millimètre.

Elle inspira profondément et renouvela l'opération, une, deux, trois fois, en criant entre ses dents. Mollets, quadriceps, au maximum de leur contraction. Dans un léger grincement, les pieds de bois glissèrent enfin sur le plancher. Adeline grogna comme une bête sauvage et continua son effort, aussi longtemps qu'elle le put.

Cinquante centimètres de gagné. C'était suffisant.

Elle resta un moment allongée à récupérer. Puis elle se concentra sur son mouvement et projeta de nouveau ses deux pieds vers l'arrière, par-dessus sa tête. Elle se tordit encore une fois le dos, si fort qu'elle crut bien que sa nuque finirait par se briser. Elle sentit l'odeur de sa propre urine quand son bassin lui frôla le nez, juste avant qu'il ne bascule de l'autre côté des barreaux, dans le mince espace qu'elle venait de créer entre le mur et le lit. La gravité se chargea du reste. La poitrine, les épaules, la tête suivirent dans une roulade. Le faisceau de douleur, lorsqu'elle se racla le ventre puis le visage sur la barre horizontale du lit, lorsque le fil brûlant de l'acier lui mordit une nouvelle fois les poignets, manqua de lui faire perdre conscience.

Mais elle y était parvenue. Toujours menottée au lit, bras en croix, certes, mais debout, en position de force.

Elle se mit à pousser, tirer, diriger le lit, comme un déambulateur géant. Ses muscles froids lâchaient un acide douloureux, l'air glacial heurtait ses poumons telle une pointe de fouet entaillant le derme. À chaque expiration,

Adeline s'attendait aux sifflements, aux contractions dans son larynx, à l'arrivée d'une crise.

Après avoir traversé le champ d'inhalateurs, elle réussit à se hisser à proximité du poêle en faïence.

À présent, il fallait récupérer la hachette. Le manche était trop court pour qu'elle pût s'en emparer avec les mains. L'outil chutait, alors qu'elle le levait en équilibre sur le dessus du pied droit, alors que ses doigts gourds effleuraient son bois pourrissant. Mais à force de patience et d'acharnement, elle parvint à le saisir et à le lâcher sur le matelas.

Elle éprouva un puissant sentiment de satisfaction et posa le front sur le battant du lit, sans plus bouger, épuisée, se répétant qu'elle y était presque.

Oui ! Elle allait s'en sortir !

Ses poignets menottés, en sang, ne lui autorisaient aucun mouvement de rotation, aucune prise d'élan. Impossible de cogner comme elle l'aurait souhaité. Il allait falloir scier, avec une lourde hachette rouillée, des barreaux d'un diamètre identique à celui d'un manche à balai. Pas facile, mais faisable. Une heure ou deux, et le tour serait joué.

Les mains d'Adeline avaient bleui. Huit heures qu'elle y était. Les ampoules qui crevaient dans sa paume droite lui arrachaient de longs gémissements. Les muscles de son avant-bras, tétanisés, ne travaillaient plus qu'après un repos chaque fois plus long. À peine dix mouvements latéraux de découpe et la brûlure revenait, plus dévastatrice. Les cheveux lui tombaient sur le visage, et elle ne pouvait même pas les repousser. Elle avait besoin de dormir, de manger, et de boire, surtout. Boire, s'avaler des kilos de neige. Elle ne tiendrait pas beaucoup plus longtemps.

La nuit était tombée. Adeline s'assoupit à plusieurs reprises, à genoux, la tête sur les barreaux, les lèvres violettes. Mais chaque fois elle revenait, reprenait son ouvrage, à l'aveugle, l'oreille attentive aux bruissements extérieurs, sciant, sciant toujours plus.

Encore une demi-heure d'efforts et le barreau céda enfin. Adeline hurla de bonheur. Et elle brandit le poing, s'adressant à cette immensité noire qu'elle pensait avoir vaincue.

Elle fracassa l'autre montant d'un coup de hache.

La liberté.

38

L'œil collé sur le trou de la serrure, Emma ordonna à David de se plaquer contre la fenêtre du fond, les mains bien en évidence au-dessus de la tête.

Troisième apparition de la journée. La première fois, elle lui avait déposé un verre d'eau et une assiette de pommes de terre et de saucisses, avant de disparaître aussitôt, refermant la porte à double tour. La deuxième, un seau et du papier toilette. Elle avait procédé de la même façon avec Cathy, qui s'était jetée à ses pieds, la suppliant de lui rendre Clara. À ce moment-là, David avait eu peine à contenir sa rage. Viendrait bien un moment où la cinglée commettrait une erreur. Alors, il lui sauterait à la gorge, et il serrerait…

Pour l'heure, il obtempéra. Bras en l'air, direction la fenêtre. Emma entra, le Weatherby épaulé. Elle poussa doucement du pied un plateau sur lequel étaient posés le dossier Bourreau, deux tasses de café, du pain grillé tartiné de confiture de myrtilles et une seringue, pleine d'un liquide transparent qui tétanisa David.

À l'extérieur, il faisait déjà nuit.

— Je les ai grillées comme vous les aimez, dit Emma en croquant dans une tranche de pain. Et j'ai ajouté une mince pellicule de beurre sous la confiture. C'est bien comme ça que vous les préférez ? Allez-y ! Faites comme moi ! Mangez ! Je sais que vous en mourez d'envie !

David avait plutôt envie de vomir. Elle lui répugnait.

— J'avalerais n'importe quoi, reprit-elle en se léchant

les doigts avant d'engloutir son café. Je ne sais pas comment je réussis à tenir sans cigarettes. Pour compenser, je n'arrête pas de boire du café, jour et nuit. Une vraie cafetière… Pareil que vous ! Du coup, je me sens nerveuse en permanence. Limite agressive. Mais il faut me comprendre, je fume depuis l'âge de seize ans.

Devant l'absence de réaction de David, elle désigna le dossier Bourreau. Parler seule lui convenait, pour peu qu'on l'écoutât.

— Arthur insiste pour que vous le lisiez en totalité, parce qu'il paraît que vous avez raté l'essentiel. Je sais pas de quoi ça parle, mais j'ai vu qu'il y avait des photos immondes à l'intérieur. Si je ne vous connaissais pas, Arthur et vous, je vous aurais pris pour de sacrés sadiques !

Elle sourit. De toute évidence, elle avait oublié que la manière dont elle avait mutilé Grin'ch l'élevait au rang de sadique en chef.

— C'est d'ailleurs ce que j'ai pensé de vous, quand Arthur m'a offert *De la part des morts*. Je vous imaginais complètement différent ! Barbu, la cinquantaine, un peu torturé sur les bords… À la Jack Frost, quoi !

Elle avait incliné le regard, soudain toute timide.

— Alors, je me suis dit qu'il fallait que je connaisse l'homme, découvrir le monstre qui pouvait écrire des horreurs pareilles… J'ai su que vous seriez au salon Pol'art Noir, et…

Elle se mit à rougir.

— … j'y suis allée. Je sais, j'aurais dû venir vous parler, mais… mais je n'ai pas osé…

David la fixait sans desserrer les lèvres.

— Je me suis contentée de vous observer, longuement… Le samedi et le dimanche. Je vous ai même photographié, sans que vous vous en rendiez compte… J'avais vraiment honte… Et puis j'étais en colère… En colère de ne pas avoir franchi le pas…

Après un silence, elle ajouta :

— Ça aurait peut-être tout changé…

David s'en voulait de ne pas avoir repéré plus tôt à quel point elle était cinglée.

— Qu'est-ce que vous voulez, Emma ? demanda-t-il froidement. Où est Adeline ? Pourquoi nous retenir prisonniers ? Notre fille ! Rendez-nous notre enfant !

Emma posa le plateau sur le lit, sans lâcher le fusil.

La seringue roula légèrement.

David songea à sauter sur Emma. Juste le matelas à franchir. Elle n'aurait pas le temps de réagir. Il bloqua sa respiration, fléchit imperceptiblement les jambes. Deux mètres. Seulement deux mètres.

Il allait le faire.

— Clara joue avec Arthur… dit Emma. Il est très tendre avec les enfants.

Il s'arrêta net dans son élan.

— D'ailleurs si vous vous comportez correctement,

elle retrouvera sa mère très bientôt. Mais si vous essayez de… de me jouer un mauvais tour ou de me… Enfin, vous voyez…

Elle parut gênée.

— … Arthur pourrait lui faire du mal… J'ai juste à… à crier un coup… Il a une sacrée force dans les doigts, Arthur. Quand j'étais petite, il nous amenait des noix, et il les brisait comme ça, rien qu'en fermant le poing !

Elle mima le geste de la main gauche, la mâchoire serrée.

— Qu'attendez-vous de moi ? fit David.

— Juste… discuter un peu. Est-ce déjà trop vous demander ?

Un craquement, dans le couloir. Elle se retourna brusquement, jeta un œil vers la porte et s'y précipita, l'ouvrant au maximum, puis la refermant, dans un geste qu'elle répéta dix fois. Même mouvement millimétré, même série de petits pas, même temporisation. « Trouble obsessionnel compulsif », songea David. La scène dura une bonne minute.

— Je ne supporte pas de me trouver trop longtemps

dans une pièce où la porte est fermée, avoua-t-elle d'une voix craintive. Vous… Vous devez me prendre pour une cinglée…

Elle s'était mise à trembler. David se sentait incapable d'agir.

— Non, Emma. Je ne vous prends pas pour une folle.

— Arthur m'a expliqué que c'est à cause de mon enfance. Des choses qui se seraient passées… Moi, la psychologie, ça m'échappe, tout ce que je sais, c'est que je déteste les portes et les volets. J'aurais trop peur d'être enfermée…

— Et moi, Emma ? Qu'est-ce que vous croyez que je ressens ? Je suis enfermé !

Elle baissa les yeux.

— Je sais, David, j'en suis désolée. Mais vous ne m'avez pas laissé le choix… Vous me rendiez malheureuse. Et vous vouliez partir… Me quitter, si lâchement !

David s'approcha d'elle. Elle se cabra.

— N'essayez pas ! ordonna-t-elle en réarmant sa visée.

Il agita ses mains devant lui, pour essayer de la calmer.

— Emma… Vous n'avez pas le droit de me retenir ici contre mon gré. Ce n'est pas comme ça que je vais vous aimer…

Elle haussa les épaules.

— Je sais que vous adorez Clara, que vous ne voulez pas la blesser en quittant votre femme. Mais moi aussi, je l'adore ! Et elle m'aime bien ! Si vous aviez vu comme on s'est amusées tout à l'heure ! Elle oubliera très vite votre… sa mère !

— Mais enfin, Emma…

— Je comprends aussi que vous n'osiez pas tout me dire, l'interrompit-elle, que c'est difficile… Mais… J'ai vu comment vous m'avez regardée, quand je suis arrivée dans le chalet. Ce mélange de surprise et de fascination. Puis votre incursion nocturne dans ma chambre, alors que tout était fermé…

— Mais… C'est vous qui aviez laissé la porte ouverte !

Vous venez de dire que vous ne supportiez pas l'enfermement !

La remarque ne sembla pas la perturber outre mesure.

— Oui, oui… Vous vous êtes glissé près de moi… Votre chaleur, votre tendresse… Puis, vous m'avez embrassée… Ça, vous savez vous y prendre.

— Je ne vous ai jamais embrassée, Emma !

— Ça m'a fait tout drôle, vous savez ? J'attendais ce moment depuis si longtemps… David Miller, rien que pour moi… Pour moi… celui qui m'écrivait ces messages magnifiques. Ces mots, je les connais par cœur…

David eut un regard de dégoût, qu'elle ne remarqua pas.

— Puis c'est moi que vous avez voulu choisir, pour aller chez Franz, avant que… cette sale rouquine prenne ma place… Vous voyez, je n'oublie pas ! Je me souviens aussi de cette terrible journée où vous êtes parti à la recherche de ma voiture. Je crois que je ne vous ai jamais tant aimé qu'au moment où je vous ai vu revenir, couvert de neige. Votre regard, je me rappelle encore votre regard…

Elle retint son souffle.

— Vous pouvez bien me le dire, maintenant…

Il secoua la tête, incapable de retenir plus longtemps les paroles qui lui brûlaient les lèvres.

— Mais vous êtes complètement folle. Folle et obsédée !

Il comprit trop tard qu'il n'aurait jamais dû prononcer ces mots. Quand il aperçut le sourire qui se forma sur ses lèvres, il sut qu'elle était parfaitement capable de le torturer. Ou même de le tuer. Le tuer pour qu'il l'aime enfin.

— Les cigarettes me manquent, vous n'imaginez pas à quel point ! Arthur devait m'en rapporter dans sa malle, mais il a oublié. Lui qui n'oublie jamais. On dirait… je sais pas… qu'il l'a fait exprès…

Elle se tripota le bout des lèvres, très rapidement.

— Je vous ai pourtant prévenu que ça me rendait nerveuse ! Et vous, vous m'insultez !

Le volcan entrait en éruption.

— Arthur m'avait dit que vous tenteriez de me blesser… Que… la coquille était solide… Mais je m'y suis préparée, David… Je commence à m'habituer à votre ton méprisant… Et je tiendrai le coup, le temps qu'il faudra…

Elle ouvrit la bouche et fit « Haaaa ! » très doucement. Puis elle recommença, à peine plus fort. « Haaaaaaaa ! »

— Emma, arrêtez ! Je vous en prie !

— Vous savez ce qui se passera, si je crie vraiment ?

Elle posa calmement le fusil devant David, croisa les bras, puis se tourna et aboya en direction de la chambre de Cathy.

— Vous aussi, vous savez ? Vous savez, n'est-ce pas ?

Elle partit d'un rire diabolique.

— C'est si fragile, la nuque d'un enfant… Crac !

Elle hocha la tête, défigurée par la haine.

— Alors, ce fusil, David, vous ne le prenez pas ? Allez-y ! Allez, sale morveux !

David fit deux pas en arrière, lui intimant de se calmer.

— Prenez-le ! Espèce de porc !

Il était incapable de faire un geste.

— On croyait peut-être qu'on allait me baiser si facilement !

Elle finit par désigner la seringue.

— Je suppose que vous savez comment on procède !

— Emma, je vous en prie. Non…

— Attention, David… Je vais crier…

David s'empara de la seringue et l'approcha de son bras droit.

— Emma… Je… Je regrette. Je veux discuter avec vous. Je…

— Évidemment… Maintenant que vous m'avez insultée ! Vous auriez pu facilement éviter tout cela. Mais je pense que vous retiendrez la leçon. Vous êtes intelligent, vous apprenez vite.

— Je ne recomm…

— Haaa ! Haaaaaa !

Il planta l'aiguille dans son avant-bras, sans injecter.

— Dites-moi au moins de quoi il s'agit !

De l'autre côté du couloir, Cathy suppliait en hurlant.

S'immoler ou faire exécuter sa fille…

Le liquide disparut dans son organisme.

L'effet fut immédiat. Le brouillard. David voulut s'abandonner à l'appel du sommeil mais la délivrance n'arriva pas. Juste cet ignoble écran grisâtre. Il se sentait mou et vulnérable. Il s'effondra sur le lit, les yeux grands ouverts.

Il resta conscient tout le temps où Emma le caressa. Une haleine infecte lui fouetta les narines. Elle l'embrassait sur les lèvres.

Malgré tous ses efforts, il ne parvenait pas à faire un seul mouvement.

Elle lui chuchotait à l'oreille.

— Je sais que tu m'aimes quand tu me regardes de cette façon… Regarde-moi, regarde-moi encore… Tu vas m'aimer, David… Je sais que tu vas m'aimer…

Il lui sembla l'entendre répéter ces mots, cent, mille fois, là, tout près. Il sentit les doigts d'Emma se rétracter sur ses omoplates.

Un muscle chaud pénétra entre ses lèvres écartées et vint s'enrouler autour de sa langue. Il eut l'impression que le baiser répugnant dura des heures.

Puis, quand elle descendit en direction de son pantalon, il bascula la tête et fixa désespérément la porte fermée, de l'autre côté du corridor.

39

David se réveilla en sueur. Très vite, l'idée qu'il venait de sortir d'un mauvais rêve s'estompa. Le cauchemar n'était pas en lui, mais hors de lui, là, de l'autre côté de cette porte.

Il chercha à tâtons sur le mur, derrière le lit, et appuya sur l'interrupteur.

Un bref regard sur sa montre. Cinq heures du matin.
Pas un son dans le chalet.

Il se jeta sur sa tasse de café froid, posée au pied du lit, et dévora ses tartines. Il n'avait pas particulièrement faim, mais il fallait chasser cette sensation de salissure qui lui imprégnait les lèvres. Elle l'avait embrassé, humilié, violé. Il se rappelait cette puanteur en lui, alors qu'il se trouvait immobilisé, drogué. Il cracha sur le sol, se frottant la bouche avec dégoût.

Il se leva sans faire de bruit et, légèrement nauséeux, essaya sans succès d'ouvrir la porte. Il colla son oreille contre le bois. Arthur était-il là, derrière, recroquevillé ?

David se mit à tourner en rond. Il fallait trouver le moyen de foutre le camp d'ici, à tout prix. Réveiller Clara et Cathy, et déguerpir au plus vite… Puis se cacher, se réchauffer mutuellement, se serrer les uns contre les autres. Atteindre le 4 × 4, avant de foncer vers la route. Délivrance. Et, enfin, appeler les flics, tous les flics du monde…

Comment faire ? Assommer Emma à sa prochaine visite

avant qu'elle hurle ? Trop risqué. La moindre erreur, et Arthur tordrait le cou à Clara. Ce salopard le ferait.

Quel lien l'unissait réellement à cette folle ? Il la connaissait depuis toute jeune. Était-il possible qu'il fût… de sa famille ? Ou alors son psychologue ? Et qu'il ait organisé cet effroyable traquenard pour servir leur folie commune ? Pour que, pleine d'espoir et d'illusions, elle se libère de sa souffrance ?

David se rappelait les longs moments qu'ils passaient à deux, tard dans la nuit, à comploter au pied de la cheminée. Cette terreur muette qui semblait s'emparer d'Emma, cette réaction d'orpheline chaque fois qu'Arthur s'éloignait d'elle. Son besoin permanent de se sentir rassurée et de se laisser guider.

Père-fille, ou maître-esclave ? Qui était le plus détraqué ? Il pensa à Charybde et Scylla, monstres mythologiques qui dévoraient les marins circulant entre leurs rochers. Arthur était dangereux, mais Emma pouvait l'être deux fois plus. Au prochain pas de travers, David savait qu'elle n'hésiterait pas à lui faire mal. Très mal.

Jusqu'où iraient-ils ? Et où pouvait bien être Adeline ? Et si…

Plus que tout au monde, il éprouvait l'envie de serrer son épouse dans ses bras. Tout oublier. Tout recommencer. Se faire pardonner son manque d'attention, son égoïsme. Les avoir amenées ici, sans garanties, tout ça pour… des rêves de gloire, d'argent.

Indirectement, il leur avait tranché la gorge. Exactement comme Emma l'avait fait avec Grin'ch. Cathy et Clara. Son sang. Il appuya ses poings contre la porte, submergé par une vague de colère et d'impuissance.

Sur la commode, le dossier Bourreau. Le nœud de cette aventure machiavélique. Ou alors un simple traquenard, pour l'occuper ? Juste un prétexte pour l'amener ici ? Fou de rage, il s'en empara et le lança par terre. Les feuilles, les photographies se dispersèrent sur le sol. Les victimes, qui le fixaient, qui hurlaient, qui, après plus de vingt-cinq années, semblaient crier encore : « À l'aide ! Aidez-nous ! Par pitié ! »

Il se plaqua les mains sur les oreilles, la mâchoire contractée. Pourquoi ces voix, dans sa tête ? « Aidez-nous ! Aidez-nous ! » Ces flashs sanglants qui le harcelaient depuis l'adolescence ? Cet univers macabre qui l'entourait, depuis tant d'années, et qui, à présent, refermait ses griffes sur sa gorge ?

Il détourna le regard du sol… mais une intuition le poussa à scruter de nouveau les éléments épars.

Les photographies des crânes tatoués.

Elles manquaient.

Il s'agenouilla, fouilla, remua. Rien. Les gros plans avaient bel et bien disparu. Alors, une image furtive lui revint en mémoire. Adeline, les clichés des sept enfants dans la main, alors qu'il… alors qu'il écrivait ce qu'Emma l'avait par la suite forcé à avaler.

David frotta son front humide avec le drap. Adeline…
Adeline était venue dans le laboratoire avec une idée précise en tête, cette nuit-là. Elle avait fouillé dans le dossier à la recherche de ces mômes… En quête d'un numéro. Le cinquième des sept nombres.

Et aujourd'hui, elle avait disparu.

David ramassa les faces ensanglantées, les membres lacérés, et les fourra entre les pages dispersées.

S'il voyait juste, et si Adeline l'avait trouvé, il ne manquait plus que deux numéros. Deux numéros avant de clore la série du Bourreau, de fusionner avec sa triste destinée. D'aboutir… Aboutir à quoi ? Le monstre allait-il jaillir des entrailles de la terre et leur arracher les tripes ?

Un traquenard… Il s'agissait nécessairement d'un traquenard. Tout cela paraissait fantastique, incompréhensible… Mais si Emma était arrivée avec ce nombre, 98784, au bout des lèvres, c'était forcément parce que Arthur le lui avait demandé… Toute cette histoire devait suivre une logique.

La logique d'un piège invraisemblable.

« Que sais-tu que j'ignore encore ? se demanda-t-il en pensant au vieux sadique. Pourquoi me donner ce dossier alors que tu te fiches du livre ? Alors que le Bourreau n'était qu'un vulgaire prétexte pour m'amener dans les bras d'Emma ? »

Emma d'un côté, le dossier Bourreau de l'autre… Emma, le Bourreau… Le Bourreau, Emma…

Tout était là, devant lui, et il ne voyait rien. Absolument rien.

Il s'assit en tailleur sur le lit, le dossier sur les genoux.

Rapport d'autopsie de Bourne. Relevés chimiques, toxicologiques… Ouverture de sa poitrine en Y. Organes prélevés, crâne scié, dure-mère percée, cerveau exposé, coupé en tranches.

Bourne avait été retrouvé pendu, dans son garage, complètement nu. Une corde – celle dont il se servait pour ligoter ses victimes – autour du cou, il était monté sur une chaise, l'avait accrochée à une poutre et avait chassé la chaise d'un coup de pied.

Les résultats remontés du laboratoire de toxicologie ne mentionnaient aucune trace d'alcool ni de stupéfiants dans l'organisme. Bourne s'était supprimé froidement, avec la rigueur qui le caractérisait. Le légiste avait noté l'absence de sillons digitaux à l'extrémité de ses phalanges. Dans le garage, les techniciens chargés des relevés avaient retrouvé des feuilles de papier de verre sur lesquelles Bourne s'était frotté les doigts. Un trait qu'il avait en commun avec d'autres tueurs en série. La volonté de pouvoir toucher sa victime sans laisser la moindre trace. Cette sensation de peau contre la peau, sans la barrière des gants en latex.

David s'attarda sur les photographies du cadavre de Bourne. Les lividités noires s'étalaient des coudes jusqu'au bout des doigts, et des genoux aux pieds. Les ecchymoses au niveau des articulations prouvaient que Bourne, dans sa phase d'agonie, s'était balancé au bout de sa corde et cogné au mur, juste derrière lui, cherchant probablement à se raccrocher à la vie au moment d'être emporté dans l'au-delà.

Gros plan sur le visage de l'homme, les yeux ouverts. Le blanc de l'œil parsemé de petites taches, témoins de son décès par asphyxie. La langue gonflée, hors de sa bouche.

Traversé par un frisson, David se frotta les côtes.

« Qu'est-ce que tu viens faire dans ma vie ? pensa-t-il. Pourquoi moi ? Pourquoi ici ? Pourquoi, après tant d'années ? »

Il observa les autres clichés de cette silhouette svelte mais extrêmement musclée, aux pectoraux clairement dessinés. Un obscur caissier de grande surface qui s'entretenait en jouant des poids et haltères dans sa cave, qui cultivait l'énergie nécessaire pour assommer puis torturer ses proies. Force morale, force physique.

David tiqua, au moment où il s'apprêtait à tourner le feuillet. Il approcha ses yeux au plus près du corps de Bourne.

Biceps, triceps, quadriceps…

Muscles saillants, puissants.

Entretenus. Entraînés.

Un entraînement qui devait solliciter énormément le muscle cardiaque. Or Bourne consultait chez Doffre précisément parce qu'il comptait de manière obsessionnelle ses battements cardiaques, qu'il faisait tout pour les réduire, les économiser.

Plus de deux ans sans sport, à restreindre au maximum son activité physique… Son corps aurait dû perdre de sa masse musculaire.

David fouilla dans les photocopies des notes dressées par les inspecteurs. Inventaire du contenu de la cave… Quarante-cinq revues pornographiques. Sadomasochisme, fétichisme, zoophilie, bondage. Divers instruments sexuels, du gode aux bracelets en cuir. Puis, un banc de développé couché, un autre à abdominaux, une presse à jambes, cent trente-cinq kilos de fonte, en disques de un, deux, cinq et dix kilos… Quatre bouteilles d'eau minérale, dont trois vides. Et, entre autres… un tube d'Osmogel acheté la semaine précédente – il était même noté l'adresse de la pharmacie –, entamé au quart. Utilisé pour le soulagement musculaire.

David se mouilla les lèvres du bout de la langue et plongea le nez dans les feuilles du rapport d'autopsie. Pesée, puis dissection du cœur. Il balaya la rubrique plusieurs fois. Ventricule gauche… Oreillette droite… Valves, aorte… Nulle part, on ne parlait de souffle au cœur ou de déformation du myocarde. Un « détail » qui n'aurait certainement pas échappé aux yeux d'un légiste.

Bourne s'entraînait chaque jour, dans sa cave. Et Bourne n'avait jamais eu de problème cardiaque, comme il le prétendait.

David sentit sa gorge se resserrer. Il tenait enfin quelque chose.

Il leva un regard craintif lorsque craqua une lame de plancher, dans le couloir. Il éteignit prestement sa lumière et se glissa sous ses draps, retenant son souffle.

Plus rien. Fausse alerte. Il ralluma, le front trempé.

Il s'empara des bristols vert pomme. Tout premier bilan d'Arthur. Première rencontre avec Bourne. Écriture calme et appliquée.

25 juin 1977

Tony Bourne souffre d'un souffle au cœur depuis l'âge de dix ans. Depuis peu, une douleur dans la poitrine l'a persuadé que son cœur allait s'arrêter de battre…

… Il refuse d'informer les médecins, de peur d'une greffe… Il rejette toute idée d'intrusion d'un élément étranger dans son corps…

… La totalité de notre entretien a été consacrée à son myocarde. D'ailleurs, il n'a cessé de promener sa main sur son torse, instinctivement, le regard souvent lointain. Il a peut-être la phobie de son propre organisme…

Les autres fiches reprenaient plus ou moins la même thématique. Cette histoire de greffe. La manie des chiffres. La volonté de tout peser, de dénombrer. Et la peur grandissante de se déplacer, par souci d'économiser ses propres battements cardiaques.

David se plaqua les mains sur le visage et expira bruyamment. Durant tous ces entretiens, Bourne avait menti à Doffre.

Et, à la vue du rapport d'autopsie, des notes des policiers, Doffre l'avait forcément découvert. Qu'avait-il alors ressenti ? De la colère ? De la rancœur ?

Pour quel motif Bourne était-il allé le voir, dans ce cas ? Pourquoi avoir inventé cette incroyable histoire de battements détraqués ? Pourquoi un psychologue ?

Pourquoi Arthur Doffre ?

C'était incompréhensible. Purement et simplement incompréhensible. La théorie des pulsations cardiaques sur les crânes des enfants semblait pourtant si plausible ! À présent, tout s'effondrait. Retour à la case départ.

David revint aux photocopies des notes concernant l'environnement de l'assassin. Petit pavillon, gazon parfaitement entretenu et coupé à ras – le souci de la précision –, dans un quartier tranquille. Très peu de meubles, une télévision, une radio, des piles de quotidiens. Une maison des plus normales pour un célibataire, et une hygiène de vie soignée. Poubelles toutes vides, lit fait au carré. Dans sa chambre, la balance de Roberval et la plume de Mâat. Aidés de Luminol, les techniciens de la police scientifique avaient réussi à détecter, sur les plateaux en cuivre, du sang vieux de plusieurs mois, appartenant au même groupe que celui de la dernière victime, Patricia Böhme. Les outils de torture, les cordes et les bougies servant à asphyxier ses proies étaient précieusement étalés sur une table basse, tous orientés dans la même direction, bien parallèles, et positionnés à proximité du lit. Probablement un moyen de prolonger les fantasmes, de ramener les cadavres sous ses draps.

Contrairement à la plupart des tueurs en série, Bourne n'était pas un collectionneur. Aucune photographie, nul souvenir – mèche de cheveux, bijoux, partie corporelle – de ses victimes. Entre ses crimes, sa jouissance passait uniquement par la vision de ses instruments. Et la préparation de son carnage suivant.

David continua à examiner toutes ces preuves qui accablaient Bourne, qui effaçaient l'humain et dévoilaient le monstre. Une bête solitaire, un reclus, qui, pourtant, avait rassuré, appuyé, aimé son psychologue durant son séjour à l'hôpital, au point de se suicider après avoir été cruellement rejeté. Bourne, dont l'aversion profonde pour les femmes n'était plus à démontrer, avait-il pu tomber amoureux de Doffre ? Ce qui fournirait le motif de ces séances… Une espèce d'Emma au masculin, prêt au mensonge le plus saugrenu – cette invention des battements cardiaques – pour approcher l'objet de son amour : Arthur Doffre.

Non… Aucun rapport écrit, aucun livre ne faisaient mention de tendances homosexuelles à son sujet. Jamais d'amies, certes, mais jamais d'amis non plus. Cette hypothèse ne tenait pas la route.

Mais alors, pourquoi ces séances ? Pourquoi ?

« Tout est une question de point de vue, et d'influence », avait dit Doffre avec insistance, le premier soir, avant de parler du Bourreau.

Tout est une question de point de vue… Changer d'angle de vision… Renverser les *a priori*… Ne pas se laisser *influencer* par ce qui paraissait évident… Et qu'est-ce qui paraissait évident ? Que Tony Bourne mentait.

Inverser les rôles. Peut-être n'était-ce pas Tony Bourne qui avait entretenu le mensonge. Mais Arthur Doffre.

David s'empara de toutes les fiches cartonnées, s'assit sur le plancher et les plaça en arc de cercle autour de lui, dans l'ordre chronologique. Il vérifia la cohérence des dates, relut consciencieusement les résumés des séances.

L'ensemble se justifiait à la perfection. La thèse de la

phobie de Bourne ne présentait pas la moindre faille. Les détails cités par Arthur étaient crédibles, on ne pouvait plus vraisemblables.

Et pourtant, l'un des deux avait menti. Lequel ?

David se dit qu'il avait peut-être manqué un indice dans le journal intime de Doffre, rédigé sur son lit d'hôpital. Il rouvrit donc le vieux cahier d'écolier et le parcourut en partant de l'hypothèse qu'Arthur mentait au sujet de Bourne.

Il tomba alors à nouveau sur les pages où était répété le mot « Mort ». Le coup de blues d'Arthur, ses plaintes et lamentations. Puis les descriptions précises des visites de Bourne, dont l'état de santé, selon Arthur, s'améliorait, alors que lui s'enfonçait. Avec, toujours, cette écriture tremblotante, fracturée. Des « e » grossiers, des « a » malmenés. Bel exploit tout de même, en fin de cahier, pour un droitier contraint d'être gaucher, nota David. Arthur avait vite appris, et écrivait presque à la perfection après trois mois d'hospitalisation.

Le jour n'allait pas tarder à se lever. David se frotta les paupières, s'empara d'une fiche verte, rédigée avant l'accident, et la plaça en vis-à-vis du cahier. L'écriture, sur le bristol, était fluide, sans rature – jolis « a », « e » parfaits, voyelles arrondies. Pas vraiment différente de celle de la fin du cahier, en définitive. Degré d'inclinaison identique, même manière de lier les lettres, longueur de la barre des « p » ou des « t » semblable.

Étrange, car l'une était tracée de la main droite, et l'autre de la main gauche.

David posa soudain le bristol et mima, l'index pointé devant lui, l'écriture de la lettre « t ». Ce geste, il le répéta cinq fois d'affilée.

Le bras du « t », que le droitier trace de gauche à droite.

Il avala sa salive.

Son regard se porta à nouveau sur le papier cartonné vert. Puis sur le cahier.

Son doigt se mit à trembler.

Il venait d'avoir la certitude d'une chose : c'était Arthur qui mentait.

Sur les bristols vert pomme, Doffre avait tracé ses barres de « t » de droite à gauche, comme le font les gauchers, comme il l'avait fait sur son journal intime, à l'hôpital. Le sens du tracé se devinait à l'infime point d'encre initial, abandonné à droite par la plume. Il en allait de même avec les accents, ainsi qu'avec les lettres rondes – les « o », les « a » –, tracées à l'envers.

Tous ces bilans avaient été rédigés de la main gauche.

Et donc, après l'accident.

Dès sa sortie d'hôpital, avant que les flics ne débarquent chez lui, Arthur avait pris sa plus belle plume, inventé une phobie au Bourreau 125 et rédigé brièvement ces dizaines de bilans, dont les derniers se limitaient à de simples flèches de tendance – sûrement par manque de temps. Une hallucinante histoire de souffle au cœur apportant une explication aux tatouages sur les crânes des enfants. Et légitimant ainsi leurs rendez-vous au cabinet, dont la police avait pris connaissance lorsqu'elle s'était intéressée aux mouvements sur le compte bancaire de Bourne, après son décès.

Aux yeux des flics, Bourne consultait pour soigner sa phobie.

Mais en réalité, Doffre et Bourne ne s'étaient pas rencontrés pour un quelconque problème psychologique.

David y était presque, il le sentait.

L'influence… L'arum, la tache verte abdominale, la scie électrique…

Et si Doffre s'était servi de Tony Bourne ? S'il l'avait guidé dans ses actes, lui avait indiqué la manière de procéder, de progresser dans ses crimes ? Et si ces deux-là avaient *travaillé* ensemble, dans un but commun : le meurtre ?

Arthur Doffre avait-il fabriqué le Bourreau ? Et Arthur Doffre s'en était-il débarrassé par la suite, le forçant à se suicider grâce à l'influence qu'il exerçait sur lui ? Parce que, immobilisé sur son lit d'hôpital, il se sentait lui-même déjà mort ?

Ça se tenait. Ça se tenait drôlement.

L'intelligence de l'un, au service de la démence de l'autre.

Le vice à l'état pur, cloué dans un fauteuil roulant.

Comprendre l'influence et percevoir autrement.

Professeur Doffre… Élève Bourne.

Professeur Doffre… Élève Emma.

Le professeur vieillit, mais pas l'élève.

Doffre, replié derrière sa profession. La psychologie… Un vivier où puiser des esprits malades, malléables. Puis jouer de leurs faiblesses, les travailler à sa guise… Et frapper, frapper par la seule force des paroles.

Combien de personnes psychologiquement fragiles Doffre avait-il manipulées ? Combien de meurtriers avait-il fabriqués ?

Combien de meurtriers…

Emma était de ceux-là. Une obsédée amoureuse, de la pire espèce. *Furor amoris*.

Et bientôt, elle tuerait, dans un seul but : assouvir les fantasmes de Doffre.

David eut envie de hurler. Hurler à se déchirer le larynx.

Enfermé, avec sa fille, sa femme détruite, dans un chalet où personne ne pouvait les entendre crier.

À la merci du pire esprit que l'humanité puisse engendrer. Et de son esclave malade.

Entre les bras du Mal…

40

Complètement nue, Emma longea le corridor sur la pointe des pieds. Son David avait besoin de sommeil, et en aucun cas elle ne voulait le réveiller. Une fois dans la salle de bains, elle entreprit de laver énergiquement toutes les parties de son corps. Au milieu de la nuit, Arthur s'était mis à la caresser avec insistance, alors qu'elle lui
300 tournait le dos, somnolente. Après toutes ces années, le vieil homme était devenu pour elle bien plus qu'un simple médecin. Il l'avait soutenue, suivie, conseillée… Elle ne parvenait pas à le voir autrement que comme une personne proche et aimante, prête à tous les sacrifices pour l'aider, elle, Emma Schild.

Aussi n'avait-elle osé s'éloigner lorsqu'il avait allumé la lumière, glissé les doigts sur ses seins, et qu'elle avait senti son truc se durcir sous les draps. Puis, très vite, il lui avait agrippé les cheveux pour qu'elle se retourne et avait poussé sa tête vers le bas, vers… sa chose, sans jamais cesser de gémir, tandis que ses ongles lui lacéraient le dos, et qu'il fixait la malle ouverte, déplacée au centre de la pièce. Elle ne comprenait pas bien qu'il puisse s'extasier devant un tel contenu. Et pourquoi l'avoir remplie aux trois quarts de parpaings ? C'était complètement débile. Arthur avait parfois des comportements bizarres.

Elle fit couler de l'eau dans sa bouche et la recracha

aussi fort qu'elle le put. Elle aimait Arthur, mais pas comme ça. S'il recommençait, elle… elle…

Non, elle ne lui dirait rien, comme elle n'avait rien dit cette nuit. Comment oserait-elle ? Elle lui devait tout, et… et il lui faisait si peur, parfois.

Elle s'habilla, vaporisa un peu de *Loulou* sur le haut de sa poitrine, puis se regarda dans le miroir. Ce matin, avec les habits de Cathy Miller, son pantalon côtelé noir, son sous-pull beige et son pull à col roulé mauve, elle se sentait belle. Encore une merveilleuse idée d'Arthur. Pourquoi n'y avait-elle pas pensé d'elle-même ? David apprécierait, à coup sûr, même si ces vêtements étaient beaucoup trop larges.

Elle fit rouler l'alliance de Cathy entre le pouce et l'index et l'enfila à son annulaire. « Trop grande ! Évidemment ! Tu le fais exprès, salope ! » maugréa-t-elle en songeant à la femme Miller. Pas bien grave. Elle l'enfonça autour de son majeur et la contempla sous tous les angles.

Une fois dans le salon, elle s'accroupit devant la cheminée et remua avec un tisonnier les dernières braises avant de chausser les après-ski de Cathy. Elle irait chercher du bois, puis préparerait un solide petit déjeuner avec tout ce que David aimait. Son bol de café brûlant, son pain beurré, sa confiture de myrtilles. Elle se rendait compte à quel point leurs goûts en commun étaient nombreux. Décidément, le destin faisait vraiment bien les choses.

Arthur lui avait dit que si David se comportait bien, elle pourrait le laisser prendre une douche chaude. Elle n'oserait pas aller le troubler dans son intimité, bien sûr, elle n'était pas de ces filles-là ! Mais s'il lui demandait gentiment de le rejoindre…

Elle pouffa, mit son blouson et jeta un œil par la fenêtre. Les rouges naissants annonçaient une journée glaciale mais magnifique. Peut-être pourrait-elle proposer à son amour une randonnée, pendant qu'Arthur s'occuperait de Clara ? Longer le torrent, en direction des montagnes, découvrir ensemble ces endroits féeriques… Fixer sur pellicule leurs premiers souvenirs de vacances. Elle était persuadée que, plus tard, ils riraient aux larmes des circonstances de leur rencontre. Il n'y avait pas beaucoup d'amoureux qui pouvaient se vanter d'avoir vécu une aventure aussi originale ! Elle avait quand même failli y rester, dans cette marche forcée ! Et s'infliger soi-même ces griffures, tout cela parce que Arthur voulait que les Miller ne soupçonnent rien !

Elle l'avait franchement mérité, son David, à présent !

Elle se répéta que les êtres faits pour se rencontrer finissent nécessairement par se rencontrer. Aux pôles, au pied d'un volcan, ou ici, en pleine Forêt-Noire. Elle n'était pas sur le chemin de David par hasard.

Après avoir enfilé ses gants et son bonnet, elle déverrouilla la porte d'entrée, qu'elle ouvrit puis ferma une dizaine de fois, réajustant chaque geste au millimètre jusqu'à ce que l'harmonie globale du mouvement lui convienne, et se laissa submerger par le baiser vivifiant de la forêt. Elle inspira profondément, les bras écartés, un sourire radieux sur les lèvres.

— Merci, Arthur ! s'exclama-t-elle en sautillant.

Soudain, devant son regard, un éclair noir déchira l'azur à une vitesse ahurissante.

Elle poussa un cri avant de sombrer, les deux mains en avant.

Son nez se brisa dans une gerbe de sang.

41

Armée de son bâton, haletante, Adeline chevaucha le corps inanimé et se rua à l'intérieur du chalet. Personne dans le salon.

Son regard se porta vers le dessus de la cheminée. Plus de fusil.

La peur au ventre, elle serra son gourdin de ses deux mains et s'élança dans le couloir. Agir vite, très vite ! Emma, avant de s'effondrer, avait eu le temps de crier, donc de donner l'alarme.

« Les Miller. Seigneur, les Miller ! Faites qu'ils soient encore en vie ! » se répétait-elle.

Tapis rouge, obscurité. Portes fermées, sauf celle d'Arthur. Elle s'y précipita mais s'arrêta net à l'entrée, pétrifiée. Le vieil homme avait rampé jusqu'à la fenêtre et saisissait déjà le Weatherby.

En un instant, malgré sa position allongée, il bascula sur le côté et pointa le canon dans sa direction, calant la crosse contre son torse.

— Sale garce ! vomit-il en serrant les dents.

D'un bond, Adeline recula, se colla contre le mur du couloir et claqua la porte. Une première détonation retentit, immédiatement suivie d'un fracas, quelque part dans le plafond.

— Cathy ! Cathy ! s'écria-t-elle.

— Ici ! brailla David. Ici !

Adeline se retourna.

— Ici ! fit à son tour Cathy. Ouvre !

Les voix sortaient de partout.

— Les… Les clés ! Où sont les clés ?

— Sur Emma ! cria David en cognant sur le bois. Qu'est-ce qui se passe ? Adeline !

Sans même répondre, elle fonça vers l'extérieur. Le corps d'Emma, immobile. Son visage maculé de sang. Ses poches. Intérieures et extérieures. Blouson, jean.

— Où sont les clés, espèce de tarée ? grogna-t-elle en secouant la masse inerte. Où sont ces putains de clés ?

Elle relâcha Emma et retourna à l'intérieur.

« Tout sauf la chambre, tout sauf la chambre d'Arthur », pria-t-elle en cherchant dans le salon. Table basse, dessus de cheminée, étagères. Rien.

Elle lorgna dans le couloir. Impossible de bloquer la porte de Doffre, qui s'ouvrait vers l'intérieur. Les clés, vite ! Avant que cette larve parvienne à sortir et à tirer sur tout ce qui bouge.

— Tu vas le regretter ! rugit-il. Pauvre fille des rues !

Et ça cognait, partout. Toujours plus. David, Cathy… et Clara à présent, qui se mettait à pleurer.

Enfin, dans le plus gros des brocs en faïence, sur le muret de la cuisine… un trousseau… Délivrance.

Tapis rouge, encore. Plaquée au mur, elle essaya d'enfoncer une des clés dans la serrure d'Arthur, les doigts encore gelés et tremblants.

Pas la bonne.

De l'autre côté, des grincements d'acier et des crissements de cuir. Le fauteuil roulant !

Les clés suivantes, vite ! Pas plus de succès. Panique. Chute du porte-clés. Recommencer. Quelle clé ? Quelle clé, bon sang ?

Le moteur électrique ! Ce bruit de mort, qu'elle aurait reconnu entre mille. Ça s'approchait, ça s'approchait !

Adeline tremblait tellement qu'elle dut s'aider d'une main pour diriger l'autre. Pas le choix. Il fallait se placer face à la porte fermée. Il tirait, elle était morte.

Et il allait tirer.

Le mécanisme de la serrure s'enclencha au moment même où Arthur actionnait la poignée.

Enfermé.

— Noooon ! hurla Doffre. Je vais te saigner, salope !

Une détonation assourdissante. Un trou énorme, au-dessus de la poignée.

Adeline se traîna vers la porte de Cathy, chancelante. Elle commençait à voir des papillons noirs.

Elle s'écroula et se releva.

Que se passait-il ?

Ses mains sur sa poitrine, son ventre, ses jambes. Elle s'attendait à voir son sang couler, à crever, persuadée qu'il l'avait touchée.

Il ne pouvait en être autrement.

Et ça hurlait, ça hurlait de partout. Les cris, les coups, les clameurs désespérées.

Elle se redressa.

— J'arrive, Cathy ! J'arrive !

Clé, serrure. Combinaison gagnante.

Les deux femmes échangèrent à peine un regard. Cathy aperçut les poignets d'Adeline, mauves, en sang, cerclés de menottes. Elle se mit à courir dans le couloir, terrorisée, Clara dans les bras.

— Daviiid !

L'enfant gémissait, agrippée au cou de sa mère.

— Retourne dans la chambre et habille-la chaudement ! Habillez-vous tous ! brailla Adeline en s'attaquant à la porte de David. Arthur a le fusil ! Vite !

Nouveau coup de feu. Explosion de métal. La poignée gicla et rebondit sur le sol.

David, libéré. Il plongea dans les bras de sa femme et embrassa son enfant, l'étreignant de toutes ses forces. Pas une parole, juste des regards. Ils se lâchèrent très vite, conscients que l'urgence était ailleurs.

— Où est Emma ? questionna David.

— Dehors ! Je l'ai assommée. Je… Je ne sais pas si elle est encore en vie !

Une fois dans le salon, David boucha le couloir avec le canapé, contre lequel il poussa deux lourds fauteuils.

— La cuisine ! Cathy, prends de la nourriture, de l'eau ! Adeline, vous devez manger quelque chose ! Vous ne tenez plus debout ! Que vous est…

— Ça va aller, répondit-elle en s'emparant d'un sac, d'un bonnet et d'une paire de gants.

Au fond du couloir, la porte s'ouvrait. David aperçut les roues du fauteuil et la pointe lustrée d'un canon.

Dans un geste de panique, il récupéra ses vêtements d'hiver sur le portemanteau et se rua dans la cuisine.

Bruit du moteur électrique.

— Miiiiiiiiiiller !

Sac ouvert. Briques de lait, eau, biscuits, chocolat, jambon, saucisson, fourrés pêle-mêle. Adeline vida le contenu d'une bouteille d'eau. Des filets de liquide coulaient le long de son menton.

— Le porte-bébé ? beugla David en s'habillant.

— Dans la chambre !

Il serra les dents.

— On fera sans ! Je la porterai !

Mission impossible. Tous le savaient, personne ne releva. Parler, se poser des questions, c'était briser l'espoir.

— Miiiiiiiiller ! Où crois-tu aller ?

David passa le sac sur son dos.

— On va foncer à l'extérieur. Arthur est bloqué par le canapé, il ne pourra pas viser si on se baisse, d'accord ? On sort, on court jusqu'au chemin. Dans une dizaine de mètres, le calvaire sera terminé. Il n'y aura plus qu'à marcher.

— On va y arriver ! répliqua Cathy en le regardant dans les yeux. On va y arriver, tous ensemble !

David expliqua à Clara qu'elle devait marcher à quatre pattes jusqu'à la porte, que c'était un nouveau jeu. Elle réclama Grin'ch et son papa lui dit qu'elle le retrouverait dans les bois, si elle obéissait.

— J'ouvre la marche, vous me suivez, OK ? Chérie… tu mets Clara juste devant toi. Ne la lâche pas, surtout.

Ils se mirent à quatre pattes, les uns derrière les autres, et avancèrent.

— Miiiiiiiller ! Miiiiiiiller ! Vous n'y parviendrez jamais ! les maudit Doffre. Vous ne savez pas qui je suis ! Vous m'appartenez ! Vous m'avez toujours appartenu ! Adeliiiiiiiiiiine !

Il ouvrit le feu. Un coussin explosa dans un nuage de plumes. La balle se logea au centre d'une poutre verticale.

Clara hurla.

David accéléra, il tira sur la poignée puis se laissa rouler vers l'extérieur, immédiatement suivi par les autres. Il claqua la porte dans une expiration victorieuse, dos plaqué contre le mur de rondins.

— On a réussi !

Une autre balle fusa au-dessus d'eux. Ils se baissèrent et se dirigèrent vers la gauche.

Adeline se figea brusquement avant d'agiter la tête dans tous les sens.

— Em… Emma ! bafouilla-t-elle en désignant les taches de sang en direction de l'abri à bûches. Elle est par… par…

Cathy était tétanisée.

— C'est pas vrai ! C'est pas vrai ! s'exclama David.

— La tronçonneuse ! cria Adeline. Merde !

Il y eut un silence, puis David ajouta :

— Je vais fermer la porte ! Ça la retardera si elle veut récupérer le fusil !

Il enclencha prudemment la clé dans la serrure et verrouilla.

— Allez, on y va ! ordonna-t-il en prenant la tête du cortège.

Doffre ne pouvait plus les atteindre mais tous étaient conscients de ce qui les attendait.

La marche.

Ils s'éloignèrent au pas de course, en file indienne. Le froid leur coupait la respiration.

Soudain, le roulement gras et sourd d'une tronçonneuse

s'éleva des profondeurs. Un bourdonnement saccadé, incisif, avide de mordre.

Cathy se retourna, le visage déformé par une grimace.

— Continue ! Avance ! ordonna David.

Après une course qui parut durer une éternité, ils s'arrêtèrent pour reprendre leur souffle. David posa Clara. Cathy s'agenouilla à ses côtés, le visage rouge sang. Adeline, dix mètres derrière, blanche, frôlait la rupture physique.

Puis, en contrechamp, le chalet, tout petit, traversé par son immense chêne. Dans l'éclat du soleil, tous virent Emma, à l'entrée, qui brandissait l'engin au-dessus de sa tête.

— Daviiiiiiid ! criait-elle dans le lointain. Daviiiiiiid !

Et elle s'élança dans leur direction.

Ils s'immobilisèrent. Saisis par la peur.

Mais, brusquement, Emma fit demi-tour, avant d'abattre la tronçonneuse sur le bois de la porte d'entrée, dans un horrible rugissement.

David voulut soulever Clara mais Cathy l'en empêcha.

— Laisse-la-moi… peina-t-elle à prononcer. J'ai encore… du souffle… Plus vite… Il faut aller plus vite… Elle est partie chercher… le fusil…

David acquiesça, eut un regard pour Adeline, pliée en deux, et reprit la tête du groupe.

— Emma… Elle est blessée et elle… perd du sang… fit-il. Elle… Elle… ne nous rattrapera pas… Comment va… votre respiration… Adeline ?

— Je… J'en… sais rien… Pas terrible… Mais… il n'y aura plus… de crise… d'asthme… Plus jamais…

Après une interminable ligne droite, le sentier virait vers la gauche et se rétrécissait fortement. Ils attaquèrent une pente, puis dévalèrent un raidillon, soulevant des gerbes de neige craquante.

David fut subitement happé par une force souterraine. Son genou droit disparut sous la poudreuse.

Il hurla.

42

— At… tention… Ne… bougez… plus… parvint à dire David, le visage décomposé, les dents serrées.

Immobilité totale. Juste les soubresauts des poitrines en feu et les sifflements des gorges.

David creusa autour de sa jambe en gémissant, et dévoila les mâchoires d'un piège à loup, rabattues autour de sa cheville. Cathy écrasa sa fille contre son torse dans un geste de terreur.

— L'endroit… en est… criblé ! souffla Adeline en s'approchant avec prudence. Cette… neige… tassée ! Ces… traces de… pas ! Elle… a déplacé… tous les pièges… ici !

Elle s'agenouilla et essaya d'écarter la dentition acérée. David hurla de douleur.

— On… n'arrivera pas… à le débloquer. C'est un… mécanisme spécial… Il… Il faut… le levier qui… qui s'adapte…

Cathy colla Clara entre les bras d'Adeline et se pencha au-dessus de son mari.

— Non ! Mon chéri ! Mon chéri ! On doit… On doit…

Elle leva un regard perdu autour d'elle. Des troncs, rien que des troncs.

— Il faut le sortir de là ! Adeline ! On doit le sortir de là ! Tout de suite ! Adeline !

David tenta de se courber, mais cet infime mouvement remua l'acier sous sa chair et il manqua de s'évanouir.

D'un geste très lent, il attrapa le blouson de Cathy et le ramena à lui.

— Tu… Tu vas… prendre le sac et vous allez… courir… Courir aussi… longtemps que… vous le pourrez… Quand vous serez… à bout… vous marcherez… Le plus… vite… possible…

David faisait tout pour ne pas grimacer.

— Écoute-moi ! Vous… allez… rejoindre… la route et… appeler… des… des secours… Ça… ça va bien se passer…

Cathy lui caressait le visage, refusant d'entendre ses paroles. Adeline s'était mise en retrait et occupait Clara pour lui cacher ce terrible spectacle.

— Non ! Non ! Jamais ! protestait Cathy. Je ne te laisserai pas !

— Adeline… fit David. Vous devez… partir… Toutes les… trois… Ou… Ils vous tueront… Ils vous tueront… Moi, ils… ils ne me feront rien… Elle ne… vous poursuivra pas… C'est moi qu'elle veut… Ça va aller… Ça va aller…

Dans un accès de désespoir, Cathy se jeta sur la mâchoire et tenta de toutes ses forces de l'écarter. David lâcha une écume blanchâtre, ses yeux se révulsèrent.

— Arrête ! hurla Adeline en se précipitant pour la secouer par le bras. Tu vas le tuer !

— Non ! répétait Cathy. Non ! Non ! Non !

Puis le silence. Le vomissement lointain de la tronçonneuse avait cessé. Emma avait sûrement déjà récupéré le fusil.

— Tu… dois penser à… notre fille… Clara… Ma Clara…

Ses yeux humides vers ceux d'Adeline.

— Je vous… en prie… Emmenez-les… Sauvez-les… Faites-le… pour… ma fille… Elle doit… vivre ! vi… vre…

Clara échappa à la surveillance d'Adeline et vint se serrer contre lui.

— Oh ! Ma chérie… parvint-il à murmurer, dans un ressac de douleur.

Adeline décrocha avec tristesse l'enfant du cou de son père.

La séparation fut une déchirure.

David sut qu'il ne la reverrait plus jamais.

Il repoussa Cathy de ses dernières forces, avant de s'aplatir dans la neige, les bras écartés.

— Dé… gagez !

— Noooon !

Une détonation retentit. Un coup de fusil en l'air, annonçant l'ouverture de la chasse.

— Daviiiiiiid !

Cathy tressaillit.

La mort dans l'âme, Adeline ramassa le sac et reprit Clara dans ses bras.

Cathy se jeta une dernière fois vers son mari et abandonna la tétine de leur bébé au creux de sa main. La tétine croquée par le petit Grin'ch.

Les sanglots éclatèrent plus fort. David releva la tête alors que ses amours disparaissaient derrière les pentes enneigées, contournant le chemin et ses pièges diaboliques. Cathy fixa son mari aussi longtemps qu'elle le put et se mit à courir, sans plus jamais se retourner.

Les hurlements de Clara finirent par se perdre dans l'immensité.

David sentit les perles de sel se figer au bord de ses yeux. Vint le moment où il n'entendit plus que le battement de son cœur.

Puis, ce bruissement caractéristique des pas dans la neige.

Le monstre approchait.

Il allait souffrir. Puis mourir.

Il songea à sa famille… Son épouse et son enfant, heureuses, quelque part. Clara grandirait. Elle vivrait et elle grandirait.

On se rapprochait de lui, d'un pas déterminé, celui d'un

bourreau paré pour l'office. Puis il aperçut, au-dessus de lui, cette face en sang, au nez décalé, qui bleuissait déjà.

— S'il vous... plaît, Emma, ne me fai... faites pas... de mal, gémit-il en essayant de relever la nuque. Je vais vous... aimer... Je vais vous aimer... aussi fort... que je le... pourrai...

Elle se redressa et poursuivit son chemin, le fusil sur l'épaule.

— Pi... tié ! Emma ! Lai... ssez-les ! Lai... ssez-les ! Je... vous... en prie...

Il ne sut combien de temps s'écoula avant qu'une violente claque le ramène à la conscience. Ses cheveux étaient prisonniers du gel, ses lèvres collées par le froid. Il ouvrit les yeux, elle se tenait au-dessus de lui, dans une espèce de flou, les gencives luisantes, un rictus monstrueux aux lèvres. Elle tendit la main au ciel puis lâcha de petits cylindres métalliques qui vinrent lui frapper le front. Il tourna la tête, la joue gauche enfoncée dans la glace.

Devant son nez, trois douilles vides, encore fumantes, à l'odeur de poudre entêtante.

Il voulut crier mais n'eut, au fond de la gorge, que l'écho de sa propre détresse.

Sa main tenta de frapper devant lui, dans un mouvement désespérément ralenti.

Emma esquiva puis se baissa au niveau de la jambe prisonnière. Elle appuya de toute sa hargne sur les mâchoires puissantes, dans un grognement bestial.

Cette fois, David accoucha d'un cri qui transperça la forêt, avant de s'évanouir de nouveau.

— Je croyais en toi. J'ai tout sacrifié pour toi. Mes nuits, mon métier, mon avenir... Arthur et moi, on va te faire passer l'envie de t'échapper.

Quand elle le tira par les pieds, la tétine resta dans la neige, à proximité des douilles vides... Les trois douilles vides...

43

— La gamine ! Idiote ! Qu'est-ce que tu as fait de la gamine ?

À bout de souffle, Emma abandonna le corps inanimé de David sur le plancher, au milieu du salon.

— L'enfant ! Où est l'enfant ?

Arthur se dirigea vers elle et la gifla avec une incroyable violence. Emma se retrouva à terre, les mains sur le visage. Son nez pissait le sang.

— Je… n'ai pas eu le choix… Je n'arrivais pas… à les rattraper… Alors… j'ai… j'ai tiré… Plusieurs fois… La mère portait sa fille… La balle les a transpercées… toutes les deux… Je… Je suis désolée… Arthur…

Elle pleurait, recroquevillée comme un chien. Hors de lui, Arthur la tira par les cheveux, lui saisit la main et la glissa dans son entrejambe.

— Caresse ! ordonna-t-il, tandis qu'elle s'agenouillait. Caresse ! Sale traînée !

Emma obtempéra, effondrée, terrorisée. Elle fixait son David, partagée entre la colère et un sentiment de tendresse infinie. Arthur se mit à lui palper le crâne, maladivement, comme s'il l'épouillait. Elle sentait son souffle tiède au-dessus d'elle, tandis que la chose gonflait, entre ses cuisses immobiles.

— Il faut qu'il paie ! s'écria-t-il. On va devoir lui faire mal ! Dis-moi que tu vas lui faire mal ! Dis-le-moi !

— Je… Je ne sais pas… bafouilla Emma. Arthur… Qu'est-ce qu'on a fait ?

Il lui attrapa le menton, puis lui écrasa les joues, la forçant à le regarder.

— Qui décide de ce qui est bien ou mal ici ? Qui ?

Un filet rouge vint mourir sur les lèvres d'Emma. L'os de son nez était complètement décalé, lui donnant l'air d'un personnage jailli du pinceau de Picasso.

— C'est… C'est toi… Tu décides de tout, Arthur…

— Il a désobéi ! Et tu sais ce qu'on fait aux enfants qui désobéissent ?

— On les enferme dans les caves, et on les punit ! On les punit pour qu'ils ne recommencent plus !

Elle cracha sur le sol et se redressa.

— Il m'a désobéi ! Il est machiavélique ! Je vais lui faire du mal ! C'est la seule façon !

— Bien. Maintenant tu vas rapporter le contenu de ma malle ici, sur la table. Fais ça ! Vite ! Tu me dois tout. Tu me dois ton enfance, ta jeunesse, ta vie. Alors fais ça pour moi ! On va le punir, tous les deux !

Emma réagit au quart de tour. Elle se dirigea avec résolution vers la chambre. David avait voulu fuir ! L'abandonner, alors qu'il prétendait l'aimer ! Il avait menti, pendant tout ce temps ! Les lettres, les déclarations ! Mensonges ! Mensonges !

Des flammes dévastatrices envahirent l'intérieur de son corps. Elle ne sentait même plus la douleur de son nez broyé.

Punir.

Quelques secondes plus tard, elle déposait sur la table basse ce qu'Arthur lui avait demandé.

— Et maintenant, tu vas l'attacher à l'arbre avec la corde ! De la neuf millimètres ! Tu sais pourquoi, de la neuf millimètres ?

— Non…

— Le meilleur des liens. Souple et solide, disponible partout en grande surface. Qui aurait pensé à ça, hein, qui ? Ce sens infini du détail, c'est pour ça qu'*il* ne s'est jamais fait attraper.

Il tendit son index.

— Mais avant, tu vas le déshabiller. Déshabille-le !

Emma se laissait guider par les paroles d'Arthur. Le déshabiller, pour l'humilier. Arthur avait raison. Comme ça, David comprendrait la leçon !

La cheville était sérieusement amochée. Elle avait gonflé, le sang avait coagulé à l'endroit de la morsure. Maintenant, il ne pourrait plus jamais s'enfuir. Emma se sentit soulagée. Il serait à elle, pour la vie.

Arthur lui indiqua la manière exacte de nouer les liens. Poignets croisés par-devant, six tours de corde. Puis elle redressa le corps et le ligota à l'arbre.

— Tu n'aurais pas dû, répétait-elle inlassablement. Tu n'aurais pas dû… Elles sont mortes, et c'est de ta faute. Uniquement de ta faute.

Arthur l'appela à lui et lui glissa deux pilules dans la main. Elle les avala, sans broncher. Il lui saisit à nouveau les cheveux, et la tira vers l'arrière.

— Tu me fais mal… fit-elle en retenant son cri.

Il la lâcha, l'œil sur la table basse. Le contenu de la malle. La petite pochette en cuir… Et…

David remua la tête. Arthur claqua des doigts et s'adressa à Emma :

— Tu restes dans la chambre jusqu'à ce que je t'appelle. Je dois lui parler. Savoir s'il t'aime vraiment. Si nous ne nous sommes pas trompés…

Emma posa la main sur sa poitrine.

— J'ai… J'ai le cœur qui commence à battre très vite ! Arthur !

— C'est parce que tu es très énervée. C'est très bien ainsi… Et maintenant, va dans la chambre !

Elle s'éloigna. Arthur s'approcha de David et lui murmura à l'oreille :

— Vingt-sept ans que j'attends ce moment. Vingt-sept longues années à me tourmenter… dans ce corps démoli…

Tu ne peux pas imaginer ma souffrance… Ce bras manquant, il me fait encore si mal, parfois. Mes pieds me grattent en permanence. Mes doigts se raidissent, bouffés par l'arthrite. Mais aujourd'hui, tout va changer… Je vais enfin atteindre le nirvana… Cette exaltation suprême de tous les sens. Exécuter la huitième œuvre. Boucler la boucle. Grâce à toi, mon enfant… Et à elle…

44

Il était encore en vie.

Il était encore en vie et la déchirure qui grandissait dans son ventre décuplait l'infernale douleur.

Elles ne pouvaient pas être mortes. Pas elles.

Ses chéries.

David releva le front. Ses cheveux noirs, ses iris brillants contrastaient avec la maigreur blanche de sa poitrine. Nu, serré entre les cordes, il se sentait anéanti, vidé de sa substance.

— Nooooon ! gémit-il d'une voix qui se brisa dans des vagues de sanglots.

Et, tandis que sa tête trop lourde tombait, que les larmes ruisselaient sur ses joues, que sa cheville le brûlait de douleur, son regard atterrit sur la table basse, ramenée juste devant lui.

Il faillit retomber inconscient.

Sous son crâne, toutes les victimes du Bourreau se mirent à hurler. Il vit leur sang se répandre, entendit leurs plaintes, leurs longs cris étouffés.

Ces horribles crimes, il les revécut un à un, comme s'ils avaient été enfermés en lui, depuis tout ce temps.

Leur souffrance devint la sienne.

Ses jambes se dérobèrent sous lui. Seules les cordes solidement enroulées autour de son torse l'empêchèrent de s'effondrer.

Il se dressait là, en face de lui.

Le Monstre, jailli d'entre les morts. L'âme du Mal. Doffre, le Bourreau 125. Une seule et même personne.

— Noooon ! répéta David.

Le Bourreau 125 s'empara de la pochette de cuir posée au bord de la table et l'ouvrit délicatement. Avec une minutie extrême, il disposa les instruments tranchants devant la balance de Roberval, tous dans la même direction et parfaitement parallèles. Un scalpel, un bistouri, une paire de ciseaux, une tenaille et des pinces de manucure, de tailles variées. Sur la gauche, le cuivre de la plume de Maât brillait d'une lumière froide.

— Oh ! Mon Dieu ! Qu'est-ce que vous avez fait… Qu'est-ce que vous avez fait…

David répétait cette même phrase inlassablement. Il ne parvenait plus à réfléchir. Plus rien n'existait, plus rien ne s'ordonnait.

C'était inconcevable.

Le Bourreau se toucha le sexe et caressa le vase couleur chair.

— Il faut que ça dure, fit-il dans une grimace. Il faut que la jouissance se prolonge. Faire venir, puis laisser repartir. Appeler et repousser l'excitation, sans cesse, suivre le mouvement infini des marées.

Il rejeta la tête vers l'arrière et inspira profondément, avant de retrouver un visage plus détendu.

— C'est tellement difficile, ajouta-t-il. Une souffrance qui devient plaisir, un plaisir qui retourne à la souffrance la plus originelle. C'est pire qu'une drogue. Dix fois pire… Et dix fois meilleur.

David était incapable de prononcer un mot. Les images des maris mutilés tournoyaient dans sa tête, auxquelles se mêlaient les visages de sa femme et de sa fille. Il soufflait péniblement et essayait de remuer ses liens.

— J'aime percevoir cette terreur ! clama le tueur en s'approchant. Celle qui se reflète dans tous les regards. Cette même peur, intemporelle, inaltérable, qui remonte du fond des temps. Ton regard, ils l'ont tous eu avant de mourir. Oh, David ! La plus grande jouissance n'est pas dans l'acte final, mais dans tout ce qui mène à cet épilogue. La domination. La destruction. Ce moment où les victimes retournent au stade primitif, où elles redeviennent… des bêtes !

Sa main s'attardait sur les contours du vase.

— Il n'y a plus que cela qui m'aide à tenir, avoua Doffre en désignant l'objet rose. Sais-tu ce que je vois en ce vase ? Sais-tu ce qu'il représente pour moi ?

Il décocha un rire bestial.

— Un vagin ! Un vagin de pucelle ! Et ce bras de fauteuil roulant ? Et ces brocs en faïence ? Réponds, David ! Tu en es capable ! Toi, le spécialiste des tueurs en série !

— Bou… Bourne… bégaya le jeune homme.

— Ah ! Bourne ! Bourne, Bourne, Bourne…

Doffre laissa échapper un ignoble ricanement.

— Bourne n'aurait pas fait de mal à une mouche. C'était un pervers inactif, juste bon à fantasmer devant les rubriques nécrologiques ou les photos de chairs mortes. Ce goût morbide le torturait, il se dégoûtait lui-même… Et pourtant, chaque jour, il avait besoin de sa dose d'abject. C'était sa nature, sa personnalité, et il n'y avait aucune thérapie pour ça. Sauf la mienne. Ma thérapie. L'emmener là où il n'était jamais allé…

Il s'empara d'un scalpel et fit jouer la lame dans la lumière.

— Je l'ai aidé à plonger dans l'esprit du Bourreau, dans mon esprit. Je l'ai nourri de mes histoires, je l'aidais à se représenter les scènes de crime, à sentir l'odeur des chairs qui s'ouvrent sous le fil du bistouri. Je l'ai transporté dans l'univers du Bourreau exactement de la même façon que je l'ai fait avec toi. Il a transpiré, vibré, joui à sa place, à *ma* place. Je ne le guérissais pas, j'empirais son état ! Il devenait dépendant… dépendant de l'horreur.

— Mais… Mais pourquoi ? Je veux… comprendre…

— Pourquoi ? Pourquoi ! Mais parce que tout passait dans ses yeux ! Les meurtres, les cris, la douleur ! Chaque fois que je le rencontrais, avec sa frange parfaite, son strabisme, sa cicatrice, je l'imaginais découper les chairs, humilier les victimes ! Et il m'en parlait ! Il me parlait de tout ça au cabinet… Il allait même jusqu'à se frotter les doigts sur du papier de verre ! Il s'était procuré une balance et fabriqué une plume de cent vingt-cinq grammes, comme le Bourreau ! Et il racontait ce qu'il croyait vivre, et que moi je vivais réellement ! Il ravivait les braises ! Grâce à lui, j'agissais, sans cesse, même quand je ne tuais pas. Sans cesse… Nous formions le duo parfait…

D'un geste sec, il planta l'instrument dans le bois de la table.

— Et après l'accident, le Bourreau est mort… poursuivit David en secouant la tête. Et donc Bourne devait partir avec lui…

— Forcer Bourne à se suicider… Faire le deuil du Bourreau en lui inventant une histoire et un personnage… Le faire disparaître aux yeux du peuple, des médias… À mes yeux… Satisfaire la police, avec cette histoire de souffle au cœur… Donner un sens à ces numéros gravés sur les crânes, afin de clore l'affaire… J'ai rédigé toutes ces fiches d'analyse en deux nuits, et puis j'ai brûlé tout ce qui concernait le vrai Bourne, le petit obsédé sexuel. La police a tout gobé, même son voisinage l'a enfoncé. Ils étaient tellement pressés de classer le dossier ! De faire taire les grondements qui s'élevaient de la rue !

Il serra le poing.

— Oui, forcer Bourne à se supprimer ! Je devais chasser le Bourreau, l'éliminer ! Il ne devait plus exister ! Mais c'était impossible ! Il a toujours fait partie de moi ! Je suis ce qu'il est ! Je suis le Bourreau, même dans un fauteuil ! Le Bourreau ne pouvait pas mourir ! Il était invincible !

Plus aucune émotion dans les prunelles de Doffre. Aucune tristesse, aucune joie. Une froideur absolue.

— Il me fallait une raison de vivre. Il me fallait des objectifs. Dignes de ce que j'ai toujours été… Satisfaire les appétits du Bourreau, continuer à respirer, malgré *Dolor*…

— Alors… Alors, après que la DST vous… vous a forcé à disparaître, vous avez… repris votre activité de psychologue, de manière non officielle… Vous avez modelé des esprits malades… Vous… Vous avez agi non plus sur le terrain, mais… depuis votre fauteuil roulant… Combien ? Combien d'Emma, de Bourne avez-vous manipulés et détruits ? Combien ?

— Suffisamment pour avoir eu l'impression de continuer à marcher.

David était dévasté, tout tourbillonnait autour de lui.

— Vous les avez tuées… Vous avez tué ma famille… Ma femme… Mon enfant…

— Tu ne peux imaginer combien de personnes j'ai tuées. Ça va au-delà de tes capacités.

David éprouva ses liens à se faire saigner les poignets.

— Tu vas te blesser plus encore, ricana le Bourreau. Ce serait bien dommage.

— Alors tout… tout était faux… Les entomologistes, les carcasses…

Doffre hocha la tête avec délectation.

— Ce chalet m'appartient. Tu es dans un décor. Ta famille, Adeline et toi n'avez été que des jouets, des objets de désir, que je me suis procurés pour passer un bon moment.

Il désigna le mur du fond.

— C'est Christian qui a installé les carcasses, posé pour la photo… C'est lui qui a pénétré ici, qui a dépecé les lapins et placé la herse. Les entomologistes n'existent pas, il n'y a jamais eu de programme *Schwein*, ni de Franz. Et ces numéros, que tu étais si fier d'avoir découverts, sur le chêne, la photo, etc., ont été créés de toutes pièces. On a même coulé de l'argent dans l'inscription en haut de l'arbre ! Pour Christian, il s'agissait d'ordres, qu'il a exécutés, voilà tout. Pour moi… préparer tout cela… c'était comme une première mise à mort, une jouissance infinie ! Ce pauvre Christian est persuadé d'avoir mis un écrivain dans l'ambiance, afin que ce soi-disant écrivain ait une imagination plus fertile ! Puis il est tranquillement retourné chez moi, il n'est au courant de rien, il attend sagement le vingt-huit février… la fin de mes vacances…

Il rit grassement.

— Tu es un écrivain pitoyable ! Ton récit est archinul ! Cette femme, qui s'enfuit dans la forêt, qui se cache sous un lit ! Que du cliché, du bas de gamme ! *De la part des morts* est une catastrophe ! Tu n'aurais jamais réussi à rien !

— Vous êtes…

— La seule chose de véridique, dans cette histoire, c'est l'amour qu'Emma ressent pour toi. C'est moi qui lui ai transmis ton livre, qui l'ai mise sur ta route, qui ai forgé Miss Hyde. Elle t'aime, David. Elle t'aime au point de te tuer. Au point de s'infliger des griffures, de

se persuader qu'elle a été poursuivie par une Chose, de crever d'épuisement… Tout ça pour pouvoir se pâmer dans tes bras. Elle est allée jusqu'à déplacer ses meubles, pour que son lit soit orienté dans la même direction que le tien, pour se donner l'illusion que tu étais sans cesse à ses côtés. Tu es partout chez elle. Sur ses murs, en face de ses miroirs, elle a affiché des agrandissements d'articles parus sur toi, ça en devient ridicule, on ne te reconnaît même pas tellement la qualité est mauvaise ! Tu sais, elle a déjà envoyé trois types à l'hôpital et brisé les deux jambes d'un autre… chaque fois en provoquant des accidents. Chute dans les escaliers, objets qui tombent, cachets dissimulés dans la nourriture avant qu'ils prennent la route… Et Dieu sait si elle les aimait, eux aussi ! Elle ne te lâchera pas ! Et crois-moi, tu l'as sacrément mise en colère !

— Vous n'avez… pas le droit !

— J'ai droit de vie et de mort ! Je me suis toujours servi, autant que je le voulais. Prendre la chair, quand j'en avais besoin. La chair humaine ! Le nirvana ! Qui pouvait m'en empêcher ? Le pouvoir, David ! Je possédais ! J'ordonnais ! Je dominais !

Il garda le silence une dizaine de secondes, loin, très loin d'ici.

— Nous y voilà enfin… soupira-t-il. C'est maintenant, David. Les années passent mais l'excitation reste, pareille à la douleur du membre fantôme… Je ne sais pas… Ça va au-delà de l'entendement…

— Vous… Vous ne pouvez pas faire ça… Arthur… Vous…

Doffre agita son index devant lui, dans un mouvement d'essuie-glace.

— C'est Emma qui va le faire. Ce sont toujours elles qui l'ont fait ! Tu ne peux pas imaginer de quoi les femmes sont capables pour ne pas mourir… Oh ! Et si tu avais pu voir leurs regards, quand je tenais leurs enfants dans mes bras ! C'est…

Il ne termina pas sa phrase. Il savourait.

— Ces enfants… fit David. Vous… devez me dire… Les numéros… sur leurs crânes… Que… Que représentent-ils ?

Arthur fit courir sa langue sur ses lèvres, fixant sa proie avec l'œil du prédateur.

— Il s'agissait bien des battements cardiaques. Dire que tu y étais presque, David. Tu y étais presque…

— Ces battements cardiaques… c'étaient les vôtres…

— Soixante-dix pulsations en moyenne, sur vingt-quatre heures, la première fois où j'ai agi. Puis soixante-huit, puis soixante-sept… Mon pouls n'a jamais dépassé les quatre-vingt-dix pulsations par minute quand j'ai exécuté les Böhme. Je maîtrisais tout ! Ma hargne, ma colère. Et je m'améliorais, chaque fois ! J'approchais de la perfection…

Il se caressa le pantalon, les yeux au plafond.

— Et puis, graver ces chiffres c'était… c'était leur laisser ce que j'avais de plus précieux, alors que je leur prenais ce qu'ils avaient de plus cher. Mes pulsations cardiaques, contre leurs parents. Je gravais le sceau de mon organisme sur leur crâne, tandis que mes mains s'imprégnaient de leur sang. Ces bébés m'appartenaient ! Ils m'ont vu torturer leur père, assassiner leur mère ! Tu imagines ?

Il posa son index sur sa tempe.

— C'est imprimé dans leur subconscient ! J'existe dans leurs cauchemars, je sais qu'ils sentent encore, au plus profond d'eux-mêmes, la moiteur de la chambre quand le sang a giclé, et que des cris viennent les hanter, jour et nuit. Ces mêmes cris que tu entends en permanence…

David aurait voulu se recroqueviller dans un coin et se boucher les oreilles.

— Dumortier, Lefebvre, Potier, Pruvost, Cliquenois, Aubert, Böhme. Je connais chacun de ces enfants. Et eux aussi me connaissent… Je leur parle, de temps en temps… Il y a plus de vingt-cinq ans, je leur ai donné un peu de moi-même, de ma colère, de ma douleur. Ils ont ça dans leurs tripes. Eux l'ignorent, mais moi je le sais. Qu'y a-t-il de plus jouissif, de plus abouti que cette ultime prolongation de l'acte ?

Doffre dépassait tout ce que David avait pu concevoir en termes de sadisme. Sa cruauté s'était propagée dans les veines des enfants qui avaient grandi, évolué, mais qui avaient vu l'horreur et la gardaient en eux. L'impression de reconnaître un visage, sans l'avoir vraiment déjà croisé. Un sentiment de mal-être perpétuel. Des images sanglantes, les harcelant au fond de leur âme, sans qu'ils en comprennent la raison. Des êtres déréglés. Quelle avait pu être leur existence, après un tel drame ?

— C'est… C'est impensable… murmura David. Mon Dieu…

— La graine du Mal… J'ai planté en eux la graine du Mal qui, lentement, a germé…

Le Bourreau s'approcha et promena ses doigts sur les hanches nues.

— Tu sais ce qui m'a mis dans cet état ? Un accident

de voiture, un stupide accident de voiture alors que… je venais d'assister à la crémation des Böhme ! J'étais tellement excité… un peu ailleurs, si tu veux, alors… je n'ai pas pu éviter la collision… Ma voiture a été retrouvée en bouillie sur une berge du Rhin. Jambes broyées… Et tu connais la meilleure ? Quand les pompiers m'ont retrouvé, ma main droite avait été arrachée, et emportée par les flots ! C'était précisément sur la main droite que je me tranchais le bout des doigts, avec une lame de rasoir. La gauche, elle, portait toujours un gant en latex. S'ils avaient découvert cette main, ou si elle n'avait pas été arrachée, ils auraient pu se poser des questions à l'hôpital, enquêter et tout comprendre. Formidable ironie du sort, n'est-ce pas ?

David détourna la tête, tandis que Doffre le caressait.

— Ne me touchez pas ! Vous me répugnez. Vous n'êtes qu'une erreur ! Une triste erreur de la nature !

— Oh si ! Je vais te toucher, David Miller. Je vais te toucher, tout le temps qu'il faudra. Te toucher et te regarder mourir. Me délecter de votre douleur commune, pendant que son bras te charcutera et que son esprit t'adulera.

Il fixa l'arcade de David, de ses yeux infiniment noirs.

— Tu n'as donc toujours pas compris la raison de ta présence ici ?

David lui cracha à la figure. Doffre s'essuya calmement.

— Parce que tu te doutes bien que ce n'est pas pour tes capacités littéraires ?

— Arrêtez. Pitié…

— Tes parents t'ont-ils expliqué, pour cette cicatrice en boomerang ?

David agita la tête, soufflant très fort par le nez.

— Que t'ont-ils raconté ? Que tu t'étais cogné sur un coin de table en étant petit ? Ou que tu étais tombé sur un caillou ? Dis-moi David ! Dis-moi !

Pas de réponse. Arthur se déplaça jusqu'à la table basse, s'empara d'une tondeuse à cheveux et de deux miroirs.

— D'où crois-tu que vient ton goût pour ton métier exécrable ? Toutes ces images noires que tu extériorises par la plume ? D'où vient ta souffrance ? Et ces cauchemars ? Ces cauchemars innommables, qui ont cisaillé ta jeunesse ?

Il présenta la tondeuse dans sa paume ouverte.

— Cette blessure, c'est moi qui l'ai provoquée. Je t'ai laissé tomber, et tu as heurté l'un des plateaux de la balance de Roberval. Regarde le plateau, il est légèrement tordu. Oh, David ! Tu étais si petit !

David ne tenait plus debout. Les cordes s'enfonçaient dans sa chair.

— Vous… Vous dites n'importe quoi…

— Tes parents adoptifs ont tout fait pour te protéger, ils ne t'en ont bien évidemment jamais parlé. C'était une consigne des hautes instances. Une famille prête à tout plaquer et déménager souvent, pour garder l'enfant… Pour s'assurer que personne ne lui révélerait la vérité… Ils ont même modifié ta date de naissance de quelques jours, pour éviter qu'elle coïncide avec celle de l'enfant Aubert… Tu n'es même pas toi-même, David !

— Non… Ce n'est pas…

— Tu permets ? Baisse la tête. Tu vas savoir. Tu vas enfin connaître la vérité. Et t'apercevoir que ton destin, c'est moi qui l'ai tracé… Comme j'ai tracé celui de Brassart, l'ouvrier qui a assassiné sa femme et son fils, avant de se flinguer. Brassart… Il était si fragile… Je le vois encore, avec son revolver. Il m'a suffi de quelques rencontres… lui glisser les bonnes idées, au bon moment…

— Mon Dieu…

— Baisse la tête !

David fléchit les jambes et obtempéra. Les larmes affluèrent encore, coulant silencieuses sur ses joues. Doffre rasa l'arrière du crâne, au niveau de l'occiput, puis il posa le premier miroir sur ses jambes, et maintint l'autre derrière la tête de sa victime.

Des traces laiteuses, presque effacées, imprégnées dans

sa chair. David plissa les paupières. 9… Puis, oui, ça ressemblait à un 7… Puis 8, 7, 8…

97878.

Le sixième enfant.

Le trou noir.

Il revint à lui en hurlant quand le Bourreau appuya sur sa cheville, provoquant des jaillissements de sang.

— Ne pars pas, David ! Ça n'est que le début ! Tu comprends mieux, à présent, pourquoi je suis venu te chercher, toi, et pas un autre ? J'étais déjà en toi, David ! Dans ta chair !

Il ricana encore.

— Mon cœur était quasiment au repos quand j'ai tiré une balle dans la tête de ton père, devant tes yeux. Tu me fixais avec une telle intensité ! Tu as tout mémorisé. On dit qu'à cet âge-là, les souvenirs ne persistent pas. J'ai l'intime conviction du contraire. Tout est précieusement stocké au fin fond de ton être… Et aujourd'hui, je vais revivre avec le fils ce que j'ai vécu avec les parents. Boucler la boucle, même si ta fille n'est plus là pour assurer la continuité. Oh ! J'aurais tant aimé planter la graine du Mal dans sa petite cervelle…

Il leva le bras en l'air.

— Vingt-sept années à attendre ce moment !

Il opéra une marche arrière, se saisit du fusil et se dirigea vers le couloir.

— Emma ! Viens me rejoindre ! Nous allons commencer !

45

Mourir. Partir. Les rejoindre. Les rejoindre dans la torture, la rupture du corps, mais les rejoindre quand même.

David pria pour que le ciel abrège sa souffrance.

Mais il ne croyait plus aux prières.

On allait le découper, lui prélever de la chair. Vivant.

Ses jambes plaquées contre le tronc froid se raidirent
328 lorsqu'il perçut les grincements dans le couloir.

Ça arrivait, prêt à accomplir l'office.

Le Monstre. La Chose. L'esclave.

La malheureuse.

Emma ne s'était pas occupée de nettoyer le sang qui avait durci au bord de ses narines, ni de redresser l'os de son nez. La partie gauche de son visage avait enflé jusqu'à venir fermer son œil. Des taches sombres maculaient le col du pull mauve et s'étaient même répandues le long de son pantalon.

— Emma, écoutez-moi ! Il vous tuera, vous aussi ! s'écria David. Nous faisons partie d'un jeu ! Un jeu de mort !

Doffre se tenait un peu en retrait, le fusil posé derrière lui, à proximité de la cheminée. Son œil noir balayait la silhouette masculine avec délectation, sa langue venait parfois mouiller ses lèvres, tandis que ses doigts caressaient le bras tiède de *Dolor*.

— Vous n'êtes que mensonge ! répondit Emma en lui crachant à la figure. J'ai cru en vous ! J'ai vraiment cru en vous ! Mais vous n'êtes pas différent des autres ! Vous êtes un salaud !

Elle le gifla dans un beuglement rauque.

— Avec ceci… dit Arthur en désignant les instruments de torture. Il faut arracher le péché de ses entrailles, lentement, très lentement… Tu dois laisser ton empreinte sur son corps, lui infliger la douleur qu'il t'a fait subir depuis des semaines. Pour qu'il n'oublie jamais. Fais-le ! Et pose chaque morceau de chair sur la balance, jusqu'à l'équilibrer. Ôte-lui cent vingt-cinq grammes de méchanceté et de mensonge. Il te suppliera… Emma ! Il te suppliera comme il ne t'a jamais suppliée. Et il te respectera. Fais-le !

Doffre prononçait des paroles qu'elle n'entendait déjà plus. Elle considéra la table basse et se saisit soudain d'un bistouri à lame courbe.

— Arthur a tué mes parents ! lâcha désespérément David. Il a massacré mes parents alors que je n'avais pas trois ans ! Christophe et Jacqueline Aubert ! Vous devez me croire !

Emma serrait le manche en inox et menaçait David avec la lame.

— Vous croire ? Mais comment osez-vous ? hurla-t-elle.

— Il a tué six autres familles avec ces instruments ! Emma ! Toutes ces photos que vous avez vues ! Ces morceaux de membres découpés ! Le dossier ! Le dossier du Bourreau 125 ! C'est lui, le Bourreau 125 !

Doffre exultait. De plus en plus agité sur son fauteuil, il semblait revivre les scènes du passé. Les massacres, les plaintes, les cris, les supplications…

— Je ne vous pensais pas si hypocrite, dit Emma en s'approchant de David. Je devrais vous couper la langue.

— Les photos ! Les photos des enfants ! Vous les avez forcément vues !

Il baissa la tête.

— Regardez ! Regardez mon crâne ! Le numéro !

97878 ! Le sixième enfant ! Allez chercher la photo du sixième enfant !

Elle fronça les sourcils quand elle aperçut la surface rasée, puis les marques laiteuses. Les chiffres effacés se lisaient encore distinctement.

— Tu l'as rasé ? demanda-t-elle à Arthur. Mais pourquoi ?

— Découpe ! Découpe ! ordonna-t-il.

La tête inclinée, elle sortit de sa poche les photographies qu'elle avait ramassées après avoir assommé Adeline. Elle regarda les clichés, puis le crâne de David. Même position… Même taille… Elle les passa en revue une à une… Même numéro.

Emma se tourna vers Arthur.

— Mais… Qu'est-ce qu'il raconte ?

Elle cherchait un élément de ressemblance avec David, mais on ne voyait pas le visage de l'enfant.

Le Bourreau vint lui arracher les clichés des mains et les jeta sur le sol avant de lui saisir le poignet.

— Tu ne comprends donc pas qu'il se moque encore de toi ? Qu'il utilise le prétexte des enfants pour t'attendrir ? Ce tatouage, il se l'est fait lui-même ! Il est tellement obnubilé par cette histoire de fous ! Ça lui bouffe la vie, tu le sais ! C'est un démon !

Il la repoussa vers David avec fermeté.

— Il te ment ! Il te ment comme il t'a toujours menti !

Emma se raidit et pointa le bistouri devant elle.

— Vas-y ! brailla le Bourreau. Découpe ! Découpe et pose sur le plateau !

— Non, Emma ! Pour l'amour de Dieu, ne faites pas ça !

Dans un geste de furie absolue, elle lui planta le bistouri dans la cuisse droite. David se tordit de douleur, alors qu'Arthur se cabrait sur son siège, traversé par un courant de plaisir.

— Pourquoi, David ? cracha-t-elle de son haleine rance. Pourquoi faut-il que tout se termine toujours de la même façon ? Pourquoi vous n'êtes pas capable de m'aimer ?

David gémissait, le visage décomposé, pendant qu'elle prélevait un infime pavé de chair.

— La… balance ! haleta le Bourreau. Pose dessus ! Et recommence ! Recommence, jusqu'à l'équilibre ! Il te hait ! Il était prêt à fuir et à te laisser crever dans la neige, comme une chienne ! Te laisser crever !

Emma ne contrôlait plus ses nerfs, ni les battements de son cœur. Les cachets… Qu'est-ce qu'Arthur avait bien pu lui donner ? Elle était en sueur. La voix d'Arthur s'éloignait et revenait plus forte encore. Une seule envie. Courir se fracasser la tête contre un mur. S'infliger des coups de scalpel. Frapper.

Elle se trancha la main en criant :

— Voilà ce que vous me forcez à faire ! Je vous demandais juste de m'aimer ! M'aimer ! C'est si compliqué ?

Elle propulsa l'instrument sur le plancher et resta là, à regarder le sang couler. Puis elle fixa curieusement Doffre, les yeux embués de larmes.

— Continue ! grogna-t-il. Tranche-lui un orteil ! Tranche-lui un orteil et pose-le sur la balance !

Elle s'empara de la tenaille, les mâchoires serrées.

— Emma… Il va vous tuer… Il va boucler la boucle… Après les parents, les enf…

Il se redressa subitement.

— Sept ! s'écria-t-il, regardant la chevelure noire alors qu'Emma s'était baissée et approchait l'outil de son pied gauche. Sept !

Elle marqua une nette hésitation. Doffre perdit instantanément son rictus.

— Sept quoi ? demanda-t-elle en relevant la tête.

— C'est pour cette raison qu'il vous a choisie, vous ! Les enfants perdus qui s'entre-tuent ! L'ultime aboutissement ! Le septième numéro se cache sur votre crâne ! Vous êtes l'enfant Böhme, dont les parents ont été tués en mars 1979 ! Vous êtes née aux alentours du 4 mars 1979 !

Ils ont modifié notre date et lieu de naissance pour qu'on ne fasse pas le rapprochement ! Vos vrais parents s'appelaient Patricia et Patrick ! Vous avez été adoptée. Petite, vous déménagiez souvent ! Avez-vous déjà vu des photos de votre mère enceinte ? De vous, nourrisson ou à l'âge d'un an ? Non, je suis sûr que non ! Emma ! Vous aussi, vous avez ce numéro sur le crâne ! Vérifiez ! Vérifiez au moins ça ! Je vous en prie !

Emma se redressa. Sa paume gauche était en sang. Son cœur continuait à s'emballer.

— Ne l'écoute pas ! vociféra le Bourreau. Tranche-lui la langue !

— Arthur ! Mais comment il sait pour… ma date de naissance, et les déménagements ? Je… Je n'en parle jamais !

Ses yeux étaient rivés au sol, cherchant le cliché du septième enfant.

— La tondeuse, Emma ! Rasez-vous l'ar…

Le Bourreau enfonça son index dans le trou de la cuisse.

— Ferme-la, petit enfoiré de mes deux !

David hurla, arqué contre le tronc.

— Vas-y ! répéta le tueur en se retournant vers Emma. La chair ! Prélève la chair !

Emma secoua la tête, les photographies devant elle, complètement affolée. Arthur lui attrapa les cheveux.

— Qui commande ici ?

Elle encercla les poignets de Doffre, la bouche grimaçante. Pour la première fois, il sentait de la résistance.

— Qui commande ?

Elle ne parvenait pas à se défaire de son étreinte. Elle s'élança vers l'avant, abandonnant une poignée de cheveux entre les doigts du Bourreau.

— Il faut que… que je vérifie ! s'écria-t-elle.

— Reviens ici !

— Tu dis qu'il ment et je te crois… Arthur ! Je te crois vraiment ! Mais…

Elle serra le poing.

— … on va voir… Oui, on va voir.

Elle s'empara des deux miroirs et précipita la tondeuse sur ses cheveux.

— Emma ! répétait Doffre de son ton le plus autoritaire. Emma ! Emma !

Il fit marche arrière et cogna contre la table basse.

— Le fusil ! s'écria David. Il va chercher le fusil ! Emma !

Mais elle ne l'écoutait pas, occupée à se raser la tête. Dans le miroir, le chiffre se dessina lentement, sur la masse blanche de son crâne.

Ses yeux s'écarquillèrent.

Elle tomba à genoux, la photographie du septième enfant entre ses mains tremblantes.

Ce môme était une fille. Une fille aux courts cheveux bruns, de tout juste deux ans.

Emma hurla.

Puis elle observa David. Cette même marque dissimulée sous sa chevelure, depuis toutes ces années…

Ils étaient ces enfants photographiés, ces bambins qui avaient vu leur père et leur mère mourir dans des souffrances inhumaines. Elle s'était alors retrouvée chez des gens qui ne l'aimaient pas, qui avaient fini par la maltraiter, l'enfermer à la cave ou dans des pièces aux portes et aux volets fermés.

Des parents qui n'étaient pas les siens.

Et elle resta là, inerte, à essayer de comprendre comment Arthur avait pu la tromper à ce point. C'était trop difficile, inimaginable. Non ! Arthur ne pouvait pas ! Lui qui s'était toujours occupé d'elle, depuis son plus jeune âge !

Les numéros. Les enfants. L'histoire de ce tueur. Les crânes rasés.

Elle s'élança sur David, un scalpel au poing, tandis que le Bourreau levait déjà l'arme de son bras puissant.

David baissa les paupières quand l'instrument tranchant s'abattit dans sa direction.

Emma cisailla les liens, tellement paniquée qu'elle entailla également la chair des poignets. Les cordes cédèrent. Plus rien ne retenait David à l'arbre, il chuta sur le plancher et replia ses mains sur sa cheville blessée.

Quand il leva les yeux, Doffre était en position de tir.

— C'est maintenant que le cercle se referme, dit-il le doigt sur la gâchette. Que la dernière page se tourne… Vous représentiez tant à mes yeux ! Vous portiez en votre sein la graine du Mal, que j'avais délicatement déposée, et qui commençait tout juste à germer ! Vous étiez… mes enfants !

Emma s'avança vers Doffre, le scalpel à la main. Son visage n'était plus qu'une gigantesque boursouflure. Elle se mit à rire. Un rire grave, qui remontait du plus profond de ses entrailles.

— Tu ne nous auras pas tous les deux ! Il n'y a plus qu'une balle dans la chambre ! Une seule et unique balle !

Qui vas-tu choisir ? Lui ou moi ?

— Reste où tu es ! Salope ! hurla-t-il, alors qu'elle n'était plus qu'à deux mètres de lui.

Elle s'immobilisa et s'adressa à David.

— Je suis désolée, mon chéri… Pour tout…

Elle explosa en sanglots.

— Mais je… je t'ai tellement aimé ! Tu ne peux imaginer à quel point !

Puis elle plongea vers l'avant, dans un ultime vagissement, les mains brandies au-dessus de la tête.

La détonation retentit.

— Nooooon ! hurla David.

Emma fut propulsée sur le côté par l'impact de la balle et s'effondra la tête la première dans l'âtre de la cheminée, provoquant une gerbe de braises qui s'éparpillèrent sur le plancher. Des bûches enflammées roulèrent sur le sol et embrasèrent instantanément le tapis.

Doffre appuya encore sur la gâchette, le canon braqué sur David.

Plus de balles…

— Petit connard !

David se releva, vacillant, en larmes, en sang. Autour de lui, le feu se répandait.

Doffre jeta le Weatherby et tenta de faire marche arrière, mais David attrapa le fauteuil et le fit basculer, dans un grognement rauque.

Le Bourreau se retrouva sur le sol, telle une vulgaire larve. Il cherchait à agripper la roue, à se redresser. Alors David lui écrasa les doigts de tout son poids, en hurlant.

— Crève ! Crève ! Crève !

Doffre dévoilait ses gencives, les yeux rouges de haine.

— Personne ne les ramènera ! Personne ! vociféra-t-il en regardant sa main broyée.

Derrière lui, le chêne libéra un grincement qui remonta le long de son écorce et gagna la charpente, dans un tremblement épouvantable.

Le chalet semblait se disloquer.

David tourna la tête. Emma était en feu. L'odeur de viande cuite devenait irrespirable.

Avançant avec peine dans des nuages de fumée, il ramassa ses vêtements et s'habilla en hâte.

Les jambes du Bourreau s'enflammaient. Il fixait David, l'écume aux lèvres.

— Tu ne peux pas me tuer ! Je reviendrai ! Je reviendrai hanter tes nuits !

Sa peau commençait à se rétracter. Sa prothèse se mit à fondre.

Le chêne grinça de nouveau.

Un front rouge et orange remontait le couloir, s'attaquant aux chambres.

David se traîna jusqu'à la porte.

Il se tourna une dernière fois vers le Bourreau 125, avant de l'abandonner aux flammes.

Puis il partit s'asseoir contre un arbre, au bord du chemin.

La neige l'accueillit silencieusement. Il croisa les bras et rentra le menton dans son blouson.

Il ne pourrait jamais atteindre la route.

Le feu trouait la charpente, libérant d'immenses tourbillons noirs. Le chêne s'embrasa jusqu'à sa plus haute branche. Autour, les épaisseurs blanches se transformèrent en une large mélasse grisâtre. David plissa les paupières, sa vue se brouillait. Dans la fumée opaque, échappée du chêne, il voyait des visages martyrisés, s'élevant comme des traînées de cire. Des sculptures trouées d'yeux hagards, de bouches hurlantes. Des faciès agonisants. Par dizaines. Ils disparaissaient dans le ciel gris, pareils à des mirages éphémères.

Puis tout s'évanouit dans un grand baiser de cendres.

David se rappela ceux et celles qu'il avait aimés. Son épouse, sa fille. Ses parents biologiques, qu'il n'avait connus qu'au travers de leur souffrance.

Bientôt, il les rejoindrait. Il suffisait de rester là, et d'attendre.

ÉPILOGUE

Un an plus tard

Au moment où le bus s'arrêta, la jeune femme déplia une dernière fois la feuille chiffonnée qu'elle serrait entre ses mains. Il était encore temps de faire demi-tour, de rentrer à Paris.

Non. Il fallait aller jusqu'au bout et libérer toute cette douleur. Elle replia le papier sur lequel était indiquée l'adresse et le fourra dans sa poche.

Une fois à l'extérieur, elle remonta le col de sa veste, enfila rapidement son bonnet et s'enfonça dans les grandes rues de Brest. Le vent glacial et salé craché par l'océan lui piquait le visage.

Le bâtiment lui apparut enfin. Un long vaisseau noir, marbré en façade, aux larges vitres teintées. La femme inclina le menton, un temps figée devant l'enseigne, puis se décida à entrer.

— J'aimerais voir David Miller, s'il vous plaît, demanda-t-elle à l'accueil.

L'homme la regarda avec attention avant de lui objecter que c'était impossible. Miller réalisait un soin ; personne, hormis le personnel, ne pouvait pénétrer dans le laboratoire.

— C'est très important, insista-t-elle. Je viens de Paris.

— Vous êtes ?

— Une amie…

Un court silence.

— C'est un spectacle difficile à supporter, vous savez ?

— J'ai déjà vu bien pire, répondit-elle. Dix fois pire…

— Dans ce cas… Venez avec moi.

Ils descendirent au sous-sol. Au fond, le grondement de la ventilation. Et l'odeur. Cette épouvantable odeur d'antiseptiques.

— Vous êtes bien certaine ? s'enquit l'employé, se rendant compte que la femme mince aux joues creusées et aux cheveux courts tournait presque de l'œil.

— Certaine… Vous pouvez me laisser, s'il vous plaît ?

Il finit par s'éloigner. Une fois seule, elle posa la main sur la poignée, sans oser la tourner.

David entailla la gorge d'une incision médiane très précise. Le défunt étalé sur la table de soins était arrivé en fin de matinée, décédé d'un anévrisme au cerveau, dans les vestiaires de son club de boxe. Il sentait encore la sueur grasse, cette odeur que Cathy avait promenée tant de fois, après ses entraînements, voilà si longtemps.

Ce môme, la Faucheuse l'avait rappelé sans raison. Il n'avait pas vingt ans.

Que fallait-il chercher à comprendre ?

Ce soir, après le travail, David irait au cinéma, c'était décidé. Une sacrée aventure que de mettre le nez hors de son petit appartement, de profiter des lumières de la ville et d'échapper un temps à la routine de ses journées. Peut-être ferait-il demi-tour, au dernier moment, mais au moins, il aurait essayé.

Il fallait essayer.

Dans son dos, la porte métallique du laboratoire libéra un courant d'air frais. Il se retourna, peu habitué à être dérangé en plein travail.

Le scalpel maculé qu'il tenait dans la main chuta sur le sol.

Ses jambes flageolaient tellement qu'il dut prendre

appui sur le coin de la table. Ses lèvres s'écartèrent imperceptiblement, puis se rapprochèrent aussitôt.

Elle avait changé. Son ample chevelure de feu avait laissé place à une coupe dynamique, aux fines mèches acajou collées sur les tempes. Elle portait un tailleur crème, très sobre, sous une longue veste en cuir souple.

Sonné, David ôta son masque vert.

— A… Adeline ?

Le mot peina à sortir, comme suspendu dans le temps. Adeline… Qu'il était douloureux de prononcer ce prénom. C'était comme rouvrir une cicatrice à peine recousue.

La jeune femme retint son souffle. Elle savait qu'elle pouvait exploser, n'importe quand. Fuir loin d'ici, dans le tumulte de la ville.

À force de volonté, elle finit par avancer, resta un temps face à lui, au bord des larmes, avant de le serrer dans ses bras. De toutes ses forces.

— Oh, David… chuchota-t-elle dans le creux de son oreille.

David inspira profondément. La chaleur d'un corps, tout contre lui. Ça faisait si longtemps…

— Comment m'avez-vous retrouvé ? questionna-t-il d'une voix tremblante, par-dessus son épaule.

— Je me suis doutée que vous auriez poursuivi ce métier, même après le…

Elle se recula un peu.

— Votre… Votre ancien patron m'a dit que vous étiez parti pour la Bretagne. Alors, de fil en aiguille, en appelant des dizaines d'établissements funéraires…

David se dirigea en boitillant vers la table inoxydable et couvrit le visage du défunt. Une boule montait dans sa gorge.

— Mais pourquoi ? Après un an ?

Il lui tournait le dos, ses yeux ne fixaient plus aucun point précis. Il cherchait désespérément à s'occuper les mains.

— Vous saviez, David… Vous saviez et vous ne m'avez rien dit…

Il se dirigea vers la poubelle, à l'autre coin du laboratoire, et y jeta de l'essuie-tout. Des gouttes perlaient sur son front.

— Vous… Vous dire quoi ? Je n'ai plus rien à dire sur ce qui s'est passé. Elles sont mortes, tout cela est… est enterré.

Il posa les mains à plat sur le mur, la tête baissée entre les épaules.

— Vous n'auriez jamais dû atteindre cette route… Vous n'auriez jamais dû prévenir la police… Il fallait me laisser… Me laisser avec elles… On m'a… ramené à la vie alors qu'elles étaient parties.

Il secoua la tête.

— Adeline… Vous devriez rentrer chez vous. Tout oublier… Ne remuez pas le passé… Ce sera mieux pour nous deux.

Quand il se retourna, Adeline triturait ses gants, l'air grave.

— C'est trop tard, David… C'est trop tard ! hurla-t-elle.

— Oh non, c'est pas vrai ! s'écria David en se précipitant vers elle.

Ils s'enlacèrent encore. Adeline lui attrapa le poignet et l'orienta vers l'arrière de son crâne.

— C'est là qu'il se cache… 98101… Le numéro du cadenas que j'ai ouvert, dans la chambre de Doffre… Ce numéro… tatoué en tout petit, à peine perceptible…

Elle inspira bruyamment, au bord de la rupture.

— C'est… C'est pour cette raison que vous avez refusé que je vous rende visite à l'hôpital, après le drame. C'est aussi pour ça que… que vous avez disparu subitement, sans laisser de traces, ni d'adresse. Vous vouliez me protéger ! Vous aviez compris, et vous vouliez me protéger !

David lui caressait le dos. Elle poursuivit difficilement :

— Avec la découverte des… des corps carbonisés, avec notre version des faits, le passé psychiatrique d'Emma et… et sa relation avec Doffre, les flics en ont conclu qu'il s'agissait d'un gigantesque traquenard qu'ils vous… vous avaient tendu, une espèce de folie commune qui s'est terminée en un massacre. Ce qui n'est rien d'autre que… la vérité. Nous avons simplement relaté la vérité, n'est-ce pas ? N'est-ce pas, David ?

— Rien que la vérité…

— J'étais vraiment à côté de la plaque ! Je n'avais que ma vision naïve d'un couple complètement timbré… On m'a assommée, enfermée, puis il y a eu… notre fuite… Mais jamais… jamais je n'ai su qui était Arthur Doffre. Contrairement à vous…

Adeline s'écarta brusquement.

— Doffre était le Bourreau 125 ! Et nous, les enfants de ses victimes ! J'avais le droit de savoir, David !

— Et pourquoi ? Pour qu'il vous détruise votre vie, à vous aussi ? Tout a brûlé, le dossier, les photos ! Il fallait laisser ça enterré ! Pourquoi avoir cherché ? Comment avez-vous su ?

— Pour quelle raison Doffre était-il venu me chercher, moi ? Qu'est-ce que je venais faire dans une histoire qui n'était pas la mienne ? Je ne pouvais pas être une simple figurante ! Alors, je me suis dit que nous avions forcément quelque chose en commun. J'ai ressassé tout ça des mois et des mois. Il y avait ces nombreux déménagements, dans notre enfance. Puis nos cauchemars… Et notre âge, très proche… Mais… je n'arrivais toujours pas à comprendre… Puis… Puis je me suis souvenue de l'une de ses phrases, tandis qu'il me racontait l'histoire d'un arbre mourant. Une seule et unique phrase, qui m'a fait tout saisir d'un coup.

Elle sortit un mouchoir de sa poche et frotta le maquillage qui coulait sous ses yeux.

— Cette nuit-là, dans le lit, il avait parlé d'un aboutissement. Il disait que la raison de sa présence était de « voir germer les graines de ses propres semences… ».

— Adeline…

— C'était tellement évident ! Nous étions ces graines,

David ! Cette chose que nous avions en commun, c'était le Mal ! Vous, avec vos macchabées, vos récits sordides. Vous qui avez embaumé votre propre mère… Emma Schild, perturbée depuis l'adolescence, schizophrène, obsédée, dangereuse ! Et moi, moi qui aimais tuer les animaux, moi, attirée par les armes à feu, moi qui n'ai rien dit quand Dakari est mort devant mes yeux…

David lui passa la main dans les cheveux, la respiration lourde.

— Vos parents s'appelaient Pierre et Janine Pruvost… Les miens…

— … Christophe et Jacqueline Aubert… Le Bourreau nous a volé nos vies, David. Il a façonné nos destins… Et nous sommes aujourd'hui… des orphelins.

Elle fouilla dans sa poche, émue, tremblante, et en sortit un petit objet de plastique, qu'elle tendit à David.

— Je… Je tenais à vous la rapporter…

Il eut un sourire triste, et s'empara avec délicatesse de la tétine de Clara. Il la porta sous son nez, puis la serra au creux de sa main.

— Sortons d'ici, murmura-t-il. Je crois que nous avons tous les deux besoin d'un peu de temps…

NOTE DE L'AUTEUR

Les fermes entomologiques existent bel et bien. En Suisse, par exemple, des cochons sont effectivement accrochés au bout de cordes, et des chercheurs les utilisent pour mener des études sur les différents stades de décomposition des tissus. Quant au docteur Bill Bass, dans le Tennessee… il préfère travailler avec des cadavres humains, au cœur de sa « ferme des corps ». La réalité dépasse parfois largement la fiction.

Retrouvez Franck Thilliez sur son site Internet : www.auteursdunord.com

REMERCIEMENTS

Mes remerciements se portent tout d'abord vers mon éditeur, pour son formidable travail autour de ce roman. À Yann qui, encore une fois, s'est plongé avec passion au plus profond de ces pages, pour en extraire la juste substance.

À Vivianne dont l'aide précieuse m'a permis de creuser avec précision la psychologie de mes personnages, et d'approcher au plus près de la vérité.

Merci aussi à Gilles, Christine et Olivier, dévoreurs de livres, qui ont apporté la pierre définitive à cet ouvrage.

L'ANNEAU DE MOEBIUS

À mon père

Mais toi, dont le masque effroyable
Est défiguré par l'horreur,
Semblable au monstre de la fable
Dont les petits enfants ont peur.

Poème anonyme
d'une Gueule cassée, 14-18

La lecture a ceci de magique qu'elle permet de remonter le temps. Rien ne vous empêche, alors que vous approchez de la fin d'un livre, de relire les premiers chapitres et de retrouver ainsi les personnages tels qu'ils étaient une heure, un mois ou des années auparavant.

La réalité est malheureusement toute différente. Ce qui est passé est passé. Normalement…

Le temps tient un rôle prépondérant dans ce récit, qui commence le jeudi 3 mai 2007, à 6 h 30 du matin, et se termine, si l'on omet l'épilogue, le mardi 15 mai 2007, aux alentours de 9 h 00. Afin d'apprécier au mieux l'histoire, il est important que vous prêtiez attention aux indications temporelles présentes à chaque début de chapitre.

Douze jours et douze nuits à traverser. Un aller simple pour l'enfer.

Bon voyage.

Franck Thilliez

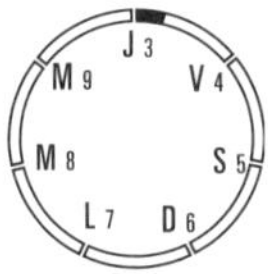

1. JEUDI 3 MAI, 6 H 30
LES BOUTEILLES DE VIN

Devant ses yeux, l'image vibrait, grossissait, rapetissait. C'était à lui en faire exploser les tempes. Stéphane s'arrêta au milieu de l'escalier, se retourna brusquement, avant de continuer sa descente vers le rez-de-chaussée. Il chercha l'interrupteur du salon, l'actionna plusieurs fois. Aucune lumière, juste une traînée de sang que ses doigts abandonnèrent sur le plâtre. Il fixa un instant ses mains rouges de vie, de mort, toutes tremblantes, puis reprit sa progression rapide. Sa lampe torche découpait l'obscurité. Sa respiration le brûlait. De douleur. De terreur.

Tout s'enchaînait très vite dans son champ de vision. En face, entre deux colonnes, le portrait hiératique, venimeux, de la baronne de Reille. Puis, sur la gauche, une statuette asiatique en céramique, magnifique, qu'il fracassa d'un mouvement du coude. Enfin, sur le carrelage, des cartons déchirés, des valises empilées, un cutter à la lame déployée.

Il se précipita vers une porte, dévala huit marches qui le jetèrent au sous-sol. Dans cette partie froide de la gigantesque demeure, les rares fenêtres s'ouvraient juste au niveau du jardin, comme si le navire de pierre sombrait sous terre. Là, à cette heure, les vitres ne laissaient paraître que des ombres. Plus loin, le faisceau de lumière ricocha sur un miroir. Stéphane s'immobilisa. Ses doigts effleurèrent alors trois griffures sur son visage, avant de remonter vers son œil gauche, boursouflé, trempé de larmes.

Avec une violence sourde, son poing percuta la surface réfléchissante. Sa veste kaki de pêcheur sembla alors se fragmenter comme une grenade.

Il reprit sa course dans un couloir bordé de tuyauterie. Furtivement, le rai jaunâtre agrippa une succession de crochets de boucherie, plantés dans le plafond. Sur la droite s'entassaient des masses informes, chevelues, abandonnées à la morsure du temps.

Des têtes tranchées. Des dizaines de têtes tranchées, figées dans l'expression de leur dernier cri.

Stéphane releva le front, inquiet. Des bruits, des pas, au rez-de-chaussée. On courait. Quand il se retourna, une forme jaillit d'une gueule noirâtre et disparut tout aussi prestement, en crachant. Son chat, son propre chat ne le reconnaissait pas.

Rongé par la peur, il doubla des salles plongées dans la pénombre, à gauche, à droite. Dans l'une d'elles s'amassaient des globes oculaires. Puis, aussi, des ongles dans des bocaux, des chevelures compressées dans des sacs transparents. Dans une autre, une série d'affiches de films : *La Mouche*, de Cronenberg, *Massacre à la tronçonneuse*, de Hooper, *Les Griffes de la nuit*, de Wes Craven.

Voilà, il y était. L'avant-dernière pièce du fond. Après avoir enjambé des câbles, des boulets de charbon, des briques en morceaux, il fonça en direction des bouteilles de vin. Autour de lui, tout le reste disparut : la fuite, la mort, le sang. Rien ne revêtait à présent plus d'importance que la position des bouteilles de vin.

Stéphane se figea devant ce mur d'alcool. Son faisceau de lumière s'arrêta sur la première rangée, et plus particulièrement le bordeaux 96. Sur la deuxième, un autre grand cru : un bourgogne de 99.

Le bordeaux au-dessus, le bourgogne en dessous.

Impossible.

Il vérifia encore. Bordeaux au-dessus, bourgogne en dessous.

Alors, il lâcha sa lampe. En chutant sur le sol, celle-ci éclaira les traces de piqûres sur son avant-bras droit. L'une des marques était violacée, presque noire. Une aiguille avait dû se casser net dans la chair.

Désespéré, il se laissa tomber sur les genoux, dans un gémissement de bête acculée. Et il pleura, le front contre le sol, le nez dans la poussière, la poussière dans la bouche, avant que la colère le fasse se redresser.

Stéphane se précipita vers le tas de charbon, sur lequel était posé un morceau de craie. Il se mit à noter à l'aveugle sur les briques du mur. Des mots, des phrases. Encore, et encore.

— Quand ? Quand liras-tu tout cela ?

La craie se brisa contre le mur à trois reprises. À la fin, il semblait presque écrire avec ses doigts.

Il ne vit, n'entendit qu'au dernier moment la forme épaisse, derrière lui, qui pointait un pistolet dans sa direction.

Le cycle reprenait.

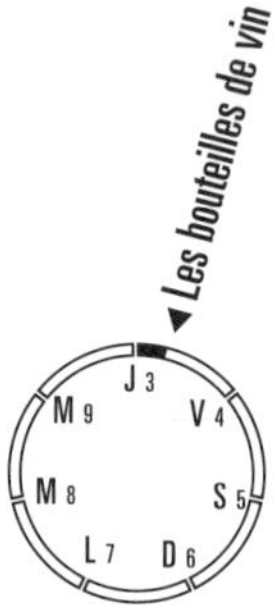

2. JEUDI 3 MAI, 6 H 32

Vic Marchal rabattit le clapet de son téléphone portable, les mâchoires serrées. Au fond de la petite chambre, il s'empara à l'aveugle de sa chemise, son jean noir, son ceinturon Levi's et son holster en cuir, suspendu au bras d'un rameur pneumatique. Il ouvrit la porte qui donnait sur le hall, un baiser de clarté embrassa le linoléum. Boulogne-Billancourt se réveillait sous le soleil.

— C'était Mortier, dit-il en entendant le lit grincer.

— Et ?

— Tu veux connaître ses derniers mots, à ce con ?

Il rendit sa voix plus grave, plus sèche :

— « Tu te magnes, V8, on a du lourd. Mais avant, je te conseille d'avaler un bon petit déjeuner. »

— V8 ?

Dans la pénombre, Vic enfila son pantalon.

— Je ne t'ai pas dit ?

— Tu es rentré tard, hier…

— Leur dernière trouvaille. Un moteur V8, c'est plein de pistons.

Céline alluma une veilleuse, s'assit sur le lit en bâillant et chassa sa longue chevelure noire sur le côté. Vic la regarda avec envie. Il aimait ce geste féminin, cet imperceptible mouvement de tête qui la rendait toujours aussi désirable. La jeune femme s'étira comme un chat, les paumes de ses mains offertes au plafond.

— Ça va aller ?

Vic enjamba le carton d'une poussette encore emballée, contourna une table d'échecs en marbre et se posa à ses côtés.

— Hormis l'ambiance pourrie ?

— Hormis l'ambiance pourrie.

— C'est le grand jour. Ils me branchent sur une affaire. Un vrai crime de sang à Saint-Ouen. Il paraît que…

Quand il perçut le regard inquiet de sa femme, il préféra changer de sujet.

— Tu sais où se trouvent mes baskets ?

— Tes baskets ?

— Ils portent tous des baskets, dans l'équipe. Ils n'arrêtent pas de me charrier, mon surnom oscille entre V8 et Mulder.

— Tu ne dois pas changer pour eux, mon amour.

— Je cherche juste à m'intégrer, c'est tout.

Il se pencha et caressa le ventre de Céline.

— Je l'ai sentie bouger, cette nuit. Tu étais serrée contre moi, et la coquine m'a donné des coups dans le dos.

— Vic… Cela ne fait que quatre mois, tu ne peux rien sentir. La coquine, tu dis ?

— Il n'y a que des filles pour faire ça si jeune à leur père. Pas encore née, et déjà tigresse.

— Ce sera un garçon.

Du bout de l'index, le flic suivit délicatement la courbure de ses seins.

— On a les échographies, chuchota-t-il. Il suffirait de…

— Non ! On attend ! Et on n'y verra rien, de toute façon !

— Je n'arriverai jamais à te convaincre, toi, même quand tu dors à moitié, hein ?

Elle se dressa et tortilla les poils de ses pectoraux. Il

observa attentivement ses mains, fines, interminables. Il aimait les regarder, en déchiffrer les secrètes intentions.

— J'ai changé d'avis, pour le prénom, murmura-t-elle.

— Ben voyons.

— Qu'en penserais-tu si on l'appelait Tao, comme mon grand-père ?

— Tao ? Une idée de cette nuit ?

— Oui, justement. Un drôle de rêve. Tao, ça signifie « création » en vietnamien.

Il appuya avec plus de fermeté sur la poitrine offerte.

— Hum… C'est joli comme prénom. Très moelleux, rond, doux… Ça changera de Théo ou de Matéo. Mais on n'aura pas ce souci, puisque ce sera une fille.

Céline se perdit dans un sourire qui s'estompa trop rapidement. Elle rabattit les draps sur sa poitrine, comme pour se protéger. Pas très grande, elle avait gardé de sa mère vietnamienne l'éclat froid de ses longs cheveux, la malice de ses yeux, l'ovale adouci de son visage.

— J'ai peur, Vic.

— Arrête de psychoter, s'il te plaît. Pas dès le matin.

— Oui, mais c'est tout ça… Ce petit appartement, tous ces gens pressés, dehors. On dirait un poulailler géant.

— Tu as quelque chose contre les poulets ?

Elle répondit doucement :

— J'ai un mauvais pressentiment pour le bébé.

Il souleva ses petits poings, qu'il enveloppa avec tendresse.

— Un pressentiment… Encore…

— Tu as beau faire, j'y crois.

Céline éprouvait un besoin constant d'être rassurée. Depuis le début, elle vivait sa grossesse comme une épreuve, un calvaire. « Le bébé ne bouge plus, le bébé ne respire plus, le bébé va naître mal formé. » Vic se mit à réciter :

— OK, alors je vais te la refaire. Il est fréquent qu'on ne voie pas les os propres du nez à l'échographie des quatre mois. La piqûre dans ton ventre, c'est juste pour prendre un peu de liquide amniotique et s'assurer que le fœtus n'aura pas de maladie congénitale. Ils ne vont pas lui transpercer la tête, ni lui trouer l'estomac. Aujourd'hui, presque toutes les futures mères passent par là. D'accord ?

— Il y a quand même une chance pour que cela se passe mal.

— Elle est infime !

— Tu viendras avec moi, lundi ?

Vic eut un léger mouvement de recul.

— On arrive juste, puce ! Voilà à peine trois semaines que je bosse ! Imagine si je m'absente déjà !

— Donc, tu ne m'accompagneras pas. D'accord, message reçu. Tes baskets sont dans le placard de la salle de bains.

Et Céline éteignit la veilleuse.

Vic aurait souhaité renouer le dialogue, mais il s'éloigna, les épaules voûtées. Mieux valait en rester là. Il finit de s'habiller, releva un volet roulant et jeta un regard sur la ville. Du haut de son troisième étage, il apercevait la Seine, la tour de TF1, et une armada de buildings impersonnels. Drôle de toile, tissée d'acier et de béton. Il enfila son holster et glissa sa carte de police dans la poche intérieure de sa veste. Dans la salle de bains, il sortit son Sig Sauer, plaqua son doigt sur la détente et appuya, quatre, cinq fois de suite, jusqu'à ce qu'une grimace torde son visage. Il rengaina difficilement, la sueur au front, tendit son bras droit vers l'arrière, aussi loin que possible, et hurla en silence, les dents serrées.

Il éteignit et se dirigea de nouveau vers la chambre.

— À ce soir, ma puce.

Il se pencha pour embrasser son épouse, mais elle se retourna. Sa peau sentait bon le soleil du Sud.

Le jeune lieutenant disparut avec un pincement au cœur. Céline allait rester dans ce clapier toute la journée à ruminer. Vivement l'accouchement dans cinq mois. Et l'arrivée d'une nouvelle vie.

Le commandant Mortier lui avait suggéré de bien petit-déjeuner. Évidemment, Vic n'avait pas suivi ce conseil empoisonné.

Hors de question de vomir sur sa première scène de crime.

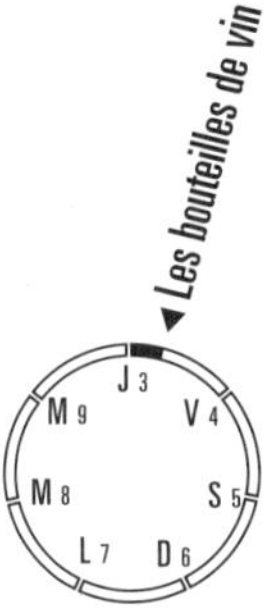

3. JEUDI 3 MAI, 6 H 50

Stéphane Kismet plongea le nez dans l'eau glaciale, afin de s'assurer qu'il était bien réveillé. Devant le miroir de la salle de bains, il contrôla encore son avant-bras droit. Aucune trace de piqûres, évidemment. Pas plus que de griffures sur la joue ou d'hématome autour de l'œil. Il enfila son jean, un tee-shirt et un pull aussi noir que ses longs cheveux, qui tombaient entre ses omoplates. En ce début du mois de mai, les lourds murs de la demeure rafraîchissaient les rayons du printemps. Dans le hall, Stéphane mit à fond l'un des chauffages électriques, tandis que d'autres, encore emballés, traînaient contre une cloison. D'ailleurs, un peu partout, se trouvaient des choses empaquetées, ou juste déballées. Le drame avait anéanti toute envie de décoration ou de rangement.

Sa femme Sylvie déjeunait seule, recroquevillée face à sa tasse de café. La lumière extérieure lui dorait le visage. Derrière elle, une fenêtre s'ouvrait sur une muraille de chênes et de hêtres, sentinelles d'un domaine forestier de quinze hectares à Lamorlaye, dans l'Oise.

— Ça a recommencé, souffla Stéphane.

Sylvie leva une mine fatiguée.

— Où, cette fois ?

— Dans Darkland. Je me suis réveillé couché par terre.

— Darkland… Tu m'as encore laissée seule toute la nuit.

— Je dois finir la prothèse de Martinez, les délais pour le tournage de Saint-Ouen sont hyper serrés. J'ai dû m'endormir en travaillant et…

— Évidemment, répliqua sèchement Sylvie.

Stéphane se versa un café et en avala une gorgée.

— C'est dingue. Je me rappelle mon rêve.

— Au bout de trente et un ans, c'est une première. Et de quoi parlait-il, ton rêve ?

— Comment te l'expliquer ? C'est comme si je l'avais vécu, réellement. J'ai toutes les sensations en moi. Les sons, les images. Le bruit de ma respiration. J'en ai encore la chair de poule !

Sylvie lui accorda tout juste un regard.

— Je t'ai posé une question et tu réponds à côté, comme toujours.

Elle se leva et porta sa tasse dans l'évier. Dans un coin, leur chat lapait religieusement dans une coupelle de lait.

— Je me mets en route. J'ai une grosse journée en perspective, six apparts à faire visiter dans le 18e. Ne m'attends pas avant 22 heures.

Stéphane réajusta les manches de son pull et s'enivra de caféine.

— Si tard, encore ?

— Pourquoi ? Ici, on ne se croise même plus. Depuis deux mois, je me demande si je ne suis pas devenue un fantôme.

Elle lui adressa un regard sévère et ajouta, les lèvres pincées :

— Peut-être que si j'avais la tête de l'un de tes monstres, tu m'accorderais plus de considération ?

Stéphane haussa les épaules. Elle frappait comme un éclair, Sylvie, capable de décharger des milliers de volts en une fraction de seconde.

— Ce n'est pas ça. Il me faut du temps pour oublier.

— Oublier ? Parce que tu crois qu'il est juste question d'oublier ?

Stéphane s'approcha, mais elle se dirigea vers le réfrigérateur et en sortit un glaçon qu'elle frotta délicatement sur ses lèvres.

— Tes cachets sont sur le buffet, dit-elle en corrigeant quelques traits de maquillage devant un miroir de poche. J'ai mis un truc au frigo, pour ce midi. Et essaie de manger, cette fois.

Aucune réaction. Stéphane fixait ses mains osseuses, sans bouger. Sylvie devina, derrière les pupilles troubles de son mari, quelque chose de bien plus grave que de la distraction. Une ombre rampante qu'elle avait déjà croisée à maintes reprises, et qui l'effrayait.

Stéphane se mit à raconter :

— Cette nuit, je portais la veste kaki de Paul, bien trop grande pour moi à l'époque. Celle qu'il me prêtait quand on pêchait la truite. Cette veste, ça fait plus de vingt ans que je ne l'ai plus vue, mon père l'avait d'ailleurs perdue. Je ne me souvenais plus de sa couleur, ni même de son existence. Et pourtant, j'ai revu l'anneau de métal avec sa pointe de rouille, autour de l'une des poches. L'accroc sur le rabat. La tache d'huile au niveau du col. Tout m'est revenu en tête, d'un coup.

— Et alors ?

— Et alors ? Comment ça se fait ? Comment j'ai pu me souvenir de tels détails alors que je ne me rappelle jamais de mes rêves d'habitude ?

Il tira soudain sa femme par le bras.

— À quoi tu joues ? s'écria Sylvie.

Ils traversèrent le hall, lui devant, elle derrière. La pièce octogonale était ornée de superbes balustres sculptés. C'était le centre névralgique de la maison, son âme.

— Là, exactement là, se dressait une statuette asiatique en céramique. Trente, quarante centimètres, avec son chapeau en feuilles de palmier, sa robe jusqu'aux chevilles. Je la vois encore comme je te vois, comme si elle avait toujours été là. Boom, je l'ai fracassée d'un geste brusque. J'ai une méchante impression de déjà-vu !

— Moi aussi, j'ai une impression de déjà-vu. Celle d'un train au bout du quai, et d'une crétine en tailleur qui l'a manqué d'un souffle. Qu'est-ce que je vais raconter à mes premiers clients pour expliquer mon retard ?

Stéphane la relâcha et considéra le bleu de ses yeux, où dansaient de petits éclats d'or.

— Deux secondes. Je te demande juste deux secondes, d'accord ? J'ai… besoin de… de vérifier quelque chose. Tu te rappelles, tu as rangé le vin quand on a emménagé.

— Le vin ? Oui, pourquoi ?

— Suis-moi. C'est hyper important.

Elle hésita, l'œil sur sa montre, puis lui emboîta le pas jusqu'aux abords du sous-sol. Ils descendirent sous la lueur d'ampoules poussiéreuses.

— Pas d'électricité dans mon rêve. Je tenais une lampe

torche qui ne m'appartenait pas, apparemment. Et il y avait… Oui, huit marches. Comment je pouvais savoir qu'il y en avait huit ?

Sylvie frissonna. Elle détestait s'aventurer dans ce souterrain macabre, transpercé de couloirs et de pièces sinistres où son mari avait installé ses quartiers. Dans cette maison, tout était trop grand, démesuré. Elle aimait tellement Paris, son bruit, ses lumières.

Elle répondit pour que l'écho de sa voix la rassure :

— Ce n'est pas moi qui vais t'expliquer ! On devait partir au Viêtnam. Alors ta statuette, il s'agit d'un souvenir de vacances que tu aurais aimé rapporter de là-bas. Et pour les marches, la veste kaki de ton père, relis Freud. Probablement ton inconscient, qui régurgite un tas de détails passés. Mince, il y a une tonne de bouquins à l'étage prouvant que tu t'y connais plus que moi sur Freud et les rêves, non ?

Ils doublèrent la salle où Stéphane entassait ses *dummies* aux corps démantibulés, aux têtes fracturées, puis celle remplie de paperasse cinématographique. Affiches de films, feuilles de génériques, plans de travail, *Mad Movies* défraîchis et autres story-boards chiffonnés. Ils passèrent ensuite devant une porte fermée, noircie d'un dessin au fusain écœurant : un bébé, frappé par une maladie lui rongeant les membres. Sylvie détourna rapidement la tête. Plus loin, se nichait le « lieu de travail », dont l'entrée s'ornait d'une pancarte : « Darkland ».

Stéphane bifurqua dans la cave et s'agenouilla devant les bouteilles de vin.

— Tu avais bien rangé le bourgogne 99 au-dessus, et le bordeaux 96 en dessous ?

Elle répliqua sans hésitation :

— Exactement. En fonction des délais de garde. Pourquoi ?

Il s'empara avec précaution du bourgogne, du bordeaux, inversa les bouteilles et considéra l'ensemble, en caressant légèrement son bouc naissant.

— Voilà, elles étaient positionnées de cette façon dans mon cauchemar.

— Quoi, c'est tout ? Le voilà, ton truc hyper important ?

— Quand j'ai vu ce changement de position, je me suis mis à pleurer, à hurler. Qu'est-ce que cela signifiait ?

— Que tu n'aimes pas qu'on touche à tes bouteilles et, de manière générale, à tes affaires. Que tu es un malade du détail, de la coïncidence, que… tout cela t'obsède dangereusement. Bon, j'y vais !

— Et puis… J'avais trois griffures sur la joue et un œil amoché. On braquait un pistolet sur moi, ici, alors que… j'écrivais plein de trucs sur le mur.

— Quel genre de trucs ?

— Je l'ignore. Il faisait noir. Une lampe torche traînait sur le sol, je n'ai pas pensé à éclairer.

— Vraiment dommage.

Sylvie réajusta son tailleur beige et se frictionna les épaules. Juste devant elle, une toile d'araignée scintillait dans un courant d'air.

— Ce n'est qu'un rêve, Stéphane. Un stupide rêve comme tu en as déjà fait des milliers, sauf qu'avant, tu ne te souvenais jamais. Alors forcément, celui-là te paraît bizarre. C'est comme… comme une première fois.

— Non ! Dans les rêves, les décors autour de soi changent instantanément, on est incapable de se concentrer, de lire, d'écrire, de calculer. Les études le prouvent. Moi, je lisais les étiquettes, j'écrivais, tout était cohérent.

— À condition de considérer que hurler devant des bouteilles de vin puisse être cohérent. Bon, j'y vais. Et n'oublie pas tes cachets.

Stéphane se redressa.

— Je n'en prendrai plus, ça va mieux.

— Ça va mieux ? Tu trouves ? Ça n'a jamais été mieux. Je ne veux pas revivre l'enfer. Pas cette fois.

Stéphane se coiffa d'une reproduction du masque en latex de *The Mask*, se faufila devant sa femme et se mit

à glousser, en imitant Jim Carrey :

— Ce soir, je te promets, on fera l'amour, ma poule ! L'Amooooour, avec plein de ho, de hi, de ha !

Puis il ôta son déguisement.

— J'ai l'air de ne pas aller bien ?

— Vachement, si.

Elle l'écarta du bras.

— Avant, tu m'aurais fait rire, parce que avant, tu ne te forçais pas, c'était naturel, tout le temps. Là, on dirait plutôt un acteur raté qui essaie de rattraper un coup foireux. À ce soir.

Stéphane resta là, plombé, le masque au bout des doigts. Derrière une fenêtre grise de crasse, il aperçut les jambes fuselées de sa femme, devant l'Audi. Alors que la portière claquait, il réalisa qu'il ne les regardait plus. Qu'il ne *la* regardait plus.

Dans cette semi-obscurité, ce calme de grotte, il balança le faciès vert sur des planches. Il alluma de puissants halogènes, déclencha la ventilation et caressa quelques-unes de ses œuvres funèbres.

— Ça va toi ? Et toi ? Et toi ?

Il parlait à Peperbrain, à Mabouloff, à Hauntedmouth. Ce dernier monstre, mi-humain, mi-bête, à la mâchoire démesurée – cent quatre-vingts dents acérées, une broutille –, avait servi pour le tournage d'un film de série B, *Neuronal Attack*. Bon nombre de ses moulages agonisaient dans des brouettes. Ainsi finissaient les créatures de cinéma, à l'identique de leurs créateurs : dans des caves anonymes.

Parmi ces mannequins, il y en avait un dont Stéphane prenait particulièrement soin. Une présence charismatique, exactement de sa taille : 1 m 79. Pour le fabriquer, il avait moulé son propre visage, seul, des pailles dans les narines pour respirer alors que le latex dégoulinait sur les bandes de plâtre. Le crâne ouvert du monstre laissait apparaître, à la place du cerveau, une autre reproduction réduite de lui-même. Un personnage jamais utilisé en tournage.

Il l'avait appelé Darkness. L'obscurité.

Son obscurité.

Il brancha sa cafetière, se prépara une tasse et se planta devant le buste d'une jeune trentenaire. Carla Martinez, dans *Le Vallon de sang*, aurait la gorge tranchée par son amant. Le tournage avait démarré depuis deux semaines, la production exigeait la prothèse terminée lundi, dans quatre jours. Dans cette scène, la caméra zoomerait sur les yeux, puis sur l'entaille spectaculaire au niveau du cou. À ce moment, Carla Martinez serait morte depuis cinq jours.

Il fallait donc, naturellement, tenir compte de la putréfaction et des dégradations diverses dues à la chaleur ou aux insectes. Être maquilleur, plasticien, spécialiste du moulage, impliquait de rencontrer des médecins, des thanatopracteurs, des légistes. Et de collectionner des photos de cadavres, hommes, femmes, gros, maigres, à différents stades de la mort.

Il poussa son mixeur électrique, sa tondeuse à cheveux, ses durits, ses masques respiratoires sur le côté, dégagea une affiche originale enroulée, tout juste reçue par la poste, *The Wicked Darling* de Tod Browning avec Lon Chaney, et positionna méticuleusement sa loupe articulée face au buste en latex. Après son café, sous les guitares psychédéliques d'un album des White Zombie, il retira avec une pince à épiler l'œil gauche en verre de son orbite. Procéder à la mise en place des cils s'avérait toujours délicat, et relativement long.

Son avant-bras le grattait, il releva compulsivement sa manche. Pas de traces de piqûres, bien sûr. Il interrompit la pose des cils et ouvrit un carnet, l'un des nombreux cadeaux inutiles – crayons, calculatrices, etc. – qu'il recevait régulièrement de ZFX Méliès Films.

Lorsque ses crises de somnambulisme étaient apparues – alors qu'il avait sept ans –, son médecin lui avait conseillé de relater ses rêves sur un calepin. Mais, depuis près de vingt-quatre années, les feuilles étaient restées vierges.

Dans son carnet, il inscrivit avec précision le récit de son cauchemar. Du moins, ce dont il se souvenait. Les mains tartinées de sang. La descente à la cave, les blessures au visage. Tout y passa. Le nombre de marches, la position des bouteilles de vin, la statuette asiatique, les traces de piqûres sur l'avant-bras droit. En haut de la première page, il intitula ce rêve : « Les bouteilles de vin ».

Puis il relut l'ensemble. Quel sens donner à ce festival d'incohérences ?

Il se souvint de son dernier geste, à la cave. L'autre, son double virtuel, lui-même en définitive, avait ramassé une craie sur le tas de charbon, pour tracer sur les briques des phrases illisibles. Il entendait encore le crissement du bâton blanchâtre sur la paroi.

Il se leva, traversa le cortège de masques, avant de s'enfoncer dans ce couloir infini, au carrelage en damier, au plafond crevassé, éventré de crochets de boucherie. Il avait tout laissé intact, pour l'ambiance. S'il avait flashé sur la maison, c'était en grande partie pour ces territoires de mort. Ses propres ateliers, chez lui, dans le berceau tranquille d'un domaine forestier. Un creuset pour l'inspiration.

En face de lui, le monticule de charbon, les briques pulvérisées, qu'il se rappelait avoir enjambées. Mais il y avait aussi dans son rêve des boulets de charbon épars. Or, là, ils étaient tous regroupés en un tas parfait.

Pas de craie, non plus. Cependant, toujours cette tenace impression de déjà-vu.

Sans vraiment réfléchir, il ramassa un bout de cagette et remua l'amas noirâtre, de manière à disperser les boulets comme dans son rêve. C'est alors qu'il s'immobilisa.

Là, au milieu du tas.

La pointe blanche d'un morceau de craie.

Elle existait.

Il s'en empara, ahuri.

Qu'est-ce qu'une craie blanche fichait au beau milieu d'un tas de charbon ?

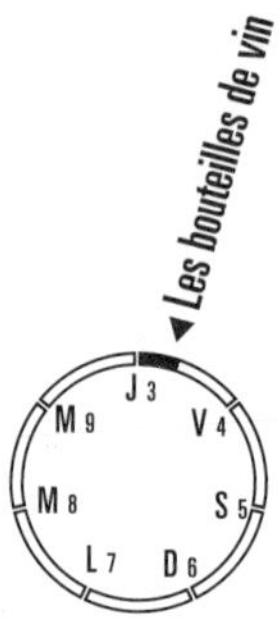

4. JEUDI 3 MAI, 10 H 14

Il avait fallu plus d'une heure et quart à Vic pour remonter de Boulogne-Billancourt vers Saint-Ouen. Sur le périphérique, une camionnette avait percuté une moto, au niveau de la porte Maillot. Une étoile filante de tôle et de gomme s'était ensuivie, engorgeant à une vitesse incroyable les voies à l'ouest de la capitale. De quoi détester Paris. Déjà.

Ses mains abandonnaient de la sueur sur son volant. Impossible de prévenir l'équipe de son retard, la batterie de son téléphone portable se déchargeait horriblement vite et, depuis sa prise de fonction, Vic n'avait pas encore trouvé le temps d'en changer. Mortier allait gueuler. Mauvais départ pour un baptême du sang.

Le GPS le guida enfin devant la façade d'un entrepôt aménagé en loft. L'adresse se situait en bordure d'une zone industrielle, loin des artères principales, à proximité des studios de cinéma Calendrum et de bâtiments désuets. Partout, les différents services de la police s'activaient. Des coffres claquaient, des portes de fourgonnettes, notamment celles de la Scientifique, coulissaient. Uniformes bleus, verts, blancs, triste ballet multicolore au cœur d'un univers gris et morne.

— Tu veux un Ricard et trois olives ?

Vic se retourna vers le lieutenant Joffroy, qui bossait

à la première division depuis 88. Joffroy, il avait connu les locaux de Beaujon, dans le 8e, puis ceux du boulevard Bessières en plein 17e. Un vieux de la vieille, à ranger dans les catégories « indomptable » et « à éviter ». Comme beaucoup, d'ailleurs.

— Il y a eu un accident sur le périph, et mon…

— T'as tout faux, V8. Et le gyro, il sert à quoi ?

— Le gyrophare ? Quel gyrophare ?

— Je vois le genre.

— Que s'est-il passé ?

— Pas le temps de t'expliquer. On se voit au bureau.

Joffroy, droit sous son Perfecto écaillé, envoya enfin avant de grimper dans un véhicule :

— Au fait, elles sont nazes tes pompes.

Vic observa ses baskets noires, mordues jusqu'à la corde, puis rabattit les pans de sa veste. Le ciel était couleur de plomb, et les températures pas franchement clémentes pour un mois de mai. Cela changeait d'Avignon. Et des olives.

Le commandant Mortier amena sa lourde carcasse à l'entrée du loft. Pour une fois, il n'était pas en train de manger ses paquets de chips au paprika. Mortier pimentait toute forme de nourriture. Peut-être un moyen d'annoncer son personnage : cinglant, piquant, ravageur. Depuis vingt jours qu'il le connaissait, Vic le savait capable d'exploser n'importe quand. Et n'importe où.

En arrivant, le jeune lieutenant remarqua ses mains raides, tendues, comme celles des militaires. Mauvais signe.

— Commandant, je…

— Tu ne me dis rien, Marchal. Tes justifications, je m'en tape. Écarte-toi.

Les deux hommes laissèrent passer un brancard sur lequel reposait non pas un sac de morgue, mais une toile opaque qui évitait au nylon de toucher le corps. Les brancardiers, masqués, paraissaient porter une tente canadienne. Derrière, trois techniciens de la police scientifique suivaient, des sacs scellés dans les mains. Nul n'ouvrait la bouche, les regards restaient fixés vers le sol. Dans l'un des sachets transparents, Vic aperçut une craie blanche. Dans un autre, un étrange outil, circulaire, rouillé et taché de sang. Puis encore d'autres éléments : un morceau de tissu, des cheveux…

— Encore quelqu'un à l'intérieur ? s'enquit Mortier.

— Wang et deux techniciens. Ils en finissent avec les photos et s'apprêtent à embarquer les draps du lit, ainsi que le tas de poupées.

— Des poupées ? répéta Vic.

— Oui. De vieilles poupées, au pied du lit. Exactement dix-huit, rapportées par l'assassin.

Mortier emboîta le pas des techniciens sans la moindre attention pour son lieutenant.

— Et moi ? Je fais quoi, commandant ?

— Toi ? Tu entres là-dedans, tu parles à Wang. Après, vous filez tous les deux à Arcueil.

— Arcueil ?

— Histoire d'informer et d'asticoter sa nana.

— Sa nana ? La victime était…

— Lesbienne, vraisemblablement.

Vic fixait la toile, derrière lui, qui ondulait sous le vent. Mortier lui tendit un masque en coton.

— Tiens, enfile ça, pour l'intérieur. Sauf si t'as envie de gerber ton petit déj.

— Pas de risque, j'ai l'estomac vide.

Le commandant laissa apparaître un mince mouvement des lèvres, qui ressemblait presque à un sourire sous son crâne nu.

— C'est bien, ton réflexe. Mais si t'étais dans le métier depuis suffisamment longtemps, tu saurais qu'il vaut mieux manger et prendre le risque de vomir, que de rester à jeun et de tomber dans les vapes.

Alors que Vic s'éloignait, son supérieur l'interpella :

— Et au fait, V8 !

— Oui ?

— Tu veux voir ?

— Pardon ?

— Le corps, tu veux jeter un œil ? Approche.

Vic sentit son cœur tanguer, ses muscles se durcir. Puis, sans prévenir, Mortier leva un côté de la toile.

Une bulle d'air remonta dans la gorge du lieutenant.

— Mon Dieu… réussit-il à articuler, la main à plat sur le ventre.

— Laisse Dieu là où il est, il ne débarque pas souvent sur Terre. Ni pour nous, ni pour elle.

Mortier relâcha le tissu.

— Voilà, maintenant, t'es dans le coup. Un gros coup. J'espère que tu te montreras à la hauteur. Je m'implique beaucoup en te mettant là-dessus.

— Que lui est-il arrivé ?

— C'est pas elle qui nous le dira.

Le chef s'approcha à deux centimètres du visage de Vic, l'haleine chargée de tabac froid et de paprika.

— Un dernier truc, V8. Si tu te pointes encore en retard, ou si tu foires dans cette affaire, t'iras te brosser à Argenteuil ou en Seine-Saint-Denis. Je m'en fiche, moi, du trafic d'influence, OK ?

— Bien… reçu, commandant… Mais il n'y a pas eu de trafic d'influence. Si je me retrouve ici, c'est uniquement grâce à mes résultats.

— Avec des notes si pourries en tir et en close-combat ? D'après tes instructeurs, tu pourrais te prendre une raclée par un homme-tronc.

— C'est pour cette raison que j'ai choisi la Criminelle, et pas les Stups ni la BAC. En général, un cadavre, ça n'oppose pas beaucoup de résistance.

Il aurait pu lui raconter que Démosthène, l'un des plus illustres orateurs grecs, était bègue, ou que Beethoven n'avait jamais été aussi merveilleux que dépourvu du sens de l'ouïe, mais il sentait qu'il valait mieux rester… terre à terre.

Le flic chauve sortit une cigarette.

— Mouais… Va là-dedans. Et reviens avec du neuf. J'aime bien quand les choses vont vite.

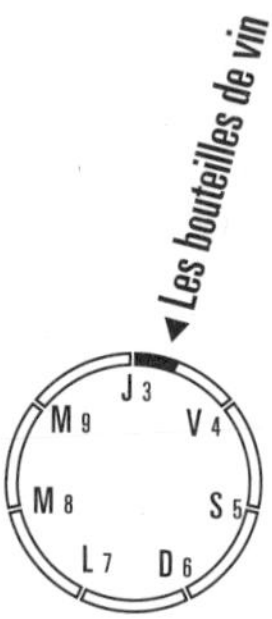

5. JEUDI 3 MAI, 10 H 26

Vic s'étonna qu'une façade si banale, parmi d'autres constructions anonymes, puisse protéger un intérieur d'un tel standing, lumineux, avec des espaces gigantesques, meublés avec goût. Une profusion de chrome, d'albâtre et d'ébène. À vue de nez, quatre à cinq fois la surface de son soixante-cinq mètres carrés.

Après avoir traversé une salle de fitness – tapis de course, banc de musculation, vélo elliptique –, une odeur âcre lui fouetta les narines. Vic s'immobilisa, le temps d'enfiler son masque. Jamais il n'avait senti l'odeur de la mort, mais il savait, d'instinct, que celle-ci s'y apparentait : un remugle de viande abandonnée au soleil.

Avant de pénétrer dans la chambre, il se massa les tempes et souffla un bon coup. Il brûlait d'excitation et mourait de trouille, comme avant une partie d'échecs. En route pour sa première scène de crime. Il songea à Brad Pitt dans *Seven*, à sa volonté de bien faire malgré son inexpérience.

Sur le lieu du carnage, les images s'enchaînèrent très vite. Le lieutenant Wang, installé devant un ordinateur portable. Les deux techniciens penchés sur leur matériel, à gauche. Puis, au fond à droite, le matelas, étoilé de sang. Dans de grands plastiques, les draps maculés. Au-dessus du lit, sur le poster d'une créature nue, une inscription à la craie : « 78/100 ». Et, sur le sol, les poupées enchevêtrées, disposées en tas ou enlacées. Parmi elles, des poupées adultes, pareilles à des mères protégeant leurs enfants. Leurs pupilles de verre dansaient avec la lumière artificielle, réfléchissaient des bleus, des verts, des marrons. Vic eut l'impression étourdissante que ces êtres de caoutchouc cherchaient à crier.

Une voix, derrière lui, l'interrompit dans ses pensées.

— Impressionnant, non ? Elles n'ont pas été jetées au hasard, cet enfoiré a vraiment pris son temps pour les disposer avec soin.

C'était Moh Wang. Chinois, un demi-quintal de muscles, 1 m 57. Les cheveux noir pétrole. Il paraissait trente ans, en avait quinze de plus. Il se pencha, empoigna une poupée et la fit cligner des yeux. Les deux hommes ne se serrèrent pas la main.

— C'est marrant, fit Wang, comme s'il parlait seul. Chez nous, la plupart des poupées n'ont pas de paupières. Ou quand elles en ont, les cils manquent. Jamais su pourquoi.

— Par contre, elles ont énormément de cheveux, aussi noirs que les tiens. Mon épouse en possède une à l'appartement. Elle vient de sa grand-mère.

Le regard de Wang se troubla. Il ne portait pas de masque et fit signe à Vic d'approcher.

— T'as vu celle-là ?

Il désigna un baigneur au corps déformé, aux membres boursouflés, au visage grêlé. Une jambe était plus courte que l'autre, et il manquait l'avant-bras gauche, tranché net.

— Il a volontairement fait fondre le caoutchouc pour provoquer les déformations. Avec un chalumeau, probablement. Il a étiré l'arrière du crâne, la jambe droite, et créé des bosses partout, notamment sur le côté droit de la tronche. Et il lui a coupé l'avant-bras, d'un coup net. Il y a dix-huit poupées, et seule celle-là est mal formée.

À voir ces mères pétrifiées, ces bébés fragiles, Vic

songea à Céline. Son ventre. Les os propres du nez, invisibles. L'écho bourdonnant des déformations et des maladies congénitales. Il détourna la tête vers l'entrée.

— Je ne sais pas comment tu réussis à supporter une telle odeur. Ne me dis quand même pas qu'on s'habitue à ça aussi ?

Le lieutenant Wang se redressa et se frotta la bouche. L'ongle de son auriculaire gauche mesurait bien deux centimètres et perçait son gant en latex.

— Mon père travaillait dans un restaurant bas de gamme, le My Phuong. Je t'assure qu'à côté de leurs cuisines, ça sent la rose.

— C'est pour cette raison que je n'irai jamais en Chine.

— Le resto est toujours ouvert. C'est avenue d'Ivry, dans le 13e.

Vic eut soudain très soif. Et très chaud.

— J'ai vu brièvement le cadavre, signala-t-il avant de s'humecter les lèvres sous son masque. Pas le visage, juste le corps. Je n'y connais pas grand-chose, mais il ne paraissait pas si décomposé.

— Il ne l'était pas. Selon les premières approximations, le décès remonte à cette nuit.

— Mais alors ? Cette puanteur ?

— On n'en sait rien. Tout comme ces poupées, on n'en sait rien. Qu'est-ce qu'elles foutent là ? Pourquoi dix-huit ? Pourquoi des bébés et des poupées adultes ? Et pourquoi il en a amoché une ? J'aime pas ça. C'est jamais bon signe, des assassins avec un semblant de cervelle.

Vic, à son tour, se releva. Il se sentait un peu faible, mais pas nauséeux. Il regarda en direction du lit maculé, où le sang avait pris la couleur sombre de la mûre. En définitive, il était content de son retard. L'absence de corps dépersonnalisait la scène. Oui, il était honteusement heureux d'avoir échappé au pire.

Il se tourna vers Wang, en montrant du doigt une béquille, dans un coin.

— C'est à elle ? Jambe cassée ?

— On verra à l'autopsie. Le plus drôle, c'est que la béquille porte trois ou quatre empreintes de personnes différentes.

— Et les petites flaques d'eau, sur le carrelage ? J'en ai aussi vu une à l'entrée de la pièce.

— À ton avis…

— On ne sait pas ?

— Bien. T'apprends à une vitesse. Hallucinant.

Vic inspira, puis il se lança :

— Raconte-moi ce que tu as vu en arrivant. En détail.

Moh Wang laissa les techniciens de scène de crime quitter la chambre.

— Je ne sais pas pourquoi ils t'ont branché là-dessus. C'est pas bon pour toi.

— Et pourquoi ?

— Parce que c'est un cadeau empoisonné. T'es tout jeune, tout marié, tout bien rasé. Ta femme, elle va pas aimer.

— Ça ne concerne que moi.

— T'es un bleu, mec. Chez les Japs, on donne des coups de bâton sur le crâne des apprentis sumotoris, des mômes, pour les forcer à s'améliorer. Et tu sais quoi ? La plupart abandonnent dès le début.

Après avoir enfilé un gant en latex, Vic se dirigea vers l'interrupteur et essaya d'allumer.

— La vie est faite de coups de bâton, répliqua-t-il. Je sais les encaisser.

— Toi, t'as eu une belle vie, bien française, avec du pognon qui rentrait au foyer. De quels coups de bâton tu parles ?

Il haussa les épaules avant de continuer :

— N'insiste pas avec la lumière, elle marche pas. C'était déjà comme ça à notre arrivée. Tu ne trouveras plus un seul fusible dans la baraque. Et me dis pas que c'est bizarre, je le sais déjà.

Wang s'approcha du lac de sang et désigna le poster : une femme, baignée de soleil et de sable blanc.

— La victime, c'est elle. Annabelle Leroy.

— Merde.

— Merde, ouais. Une ancienne star du X, devenue pute de luxe indépendante. Quand je dis ancienne, elle n'avait que vingt-six ans. Et quand je dis de luxe, c'est vraiment de luxe. Uniquement du gros poisson. P-DG, hommes d'affaires, avocats.

Il flotta un silence éloquent.

Vic fixait les lèvres siliconées, la peau brunie par les UV, sur le papier glacé.

— Une sacrée bombe.

— Et elle a explosé. Elle était attachée au lit, jambes écartées.

— Tête vers le haut ? Yeux bandés ou pas ? Elle était nue ?

— Oui, non, oui. Joue pas trop les *profilers*, mec, tu vas vite comprendre que ça ne marche pas comme ça. Je suis pas ton prof. Tu sors de l'école et t'es affamé, rien de

plus normal. Mais ça disparaîtra vite. Demain, peut-être, tu préféreras rester chez toi.

Wang fit craquer les jointures de ses doigts, geste qu'il répétait à longueur de journée.

— Tu verras sur les photos. Le légiste a compté plus d'une centaine d'aiguilles, plantées partout dans la chair de la victime. Front, pommettes, épaules, torse, jambes.

Vic se massa le bras.

— Acupuncture ? Jeu sadomaso ?

— Boucherie. C'est rarement autre chose. Il lui a aussi coupé la dernière phalange de chaque doigt, la langue et les lèvres. Elle était nue, mais il avait enroulé un drap autour de sa taille, de manière à constituer une robe et cacher le sexe. Ses mâchoires étaient maintenues ouvertes par un vieil engin rouillé, une espèce de… Merde, comment on dit ?

Vic regardait le matelas, immobile. Les mots crus de Wang tapaient déjà dans sa tête.

— Eh, Marchal, comment on dit ?

— Un écarteur de mâchoires ?

— Oui, c'est ça, un écarteur. À la vue des différents

niveaux de cicatrisation des plaies, la façon dont la victime a sué, Demectin pense que le supplice a duré pas mal de temps.

— Demectin ?

— Le légiste.

Vic n'accueillit que tardivement le reste de la phrase : « pas mal de temps ». Comme dans les films ou les romans. Quels assassins s'attardaient sur les lieux du carnage, hormis les plus sadiques ?

Il tenta de rester académique. « Pas d'émotions », expliquaient les cours de psychologie. Comme si on pouvait aussi contrôler ses tripes.

— Sévices sexuels ?

— Non, même pas. Ah, autre chose. On a retrouvé des squames de peau, dans sa main droite. De la drôle de peau, d'ailleurs, comme… celle d'un serpent.

Dans la foulée, il désigna le tapis, à côté du lit.

— Ces trois renfoncements en triangle… Ça ne te dit rien ?

Le jeune flic s'accroupit.

— On dirait… les traces d'un trépied ?

— Ouais. Crime filmé, probablement.

— C'est pas vrai.

Moh Wang s'orienta vers des tiroirs.

— *A priori*, Leroy loue ce loft depuis seulement deux mois. On a retrouvé des factures d'une agence immobilière du 17e. La première date de mars.

Vic arracha son masque, il étouffait. Il désigna le mur, derrière le lit.

— Et là, sur le poster, ce « 78/100 ». Une idée ? 78 sur 100 ? 78 % ? 78 centièmes ?

Il se rapprocha de la photo. L'écriture des chiffres, bien droite, ne laissait transparaître ni peur, ni panique, ni colère.

— Trop tôt pour le dire, répondit Wang. Peut-être une note ? Moi, perso, j'aurais mis 100 sur 100. C'est mon genre, les bombasses blondes. Le problème, c'est que ça marche pas dans l'autre sens.

— Il avait laissé la craie ?

— Elle a cassé sur le sol et un morceau a roulé sous une armoire. Et c'est peut-être là sa connerie, parce qu'on a des empreintes partielles dessus. Pas vraiment exploitables pour le fichier, mais bon... Et puis arrête avec tes questions, ça me gave maintenant.

Dans le groupe, Wang entretenait une réputation de sanguin. Dès qu'il avait dû s'approcher de lui – un peu forcé, ils partageaient le même bureau –, Vic avait embrayé sur Céline, ses origines asiatiques, le Viêtnam. Et lorsqu'il lui avait montré la photo de sa femme, le Chinois avait changé de ton.

— On se met en route, ordonna Wang. On doit traverser Paname, une franche partie de plaisir.

— Pour asticoter sa... nana, c'est ça ?

— Juliette Poncelet. Elle bosse dans le porno.

— Elle est actrice ?

— Tout dépend de la définition que t'en donnes. Attends... Viens voir deux minutes.

Vic s'avança vers l'ordinateur portable.

— On a fouillé dans les papiers, expliqua Wang. Cette Juliette Poncelet recevait déjà son courrier ici, elle allait sûrement bientôt emménager.

Il démarra une vidéo, qui secoua Vic instantanément.

— Bon sang, arrête ça !

— C'est crade, hein ? Je comprends pas bien ce qu'un canon comme Leroy fichait avec un boudin pareil.

Wang éteignit l'écran et montra un agenda.

— Notre pute de luxe semblait avoir un carnet d'adresses plein à ras bord.

— Si le tueur n'a pas volé le carnet, c'est qu'il n'est pas client.

— Ben voyons. Ou alors, il est intelligent. Ça arrive rarement, mais ça arrive. Et il a laissé ces adresses pour se disculper.

— Il est entré comment ?

Wang fronça les sourcils. Son collègue leva les bras en l'air.

— OK, j'arrête. Porte fracturée, je suppose. J'ai vu en entrant.

— Tu vois, quand tu réfléchis… Faut toujours réfléchir avant de parler. Allez, on se tire. J'ai pas de bagnole, on prend la tienne.

— Je veux bien. Mais on se passera de gyrophare.

— Putain, mec, je crois qu'on va pas être d'accord tous les deux.

Vic l'interpella alors qu'il s'éloignait.

— Eh, Moh !

— Quoi encore ?

— Merci de pas m'appeler V8. Après vingt jours, même « mec », ça me fait du bien.

Wang fit craquer sa nuque d'une rotation de la tête.

— J'ai qu'un copain sur Paris, et c'est un poisson-chat.

Vic accéléra pour se retrouver à sa hauteur.

— Je n'ai pas été pistonné.

— Et t'es arrivé à la première direct ? C'est un gag ?

— J'ai obtenu de bons résultats. Les meilleurs en psycho.

— La psycho, ouais… T'aurais dû faire psy, alors. T'as complètement foiré au tir et en combat, il paraît.

— Les nouvelles vont vite.

— Tu sais, on va pas loin avec la psycho. Par contre, avec un paternel ancien directeur adjoint de la DIPJ, c'est…

— Je n'ai pas été pistonné, je te dis.

Wang fit un geste de la main.

— Moi non plus. Te plains pas s'ils t'appellent V8. Moi, ça a été Moh Viet pendant plus de trois ans.

— Police et subtilité, ça ne rime pas vraiment. Mais t'es bien chinois, non ?

— Viet, Chinois, Jap… Pour eux, c'est pareil.

Juste avant qu'il monte dans sa Peugeot, Vic voulut

poser une main sur l'épaule de son collègue, mais il se brûla au regard incendiaire de Wang. Il retira son bras et dit :

— Un dernier truc. Qu'as-tu ressenti en entrant dans la pièce, ce matin ?

— Pourquoi tu veux savoir ?

— Pour savoir comment… comment je serai, dans quelques années. Mon père, à la maison, il ne racontait jamais. L'image qu'il m'a toujours donnée des flics, c'est quelque chose qui n'existe pas.

— Et tu t'en rends compte que maintenant ?

— On dirait. Alors, tes sensations ?

Une fois installé, Wang suivit du doigt la grande fissure qui traversait presque tout le pare-brise.

— J'ai rien ressenti. Absolument rien. Il paraît que c'est pas normal chez moi. Que j'ai un truc qui déconne. Mais bon…

Il piocha une cigarette dans son paquet et dit :

— Tout à l'heure, j'ai remarqué, t'as pris une boîte d'allumettes dans ta poche. T'es un ancien abonné de la sucette à cancer ?

Vic sortit une vieille boîte, qu'il ouvrit.

— Il y a deux allumettes. L'une grillée le jour de mon mariage, pour mon ultime cigarette…

— Et l'autre ?

— Elle est intacte et représente beaucoup. S'il me reprenait un jour l'envie de fumer, j'ouvrirais cette boîte, je gratterais cette allumette, et j'aurais alors conscience de la gravité de mon acte.

Wang tourna la molette de son briquet.

— Ton vieux clopait ?

— Il fume toujours.

— On clope tous. Cloper, ça évite d'avoir envie de se laver les paluches jusqu'au sang tous les jours. Si ton père ne te montrait rien, c'était sûrement pour ton bien. Et te faire croire que notre job, c'est chouette.

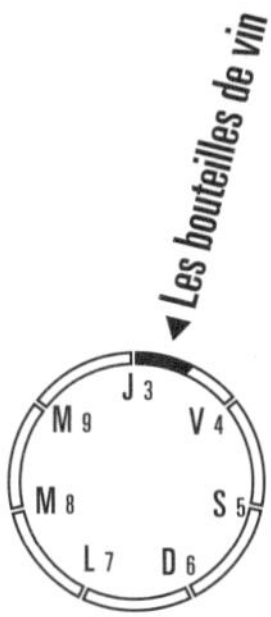

6. JEUDI 3 MAI, 12 H 58

— Je peux allumer ? demanda Vic.

— Non. Laissez éteint, j'aime pas la lumière.

Juliette Poncelet se terrait dans un petit appartement à Arcueil, au sud de Paris. Les volets baissés aux trois quarts plongeaient le salon dans une pénombre glaciale. Inconfortablement assis sur une chaise en métal, les mains sur les genoux, Moh Wang dévisageait son interlocutrice.

— Vous deviez bientôt emménager chez Annabelle Leroy, c'est ça ?

Juliette était maquillée à la Marilyn Manson, le visage d'une blancheur maladive. En fixant ses yeux, Wang avait l'impression de sombrer dans deux niches lugubres, creusées dans une falaise de craie. Curieusement, la créature à l'allure gothique, bien en chair, n'avait pas versé une seule larme à l'annonce du décès.

— Nous deux, c'était sérieux. On se connaissait depuis janvier, et Anna a tout de suite flashé sur moi.

Wang ne put cacher sa surprise, trois méchants sillons se dessinèrent sous sa coupe en bol. Juliette le remarqua.

— Ça vous tue, hein, qu'une fille avec un physique comme le sien s'intéresse à une boule de graisse ?

— Il en faut pour tous les goûts.

Juliette plissa le nez.

— C'est vous qui sentez si fort ?

— On sort d'un resto chinois, répliqua Wang.

En retrait, dans l'ombre, Vic esquissa un sourire. Du coin de l'œil, il décortiquait l'aménagement du salon. Profusion de cuir, de métal et de vinyle. Des CD de *Cradle of Filth, Paradise Lost, Opeth*, pas mal de death metal. Mais rien, dans ce terrier, ne laissait deviner que Juliette tournait dans des films à dominante sadomasochiste.

— Et vous ? Vous avez flashé sur elle ? continua Wang.

Dès qu'elle détournait un peu le regard, le flic absorbait chaque détail de son comportement : ses mains jointes et figées, prises dans des gants en cuir, le mouvement de ses épaules, les tensions de son cou, la palpitation de ses paupières.

— Au départ, Anna n'était pas mon style.

— C'est quoi, votre style ?

Juliette fit descendre sa main gantée sur son visage, comme pour souligner une évidence. Son fauteuil grinça lorsqu'elle pencha ses kilos vers l'avant.

— À votre avis ?

Wang se retourna vers Vic et tapota du bout des doigts sur la chaise voisine. Le jeune lieutenant vint s'y installer et étira ses jambes.

— Dans ce cas, pourquoi Annabelle, si elle n'était pas votre style ? poursuivit Wang.

Il y eut un léger flottement.

— Parce qu'elle avait du pognon. Et que le pognon, ça m'aurait permis de me sortir de cette merde.

De plus en plus, Wang avait le sentiment de s'adresser à un bloc de viande froide. Froide et avariée. Car, même sous des strates de maquillage, Juliette était plutôt… moche.

— Ça ne rapporte pas, ce que vous faites ?

— Et je fais quoi, à votre avis ?

Wang opta pour l'interrogatoire *No limit*, comme il disait. Avec le *No limit*, on pouvait tout miser en un coup, comme au poker.

— D'après mes brèves recherches sur Internet, vous attachez des mecs, leur pissez dessus et leur mettez des coups de pied dans les couilles. J'ai assez bien résumé ?

Effet réussi, Juliette dégaina un mince sourire, non pas pour Wang, mais à l'intention de Vic. Le jeune lieutenant se sentit transpercé, avala sa salive et répéta la question de son collègue, d'une voix qui se voulait ferme :

— Ça ne rapporte pas, ce que vous faites ?

— Hors sujet.

— Quoi, hors sujet ? reprit Wang.

— Anna s'est fait buter, et vous, vous m'interrogez sur des choses qui n'ont rien à voir. On n'en profiterait pas pour satisfaire sa petite curiosité malsaine ?

— Vous savez comment sont les hommes.

— Essayez de coincer le fumier qui l'a butée, plutôt. Et foutez-moi la paix. Je n'y suis pour rien dans ce bordel.

— C'est tout ce que sa mort vous fait, alors ?

— Pourquoi vous dites ça ?

— Je sais pas. D'ordinaire les gens pleurent à la disparition de quelqu'un de cher. Ils gémissent, crient, hurlent. Vous, vous vous comportez comme si de rien n'était.

— Les pleurs, c'est pour les autres. Pas pour moi.

— Tout le monde pleure, même les plus durs, les caïds, ceux à qui la vie n'a donné aucune larmc. Même une pierre peut chialer, si on sait y faire. Croyez-moi.

Juliette haussa ses lourdes épaules nues et tatouées. Des mèches tombaient devant ses sourcils tracés au crayon.

— Moi, je ne suis pas du genre à m'apitoyer. Anna, elle voulait m'héberger. Elle me filait du fric. On baisait aussi ensemble. C'était bien.

Elle se leva et se servit une tequila, qu'elle avala d'un trait. Elle portait une horrible robe noire et des bottes à fermeture Éclair, rehaussées d'épaisses semelles. Vic remarqua le tatouage d'une croix celtique entourée d'une vipère, qui tombait dans son dos, de la nuque aux vertèbres. Les deux flics échangèrent un regard indécis avant que Juliette ne vienne à nouveau s'asseoir.

Le front baissé, elle se mura dans un silence que Wang interrompit.

— Annabelle avait vu vos chefs-d'œuvre, avant de vous connaître ?

— Évidemment, ce sont mes films qui l'ont fait se rapprocher de moi. On ne s'est pas rencontrées sur les marches du festival de Cannes.

— Le SM, les formes *soft* de tortures l'attiraient ?

Elle groupa ses mains entre ses cuisses et les resserra.

— Non.

— Pourquoi regardait-elle vos exploits, alors ?

— Comme ça, par hasard.

— Drôle de hasard, fit Wang.

— Il m'arrive bien de mater des dessins animés. Pas vous ?

— Que des mangas. *Albator*, *Goldorak*… J'adore les trucs avec des vaisseaux. Sinon, vos activités « extra-conjugales » ne la dérangeaient pas ?

Juliette fixa le plafond, l'air mauvais. Vic ne savait comment réagir, il se contentait d'écouter.

— Et elle ? jeta méchamment la jeune femme. Elle couchait avec un tas de types, suçait tout ce qui bouge, ce n'était pas vraiment mieux.

— Sauf qu'*a priori*, elle ne leur broyait pas les testicules avec un talon aiguille.

— Sale con, murmura-t-elle.

Vic se sentait de plus en plus mal à l'aise. Cette femme l'hypnotisait, le glaçait. Wang ignora l'insulte et poursuivit, très pro :

— Quand avez-vous vu Annabelle pour la dernière fois ?

Elle se léchait à présent les lèvres, recueillant de la pointe de la langue les gouttes de tequila.

— Avant-hier soir.

— Où ?

— Chez elle.

— Et hier ?

— J'étais prise toute la nuit. On fait un film pour un site Internet.

Wang se demanda quel sens elle donnait au mot « prise ».

— D'accord. Où ça ?

— Dans un manoir, à Fontainebleau.

Elle se tourna vers Vic avant d'ajouter :

— J'ai quelques photos de la soirée, si ça te branche.

— J'aime pas les photos, répliqua-t-il en triturant son alliance.

— Donnez-nous juste l'adresse, je m'en contenterai, fit Wang en considérant son collègue avec reproche.

Juliette avait repéré la faiblesse de Vic, elle s'acharna un peu.

— Faut pas se braquer comme ça, c'est mauvais. Tu devrais imiter le Chinois. Lui, il ne bronche pas, pire qu'un menhir. Je devine même pas s'il a déjà baisé ou pas.

Elle griffonna l'adresse sur un papier et le tendit à Vic.
Lorsqu'il l'attrapa, elle lui effleura les doigts avec son gant. Il eut un geste de recul.

— Avait-elle des ennemis ? questionna Wang.

— Des ennemis ? Qui n'en a pas ?

— Répondez à la question, s'il vous plaît.

Elle sembla réfléchir. Vic ne pouvait s'empêcher d'imaginer cette femme à l'action. Elle, les mâchoires serrées, raide dans son costume de vinyle, penchée au-dessus d'un type menotté qu'elle promenait en laisse.

— … paquet de producteurs véreux, avec qui elle bossait avant. D'autres actrices, jalouses de sa réussite. Puis tous les cons de mateurs qui ont réussi à choper son adresse et lui écrivent du courrier sur lequel ils se sont masturbés. Sans oublier certains de ses riches clients, incapables de piger qu'une pute, c'est pas une épouse.

— C'est pour cette raison qu'elle déménageait souvent ?

— Je crois.

— Elle a déjà reçu des menaces sérieuses ?

— Elle me parlait jamais de ça.

— Vous parliez de quoi, alors ?

— On causait pas beaucoup.

Wang et Vic se regardèrent en coin.

— Aviez-vous des amis en commun ?

— Non. Personne n'était au courant de notre relation, on gardait ça pour nous. Et on évoluait dans deux mondes différents.

— Il s'agit tout de même de sexe. Un milieu plutôt restreint.

Elle ricana.

— Au contraire, il n'y a pas plus vaste. Parce que le sexe nous touche, tous. Vous, moi, le jeune. Et qu'il n'y aurait pas assez d'un cahier pour décrire les différents degrés de perversité planqués en chacun d'entre nous. Il suffit de creuser un peu.

Elle s'adressa à Vic :

— Les pires ne sont pas ceux qu'on croit. Ouvre les yeux et tu comprendras…

Il fronça les sourcils. De qui parlait-elle ? Lui ? Wang ? Annabelle Leroy ?

Elle partit se verser un deuxième verre. Moh frappa l'épaule de Vic, l'incitant à la jouer plus sûr de lui.

Juliette serra son poing, se parlant à elle-même.

— Merde, Anna… Qu'est-ce que t'as foutu ?

Vic remarqua son autre main, ouverte, raide, immobile. Un flux de chaleur lui irradia soudain le ventre.

La jeune femme se tourna vers Wang.

— Que va-t-il se passer pour elle, maintenant ? Je veux dire… Son corps…

— Nous allons essayer de comprendre la manière dont elle a été tuée.

— En bref, vous allez la couper en morceaux.

— Si l'on veut.

Elle engloutit son alcool. Un filet transparent coula sur son menton.

— Ça, c'est plutôt comique.

— Je vois pas ce qu'il y a de comique.

— Vous pouvez pas piger.

Vic hésita, sa lèvre supérieure tremblait de nervosité. Puis il osa :

— Moi…

— Toi quoi ?

— Moi, j'ai compris.

Elle le dévisagea et fit un signe de la tête vers Wang, l'incitant à poursuivre.

— Puis le procureur ou le juge d'instruction remettra la dépouille à sa famille.

— Elle n'a pas de famille.

— Dans ce cas, elle restera à la morgue. Avant d'aller faire un tour du côté du cimetière.

Juliette descendit encore le volet, un rai de lumière vint agoniser dans la pièce.

— Peut-être qu'elle aurait souhaité être incinérée.

Wang se leva et fit craquer ses os.

— Mademoiselle Poncelet, vous serez probablement convoquée à la brigade, très prochainement. Ne partez pas trop loin de Paris.

— Pourquoi ?

Le flic désigna une pipe à opium, derrière elle.

— Bénarès, Yunnan ?

— Pardon ?

— Je demandais : vous fumez du Bénarès ou du Yunnan ?

— Je fume pas. C'est juste pour décorer.

Wang se gratta le bord du nez avec son ongle démesuré.

— Ah. Comme les boules d'un sapin de Noël.

Toujours assis, Vic se frottait les joues. Il demanda, d'une voix plus assurée :

— Si, sexuellement, vous aviez dû attribuer une note sur cent à mademoiselle Leroy, combien lui auriez-vous mis ?

Les bras croisés, Juliette le défia du regard.

— Quoi ? Mais qu'est-ce que tu veux, encore ? Marquer des points auprès de ton supérieur ? Impressionner ?

Elle s'adressa à Wang :

— Vous les prenez au biberon, maintenant ?

— Ce n'est pas mon supérieur, se défendit Vic.

Elle s'agenouilla devant lui.

— Tout ça, tu connais pas encore, hein ? La crasse humaine, l'ombre, les caves humides. Lui, le Chinetoque, il sait. Il a ça au fond des tripes… Mais toi, t'es pur, t'es vierge.

Elle se redressa dans un grincement de cuir, sans le quitter des yeux.

— Qu'est-ce que tu vas raconter à bobonne de ta journée ?

— La vérité.

— Je suis pas sûre. Je connais bien les mâles, tu sais. Toi, t'es du genre à intérioriser, tu veux pas que ton sale métier déteigne sur ta femme. Et pour ta question, je te répondrai pas. Ça te dérange ?

Wang posa une main sur l'épaule de son collègue.

— Allez !

Vic se leva à son tour, mais s'obstina :

— Tout vous oppose à Leroy. Votre physique, vos goûts, votre situation financière. Ici, tout est sombre, là-bas, la lumière est partout. Elle était le jour, et vous la nuit.

— Jekyll et Hyde, hein ?

— Non. Hyde et Hyde.

Juliette baissa les paupières.

— Pas mal, petit. T'es le cerveau du duo ? Allez ! Fichez-moi le camp d'ici, tous les deux.

Vic continua :

— Seules vos affinités sexuelles ont pu vous rapprocher. Quand on vous a demandé si Annabelle avait des penchants SM, vous avez caché votre main gauche entre vos cuisses. Il fait peut-être noir ici, mais votre prothèse de l'avant-bras, on la remarque autant qu'une cinquième patte sur un cheval de course. Toi aussi tu l'as vue, Moh ?

— Je l'ai vue…

— On a trouvé une béquille, dans la chambre de votre amie. Ça vous dit quelque chose ?

— Absolument rien.

— On a des relevés d'empreintes digitales, sur la béquille. Je sais que les vôtres s'y trouveront. Vous préférez régler ça à la brigade, devant une vitre sans tain ?

Wang ne comprenait rien à cette histoire de béquille. Juliette ne boitait pas.

— Foutez-moi la paix, lâcha-t-elle. Oui, j'utilisais bien cette béquille. Comme d'autres l'utilisaient aussi. Et alors ? Vous allez vous plaindre à SOS Mains ?

— Est-ce que mademoiselle Leroy était acrotomophile ?

— Quoi ?

L'exclamation ne provenait pas de Juliette, mais de Wang. Quand il considéra la jeune femme, il vit qu'elle avait compris. Celle-ci se réfugia dans l'ombre, au fond du salon, telle une chauve-souris nichée dans sa grotte.

— Perspicace. Vraiment perspicace, petite fouine. Tu observes souvent les mains, hein ?

— Elles sont le prolongement des émotions. Alors, elle l'était ?

— Oui…

Une autre tequila. Sa manière à elle de marquer le deuil, certainement.

— T'es pas si bleu, tout compte fait.

— Oh, oh ! On m'explique, là ? s'excita Moh Wang. C'est quoi, acrotomachin ?

— Mademoiselle Poncelet va peut-être nous l'expliquer… répondit Vic.

Juliette reposa son verre puis alluma très faiblement un halogène. Ses iris n'étaient pas noirs, mais d'un bleu profond. Presque jolis.

— Dis-moi juste comment tu sais que ça existe ? demanda-t-elle. T'as une femme, peut-être un gosse. Tu débutes, avec du duvet sous le menton. Même l'Asiat, il connaît pas. Alors toi, comment tu sais ?

À présent, Wang ne quittait plus du regard la fausse main aux doigts raides comme des cierges.

— Alors ? répéta-t-elle. On a honte ?

Vic n'osa pas regarder son collègue.

— Je… Je faisais des recherches sur les maladies congénitales. Et, de fil en aiguille, je suis tombé là-dessus.

— De fil en aiguille… Et tu penses que je vais gober ça ? Je sais quand un homme ment.

— Croyez-moi ou non, c'est la vérité.

Juliette était presque aussi grande que lui : 1 m 80. Elle se tourna un temps, les flics entendirent un déclic. Puis elle posa un objet massif sur la table : avant-bras en résine coulée. Lourdement, elle s'approcha de Vic et releva la manche de sa robe, d'où fleurit un moignon aussi lisse qu'un crâne.

— Votre béquille, vous savez à quoi elle servait ? Anna voulait que je l'utilise et que je claudique, avant de rentrer dans son lit. Voilà ce qui la branchait. Des membres amputés, des déformations congénitales, des anomalies génétiques, du genre pieds à six orteils ou *hallux valgus*. C'était elle la pute, mais c'était elle qui payait pour baiser des estropiées dans mon genre. Elle aimait se taper les échantillons malheureux fournis par les lois du hasard. Ceux que la vie n'a pas gâtés.

Elle s'approcha encore, Vic sentit son haleine chargée.

— Alors, c'est quoi le pire ? Des gens comme moi, qui exposent leurs penchants sexuels à travers leur attitude, leur manière de se fringuer, qui préviennent : « attention, vous mettez les pieds sur un terrain dangereux », ou des succubes qui, comme elle, se cachent derrière un physique de rêve ? Croyez-moi, cette nana, elle côtoyait les ténèbres. Et apparemment, elle est allée trop loin, cette fois.

Elle marqua une pause puis ajouta, profondément enfoncée dans son fauteuil :

— Tu m'as demandé quelle note je lui aurais donnée,

tout à l'heure… Toi, tu lui aurais sans doute collé une bulle, parce que Anna, elle aimait faire mal. Ouais, vachement mal. Mais moi, j'adorais. Alors, une note ? Je sais pas… Peut-être 80 sur 100 ?

Excédé, Wang attrapa Poncelet par le poignet.

— On vous emmène à la Maison. Vous allez tout cracher. Qui elle voyait. Où. Quand. Comment.

— Vous vous foutez de ma gueule ou quoi ?

Elle essaya de se débattre, mais le flic la maintenait fermement.

— J'ai l'air ? On peut régler l'histoire sans vagues. Discuter entre adultes responsables dans mon bureau. Sinon, on fait intervenir la cavalerie.

Juliette haussa les épaules.

— Après tout, je m'en cogne. Tant que je suis rentrée pour ce soir. J'ai un tournage.

— La prochaine Palme d'or ?

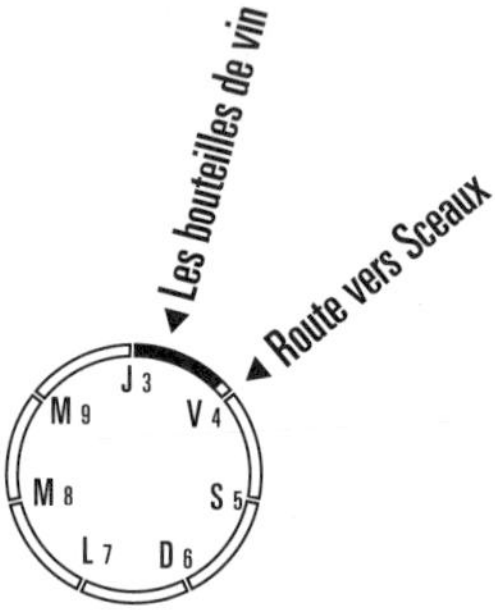

7. JEUDI 3 MAI, 23 H 26
DEUXIÈME RÊVE : ROUTE VERS SCEAUX

Dans le rétroviseur, Stéphane aperçut les trois griffures sur son visage, qui incisaient profondément sa peau et se perdaient sous son bouc. Ses doigts tremblaient. Rien ne pouvait calmer sa nervosité.

Il enfonça encore la pédale d'accélération et poussa au maximum le son de la radio.

Dans ce brouhaha insupportable, Stéphane s'attarda sur un billet jaune, posé au-dessus du tableau de bord. Il s'en empara : « Musée Dupuytren ».

— Dupuytren… Dupuytren… Dupuytren…

Dans un accès de rage folle, il lâcha son volant pour réduire le papier en morceaux.

À travers le pare-brise, la lune était pleine, d'un blond presque transparent. Et le soleil teintait d'or l'horizon. Stéphane eut un regard triste face au spectacle de ces deux astres. Il explosa en sanglots.

Puis il inspira un grand coup et caressa énergiquement son crâne rasé. Les yeux embués de larmes, il saisit un mouchoir, posé à côté d'une tondeuse à cheveux, d'un masque en latex et de vêtements tachés de sang. Un mouchoir rose, joliment brodé d'un nounours. Un mouchoir d'enfant.

À la radio, la journaliste présentait les informations.

« … incroyable concours de circonstances par lequel cet homme s'est retrouvé avec les numéros gagnants du loto. Nous l'écoutons… »

Stéphane tendit l'oreille.

« … Je passe jamais par Méry, mais cette fois je devais aller à Pontoise. Et là, ma bagnole, crac, elle tombe en panne. La poisse, je travaille le dimanche, et ce jour-là c'est pas des tendres au boulot quand on manque. J'étais dégoûté, encore une sale journée, je me suis dit. Alors, qu'est-ce que je fais ? Je marche jusqu'à un débit de tabac, hein, j'ai pas de portable. Et là, je vois quoi ? Le type juste devant moi, qui sort en courant sans son billet ! Ben moi, je le prends vite fait, puisqu'il l'avait payé. Vous savez, j'y crois pas à ces choses-là, les coïncidences, la chance et tout. Mais pourtant, je sais pas… Je l'ai pris, je me suis dit : on sait jamais. Et puis, le jour du tirage, je suis allé chez mon pote, ma télé est cassée. Et là, devinez ? Les numéros ! 4-5-19-20-9-14, j'ai… la vache j'ai halluciné. Bon, j'étais pas le seul à gagner, on était deux, un autre gars sur Paris je crois, mais avec tous les multiples que j'avais, il a pas eu grand-chose ! C'est peut-être dégueulasse de dire ça, mais merci au type qui a oublié son billet. Ma bagnole, elle est tombée en panne alors que le mec achetait son billet, et je crois que c'était un signe du destin. Si tu m'écoutes, mec… »

Stéphane rétracta ses doigts sur son volant, puis il frappa du poing sur le tableau de bord de la Ford.

Après le panneau « Sceaux », il tourna à droite et s'engagea dans une rue étroite. La sueur et les larmes déversaient leur sel dans ses yeux et le rendaient dingue. Tout en roulant, il extirpa de sa boîte à gants un pistolet, qu'il posa à ses côtés. Son index vint en effleurer le canon, creusé de la marque « Sig Sauer ».

— Tu n'es pas fou. Non, tu n'es pas fou.

Les enceintes hurlaient toujours :

« … sur une bien triste coïncidence. Le cadavre de la petite Mélinda a été découvert voilà quelques heures par trois spéléologues descendus dans la carrière afin de procéder à des prélèvements. D'après nos dernières informations, la fillette présentait une importante fracture du crâne et aurait ensuite été noyée dans l'une des galeries, plusieurs dizaines de mètres sous terre. Il faut rappeler que la carrière Hennocque est interdite au public depuis les importantes inondations de mars dernier, mais cela n'empêche pas de nombreux spéléologues de continuer à s'y aventurer… »

Stéphane était tout ouïe. Il faillit oublier de tourner.

« … Tout de suite, les mots du capitaine Lafargue, chargé de l'enquête, de la gendarmerie de Méry-sur-Oise… »

Stéphane se frotta le front, il considéra le mouchoir brodé, couvert de rouge, baissa la vitre et le lâcha dans le vent. Depuis son rétroviseur, il regarda s'envoler le morceau de tissu. Puis il se débarrassa de la même façon

des habits ensanglantés. Parmi ceux-ci, la veste kaki de pêcheur.

« … Plus d'une dizaine d'hommes sont déjà sur le coup, un avis de recherche national a été lancé pour interpeller un suspect. Le signalement est très précis : individu masculin de type européen, trente, trente-cinq ans, environ 1 m 80, yeux noirs, longue chevelure noire. Il… »

Stéphane arrivait à destination. Il coupa le contact.

— Des coïncidences… Juste des coïncidences.

Les clés glissèrent de ses doigts, il se courba pour les ramasser, se redressa, se cogna au volant. À côté de lui, la poignée de la portière passager, arrachée, gisait sur le tapis, sous la boîte à gants. Il la fixa un temps, puis, l'arme à la main, quitta son véhicule sans un bruit.

Il s'accroupit derrière le coffre d'une Porsche 911, observa la plaque d'immatriculation, les chiffres et les lettres gaufrés. Il répéta, à voix haute :

— 8866 BCL 92… 8866 BCL 92… 8866 BCL 92…

Puis il se releva.

Une lumière venait de s'allumer, à l'étage, vite obscurcie

par une silhouette aux courbes félines, bientôt rejointe par une ombre robuste, celle d'un homme.

Stéphane disparut dans l'allée de cyprès.

— 8866 BCL 92… 8866 BCL 92… 8866 BCL 92…

Il se plaqua contre la porte d'entrée, le pistolet contre la joue droite. Prêt à ouvrir le feu.

Un bruit violent résonna alors, comme l'explosion d'un Taj Mahal de cristal. Et tout devint noir.

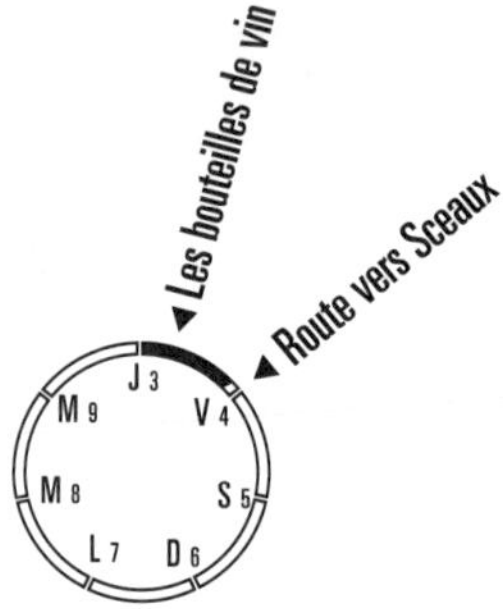

8. JEUDI 3 MAI, 23 H 33

Un bruit violent résonna alors, comme l'explosion d'un Taj Mahal de cristal. Et tout devint blanc.

Une lueur fendit l'obscurité. Stéphane leva son bras pour se protéger de la lumière de l'ampoule. Sylvie le fixait, stupéfaite et alarmée.

— Bon Dieu ! Tu es trempé !

Couché en chien de fusil sur le sol, Stéphane se redressa et, encore étourdi, manqua de tomber. Les yeux injectés de sang, il observa autour de lui. Ses monstres. Son matériel. Son bureau.

— Sylvie ?

— Non. C'est le Père Noël. Tu t'es à nouveau endormi en plein travail, à ce que je vois.

Stéphane avança, vacillant. Il scruta encore les éléments environnants. Accrochées au mur, des photos originales de *freaks* célèbres : Grace Mac Daniel, Mary Ann Bevans, Bill Durks, l'homme aux trois yeux. En face de lui, le buste inachevé de Carla Martinez, la gorge fendue d'un sourire.

— La vache ! C'est hallucinant !

Il fonça en direction d'un miroir. Rien. Pas de griffures, ni d'hématome autour de l'œil. Il se précipita vers sa femme.

— Tu ne vas pas me croire !

Elle se boucha le nez.

— Tu sens la sueur à des kilomètres. Laisse-moi deviner… Un cauchemar ?

— Ce n'était pas un cauchemar, c'était…

— Quoi ?

Stéphane ne savait plus où poser ses mains. Il bondissait comme un chien d'arrêt avant une partie de chasse.

— J'étais lui ! J'étais à sa place ! Je conduisais ma Ford !

— C'est le principe même des rêves. Se trouver à la place de soi-même.

— Non ! Tu ne comprends pas ! Je…

Sylvie ôta la pince de son chignon et libéra ses longs cheveux.

— Tu as raison, je ne comprends pas. Si tu jettes un œil sur ta montre, tu constateras qu'il est presque minuit, et que je rentre juste de ma journée de boulot, après plus de deux heures de train et de métro à cause d'un type qui s'est suicidé sur la voie… Est-ce que tu es sorti au moins une fois de ta cave aujourd'hui ? Ne serait-ce que pour voir la lumière du jour ?

Stéphane jeta un bref regard vers son carnet, avec l'envie de noter avant d'oublier, de comprendre pourquoi, dans ce deuxième rêve, les mêmes griffures lui barraient la joue. Pourquoi il transportait à ses côtés la même veste kaki de pêcheur. Pourquoi il roulait dans des rues inconnues mais apparemment réelles. Pourquoi il se déplaçait avec une arme à feu, un mouchoir rose d'enfant, des vêtements ensanglantés, une poignée de portière arrachée.

— Oui, bien sûr, je suis monté. Pour faire un tour le long des paddocks.

Sylvie se massa les tempes en soupirant.

— Je t'avais mis du riz au curry, dans le frigo. Tu n'y as pas touché.

— Je n'avais pas vraiment faim. Mais je vais y aller, maintenant.

— Bien sûr. Tu vas prendre ton déjeuner à minuit. Logique.

Stéphane tournait en rond, abasourdi.

— Il faut qu'on aille à la gendarmerie.

— Pourquoi ! Qu'est-il arrivé ?

Stéphane secouait la tête. Des plis d'angoisse lui barraient le front.

— 8866 BCL 92. Un numéro de plaque que j'arrêtais pas de répéter. Faut qu'on retrouve la voiture, et le propriétaire. Tout était trop concret dans le rêve…

Il désigna l'un de ses monstres.

— … Je portais les vêtements de Darkness, sa chemise à carreaux noirs et blancs, son pantalon, et mes habits à moi étaient posés sur le siège passager, tachés de sang ! Et puis, j'étais vraiment parti avec un flingue chez le propriétaire de la voiture. Et… je crois que j'allais faire une connerie.

La jeune femme n'en pouvait plus. Elle agrippa le tee-shirt de son mari.

— Une connerie ? Tu n'en as pas assez fait ? Non mais tu te fiches du monde ?

Lui aussi se mit à crier.

— Non, je ne me fiche pas du monde ! J'ai fait deux cauchemars avec des points communs, des cauchemars dont je me souviens parfaitement, qui sont là, dans mes tripes ! Je rêve d'une craie au milieu d'un tas de charbon, et je trouve la craie !

— Quand on a emménagé, j'ai ramassé une boîte complète de craies sur le charbon, avec des tableaux d'écoliers, j'ai tout jeté. Qu'y a-t-il de si extraordinaire ?

— Tu ne m'en avais rien dit !

— J'aurais dû ?

Stéphane se prit la tête entre les mains.

— Il y a un tas d'autres éléments qui me semblent réels !

— Si réels qu'ils vont te pousser à sauter d'un train en marche ? Ou à… Je préfère me taire. Tout cela est du passé, je ne veux simplement pas que ça recommence.

— Je suis persuadé que la plaque existe, que… que la demeure à Sceaux ex…

Stéphane s'immobilisa.

— Qu'y a-t-il ? demanda Sylvie, d'un ton hésitant. Pourquoi me regardes-tu comme ça ? Tu m'effraies tant, parfois. J'ai si peur que tes démons passés empiètent sur…

Elle recula de trois pas et cette fois, ce fut Stéphane qui l'arrêta.

— Sceaux. Quand j'ai dit Sceaux, ton visage a changé d'expression.

— Non, non, c'est juste que…

— Que quoi ? Que quoi ?

Elle prit le temps de répondre. Ses pupilles fuyaient à droite, à gauche.

— Cette… Cette ville me dit quelque chose. On en a déjà parlé lors de…

— De quoi ?

Elle secoua la tête.

— Mince, je ne m'en souviens plus. Une soirée, un cocktail pour un tournage, un truc dans le genre. Écoute, je suis fatiguée à présent. Oublie tes cauchemars, toutes ces coïncidences, par pitié.

Stéphane insista. Il tenait peut-être un détail, un début de piste prouvant qu'il n'était pas cinglé.

— L'immatriculation 8866 BCL 92 ! Une Porsche rouge ! Une belle maison bourgeoise, avec des toits en pointe, des tuiles bleues et noires, des fenêtres ovales, gigantesques ! Dis-moi que tu t'en rappelles !

Sylvie éteignit l'une des lumières.

— Que je m'en rappelle ? Mais je suis pas dingue, quand même ! Cela ne me dit absolument rien !

Elle s'immobilisa dans l'embrasure de la porte, exténuée, les yeux rouges de fatigue.

— Viens, allons nous coucher. On réglera ça demain, d'accord ? Si tu insistes, je prendrai une RTT, nous irons à la gendarmerie. Nous tirerons tout cela au clair. Mais pas ce soir. Pas ce soir, s'il te plaît…

Elle vint se serrer contre lui, respira longtemps dans le creux de son cou, au bord des larmes.

— J'ai si peur que tout recommence…

Stéphane répondit à l'étreinte, les pupilles dilatées dans l'obscurité. Il voyait encore le mouchoir rose imbibé de sang. Les horreurs racontées à la radio résonnaient dans ses oreilles. Une gamine noyée. Méry-sur-Oise… Une ville à une demi-heure seulement de Lamorlaye.

Sans bouger, Sylvie se mit à lui parler doucement.

— Tout ce qui est arrivé n'était pas ta faute. Pas ta faute…

Stéphane sentit la douleur l'envahir : ces anciennes images, les cris, le sang… Sylvie continuait à raconter, il ne percevait plus que des bribes de paroles.

— … cauchemars, tes pressentiments, ta stérilité, c'est tout cela qui te travaille, remonte à la surface en même temps. Je ne veux pas qu'on t'abrutisse encore de médicaments. Je ne veux pas avoir à revivre l'enfer.

Elle l'enlaça avec tendresse et murmura :

— Tu dois me dire pourquoi nous sommes venus habiter ici, Stéphane. Tu dois me confier ce que tu cherches dans cette maison isolée, cette ville perdue.

Stéphane inspira. Il aurait aimé la serrer plus fort encore, l'étourdir de caresses jusqu'à la chambre. Mais l'envie n'arrivait pas, n'arrivait plus. Trop d'horreurs lui bourraient le crâne. Et elles le dévoraient, l'étranglaient, l'étouffaient depuis si longtemps.

— Je ne cherche rien. Rien du tout.

Sylvie chuchota, la voix entrecoupée de petits hoquets :

— Je me rappelle bien, la première fois où tu m'as emmenée en pleine nuit dans ton atelier, le vieil atelier de Bagnolet où tu faisais tes débuts. Tu te souviens ?

— Je… Excuse-moi. Les médocs m'ont grillé pas mal de neurones.

Elle baissa les paupières.

— Tu t'étais mis le masque en latex d'un homme d'au moins quatre-vingts ans, tu t'es agenouillé devant moi, avec un faux bouquet de fleurs, et tu m'as demandé si je t'aimerais même si tu devenais un vieux croûton aigri.

— Et… qu'as-tu répondu ?

— Je t'ai arraché les fleurs des mains, les ai jetées, je t'ai plaqué au sol et on a fait l'amour entre une bonne dizaine de faux corps carbonisés, moi entièrement nue, et toi nu, mais avec le masque et tes chaussures. Et je t'ai dit : « Quelle que soit ton apparence, ce qui compte, c'est…

— … ce qu'il y a au fond de ton cœur. »

La poitrine de Sylvie se serra.

— Montons, je t'en prie. Tout n'est pas si loin que cela.

Stéphane ralluma l'halogène, les monstres se teintèrent alors de reflets roux. Dans ce théâtre d'horreur, il caressa le doux visage de sa femme.

— Je prends juste quelques notes et j'arrive, d'accord ? C'est important pour moi. J'ai déjà oublié certains éléments du rêve précédent et je dois tout marquer, si je veux garder une trace, si je veux pouvoir comprendre.

— Comprendre qu'il n'y a rien à comprendre ?

— S'il te plaît…

Elle hocha la tête en silence, les lèvres pincées, et disparut à reculons, sans plus un mot.

Les hauts talons claquaient encore dans le long couloir que Stéphane se ruait déjà sur son carnet. Il l'ouvrit, page trois.

Il nota la date et l'heure présumée du nouveau rêve : jeudi 3 mai 2007, 23 h 25. Il lui donna un titre, « Route vers Sceaux », et en décrivit tous les détails, tant visuels que sonores. Il avait l'impression d'être un témoin, une caméra, qui enregistrait les événements sans pouvoir leur conférer un sens. Ce que le Stéphane imaginaire voyait, lui le voyait. Ce qu'il entendait, lui l'entendait. Mais sans plus. Il n'était pas un personnage omniscient comme dans la plupart des autres rêves où l'on évolue dans des décors changeants et improbables. Non. Il était juste lui-même : un personnage dans un monde réel. Trop réel.

Puis il compara le contenu de ses deux cauchemars. Il remarqua les sanglots, omniprésents. Les tremblements. Les coups sur la figure qui, dans le second rêve, avaient cicatrisé un peu plus que dans le précédent. Les traces de piqûres, sur l'avant-bras droit. Le flingue. Et le sang. Le sang sur ses mains, sur les vêtements, sur le mouchoir rose d'enfant. Ces deux histoires étaient-elles « dans l'ordre », représentaient-elles une suite logique d'événements ? Quels événements ?

Stéphane recula sur son siège à roulettes. Quel phénomène étrange… Lui qui, d'ordinaire, ne se rappelait de rien ! Même gamin, même adolescent. Pour lui comme pour la plupart des somnambules, les rêves n'existaient qu'à travers les livres. Et les récits des autres.

Alors, pourquoi les images affluaient-elles si distinctement à présent ? À cause du traumatisme crânien, de l'accident ? Du brusque arrêt des antidépresseurs, des neuroleptiques ? Des deux, qui, cumulés, créaient un dérèglement dans une zone de son cerveau ? Ou alors… c'étaient les signes de la schizophrénie, qui resurgissaient avec éclat.

Stéphane fixa les paumes de ses mains, leurs lignes de vie. Jamais il n'avait été schizophrène ou psychologiquement déséquilibré. Jamais. Des coïncidences, juste d'horribles coïncidences.

Il feuilleta à nouveau son calepin, dont les pages commençaient déjà à se détacher.

Le flingue.

Dans le premier rêve, au moment où on le braquait dans la cave, il parlait d'un « pistolet à canon unique, noir, avec un chargeur ». Et dans le deuxième il précisait : « Sig Sauer ».

C'était un pistolet qu'on utilisait souvent sur les tournages des films policiers.

Parce qu'il s'agissait d'un flingue de flic.

Il se releva, la main sur le front, le tee-shirt trempé.

— Pas de panique… Calmos…

Peut-être avait-il rêvé d'un Sig Sauer parce qu'il ne

connaissait que cette arme… Logique, même. Et Sceaux ? Les bribes d'un souvenir enfoui ? Pourquoi Sylvie avait-elle le sentiment de connaître cette ville, elle aussi ?

Il ingurgita un quart de bouteille d'eau et, brusquement, fonça sur l'ordinateur, planté juste derrière Hauntedmouth, géant à la mâchoire de requin dont l'ombre ciselée s'effondrait sur l'écran.

Dans Google, il tapa le numéro de la plaque d'immatriculation. 8866 BCL 92. Aucun résultat, bien évidemment.

Puis il s'intéressa à Méry-sur-Oise. Le terme « Enoc » lui disait vaguement quelque chose, il l'avait déjà entendu. Mais quand ? Impossible de se rappeler, sa mémoire lui jouait décidément de sales tours.

Il tapa « Enok », « Enoc », « Ennok », « Henoc ». Rien. Son cœur se serra quand « Hennocque » lui renvoya des résultats. La carrière Hennocque existait bel et bien. À Méry-sur-Oise. Là où le type de la radio avait gagné au loto. Là où la petite Mélinda avait été assassinée. Une ville à trente kilomètres de chez lui.

Stéphane cliqua avec appréhension sur le lien menant à un site d'amateurs de spéléologie.

Hennocque… D'après les articles, cette inquiétante carrière se divisait en deux, avec une champignonnière et une gare souterraine allemande construite pendant la Seconde Guerre mondiale. L'endroit était creusé de voûtes naturelles, et l'eau de certaines galeries était si limpide qu'elle réfléchissait les parois comme un miroir. Des galeries inondées depuis mars, d'après le site.

Mélinda avait été retrouvée noyée. Coïncidence, de nouveau ?

La page Web indiquait également qu'un film datant de 1988, *Les Secrets de l'abîme*, avait été tourné à Hennocque. Cela expliquait sans doute l'impression qu'il avait de connaître ce nom. Peut-être son inconscient s'en était-il servi, après tout.

En quittant le site, Stéphane frissonna. Il n'y comprenait strictement rien.

Il s'empara de la cafetière et se versa un café froid. La nuit commençait à peine. Il fallait fouiller encore, disséquer, rechercher. Peut-être dénicherait-il des infos sur une certaine Mélinda ? Sur un enlèvement ? Sur le capitaine de gendarmerie Lafargue ? Sur une suite de chiffres 4-5-19-20-9-14 ?

Il pensa à *Prémonitions, Déjà-vu*, à *Lost* aussi, une série américaine dans laquelle l'un des héros joue à la loterie les numéros que ne cesse de répéter un fou. Des numéros maudits.

Prémonitions… Ce mot se mit à tournoyer, de plus en plus vite. Un mot qui lui avait sauvé la vie à maintes reprises, et en avait brisé tant d'autres. Un mot qui, des années plus tard, avait recommencé à détruire, au détour d'un virage. Douze lettres qui le faisaient passer pour une « personnalité psychologiquement déséquilibrée ». Même auprès de ses parents adoptifs, avec qui il avait rompu tout contact depuis ses dix-huit ans.

Les aiguilles de sa montre pointaient 3 heures du matin quand, écrasé de fatigue, il tapa « Dupuytren » dans le moteur de recherche. Ce fameux nom, inscrit sur le billet jaune qu'il avait déchiré et jeté par la fenêtre, dans son rêve.

Les réponses jaillirent.

Stéphane se recula sur son fauteuil, la tête à la renverse, puis il regarda à nouveau.

Le musée Dupuytren.

Un musée sur les maladies congénitales.

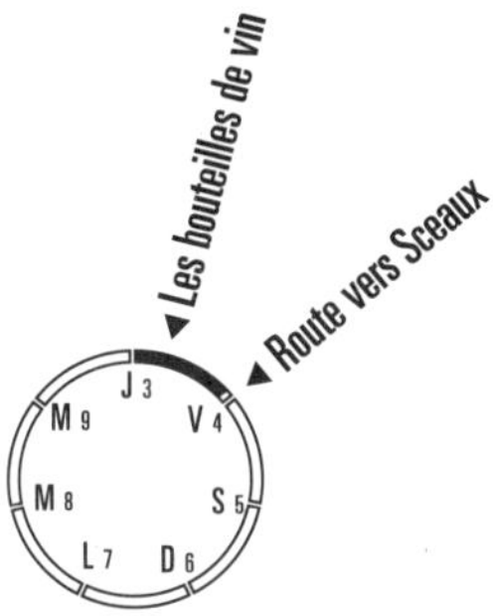

9. JEUDI 3 MAI, 23 H 54

Immobile sous la lumière crue d'un lampadaire, Vic leva un œil vers la construction en brique rouge qui se reflétait sur le bitume luisant. Quelle étrange sensation de se retrouver face à cet édifice tristement célèbre dans tous les corps de police ! Là, sous la lune blafarde, quai de la Rapée, l'institut médicolégal de Paris prenait des airs de forteresse.

Après avoir déposé Wang à la brigade – apparemment, son collègue dormait peu et travaillait beaucoup –, Vic aurait pu rentrer chez lui, rejoindre Céline, lui caresser le ventre. Mais quelque chose l'avait poussé jusqu'ici, un élan de curiosité, de découverte, une volonté de bien faire, d'affirmer sa présence et, surtout, une puissante envie de ne pas dormir. Pas cette première nuit. Cette nuit, il allait essayer de devenir flic. Essayer.

En s'enfonçant dans le vieux bâtiment, Vic sentit la présence pesante de la mort. Il dépassa des salles vides, où s'alignaient de grandes tables en inox. Une odeur de rance imprégnait les murs. Trop de dépouilles s'étaient succédé ici, depuis des années.

Le flic n'eut pas l'occasion de pénétrer dans la salle où se déroulait l'autopsie. Au moment où il allait pousser la porte, le commandant Mortier sortit, le front bas. En apercevant le jeune lieutenant, il écarquilla les yeux. Il rabaissa son masque, ôta ses lunettes de protection et sa charlotte.

— Marchal ? Mais qu'est-ce que tu fous là ?

Derrière le commandant, le sas se refermait dans un chuintement. Vic entendit une voix, à l'intérieur. Une voix de femme. Le légiste était donc… une femme ?

— J'ai appris que l'examen débutait à 21 h 30. J'ai ramené Wang au bureau et je me suis dit qu'avec un peu de chance…

— De chance ?

— Façon de parler.

Mortier hocha sa lourde tête rasée.

— Je sors m'en griller une. Après, j'y retourne. C'est quasi terminé. Suis-moi.

Sur l'asphalte trempé, dehors, il se mit à tirer nerveusement sur sa cigarette.

— Une sale histoire. Une putain de sale histoire.

— Que dit l'autopsie ?

Le commandant souffla la fumée au ciel, longuement. L'atmosphère était électrique, la tension palpable.

— La sadomaso, Juliette Poncelet, ça raconte quoi ?

— Elle voyait Leroy deux ou trois fois par semaine. C'était uniquement sexuel. Pratiques sadomasochistes assez poussées, et surtout, acrotomophilie.

— T'as pu creuser là-dessus ?

— Wang a fait du bon boulot avec Poncelet, à la brigade. Elle a pas mal parlé.

— Il sait y faire, si nécessaire. À croire que c'est inné, chez lui, l'art de délier les langues.

Vic acquiesça. Il venait de dîner avec Moh Wang dans un snack et de lui raconter sa vie. En sortant du resto, il s'était rendu compte que, de son côté, il ignorait tout de son collègue, même où il habitait. Il connaissait juste le nom de son poisson-chat : « Poichat ».

— Selon Poncelet, la victime a toujours été fascinée par les amputations. Il suffisait qu'elle croise une personne amputée dans la rue pour immédiatement éprouver l'envie d'avoir une relation sexuelle avec elle.

— Vachement siphonnée.

— Oui et non. La fascination et la répulsion face aux corps meurtris ne sont pas vraiment une chose nouvelle. Il s'agit en fait d'un fantasme plus répandu qu'on ne le croit. Leroy était abonnée à de nombreux forums Internet, sous le pseudo « Bareleg ». Ces forums mettent en contact ce qu'on appelle les *devotees*. On y trouve de tout. Des adolescents, des femmes mariées avec enfants, des avocats, des professeurs qui, tous, ressentent une forte attirance pour les personnes amputées. Il y a aussi des handicapés qui se rendent sur ces sites et, par ce biais, des couples entre *devotees* et amputés se forment.

— C'est de cette façon que Leroy et Poncelet se sont connues ?

— Non, Juliette Poncelet ne participait pas à ces forums. C'est Leroy qui, en matant les films de Poncelet et en remarquant l'amputation, a tout fait pour la retrouver. Et elle y est arrivée.

Mortier tira trois grandes taffes d'affilée. Devant les grilles, un chien promenait son vieux maître, comme il devait le promener là tous les jours, à la même heure. La silhouette voûtée les salua d'un hochement de tête.

— Quoi d'autre ?

Vic triturait son portable déchargé entre ses doigts. Mortier parlait toujours d'une voix aussi ferme, dure. Pas un seul « merci, bien joué Marchal », ou « bon boulot ». Non, visiblement, pour lui, Vic était juste bon à fournir de l'information, comme un simple novice à qui personne ne doit rien.

— L'ordinateur de la victime est rempli de vidéos et de photos dégueulasses.

— C'est Wang qui t'a raconté ?

— Pourquoi systématiquement Wang ?

— Parce que d'habitude, c'est lui pour toutes ces cochonneries, ça ne le dérange pas. Même pour les affaires de pédophilie, c'est lui que les Mœurs appellent pour mater les photos. Les mômes, ça ne lui fait ni chaud, ni froid. Comme tout le reste, d'ailleurs. C'est triste à dire mais il en faut, des gars de sa trempe. Alors, on voit quoi, sur l'ordi ?

Vic grimaça légèrement.

— Des clichés d'opérations chirurgicales, des gros plans sur des chairs saignantes, des os coupés. Elle a aussi filmé plusieurs autopsies. Parfois, elle apparaît dans le champ, en train de caresser les membres coupés du mort. Elle avait sûrement un ami ou un client légiste.

— Un légiste ? Tu vas pas me dire que…

— Si ça se passe ici ? Je l'ignore. Je n'ai jamais mis les pieds dans une salle d'autopsie. Toujours est-il que, d'après les traces de trépied sur le tapis de la chambre, l'assassin a lui aussi filmé son… ouvrage, comme pour rendre à Leroy la monnaie de sa pièce.

— On aperçoit le légiste sur la vidéo de l'ordi ?

— Non, mais il n'y a pas trente-six IML dans le coin.

— Il existe par contre un paquet de légistes.

Mortier écrasa sa cigarette du talon.

— Ça pourrait expliquer pourquoi tu traînes ici ce soir, non ? L'envie de savoir si l'endroit peut correspondre ?

— En partie. Il y a un tas de choses que je voudrais savoir.

— Ouais, t'es excité comme une puce.

— Curieux, plutôt. Je suis un fouineur, tout m'intéresse.

— Tu sais que t'as du bol de bosser sur une affaire pareille, pour un bleu ?

— Faut vraiment être flic pour penser que c'est du bol.

— Et tu l'es ?

Vic répondit instinctivement :

— Je ne sais pas encore.

— C'est bien. Au moins, pour un pistonné, tu n'as pas la grosse tête. C'est toujours ça.

— Je n'ai pas été pistonné.

Mortier s'éloigna un temps dans ses pensées, avant de reprendre :

— Dis, V8, je repense à la poupée déformée, abandonnée au pied du lit.

Vic inspira bruyamment, ouvertement, ce surnom l'exaspérait vraiment.

— Et ?

— Elle avait un bras tranché, justement. T'en penses quoi ?

— J'y ai réfléchi tout l'après-midi. Cela doit avoir un rapport avec cette histoire de *devotee*. Notre assassin a volontairement amoché la poupée. Ça signifie qu'il connaissait le fantasme de Leroy. Peut-être un internaute, avec qui elle est entrée en contact…

— Ou l'un des trois millions de mecs qu'elle a dû baiser depuis sa naissance. Va falloir ratisser large.

— Pas si large que cela, si on a affaire à un amputé.

Mortier secoua la tête.

— Avec ce qu'il lui a fait, ça m'étonnerait fort qu'il le soit.

— Ils fabriquent de bonnes prothèses de nos jours. Articulées, et tout. Certains athlètes avec des jambes prothétiques courent le cent mètres en moins de temps qu'il ne vous en faudrait pour en courir cinquante.

— Tu lâches pas facilement, toi, hein ?

Vic sentit un petit air de fierté l'envahir. Il avait bien fait de venir ici, auprès du commandant, même si on le traiterait probablement de lèche-cul le lendemain.

— C'est comme aux échecs. Faut jamais lâcher.

— Ça ne fera pas forcément de toi un bon flic.

Mortier plissa légèrement les yeux.

— T'as fait le tour des boutiques de prothèses et des hôpitaux du coin ?

— Le temps n'est malheureusement pas extensible. Je m'en occuperai demain.

— Demain, ouais. Tu feras ça.

Vic sortit un bonbon de sa poche, en déplia le papier transparent et le glissa sur sa langue.

— Ça ne nous explique pas le pourquoi des dix-sept autres poupées, continua-t-il. Et le pourquoi de cette mise en scène. Des mères enlaçant leurs enfants, comme pour les protéger d'une colère divine.

Mortier fixait l'emballage en plastique. Le jeune lieutenant fouilla dans sa poche. Il en sortit une boîte d'allumettes, qu'il rangea aussitôt, et une poignée de friandises.

— Vous en voulez un ? C'est Wang qui me les a donnés. C'est au piment, et ça arrache. Il les appelle « le souffle du dragon ».

Le visage de Mortier s'illumina.

— Jamais entendu parler. Ça doit être super rare. Ça vient d'où ?

— Carrefour.

Vic se racla la gorge.

— Dites… à la brigade, tout à l'heure, j'ai découvert un truc bizarre, dans mon tiroir.

— Une capote ?

— Un rouleau de PQ mouillé. Une idée ?

— Tu demanderas à Wang.

— Wang ? Pas lui, quand même ?

— Tu dois être le seul à ignorer qui c'est. Un peu nul, pour un enquêteur.

— C'est Joffroy ?

Le commandant se remit en marche vers l'institut médico-légal, laissant Vic sur place. Puis il se retourna :

— Alors ? Tu te radines, ou t'attends que les morts se barrent en courant ?

En cachette, Vic jeta son infect bonbon et lui emboîta le pas.

— T'as une femme, déjà ? demanda Mortier qui semblait apprécier la friandise, à voir la manière dont il la faisait circuler entre ses dents.

Vic sourit avant de répondre :

— Oui, Céline. Et on attend un enfant. Certainement une fille.

— Ah ouais, c'est vrai. C'est bien…

Mortier lâcha un soupir et ajouta :

— Le gosse, ça permettra peut-être à ton couple de tenir.

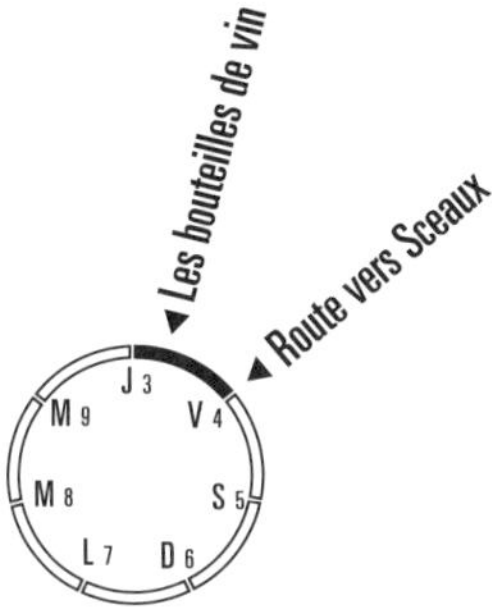

10. VENDREDI 4 MAI, 00 H 10

Le plus choquant, lorsqu'on s'aventure dans une salle d'autopsie, est la vue directe, sans détour, qui s'offre depuis le seuil sur le corps nu, étalé sous la puissante lampe Scialytique. La forme humaine, incisée, dépouillée, donne alors l'impression d'un vallon de sang, un séisme de chair ne laissant subsister que des ruines organiques.

Derrière son masque, Vic tenta de se donner une contenance. Il ignorait s'il fallait reculer, avancer… Sur la droite, il remarqua un local OPJ, pourvu d'une porte et d'une lucarne où une main frileuse pouvait recevoir les prélèvements sans assister au carnage. Un refuge pour ceux qui ne supportaient pas.

— Alors ? chuchota Mortier. L'endroit de la vidéo… Ça ressemble ?

Vic mit du temps à répondre. Les gaz intestinaux, les odeurs de fluides transperçaient son masque.

— Je n'en sais rien. Je présume que ces salles sont toutes identiques.

— Nouveau ? demanda Demectin.

De longues traces de sang coloraient son tablier en plastique blanc, de la poussière d'os parsemait ses épaules. Elle avait une bonne quarantaine d'années, les traits secs et sévères.

Le jeune lieutenant opina du chef.

— Vous n'arrivez pas au meilleur moment. C'est quasi terminé, il n'y a plus rien à voir.

— Une manie chez lui, lança Mortier. Débarquer quand les autres remballent.

Vic n'écoutait pas. Son œil restait rivé sur un bac en acier, à côté des prélèvements, dans lequel s'alignaient de longues aiguilles maculées de sang.

— Il y en a exactement cent une, précisa le légiste. Profondément plantées, pour la plupart, dans les nerfs ou les muscles. Ça a dû faire très, très mal.

Le médecin lança un bref regard à Mortier, qui hocha la tête en guise d'approbation.

— Approchez donc, lieutenant, dit Gisèle Demectin. Ça va aller ? D'ordinaire, je briefe les nouveaux, au cas où. Mais nous ne vous attendions pas vraiment.

Vic inspira un grand coup et se força à imaginer un morceau de viande. Il fallait qu'il visualise un morceau de viande froide, et rien d'autre. Les cellules olfactives de ses narines saturaient, il ne sentait presque plus la puanteur. Ne restait plus qu'à affronter le pavé de chair.

Son champ visuel se remplit soudain d'un gros bloc rouge sanguinolent, cisaillé en son centre, vidé de ses organes principaux. Très vite, il pensa à un filet de bœuf. Des côtes à l'os. Puis, à mesure que la bile remontait dans sa gorge, ce fut de pire en pire. Des rognons. Des tripes. De la cervelle.

— On la fait brève ou longue ? s'enquit Demectin.

Vic opéra trois minuscules pas vers l'arrière et détourna la tête. Deux mètres. Juste reculer de deux mètres pour déguerpir et se serrer contre Céline. Ce lieu morbide, ce massacre charnel lui répugnaient sincèrement.

— *Brèvesilvousplaît.*

Il avait parlé d'un trait, sans respirer. Le légiste lui adressa un sourire de légiste.

— J'ignore pourquoi, mais je m'en doutais. Vous êtes très blanc. Vous pouvez…

— Ça va aller.

Demectin s'empara du cœur posé sur un pèse-organes,

l'enfonça dans un sachet et le rangea à l'intérieur de la carcasse. Elle « rhabillait » le corps.

— Avec le nomogramme de Henssge, la température à 18 degrés de la pièce lors de la découverte du corps, le poids du sujet et la température hépatique, j'estime qu'elle est décédée dans la nuit du mercredi 2 au jeudi 3 mai 2007, aux alentours de minuit, suite à de multiples blessures infligées à la face, au thorax, aux membres inférieurs et supérieurs.

Au fur et à mesure que Demectin expliquait, Vic s'appliquait à suivre les parties anatomiques concernées. Chaque meurtrissure, ecchymose, hématome s'imprimait violemment dans sa mémoire. Le genre d'images qu'on garde secrètement pour soi sans jamais en parler.

— Les lèvres supérieure et inférieure, la dernière phalange de chaque doigt, ainsi que l'extrémité de la langue, deux centimètres environ, ont été tranchées de manière très nette. L'individu s'est servi d'un vieil écarteur de mâchoires, certainement pour éviter qu'elle le morde, alors qu'il sectionnait la chair. L'engin était rouillé. Je crois qu'on utilisait encore ces trucs-là avant l'apparition de la chirurgie maxillo-faciale. À vérifier.

Demectin contourna le cadavre et, par un petit mouvement de la main, invita Vic à s'approcher de nouveau. Mortier, lui, restait au fond de la pièce, appuyé contre le mur carrelé.

— Des squames de peau ont été prélevées au creux de sa main droite, posées probablement par le tueur. Plus que des squames, je dirais carrément de longs morceaux de peau morte, desséchée. Style mue de serpent. Les prélèvements attendent derrière moi. J'ai aussi noté, un peu partout sur son corps – seins, cuisses, pubis –, des traces d'amidon de maïs, une substance que l'on trouve principalement sur la face interne des gants poudrés en latex.

Vic remarqua le tatouage de serpent, sur la cuisse gauche de la victime. Un genre de python, à la gueule grande ouverte et aux crochets bien visibles.

— Ce qui implique que ce fumier a ôté ses gants pour la toucher, précisa Mortier.

— Oui, mais il a bien pris soin d'essuyer les empreintes. Autre détail. Les extrémités de quelques cheveux ont brûlé. Il a dû s'amuser avec un briquet ou quelque chose dans le genre.

Elle se déplaça légèrement et continua :

— À présent regardez, là, au niveau de l'avant-bras droit. Des marques d'injection. Il s'y est repris à plusieurs fois, les agressions externes ont créé un léger hématome. Le sujet devait énormément bouger, en dépit des liens qui l'immobilisaient. Là aussi, les analyses vont partir pour la toxico.

Vic se focalisa sur l'avant-bras marbré de traces violacées.

— Quel genre de produit a été injecté ? Drogue ? Sédatif ?

Chaque fois qu'il ouvrait la bouche, il avait peur de vomir. Impossible de s'habituer.

— Peut-être un hémostatique. Partout, au niveau des plaies, le sang a coagulé. Le tortionnaire voulait peut-être retarder les saignements.

Vic se tourna vers Mortier.

— Ouais, intervint le commandant. Cet enfoiré a voulu prolonger le plaisir. Et apparemment, il y est arrivé.

Vic s'efforça de jeter un regard vers ce visage réduit en bouillie, cette bouche tordue, maintenue ouverte par la seule rigidité cadavérique. Même morte, cette femme paraissait encore hurler. Avait-elle croisé le diable en personne ?

Le jeune flic tapotait nerveusement ses doigts sur sa cuisse, ne cessant de se demander ce qu'il fichait ici, à l'institut médico-légal. À la première division. À Paris. Dans quelle galère avait-il embarqué Céline ? Il ne pouvait pas échouer, se faire virer, changer de brigade. Que dirait son père ? Pour qui passerait-il, au sein de sa famille de flics ?

— … -ez-vous.

— Pardon ?

Visiblement exaspéré, le légiste fit le tour de la table, attrapa le poignet de la victime et le plaça sous les narines de Vic.

— Ôtez votre masque et sentez.

Vic s'exécuta.

— Du vinaigre ?

— Il y en a sur une bonne partie de son corps.

Vic cessa de bouger les doigts. Ses mâchoires se crispèrent. La douleur surgissait le long de son avant-bras droit.

— Qu'est-ce… Qu'est-ce que cela signifie ?

Le médecin lâcha un rire moqueur, presque aussi grave que celui d'un homme.

— Mais c'est votre job, mon cher ! Comme c'est à vous d'expliquer cette fichue odeur de putréfaction, sur le lieu du crime !

— Ex… Excusez-moi.

Vic s'éloigna en courant, poussa la porte battante et s'appuya contre le mur du couloir. Il se tenait le bras droit. Un filet de feu se propageait de sa poitrine jusqu'au bout de ses doigts.

Il desserrait à peine les dents quand Mortier le rejoignit. Le commandant lui jeta un regard en coin avant de lui donner la carte du légiste.

— Ses coordonnées, si tu as des questions. Appelle-la n'importe quand, elle est souvent d'astreinte. T'inquiète pas, V8. Ça fait toujours ça, la première fois. T'es pas pire qu'un autre.

Avant de prendre le chemin de la sortie, il tendit un paquet au jeune lieutenant.

— Les photos de scène de crime, si tu veux continuer ton voyage dans l'horreur. Pour la tache noire sur chacune d'elles, fais pas gaffe, il s'agit d'un défaut de pellicule. Garde-les, on a les doubles en numérique de toute façon. Au fait, Demectin te salue et te dit « bienvenue à Paname »…

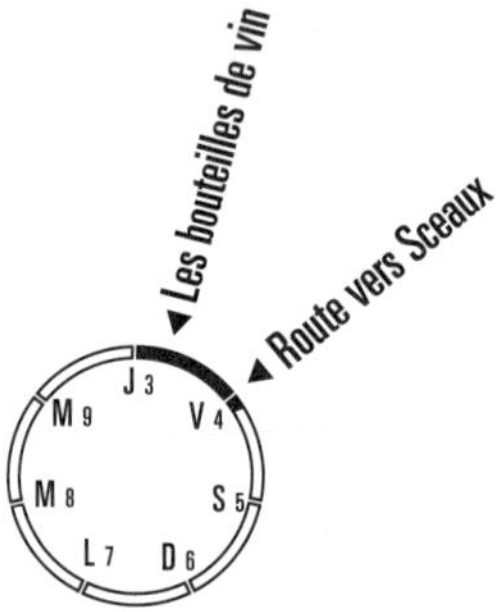

11. VENDREDI 4 MAI, 02 H 26

Au pied de son immeuble, dans la nuit et le froid, Vic se sentait mal, retourné, traversé par une furieuse envie de boire un verre, quelque chose de fort.

Tout là-haut, au troisième étage, une petite lumière jaunissait la vitre. Le jeune lieutenant s'engagea en silence dans la cage d'escalier, espace confiné et impersonnel qui le dégoûtait déjà.

Céline était assise à table, la tête entre les mains, devant une tasse de thé froid. Elle ne se retourna même pas lorsqu'il entra. Elle avait laissé volontairement une assiette vide et des couverts.

Vic vint enlacer son épouse par-derrière et enfouit son menton dans le creux de son épaule.

— Ça va, puce ? Hum… Tu t'es parfumée ?

— Ce n'est pas ton cas. Tu sens le… le… le rance.

Elle se leva, l'étrangla d'un regard tout en versant son thé dans l'évier, puis, ondulant dans son parfait kimono bleu, partit dans la chambre.

— Pas possible… chuchota Vic pour lui-même.

Il oublia le verre qu'il aurait aimé boire. Il enleva ses baskets sans les délacer, se déshabilla en quatrième vitesse, jeta à l'aveugle ses habits sur le rameur, plongea sous la douche deux minutes et se faufila sous les draps. Il se colla à son épouse, qui lui tournait le dos, et lui caressa délicatement le bassin, jusqu'à naviguer vers le nombril. Mais elle lui serra le poignet avant de le repousser vers l'arrière.

— Alors la voilà, ma future vie ? Patienter sagement avec un gosse que mon mari rentre à des heures impossibles ? J'attendais ton appel !

— Je t'ai appelée depuis la brigade ! Il y avait l'autopsie !

Il marqua un long silence, puis reprit :

— Mon collègue, Moh Wang, il est spécial mais assez gentil, on s'ent…

— Je m'en fiche de ton Moh Wang. C'est avec moi que tu aurais dû dîner, pas avec lui. Tu ne m'as jamais fait un coup pareil. Que t'arrive-t-il ?

— Quoi ? Tu me fais une scène parce que, pour une fois, je ne mange pas à la maison ?

Vic passa une main dans ses courts cheveux mouillés.

— Je suis nouveau et ils m'ont forcé à assister à… à l'autopsie. C'est une espèce de… de baptême du feu. Ce ne sera pas tout le temps ainsi.

— C'est aussi ce que racontait ton père à ta mère.

Vic roula sur le dos et posa ses mains derrière sa nuque. Enfin allongé, il se sentait bien. Mais même les yeux ouverts, il distinguait parfaitement chaque détail morbide de la journée. Ce sang, partout. Juliette Poncelet, reine du SM. Le corps dépouillé de Leroy. Le mikado des aiguilles. La ronde insoutenable des odeurs.

Il se massa longuement les tempes.

— Je pense avoir tapé dans l'œil du commandant, aujourd'hui. En interrogeant quelqu'un, j'ai découvert un indice important pour l'enquête.

— Tant mieux. Tu feras peut-être un bon policier, après tout.

— T'en doutais ?

— Si j'en doutais ? Tu n'y crois pas toi-même. On dirait que tu te forces.

— Si, j'y crois ! Je serai un bon flic !

— Tu as toujours fait ce que « papa » voulait ! C'est un peu de sa faute si tu es policier, non ? Et qu'on se retrouve dans ce… dans cet horrible endroit !

Elle alluma la veilleuse et le fixa durement.

— Qu'es-tu venu chercher dans cette ville pourrie, à la première division, sinon la carrière voulue par ton père ?

— Ce n'est pas une ville pourrie.

— C'est une ville pourrie.

Après une si pénible journée, il lui fallait encore se justifier.

— On ne pouvait pas rester à Avignon ! Tu me vois coller des PV ou poursuivre des voleurs de sacs à main jusqu'à la fin de ma vie ?

Les yeux fixés sur le plafond, Céline effleurait inconsciemment son ventre.

— Pourquoi pas ? On ne peut s'obliger à faire des choses que l'on déteste seulement pour le regard des autres, ou même pour l'argent. J'avais un job convenable, Vic, et ils me reprendront si…

— Ici, tu retrouveras tout de suite. Les magasins de prêt-à-porter ne manquent pas.

— Ce n'est pas ce que je voulais dire. En continuant tes cours de psycho, tu aurais pu travailler au cabinet de mon frère. Et puis, je… je parle aussi de notre vie. Notre qualité de vie. Toi, moi, un jardin. Notre futur enfant…

Vic retint un soupir.

— Deux ans. Laisse-moi deux ans à la première division. Après, tout ira très vite. On vivra bien. Tu ne vas pas nier que mon père a une bonne qualité de vie ?

— Pour un divorcé, oui. Pour un type amoureux de Paris, oui. Pour un forcené qui a élu domicile dans son bureau, oui. Je refuse que tu tournes comme lui.

Elle eut un regard plein de tristesse.

— Je suis allée me promener devant une école maternelle, tout à l'heure.

— Encore ? C'est pas vrai…

— Et j'ai compté le nombre de Blancs. Tu veux savoir combien…

Vic aurait aimé se retenir, mais il la coupa :

— Tu n'es peut-être pas la mieux placée pour en parler. Qu'étais-tu pour les autres, quand ton père t'a jetée dans une école de Marseille, si ce n'est la fille d'un Viet ?

Le coup partit sans prévenir. Après la gifle, Céline jeta les draps par terre, explosa les pièces du jeu d'échecs et disparut dans la chambre du futur bébé, l'oreiller à la main.

— Sale con !

Une porte claqua. Vic frappa dans le matelas.

— Merde ! Merde, merde, merde !

Il se releva, se dirigea vers la porte, revint sur ses pas. Non, non, pourquoi demander pardon ? Il hésita, aigri. Non. Après tout, était-ce sa faute si elle ne comprenait pas ? Elle n'avait même pas demandé comment il allait, qui il avait rencontré ni pourquoi. Il avait vu aujourd'hui plus d'horreurs qu'elle n'en croiserait dans toute son existence. Et elle s'en fichait.

Il se baissa et ramassa les pièces en marbre, qu'il reposa méticuleusement sur son échiquier. Il faudrait lui trouver une place digne, à ce jeu. Mais où ? Ce foutu appartement était plus petit qu'une boîte d'allumettes.

Il partit se verser un cognac dans le salon. Une bouteille à peine entamée par son père. Depuis combien de temps n'avait-il pas avalé une seule gorgée d'alcool ? Depuis le mariage ? Cette nuit, il ferait une exception. Un peu de détente, après une journée en enfer.

Il alluma l'ordinateur, écarta le tas de revues *Europe Échecs* et s'écrasa sur le siège à roulettes. Aucune envie de dormir. Il revit les traits usés de Moh Wang, sa lassitude extrême, et piocha une aspirine qui traînait dans une boîte, derrière l'écran. Les dernières paroles du légiste ne cessaient de tourner dans sa tête. La sudation de la victime, le corps enduit de vinaigre, l'odeur de décomposition, inexplicable.

Dans quoi avait-il mis les pieds ?

Il espérait de tout cœur qu'il aimerait ce job. Avec tous ses engagements – le déménagement, le bébé, son père –, il le fallait.

Il but une gorgée de cognac en grimaçant. Une infection.

Après avoir déverrouillé son compte protégé par un mot de passe, il ouvrit un navigateur Internet et déroula la barre des favoris. De nombreuses entrées apparurent. « Trisomie », « Amniocentèse », « Gynécologie ». Puis des énoncés, plus précis. « Douleur musculaire dans l'avant-bras », « Névralgie cervico-brachiale ». Vic déplaça la souris et cliqua sur un forum médical, où, après identification sous le pseudo « ncb », il lança de nombreuses recherches. « Sudation », « Putréfaction », « Vinaigre », « Aiguilles dans les nerfs », « Hémostatique ». Il n'obtint rien de probant. Pour la sueur, on parlait par exemple

d'hyperhidrose, la maladie des individus qui transpirent en permanence. Mais Juliette Poncelet n'avait jamais parlé de cela à propos de sa partenaire. Alors pourquoi Annabelle Leroy avait-elle tant sué ? À quel effort son bourreau l'avait-il contrainte ? Combien d'heures de torture ? Pourquoi l'avoir filmée ? Des questions sans réponses, rien que des questions sans réponses. Selon Wang, le métier de flic revenait à brasser des tripes et des questions. Il n'avait peut-être pas tort, finalement.

Vic détourna légèrement la tête. Un bruit dans la chambre du futur bébé. Sur le côté, il aplatit un cadre avec la photo de Céline, seule devant un merveilleux manoir qu'ils avaient toujours rêvé d'acheter. L'un de ces rêves qui ne se réalisent jamais.

Les autres gorgées d'alcool passèrent mieux, ce n'était pas si mauvais, finalement. Son mal de crâne s'estompa. Il regarda sa montre, cliqua sur une icône, lança un logiciel de jeu d'échecs en ligne et se fit éclater en dix-huit coups par un inconnu. Tout se perdait si vite.

Dix-huit coups… Dix-huit poupées, dont l'une déformée,

hideuse. Qu'est-ce que cela signifiait ? Vic se sentait perdu, débarqué sur la planète police. Il n'avait jamais rencontré d'expert en psychiatrie criminelle, de spécialiste du comportement, détestait la vue du sang et, ce soir, il avait croisé un légiste pour la première fois. Il avait tant à apprendre, là, immédiatement. Ce meurtrier, il voulait le comprendre, le sentir, prédire ses gestes, mais il ne discernait qu'une silhouette noire, glaciale, capable de regarder sa victime en face, de lui couper les lèvres et les doigts en la filmant. Était-il un psychopathe, un prédateur ? Tuait-il par passion, haine, volonté de domination, pouvoir, vengeance ? Allait-il recommencer ? Quand ? Où ? Et pourquoi ?

Le jeune lieutenant ferma son logiciel et, torse nu, se massa l'avant-bras droit. Même pas fichu de tenir un flingue correctement. S'ils s'en apercevaient, à la brigade…

Il s'avança vers la fenêtre. Le long de la Seine, sous la lune gibbeuse, la tour de TF1, avec ses quelques bureaux encore allumés, ressemblait à un totem affamé d'images et de rendement. Qui travaillait encore à une heure pareille ?

Il se demanda s'il existait des personnes pour qui cette vue paraissait belle, si réellement on pouvait apprécier ce monde de tôle, de béton et de fumée.

Il observa la forêt d'antennes sur les toits, toutes orientées dans la même direction. L'assassin d'Annabelle Leroy regardait-il la télé, à cette heure-ci ? Avait-il une maison, un appartement, une femme, des enfants ? Saluait-il tous les jours ses voisins en caressant leur chien ? Le soir tombé, s'isolait-il dans une cave pour contempler la vidéo de son ignoble crime ? Se mettait-il alors à fantasmer, là où n'importe qui aurait vomi ?

Hier, à cette heure, ce sadique venait d'officier, après avoir planté une à une plus de cent aiguilles dans le corps d'une jeune femme. Et aujourd'hui, cette nuit, il se tenait replié quelque part, seul détenteur des clés de son meurtre.

Et il leur revenait, à eux, Wang, Mortier, Joffroy, de déchiffrer son délire. Et de remonter son itinéraire de sang.

Un peu désemparé, Vic retourna à son ordinateur, dans l'obscurité du salon, et poursuivit sa quête sur Internet, le verre ballon à proximité. Il adorait fouiner, depuis toujours. Et Internet, pour les fouineurs, c'était vraiment le pied. Dans ce domaine-là, au moins, il excellait.

Quelques heures plus tard, les yeux hors des orbites, l'haleine chargée, il naviguait sur un site traitant de la médecine au Moyen Âge.

Un dernier reflux d'adrénaline le maintint encore un temps éveillé, avant que la fatigue l'emporte.

Il partit se coucher, le PC allumé et l'écran figé sur le visage d'un homme ravagé par la maladie.

Sur le site, on parlait de vinaigre. De putréfaction. De lèpre. Et de peste noire.

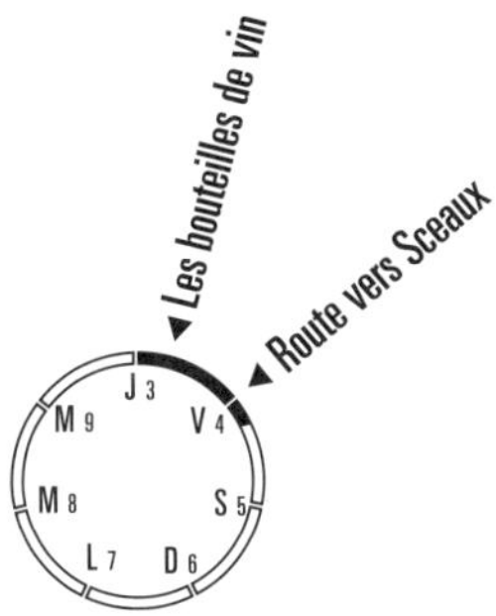

12. VENDREDI 4 MAI, 08 H 22

En sortant de la Ford, devant la gendarmerie de Lamorlaye, Sylvie Kismet n'en revenait toujours pas.

— Tu te rends compte que… que j'ai reporté mes rendez-vous pour jouer à une chasse au trésor imaginaire ?

Derrière lui, au milieu de la rue, Stéphane regarda passer un cavalier. Lamorlaye était voisine de Chantilly, la capitale du cheval. L'une des rares villes de France où l'on pouvait apercevoir des panneaux « Priorité aux cavaliers » ou du crottin devant les feux tricolores.

— Rien ne t'empêchait d'aller bosser, répondit-il à sa femme. De toute façon, il faudra bien que je me remette à conduire un jour.

— Un jour, oui. Mais pas maintenant.

Ils pénétrèrent dans la gendarmerie. Un jeune brigadier-chef les accueillit. En cette belle journée de congé gâchée à brasser du vent, Sylvie rayonnait dans une jupe légère et un chemisier assorti, vert pomme. Apparemment, le gendarme appréciait les pommes.

Stéphane raconta qu'on venait de voler son vélo et qu'il avait pu noter l'immatriculation du véhicule : 8866 BCL 92.

— Une Porsche, vous dites ?

— Aussi rouge que le vernis à ongles de mon épouse.

Le brigadier Toussard leva des yeux interrogateurs.

— Bizarre, ça, un propriétaire de Porsche voleur de bicyclette.

— Peut-être la Porsche a-t-elle aussi été volée ? intervint Sylvie. Vous pouvez vérifier cela rapidement ?

Elle se sentait honteuse de mentir et trouvait la situation ridicule. Mais après avoir longuement hésité, elle s'était fait une raison et avait préféré accompagner son mari plutôt que de le laisser se débrouiller seul, dans son état. Ensuite, ils iraient dans ce drôle de musée Dupuytren : visiblement, il fallait en passer par là pour que Stéphane comprenne la stupidité de ses investigations.

En pianotant sur son ordinateur, le gendarme demanda :

— Je peux avoir votre adresse, avant ? C'est pour la plainte.

Stéphane la lui donna. Le gradé prit un air soucieux.

— Mince, c'est vous qui…

Gêné, il se racla la gorge et changea de ton pour terminer sa phrase.

— … habitez la bâtisse où on tournait des films d'horreur ?

Stéphane lui adressa un sourire agacé. Il savait que son interlocuteur l'avait reconnu, comme n'importe qui à Lamorlaye : le type responsable de la mort de la petite Gaëlle Montieux, voilà deux mois.

— Les anciens propriétaires louaient cette maison pour des tournages, en effet, mais pas seulement de films d'horreur.

— Gamins, on rentrait dedans et ça nous fichait sacrément les jetons. Surtout le sous-sol, on dirait la maison de *Massacre à la tronçonneuse*.

— Merci du compliment. Alors, cette plaque d'immatriculation ? Un résultat ?

Toussard se tourna vers Sylvie.

— Pas trop effrayée de vivre dans un endroit pareil ? Avant les tournages, au siècle dernier, c'était un refuge de chasse pour une famille de nobles du coin. On a dû y dépecer pas mal de bêtes…

— Mon mari égorge des humains tous les jours, il leur plante aussi des couteaux au milieu du front. Alors des bêtes dépecées, vous savez…

Le gendarme fronça les sourcils.

— C'est… C'est parce que je fabrique des monstres ou des moulages pour le cinéma et pour des expositions, tenta d'expliquer Stéphane.

Le brigadier sembla rassuré. D'un mouvement ample, il laissa tomber son index sur la touche « Enter ».

Impatient, Stéphane demanda :

— Alors ?

Toussard approcha son nez de l'écran.

— Alors c'est bon, on la tient. Votre fameuse Porsche apparaît bien dans le fichier des immat, mais pas dans celui des véhicules volés.

Sylvie et Stéphane se regardèrent, frappés par la même stupéfaction. Puis Stéphane s'éloigna nerveusement de quelques pas, tout en murmurant :

— Le propriétaire d'une Porsche, qui me pique mon vélo… C'est à peine croyable.

Quelques secondes plus tard, il claqua des doigts et se mit à rire. De plus en plus fort.

— Qu'est-ce qu'il y a de marrant ?

— Sceaux, c'est ça ? Elle habite Sceaux ?

Surpris, le brigadier-chef vérifia que, de là où il était, Stéphane ne pouvait apercevoir son écran.

— Comment vous le savez ?

Question qui fit redoubler le rire de Stéphane. Sylvie haussa les épaules, faisant mine de ne pas comprendre, mais elle savait que son mari jouait la comédie dans l'unique but d'obtenir l'identité du propriétaire.

— Elle a osé ! Bon sang de bonsoir, elle me l'avait dit, et elle l'a fait !

Il se dirigea vers Toussard, en agitant sa main devant lui.

— J'annule la plainte, on laisse tomber ! On laisse tout tomber !

Il tira Sylvie par le bras.

— Viens chérie, on y va !

Le gendarme resta interloqué un instant, puis il demanda :

— Vous pouvez au moins m'expliquer, non ?

Stéphane reprit son souffle, se tamponna les pommettes avec un mouchoir, puis s'adressa à sa femme :

— C'est Caro, une amie d'enfance ! La Baule-les-Pins ! 89 ! Mai 1989 ! On... On avait treize ans ! Un jour, je lui ai piqué son vélo, et... et je l'ai caché dans une vieille remise abandonnée, jusqu'au lendemain ! Sauf que le lendemain, le vélo avait vraiment disparu ! C'était un MBK à dix vitesses, il valait la peau des fesses. Caro m'en a voulu à mort et m'a promis qu'elle se vengerait ! Et elle l'a fait, dix-huit ans plus tard !

Stéphane improvisait avec un rire très communicatif, si bien que le gendarme se mit à rire aussi.

— Caroline Duvareuil ? La carte grise est bien au nom de Caroline Duvareuil ? Duvareuil le chevreuil. Oh ! Dites-moi qu'elle ne s'est pas mariée, qu'elle est libre ! Déjà à dix ans, elle était, elle était...

Toussard l'interrompit.

— Eh si, elle est mariée, cher monsieur ! Le certificat d'immatriculation est au nom de Hector Ariez.

*

* *

Une fois dehors, il tapota sur l'épaule de Sylvie.

— Alors, pas mal le numéro, non ?

Elle le fixa durement.

— Qu'est-ce que ça signifie ? Que cherches-tu, exactement ?

— Juste à comprendre le sens de mes rêves. La Porsche vient bien de Sceaux.

— Tu es sûr qu'il n'y a que cela ?

— Que pourrait-il y avoir d'autre ?

Ils remontèrent en voiture et firent un crochet par le domaine. Une rapide recherche sur Internet leur donna l'adresse de Hector Ariez. Tout existait vraiment.

Presque deux heures plus tard, après la traversée de Paris du nord au sud, le véhicule longeait le parc de Sceaux, son château, ses jardins à la française. Côté passager, Stéphane, surexcité, ne cessait de répéter qu'il avait déjà vu tout cela, la nuit dernière. Le nom des rues, les propriétés bourgeoises. Au volant, Sylvie tentait de garder son calme.

D'un coup, dans le quartier Marie-Curie, la demeure apparut, entourée d'un vaste jardin fleuri. Pas de Porsche rouge.

— C'est elle, dit Stéphane d'une voix émue. Chérie, c'est strictement la même maison.

Sylvie inspira bruyamment.

— Toutes ces propriétés se ressemblent, ici comme ailleurs. Tu es sûr ?

— Certain.

Stéphane n'aimait pas ce regard, dans lequel il lisait la pitié, la peur, l'incompréhension.

— Tu n'as pas l'air bien, constata-t-il alors qu'ils se garaient.

— Je ne *suis* pas bien ! Mon mari débloque, recommence à faire des trucs ahurissants. Et ça me rappelle des mauvais souvenirs ! Je n'ai pas envie de te retrouver en miettes à l'hôpital ou abruti par les médocs.

— Tu ne me crois pas, alors ?

— Te croire ? Tes espèces… d'hallucinations n'ont mené qu'à des catastrophes !

Stéphane la considéra avec tristesse.

— Ce ne sont pas des hallucinations. Je vois les choses…

— Explique-moi la différence.

— Sylvie, il faut que tu me comprennes. Depuis hier, je fais de vrais rêves.

Elle détourna la tête.

— Va… Va frapper, voir par toi-même la débilité de ce que tu racontes, qu'on puisse enfin se remettre en route. J'en ai plus qu'assez de suivre un fantôme qui ne partage même plus mon lit.

Stéphane referma doucement la portière. Depuis la voiture, Sylvie l'observa avancer vers la maison, hésitant, presque effrayé. Elle inspira un grand coup et, du bout du pouce, essuya une larme sur sa joue.

Arrivé devant la porte d'entrée, Stéphane resta immobile quelques instants avant de se décider à sonner. Il entendit des pas s'approcher. Enfin, on lui ouvrit. Une femme, très belle, d'une trentaine d'années. Ses longs cheveux blonds baignaient ses épaules nues.

— Monsieur Kismet ? demanda-t-elle d'un air surpris.

— On… On se connaît ? répondit-il, ahuri.

La femme se décala légèrement, de manière à jeter un œil en direction de la Ford, et hocha la tête en guise de salut.

— Vous n'avez pas perdu votre humour. Vous cherchez peut-être John ?

— John ?

Elle agrippa la poignée de porte.

— Mon mari a pris l'avion très tôt ce matin pour se rendre sur un tournage à Antibes, il ne rentrera pas avant ce soir. Que voulez-vous, au juste ?

— John… Vous voulez dire John Lane ? Le décorateur ? John Lane est Hector Ariez ?

— John Lane est son pseudo d'artiste, oui.

— Et nous nous sommes déjà rencontrés…

Elle se demanda s'il n'avait pas bu.

— Au cocktail de fin de tournage de *La Mémoire morte*. Permettez-moi d'insister, mais… que voulez-vous ? C'est à propos du film sur lequel John et vous travaillez actuellement, *Le Vallon de sang* ?

— Votre mari travaille également sur *Le Vallon de sang* ?

— Vous ne le saviez pas ?

— N… Non… On est toujours extrêmement nombreux à travailler sur un film.

Stéphane se rappela le tournage de *La Mémoire morte*, en novembre dernier. Il avait conçu les masques des victimes défigurées, fabriqué deux ou trois mannequins, et John Lane avait orchestré la construction de l'ensemble des décors du film. Les deux hommes se connaissaient de réputation et s'étaient croisés quelques fois sur le plateau. Stéphane s'avança sur la marche du perron.

— Ma question peut vous paraître étrange, mais… est-ce que je suis déjà venu ici ? Je ne sais pas… après le cocktail, par exemple. Je… Je ne me souviens de rien. Le trou noir.

Elle sourit.

— Pas étonnant, vous et votre épouse aviez dégusté pas mal de bordeaux. Moi, je me souviens de vous. Vous êtes quelqu'un de très… expressif… et très bon imitateur ! Notamment Jim Carrey, avec votre masque vert.

— Normal, j'ai déjà pratiquement sa voix française, ça aide.

Victoria se mit à expliquer :

— Vous n'êtes pas venu ici à proprement parler mais, le soir de la fête de fin de tournage de *La Mémoire morte*, la route était dangereuse, avec beaucoup de brouillard. Alors John a décidé de vous ramener chez vous. Mais il est venu me déposer ici auparavant, votre épouse et vous étiez très… serrés à l'arrière de la Porsche…

— La Porsche 911 GT rouge ?

— Précisément. Vous vous rappelez de la marque exacte de notre voiture, mais pas du reste ?

— En fait, je me souviens surtout de cet endroit, ces rues, votre façade.

Il fit deux pas vers l'arrière, visiblement déboussolé.

— Désolé pour le dérangement, madame.

— Pas de problème.

Elle fit de nouveau un geste de la tête en direction de la Ford.

— Mais allez-vous enfin m'expliquer la raison de votre venue ?

Il rabattit son bras devant lui, en signe de capitulation.

— Un mauvais rêve, juste un mauvais rêve.

— Vous vous êtes déplacé jusqu'ici à cause d'un rêve ?

— Dites, j'ai… j'ai tout de même une dernière question. S'est-il passé quelque chose, ce soir-là ? Aurais-je des raisons d'en vouloir à votre mari ?

La femme parut surprise.

— Non, non, absolument pas.

— Votre prénom, déjà ?

— Victoria.

Elle s'appuya contre le chambranle.

— C'est très curieux, quand les gens sont ivres.

— Pourquoi ?

— Parce que, le temps de la soirée, mon époux était devenu à vos yeux votre meilleur ami.

*

* *

Une fois dans la Ford, Stéphane tapa de ses deux mains sur le tableau de bord.

— Mince !

— Qu'est-ce qu'il y a ? demanda Sylvie. Raconte !

Il lui relata sa conversation. Elle baissa les paupières et souffla de soulagement.

— Tant mieux. Cela me prouve au moins que tu n'es pas en phase de rechute. Et qu'enfin tu vas t'apercevoir qu'il ne s'agit pas de visions, mais juste de percées de ton inconscient. Ou subconscient, je n'ai jamais su faire la différence.

Stéphane gardait un visage fermé. Il était certain d'être sorti de la voiture, un pistolet à la main, pour pénétrer dans la demeure. Ces images brûlaient en lui, dans ses tripes. Que s'était-il réellement passé, ce soir-là ? La femme de John, Victoria, lui avait-elle dit toute la vérité ?

— Non, je ne suis pas fou.

— On peut rentrer, alors ? Ton musée machin, pas la peine ?

— Si, c'est la peine.

— Mais il se trouve en plein Paris ! J'ai rendez-vous chez le coiffeur à 18 h 30, je te rappelle !

— Tu as de la marge. On y va.

Sylvie prit sur elle-même pour ne pas exploser.

— D'accord, très bien ! Mais après, jure-moi que tu me ficheras la paix avec tes cauchemars !

Stéphane laissa sa vue se troubler.

— Tu n'en entendras plus jamais parler.

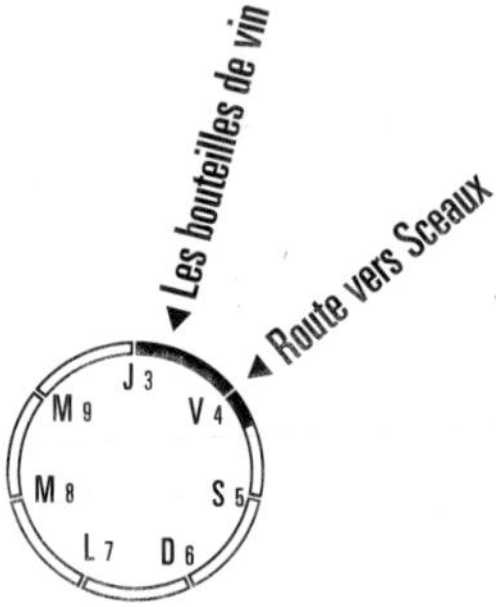

13. VENDREDI 4 MAI, 09 H 54

Le premier geste de Vic, ce matin-là, fut d'ouvrir son tiroir. Juste pour vérifier qu'un petit comique n'y avait pas fourré un Tampax ou autre accessoire hygiénique dans le genre. Mais tout roulait, hormis les touches qu'on avait retirées et mélangées sur son clavier, de manière à écrire : « V 8 P I S T O N ». Depuis ses trois semaines de présence, il avait affronté pire.

Le jeune flic suspendit son holster au portemanteau, replaça correctement son Sig Sauer et se servit un verre d'eau à la bonbonne. Il n'avait pas encore pris le réflexe d'embarquer une Thermos. Ici, au distributeur, le café était purement imbuvable. Vic retourna à son bureau, qu'il partageait avec Jérôme Joffroy, fervent amateur de la paire « Pamela Anderson / PSG », à voir les posters sur les murs, et Wang, judicieusement installé près de la fenêtre. Endroit parfait pour mater des vidéos illicites.

Ce dernier arriva peu après.

Vic le salua.

— T'as une idée pour mon clavier d'ordi ?

Wang lança sa veste sur le portemanteau. Elle s'y accrocha, comme toujours, du premier coup.

— De quoi tu parles ?

— Un plaisantin a mélangé les touches. Tu es repassé ici, hier soir. Tu n'aurais rien vu, par hasard ?

— On dit que c'est quelqu'un du coin.

— Sacré scoop.

Wang entreprit alors ses gestes rituels. Vérifier la propreté de sa corbeille, redresser le cadre abritant une vue aérienne de Macao, démonter sa souris et en ôter la crasse avec son ongle. Puis faire craquer ses os, du bas du dos jusqu'au cou, juste avant de s'asseoir.

— Tu sais ce que fichent les types armés de chalumeaux dans les bureaux voisins ? demanda Vic.

— Quoi, t'es pas au courant ? Dans à peine quinze jours, on va tous finir dans un nouveau bâtiment, à deux bornes d'ici. Ces bureaux-ci appartiendront bientôt au ministère de la Justice. On sera pas mal gâtés, tu verras, les nouveaux locaux ont de la gueule.

Il alluma une cigarette, pompa et cracha un anneau de fumée.

— Alors, l'autopsie ?

Vic haussa les épaules.

— J'ai bien résisté pour une première. J'ai d'abord cru que…

— C'est surtout le résultat qui me branche. Le reste, tu sais…

— Le résultat, oui. Évidemment.

Vic terminait son compte rendu quand Joffroy arriva, des dossiers sous le bras.

— Premiers retours de la toxico, les gars.

Il jeta des feuilles sur son bureau et ôta son Perfecto, avant de se verser un petit noir depuis sa bouteille Thermos. Il déposa aussi un paquet de biscottes, qu'il tartinerait bientôt avec du caramel au beurre salé importé de Bretagne.

— T'as sucé un cadavre cette nuit, V8 ? Bien dormi ?

— Ce serait mentir.

— Bienvenue au club.

Joffroy était petit, mais plus grand que Wang – tout le monde était plus grand que Wang. Il était presque chauve et il lui manquait des dents, des molaires arrachées pour excès de caramel au beurre salé. Il ouvrit ses dossiers, sans porter la moindre attention au clavier de Vic. S'il faisait l'innocent, il le faisait bien.

— Bon. On a retrouvé deux substances dans l'organisme de la victime. Primo un gel hémostatique, appliqué sur chacune des plaies afin de freiner les saignements. Le fumier voulait que ça dure.

Wang souffla avec délectation la fumée par ses narines.

— Facile à se procurer ?

Joffroy piocha une clope dans le paquet de son collègue.

— Tu m'étonnes. C'est comme du Mercurochrome, en moins dégueulasse. Par contre, l'autre substance, c'est plus coriace à obtenir. Tu te rappelles les traces de piqûres sur son avant-bras ?

— Plaies violacées sur l'avant-bras droit, intervint Vic.

Joffroy lui accorda enfin un regard.

— Et à ton avis, c'est quoi ?

— Drogue ?

— Morphine. L'absence de ce composé dans ses cheveux prouve qu'il s'agit d'une injection occasionnelle et récente. Et tu sais à quoi sert la morphine, principalement ?

— On la prescrit surtout aux patients dans les hôpitaux. Un antidouleur, je crois.

Joffroy appuya son index sur les feuilles.

— Tu crois bien, c'est un analgésique qui agit sur le système nerveux central. On en file aux personnes en fin de vie, aux accidentés… Ça atténue la douleur, ça amoindrit le supplice.

Avec la fumée, la pièce ressemblait à un bain turc pour candidats au cancer. Vic ouvrit la fenêtre et s'empara de son gobelet d'eau.

— Tu veux dire que notre assassin lui…

— Le Matador. Pour l'instant, on l'appelle le Matador.

— Le Matador ?

Joffroy rabattit sa main devant lui.

— Je sais, c'est con, mais c'est une idée du chef. Cherche surtout pas dans ces surnoms le moindre trait de génie.

— D'accord. Donc, d'après toi, le Matador lui a injecté de la morphine pour l'empêcher de souffrir, tandis qu'il lui plantait des aiguilles dans les nerfs et les muscles ?

Le lieutenant à la calvitie alarmante écrasa sa cigarette à peine consumée. Wang rempocha discrètement son paquet.

— Non, non, pas pour l'empêcher de souffrir. Je crois que cette fois, en terme de sadisme, on bat des records.

— C'est le matin, râla Wang. Joue-la pas façon énigmes, s'il te plaît.

Joffroy désigna du doigt les courbes d'un schéma dans son dossier.

— Regarde. Voilà les posologies exactes concernant l'injection de morphine, en fonction du poids du patient, ainsi que les durées d'action.

Vic et Moh s'approchèrent.

— La morphine commence à agir cinq minutes après l'injection, et atteint son effet maximum au bout d'une demi-heure. Ensuite, elle agit pendant environ trois heures. Et après…

Joffroy agrippa l'avant-bras de Vic, qu'il serra très fermement.

— Tu vas imaginer ceci, V8 : je t'immobilise, en t'attachant à un pieu par exemple, puis je t'injecte entre dix et vingt milligrammes de morphine. Cinq minutes plus tard, tu es un poil shooté, mais parfaitement éveillé. Tu devines ce que je vais te faire. Tu me vois sortir mon matos. Des scalpels, des bistouris, puis des aiguilles. Une centaine d'aiguilles géantes, que je passe lentement devant tes yeux, comme s'il s'agissait de cierges. Les cierges de tes propres funérailles.

Joffroy serrait de plus en plus fort. Vic sentit la brûlure grimper et opéra un geste de repli. L'officier au blouson usé avait une réputation de cogneur. Il assomma son collègue d'un regard glacial et poursuivit :

— Tous ces préliminaires durent peut-être vingt minutes. Vingt minutes pendant lesquelles il lui parle, lui raconte comment vont se dérouler les opérations, où cet enfoiré s'échauffe. La morphine atteint finalement son maximum d'effet. Alors, il plante ses aiguilles, tranquillement. Il a tout le temps, il aime traîner, forcément. Comment procède-t-il ? Tourne-t-il autour de sa proie ? Fait-il de lents allers-retours pour aller chercher ses aiguilles une à une, ou en tient-il plusieurs à la fois ? Il lui coupe les lèvres, les doigts, la langue, et utilise son gel hémostatique pour éviter que ça pisse trop le sang, qu'elle crève avant qu'il ait achevé son… travail. Durant ces préliminaires, sous l'effet de la morphine, la victime ne sent absolument rien. Elle regarde juste son corps s'ouvrir, partir en morceaux comme les quartiers d'une orange. Elle sait comment elle va finir.

Moh s'appuya sur le bureau. Vic remarqua, sur son bras, derrière le tatouage d'un idéogramme, les lignes d'un tatouage plus ancien, effacé au laser. Un dragon.

— Je crois que je commence à piger, fit Wang. Oh oui, je commence à piger.

Il siffla avant de reprendre :

— C'est un très, très bon, celui-là.

Vic distingua dans leurs prunelles enflammées toute la complicité de ses collègues. Sur combien d'affaires avaient-ils bossé ensemble, combien de coups avaient-ils encaissés, combien de nuits blanches, avant d'en arriver là ?

Joffroy poursuivit :

— Il reste un quart d'heure, le Matador a terminé. Leroy est prête. Alors, rapidement, la morphine n'agit plus. Et là… Tout se réveille. Le feu d'artifice.

Des bras, il mima une explosion. Vic, un peu à l'écart, se rapprocha du cercle de fumée, le visage fermé, et dit :

— Il n'a pas voulu une souffrance progressive.

— Mais il a un cerveau, le V8 !

Joffroy chercha le paquet de cigarettes de son collègue, et finit par en prendre une dans la poche de son cuir. Mais il ne l'alluma pas. Il s'adressa à Wang :

— Depuis tout à l'heure, je me pose une question. Une question qui me ravage tout l'intérieur du ventre.

— Du genre ?

— Est-ce qu'on peut mourir de douleur ? Juste de la douleur, avant la défaillance d'un organe vital ?

Wang le fixa dans les yeux. Son regard devint noir.

— On peut, putain. Je te garantis qu'on peut.

Sa réponse gela l'ambiance. De l'autre côté de la vitre, l'arc d'un chalumeau illumina les locaux. Joffroy broya son gobelet.

— Ce salopard a passé plusieurs heures avec la victime, s'est amusé à apporter un tas de poupées pour bâtir un château de cartes avec, et on a que dalle ! Une ridicule empreinte partielle, quasi inexploitable, sur de la craie. Rien sur les poupées, pas de témoin ! Enfin, pas encore.

— On a un espoir ?

— Ouais, on a retrouvé des cadavres de bouteilles sur le parking de l'entrepôt d'en face. D'après les studios de cinoche, un clodo traînerait dans le coin, presque tous les jours. On le cherche.

— Et pour ses quelques cheveux, légèrement brûlés ?

— Le trou noir. Elle s'est peut-être cramée elle-même au séchoir électrique ? Ou alors, ce sadique s'est amusé avec un briquet. Qui sait ?

— Concernant les squames de peau dans sa main, du neuf ?

— C'est en cours. Faut pas trop en demander à la Scientifique, parce que dès que ça touche à l'ADN…

Joffroy s'installa devant son ordinateur et consulta ses mails. Vic désigna la Thermos de café.

— Je peux ?

— T'es fou ou quoi ?

Ravi de son effet, il dit enfin :

— Vas-y, je ne voudrais pas passer pour le méchant de service, le genre qui met du PQ mouillé dans un tiroir. Mais la prochaine fois, rapporte le tien. Au fait… Moh m'a parlé de ta femme. Je peux voir ?

— Voir quoi ?

— Une photo ? T'as bien ça sur toi, non ? Entre collègues, on se montre toujours les photos de nos femmes. C'est la règle.

Vic sortit une photo d'identité de son portefeuille.

— Oh putain ! s'exclama Joffroy. Je comprends pourquoi Moh t'a à la bonne. Toi, t'aurais jamais dû faire ce métier, mon gars.

— Pourquoi ?

Il attrapa l'une de ses biscottes et ouvrit son pot de caramel.

— Des meufs de sa classe, ça se materne. C'est elle qui t'a forcé à arrêter de fumer le jour de ton mariage ?

Vic fusilla Moh du regard.

— On va dire que c'était nous deux.

— Tu fumeras à nouveau, bientôt.

— Aucun risque.

— Tu fumeras.

Vic Marchal se versa un café, et annonça :

— En attendant, j'ai fait pas mal de recherches, cette nuit.

— Sur quoi ?

— J'ai déniché des choses intéressantes qui pourraient expliquer la présence du vinaigre. Et ce matin, un ami médecin passionné d'histoire m'a confirmé l'info.

Joffroy releva un sourcil.

— Vas-y, expose-nous ta démonstration de jeune premier. On ne sait jamais.

— À force de fouiner, je suis tombé sur un traité datant de 1839, *La Médecine et la Chirurgie des pauvres*. Pour se protéger de la peste, il fallait s'entourer de vapeurs alcooliques ou de vinaigre blanc. On enduisait avec du vinaigre le courrier, les poignées de porte, tout ce qui entrait en contact avec la peau. On parle aussi du « vinaigre des quatre voleurs ». Une bande de malfrats qui, durant la grande épidémie, réussissaient à piller les maisons infectées parce qu'ils se frottaient la peau avec du vinaigre.

D'un léger mouvement des talons, Joffroy se propulsa avec son siège vers l'arrière.

— La peste ? Tu t'avalerais pas trop de Vargas, toi ?

Wang fronça les sourcils.

— Vargas ? C'est quoi ? Un médicament ?

— Vargas, tu connais pas, Moh ? Les polars !

— Voilà précisément ce que je me suis dit, reprit Vic. On n'est pas dans un roman. Dans un monde comme le nôtre, la piste de la peste est complètement aberrante. Alors je me suis intéressé au vinaigre, en lui-même. Un produit qu'on utilise tous les jours, mais bourré de propriétés chimiques. Tu sais pourquoi il était efficace contre la peste ?

— Parce que la peste n'aimait pas le vinaigre ?

— Tu ne crois pas si bien dire. Le vinaigre est un antiseptique, il tue les bactéries sur la surface externe du corps, ou, tout au moins, empêche leur prolifération. Les Égyptiens en enduisaient leurs morts pour retarder la putréfaction, car celle-ci est due, justement, à la multiplication des microbes.

— Ça fait un bail que j'ai plaqué l'école. Et alors ?

— On pourrait penser qu'en recouvrant le corps de vinaigre, le Matador voulait repousser la putréfaction pour… je ne sais pas… nous tromper peut-être sur la date du décès.

— Ouais. Sauf que la puanteur présente sur le lieu du crime ne provient pas de la victime.

— Exactement ! C'est donc que le Matador l'a amenée avec lui, sur lui.

— On a un scoop, Moh. Et ?

— Ce que je vais dire risque de paraître dingue. Mais il n'y a pas, en France, trente-six maladies qui provoquent une odeur pareille sur un vivant.

Joffroy plissa les yeux.

— Tu penses à la gangrène ?

Vic acquiesça.

— Gangrène, amputations, acrotomophilie… Vous voyez le rapport ?

— Ouais, mec ! s'enflamma Wang en faisant craquer les jointures de ses deux poings.

Pour la première fois, Vic se sentait à sa place face à ses collègues. Fièrement, il envoya :

— Le rapport est mince, mais il existe. Lors de mes recherches sur les *devotees*, j'ai découvert que certains fétichistes allaient jusqu'à s'amputer eux-mêmes parce qu'ils étaient incapables d'assouvir leurs fantasmes sur d'autres.

— On n'est jamais mieux servi que par soi-même, embraya Wang. Et je vois mal quelqu'un se pointer à l'hôpital et dire : « Bonjour, vous me coupez le bras s'il vous plaît ? C'est ce qui me fait bander. »

Il lança son mégot par la fenêtre.

— Et donc, le type se serait zigouillé un membre, à la sauvage ?

— C'est envisageable, non ? Sans le matériel adéquat, les soins, les médicaments, son membre amputé a dû s'infecter, jusqu'à se nécroser. D'où l'odeur infecte.

— Pourquoi le vinaigre sur Leroy, alors ? demanda Joffroy dans un craquement de biscotte.

Vic secoua la tête.

— J'en sais rien. Peut-être qu'il l'a touchée, caressée avec son extrémité gangrenée, et qu'il ne voulait pas laisser de sa… pourriture pour nos analyses. Le vinaigre a détruit les bactéries, enlevé toutes les traces.

Joffroy enchaîna :

— Ou alors, il préférait peut-être garder sa victime pure. Toucher un territoire vierge de toute salissure, de toute souillure. La pourriture de sa gangrène le dégoûte peut-être.

— Ça se tient, mon cochon. L'odeur, les fragments de

peau morte, cette poupée avec son bras coupé. Ça explique aussi pourquoi il possède de la morphine. Comment il connaît si bien les dosages. Il s'en injecte pour supporter sa propre douleur. Parce que la gangrène, ça doit sacrément faire mal.

— Surtout gazeuse ou humide. Les tissus gonflent, suintent et se décomposent.

Joffroy se jeta sur sa Thermos.

— Il me faudrait un truc plus fort que mon jus.

— Ça existe ?

— Genre alcoolisé, je voulais dire. Et si t'es pas content, tu le bois pas.

Vic avala sa boisson en une gorgée.

— T'as une idée du type d'assassin auquel on a affaire ? demanda-t-il.

Joffroy enfila son cuir écaillé et fit un signe de tête à Wang, l'incitant à le suivre.

— Ouais. Un beau taré, avec beaucoup d'humour.

— Joli résumé. Et maintenant… On fait quoi ?

— Il te faut une nounou ? Le commandant n'est pas arrivé, on se bouge. Wang et moi, on va faire la tournée de la clientèle de Leroy. Cuisiner ses anciennes relations dans le milieu du film porno, aussi. Toi, tu prends deux ou trois gars et tu te paluches les hôpitaux, les cabinets médicaux, les pharmacies. Vois pour la morphine, mais surtout pour la gangrène. Un mort vivant qui laisse derrière lui une puanteur de bête crevée ou se balade avec un bras tout violet, ça ne doit pas passer inaperçu.

Avant de sortir de la pièce, Joffroy se retourna une dernière fois.

— Eh, V8 ?

Vic releva le front.

— Quoi ?

— Tu touches plus à mon café. D'accord ?

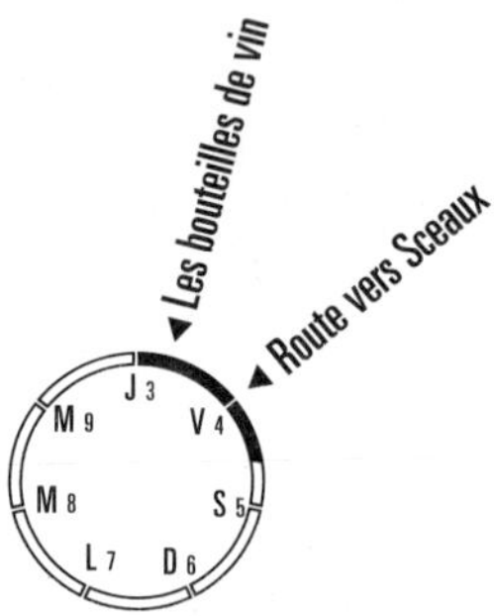

14. VENDREDI 4 MAI, 14 H 09

Stéphane s'étonna de la facilité avec laquelle ils parvinrent à pénétrer dans le centre de recherches biomédicales, au sein de l'université Pierre-et-Marie-Curie, dans le 6e arrondissement. Il s'attendait au moins à une entrée privée, avec gardien, mais l'institut était en fait directement accessible depuis la rue de l'École-de-Médecine.

Accompagné de Sylvie, il avançait sous de larges arcades, majestueuses, longeant un jardin en pleine floraison. La lumière pleuvait dans le carré de verdure, révélant des tons froids tirant vers le bleu, comme ceux d'un bloc opératoire. Le couple s'arrêta devant des panneaux indiquant les directions des amphithéâtres, de l'académie de chirurgie, de l'institut de formation doctorale.

— C'est par là, annonça Stéphane, l'index sur les lettres du mot « Dupuytren ». Le musée d'anatomie pathologique.

— Et cet endroit t'est familier ?

— Absolument pas.

— Pourtant, il devrait. C'est pas si différent de Darkland… Des monstres, et encore des monstres.

— Désolé. Je connais un tas d'autres musées, mais pas celui-ci, je te le garantis.

Ils avancèrent silencieusement, lui devant, elle derrière. Stéphane désigna une autre inscription.

— Université Marie-Curie… John Lane, *alias* Hector Ariez, habite le quartier Marie-Curie. Étrange, non ? Deux lieux consécutifs où l'on se déplace en rapport avec mes rêves, et deux fois Marie Curie.

— Où que tu ailles, tu as toujours une rue ou une place Marie-Curie. Tu ne vas pas recommencer avec tes coïncidences, j'espère.

Elle lui envoya un léger coup de coude.

— Je plais encore. L'étudiant qu'on vient de croiser…

— Le grand brun au regard de braise ?

— En personne. Il s'est retourné sur moi, à deux reprises.

— Si tu l'as vu se retourner, c'est que tu t'es retournée aussi.

— Jaloux ?

— Pas du tout.

— Avant, tu m'aurais dit oui.

Le claquement de leurs pas se perdit sur les dalles en ciment. Ils doublèrent une statue à l'effigie de la Mort, drapée d'un voile blanc, symbole de l'humour si particulier du corps médical. Encore une fois, Sylvie se demanda la raison de sa présence dans un endroit aussi glacial et académique. Devant eux se dressait à présent, sous l'enseigne « Musée Dupuytren », une porte en bois, assez quelconque, à côté de laquelle était accrochée une affiche annonçant : « Exposition sur John Merrick et la fibromatose, du 2 avril au 31 mai 2007 ».

— John Merrick… John Lane…

— John Fitzgerald Kennedy, John Malkovich, John Lennon… Tu en veux d'autres ?

Stéphane n'insista pas et poussa la lourde porte. L'établissement était ouvert au public. Ils payèrent leurs cinq euros d'entrée. Bien évidemment, si tôt dans l'après-midi, seuls deux ou trois étudiants hantaient ce sinistre endroit dédié aux monstres.

— On projette un documentaire inédit sur la vie de John Merrick – Elephant Man – à 16 heures, expliqua le conservateur du musée.

— On n'est pas venus pour voir un documentaire, rétorqua sèchement Sylvie.

— Dommage. Le film souligne très bien deux éléments importants. D'abord, comment la nature a donné à cet homme une grande intelligence pour compenser le tort qu'elle lui avait fait. Ensuite, que c'est la société qui crée les monstres, et non la maladie.

Achille Delsart, comme l'indiquait son badge, leur tendit un billet à chacun. Stéphane se mit à scruter le sien, le manipulant avec nervosité.

— Regarde ! Identique à celui de mon rêve ! Jaune, avec le tampon Dupuytren ! Impossible !

— Tu le dis toi-même, ce n'est pas possible.

Elle s'adressa de nouveau au conservateur, occupé à classer des photos.

— Dites ! Le type qui m'accompagne, l'avez-vous déjà vu ?

Le jeune homme en blouse blanche considéra Stéphane et haussa les épaules.

— Je travaille ici depuis seulement deux ans, beaucoup de monde visite le musée. L'expo sur Elephant Man est un franc succès.

— Ça a l'air.

— Il ne peut pas vous le dire lui-même ?

— Merci bien, euh… monsieur Delsart.

Stéphane s'approcha du conservateur et jeta un coup d'œil sur les photos.

— Siamoises pygopages, fit-il d'un air intéressé. Attachées l'une à l'autre par le bassin et le bas de l'épine dorsale.

Achille Delsart lui adressa un regard intrigué.

— Vous vous y connaissez remarquablement.

Stéphane sourit et désigna du doigt un autre cliché.

— Une fillette avec quatre bras et quatre jambes ? Là, j'avoue que je cale.

— Elle est née en 2005, elle souffre d'une malformation très rare appelée *ischiopagus*. Je me suis rendu dans son village du Bihar, en Inde, l'année dernière, pour la voir.

— Ça fait un bout de route.

— Mais ça en valait la peine. Là-bas, les habitants croyaient qu'elle était la réincarnation de la déesse de la fertilité, Lakshmi. C'est d'ailleurs ainsi qu'elle s'appelle.

Sylvie soupira et tira Stéphane par le bras.

— Si je dérange, tu me le dis. Et maintenant, que fait-on ?

— À ton avis ?

— D'accord… Pourquoi, depuis qu'on se connaît, tu m'emmènes toujours dans des endroits bizarres ?

— On aime tous le bizarre.

— Je préfère Venise.

— Les monstres représentent pourtant la rencontre du scandaleux et de l'obscène, ils concilient l'inconciliable, ils sont l'association des contraires. Ils me fascinent, comme ils te fascinent, toi aussi, que tu le veuilles ou non.

— Vachement intelligent comme tirade. Elle sort d'où ?

— Le cadre, devant toi.

Ils s'engagèrent dans une salle remplie d'étagères, sur lesquelles vieillissaient, derrière les vitrines, des centaines de membres de squelettes ou de pièces en cire. Sylvie s'approcha, les doigts sur la bouche. C'était dégoûtant, bien plus répugnant que les moulages de Stéphane, car ici, presque tout était réel. Il s'agissait de personnes qui avaient vécu, supporté la maladie, et surtout souffert. Elle tourna la tête vers un ensemble de mâchoires déformées. Des lésions en plâtre, en bois sculpté, en cire, représentaient des pathologies aux noms imprononçables. Le squelette complet d'un homme atteint d'ostéopériostite pianique, avec des tibias en lame de sabre. Puis, encore, des syphilis osseuses, des kystes gliomateux, des bassins dystociques, des tuberculoses ostéo-articulaires, des ostéomyélites chroniques, des cals vicieux, des ostéosarcomes pulsatifs. Tout ce que la nature pouvait produire en horreur, en violences de chair, paradait ici, à Dupuytren.

— Fascinant, répétait Stéphane. Comment j'ai pu manquer ça ?

Sur sa gauche, le conservateur s'approcha. Sylvie le regardait, beau, brun, frais, et elle voyait Stéphane, sombre, enfermé dans ses pensées noires et sinistres. L'un était en proie à ses monstres intérieurs, l'autre s'employait à les exhiber. Étaient-ils si différents ?

— Un problème ? demanda Achille Delsart, se sentant observé.

Gênée, Sylvie détourna les yeux vers son mari.

— Non, répliqua-t-elle. C'est juste que je passe rarement mes vendredis dans une galerie de monstres. Tout cela me répugne.

Achille lui adressa un sourire compatissant.

— Vous savez, ce n'est pas toujours la maladie qui a tué ces êtres.

— Ah bon ? Et quoi alors ?

— Le regard des autres.

Sylvie étouffait. Elle tomba sur une photo, ignoble. Celle d'un père qui confectionnait un appareillage pour son fils. Le môme se dressait face à lui, posé sur l'établi, sans bras ni jambes. Juste un tronc humain de quarante centimètres, avec un visage. Des traits d'ange, démolis par le désespoir.

La jeune femme se précipita vers Stéphane.

— On y va !

Celui-ci longeait nerveusement les vitrines.

— J'ignore quoi faire, quoi chercher. Je ne suis jamais venu ici, sûr et certain. Mais la présence de ce billet, dans mon cauchemar, signifie forcément quelque chose.

Sylvie l'attrapa par les épaules et le secoua fermement.

— Mais regarde autour de toi, bon sang ! Tu fabriques des monstres à longueur de journée, et que trouve-t-on partout dans ces galeries ?

— C'est différent.

— Si différent des hospices civils de Lyon ?

— Ils voulaient des cires pour leur expo, ce n'était pas du tout la même chose, c'était…

— Si, c'était pareil ! Ce maudit musée, tu as dû en entendre parler ! Sur Internet, un tournage, dans une soirée où tu étais ivre ! Et cette pièce dans ton sous-sol, avec ces horribles dessins de bébés ? C'est rigoureusement ce qu'on retrouve ici ! Tu es déjà venu, tu as oublié à cause des accidents, de tes cachets, mais ton cerveau, lui, s'en est souvenu à travers un cauchemar. C'est aussi simple que cela.

Les étudiants se retournèrent.

— Tu n'es pas obligée de crier, dit Stéphane pour essayer de la calmer.

— On rentre tout de suite, ou tu reviendras par tes propres moyens ! Tu sais, j'en ai marre de te conduire tous les jours, depuis que tu as voulu déménager sans raison dans ta fichue forêt !

Stéphane jeta un dernier regard autour de lui, puis se dirigea d'un pas décidé vers le conservateur.

— Vous connaissez un certain John Lane ? Ou Hector Ariez ?

— Non. Pourquoi ?

— Et Mélinda ? Méry-sur-Oise ? Des numéros ? 4-5-19-20-9-14 ?

— Je ne comprends pas bien.

Stéphane lui tendit sa carte de visite. Sylvie attendait à l'entrée, furieuse.

— Je… Je ne sais pas comment vous expliquer, murmura-t-il, mais vous pourriez m'appeler, si vous voyez quelque chose de louche ?

— Quelque chose de louche ?

— Oui. Des personnes qui me chercheraient, par exemple. Ou un événement inhabituel qui se produirait dans votre musée.

Le conservateur empocha fébrilement la carte. Stéphane aperçut dans son regard comme une hésitation.

— Qu'est-ce qu'il y a ? demanda-t-il.

— Non, rien, répliqua le jeune homme. Rien du tout.

— Si, si ! J'ai vu ! Que s'est-il passé ?

Stéphane suivit le regard de Delsart. La porte d'entrée. Il claqua des doigts.

— La serrure ! J'ai vu qu'elle était neuve en arrivant ! La porte a été fracturée !

— Écoutez, je…

— Quelqu'un est venu ici, n'est-ce pas ? Racontez-moi !

Achille Delsart recula légèrement.

— Sortez monsieur, s'il vous plaît.

Hors de lui, Stéphane s'avança encore et l'agrippa par le col.

— Dites-moi ce qu'il s'est passé ! Qu'a-t-on volé ? Des documents, des monstres, des archives ?

— Lâchez-moi ! Lâchez-moi bon Dieu, ou j'appelle la police !

Les jeunes accoururent.

— Un souci ? fit le plus costaud.

Stéphane reprit son souffle, en secouant rapidement la tête.

— Non, non, ça va. Ça va, OK ?

Le conservateur réajustait sa blouse.

— Il faut vous calmer, mon vieux. On a changé cette serrure comme toutes celles de la faculté. Mais c'est quoi le problème, chez vous ?

Stéphane marchait à reculons, la main sur le crâne.

— Je m'emporte facilement parfois.

— J'ai remarqué.

— Excusez-moi… N'oubliez pas… Ma carte, si… si un détail vous revenait.

Un peu paumé, il courut rejoindre son épouse, à l'extérieur du musée. Celle-ci semblait plus que furibonde.

— Chérie, je t'en prie…

— C'est terminé ? On rentre à présent ?

Enfin installée au volant de la Ford, Sylvie souffla un bon coup. Stéphane se tourna vers elle.

— Je suis persuadé que… Écoute, cette histoire de serrures… Il s'est passé quelque chose dans le musée, les flics sont peut-être au courant et…

— Encore un seul mot, et je sors de la voiture.

Stéphane se tut.

Ils s'engagèrent sur le boulevard Saint-Michel. Un véhicule de police, sirène hurlante et gyrophare en action, manqua de les percuter.

— Sale connard de Chinois de mes deux ! hurla Sylvie à l'attention du conducteur. Vise-moi ce nain ! À se demander si la voiture ne roule pas toute seule !

Elle perdait ses moyens, ses mains tremblaient sur le volant.

— Tu veux que je conduise, en attendant que tu te calmes ? proposa Stéphane. Et tes antistress ?

— Oublié, j'ai oublié. Je… Je vais te prendre un rendez-vous avec le médecin très vite. Très, très vite. Il faut qu'il te prescrive des médicaments. Un traitement fort.

Stéphane regarda droit devant lui.

— Je ne veux plus de tes sales médocs, ni de psys. Fini.

— Regarde-toi, mince ! Tu agresses tout le monde ! Tu passes pour un cinglé, partout où tu vas ! Tu vois des coïncidences partout ! Tu te replies de plus en plus dans Darkland. Ce sont des signes qui ne trompent pas, et… et tu le sais…

Stéphane jeta son billet d'entrée par la fenêtre, Sylvie posa le sien au-dessus de la boîte à gants.

— Tu continues à me prendre pour un fou ?

— Laisse-moi t'aider à garder la tête hors de l'eau. À oublier la petite et tout le reste. Un traitement, il n'y…

— Je ne suis pas schizo ! Mes rêves sont cohérents, clairs, précis ! Et ils se suivent dans le temps ! Le sang sur les mains ! Le flingue de flic qui se braque sur moi ! Puis, dans le rêve suivant, je suis en possession de ce flingue et je fonce chez John Lane pour le buter ! En même temps, j'entends à la radio qu'une gamine a été assassinée à trente kilomètres de chez nous !

Il recoiffa ses longs cheveux noirs que retenait un élastique.

— Et tu sais, le pire ? C'est qu'à la radio, ils recherchaient un suspect en fuite. Avec des caractéristiques physiques exactement comme les miennes ! C'était moi, ce gars, je m'étais rasé le crâne certainement pour pas qu'on me reconnaisse.

Il attrapa l'épaule de sa femme et murmura :

— La petite Mélinda, j'ai dû me trouver là quand… quand on l'a tuée… J'ai sûrement vu quelque chose.

Il plaqua sa nuque contre l'appuie-tête en fermant les yeux.

— Ou alors… C'est moi qui l'ai tuée. Encore une coïncidence, encore un accident… Bon Dieu. Je suis peut-être sur le point de comprendre ce que je n'ai jamais compris de toute ma vie, de prouver que je ne suis pas un taré. Tu ne crois pas que tout cela en vaut la peine ?

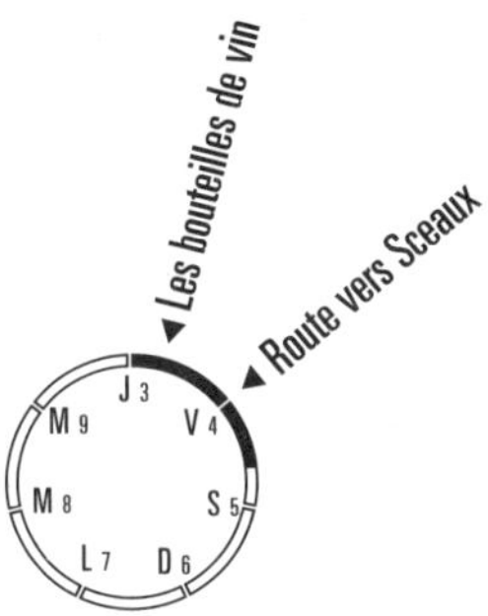

15. VENDREDI 4 MAI, 16 H 17

C'était un petit cimetière surplombé par une rangée de cyprès magnifiques. À cette heure où le calme régnait aux alentours, on entendait les oiseaux chanter avec allégresse.

Stéphane s'engagea dans la sixième allée. Son cœur battait dans sa poitrine, comme chaque fois qu'il s'aventurait ici en cachette, à quelques centaines de mètres seulement du domaine. Face à lui, sur la surface de marbre gris et blanc, le nom lui fit l'effet d'une coupure au scalpel. « Gaëlle Montieux – 1997-2007. »

Rien de pire à contempler qu'une tombe d'enfant. La sépulture était recouverte de plaques, de vases, de témoignages d'amour. Deux mois après le drame, la mère venait encore chaque jour, vers 17 h 30, et restait là, de longues minutes, à maudire la vie. À maintes reprises, Stéphane avait dû faire demi-tour, de peur de la croiser, de l'affronter.

Quant au mari, on ne le voyait plus.

Sa gerbe de roses blanches déposée l'avant-veille avait disparu, jetée par la mère, probablement. Cette fois, il disposa dans un vase un bouquet de chrysanthèmes mauves. Soudain son portable sonna. Stéphane l'attrapa en catastrophe et coupa le son. Everard, le producteur du *Vallon de sang*, venait sans doute aux nouvelles pour la prothèse de Martinez. Il éteignit sans répondre et resta quelques minutes à se recueillir.

Enfin, il remonta le col de sa veste et rejoignit l'entrée du cimetière. Là, il observa loin devant, sortit un dictaphone de sa poche, hésita longuement, puis, tout en le remettant à sa place, se mit à marcher d'un pas rapide. Sylvie pensait qu'il se promenait, le long des paddocks, en lisière de la forêt. Mais l'heure était venue pour lui d'affronter le pire. Et de chasser ces horreurs de sa tête, une bonne fois pour toutes.

Il s'engagea sur l'avenue de la Libération puis remonta, le long de la N16, les deux kilomètres qui le séparaient du virage maudit. Là où son capot avait effacé le sourire d'une môme de dix ans. Là où, depuis le drame, il n'était plus jamais passé en voiture.

Il arrivait presque. La route commençait à descendre et à tourner, le virage prenait forme. Derrière, au loin, Lamorlaye semblait emmitouflée dans un linceul de verdure. Et devant, s'ouvrait un arc de bitume sombre, pareil à une faux. Puis une borne N16 blanche et jaune. Juste là.

Tremblant, Stéphane relut avec précaution sa feuille de papier. Le rapport de gendarmerie indiquait que le choc avait eu lieu à dix-huit mètres de la borne, exactement.

Stéphane s'enfonça dans les bois pour essayer de retracer précisément le trajet de sa voiture, tel que la végétation déchirée en cet endroit le lui suggérait. Même deux mois plus tard, les branches cassées et les arbustes arrachés jonchaient encore le sol. La nature se refusait à oublier.

Il aperçut enfin le petit chemin de terre noté sur le rapport. D'après les autorités, la fillette et ses parents terminaient leur randonnée, de Chaumontel à Lamorlaye. Un sentier qu'ils pratiquaient plusieurs fois par an.

Puis il vit l'arbre, et sentit son cœur se serrer de tristesse. Ce hêtre à l'écorce scarifiée, saignant encore des morceaux de ferraille broyée. Stéphane manqua de faire demi-tour mais il continua à avancer.

Ses doigts effleurèrent le tronc glacial. Et tout remonta, d'un coup. Il se plia en deux.

L'impact n'avait pas pardonné. Depuis la route, son véhicule avait chassé sur le bas-côté, dévalé la pente, croisé ce chemin puis tué la fillette devant le regard de ses parents. Ensuite, choc latéral contre un arbre, torsions de tôle, déclenchement de l'airbag de la Mercedes. Stéphane avait alors regardé ses deux mains ensanglantées, avant de sombrer. Ce jour-là, il ne roulait pas en Ford, comme à son habitude, sinon, lui aussi serait mort. Une chance incroyable d'avoir pris l'autre voiture, avait-on dit.

Une chance incroyable…

Il ferma les yeux, plaça ses mains sur ses oreilles. Et se mit à hurler. Ces images ne cessaient de le hanter. Devenait-il réellement dingue ? L'avait-il toujours été ?

Il s'enfuit, au bord des larmes.

Il remonta péniblement le raidillon vers la nationale et se traîna jusqu'à la borne N16. Là où, d'après les gendarmes, il avait commencé à freiner. Il se baissa vers l'asphalte, juste à l'endroit des traces de pneus, encore nettement visibles. En pleine courbe. Les marques s'étendaient sur trois mètres, avant que la voiture quitte sa trajectoire.

Stéphane revivait chaque seconde de son accident. Et chaque seconde précédant son accident. Pour la gendarmerie, et à la vue des traces caractéristiques sur le bitume, il avait appuyé sur la pédale de frein en voulant éviter un cerf ou un sanglier. Il était courant que les animaux sauvages traversent la route à cet endroit, comme l'indiquait le panneau de signalisation.

Mais Stéphane n'avait vu ni cerf ni sanglier. On prétendait que le choc, le traumatisme crânien, lui avait fait perdre la mémoire. Mais lui était certain du contraire. Il n'avait *rien* vu.

Il fixa encore le sol, attentivement, puis les alentours. Rien, aucun élément prouvant qu'il n'était pas fou, taré, allumé. Il avait bien freiné sans raison.

Il s'enfonça dans le bois et retourna auprès de l'arbre,

par le petit sentier. Là, il s'assit par terre et empoigna le dictaphone numérique. Il chercha parmi les fichiers, jusqu'à tomber sur le bon : une séance d'hypnose menée par un ami, datant d'environ un mois et demi, le 18 mars 2007. Quelques jours après sa sortie de l'hôpital. Pour la première fois, il la réécouta.

« … La voiture part sur le côté ! Je crie, je…

— Stop ! Ma voix, tu écoutes seulement ma voix. On revient légèrement en arrière. Juste avant ton coup de frein. D'accord ?

— D'accord.

— Donc, tu es en train de rouler. Tu quittes Lamorlaye, t'engages sur la nationale 16. Ensuite ?

— J'ai mis la radio. C'est *Nothing Else matters*. J'adore cette chanson.

— Tu es détendu, ce jour-là ?

— Très. J'ai rendez-vous avec un chef décorateur et un producteur, pour une grosse commande. Le ciel est bleu, il ne fait pas froid. Je roule les fenêtres ouvertes.

— Bien. Tu atteins presque le virage, il est à une dizaine de mètres. À combien roules-tu ?

— Soixante-cinq à l'heure, environ. Je… Je croise une voiture qui roule vite.

— Quel genre de voiture ?

— Je ne sais plus.

— Ensuite ?

— Je ralentis encore. Je suis dans la montée, et… je vais aborder le virage.

— Très bien. Et là, que fais-tu ?

— Je… Je vois une borne jaune et blanche, sur la droite. Elle… Elle indique N16 ! N16 ! Je me mets à freiner ! J'appuie sur la pédale, de toutes mes forces !

— Pourquoi ? Pourquoi tu te mets à freiner ? Qu'as-tu vu d'autre derrière ou devant la borne N16 ? Regarde bien, Stéphane. Regarde bien.

— Rien. Il n'y a rien d'autre. Juste la borne kilométrique.

— D'accord, juste la borne. Pourquoi tu freines ?

— Je ne sais pas. Je ne sais pas !

— On revient un peu en arrière. Tu roules tranquillement… Tu écoutes la musique… Tu aperçois la borne… Et là, tu appuies sur la pédale de frein, de toutes tes forces. Pourquoi ?

— Parce que je…

— Parce que quoi ?

— Parce que je me suis vu freiner ! Je me suis vu freiner à cet endroit, alors j'ai freiné !

— Quand t'es-tu vu freiner ?

— Je… Je n'en sais rien…

— Dans un rêve ?

— Non. Je ne me souviens jamais de mes rêves.

— Jamais jamais ?

— Jamais.

— Tu t'es vu freiner en vrai, alors ? Une impression de déjà-vu ?

— Je… Je ne sais pas. Je ne sais pas !

— Tu te réveilles Stéphane ! »

Stéphane arrêta le dictaphone et le laissa tomber dans la terre, à côté de la photocopie du rapport de gendarmerie. Sa casquette était trempée de sueur.

Il demeura silencieux, insensible aux éléments qui l'entouraient. Ne restaient que le crissement d'un coup de freins, et les couleurs jaune et blanche de la borne.

Il se leva brusquement, traversé par un ressac d'adrénaline.

Il regarda sa montre, et se mit soudain à courir.

Il pourrait encore arriver à temps.

*

* *

Elle était bien là, debout, serrée dans une longue veste noire qui lui descendait jusqu'aux chevilles. Ses épaules voûtées, le mouvement désordonné de ses cheveux dans son cou la vieillissaient considérablement. À quarante ans, la mère de Gaëlle Montieux se retrouvait privée du sens de sa vie.

Dans leur vase, les chrysanthèmes frémissaient, beaux dans la douleur qu'ils manifestaient.

La femme se retourna vers Stéphane, puis plongea à nouveau son regard vers la tombe.

— Les fleurs… Je savais que c'était vous. J'ai toujours su…

Elle gardait les yeux fixés sur la plaque de marbre, sans pleurer. Après quelques secondes de silence, Stéphane osa enfin demander :

— Madame Montieux… J'ai besoin de savoir… Quelque chose d'important pour moi… De très important… Dans le rapport de gendarmerie, il… il était stipulé que vous pratiquiez le sentier plusieurs fois par an, avec votre mari et…

— Que voulez-vous ?

460 Ton sec, tranchant. Stéphane ramassa un chrysanthème et le remit bien en place. Il continua, sans oser la regarder :

— Dites-moi si la borne jaune et blanche, dans le virage, vous suggère quelque chose.

Eva Montieux s'accroupit devant la sépulture, en caressa la surface lisse.

— Un ami détective a enquêté sur vous, dit-elle.

— Sur moi ? Mais…

— Sur des choses qu'on ne trouve pas dans les rapports de police, des éléments qui n'intéressent pas les gendarmes, mais qui moi m'intéressaient. Votre passé.

Stéphane crispa ses doigts sur son jean taché de latex.

— Mon passé ? Mais… Mais pourquoi ?

— Je voulais tout connaître de l'assassin de ma fille. Où vous viviez avant, le prénom de vos parents, votre métier, vos passions. Et pourquoi votre fichue bagnole se trouvait là, à ce moment-là.

— Vous… Vous ne savez rien de moi…

— Ça fait mal d'être un enfant adopté ?

Elle leva sur lui ses pupilles enflammées.

— Vous prétendez toujours que je ne sais rien ?

Stéphane sentit le sol se dérober sous ses jambes. Elle venait de le poignarder.

— Dans mon malheur, il y a néanmoins quelque chose qui me rassure, dit-elle avec beaucoup de dureté dans la voix. C'est le fait que jamais vos enfants ne vous verront vieillir, puisque vous ne pouvez pas en avoir. Il y a une justice, quelque part.

Stéphane se mordit l'intérieur des joues, les larmes montaient dans ses yeux.

— Mes dossiers médicaux, ma stérilité. Comment vous…

La femme arracha un à un les pétales d'un chrysanthème.

— Avec l'argent, on peut briser des montagnes, vous le savez bien. Et si on parlait de la petite Ludivine Coquelle ?

— Non, je…

— Juillet 1992, vous aviez quinze ans. Vous vous rappelez ? La voie de chemin de fer, à Coye ? Seulement à quelques kilomètres de Lamorlaye. Oui, bien sûr. Comment oublier ?

— Arrêtez !

— Et en 95 ?

— Arrêtez, je vous dis !

Elle serra son poing sur les pétales. Un démon l'habitait.

— Juillet 1995. Vous venez d'obtenir le permis, et déjà un accident ! Vous faites une sortie de route et vous vous enfoncez dans un champ, ravageant une clôture et tuant deux moutons. Pas de victimes humaines, cette fois, mais aucune explication logique à votre freinage. « Vous pensiez qu'il y aurait quelqu'un », selon vos explications. Cela vous vaudra quelques séances chez un psychiatre, ainsi qu'un traitement médicamenteux. En 98, vous tirez la sonnette d'alarme dans un train et sautez en marche, sans raison. Vous vous retrouvez à l'hôpital, en morceaux, mais miraculeusement vivant. De nombreux passagers n'ont malheureusement pas eu cette chance... Ils sont morts à cause de vous ! Car en actionnant le signal d'alarme, vous avez entraîné un dysfonctionnement des freins et provoqué le déraillement du train ! La justice vous fichera rapidement la paix, mais à nouveau le psy, les traitements. Quel lourd passé psychiatrique... Qu'en a pensé votre femme ?

Stéphane bondit et se retint de lui serrer la gorge.

— Assez ! Assez, vous m'entendez ?

— Qui êtes-vous, Stéphane Kismet ? Mais qui êtes-vous donc pour être impliqué dans tant de drames ?

Il secoua la tête.

— Je n'en sais rien. Je vous jure que je n'en sais rien.

Elle considéra de nouveau la tombe, sans plus de haine, vidée de tout.

— Votre vie est jalonnée par des accidents incompréhensibles, et ma fille en fait désormais partie. Pourquoi elle ? Pourquoi votre destin est-il venu se fracasser contre le sien ?

Stéphane s'essuya les yeux du dos de la main.

— J'aimerais tant le savoir.

— C'est cela que je n'arrive pas à comprendre... Ma fille croyait énormément en Dieu, elle priait chaque jour, elle... elle aurait dû vivre. Et vous, croyez-vous seulement en Dieu ?

— Comment pourrais-je croire en Dieu ?

Il ajouta, après un silence pesant :

— Je n'ai jamais mis les pieds dans une église.

— Pourquoi ?

— Parce que... Parce que je ne peux pas.

— Le diable non plus ne peut pas entrer dans une église.

Plus un seul murmure dans le cimetière. La nature semblait retenir son souffle. Eva Montieux se força à sourire, alors qu'une larme mouillait sa joue.

— Quand… Quand on revenait de randonnée, avec Luc et… Gaëlle, on allait toujours voir une rivière dans la forêt, une petite rivière censée porter chance. À trois, on y allait toujours à trois.

Elle étouffa un sanglot, avant d'ajouter :

— Je me suis répété le scénario des centaines et des centaines de fois.

Stéphane aurait aimé lui prendre la main, la soulager un peu, mais il resta figé. À ses yeux, il serait toujours le monstre qui avait fauché sa gamine.

— Quel scénario ?

— Celui de l'accident.

— Expliquez-moi.

— On marchait dans le bois, à quelques mètres de la nationale. La borne, là où on traversait toujours pour rejoindre la rivière, était à une vingtaine de mètres de nous. On allait bientôt l'atteindre quand Gaëlle nous a demandé de nous arrêter, parce qu'elle devait refaire son lacet. Alors, on s'est regroupés, avec mon mari, à côté de l'arbre que… que vous avez percuté. Elle a eu du mal à enlever un nœud, ça lui a bien pris une minute. C'est à ce moment-là, quand elle terminait enfin son lacet, qu'on a entendu votre horrible coup de frein. Si… Si Gaëlle n'avait pas eu à refaire son lacet, nous nous serions probablement trouvés au milieu de la route, quelques mètres après la borne où vous avez commencé à freiner.

Stéphane était anéanti, un trou noir l'aspirait.

— Triste coup du sort, non ? fit-elle en se tamponnant les pommettes avec un mouchoir. En voulant éviter ma fille là où elle aurait dû se trouver s'il n'y avait pas eu ce nœud à défaire, vous l'avez tuée ailleurs… Comme si… Comme si quoi qu'on fasse, la mort de Gaëlle était programmée. Je crois savoir ce que vous êtes, pourquoi vous vous trouvez sur cette Terre. Vous venez prendre la vie des gens.

Elle baissa les yeux, puis les releva.

— Vous êtes la Mort.

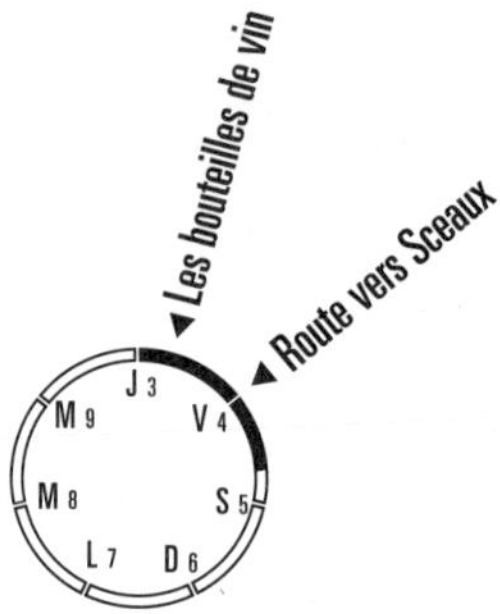

16. VENDREDI 4 MAI, 17 H 53

Vic Marchal venait d'enfiler son blouson et s'apprêtait à quitter le bureau quand Wang débarqua, excédé de sa journée. Lui dont la coupe de cheveux était toujours propre et nette – un magnifique bol d'ébène – arborait cette fois de méchants épis.

— Alors ? demanda-t-il. Du neuf ?

Les yeux gonflés, Vic éteignit l'écran de son ordinateur.

— Pas grand-chose. On a ratissé large sur la région parisienne, je me garde trois ou quatre coups de téléphone pour la route du retour. Alors… quelques orteils gangrenés… un homme de quatre-vingt-huit ans, amputé à Henri-Mondor pour avoir laissé pourrir l'une de ses jambes… un jeune retrouvé entre la vie et la mort après s'être tranché accidentellement le pied à la hache, et puis… et puis encore d'autres cas qui ne semblent pas coller avec nos recherches. Tout cela restera néanmoins à vérifier, bien évidemment.

— Et pour la morphine ?

Vic laissa échapper un bâillement. Il n'avait qu'une envie : rentrer chez lui au plus vite et se coucher.

— Trop compliqué. Les vols de morphine sont hyper fréquents. Dans les pharmacies, les hôpitaux, où les stocks diminuent mystérieusement. Il va falloir du temps. Et des ressources.

— Des ressources, ouais. Comme toujours.

— Et vous ?

Wang avala un « souffle du dragon ».

— Tu en veux un ?

— J'adore, mais non, merci.

— Côté porno et anciennes relations, ça risque aussi de traîner en longueur. On a déjà cuisiné pas mal de monde. La plupart des gens qu'on a vus croyaient qu'elle habitait encore dans le 16e, ou sont réglo pour cette nuit-là. Ce qui est chouette, dans le porno, c'est qu'ils ont des alibis la nuit, contrairement à nous, les gens normaux.

— Tu nous considères comme normaux ?

— À moitié.

— Ça me rassure. À moitié…

— Côté technique, on avance. Joffroy a des nouvelles du labo, concernant le… enfin le truc dans sa bouche.

— L'écarteur.

— L'écarteur, ouais. Un machin sans âge qu'on utilisait pendant votre guerre de 14 pour réparer la gueule des blessés et les empêcher de bouger leurs mâchoires. À l'époque, la chirurgie, c'était plutôt scie et marteau.

— Un objet vieux de presque cent ans. Pourquoi il n'a pas pris un truc plus récent ? On aurait affaire à un collectionneur ? Un passionné de guerre ?

— Possible… Les poupées non plus ne datent pas d'hier. Il faudrait faire le tour des brocantes, des puces, des trucs dans le genre. Bref, des pistes de plus à explorer.

— Quoi d'autre ?

Moh fit rouler sa tête d'une épaule à l'autre.

— Tu veux rire un peu ?

— Pas vraiment… Je rentre.

— Viens voir deux minutes.

Vic regarda sa montre.

— Je dois partir, là. Je n'ai pas dormi de la nuit, et ma femme m'attend.

— Faut les habituer à poireauter. Amène-toi…

Il l'entraîna au rez-de-chaussée, devant l'une des salles de dégrisement.

— Wouah ! s'exclama Vic en grimaçant. C'est qui ce clodo ?

— On l'a ramassé à proximité des studios de cinéma Calendrum. T'as déjà vu un nez de cette taille-là ?

— C'est un vrai ?

— Cent pour cent.

— Merde…

Ils s'approchèrent.

— Il traîne presque tous les jours dans le coin où habitait Leroy, surtout lors des tournages.

— Fan de cinéma ?

— Il a une tronche de fan de cinéma ?

— C'est lui, les bouteilles de vin, en face de chez Leroy ?

— Exact. Il vient régulièrement récupérer la bouffe de la cantine de l'équipe dans les poubelles. La bouffe et la picole entamée, surtout. En ce moment, c'est l'orgie pour lui, ils tournent depuis deux semaines un film d'horreur à gros budget. *Le Vallon de sang*, avec Carla Martinez.

Vic écarquilla les yeux.

— Tu déconnes ? J'adore cette actrice ! Tu l'as vue ?

Wang considéra l'ongle de son auriculaire.

— En chair et en os, mec.

— Et ?

— Je sais pas, elle était couverte de sang. J'ai demandé, ils utilisent du sang de porc. Bref, notre mec s'appelle Raymond. Réré. Et il prétend avoir vu quelque chose, la nuit du meurtre.

L'homme végétait dans un coin, jambes écartées, yeux de salamandre. Peut-être cinquante ans. Ou dix de moins. Ou vingt.

Wang s'accroupit devant la grille.

— Eh, Réré ! Tu veux bien encore nous raconter ce que t'as vu, avant-hier ?

Le clochard agita la main devant lui, en bon chasseur de mouches.

— Vous m'emmerdez…

— Il en tient une belle, chuchota Vic. On gagnerait du temps si tu me briefais toi-même.

Réré tendit l'index.

— Il est venu mater la petite fée, lui aussi ?

— Oui Réré, la petite fée. Tu te rappelles de la petite fée ?

Il se frotta le nez.

— Oh ! Elle était belle ! Toute minuscule, comme ça…

Il leva le bras au-dessus de la tête.

— Avec des petits yeux tout noirs.

Vic se gratta le front, les sourcils relevés.

— Et elle a fait quoi, la petite fée ? poursuivit Wang.

— Elle… Elle est rentrée dans… sa maison avec… tous ses amis. On t'a déjà dit que tu ressemblais à Bruce Lee ?

— Ouais, toi, il y a une heure. Elle est rentrée comment ?

Le clochard mima de grands mouvements d'ailes.

— Elle marchait pas, elle volait. Comme ça ! Avec deux grillages blancs pour les ailes !

— Ah, elle volait. Une femme, donc ?

— Les petites fées, c'est forcément des nanas. T'es pas seulement bridé, t'es con aussi.

— Et avec quels amis elle est rentrée ?

— Des nains. Nus comme des vers, et tout chauves…

Les flics échangèrent un regard entendu. Tous deux pensèrent aux poupées. Vic s'accroupit auprès de Wang.

— Et quoi d'autre ? Qu'est-ce que tu as vu d'autre ? Sa voiture ?

Réré sourit sous le fouillis de sa barbe argentée. Il désigna des étoiles imaginaires.

— C'était un vaisseau spatial en métal, tout gris.

— Tu te rappelles de l'heure ?

Plus de réponse. Déconnexion.

Vic et Wang se relevèrent.

— Va falloir patienter qu'il dessoûle, ragea Vic.

— Il est sobre, là.

— Merde.

— Il baragouine la même chose en permanence, sans donner davantage de détails. La fée avec ses ailes blanches, les amis, le vaisseau spatial gris. Le truc complètement incohérent.

— Voiture ou camionnette grise alors ?

— Non, tu crois ? On peut pas vraiment se fier à ce qu'il dit, t'as pas remarqué ?

— Et cette histoire de petite fée ? Il aurait pu voir une femme, non ?

— Ou un hippopotame, ou une girafe. Ce gars délire grave.

— Un habitué du coin, tu dis ?

— Selon l'équipe de tournage, il fouille tous les jours

dans leurs poubelles. Il squatte juste en face de chez Leroy. Chaque matin le proprio de l'entrepôt ramasse des bouteilles de rouge devant ses portes.

Vic posa un doigt sur ses lèvres.

— Ça tendrait à prouver que le tueur n'avait pas l'habitude de se rendre chez Leroy en tant que « client ». Sinon, il aurait fait attention à la présence de ce clochard. Et il n'aurait pas eu besoin de fracturer la porte. Ça tendrait aussi à prouver qu'on n'a pas affaire à un de ces tarés qui épient leurs victimes des semaines à l'avance, façon « Dragon rouge ».

— *Dragon rouge*, ouais. Je connais le film, répliqua Wang.

Vic réfléchit en se caressant le menton.

— Pourtant, il est méticuleux. Pense aux poupées, aux aiguilles, à la morphine, au vinaigre…

Le jeune lieutenant remonta la fermeture de son blouson jusqu'au cou.

— Ce type a peut-être croisé Leroy une fois, une seule petite fois, et il a décidé d'en faire sa victime. Il frappe alors très vite, probablement dans la semaine. Sadisme, crime élaboré, organisé et filmé, volonté probable de transmettre un message. Merde, ça craint. Tu sais ce que ça pourrait signifier ?

Wang se frictionna les mâchoires.

— Arrête, mec. En quinze ans de carrière, je n'en ai vu qu'un seul.

— Un tous les quinze ans, ça me paraît possible, non ?

— Allez, tire-toi. Va plutôt mater *Dragon rouge*, et me casse pas les couilles avec tes tueurs en série. On n'a qu'un seul crime, je te signale ! C'est quoi cette manie des jeunes de n'avoir que ce mot à la bouche ?

— Ce n'est pas moi qui l'ai prononcé, je n'ai jamais parlé de tueur en série. C'est toi.

Wang lui tendit un doigt d'honneur, et annonça :

— On va boire un coup dans une heure, avec Joffroy et deux, trois collègues. On se réunit tous les vendredis soir. T'en es ?

— Non, désolé, Céline m'attend.

— Les autres aussi ont une gonzesse à la maison, et alors ? Tu veux un bon conseil ? Viens avec nous. On n'a pas encore vu ta première biture.

Vic secoua la tête.

— Je ne bois pas d'alcool, désolé.

— Dans ce cas, te plains pas s'ils t'ont pas à la bonne, mec. Tu mets des baskets, tu brosses Mortier dans le sens du poil, et tu crois que ça te rend intouchable ? Flic, c'est pas que traîner sur des scènes de crime.

Sur ce, Vic se retourna et disparut.

Avec la furieuse envie de lui coller son poing dans la figure.

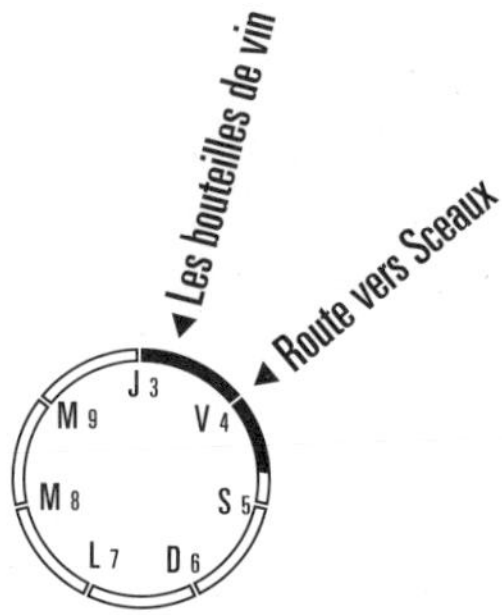

17. VENDREDI 4 MAI, 17 H 53

À peine rentré du cimetière, après une rasade de whisky, Stéphane s'était enfermé dans la semi-obscurité de Darkland. D'après le mot sur la table de la cuisine, Sylvie était partie chez le coiffeur. Lui aussi avait laissé un message. « Je travaille dans mon atelier. Merci de ne pas me déranger. Je remonte tout à l'heure. » Et il avait ajouté : « Bisous ».

Le buste de Carla Martinez trônait, inachevé, avec ses cils à moitié confectionnés, sa gorge à demi tranchée, sa bouche tordue de douleur. Elle le fixait étrangement, comme si elle affrontait son bourreau, celui qui, du tranchant de sa lame, venait de lui arracher la vie. Stéphane déposa les yeux de verre dans une coupelle. Ces foutus mannequins paraissaient plus vrais que nature.

Il installa une couverture dans un coin, entre Hauntedmouth et Darkness, s'y assit et jeta sur le côté un moulage de figure brûlée. Il tremblait. Le visage mauvais d'Eva Montieux, ses mots empoisonnés, ne le quittaient plus.

Une pensée, surtout, tournait en boucle dans sa tête : si la petite n'avait pas refait son lacet, elle se serait de toute évidence retrouvée sur la route, devant ses roues. Donc il n'était pas cinglé, son coup de frein avait un sens. Pas dans l'espace, mais dans le temps.

Oui, il avait vu Gaëlle Montieux traverser la route. Il l'avait probablement vue dans un rêve dont il n'avait plus le souvenir. Et un fragment de ce rêve oublié avait dû affleurer jusqu'à sa conscience, lui donnant une impression de déjà-vu.

Sauf que quelque chose s'était déréglé. Un léger décalage entre imaginaire et réalité qui ne lui avait pas permis d'empêcher le drame. Ce lacet défait…

Depuis tout petit, peut-être, ses songes avaient cherché à lui parler, à l'avertir d'un malheur. Il se rappela de ses dessins, à l'école, sur lesquels s'étaient penchés les psychiatres. Tous ces signes anodins, incompréhensibles pour les autres, pour lui-même.

Il fixa Darkness, en face de lui. Ce monstre qui portait son propre visage, avec son crâne ouvert, et cet autre lui-même, minuscule, à l'intérieur.

Cet autre lui-même…

Il frissonna.

« Et vous, croyez-vous seulement en Dieu ? »

Depuis hier, le jeudi 3 mai 2007, 6 h 30 du matin, quelque chose venait de changer. Un événement fondamental. Stéphane se souvenait clairement de ses rêves.

Ce qu'il voyait de l'autre côté n'était pas franchement beau, mais s'agissait-il juste de signes ? D'une version amplifiée, déformée, noircie et regroupée dans une même et unique histoire de ce qui pourrait se produire autour de lui ? Une manière de l'avertir ? Mais qui cherchait à le prévenir ? De quoi ? Et pourquoi lui ?

Il songea de nouveau aux propos d'Eva Montieux, au fait que son destin à lui ait percuté celui de la petite. Pourquoi avait-il freiné à la borne ? Et s'il avait essayé d'éviter un accident qui aurait dû se produire de toute façon ? Et s'il avait essayé de changer les choses ?

Stéphane ferma les yeux. Ici, au sous-sol, on n'entendait rien d'autre que le murmure de la vieille tuyauterie, et le déclenchement lointain du ballon d'eau chaude. Des bruits hypnotiques, parfaits pour s'endormir.

Il devait aller à la rencontre de ses rêves. En saisir la signification.

Il s'enroula dans la couverture. Trop d'images, de cris bourdonnaient encore dans sa tête. Il s'en voulait tellement d'abandonner Sylvie dans cet état d'incompréhension. Évidemment, il n'allait rien lui dire de sa conversation avec la mère de la petite, cela envenimerait encore une situation déjà bien critique. Sylvie en avait tant supporté, à ses côtés. Les interminables mois de convalescence après son saut du train. Son traumatisme crânien après le drame avec Gaëlle Montieux. Les allers et retours chez les psychologues, les hypnotiseurs, les psychiatres. Les longues crises d'angoisse et de repli sur soi, les médicaments abrutissants.

Sans oublier la peur qu'un jour son mari y reste définitivement.

Stéphane se sentait complètement perdu, impuissant. Devait-il garder tout cela pour lui ? Qui pouvait le comprendre, si même lui ne se comprenait pas ? Combien de temps Sylvie tiendrait-elle ainsi ?

Et lui, combien de temps survivrait-il, terré dans le sous-sol de sa gigantesque maison ?

Il éteignit la lampe, une boîte de somnifères à côté de lui. Il en prendrait, s'il le fallait. Il devait dormir. À tout prix.

Le manque de sommeil des nuits précédentes se faisait ressentir. Au bout de quelques minutes, il flottait déjà sur un nuage. De Sylvie ne restait plus qu'une ombre, de Gaëlle un cri étouffé perdu au milieu de son inconscient. Seules dansaient, dans cette pièce froide et profonde, les silhouettes de ses bêtes monstrueuses.

Quand ses paupières ne furent plus que deux lourdes portes infranchissables, il se sut prêt.

Prêt à braver l'enfer de ses cauchemars.

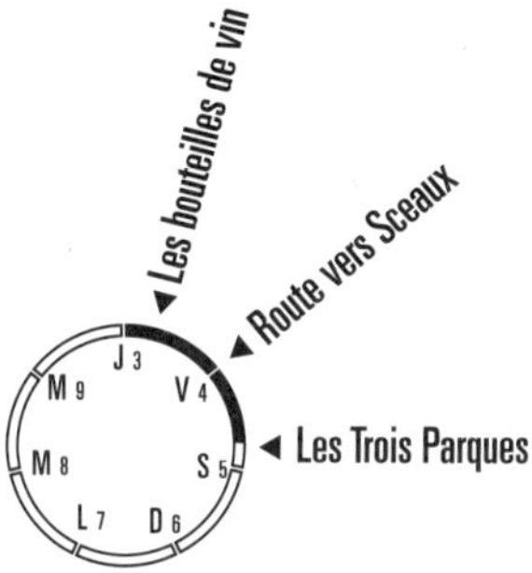

18. VENDREDI 4 MAI, 18 H 25
TROISIÈME RÊVE : LES TROIS PARQUES

Face à un miroir, Stéphane plissa les yeux et tira la peau de ses joues sous son crâne rasé. Les trois griffures ne laissaient plus paraître que de fines traînées roses, elles cicatrisaient. Il se toucha l'œil en grimaçant, tourna le robinet d'eau froide et s'aspergea le visage.

Il se déplaça jusque dans la chambre, minuscule cube de plâtre et de tapisserie verte à rayures jaunes. Il amplifia le son du téléviseur accroché au mur, au-dessus d'un petit placard.

Il s'approcha d'un lit double, recouvert de draps d'hôtel et d'un horrible édredon blanc. Même au maximum, le son couvrait péniblement les halètements et les cris sans équivoque qui émanaient des chambres voisines.

Dehors, des tronçonneuses hurlaient, des arbres chutaient dans un fracas assourdissant.

Stéphane s'assit sur le matelas. Face à lui, sur le mur, était inscrit de sa propre écriture : « Rester loin de Mélinda », « Surveiller Sylvie ». En dessous, plus à gauche : « Fuir avec Sylvie loin de la maison, tout de suite », « Ignorer les rêves ». Puis encore : « Tes messages BP 101 », « Noël Siriel »…

Stéphane releva brusquement la tête vers le tube cathodique. Les informations locales.

Lentement, il souleva le Sig Sauer et fourra le canon

dans sa bouche. Le métal claqua sur ses incisives. Son index tremblait sur la gâchette. Il retira l'arme et cracha un filet de bile, plié en deux. Quelques secondes plus tard, il fracassa le flingue contre le placard.

À côté de son portable éteint, d'un masque en latex et d'une tondeuse à cheveux, il attrapa la photo de sa femme Sylvie, tirée avec un vieux Polaroïd, d'après le format, et la caressa. Son épouse ne souriait pas, la colère dévorait ses yeux, encadrés d'une coupe garçonne, très courte. Elle qui avait toujours eu les cheveux longs faisait peur à présent.

Stéphane reposa la photographie et s'empara d'un tas d'autres clichés, tachés dans le coin à gauche par un défaut de pellicule. Qui pouvait bien utiliser encore des appareils argentiques aujourd'hui ?

On y voyait du sang, partout. Des matelas imbibés, des oreillers baignant dans un rouge poisseux. Puis, soudain, un visage. Ou plutôt, de la bouillie. La mâchoire écartelée, brisée. Plus de lèvres, ni de langue. On avait aussi coupé les doigts. À observer le corps, les tatouages nouvelle génération sur les seins et les fesses, la femme mutilée paraissait très jeune.

Stéphane écrasa la photo dans le creux de sa main.

Des scènes comme celle-là s'étalaient par dizaines tout autour de lui.

Des claquements de portières le ramenèrent à la réalité. Arme au poing, il se rua vers la fenêtre. Rien d'alarmant, juste deux jeunes chargés de sacs à dos, en route pour l'hôtel. L'un tripotait les fesses de l'autre, au visage brûlé. Rassuré, Stéphane se décida à allumer son téléphone portable.

Écran brisé, presque en miettes. Stéphane se rendit dans son répertoire, appuya à plusieurs reprises sur les flèches et composa un numéro. Une voix d'homme résonna dès la première sonnerie.

— Stéphane ?

— Oui…

— Qu'est-ce que tu fiches, bon Dieu ? Où es-tu ? La police te recherche partout !

Faible, presque chancelant, Stéphane peinait à tenir son téléphone.

— C'est… C'est la troisième fois d'affilée que… je dors sans faire de rêves.

De l'autre côté de la ligne, la voix haletait.

— Tu dois te rendre ! Je vais t'aider ! Je te promets que je vais t'aider ! On va te sortir de là, ensemble !

Stéphane saisit de nouveau le portrait Polaroïd de Sylvie et se remit à caresser son visage, ses couleurs de vie.

— Comment va ta femme ? demanda-t-il d'une voix morne.

Un long silence.

— C'est… C'est difficile… Elle… Merde… Je devrais être avec elle, en ce moment.

Stéphane soupira.

— Va la rejoindre. Ou tu le regretteras toute ta vie. Fais ce que je te dis, pour une fois. Et va la rejoindre.

— Je ne peux pas, Stéphane, je ne peux pas… C'est dingue comment la mort peut s'abattre si subitement, comment les destins peuvent changer pour un rien. Quarante-six ou quarante-sept, qu'est-ce que ça change ?

— D'autant plus qu'il n'y en a jamais eu quarante-sept.

— Je hais la science et toutes ces conneries. Merde, pourquoi tu n'as pas su empêcher ça ?

— J'ai essayé, Victor. Je te garantis que j'ai essayé.

— Tu aurais dû faire plus. Tu aurais dû…

— J'aurais dû quoi ? Kidnapper une femme enceinte ? Je te rappelle que c'est toi qui… as fait que ça s'est produit !

On cogna à la porte. Stéphane raccrocha précipitamment.

Il empoigna le Sig Sauer, se coiffa de son masque en latex et se précipita vers l'entrée, sans bruit. Sauf que, derrière lui, la télé hurlait.

— Il va baisser le son, le connard ? gueula une voix. On se croit seul au monde ?

D'autres voix s'ajoutèrent à la première.

— La chambre 6 ? s'écriait-on de l'autre côté. Mais... il n'y a personne normalement ! C'est quoi ce bordel ?

Un bruit de clé. Quand la porte s'ouvrit, Stéphane fonça, l'arme à la main. Les ombres estropiées s'écartèrent.

Dehors, il se retourna une dernière fois vers l'hôtel, sa pancarte branlante, « Les Trois Parques », avant de disparaître dans la forêt.

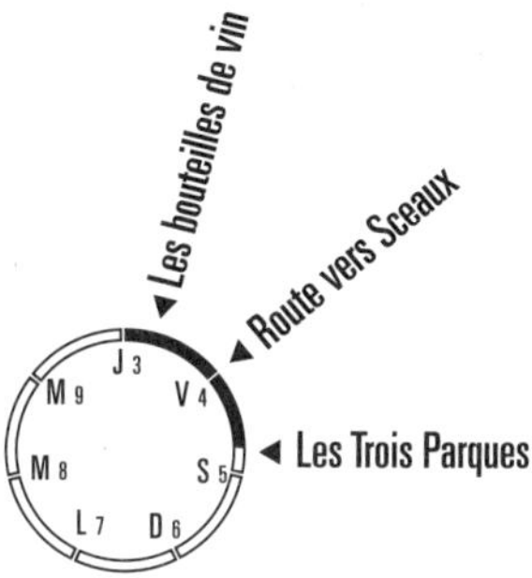

19. VENDREDI 4 MAI, 18 H 31

Stéphane allait et venait dans Darkland, le portable collé à l'oreille. Sylvie décrocha à l'autre bout de la ligne.

— Stéphane ?

— Où est-ce que tu es, chérie ? Dis-moi où tu es !

— Chez le coiffeur, c'est noté dans la cuisine. Tu as vu mon message, au moins ?

— J'ai vu ! Justement ! Je…

— Il ne va pas tarder à me coiffer. Si tu pouvais éviter de crier dans le téléphone.

— Je ne veux pas que tu te fasses couper les cheveux !

— À quoi tu joues ?

— Ne te les fais pas couper, d'accord ?

Stéphane entendit une voix masculine. Quelqu'un parlait à Sylvie. Elle répondit qu'elle arrivait, avant de murmurer :

— Qui t'a dit que je voulais me les faire couper ? Depuis qu'on se connaît, ça n'est jamais arrivé. Je suis là pour une simple égalisation.

Sylvie s'adressa un instant à son coiffeur, avant de poursuivre la conversation :

— Tu voudrais vraiment que je me les coupe court ? Cela te ferait plaisir ? Tu me regarderais avec davantage d'envie ?

— Non, non, non !

— Pourquoi pas, après tout ? J'ai sincèrement besoin de changements. Si cela peut arranger les choses.

Stéphane remonta les escaliers et se précipita dans la cuisine. À présent, il hurlait :

— Non, ce n'est pas une blague ! Tu ne dois abs…

Trop tard, bip sonore. Il tenta de recomposer le numéro, sans succès.

— Merde !

Pris de panique, il récupéra les clés de la Ford. Au moment de monter dans sa voiture, il se rendit compte qu'il ne connaissait même pas l'adresse du coiffeur de sa femme. Dans quelle ville ? Lamorlaye, Chantilly, Gouvieux, Senlis ?

Il retourna en quatrième vitesse au sous-sol et s'empara de son carnet, où il venait de noter son troisième rêve. « Les Trois Parques ». Des feuilles volantes lui restèrent entre les doigts. Il les fourra pêle-mêle à l'intérieur.

Un flic, il fallait qu'il parle à un flic, très vite. Il voyait encore distinctement les corps mutilés des photos. Les visages écrasés. Des filles assassinées. Torturées à mort.

Était-il déjà trop tard ou pouvait-il encore aider ces femmes ? En quoi cette histoire le concernait-elle ?

Avant de composer le 17, il réfléchit aux questions qu'il allait poser. Il voulait demander si une affaire de tueur en série était en cours. Si la police traquait un homme qui découpait les lèvres, la langue et les doigts de ses proies. Un meurtrier sadique qui déchirait les corps.

Deux… Il avait bien vu deux femmes différentes. Une blonde avec un tatouage de serpent sur la cuisse gauche, transpercée d'aiguilles sur l'ensemble du corps. Et une brune ligotée à une armoire avec du barbelé, les cheveux courts, le visage massacré.

Mais il se ravisa. Et si la police identifiait l'origine de son appel ? Comment expliquer qu'il avait en tête les clichés de deux victimes potentielles ? Et en quoi pourrait-il les aider ? Il n'avait rien, hormis le souvenir d'un rêve de cadavres réduits en bouillie.

S'il appelait et déballait tout, on le prendrait pour un suspect ou, plus probablement, pour un dingue. Il suffisait de feuilleter son dossier psychiatrique.

Il se sentait piégé. Il ne pouvait pas agir. Pas avant de détenir des informations plus précises.

Il chercha sur Internet des données sur un assassin procédant avec ce mode opératoire. Il explora aussi les sites d'actualité, les newsgroups et les sites spécialisés sur les *serial killers*. Mais il ne dénicha rien de bien précis. Internet ne résolvait pas tous les problèmes.

Il tapa ensuite sur son clavier : « Noël Siriel ». Aucune occurrence. Même dans les pages blanches. Ce type jouait aux abonnés absents. Qui était-il, quelle importance avait-il dans cette histoire pour que l'autre Stéphane inscrive son nom sur le mur ?

Et « Tes messages BP 101 », marqué juste à côté ? Une boîte postale ? Demain, il passerait à la poste de Lamorlaye. Il fallait vérifier. Tout vérifier, méticuleusement.

Il se concentra à présent sur l'hôtel, le terrier du Stéphane de son rêve. Quand il était descendu sur le parking, juste avant de fuir dans les bois, il avait lu un nom, sur une vieille enseigne rouillée : « Les Trois Parques ».

Le moteur de recherche renvoya une tonne de réponses. La plupart étaient en rapport avec la mythologie, mais l'une d'elles semblait correspondre. Un internaute parlait des Trois Parques sur un forum de fétichistes. Il ne s'agissait pas d'un hôtel, mais d'une auberge, perdue à l'ouest de Paris, en pleine forêt. Et, à en croire les dires du type, elle n'était pas vraiment spécialisée dans les plaisirs gastronomiques.

Stéphane éteignit son écran, le visage fermé. Ces endroits où il n'avait jamais mis les pieds existaient bel et bien. Des lieux qui, de près comme de loin, le concernaient. Et cette fois, pas question d'amnésie ou de maladie mentale. C'était trop, bien trop précis. Comme les trois griffures sur le visage du Stéphane imaginaire, ou son hématome autour de l'œil, davantage cicatrisés d'un rêve à l'autre. Ce qui prouvait que ces rêves n'étaient pas juste des rêves, mais plutôt des flashes montrant un être évoluant au même rythme que lui dans le futur.

Le Stéphane imaginaire s'était fourré un revolver dans la bouche, prêt à appuyer. Pourquoi ce désespoir ? À cause de la petite Mélinda ? Le mouchoir rose taché de sang appartenait-il à cette gamine ? Qui était le fameux « Victor », au téléphone ? À quoi rimaient ces histoires de nombres, quarante-six, quarante-sept ?

Il remonta à l'étage, piocha deux pommes dans une corbeille, enfila une veste grise et s'engouffra dans la Ford. Il n'avait plus conduit sa voiture depuis l'accident. Il était temps de s'y remettre.

Il ne ressentit rien de spécial quand le moteur rugit, aucune peur particulière, aucun tremblement. Il allait effectuer sa marche arrière et rouler, comme d'habitude.

Direction Les Trois Parques.

Et, cette fois, il s'efforcerait de ne pas freiner, et de ne pas quitter la route sans une raison valable.

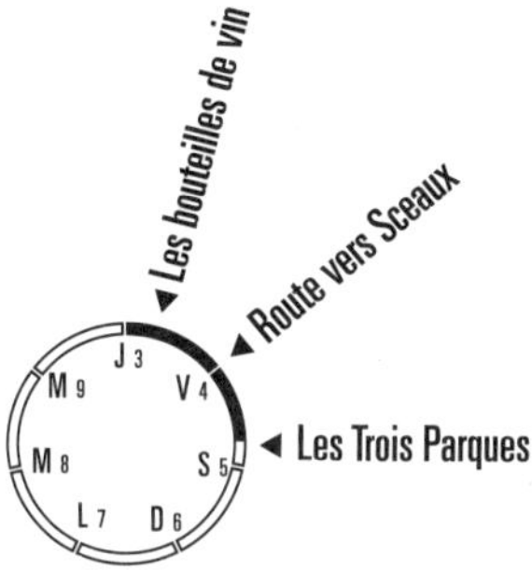

20. VENDREDI 4 MAI, 18 H 54

Après avoir prévenu Céline de son retard, Vic fit un détour par l'hôpital Victor-Dupouy, à Argenteuil. Il avait peut-être mis le doigt sur quelque chose, lors de son avant-dernier appel. D'après l'urgentiste qui avait répondu, un homme s'était présenté deux mois plus tôt, frappé d'une gangrène sévère.

— Un beau cas d'école, commenta le médecin en s'allumant une cigarette à la menthe devant l'hôpital. Le haut de sa main était chaud, la peau noir verdâtre, avec des cloques et une forte odeur caractéristique. Un passage sous IRM nous a prouvé que les toxines bactériennes s'étaient déjà réparties dans les tissus. La gangrène faisait bonne route. Sans tarder, du côté de la Chir, il a été question d'amputation. On l'a alors très vite redirigé vers l'IFCM, l'Institut français de chirurgie de la main. À quelques jours près, c'était le choc toxique et la mort.

— Il vous a donné la raison de… sa blessure ?

— Selon lui, il avait perdu l'auriculaire en bricolant, un mauvais coup de scie circulaire. Il expliquait avoir voulu se soigner seul, à la dure. Vous savez, les histoires de parents qui ont fait la guerre, et tout ça…

Il agita les doigts en l'air dans un mouvement d'indignation.

— Mais c'était pipeau. Les radios montraient une coupe

au niveau de l'os beaucoup trop nette, sans éclats. Comme tranché d'un coup sec, avec une hache par exemple. Vous voulez ma version ?

— C'est la raison de ma présence.

— Le type, il avait l'air d'un dur, vachement baraqué, avec la blinde de tatouages. J'ai plutôt pensé à un règlement de comptes, façon yakusa. Ce qui expliquerait pourquoi il a laissé s'installer la gangrène. Parce que le premier réflexe, quand on se tranche le doigt, c'est de venir avec à l'hôpital, non ?

Vic effleura le bras de l'urgentiste, très jeune et visiblement très cool.

— Je touche du singe, ça ne m'est jamais arrivé. Mais c'est ce que je ferais, en effet.

Vic ne jugea pas nécessaire de lui parler des *devotees*, de leurs déviances extrêmes, allant jusqu'à l'automutilation.

— Est-il possible que son membre se soit de nouveau infecté, même après les soins ?

Le jeune pompait ardemment sur sa cigarette mentholée.

— Possible, oui. À l'hôpital, les équipes se chargent de réaliser une amputation de manière à obtenir un moignon propre, capable de recevoir ultérieurement une prothèse. Mais ce sont les soins postop, les plus importants. La plupart se font à l'hôpital, mais ensuite, une infirmière à domicile se charge du pansement. C'est toute une technique. Il ne faut pas entraver la circulation sanguine, ne pas trop serrer pour éviter les nécroses, empêcher que des bourrelets se forment, ce qui créerait un moignon difforme. Le patient doit aussi veiller à placer son bras correctement en permanence, afin d'assurer une bonne irrigation, et se rendre régulièrement à des visites de contrôle chez son médecin traitant.

— Son dossier médical peut nous raconter tout cela ?

— Oui. Sauf qu'il n'est pas entre mes mains, mais entre celles du chirurgien qui a pratiqué l'amputation, à l'IFCM. Ici, aux urgences, on débroussaille, on trifouille un peu, mais on n'opère pas. Le reste nous échappe complètement. Policier ou pas, ils ne vous laisseront pas faire. Vous n'aurez pas accès à ces informations.

Vic serra le poing.

— Vous pouvez au moins me donner le nom de cette personne ?

— Ça, je peux. Suivez-moi.

L'urgentiste pianota sur son clavier.

— C'est quoi le souci avec ce patient ?

— Dites… Un type avec un membre gangrené qui laisse derrière lui une véritable puanteur de cadavre, il peut vivre combien de temps ?

— Cette odeur prouve que le gaz est déjà sous la peau. Elle va alors se fragiliser, devenir marron ou noire. En quelques jours, le patient présentera des fièvres, de fortes douleurs, sa tension artérielle va diminuer, jusqu'à ce qu'il tombe dans le coma. Au mieux, on peut retarder la progression de la maladie de quelques jours, avec des antibiotiques et des antiseptiques. Mais sans intervention chirurgicale, l'issue est la même.

— La mort.

Vic resta dubitatif. Fièvres, douleurs, coma… Suivait-il la bonne voie avec cette histoire de gangrène ?

— Voilà, conclut le médecin. Grégory Mache. Il habite pas très loin d'ici. Du côté de Maisons-Laffitte. Vous ne voulez toujours pas me dire pourquoi vous le recherchez ?

Vic secoua légèrement la tête.

— C'est le genre de choses qu'il vaut mieux ignorer…

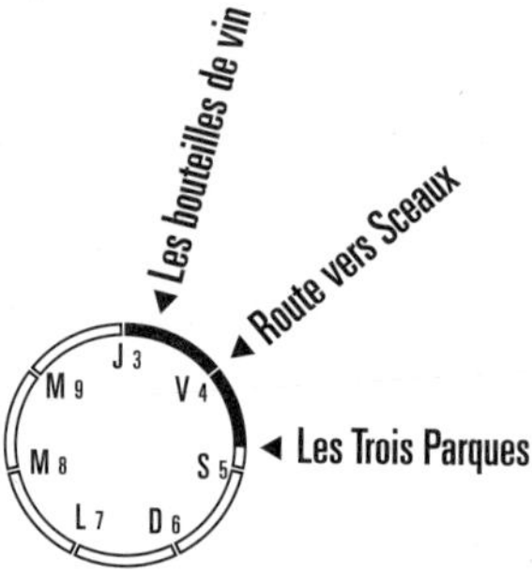

21. VENDREDI 4 MAI, 19 H 05

Le soleil déclinait entre les chênes et les hêtres quand Stéphane s'engagea dans un trou de verdure, à une trentaine de kilomètres à l'ouest de la capitale. Quelques minutes plus tard, il aperçut enfin l'auberge entourée par

la végétation, au détour d'un virage. Un établissement semblable à celui de ses rêves : monobloc, avec un grand parking, aucun panneau de publicité ou d'accueil, hormis cette pancarte clignotante pour le moins étrange, « Les Trois Parques ».

Officiellement, d'après Internet, cet établissement n'avait rien d'illégal. On pouvait y louer une chambre pour la nuit, comme dans n'importe quel hôtel. Sauf qu'ici, il fallait vraiment en avoir envie.

Stéphane croqua dans l'une de ses deux pommes, enfoncé dans son siège, l'œil aux aguets.

Sur le parking, des voitures, des camionnettes et une Harley Davidson. Certains véhicules circulaient, communiquaient par des appels de phares. D'autres restaient garés, leur conducteur à l'affût. Stéphane stationna à l'écart, attentif au ballet métallique. Qui étaient ces gens ? Échangistes ? Sadomasos ? Fétichistes ? Devait-il entrer en contact avec l'un d'entre eux ? Quel rôle était-il venu jouer en ces lieux ?

Mieux valait se jeter directement dans la gueule du

loup en se présentant comme célibataire. Stéphane voulut cacher son alliance dans la boîte à gants, mais se ravisa : dans ses cauchemars, il ne portait pas d'alliance. Alors, garder ce bijou au doigt lui permettrait peut-être de conjurer le mauvais sort.

Il s'avança vers la façade en pierres, le front bas, la casquette au ras des sourcils.

Le réceptionniste flottait dans une veste en cuir sans manches, enfilée sur un col roulé noir. Une tache de vin déposait un gros continent violacé sur son visage. La décoration, résolument gothique, se résumait à des aquarelles d'animaux nocturnes – chouettes, chauves-souris, hulottes –, deux ou trois têtes de cerfs et de sangliers empaillées, et un grand lustre garni de bougies éteintes.

L'endroit idéal pour une planque, songea Stéphane. Dans son rêve, il ne voulait pas se faire prendre, il s'était même rasé le crâne et se baladait avec un masque en latex pour se déguiser.

— C'est complet, fit l'homme en rangeant une revue avec beaucoup d'images et peu de texte sous son comptoir.

Stéphane ressentit une forme curieuse d'excitation. Il menait une enquête, comme un vrai flic, et ça lui plaisait.

— J'aperçois pas mal de clés, derrière vous.

— Eh ouais. Mais c'est complet.

Stéphane observa discrètement la pièce autour de lui, au cas où un déclic se produirait.

— Et pourtant, il me faut une chambre. La numéro 6.

Appuyé sur les avant-bras, le réceptionniste se pencha par-dessus son comptoir.

— Tu m'as bien entendu ? Complet, j'ai dit.

Stéphane étala dix billets de cent euros.

— La numéro 6… J'insiste…

— T'es flic ?

— À votre avis ?

— Avec des tifs de cette longueur, ça m'étonnerait. Tu

sais que les coiffeurs, ça a été fait pour les gens comme toi ?

Un mastodonte dévalait les marches tapissées d'une moquette rouge. Il mesurerait bien 1 m 95. Un collier en cuir l'étranglait. L'une des manches de sa veste se perdait dans une poche. Visiblement, il lui manquait une main.

Stéphane reconnut en lui le type de son rêve venu cogner à la porte, à cause du son trop fort de la télé. Incroyable.

— Un problème ? s'enquit le colosse en vidant sa canette de bière.

Le réceptionniste empocha les billets et fit un signe d'apaisement.

— C'est OK, Machine… Monsieur veut passer une petite nuit tranquille avec nous. Et je suppose qu'on va vous rejoindre ? À moins qu'on préfère les plaisirs solitaires ?

— Une joyeuse équipe de potes arrive dans une heure ou deux, répliqua Stéphane qui essayait de s'adapter à l'esprit de l'établissement.

Machine, d'un grognement, lui indiqua de lever les bras et se mit à le fouiller d'une seule main.

— On ne s'est jamais vus ? demanda Stéphane.

Pas de réponse. Il se fendit d'un sourire crispé.

— Ça me rassure, d'un certain côté. La fouille, c'est obligé ?

Hulk ne causant pas beaucoup, le réceptionniste répondit à sa place :

— C'est qu'on n'aime pas trop les nouveaux.

Stéphane aurait aimé les assaillir de questions, mais il devait cacher sa curiosité et la jouer client « classique ».

L'homme à la tache de vin lui tendit une clé.

— La 18. La 6 est déjà prise, désolé. C'est au deuxième. C'est quoi, ton nom ? Juste pour savoir, quand tes copains débarqueront.

— Cage… Nicolas Cage…

Stéphane s'éloignait quand le gérant l'interpella :

— Tu n'as pas de sac, de matos, rien ?

— Juste une canne à pêche, dans le coffre de ma bagnole.

Son interlocuteur lui lança un regard suspicieux.

— Mes copains vont tout rapporter, précisa Stéphane pour le rassurer.

— Ah, c'est ta femme qui doit bien se marrer.

Il s'enferma dans la chambre 18. Peu après, le plancher se mit à craquer dans le couloir. Sûrement le fameux Machine qui le surveillait.

Stéphane s'allongea sur le matelas quelques instants puis se releva sans bruit. Il jeta un œil par la fenêtre. Le parking, la forêt. Un palace aussi attirant que l'hôtel de *Psychose*, à plus de cinquante kilomètres de chez lui. Ne manquaient plus que Norman Bates et son petit couteau sympathique.

Il lut dans son carnet le descriptif de son dernier rêve. Cette chambre 18 ressemblait à celle de son cauchemar,
la 6, à quelques détails près. Pas de télé, un lit beaucoup plus large et une superbe tapisserie bleue, au lieu de la verte à rayures jaunes. Quant au raffut, dans les piaules adjacentes, pas de différence. Gémissements, petits cris étouffés, claquements de menottes contre la ferraille du lit.

Il patienta vingt bonnes minutes, l'oreille plaquée contre la porte, et se décida à sortir. Couloir vide, sombre, magistralement long, à la *Shining*. Stéphane l'emprunta et descendit au premier. Le réceptionniste n'avait pas menti. S'échappaient de la chambre 6 des gloussements féminins.

Stéphane frappa, très doucement. Les bruits de voix cessèrent. Grincements de ressorts, mouvements de panique.

— Deux minutes ! Deux minutes, OK ? lâcha une voix toute fluette.

Deux yeux scintillants apparurent dans l'embrasure de la porte. Créature aux cheveux roux, piercings dans le nez et ailleurs, une vingtaine d'années. Elle se frotta les lèvres d'un revers de la main, le front trempé.

— C'est pour quoi ?

Embarrassé, Stéphane sortit cent euros de sa poche.

— Il me faut cette chambre, à tout prix. Prenez la mienne, la 18.

Derrière, ça chuchotait. La fille ne décollait plus ses rétines du billet.

— C'est quoi l'arnaque ?

— Il n'y a pas d'arnaque. Cette chambre, c'est celle de mes rêves.

— Faut pas être difficile.

— Alors le pognon, vous le prenez ou pas ?

Pas le genre de phrase à répéter deux fois. Le fric disparut dans la main de la fille.

— Nous, ta chambre, on s'en tape. On s'arrachait, de toute façon. Laisse-nous encore une minute, OK ?

Stéphane poussa la porte et entra en trombe. Une autre fille, cheveux bruns presque rasés, anneaux dans les lèvres, terminait de ranger du matériel photographique.

— Qui c'est ce mec, putain ?

Stéphane referma derrière lui et leur fit des signes les incitant à baisser d'un ton.

— Écoutez, je dois savoir ce qu'on fait dans cette auberge.

Il posa deux cents euros sur le lit. La brune les ramassa, méfiante.

— On ne veut pas d'ennuis nous, on…

— Je ne suis pas flic. J'ai juste besoin de ce renseignement.

— En gros, tu te balades ici, mais tu sais pas pourquoi.

— C'est un bon résumé.

— Je vois le genre.

Les deux femmes s'interrogèrent du regard, la rouquine se décida à parler.

— File encore cent euros.

— Je préférais les francs. Avant, vous m'auriez dit « donne-moi cent balles », ça m'aurait sûrement moins ruiné.

Elle empocha le billet et répondit :

— Ici, c'est juste un baisodrome pour les gens avec… des goûts un peu bizarres.

— J'ai cru comprendre. De quel genre ?

— Du genre…

De l'index, elle pointa le sol. Stéphane resta interloqué : six orteils à chaque pied.

— Eh ouais, sourit la rousse. Ceux qui viennent ici aiment baiser les monstres. Des brûlés, des estropiés, des déformés. Tu trouveras pas des femmes à trois seins, mais pas loin. Les *freak shows*, ça te dit quelque chose ?

— Un peu, oui. J'en collectionne dans ma cave.

— Ici, c'est pareil. Un *freak show* moderne, rien qu'avec des volontaires, des gens qui kiffent ça. Des baiseurs, et des baisés, dans tous les sens du terme.

Stéphane se rappelait du gars brûlé de son rêve. De ce fameux Machine, à qui il manquait une main. Du réceptionniste, maculé d'une gigantesque tache de vin. De ces silhouettes sinistres et de leurs appels de phares.

— Et comment vous rencontrez-vous ?

La brune, derrière elle, fit glisser la fermeture Éclair de son sac et attrapa sa copine par le bras.

— Ferme-la. On se casse. Même pour du blé, t'as pas besoin de tout déballer, bordel !

Stéphane se sentait perdu. Il ne savait quoi demander, où chercher.

— Écoutez, il me faudrait vos noms, au cas où.

— Au cas où quoi ? répliqua la rousse.

— Je ne peux pas vous expliquer.

— Va te faire foutre, sale pervers.

Elle jeta les clés de la 6 et de la 18 à ses pieds. Le couple déjanté disparut en riant.

Stéphane s'enferma dans la chambre, abasourdi. Comment pouvait-il connaître un endroit pareil ?

Il revit les douze orteils de la fille. Cette malformation congénitale, cette anomalie transmise par voie génétique… Un brusque rapprochement s'opéra alors sous son crâne. Dupuytren, musée des anomalies… Le passage par ce musée avait-il amené le Stéphane de ses rêves ici, aux Trois Parques ?

Il venait encore de trouver une relation entre ses cauchemars, une certaine logique. Ces rêves étaient cohérents entre eux, le Stéphane imaginaire enquêtait sur quelque chose. Mais quoi ?

Stéphane scruta l'environnement. Le téléviseur se tenait bien là, au même emplacement. Lit identique, grincements similaires. Mais quelque chose le chiffonnait. Il ressortit son carnet. Il avait inscrit la couleur de la tapisserie : verte avec des rayures jaunes. Or, ici, elle était bleue, comme dans la 18. Étrange, cette première variation entre ses rêves et la réalité. Mauvaise prise de notes ? Ou alors, ces incohérences étaient-elles normales ? Il s'agissait seulement de rêves, après tout.

Juste des rêves…

Devant le miroir de la salle de bains, Stéphane se regarda attentivement. Rien. Pas une égratignure. L'autre Stéphane était couvert de coups, de griffures, d'ecchymoses. Il s'était peut-être battu, avait volé le flingue d'un flic avant de se cacher ici, à la suite de l'avis de recherche lancé par la radio.

Le carnet à la main, Stéphane allait, venait. Et s'il connaissait déjà l'endroit et avait seulement oublié à cause de l'accident de train, en 98 ? Sa brève amnésie… Ce qui expliquerait cette différence pour la tapisserie. Tout aurait resurgi inconsciemment dans ses rêves.

Il relut le récit de sa conversation téléphonique avec le type. Ce Victor. Il ne connaissait pas de Victor.

Des feuilles de son calepin tombèrent sur le sol. Il les ramassa et les fourra dans sa poche.

Il redescendit à l'accueil, et demanda, un peu essoufflé :

— Noël Siriel, ça vous dit quelque chose ?

Il pensait aux marques sur le mur, dans son rêve, « Noël Siriel ».

— Rien du tout.

— Mélinda alors ? Ou John Lane ? Hector Ariez ?

— Tu vas me réciter tout l'annuaire ? Non, ça ne me dit rien.

— Un certain Victor ?

— Non !

— Il me faut la liste des locataires de la chambre 6. Il a dû se passer quelque chose là-dedans.

— Tu la veux de 1990 à maintenant ?

— Oui, oui, parfait !

L'homme éclata de rire.

— Tu rigoles ou quoi ? Si tu crois qu'on tient un registre, tu peux aller te brosser. T'y tiens, toi, à la 6. Mes deux chéries viennent de disparaître en racontant que tu leur avais filé une belle somme. T'as le fric un peu trop facile, pour un gars *clean*. Il se passe quoi, là, précisément ? Sur quoi t'enquêtes ?

— Les deux filles… Donnez-moi leur nom et leur adresse.

— Tu plaisantes ou quoi ?

Stéphane ferma les yeux. La rousse n'avait rien à voir avec ses rêves, mais la brune aux cheveux courts, peut-être. Les piercings, les tatouages… La victime défigurée des photos, ligotée avec du barbelé. Et si…

— C'est important ! Il me faut l'adresse de la brune ! Elle va peut-être mourir !

— Insiste pas. Ou j'appelle Machine.

Stéphane recula, les bras légèrement levés.

— OK, OK… Mais la chambre 6, je l'ai payée. Vous me la laissez jusque demain matin, OK ?

— Qu'est-ce que tu fous ? Tu te tires ou tu restes ?

— Je… J'en sais rien. Possible que je revienne.

— T'es franchement allumé, mec. On ne te l'a jamais dit ?

Stéphane sortit en courant. Devant lui, la ronde des véhicules, les appels de phares. Les arbres, dressés vers l'infini. Rien ! Rien de tout cela ne lui revenait en tête ! Que faisait-il ici ? Devenait-il dingue ?

Il démarra en trombe et, seul sur la route, éprouva le moteur de sa Ford. Marre de ces visions ! À quoi le menaient-elles, hormis des impasses ? Ses rêves le promenaient comme un chien en laisse. À continuer ainsi, il détruirait son couple, sa vie. Définitivement.

Il ne freinerait plus jamais sans raison. Fini le délire.

Il croisa alors un camion chargé de bois coupé… et freina subitement.

Les pneus abandonnèrent une longue traînée sur l'asphalte. La Ford resta quelques secondes au beau milieu de la voie, le temps que Stéphane se remette de ce qu'il venait de voir.

Demi-tour, direction l'auberge.

Le réceptionniste le foudroya d'un regard noir.

— Tu veux quoi, à la fin ?

— Les tronçonneuses !

— Quoi, les tronçonneuses ?

Stéphane haletait, il se rappelait de leur bruit dans son rêve.

— Est-ce… Est-ce que vous… vous avez prévu de couper des arbres, bientôt ?

L'homme fronça les sourcils.

— Mais qui t'es, toi ?

— Répondez !

— Les services techniques vont venir couper des branches et des arbres gênants pour Les Parques. Pourquoi ?

Stéphane étouffait. Il ne voyait pas juste les choses, il les entendait aussi. Le vacarme des tronçonneuses, par la fenêtre de la 6.

— Quand ? Quand doivent-ils commencer ?

— Dès lundi. Ils en ont pour toute la semaine prochaine, jusqu'au vendredi.

Dans sa voiture, Stéphane se jeta sur son carnet. On

était vendredi soir. Dès lundi, le travail d'élagage allait commencer, pendant cinq jours.

— Bon sang, comment c'est possible ?

Cette fois, plus question d'amnésie. Il ne pouvait pas avoir déjà entendu des bruits à venir.

Deux conclusions s'imposaient. D'une part, il n'était pas fou. Et de l'autre, il détenait maintenant la fenêtre temporelle de ses songes. Des événements l'impliquant au plus haut point allaient peut-être se produire entre le 7 et le 11 mai.

On était le 4 mai. Déjà.

Il feuilleta les pages de son carnet, les doigts parcourant chaque ligne, soulignant chaque mot, à la recherche d'indices temporels plus précis.

Premier rêve, hier, « Les bouteilles de vin ». Il se revit descendre dans son sous-sol, les mains en sang. Pas d'électricité. Il faisait sombre, partout. La nuit ? Quelle nuit ? Lundi 7 mai ? Mardi 8 ?

Deuxième rêve, « Route vers Sceaux ». La radio. Le flash d'informations, les publicités. Il baissa les paupières. Il se rappela… Les panneaux routiers de limitation de vitesse, de direction. Puis… Là, à travers le pare-brise.

La lune.

Tout étourdi, il sortit de sa Ford et, au fond de ce parking miteux, leva les yeux au ciel.

Au-dessus, à travers les cimes. Lune gibbeuse ascendante.

D'après le carnet, il avait observé, à travers son pare-brise, la pleine lune.

Une vraie, belle pleine lune, comme il n'en existe qu'une tous les vingt-huit jours.

Il connaissait les phases de lune par cœur. Il fut un temps où il adorait se perdre dans les étoiles, avec Sylvie. Une époque lointaine où ils leur donnaient des noms stupides : L'œil de Jeanne, Les toiles de tente, Le diamant du nul.

Cette lune-là, celle d'aujourd'hui, était gibbeuse du

neuvième jour. La pleine lune arrivait au quatorzième jour.

Stéphane posa un rapide calcul. Il avait rêvé de la pleine lune hier, jeudi 3 mai. Cette nuit, il rêvait du bruit des tronçonneuses. Un travail prévu pour la semaine prochaine.

Il retourna auprès de sa voiture et s'appuya contre la portière. Son cerveau allait imploser. Il avait l'impression de sombrer dans un monde fantastique.

Tout cela n'était pas possible.

Et pourtant…

Six jours. Six jours de décalage entre le moment où il faisait le rêve et celui où le rêve risquait de se produire.

Et s'il visait juste, ne restaient plus que quatre jours avant qu'il coure dans sa maison, les mains pleines de sang. Cinq avant qu'on retrouve Mélinda noyée dans la carrière Hennocque. Cinq aussi, avant que lui-même soit dans cet hôtel, hors-la-loi, d'abjectes photos de femmes mutilées à ses côtés.

On était vendredi.

C'était peut-être pour mercredi ou jeudi prochain.

Il leva encore les yeux vers la voûte céleste.

Non, comment pouvait-il y croire ? Comment pouvait-on voir le futur ? Il était si simple d'éviter à ces événements de se produire ! Qu'est-ce qui l'empêchait de se flinguer, là, maintenant ? De s'enfermer dans Darkland et d'attendre que l'orage passe ? Ou de partir avec Sylvie en vacances un mois, loin d'ici ?

Rien, absolument rien ne l'empêcherait de maîtriser sa vie.

Il s'empara d'un couteau suisse, dans sa boîte à gants, prêt à se taillader l'avant-bras droit. Là où, dans son rêve, apparaissaient les traces de piqûres.

La blessure apparaîtrait-elle dans le prochain rêve, comme par magie ? Ne se créerait-il pas, alors, une incohérence ? Une torsion impossible, un paradoxe ? Le

Stéphane de ses rêves était-il réellement lui, ou un autre Stéphane évoluant dans une espèce de monde parallèle ?

Il déplia lentement la lame et l'approcha de sa peau. Il voulait savoir. Il réalisa la gravité de son acte : il s'apprêtait à s'entailler l'avant-bras. Des mots résonnèrent alors dans sa conscience. Hallucinations. Schizophrénie. Automutilation.

Un coup sur le capot le surprit, avant qu'il se blesse. Machine l'attrapa par le col.

— Tu fais pas tes cochonneries ici, sale connard ! Tire-toi !

Le mastodonte le repoussa violemment à l'intérieur. Le poignet de Stéphane heurta la portière et le couteau tomba à terre.

— Je garde ta lame en souvenir, grogna Machine en ramassant l'arme blanche. T'as l'argent facile, alors si tu la veux, faudra payer.

Stéphane démarra au quart de tour, ébranlé, alors qu'un homme sortait de sa Peugeot au pare-brise fissuré en courant. Stéphane se demanda quel était son profil. Baiseur, ou estropié ? Quelle pulsion morbide poussait réellement ces hommes et ces femmes à défier leur part d'ombre ?

Stéphane n'y comprenait plus rien. Il devait parler à quelqu'un. Chercher à cerner le genre de situations qui l'attendaient, à côtoyer ainsi le futur et rompre les lois fondamentales de la nature.

Plus loin, il stoppa encore, prit son portable et composa un numéro de téléphone. Celui d'un vieil ami, Jacky Duval.

Un physicien.

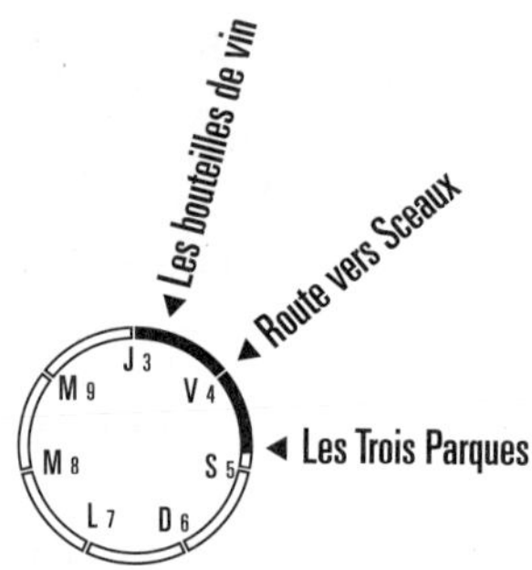

22. VENDREDI 4 MAI, 20 H 41

Vic ne souhaitait pas intervenir ou interroger seul Grégory Mache, hors de question d'enfreindre les règles élémentaires. D'ordinaire, il évitait de quitter les sentiers battus. Mais cette fois, il voulait prouver sa capacité à bien faire. Montrer qu'il méritait son insigne.

Ainsi, après son détour par l'hôpital d'Argenteuil, il avait simplement décidé de faire un petit crochet de quelques kilomètres à l'ouest de Maisons-Laffitte. Il avait en tête de frapper à la porte de Mache, de se faire passer pour un voisin, ou un représentant – il aviserait – et, surtout, de constater l'état de son moignon. Rien de plus simple et de moins risqué.

Cependant, son GPS ne le mena pas vers une maison de ville, comme il le pensait. Mais plutôt vers une sinistre auberge, perdue dans la forêt de Saint-Germain.

Il bifurqua, se gara sur le parking et resta dans sa Peugeot à observer l'incroyable ballet de tôle et de lumière sur la terre rouge. Les véhicules se croisaient au ralenti avec, pour unique langage, celui des phares. Trois signes lumineux d'affilée, et les conducteurs sortaient de leur voiture pour pénétrer ensemble dans l'auberge.

Un couple se formait à l'instant devant ses yeux. L'homme paraissait « normal », mais la femme claudiquait si fort que son corps se disloquait à chacun de ses pas.

Vic comprit. Il s'agissait d'un endroit de rencontres. Les gens arrivaient sur ce parking, s'observaient, jaugeaient leurs éventuelles difformités physiques, et en cas d'attirance réciproque…

Mache était-il le propriétaire de l'auberge ?

Vic se sentit mal à l'aise, coupable d'errer en ces lieux sordides à une heure pareille, alors que Céline l'attendait, seule dans leur cage à lapins. Ce qui le dégoûtait, surtout, c'était que les autres pouvaient le prendre pour l'un d'entre eux. Il n'avait rien à voir avec ce monde-là.

Très vite, tout lui apparut avec évidence. Annabelle Leroy était probablement déjà venue ici pour y rencontrer d'autres *devotees*, dont, sans doute, Grégory Mache. Un malade prêt à se couper le doigt et contracter la gangrène pour assouvir ses fantasmes. Ou ceux de sa partenaire.

Vic releva le front. Une altercation, au fond sur la droite, venait d'éclater. Il se pencha vers son pare-brise. Au loin, une boule de muscles attrapait un type par le col, le repoussait violemment vers l'intérieur de son véhicule, se courbait et ramassait un couteau.

Quand le mastodonte se tourna dans sa direction, Vic sentit son cœur se serrer. La manche de veste, rentrée dans le pantalon, comme le font certains amputés pour cacher leur handicap. La carrure de rugbyman. Le tatouage dans le cou. Pas de doute possible, il s'agissait bien de Grégory Mache.

Le jeune lieutenant paniqua. Que faire ? Appeler des renforts ? Réagir ? Repartir et laisser ces hommes s'étriper ? Revenir plus tard ? Non. Un individu pointait une arme blanche sur un autre.

Et il était flic.

Il hésita encore, puis sortit et s'avança d'un pas vif vers Mache, tandis que la voiture de l'autre type disparaissait dans un nuage de poussière.

— Ça va ? s'écria Vic en gardant ses distances. Apparemment, vous aviez quelques problèmes, alors…

Machine replia le couteau et l'empocha.

— Mêle-toi de ce qui te regarde, ducon.

Comme le colosse s'approchait, menaçant, Vic s'empara maladroitement de son Sig Sauer.

— Lève les mains !

— Oh ! Oh ! On se calme là, OK ?

— Lève les mains, j'ai dit !

Machine ne bougeait plus. Son visage carré rougissait d'une hargne contenue.

— Je peux pas lever les mains, t'as pas remarqué ? Tu vas faire quoi ? Me tuer ?

Derrière, des voitures quittèrent le parking. Les phares s'éteignaient, les têtes disparaissaient discrètement sous les tableaux de bord. Machine serra les dents.

— Qu'est-ce que tu veux, putain ?

Le doigt de Vic tremblait sur la détente. Que faire ? Et si ce malabar lui fonçait dessus ? Il tentait de garder un air assuré, même si la peur lui nouait les tripes.

— Je veux juste voir ton bras gauche… Tu me le montres, et tout sera OK.

Machine se mit à rire.

— Tu plaisantes ou quoi ?

Vic serra le pistolet plus fort encore. Il priait pour que la douleur de la névralgie n'arrive pas. Pas maintenant.

— J'ai l'air ?

— D'habitude, on me le demande pas avec un flingue sous le nez.

Machine s'avança doucement. Vic recula.

— Montre ton bras, putain !

Le réceptionniste avec la tache de vin apparut à l'entrée.

— Qu'est-ce…

Vic le braqua aussi. Il recula encore, le front trempé. D'un rapide mouvement du bras, il lui intima de rejoindre Machine. Tout partait sérieusement en vrille.

— C'est quoi ce bordel ? grogna le gérant.

Grégory Mache haussa ses lourdes épaules.

— J'en sais rien. Il veut mater mon bras.

— Alors montre-lui, merde, à ce vicelard !

Machine s'exécuta. D'un geste lent, il releva la manche de son bras amputé.

Moignon parfaitement lisse et cicatrisé, sans suintements. Vic baissa son arme, vidé de ses forces. Quelle intervention stupide ! Comment aurait-il pu affronter de vrais tueurs ? En un instant à peine, tous ses cours et entraînements – sommation, interpellation, menottage – s'étaient effacés de sa mémoire, remplacés par l'improvisation et la peur.

— C'est bon ? s'impatienta le gérant. Tu arrêtes ton scandale sur mon parking, là ? Mes clients vont tous se barrer !

Encore sous le choc, Vic brandit fébrilement sa carte de police et les accompagna à l'intérieur.

— C'est maintenant que tu la montres ? s'énerva Machine en réajustant sa manche dans sa poche. Vu ton manque d'assurance, tu ressemblais plutôt à un drogué qu'à un poulet. Tu lui voulais quoi à mon moignon ?

Le lieutenant de police posa sur le comptoir une photo d'identité.

— Annabelle Leroy… Ça vous dit quelque chose ?

— Ouais, répliqua le réceptionniste. Elle venait ici de temps en temps. Mais ça remonte à loin.

— C'est-à-dire ?

— J'en sais rien. Deux ou trois mois. Hein, Machine ?

— Elle venait avec qui ?

— Des femmes, exclusivement.

— Des amputées ?

— Ouais. Je vois que ça te choque pas. T'as remarqué Machine, ça le choque pas.

Le cœur de Vic retrouvait enfin un rythme normal.

— D'où venaient ces femmes ? Paris ?

— J'en sais rien. Par principe, je pose jamais de questions. C'est pour cette raison que les gens viennent ici.

— L'auberge vous appartient ?

— Moi et Machine, on est les gérants. Et tous nos papiers sont en règle. Ça te la scie, hein ?

Vic désigna le parking.

— Vous vous retrouvez comment ?

— Comment ça ?

— C'est pas un défilé de beauté, ici. Comment les clients connaissent-ils cet endroit ?

— On ne fait aucune pub, on peut pas. C'est le bouche à oreille, Internet, et aussi la réputation.

— Ah oui, la réputation.

Vic se tourna vers Grégory Mache. Ce colosse amputé n'avait pas trente ans.

— Gangrène, tu connais ?

Machine serra le poing. Un marteau-pilon.

— À quoi tu joues ? grogna-t-il.

Vic ravala sa salive.

— Je cherche un individu avec un membre gangrené, venu récemment. Il laisse traîner derrière lui une odeur de cadavre. Ça te dit quelque chose ?

— Rien du tout.

Aucun tremblement, aucune hésitation dans sa réponse. Vic jeta un œil vers l'aubergiste, qui comptait ses billets.

— Et toi ?

— Non plus. Mais tu te crois à la SPA ? Dis-lui, Machine, que c'est pas la SPA, ici.

Le réceptionniste ferma son tiroir-caisse.

— Écoute, au lieu de nous emmerder avec ta carte tricolore, tu ferais bien de t'intéresser au mec qui vient de se barrer.

— Et pourquoi je devrais m'intéresser à lui ?

— Parce qu'il avait l'air hyper bizarre. Hein, Machine ? Il est venu ici poser plein de questions. On aurait dit qu'il savait pas ce qu'il voulait.

— Ce n'est pas la marque de la maison, la bizarrerie ?

Le gérant n'apprécia qu'à moitié la remarque.

— Plus que bizarre, je dirais complètement allumé, même, précisa Mache. Un courant d'air ce mec, il voulait à tout prix l'adresse d'une cliente, il a bien payé et est allé jusqu'à la harceler dans sa chambre, la 6. En plus, il allait pas tarder à se saigner le bras sur le parking. À mon avis, il s'était tiré d'un hôpital psychiatrique. Ou alors, c'était son truc à lui, de se saigner.

Vic désigna le moignon de Grégory Mache.

— C'est aussi le tien, visiblement. Je ne peux pas m'occuper de tous les tarés de cette planète, désolé.

Il regarda sa montre. 21 heures passées. Céline allait encore l'incendier. Juste avant de s'éloigner, il s'arrêta et revint vers le comptoir, contenant difficilement sa colère.

— Mais qu'est-ce qui vous attire là-dedans, bon sang ? Il n'y a que ces horreurs pour vous exciter ?

L'homme à la tache de vin lui fit signe de s'avancer et lui dit, presque à l'oreille :

— Ça sort de ta petite vie de père de famille, hein ? Mais la nature est ainsi faite : elle pousse certains d'entre nous non pas à fuir le Minotaure mais à l'approcher. Des types défigurés ou avec la gueule cramée sont condamnés par la société, mais heureusement il y a des gens qui les aiment. Il est où, le problème ?

— Il n'y a pas de problème.

— Je ne vais pas non plus t'inventorier la centaine de déviances sexuelles qui existent, parce que la plupart d'entre elles te feraient gerber. Et crois-moi, même ton vomi, il plairait à certains. Mais s'il y a des gens que ça fait bander, qu'est-ce qu'on y peut ? On n'y peut rien nous, hein, Machine ?

Il claqua des doigts, comme un magicien, et conclut :

— Tu ne veux pas plonger là-dedans, mec ? Fallait pas faire poulet, dans ce cas.

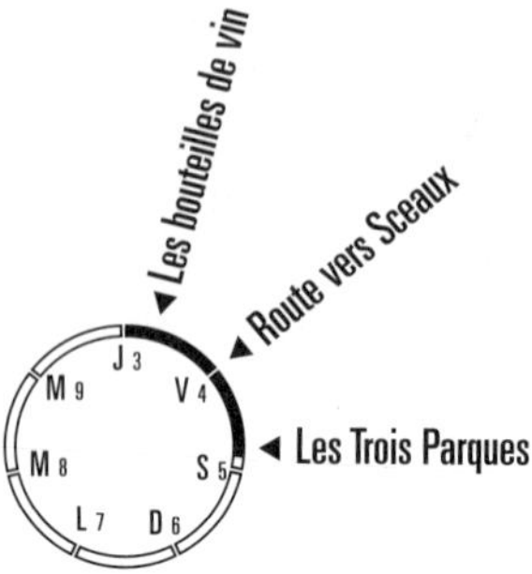

23. VENDREDI 4 MAI, 22 H 02

— J'ai besoin que tu m'expliques ce que tu nous racontais, il y a quelques années. Tu sais, ta conception des voyages dans le temps.

— T'es devenu fan de H. G. Wells ?

— Pas vraiment.

Jacky Duval était un type allumé des neurones, chercheur au CNRS et spécialisé dans l'élaboration de matériaux et d'études structurales, à des échelles nanoscopiques. Avec ses machines ultraperfectionnées, lui et son équipe pouvaient par exemple construire une crémaillère moléculaire à base de moteurs protéiques, cent mille fois plus petite que le diamètre d'un cheveu. Pour l'instant, ces exploits ne servaient à rien, mais Jacky était persuadé qu'à l'avenir, on utiliserait les crémaillères en microchirurgie et dans de nombreux domaines de pointe.

— C'est pour un film ? demanda le physicien.

— Un film, oui. Le film de ma vie, pour ainsi dire.

Jacky vivait place de Clichy, à Paris, dans un appartement rempli de livres, de revues, de composants électroniques et d'oscilloscopes. Quand Stéphane avait sonné, il était en train de fixer des condensateurs sur une plaquette.

— Encore quelques secondes, si tu permets, dit-il en reposant son fer à souder.

— Tu fabriques quoi ?

— Un tue-insectes électronique. C'est pour ma sœur.

— Et ça fonctionne vraiment ?

— Si tu vaporises en plus de la bombe insecticide, oui.

Les deux hommes se connaissaient depuis le collège, et se revoyaient régulièrement. Stéphane trouvait souvent des idées de monstres en observant des bactéries, des poux, des microbes avec les microscopes ultrapuissants du laboratoire de son ami.

Jacky finit par ôter ses lunettes à verres grossissants avant d'en chausser d'autres, à monture design noires. Le seul objet à la mode dans cet appartement.

— Tu as l'air bizarre, constata-t-il. La sale tête d'un gars insomniaque. Tu es sûr que ça va ?

— Tu n'aurais pas un verre à me proposer ?

— Whisky ?

— Au moins…

Jacky sortit une bouteille de J & B et en versa une belle dose dans un verre à moutarde, orné de dessins de Goldorak. Jacky ne buvait jamais, ne sortait jamais, ne mangeait jamais au resto, et ça se voyait.

— Tu débarques chez moi à 22 heures. Que se passe-t-il ? Des soucis avec Sylvie ? Trop de boulot ?

— Oui, c'est ça. Trop de boulot.

Le scientifique baissa un peu le front.

— Excuse-moi si je ne suis pas venu te voir depuis… l'hôpital. Mais…

— Toi aussi, trop de boulot. Il n'y a pas de lézard.

Les récipients tintèrent. Whisky contre eau.

— Écoute celle-là, annonça Jacky. Des chercheurs qui cherchent, on en trouve, mais des chercheurs qui trouvent, on en cherche. C'est bon, non ?

— Ouais. Et toi, tu fais partie de quelle catégorie ?

— J'en sais rien, à vrai dire. Je cherche encore ce qu'il y a à trouver.

Stéphane avala son alcool d'un trait. Il n'avait pas vraiment envie de rire.

— Parle-moi des voyages dans le temps, comme tu le faisais avant.

— L'histoire qui donnait mal au crâne à tout le monde ?

— Non, je ne veux pas de l'approche physique, de ces bla-bla de continuum espace-temps, de chat de Schrödinger, de puits quantiques ou de je ne sais quoi. Je veux ta… ta conception d'un point de vue… simplifié. Partons du principe qu'un homme voit son double évoluer dans le futur, mais quelques minutes seulement, par l'intermédiaire de rêves.

— Il fait comment, il tombe dans un vortex ? Il chevauche une étoile filante ?

— Je suis sérieux, Jacky.

Le physicien agita son verre d'eau comme s'il s'agissait d'un bon cognac.

— Beaucoup de choses ont changé depuis l'école, tu sais. L'esprit se rationalise tellement quand on grandit.

Les courbes se transforment en droites, les arcs-en-ciel deviennent des phénomènes de diffraction, et une étoile, un objet céleste rayonnant de l'énergie par nucléosynthèse. C'est presque dommage.

Stéphane désigna la chaîne en or que son interlocuteur portait autour du cou.

— Et ta médaille, tu la mets encore ? Dieu habite toujours dans ta maison, non ?

Jacky réajusta rapidement le col de sa vieille chemise à carreaux, presque gêné.

— Dieu ne m'aide pas beaucoup, en ce moment.

— Mais avant, tu me parlais toujours des destins tracés à l'avance, de…

— Je crois toujours que la science se contente de découvrir ce qui doit être découvert, que le hasard n'est qu'un fourre-tout et n'existe que pour expliquer ce qui nous échappe encore. Mais, bon sang, tout est fichtrement bien caché dans la nature. Et ça me donne vraiment du fil à retordre, j'en… j'en passe des nuits blanches. C'est terrible… cette envie de découvrir, d'avancer pour mieux reculer, ça tourne presque à l'obsession. Plus on trouve, et plus il y a à chercher.

Jacky ne semblait pas au mieux de sa forme non plus. Les cernes sous ses yeux le prouvaient.

Il reposa son verre d'un coup sec.

— Et toi ? Même après tous tes soucis, tu continues à penser qu'on peut changer son destin ? Qu'on peut… empêcher les événements qui doivent se produire de se produire ?

— J'en suis persuadé. Aujourd'hui, plus que jamais.

— Aïe, aïe, aïe…

— Mais ça va bien, je te le garantis, répliqua Stéphane avec un sourire forcé. Parle-moi de mon exemple, je t'en prie.

Jacky soupira, un peu las.

— D'accord, d'accord… Bon… Prenons ton cas précis, et déclinons les différentes possibilités. Un truc bien simple, pour que tu comprennes.

— Sympa de penser à mon petit cerveau.

— Alors, imaginons que… qu'on t'ait enfermé dans un entrepôt. On t'annonce que, pour en sortir, tu dois trouver la clé de la porte, cachée quelque part à l'intérieur. On t'enferme, là maintenant, le 4 mai 2007, dans cet entrepôt. OK ?

— OK.

— Au bout d'une semaine, le 11 mai 2007, tu es toujours enfermé à l'intérieur parce que tu n'as toujours pas trouvé la clé. Ce toi-là, on va l'appeler Tofur. Comme « Toi futur ».

Stéphane sentait un espoir monter en lui, comme si Jacky allait apporter des réponses à l'impossible.

— Allons-y pour Tofur, répliqua-t-il avec un léger entrain.

Jacky se mit à arpenter son salon, comme il le faisait quinze années plus tôt, sur la pelouse du lycée. Certaines choses évoluent, vieillissent avec le temps, mais d'autres jamais.

— Supposons qu'un observateur extérieur ait la possibilité de revenir dans le passé. Il existe donc un autre toi, le « Toi présent », Tosent, qui vient d'être enfermé dans ce même entrepôt, avec le même challenge. Le 4 mai 2007.

— Tu veux dire… Quelqu'un de différent de Tofur ?

— Tosent n'est rien d'autre que le Tofur du 4 mai 2007.

— D'accord, d'accord.

— Tosent se met à chercher la clé, mais l'observateur extérieur sait qu'il ne la trouvera pas, puisque Tofur cherche encore. Toujours OK ?

— Logique. Tofur n'a pas déniché la clé, donc Tosent ne la trouvera pas non plus, puisque Tosent et Tofur forment la même personne, avec les mêmes pensées, les mêmes réactions. Aucune raison que cela change.

— Exactement. Puis arrivent ces rêves « prémonitoires » chez Tosent. D'un coup, une nuit, Tosent rêve de Tofur. Dans son rêve, Tosent voit Tofur passer à côté de la clé ! Celle-ci est à proximité d'une grosse caisse blanche, au fond de l'entrepôt ! Tosent la voit, mais pas Tofur !

Stéphane se reversa un doigt de whisky dans son verre à moutarde et en avala deux petites gorgées.

— Et donc, en se réveillant, Tosent va chercher la caisse blanche, trouver la clé et immédiatement sortir de l'entrepôt ! Et là, que se passe-t-il ?

Jacky leva l'index.

— Arrivent enfin les choses intéressantes. À ce niveau, différentes options. Premièrement, en effet, Tosent, au réveil, se sert de son rêve pour trouver immédiatement la clé et sortir de l'entrepôt. Il rentre chez lui et s'endort. Il rêve alors à nouveau de Tofur. Et là, que voit-il ? Tofur, toujours en train de chercher dans l'entrepôt ?

Stéphane buvait ses paroles. Le cas décrit par son ami correspondait exactement au sien. Il répondit :

— Non, je ne crois pas. Son… destin a changé puisque… Tosent a trouvé la clé.

Jacky se laissa choir dans un sofa et rejeta la tête vers l'arrière, avant de se redresser.

— Ah oui ? Et tu crois que Tofur s'est soudainement téléporté pour se retrouver dans une situation totalement différente ? Dans son passé à lui, il n'a pas trouvé la clé ! À cause de ce rêve, le futur de Tosent change, mais le passé de Tofur, lui, ne peut pas changer, puisqu'il s'est déjà produit ! Tofur continuera à chercher !

Stéphane plissa les yeux, tandis que Jacky poursuivait son explication :

— Tu ne saisis pas bien, et tu as raison. Car avec ce cas, nous sommes en plein paradoxe, quelque chose de physiquement insoluble qui conduit aux pires incohérences si on exclut la théorie des mondes parallèles.

— Des incohérences du genre ?

— Du genre, tu existes avant que ta mère te mette au monde. Ou encore, tu es plus âgé que ton père. Pire, tu te croises toi-même dans la rue.

— Et avec la théorie des mondes parallèles ?

— Ce n'est que du bla-bla, je n'y crois pas.

Il marqua une hésitation.

— Avec ces paradoxes, tu comprends pourquoi la conception spirituelle des voyages temporels est si difficile à aborder, si l'on reste trop cartésien, trop proche de la ligne scientifique.

— Et si l'on s'éloigne d'une pensée cartésienne ?

Jacky secoua la tête.

— L'autre solution ne te plairait pas, comme elle ne plairait pas à la communauté scientifique. C'est la mienne, celle de certains philosophes, et je n'aime pas en parler.

Stéphane s'approcha de lui.

— Vas-y quand même.

Jacky ne se fit pas prier plus longtemps.

— Quoi que l'on fasse, on ne peut jamais modifier le futur, même avec la connaissance des événements à venir. S'ils doivent se produire, alors ils se produiront, au détail près. Tu connais peut-être l'exemple que donnait Leibniz, qui a développé une pensée très intéressante concernant la contingence et la nécessité… Pour ce philosophe, puisque César devait devenir empereur, il était nécessaire qu'il franchisse le Rubicon. Et donc, bien que cet événement, en lui-même, puisse ne paraître que contingent, il était bien, en fait, nécessairement contenu dans la notion même de César.

Stéphane se sentit mal à l'aise face à cette conception, comme si tout était écrit sans que nous puissions rien y faire. Il se rappelait du coup de frein, dans le virage. En voulant éviter Gaëlle, il l'avait tuée. Peut-être était-il inscrit qu'elle devait mourir, et rien ne pouvait l'empêcher. Il songea aussi au film *Destination finale*, à ces jeunes qui ne peuvent échapper à la mort, parce qu'il s'agit là de leur destin.

Il essaya néanmoins de contrer Jacky, histoire de se rassurer :

— Mais… Tosent a vu où était la clé, dans le rêve ! À côté d'une grosse caisse blanche ! En se réveillant, il a juste à la récupérer et sortir ! Et donc, il ne peut pas continuer à errer dans l'entrepôt une semaine plus tard !

— Et si la clé, en réalité, se trouvait à côté d'une grosse caisse noire, et non d'une blanche ?

— Je… Je ne comprends pas bien.

— Imagine qu'après deux jours d'enfermement, avant que Tosent rêve, Tofur découvre la clé. Elle est à côté d'une grosse caisse noire. Il la ramasse et, tout heureux, fonce vers la sortie. Sauf que, sur son trajet, il s'emmêle les pieds dans une corde et se heurte la tête. La clé glisse de ses mains, et se retrouve à côté d'une grosse caisse blanche. Le choc fait perdre la mémoire à Tofur. Il ne sait donc plus ce qu'il fait là, et dans ton rêve, tu le vois simplement errer, passer à côté de la clé sans l'apercevoir. En te réveillant, tu crois que la clé est près de la caisse blanche, mais non, puisque, à l'origine, elle était près de la caisse noire ! À ton tour, tu te mets à chercher, comme Tofur. Ton rêve ne t'a servi à rien, il t'a même trompé, en quelque sorte, parce que tu ne possédais pas tout le contexte et la bonne fenêtre d'observation. Tu ne trouveras alors la clé que quand Tofur l'aura trouvée, exactement au même moment, et au même endroit. Et tu courras, et tu te prendras aussi les pieds dans la corde. Tout se reproduira à l'identique, avec ou sans rêve. Et ainsi de suite. Nous marchons sur un anneau de Moebius.

— Un quoi ?

Jacky sourit et mima le symbole de l'infini avec la main. Une espèce de huit torsadé et couché.

— Une curiosité mathématique qui ne possède qu'un seul bord, un chemin dont tu ne peux plus te sortir une fois que tu as mis le pied dessus. Sans cesse, tu emprunteras le même trajet, quoi que tu fasses, encore et toujours. L'éternel recommencement.

— Tout ce que tu me racontes est sacrément tiré par les cheveux.

— Absolument pas. Et pour répondre à la question que tu es venu me poser, il y a une autre théorie, tout aussi valable. Celle de la goutte d'eau dans le fleuve.

Stéphane soupira.

— Explique…

— Qu'on ajoute ou qu'on enlève une goutte d'eau du Rhône, on ne change en rien l'allure du fleuve, il se jettera toujours en Méditerranée. Si ce fleuve symbolise ton destin, que tu ôtes ou retires des actes, la ligne directrice restera toujours la même, les événements qui devaient se produire, se produiront. C'est peut-être le point de vue le plus plausible, puisqu'il laisse encore place au hasard et d'une certaine façon à la liberté. Pour en revenir à notre cas, supposons que la clé soit effectivement près, au départ, de la caisse blanche, et que Tofur ne la remarque pas. Après ton rêve, tu te réveilles, te précipites vers la caisse blanche, et trouves la clé !

— On est d'accord ! Là, mon destin va forcément changer, grâce au rêve !

— Désolé, mais pas sa ligne directrice. Parce que en

allant chercher l'objet de ta délivrance, tellement impatient, tu vas te prendre les pieds dans cette fameuse corde, te cogner la tête et… oublier où se trouvait la clé ! La goutte d'eau, c'est ta légère amnésie, qui, dans ce cas, n'est pas arrivée à Tofur, je te l'accorde. Le Rhône, c'est que tu erreras toujours dans cet entrepôt, quoi que tu fasses.

— Non, non… Impossible…

Jacky se releva brusquement, en riant.

— Ah oui ? Et tu préfères quoi alors, le paradoxe ? Tu sais, le paradoxe, il vaut franchement mieux que ça n'existe pas, parce que là…

Il mima une explosion et ajouta :

— *Hasta la vista, baby*. Se faire téléporter ou désintégrer, ça doit sacrément faire mal.

Jacky frotta ses lèvres charnues d'un geste nerveux.

— Le pire, vois-tu, c'est que les voyages dans le temps

existent, au niveau quantique, de même que la téléportation. Et la théorie de la relativité montre bien que le temps se dilate lorsqu'on approche la vitesse de la lumière. La preuve avec les satellites GPS, dont le temps d'horloge s'écoule moins vite que sur Terre. Si nous étions dans ces satellites, nous vieillirions moins vite que sur notre bonne vieille planète, de quelques microsecondes par jour ! D'un point de vue scientifique, le voyage dans le temps est possible. Tout comme il est impossible, puisque, à ce jour, aucune particule ne se déplace plus vite que la lumière.

— Visiblement mes rêves, eux, y parviennent.

Stéphane ne savait plus quoi penser. D'ici quelques jours, à en croire ses cauchemars, toutes les polices de France allaient le rechercher. On le suspecterait du meurtre d'une gamine qu'il ne connaissait même pas. Pouvait-il laisser se produire une horreur pareille sans rien faire ? Sans essayer d'y changer quelque chose ?

Il se redressa, les yeux dans le vague. Il pouvait agir sur son destin. Empêcher tout cela de se réaliser. Mais si, en voulant intervenir, il se prenait les pieds dans cette fameuse corde ? Le coup de frein, devant la borne N16… Le signal d'alarme, pour éviter que le train ne déraille… La mort horrible de Ludivine Coquelle…

Vouloir éviter son futur ne suffisait-il pas à le créer ?

Que faire alors ? Agir ou ignorer les rêves ?

« Ignorer les rêves. »

Il sortit soudain son carnet avec excitation.

— « Ignorer les rêves » ! Il… Il s'adressait à moi en écrivant sur les murs de l'hôtel ! Bon sang ! Le… Stéphane du futur, il…

Il se rappela soudain du son de la radio, de la télé, poussé à fond. Des inscriptions notées à la craie, à la cave, durant le tout premier rêve. Des messages au marqueur, sur les murs. « Noël Siriel ». « Tes messages BP 101 ». Des signes évidents qui montraient que le Stéphane du futur cherchait à communiquer, par tous les moyens.

Stéphane attrapa la bouteille et se servit généreusement. Le goulot claquait sur les bords du verre.

— Il… Il a conscience que je suis là, que je rêve de lui ! Il met la radio ou la télé à fond pour s'assurer que je l'entende ! Il… Il m'adresse des messages sur les murs ! Putain, Jacky, ce moi futur, il essaie de me parler, de me prévenir de quelque chose !

Le physicien se gratta les cheveux et considéra Stéphane avec un air sceptique.

— T'avais déjà picolé avant de venir ici ?

Stéphane ne tenait plus en place, il se mordillait le poing.

— Ça veut dire qu'il est peut-être différent de moi, et qu'il existe physiquement dans le futur. Il… attend peut-être que… que je lui fasse un signe, que je lui réponde.

Il piocha un marqueur noir dans une boîte à crayons.

— J'embarque ça, si tu veux bien.

— Ah ouais, dans ton film, ton héros veut répondre à son « lui futur » en écrivant sur les murs, c'est ça ? Et tu crois que les mots vont traverser le temps et apparaître comme par magie ?

— Exactement.

— Non, non. Comme je te disais, les paradoxes n'exis…

— Si, ils existent. Ces fichus paradoxes temporels existent. Je veux encore croire qu'on est libre de faire ce qu'on veut, et qu'on peut modifier son destin. Je ne marcherai jamais sur un anneau de Moebius, je ne suis pas un mouton.

— Tu sais, le destin est coriace, il ne se laissera pas faire.

— Moi non plus, je ne me laisserai pas faire.

Très vite, il griffonna quelque chose sur un papier et le tendit à Jacky.

— Merci Jacky, je dois me mettre en route, c'est super important.

Le chercheur s'empara de la note.

— 4-5-19-20-9-14 ? C'est quoi ?

— Certainement les numéros du tirage du loto de mercredi prochain. Pour te remercier.

— Superbe cadeau, merci. Rassure-toi, côté humour, tu n'as rien perdu. Pas une miette.

— Si j'ai un conseil à te donner, joue-les.

— Il n'y a pas de risque. Je ne joue jamais au loto.

Alors qu'il sortait déjà, Stéphane répliqua :

— Pour cette fois, tu feras sûrement une exception. J'en suis même persuadé. Parce que c'est sans doute là ton destin.

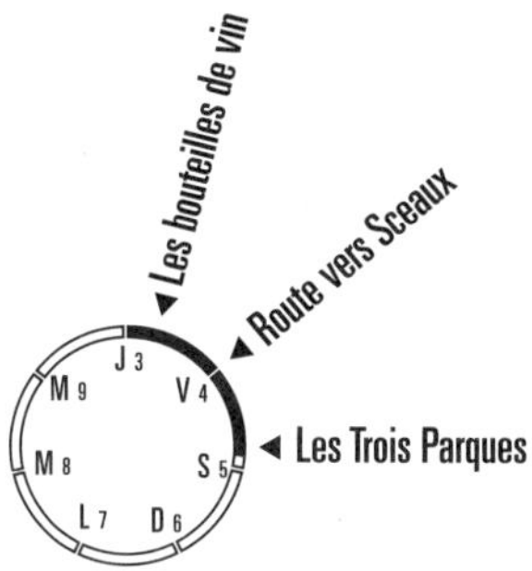

24. VENDREDI 4 MAI, 22 H 34

— Demain, c'est samedi. J'aimerais qu'on passe la journée en forêt. On pourrait pique-niquer et…

Installé dans le lit à côté de Céline, Vic posa un doigt sur les lèvres de son épouse.

— Tu sais que je travaille sur une grosse affaire ? Une très, très grosse affaire ?

— Ton père a appelé aujourd'hui pour me dire la même chose. Qu'il fallait te laisser le champ libre pour cette enquête. Il se fichait, évidemment, de savoir si moi j'allais bien, comment se déroulaient mes journées. Il n'y a que toi qui l'intéresse. Et ta carrière, comme s'il s'agissait de la sienne.

— Tu le connais…

Une veilleuse éclairait la chambre de tons sépia et soulignait les courbes des corps nus.

— Tu ne m'as jamais laissée seule le week-end. Et tu m'as promis que cela n'arriverait jamais. Je veux que tu restes.

Vic passa au-dessus de sa femme et l'enlaça par-derrière. Il observa les ombres, sur le plafond, et n'y devina que des silhouettes difformes, des visages grêlés, des membres amputés. Il plissa les yeux et plongea le nez dans la longue chevelure de jais. Ses doigts devinrent plus entreprenants, Céline lâcha un soupir.

— Alors, demain ? murmura-t-elle.

— C'est maintenant qui compte… Ce qu'on va faire maintenant. Et ça vaut toutes les forêts du monde.

Il la retourna avec rudesse, leurs corps se plaquèrent l'un contre l'autre.

— Oups, doucement ! s'exclama-t-elle dans un sourire. Le bébé.

Vic sourit à son tour.

— Je ne crois pas qu'il sera contre un petit spectacle de marionnettes ?

— Oh ! Ne dis pas de bêtises. Il entend tout, tu sais ?

— Ah ! Il entend tout !

Il se pencha vers le ventre de Céline.

— Eh bien tu sais, ta maman et moi, on t'a fabriqué le jour de mon anniversaire, sur une table d'échecs emballée !

— Chut !

— Parce que pour ta maman, les tables d'échecs, ça ne sert pas qu'à déplacer des pions !

— Tais-toi donc !

— Tu sais qu'il est juste là, l'échiquier ?

— Tu me vois faire des acrobaties maintenant ? Bientôt, tout cela sera impossible. Tu devras patienter. Alors profites-en bien.

— Patienter comme un bon roi, protégé par sa tour, son cavalier et sa reine.

La jeune femme ferma les yeux.

— Je veux que notre vie reste tranquille, que tu puisses aller chercher tes enfants à l'école, les emmener à leur club de sport, assister à leur fête de fin d'année. Les voir grandir, tout simplement. Pas comme ton père.

— Ne parle plus de mon père, s'il te plaît…

Elle lui prit délicatement les mains et lui effleura le bout des doigts. Vic fronça alors les sourcils. À son tour, il frôla les doigts de son épouse, et répéta plusieurs fois le geste.

— Ça t'excite tant que ça ? chuchota-t-elle.

Vic posa le bout de ses lèvres sur celles de Céline, avant de se redresser brusquement.

— Bon sang ! Je…

Il palpait à présent l'extrémité de sa langue.

— Il… Il faut que je donne un coup de fil ! Juste un petit coup de fil, pour vérifier quelque chose !

Céline se recula subitement.

— Tu plaisantes, là ?

Nu, Vic se jetait déjà sur sa veste, d'où il sortit la carte du légiste.

— Deux secondes, OK ? Deux petites secondes !

— Non Vic ! Tu ne peux pas !

— Deux secondes, bon sang !

Il se précipita dans la cuisine et téléphona depuis sa ligne fixe.

— Docteur Demectin ? Vic Marchal.

— Qui ça ?

— On s'est vus hier soir, pour l'autopsie d'Annabelle Leroy.

— Ah oui. Le gars du Sud. Que voulez-vous ?

— Je repensais aux… aux mutilations de la victime.

— Si tard ? Vous n'avez rien de mieux à faire ?

Vic jeta un œil vers la chambre, où la lumière venait de s'éteindre.

— Je n'ai qu'une question. La langue et les lèvres sont bien considérées comme les seuls organes ultrasensibles du toucher, au même titre que l'extrémité des doigts ?

— Oui. Ce sont les trois zones de la peau qui présentent le plus de terminaisons nerveuses, et qui offrent donc le plus de sensibilité au toucher. Nos deux mètres carrés de peau renferment en tout environ sept cent mille terminaisons nerveuses, mais rien que la pulpe des doigts, par exemple, possède plus de deux mille cinq cents capteurs par centimètre carré. Ces trois centres sont les modes privilégiés de l'exploration tactile. Vous ne vous êtes jamais demandé pourquoi on s'embrassait avec la langue ?

— Et… Il les avait bien coupés alors que la victime était vivante ?

— Exact, regardez dans le rapport.

— L'odeur… Le toucher… Il est très porté sur les sens. Comment fonctionne le toucher ?

— Je vais faire très court. Nous possédons différents types de terminaisons nerveuses. Celles sensibles à la douleur, les nocicepteurs, qui s'activent uniquement quand certains seuils agressifs sont dépassés, et avertissent le cerveau d'un danger en envoyant un signal par la moelle épinière. Mais d'autres terminaisons nerveuses, beaucoup plus sensibles que les nocicepteurs, se chargent de transmettre cette fameuse sensation du toucher. Ce sont les mécanorécepteurs, qui s'activent au contact de la matière, et les thermorécepteurs, qui réagissent au chaud et au froid. Plongez la main dans de l'eau et chauffez jusqu'à 45 degrés, les thermorécepteurs transmettent des signaux de plus en plus douloureux, mais encore supportables. Mais dès qu'on dépasse 45 degrés, les nocicepteurs prennent le relais et avertissent le cerveau, qui déclenche alors cette horrible impression de brûlure. Les nocicepteurs sont les gardiens de l'intégrité de notre corps. La douleur est utile. Sans elle, nous mourrions, inconscients de nos blessures… Rien d'autre ? J'ai un cadavre sur la table.

— Je vous remercie.

Quand Vic se retourna, Céline se dressait, nue, les mains plaquées sur le ventre. Elle ne souriait plus.

— Tu penses à ça même quand on baise ? Même quand… même quand tu me touches ?

— Non, non.

Vic regarda derrière sa femme, dans le vide. Si le Matador avait coupé ces organes du toucher, c'est qu'il ne voulait pas que sa proie le touche. Est-ce que Leroy lui répugnait ? Voulait-il éviter qu'elle le salisse, au sens symbolique du terme, en l'effleurant ? Avait-il peur qu'on le touche ? Traumatismes passés ? Enfant maltraité ?

Une voix résonnait, quelque part.

— … pas gardé que le physique de ton père. Tu as aussi les mêmes obsessions. Ces obsessions destructrices.

Vic secoua la tête.

— J'arrive, puce. J'arrive, d'accord ? On va faire l'amour, on va…

— Je ne veux plus faire l'amour. Je veux juste que tu redeviennes le Vic d'avant.

— Le Vic prévoyant ? Le Vic qui suit les rails tout tracés ? Le Vic bien sage derrière son échiquier ?

— C'est ta nature. Et tu n'y pourras rien changer, même en assistant à des autopsies ou en te faisant passer pour un dur. Ils vont te balader, Vic. Ils vont te balader comme un bon chien. Tu n'es pas un vrai flic. Juste un pistonné.

La porte claqua. Vic haussa les épaules, se dirigea vers le réfrigérateur et y chercha une bière. Rien. Il récupéra la bouteille de cognac entamée et se versa un grand verre.

— Pistonné, c'est ça ! Et alors, qu'est-ce que ça change ?

Il avala une belle gorgée d'alcool, puis une autre. Du pur bonheur. Boire un coup, avec une bonne cigarette derrière.

Non, pas de clope. Ces salauds ne l'auraient pas.

En vidant un autre verre, il continua à songer à son coup de fil avec le légiste.

Le « vol » de ces parties corporelles sensibles au toucher était peut-être purement symbolique.

Le tueur ne cherchait pas l'appropriation de sa victime par un schéma sexuel classique. Mais il la privait de l'un de ses sens, le toucher, alors que lui palpait de ses mains nues. Pour preuve les traces d'amidon de maïs, provenant de l'intérieur des gants.

Restait à comprendre pourquoi.

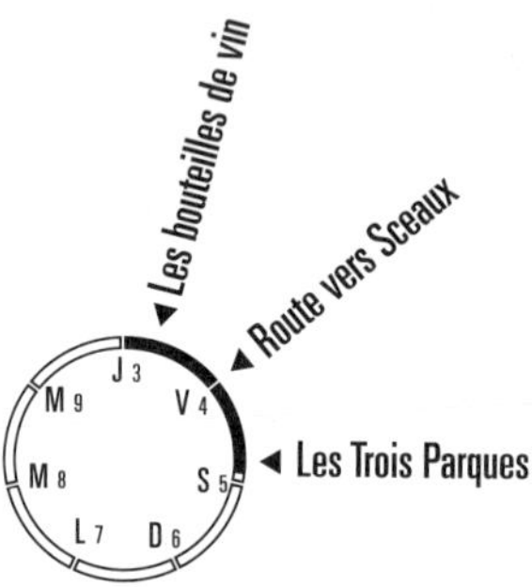

25. VENDREDI 4 MAI, 22 H 52

Stéphane tendit devant le réceptionniste des Trois Parques un beau paquet de billets.

— La 6. Je la loue pour une semaine.

L'homme à la tache de vin empocha l'argent et lui remit la clé dans un sourire. Il attendit que Stéphane s'éloigne pour lui annoncer fièrement :

— Au fait, je crois qu'un flic te recherche.

Stéphane se retourna.

— Un… Un flic ?

— Ça te laisse pas indifférent, je remarque. Ce flic, il te ressemble un peu. Il est venu poser des questions sur une fille. Une blonde, une fada d'amputations, elle s'appelait Annabelle Leroy. Ça te dit rien ?

Stéphane s'approcha du comptoir, soucieux.

— Mais pourquoi il me recherchait ?

— Enfin… C'est peut-être pas toi qu'il voulait, mais bon. Tu venais de partir précipitamment, juste au moment où il arrivait. Alors, je me suis dit…

« La voiture avec le pare-brise fissuré », se rappela Stéphane.

— Et il s'appelait comment ?

— Il a pas donné son nom.

Stéphane songea aux photos de cadavres que le Stéphane futur avait étalées autour de lui.

— Cette fille, Annabelle Leroy… Avait-elle un tatouage sur la cuisse gauche ? Un serpent ?

— J'en sais trop rien, je suis pas allé voir. Mais toi oui, apparemment… Hum… Je sais garder ma langue. Mais si tu veux que je la joue discret…

— Comment ça ?

Il se lécha les lèvres.

— Tu vois ce que je veux dire ? J'aperçois ta voiture, avec ton numéro de plaque que j'ai bien en tête maintenant. C'est vite fait un coup de téléphone, tu sais ?

Stéphane se sentit écrasé, oppressé. La police venait à présent d'entrer en scène, comme si, lentement mais sûrement, l'univers glauque de ses rêves se bâtissait autour de lui.

Il lâcha avec dégoût trois billets de cent euros sur le comptoir et disparut en direction de l'étage.

Dans la chambre 6, Stéphane sortit le marqueur noir de sa poche et nota, sur la tapisserie bleue du pan opposé au téléviseur : « Je suis Stéphane, et je crois que les messages que tu notes depuis le futur, sur le mur d'en face, me sont adressés. Aujourd'hui, nous sommes le vendredi 4 mai, il est presque minuit. Et toi, à quelle date es-tu ? Je n'ai pas pu lire tous les messages. Tu dois me dire comment je peux t'aider. Pourquoi on te recherche. La police est venue ici, aux Trois Parques, pourquoi ? »

Il se recula, soudain conscient de l'ambiguïté de son geste. Il supposait en effet que le Stéphane du futur existait déjà, à six jours d'écart, et qu'il menait en ce moment même sa vie future. Cela semblait néanmoins probable, puisque son jumeau temporel lui adressait des messages, et qu'il semblait embarqué dans une histoire qui, *a priori*, ne le concernait, lui, absolument pas.

Il pensa soudain à un paramètre primordial : si Stéfur ne revenait plus jamais dans cette auberge, comment lirait-il les messages ?

Quand il rangea la clé de la 6 derrière le pare-soleil de

sa voiture, Stéphane trouva un excellent moyen de s'assurer que le message du présent vers le futur passerait.

Il releva lentement le bas de son tee-shirt…

*

* *

— Vous êtes bien certain ?

— Oui. Cette phrase, mot pour mot.

L'homme au crâne rasé releva ses sourcils bruns.

— C'est vous le chef. Quel style ? Lettres gothiques, Tahoma ?

— Je m'en fiche. Le plus lisible possible.

Un petit crépitement retentit dans l'atelier. Partout, sur les parois, s'étalaient les représentations en couleurs de magnifiques tatouages d'aigles, de croix celtes, de dragons bigarrés. Le tatoueur lui-même arborait, sur son

avant-bras, une tête de loup splendide.

— J'ai une drôle d'impression, là, juste maintenant, confia l'artiste. Comme si… Comme si j'avais déjà fait ça. On ne s'est pas déjà vus ? Un autre tatouage, peut-être ?

— Aucun risque, répliqua Stéphane, je déteste les tatouages. Ne vous inquiétez pas. Les impressions de déjà-vu, ça m'arrive tout le temps.

Stéphane espérait qu'à cet endroit, sur la hanche gauche, le message tromperait quelque temps la vigilance de Sylvie. Il n'osait même pas imaginer sa réaction le jour où elle le découvrirait.

Lentement, les lettres prenaient forme, bleu noir sur sa peau si blanche. Une peau malade, en mauvaise santé, pensa-t-il sous les néons de la salle. Était-il vraiment malade ? Mentalement malade ? Il songea à *Un homme d'exception*, avec Russel Crowe. Ce mathématicien, John Nash, schizophrène, qui pense participer à une mission secrète pour le gouvernement.

Schizophrène…

— Monsieur ? Vous tremblez ?

— Non, non. Ça va…

Stéphane baissa les paupières. Qui devait-il sauver ? Lui-même ou l’autre Stéphane ? Qu’allait-il se passer sur le corps de Stéfur ? La « transmission » allait-elle fonctionner ou Stéfur était-il physiquement une autre personne évoluant dans un autre monde ? Stéphane pensa au chat de Schrödinger, l’expérience de ce chat qu’on enferme dans une boîte et qui, selon la mécanique quantique, est à la fois mort et vivant tant qu’on n’a pas ouvert la boîte. Mais quand on ouvre la boîte, un choix doit se faire. Il se créerait alors deux mondes distincts, représentant chacun un état possible du chat : un monde où le chat serait mort, et un autre où le chat serait vivant. D’après la théorie, l’observateur et tout ce qui l’entoure seraient également dédoublés dans chacun des mondes.

La voix du tatoueur interrompit Stéphane dans ses pensées.

— Terminé, monsieur. Ça vous plaît ?

Stéphane fixa sa hanche.

— C’est parfait, dit-il en rabaissant son tee-shirt.

*

* *

Stéphane se glissa discrètement sous les couvertures. Le corps chaud de Sylvie se tortilla un peu.

— Pourquoi tu n’allumes pas ? fit-elle sèchement. Parce que tu ne voulais pas me réveiller, ou parce que tu rentres à presque 3 heures du matin ?

— Je ne voulais pas te réveiller.

— Tu m’aimes encore ?

— Bien sûr, je t’aime.

Un soupir.

— Tu vois quelqu’un ?

Dans l’obscurité froide de la chambre, Stéphane tourna le dos à sa femme.

— Non, personne. Enfin, pas au sens où tu l'entends. Tu te fais trop de souci.

Discrètement, il fit glisser ses doigts sur sa hanche gauche, avec une seule envie : dormir. Découvrir s'il avait pu communiquer avec Stéfur, si celui-ci était retourné à l'hôtel lire les messages et lui expliquer le sens de ses rêves.

— Tu sens l'alcool, tu ne réponds pas à mes appels et on ne fait même plus l'amour. Alors oui, je me fais du souci. Tu étais où ?

— Chez Jacky. Mon ami physicien.

Sa réponse spontanée déstabilisa la jeune femme.

— Jacky, d'accord… Qu'y avait-il de si important pour que tu te rendes si tard à Paris, malgré ton interdiction de conduire ?

Stéphane serra ses mains sur les draps. Quoi qu'il réponde, il connaissait l'issue : Sylvie allait exploser, elle se lèverait et irait dormir dans le salon. Ou elle partirait quelque part, en voiture.

— Le besoin de parler entre hommes. Ça m'a fait du bien. Je traverse une mauvaise passe. Il me faut juste un peu de temps.

— Demain, tu vois Robowski à 15 heures. C'est un psy.

— Un psy… Psychologue ou psychiatre ?

— Psychiatre. Il faut que tu reprennes une thérapie, que tu évacues tes démons en parlant à quelqu'un de compétent, et non pas à des chercheurs en physique.

Stéphane inspira en douceur.

— J'irai, si tu le souhaites.

— Ce n'est pas un souhait. J'ai cru que tu pouvais changer, ne pas te laisser dévorer par ton travail, ton univers macabre. La vie n'est pas un film. Je ne suis pas qu'une silhouette sur une pellicule. Derrière, il y a des sentiments, des joies, de la souffrance.

Elle se leva, l'oreiller sous le bras, et tira sur la couette qu'elle emporta. Puis elle alluma brusquement la lumière. Stéphane se recroquevilla légèrement, sans la regarder.

— Depuis quand tu portes des caleçons pour dormir ? fit-elle, surprise.

— J'avais un peu froid, alors…

Sylvie sentit les larmes monter dans ses yeux.

— Je t'ai toujours aidé. Les journées, les nuits à l'hôpital, à chercher à comprendre. Je t'ai vu avec presque tous les os brisés. Ensemble, on a toujours pu combattre ce que ni toi, ni moi ne comprenions. On a emménagé ici parce que tu le souhaitais, et comme toujours, je t'ai suivi, sans me plaindre, parce que… parce que je t'aime…

Elle pleurait à présent, et Stéphane gardait sa position en chien de fusil, incapable de se lever, de la serrer contre lui.

— Mais cette fois, c'est au-dessus de mes forces, continua-t-elle. Ce qui t'arrive, ce que tu me caches n'a rien d'extraordinaire, comme tu le crois, comme tu l'as toujours cru. Des hallucinations… Ce sont juste de vulgaires hallucinations.

Il tourna enfin sa tête vers elle.

— Ce n'étaient p…

Il se figea, la bouche ouverte. Sylvie s'approcha et posa une photo sur le lit.

— Je l'ai prise en t'attendant, avec le vieux Polaroïd de notre mariage. Notre mariage, tu te rappelles ? Garde bien cette photo, c'est peut-être le seul souvenir qu'il te restera bientôt de moi. J'ai encore besoin de plaire, Stéphane. Je ne peux pas accepter de me terrer aux côtés d'un mari qui ne me touche même plus et qui refuse de se soigner.

Une fois vêtue d'un jean noir et d'un pull gris, elle ajouta, tout en s'éloignant :

— J'aurais dû ouvrir les yeux, tu as quelque chose qui ne tourne pas rond depuis des années. Comme toi, je n'ai jamais voulu croire les médecins. Mais ils avaient tous raison. Depuis le début.

Stéphane se redressa, tremblant, et s'empara de la photo.

Quelques instants plus tard, un bruit de moteur déchirait le silence.

Sylvie partait quelque part, comme souvent. Et il ignorait où.

Ses pupilles plongèrent à nouveau vers le Polaroïd.

Son épouse s'était coupé les cheveux. Sur le papier glacé, la colère lui durcissait les traits. Comme dans le rêve.

Seul, livré à la peur et à l'incompréhension, Stéphane empoigna une bouteille de whisky et s'enivra.

Jusqu'à définitivement sombrer, la main sur son tatouage.

Celui-ci indiquait : « Parle-moi de Mélinda. Mes messages sont sur les murs de la chambre 6. Les Trois Parques. Laisses-y les tiens. »

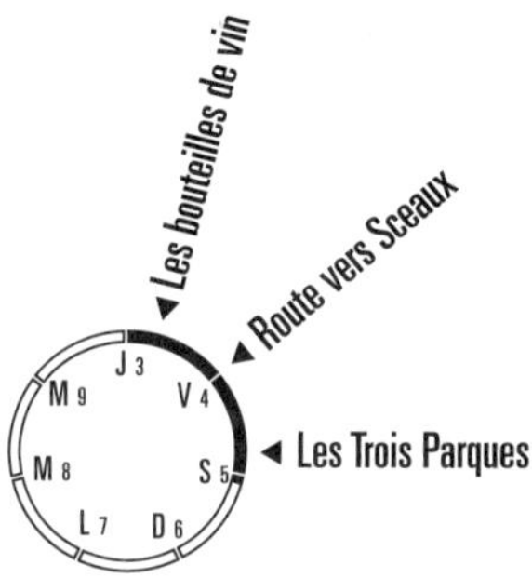

26. SAMEDI 5 MAI, 02 H 21

Cassandra Liberman lâcha la souris de son ordinateur et décrocha son portable, qui sonnait. À plus de 2 heures du matin, elle « chattait » encore sur Messenger.

— Ouais cousin. Du neuf ? demanda-t-elle.

— J'en tiens un. Il est OK.

— Chambre individuelle ?

— Oui.

— Et sa main, elle est comment ?

— Un caviar.

— Un caviar, c'est-à-dire ?

— Fais-moi confiance. Je ne t'aurais pas appelée pour un truc naze.

— L'opération, elle commence quand ?

— Dans quelques heures. Alors radine-toi, c'est maintenant ou jamais.

— J'arrive, cousin. Dans une bonne heure. Bouge pas d'un pouce.

— Tu veux que j'aille où ?

Cassandra raccrocha avec un large sourire. Excellente nouvelle. Si Jacques disait la vérité, la soirée allait finir en apothéose.

La brune termina sa conversation Messenger avec sa belle copine rousse, Amandine, se rhabilla – jean, tee-shirt noir à l'effigie d'ACDC, Dr. Martens noires – et enfouit rapidement son matériel photographique dans un sac, avant de quitter sa maison de campagne, à Chevreuse, pour foncer à l'hôpital du Kremlin-Bicêtre. Un bout de chemin, mais le jeu en valait la chandelle.

Le truc génial, avec son cousin Jacques, c'est qu'il ne posait jamais de questions. Elle avait besoin de personnes comme lui, dans son métier.

Devant l'hôpital, Jacques ne l'accueillit pas vraiment avec des fleurs.

— T'aurais pu te fringuer autrement, putain. On est censés la jouer discrets.

— Quoi de plus discret qu'une chauve-souris ?

Il disparaissait déjà derrière une porte battante, elle courut pour le rejoindre. Ils traversèrent de longs couloirs vides, éclairés par la lumière fracassante des néons.

— T'es sûr qu'il ne causera pas de problèmes, ton patient ? demanda la jeune femme.

— À condition que ça ne traîne pas.

Ils stoppèrent devant la chambre 18.

— C'est là, précisa Jacques.

— Putain, encore 18 ? C'est pas vrai !

— Pourquoi, t'as quoi contre le 18 ?

— Juste un truc de ouf, en fin d'après-midi.

Jacques tendit l'index, en guise d'avertissement.

— Cinq minutes. Et si quelqu'un arrive…

— Tu ne m'as jamais vue.

Cassandra pénétra dans la pièce.

— Hervé Tourelle ?

L'homme détourna lentement les yeux du poste de télévision.

— Je suis Cassandra Liberman. Un infirmier a dû vous parler de moi, je viens pour les photos.

Mâle d'une cinquantaine d'années, joues bien roses et ventre de baleine. Il sembla surpris du physique de son interlocutrice.

— Vous vous attendiez à une femme en blouse blanche ?

— Non, non, c'est que… Pour un dictionnaire médical, je croyais que… Enfin bref, vous comprenez ?

Cassandra avait les cheveux courts très noirs, presque rasés, quelques piercings et les doigts couverts de bagues.

— Pas vraiment… Ça ne prendra que quelques minutes, monsieur. Je ne photographie que votre main, vous resterez anonyme, bien évidemment. Je peux voir ?

L'homme sortit doucement sa main droite de sous les draps.

Cassandra essaya de contenir sa joie et de rester pro. Elle n'avait jamais vu une maladie de Dupuytren si prononcée. Si parfaite. Cinquième doigt atteint, complètement rétracté à angle droit par rapport à la paume de la main.

— Vous ne pouvez vraiment pas bouger votre doigt ?

— Impossible.

« Génial », se dit-elle.

Sous la peau, depuis la base du pouce jusqu'à la face palmaire de l'auriculaire, on aurait dit qu'une grosse corde se tendait, empêchant toute flexion du doigt et contractant les trois phalanges. De magnifiques serres d'aigle.

— Très bien, dit Cassandra d'un ton volontairement académique. L'opération, c'est pour quand ?

Elle le savait déjà. Et elle s'en fichait.

— Demain matin. Dans quelques heures, plutôt. Ils m'ont conseillé de dormir, des vrais comiques.

— Vous ne connaîtriez pas des personnes atteintes de maladie de Ledderhose ou de la Peyronie des corps caverneux, par hasard ? J'en cherche.

— Vous croyez qu'on se regroupe en bandes, ou quoi ? Je ne sais même pas de quoi vous parlez.

— Pas grave.

Elle lui prit délicatement la main, la posa à plat sur le drap, sortit son reflex numérique de son sac, et y emboîta un objectif 70-200 et un flash professionnel.

— C'est parti.

Elle tira une trentaine de clichés de la fibrose rétractile, sous tous les angles. Main complète, gros plans des nodules, des indurations, de la grosse corde sous-cutanée, le « nerf » de la maladie, pour ainsi dire.

— Ça ne vous dérange pas de travailler si tard ? demanda le patient.

— On n'a pas toujours le choix.

Très vite, à la mode paparazzi, elle fourra son matériel dans son sac, qu'elle enfila en bandoulière autour de son cou.

— Merci bien, monsieur Tourelle. D'une certaine manière, vous allez faire progresser la science.

Il se fendit d'un sourire intéressé.

— Ça paraîtra quand, votre dictionnaire ?

— Probablement l'année prochaine.

Elle sortit un stylo de sa poche.

— Donnez-moi votre adresse, je vous en enverrai un exemplaire.

Il s'exécuta. Elle le salua et disparut. Dans le couloir, Jacques patientait nerveusement.

— J'avais dit cinq minutes ! T'es restée presque un quart d'heure, bordel !

Elle jeta le papier avec l'adresse dans une poubelle.

— C'est bon, j'ai la totale. On s'arrache.

— Tu t'arraches, moi je reste.

Elle l'embrassa sur la joue.

— *Ciao*, cousin. Et si t'en as d'autres…

— Un jour, tu m'expliqueras ce que tu fiches avec tout ça. Parce que tes histoires d'expositions, j'y crois qu'à moitié.

— Tu n'as qu'à venir, un de ces quatre. J'en ai une aux hospices civils de Lyon, en ce moment. Et elle cartonne du feu de Dieu. Il n'y a pas mieux que le morbide, les machins un peu zarb pour attirer les foules. Pire c'est, et plus ils aiment ça.

— Ouais, ben moi, les culs-de-jatte ou les femmes-singes, ce n'est pas trop mon truc.

Quand Cassandra rentra chez elle, elle se jeta sur son

ordinateur, chargea les clichés et lança son logiciel de traitement d'images.

Une heure plus tard, après trois bières, elle sortait une photo sur son imprimante laser couleur, format 30 × 45.

— Superbe… Vraiment superbe… Putain, ça, c'est de l'art.

Elle éteignit sa chaîne hi-fi et rangea son album des Smashing Pumpkins à côté d'ouvrages sur la chirurgie maxillo-faciale durant la guerre de 14-18. Puis elle se rendit à la cave, nue sous son peignoir, sous la lueur d'une petite lampe à piles qu'elle tenait devant elle. La température baissa insensiblement, de petits picotements vinrent lui caresser les joues.

Elle poussa une clé dans la serrure d'une vieille porte en bois. Grincement de circonstance, long et strident.

Voûtée, elle pénétra dans sa pièce secrète. Moquette bordeaux, tentures noires, un matelas, un crâne-cendrier et une barrette de shit. Sans oublier les nombreuses photographies, un peu partout. Des excroissances osseuses, des figures fracassées, des déformations surprenantes, mêlées à des portraits de stars. Mickey Rourke. Johnny Depp. Kurt Cobain.

Une bouche d'aération, en haut de l'un des murs, ouvrait sur le jardin. Cassandra l'obstrua avec un chiffon.

Elle plaça la photo fraîchement imprimée juste en face d'elle, sur un pupitre, et avala une grosse gorgée de bière à 9 degrés. Sa tête lui tournait légèrement. Juste ce qu'il fallait.

Avec cette luminosité, l'illusion était parfaite. Vraiment parfaite. Couchée sur le matelas, elle se masturba de longues minutes devant le portrait de David Bowie, à qui elle avait « greffé » numériquement la main monstrueuse d'Hervé Tourelle.

Et, chaque fois que la jouissance arrivait, Cassandra s'arrêtait, pour mieux recommencer.

— Putain, David, t'as trop la classe avec une main pareille.

Il était presque 5 heures du matin quand un craquement de branche mit ses sens en alerte.

Elle éteignit brusquement et s'immobilisa dans l'obscurité.

Là, quelque part dans le jardin. Des bruits de pas.

À l'aveugle, Cassandra chercha son peignoir et constata avec effroi la présence du chiffon, sur le sol. Elle leva les yeux vers la bouche d'aération. On apercevait le croissant de lune, à l'extérieur. Et pas un souffle de vent.

Le chiffon n'avait pas pu tomber tout seul.

— Merde… C'est pas vrai…

Elle remonta en quatrième vitesse, s'empara d'un couteau dans le tiroir de la cuisine et se rua vers la fenêtre, qu'elle ouvrit brutalement.

— Oh ! Il y a quelqu'un, là ?

Pas un murmure. Puis, au loin, le bruit d'un moteur. Légèrement titubante, la jeune femme fonça vers la porte

d'entrée. Au bout de l'allée, près des arbres, une voiture démarrait. Quand le véhicule passa sous un lampadaire, Cassandra put en deviner la couleur. Blanche. Ou grise. Oui, grise, plutôt.

— Espèce de taré ! T'avise pas de revenir !

Prudemment, elle s'aventura dans le jardin et se rendit à proximité de la bouche d'aération. Elle se pinça le nez.

— C'est quoi, cette odeur de merde ?

Cassandra manqua de vomir. Ça sentait la pourriture, genre pus, ou viande avariée.

Autour d'elle, l'herbe avait été piétinée.

Elle se frictionna les bras, traversée par un frisson. Il faudrait véritablement combler cette bouche d'aération avec du ciment.

À tous les coups, un malade avait chopé son adresse. Ça devait finir par arriver ! Elle donnait des cartes de visite à tout le monde. Dans le public de ses expositions traînaient nécessairement des vicelards. Ou des tarés.

Elle songea alors au type des Trois Parques. Le mec aux longs cheveux noirs, à la tête fracassée par le manque de sommeil, venu frapper à sa porte, réclamant leur chambre. La 6. Et s'il ne s'agissait que d'un prétexte pour les approcher ? Et s'il avait obtenu son adresse, d'une manière ou d'une autre ? Auprès du réceptionniste, peut-être ? Non… Elle avait toujours été prudente… Les Trois Parques, ce n'était pas le genre de palace où il fallait laisser ses coordonnées. Payer en liquide, photographier discretos et ne pas faire de vagues.

Elle rentra chez elle, s'enferma à double tour et partit directement se coucher, en colère. Ce mateur l'avait vue se masturber devant ses monstruosités.

Ça, c'était franchement pas cool…

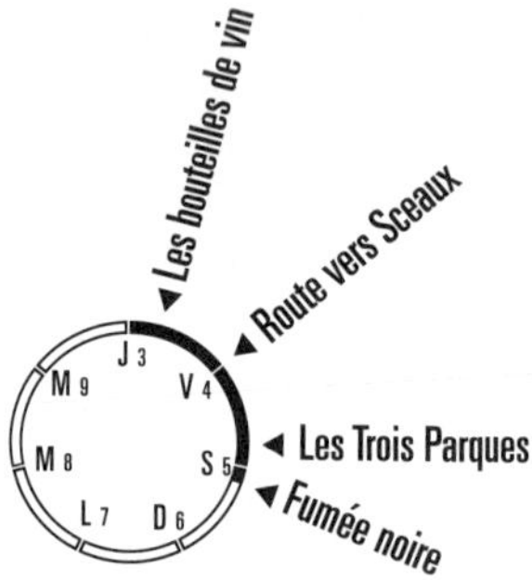

27. SAMEDI 5 MAI, 04 H 05
QUATRIÈME RÊVE : FUMÉE NOIRE

Stéphane courait, toussait, crachait, la main sur la gorge. Devant lui, des ombres s'engouffraient dans les escaliers en criant. Partout, la fumée roulait. Un monstre gris de colère, affamé, rampait sous les portes et défiait l'espace.

Stéphane se dirigeait dans le sens opposé à celui des autres hommes. Il fonçait vers le feu.

Il enjamba un sac de cuir, ramassa une écharpe noire qu'il se plaqua sur le nez. Devant lui, une salle. Vitre en Plexiglas, large miroir et une grande feuille blanche scotchée au mur, recouverte d'inscriptions.

Lorsqu'il voulut entrer dans la pièce, une main lui agrippa le col.

— Qu'est-ce que tu fous ! On dégage, merde ! hurla une voix à son intention.

Stéphane se retourna. Tout se brouillait, les perspectives s'embrumaient, fondaient comme des mirages. La fumée opaque pénétrait ses narines, sa bouche, lui brûlait les yeux. Le feu rugissait.

— Quelques minutes ! s'écria Stéphane. Juste quelques minutes à l'intérieur ! Il doit savoir ! On doit lui expliquer !

— Dans quelques minutes, il sera trop tard ! Tu vas brûler vif ! On n'a pas le temps ! Allez !

— Non !

— Allez !

Stéphane lança un dernier regard vers la salle et finit à regret par suivre le flux de ceux qui s'échappaient. Il discerna à peine, dans ce ballet de terreur, une paire de gros rangers noirs.

Il se laissa aspirer par les escaliers, chancelant. Tout se mit brusquement à rétrécir autour de lui.

Puis le noir. Le noir complet.

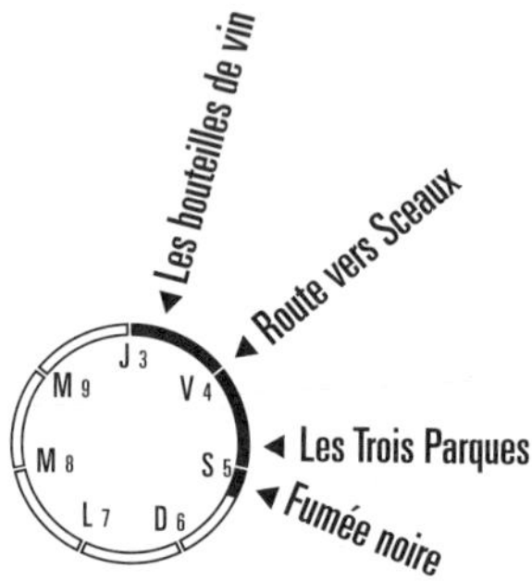

28. SAMEDI 5 MAI, 09 H 14

Le lieutenant Vic Marchal avançait à bon rythme le long de la Seine, les mains dans les poches, direction le laboratoire de police scientifique. Le vent soufflait par bourrasques et le soleil disparaissait par intermittence der-

rière de gros nuages sombres. Le printemps tardait franchement à venir.

Le lieutenant Joffroy lui avait demandé, par téléphone, de récupérer les résultats biologiques des fragments de peau retrouvés dans la main droite d'Annabelle Leroy. De son côté, Vic lui avait expliqué que les histoires de gangrène l'avaient amené aux Trois Parques, un endroit connu de Leroy. Joffroy avait alors décidé d'y faire une petite escapade, accompagné de son inséparable Wang.

L'ingénieur du département de biologie, au regard sibérien, s'appelait César Ravicci. Derrière lui, un autre homme attendait. Plus petit, moins chevelu, les allures d'un spécialiste en quelque chose.

— Je vous présente Étienne Lambert, annonça Ravicci. Un spécialiste en médecine fœtale.

— Spécialiste en médecine fœtale ? répéta Vic en le saluant. Un lien avec notre affaire ?

— Plus qu'un lien. Suivez-nous.

Le LPS bourdonnait de vie, de mouvements, d'allers et retours précis et silencieux où chacun connaissait parfaitement son rôle. Les indices relevés sur les scènes de crime arrivaient ici par le sous-sol et se retrouvaient distribués dans les départements adéquats. Balistique, stupéfiants, incendies-explosifs, toxicologie, physico-chimie, biologie… On y disséquait alors l'invisible, non pas à la recherche des motivations de l'assassin, mais plutôt de la partie de lui-même qu'il avait laissée sur place. Son intimité matérielle, en quelque sorte.

Les trois hommes s'arrêtèrent dans le service de biologie moléculaire, où l'on discutait surtout d'ADN, d'ARN, d'empreintes génomiques ou de technique PCR. Se dessinait un monde de pipettes, de moniteurs, de microtubes et de microplaques, de centrifugeuses et de cryoboîtes. Un univers où l'homme et la science se liguaient pour décortiquer l'infiniment petit.

Ravicci s'arrêta devant des lamelles de verre étiquetées, entre lesquelles reposaient des lambeaux de peau.

— Voici les fragments retrouvés dans la main de la victime, et soumis à nos analyses par technique PCR, la plus rapide. Cela évite les dix jours d'attente.

Vic observait cette fourmilière bouillonnante. Le déploiement technologique et humain pour combattre le crime l'impressionnait. Chaque fois qu'un individu tuait, il ignorait certainement qu'il mobiliserait des millions d'euros en matériel ainsi que plusieurs dizaines d'hommes de l'ombre, occupés à traquer l'inimaginable.

— Qu'avez-vous trouvé ? demanda-t-il.

Ravicci s'empara de deux lamelles collées et exposa l'échantillon sous la lumière d'une lampe scialytique. Le faisceau traversa la peau, qui devint aussi translucide qu'une membrane d'œuf.

— Ce qui nous a paru étrange, avant tout examen, est cette allure « peau de serpent » des échantillons. Une personne normalement constituée, en bonne santé, n'aurait pu perdre tant de peau. Après notre PCR semi-quantitative ainsi que de nombreuses analyses, nous nous sommes aperçus qu'un gène particulier, le gène Sonic Hedgehog, présentait une mutation.

— Une mutation ?

Le spécialiste en médecine fœtale prit la parole.

— La protéine SHH, Sonic Hedgehog, est très impliquée dans le développement embryonnaire des vertébrés, elle intervient notamment au niveau du tube neural, qui est… hum… Comment vous expliquer simplement ? Il est…

— L'ébauche tubulaire du système nerveux central, qui contient déjà le cerveau, la moelle épinière, la peau, et plein d'autres choses ?

Étienne Lambert apprécia la réponse d'un hochement de tête.

— Comment le savez-vous ?

— J'attends un enfant.

— Tous les futurs parents ne savent pas forcément cela, pourtant.

— J'ai effectué pas mal de recherches sur… sur les embryons… J'aime beaucoup fouiner, dans tous les domaines qui me viennent à l'esprit.

— Bref, revenons à nos moutons. Une mutation dans le gène SHH provoque diverses anomalies congénitales et fragilise le développement futur de l'embryon. Ces anomalies se mettent en place principalement durant la période de gastrulation, soit trois semaines après la procréation. La gastrulation est très sensible aux agressions tératogènes.

— Tératogène… Comme la tératologie ?

— L'étude des causes et du développement des malformations congénitales, plus communément appelée, en effet, l'étude des monstres. Lors de la procréation, l'embryon est complètement sain. C'est à un moment donné du développement intra-utérin que se forme l'anomalie. Suivant le type de mutation, donc la gravité de l'anomalie, il arrive que l'enfant réussisse à naître et à se développer, avec néanmoins des probabilités de mortalité très fortes.

Vic observa les lamelles transparentes. Il songeait à la poupée déformée entassée avec les autres, à son visage monstrueux.

— Donc, grâce à l'analyse de cette peau, vous savez que l'assassin d'Annabelle Leroy présente une grave anomalie congénitale ?

Ravicci reprit la parole.

— Nous ne pensons pas que le meurtrier présente cette anomalie, car dans le cas qui nous concerne, les porteurs atteints meurent en général très tôt. À peine quelques jours.

Vic n'était plus sûr de bien comprendre.

— Les assassins pourraient être deux ?

Ravicci constata son trouble et s'adressa à Lambert.

— Vous lui montrez ?

Les lèvres pincées, le spécialiste sortit une photo d'une pochette en cuir et la poussa devant Vic.

Le flic fronça les sourcils. Le cliché montrait un bébé au visage boursouflé, aux oreilles gigantesques et difformes, avec les deux jambes collées, comme enfermées dans un sac directement relié à la peau.

Lambert promena son index sur le papier glacé.

— Dysgénésie caudale, avec, dans ce cas précis, des signes d'appartenance à la famille des syméliens.

— Les syméliens ?

— Oui. Symélie, uromélie, ou, plus précisément ici, sirénomélie.

Vic secoua la tête.

— Sirénomélie ? Vous n'êtes quand même pas en train de m'annoncer que…

— Les fragments de peau trouvés dans la main de la victime proviennent d'un bébé sirène. Si, je vous l'affirme.

Vic passa sa main sur son front. Il ne parvenait pas à détourner le regard de l'affreux cliché. Il serra alors son téléphone portable au fond de sa poche, pris d'un brusque besoin d'appeler Céline, de lui demander si tout allait bien, si elle ne ressentait aucune douleur en elle.

Le jeune flic se ressaisit. Juste faire le boulot, et s'isoler du reste.

— Ça va ? fit Ravicci. Vous n'avez pas l'air dans votre assiette. Vos débuts à la première ?

— Trois semaines, oui. Ce bébé sirène, il n'était quand même pas… vivant ?

— Non, non. Vu l'aspect parcheminé de la peau, il était mort. De plus, hormis des cas extrêmement rares, la sirénomélie est incompatible avec la vie. Les bébés sirènes n'ont pas seulement les deux jambes dans le même étui cutané. Pour la plupart, ils ne possèdent ni vessie, ni perforation anale, présentent des problèmes rénaux et des malformations lombaires, pour ne parler que de cela. En général, comme le disait monsieur Ravicci, ils ne survivent que quelques jours. Voire quelques heures.

Vic n'osa imaginer le calvaire d'Annabelle Leroy, ligotée en croix sur son lit, alors qu'un démon approchait cette chose de son visage. Il essaya de garder son sang-froid et demanda :

— Et… comment a… comment l'assassin a-t-il pu se procurer ce… ce bébé ?

— *Freak shows*, vous connaissez ? répondit l'embryologue.

— Les foires aux monstres ?

— Ces foires aux monstres, comme vous dites, ne sont rien d'autre que des expositions de collections de tératologie. Siamois, vaches à deux têtes, hermaphrodites, fibromatoses, *et caetera*. L'un des cas les plus connus reste celui de John Merrick, *alias* Elephant Man, mais il en existe tant d'autres, comme Kobelkoff, Eck ou les siamoises Blazek. Vous ne pouvez suspecter le foisonnement d'horreurs créées par la nature et que l'on retrouve aujourd'hui dans certaines grandes collections publiques ou privées.

Vic tendit le doigt vers la photographie.

— Donc, le bébé sirène viendrait d'une collection ?

Le médecin acquiesça.

— Ou d'un musée. La peau retrouvée chez votre victime est vieille, fripée, le bébé n'est pas mort d'hier.

— Les analyses au spectromètre de masse viennent de confirmer la présence de formol sur la peau, ajouta Ravicci. À tous les coups, on a affaire à un monstre conservé dans un bocal, comme au bon vieux temps.

Les trois hommes se regardèrent sans plus un mot.

— Je faxe tout cela à Mortier, annonça Ravicci.

— Bien évidemment, on ne possède pas l'ADN de l'assassin, donc ?

— Non. Uniquement celui de votre sirène. Mais je doute fort que cela vous serve à grand-chose.

Vic essayait de garder l'esprit clair.

— À votre avis, notre meurtrier pouvait-il se douter qu'on remonterait la piste de la sirène ?

— Il ne s'est pas vraiment attardé à faire disparaître ces squames de peau, alors qu'il n'a laissé aucune de ses propres traces. S'il s'intéresse aux maladies congénitales, ce qui est probable vu la nature du crime et les goûts particuliers de notre victime, et s'il regarde un tant soit peu les séries à la mode, oui, je pense qu'il doit s'en douter.

Une fois hors du laboratoire, Vic ne voyait plus la Seine couler, il n'entendait plus le clapotis de l'eau sur les coques des péniches. Il imaginait juste une femme attachée sur un lit, en train de hurler, face à un malade qui lui glissait une aberration de la nature dans la main.

Annabelle Leroy aimait côtoyer des créatures frappées par le sort, des malheureux au corps mutilé.

Elle avait voulu approcher le Minotaure, ce monstre mythologique rejeté dans un labyrinthe, fruit honteux d'une union entre une femme et un animal.

Mais le Minotaure était venu jusqu'à elle.

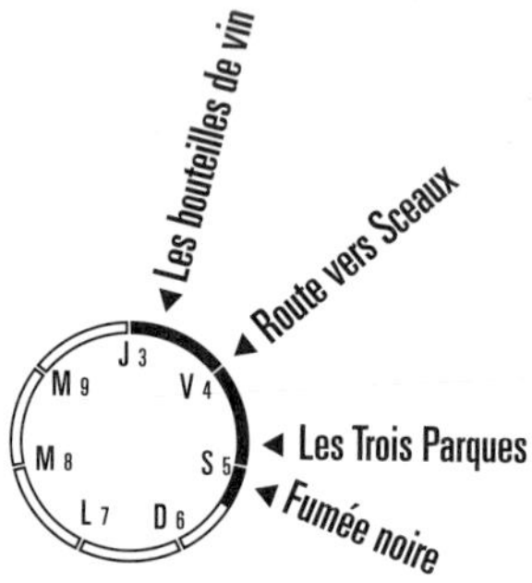

29. SAMEDI 5 MAI, 10 H 34

Au volant de la Ford, Stéphane enrageait. Rien n'avait fonctionné comme prévu. Il ne se rappelait presque pas de son rêve. Sans doute sa sérieuse biture au whisky de la veille, après sa dispute avec Sylvie. Ne lui restaient, en tête, que des bribes. Des tons rouges, de la fumée, des gens hors d'haleine, une paire de rangers noirs dans un escalier. Rien d'autre. Stéfur avait-il reçu le tatouage sur la hanche, était-il retourné dans la chambre 6 découvrir les messages sur le mur ?

Stéphane se maudissait, une pièce du puzzle lui échappait. Il passait son temps à retourner dans tous les sens les propos de Jacky, le chercheur. Ces histoires de paradoxes, de boucles, de mondes parallèles, de destin. Plus il y réfléchissait, moins il comprenait. Dans le cauchemar de l'hôtel, par exemple, Stéfur avait annoncé à ce Victor, au téléphone, qu'il ne rêvait plus. Visualisait-il le futur dans ses songes, lui aussi ? Agissait-il en conséquence ? Dans ce cas, existait-il un autre Stéfur, que Stéfur voyait évoluer dans un avenir encore plus lointain ? Stéphane songea à cet anneau de Moebius dont lui avait parlé Jacky, à toutes ces impressions de déjà-vu, et fut pris d'une terrible envie de hurler. Pire que des poupées gigognes, ce truc. Après tout, une séance avec un psy vaudrait sans doute le coup.

Son téléphone sonna.

— Sylvie ?

— Non, Éverard. À quoi tu joues ? Ça fait deux jours que j'essaie de te joindre ! La prothèse est prête ?

Éverard, le cadet de ses soucis.

— Je bosse dessus. Tu l'auras bientôt.

— Quand, bientôt ? On tourne mardi prochain, je te signale !

— Tu l'auras, j'ai dit ! Je te l'apporte aux studios lundi, au pire, d'accord ?

— T'as intérêt. Martinez est une vraie tête à claques, elle ravage le moral du réal et de toute l'équipe. Tu sais ce qui te guette si, toi aussi, tu nous mets en retard ? C'est contractuel, bébé. Alors fais vite.

Stéphane grilla un feu orange bien mûr sans s'en rendre compte.

— Attends ! Attends avant de raccrocher ! s'écria-t-il. Hector Ariez, *alias* John Lane, travaille bien sur le film ?

— Sur deux décors, pourquoi ?

— Et il est à côté de toi ?

— Non, chez lui à Sceaux, je crois.

— File-moi son numéro.

Stéphane le mémorisa et ajouta :

— Pour le buste, lundi, dernier délai. *Ciao ciao.*

Il raccrocha, entra le numéro d'Ariez dans son portable, alors que la Ford franchissait un pont sur l'Oise. Il était tellement inattentif qu'il venait de sortir de Méry. Demi-tour.

Trop d'images, d'interrogations trottaient dans sa tête. Avant de venir ici, il était passé à la poste de Lamorlaye pour essayer d'y louer la boîte postale 101, cette fameuse inscription « BP 101 » sur le mur de l'hôtel. Il n'était pas sûr qu'il s'agisse d'une boîte postale, encore moins qu'elle soit située à la poste de Lamorlaye. N'empêche que la BP 100 et la BP 102 étaient déjà prises, mais pas la BP 101. Il l'avait réservée, sachant qu'elle ne lui serait attribuée que lorsqu'il aurait apporté les papiers nécessaires et rempli les formulaires.

Il était bien conscient d'avancer à l'intuition. Pourquoi ce Stéfur manquait-il de clarté dans ses fichues inscriptions ?

« Parce que Stéfur c'est toi, crétin, et que les explications claires et objectives n'ont jamais été ton fort. Tu as passé ta vie à avaler des médocs, ça a dû laisser des traces. »

Stéphane aperçut la gendarmerie, freina et opéra une marche arrière. Puis il resta là, longuement, à s'interroger. Ces gens en uniforme, ou plutôt leurs doubles futurs, étaient probablement en train de traquer Stéfur.

Il se gara plus haut, marcha un peu et, avant de pénétrer dans le bâtiment, enfila sa casquette, de manière à cacher ses yeux et sa longue chevelure.

— J'aimerais parler au capitaine Lafargue, demanda-t-il au brigadier à l'accueil.

Stéphane se souvenait par cœur du nom de ce gendarme

qui, dans l'un de ses rêves, avait été interviewé à la radio et dirigeait l'enquête sur Mélinda.

— Qui dois-je annoncer ?

Stéphane se sentit brusquement désarçonné.

— Alors… Alors il existe vraiment ?

— Qui ?

— Lafargue.

Le brigadier le jaugea avec un drôle d'air.

— Je vous le garantis.

— Et… sur quoi travaille-t-il ?

L'homme plaça ses mains sur ses hanches.

— Que désirez-vous, exactement ?

— Au revoir. À jamais, j'espère.

Stéphane fila en quatrième vitesse, rejoignit sa Ford, démarra et se dirigea vers la première des cinq écoles primaires dont il détenait les adresses. À la recherche de Mélinda.

Il pénétra dans l'établissement aux toits verts et aux murs de brique avec un pincement au cœur. Depuis combien de temps n'avait-il plus traversé une cour de récréation ? Depuis quand n'avait-il pas entendu des enfants rire ?

Il voyait les marelles, au sol. Les billes en verre, cassées, dans les rigoles. Les premières châtaignes déjà bourgeonnantes, en haut des arbres secoués par le vent. Tout un univers resurgit, celui des cavalcades et des courses entre les troncs. Celui des boules magiques, qui teignent les dents en mauve et explosent la langue. Sa route vers la maison de ses parents adoptifs, avec, en arrière-plan, le relief des Vosges.

Il s'arrêta devant une classe, un sourire nostalgique sur les lèvres. L'institutrice écrivait lentement au tableau : « chou, genou, hibou ». Et les élèves s'appliquaient à recopier ces mots, en glissant leur langue entre leurs dents. Derrière eux, des vivariums, peuplés de phasmes et de coccinelles. Et autour, une ronde de dessins colorés.

Il appesantit son regard sur une fillette blonde, avec de beaux yeux bleus, comme ceux de Sylvie. Comme ceux, aussi, de Ludivine Coquelle. Juillet 92.

— … sieur… Monsieur ?

Stéphane se retourna.

— Vous cherchez quelque chose ? lui demanda une femme avec les cheveux noués en queue-de-cheval.

Il ôta sa casquette.

— Vous êtes la directrice de l'école ?

— En effet. Vous savez qu'il est interdit de s'introduire dans l'enceinte de l'établissement ?

À travers la vitre, Stéphane désigna les dessins sur le mur.

— Môme, je dessinais souvent des arcs-en-ciel. Et chaque fois, dessous, je griffonnais aussi un bonhomme, habillé en gris, et tout petit. Quasiment invisible. Pour les maisons, c'était pareil. Comme sur chacun de mes dessins, d'ailleurs. Tantôt ce bonhomme se trouvait dans le ciel, tantôt sous terre, une autre fois caché quelque part, mais il était toujours là. Je n'ai jamais su pourquoi je le dessinais, et jamais personne n'a pu me l'expliquer clairement. Vous pourriez, vous ?

La jeune femme croisa les bras, légèrement ahurie.

— Non. Mais peut-être que vous, vous pourriez me donner la raison de votre présence ici, devant la classe des CM1 ?

Stéphane la considéra avec un sourire.

— Je recherche Mélinda. J'aimerais savoir si elle se trouve dans votre école.

— Mélinda comment ?

— Je l'ignore, sa mère s'est remariée et je ne connais pas le nom de famille de son mari. Je sais juste qu'elle a dix ans.

— Qui êtes-vous ?

— Son oncle. Un oncle qui ne l'a plus vue depuis ses trois ans. Et… je ne m'entends plus vraiment avec ma sœur. Je voulais juste l'apercevoir. Me rendre compte de

la manière dont elle a changé. Je prends l'avion pour New York ce soir, alors…

La directrice adopta un air sévère.

— Désolée, nous devons protéger nos élèves et je ne peux rien vous dire. Si vous voulez récupérer un enfant à l'heure de la sortie, il nous faudra une autorisation signée des deux parents, remise par les parents eux-mêmes.

— Mais je ne veux pas la récupérer ! Juste la voir !

Elle poussa légèrement Stéphane dans le dos pour l'inciter à prendre la direction de la sortie. Mais il se rebiffa et lui serra le poignet un peu fort.

— Donnez-moi au moins son nom ! Dites-moi juste si elle se trouve dans votre établissement !

Elle se dégagea d'un geste ferme.

— Sortez monsieur, s'il vous plaît ! Ou j'appelle la police !

Stéphane voulut hurler que, bientôt, on retrouverait peut-être Mélinda morte au fond d'une carrière, mais il dut se retenir. Il obéit, sans plus protester. Cette vieille chouette n'avait pas lâché la moindre miette.

Il s'éloigna à pied et s'enferma dans sa voiture, garée un peu plus loin. Pas question qu'on relève son numéro de plaque, il fallait rester prudent, surtout quand on traînait près des établissements scolaires.

Il choisit une autre école, plantée sur les hauteurs de Méry, à proximité d'un petit bois, et se gara en retrait, derrière une camionnette, de manière à guetter la sortie des classes.

À 11 h 30, ce fut une explosion de couleurs, de cris, de têtes blondes et brunes. Les parents riaient, discutaient, demandaient à leur progéniture comment s'était déroulée la matinée. Quelle joie d'aller chercher son enfant, de le voir grandir, s'épanouir. Stéphane serra son volant. Lui n'avait plus de parents, ni biologiques – il ignorait tout de ses origines – ni adoptifs – il ne les côtoyait plus. Et il n'aurait jamais d'enfant.

Il regarda un à un les écoliers passer devant lui. Des mômes éclatants, auréolés de vie, aux cheveux chahutés
par les bourrasques. Parmi eux se trouvait peut-être la petite Mélinda. La camionnette se mit en route et disparut doucement à l'angle de la rue. Plus rien ne dissimulait la Ford à présent. Stéphane décida de quitter son véhicule et de se poster un peu plus loin.

Il était presque midi quand, enfin, un homme sortit et ferma à clé la grille de l'entrée.

Stéphane remonta la rue rapidement, se précipita vers la grille et entreprit de l'escalader. Il glissa et chuta de l'autre côté sur le flanc gauche. Son carnet vola devant lui, et des feuilles détachées se mirent à danser dans le vent.

— Non !

Il se redressa pour tenter de les rattraper mais cinq ou six feuilles disparaissaient déjà dans la rue.

— C'est pas vrai.

Le carnet dans une main, des feuilles dans l'autre, il courut alors en boitillant derrière l'établissement. À cet endroit, on ne pouvait le repérer.

Il reprit son souffle, se massa longuement la cuisse, puis fouilla dans sa poche. Il attrapa son portable, en ouvrit le clapet. L'écran était brisé.

Il eut alors envie de se laisser choir, de tout abandonner. La coupe de cheveux de Sylvie, l'écran en miettes, à présent, comme dans les rêves. Les événements les plus anodins et improbables se réalisaient.

Il fallait tout arrêter, maintenant. « Rester loin de Mélinda. »

Il manqua de rebrousser chemin, mais se décida néanmoins à poursuivre. Le destin voulait qu'il abandonne. Mais peut-être était-ce en abdiquant, justement, que tout allait se produire. Comment savoir ?

Il continuerait !

Stéphane inséra les feuilles rattrapées dans son carnet. Que manquait-il ? Une partie du second rêve, « Route vers Sceaux », celui où il fonçait chez Ariez avec le Sig Sauer. Et aussi la fin du passage aux Trois Parques, où il fuyait dans les bois.

Une fois le carnet dans sa poche, il ôta rapidement sa veste, l'enroula autour de son poing et cogna dans le coin d'un carreau. Des morceaux de verre s'éparpillèrent sur le sol.

Quelques minutes plus tard, il pénétrait dans le bureau du directeur. D'un grand coup de pied, il défonça la porte d'une armoire verrouillée.

Les dossiers scolaires.

Il utilisa sa veste pour ne pas toucher directement quoi que ce soit.

Mélinda, dix ans, devait étudier en CM1 ou en CM2. Heureusement, ce n'était pas un prénom très répandu. Pas Claire, ni Marie. Il dénicha des listings, qu'il parcourut attentivement. Il dénombra deux Mélinda, chacune dans une classe différente.

Manque de bol.

Il fouilla encore dans les tiroirs et récupéra le dossier personnel de chaque gamine.

Il s'intéressa d'abord à Mélinda Potier. Rousse, le visage rond et éclaboussé de taches de rousseur jusque sous le menton. Très mignonne. Elle habitait Méry, avec un père dentiste et une mère au foyer.

Ensuite, il se pencha sur l'autre dossier. Mélinda Grappe souriait, avec une dent en moins. Visage encadré de boucles châtain clair, yeux verts, une croix autour du cou. Irrésistiblement, il s'établit comme un contact entre la gamine et Stéphane. Une impression inexplicable de déjà-vu. Il sut alors que c'était elle.

Stéphane nota l'adresse et remit les dossiers en place. Il y aurait certainement une enquête après son effraction, mais on croirait à des jeunes. Jamais on ne remonterait jusqu'à lui.

Le front en sueur, il rejoignit son véhicule sans croiser personne.

Il la tenait, sa Mélinda. Ce sentiment de porter le destin de la gamine dans le creux de sa main…

Dix minutes plus tard, il se garait devant un bar-tabac, en face de la maison des Grappe, une belle construction de pierres blanches, avec un jardin donnant sur l'Oise. Ils devaient être chez eux car deux voitures étaient garées dans l'allée.

Et maintenant, que faire ? Entrer en expliquant, la bouche en cœur, ses visions ? Que l'enfant allait probablement mourir noyée au fond d'une carrière interdite au public ? Et que, de surcroît, il serait le principal suspect ? Impossible.

Et lui, pourquoi le suspectait-on, pourquoi la radio avait-elle livré son signalement ? Quel rôle jouait-il dans cette histoire ? Il songea au message noté par Stéfur sur la tapisserie de sa chambre, aux Trois Parques : « Rester loin de Mélinda ». Stéfur ne pouvait-il pas donner plus de précisions ? Mais non, les raccourcis, les messages incompréhensibles, le brouillard cérébral, c'était tout lui, Stéphane Kismet.

Alors ? Rester à l'écart et la laisser mourir ? Permettre à un sadique de l'enlever, la violer, et la noyer ?

Quelqu'un avait placé cette petite fille adorable sur son chemin. Peut-être le petit bonhomme en gris qu'il barbouillait toujours sur ses dessins, depuis l'âge de six ans. Peut-être ce fantôme n'était-il rien d'autre que Stéfur, qui essayait de lui parler, de le prévenir de malheurs à venir, depuis des années et des années, au travers de songes dont il ne se souvenait jamais. Stéfur l'avait peut-être tout le temps accompagné, avec un décalage d'environ six jours.

Stéphane s'effondra au fond de son siège, comme si, soudain, il comprenait le sens de sa propre vie. Comme si s'éclairaient toutes les traces noires de son existence.

13 h 30. Son cœur accéléra dans sa poitrine.

Mélinda sortait de chez elle, habillée d'une robe claire, de chaussettes blanches et de bottines rouges. Sa croix reposait au-dessus de sa robe. Une si jolie fillette…

Depuis l'habitacle de sa Ford, Stéphane la photographia discrètement et posa le numérique sur le siège passager.

Il jaillit alors de son véhicule, prêt à traverser la rue, quand il entendit une voix masculine.

— Mélinda ! Attends-nous, s'il te plaît !

Stéphane changea subitement de direction. Après s'être suffisamment éloigné, il se retourna. Mélinda et ses parents montaient dans un 4 × 4.

La voiture passa devant lui. La gamine colla sa main sur la vitre et jeta vers Stéphane un regard indifférent, avant de se coiffer d'un casque audio.

Puis le véhicule disparut au coin de la rue.

Stéphane regarda sa montre et décida qu'il n'irait pas à son rendez-vous chez le psychiatre. Il resterait ici, à patienter, guetter, surveiller. Un monstre voulait s'en prendre à Mélinda dans quelques jours à peine. Peut-être ce salaud repérait-il déjà le terrain.

Si tel était le cas, Stéphane le trouverait. Et agirait en conséquence.

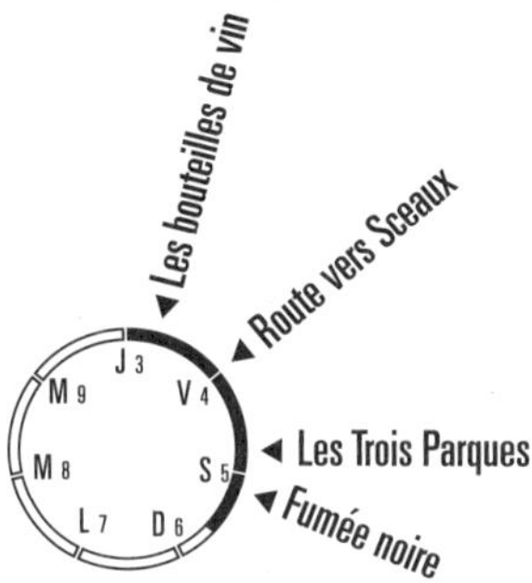

30. SAMEDI 5 MAI, 14 H 07

— À toi, Marchal…

Wang, Joffroy, Mortier et Vic se tenaient dans une petite pièce sans fenêtre. Ils avaient dû quitter leurs bureaux pour cause de travaux de plomberie, d'électricité et de rénovation. D'ici quelques jours, ce bâtiment serait entièrement vide et rutilant, prêt à accueillir les nouveaux arrivants du ministère de la Justice.

Vic avala son café – payé au distributeur – et prit la parole.

— Côté indices, d'abord. On poursuit les recherches concernant le bébé sirène : musées, hôpitaux, expositions. Pour la morphine, c'est trop large pour le moment. *Idem* pour l'écarteur de mâchoires et les poupées, trop vague là aussi, il va falloir plus de temps. La piste des membres gangrenés n'a pas donné grand-chose. Enfin, on sait quand même maintenant que Leroy se rendait occasionnellement dans une auberge appelée Les Trois Parques, afin d'y assouvir ses fantasmes. Comme Moh et Jérôme ont pu le constater ce matin, il s'agit d'un lieu de rencontres de… de « monstres » entre guillemets, et d'adorateurs de monstres… Accidentés, brûlés, estropiés.

— On va récolter pas mal d'informations sur ce point, intervint Joffroy. On a mis deux hommes là-dessus, pour rechercher les anciens clients et les interroger. Le Matador est peut-être lui aussi un adepte des pratiques sexuelles déviantes, ça ne m'étonnerait pas qu'il connaisse cette auberge.

— Et Juliette Poncelet, notre sado assoiffée de tequila, demanda Mortier, elle connaissait l'endroit ?

— Non, affirma Wang. Pour elle, le SM n'a rien à voir avec ces… délires sur l'apparence physique.

— Ouais, je ne sais pas ce qui est mieux. Se faire écraser les burnes par Poncelet ou baiser une femme à barbe.

Ils sourirent de la plaisanterie. Puis le commandant relança Vic :

— Continue, Marchal.

— Euh… Côté indices, je suis à sec. On parle motivations ?

Mortier fit rouler une cigarette éteinte entre ses doigts.

— Joffroy va s'en charger, plutôt. Vas-y, Joffroy.

Vic se recula sur son siège, les lèvres pincées. Le lieutenant au Perfecto prit la parole.

— Je crois qu'on est tous d'accord sur le fait qu'il ne s'agit pas d'une simple vengeance mais de quelque chose de plus complexe ?

— Comme quoi ? demanda Mortier.

— Comme l'acte d'un criminel qui a pris plaisir à tuer sa victime. Qui voit le meurtre comme l'assouvissement d'une pulsion ou d'un fantasme. Un truc en rapport avec le physique, la souffrance, la perversion. Parlons de l'acte en lui-même. D'abord, il accorde une grande importance au toucher. Il a dû la masser longuement pour lui enduire le corps de vinaigre, avant d'en explorer chaque partie, très lentement, avec ses aiguilles. La présence d'amidon de maïs prouve qu'il a enlevé ses gants pour la toucher entre les cuisses. Il a besoin du contact charnel. Par contre, il ne veut pas que sa proie puisse explorer son corps à lui. Alors non seulement il l'attache fermement, mais en plus, il la prive du sens du toucher, en lui ôtant les trois éléments les plus sensibles : la pulpe des doigts, les lèvres et l'extrémité de la langue.

— Je vais la jouer ignare et poser une question con, pour m'assurer que V8 comprenne. Pourquoi refuse-t-il qu'elle le touche ?

La question fit rire tout le monde, sauf Vic. Joffroy reprit la parole :

— Peut-être parce qu'elle lui répugne. Le vinaigre est un pur symbole. Le Matador ne cherche pas à protéger sa victime de la contamination mais il la désinfecte. Il la considère comme sale, souillée, parce qu'elle baise avec des estropiés, des monstres.

Vic enrageait. Joffroy reprenait mot pour mot ce qu'il venait de lui raconter avant la réunion. Ce qui semblait amuser Wang.

— Tout dans cette affaire nous ramène aux maladies congénitales, aux déformations physiques : la poupée mutilée, les goûts de Leroy, ainsi que le choix d'un bébé sirène. Ce qui laisse supposer que notre assassin est atteint d'une malformation grave, douloureuse s'il utilise de la morphine. Mais *a priori* il n'a pas bandé les yeux de sa victime, c'est donc que, s'il refuse qu'on le touche, il supporte en revanche très bien le regard d'autrui. On peut supposer qu'on a affaire à quelqu'un d'âge mûr, qui a accepté sa différence. Ou alors, son mal est invisible, intérieur, ce qui compliquerait notre tâche.

— Intérieur ? C'est-à-dire ?

— Je n'en sais rien. Il faudra demander à un spécialiste. N'empêche qu'aujourd'hui le Matador n'a pas honte, il veut montrer sa force en tuant. Si on va jusqu'au bout de cette hypothèse d'un Matador infirme, on peut penser que sa maladie a dû le faire souffrir plus jeune : les brimades, les moqueries, surtout au collège ou au lycée. Et après tout, ces dix-huit poupées peuvent très bien représenter à ses yeux, par exemple, les gamins de sa classe quand il était enfant. Ou un public. Avec des gens normaux et lui-même, différent des autres.

— Pas con, admit Mortier. Au passage, notez qu'il faudra fouiller dans le passé de Leroy. Il la connaît peut-être depuis le collège, ou un truc dans le genre. Vous imaginez, les photos de classe avec Elephant Man au milieu ?

— Aujourd'hui, le Matador ne supporte plus les gens comme Leroy, qui profitent de la misère humaine pour nourrir leurs propres fantasmes. Elle symbolise pour lui toutes les moqueries passées et il a décidé d'en faire un territoire de vengeance. En ce sens, le choix de la sirène n'est pas anodin. Derrière une apparence merveilleuse et ensorcelante, elle reste une créature amorale qui existe dans l'unique dessein de piéger les malheureux. Et Leroy est pour lui l'incarnation en personne de ce monstre mythologique.

— On punit le mal par le mal.

— Exactement. Notons finalement que le Matador a un besoin de maîtrise absolue, il est organisé et ne panique pas. Le clochard, même si on ne peut pas vraiment se fier

à lui, nous a tout de même parlé d'un véhicule gris d'où le Matador aurait sorti son matériel, les poupées et le bébé sirène, tranquillement, comme si de rien n'était.

Il se tut un instant, puis ajouta :

— Nous devons aussi prendre en compte le fait qu'il s'agit peut-être d'une femme.

— Une femme ? Tu vois une nana faire ça ?

— Pas plus que je ne voyais, jusqu'à ce matin, une femme forcer son partenaire à s'amputer les doigts ou la main.

— C'est ce que nous a raconté le gars des Trois Parques, souligna Wang, ce Grégory Mache. Une femme qui venait baiser avec lui régulièrement, et qu'il ne voit plus depuis quelques semaines, l'a contraint à se mutiler. On possède son signalement, on va la rechercher.

— C'est tout ?

— C'est tout.

— Et le fait qu'il filme sa victime ?

— Un moyen de prolonger l'acte, répondit Joffroy. De revivre son meurtre indéfiniment.

Mortier applaudit mollement.

— Pas mal. C'est du baratin de psy, mais il faut avouer que ça colle assez bien à mon idée. Un truc de pervers, ma foi assez élaboré. Bon… Quelqu'un a bossé sur les anomalies congénitales ?

Personne ne réagit.

— Je veux savoir si les individus atteints passent par des centres spécialisés, quelles maladies peuvent provoquer des malformations physiques fortement visibles, peu visibles, pas visibles du tout, et pourquoi. Il me faut la liste des instituts, des patients, on recoupera avec la morphine, ça peut fonctionner. Joffroy, tu prends le passé de Leroy, Wang, tu gères les gars sur Les Trois Parques, tu mènes les interrogatoires qu'il faut, partout où il faut. Marchal, t'as déjà commencé à fourrer le nez dans les maladies, tu t'en occupes. Autre chose ? La sueur ? L'odeur de putréfaction ? Le 78 sur 100 ? Tous ces fusibles volés ? Des idées ?

Les trois hommes secouèrent la tête.

— Mouais… Marchal, autre chose ?

— Le lieutenant Joffroy a tout dit. Je n'aurais pas fait mieux.

Vic hésita, puis il ajouta :

— Ah si… Je me suis permis d'envoyer la copie d'une photo de… de la scène de crime à mon ami médecin passionné d'histoire.

— Tu te fous de ma gueule ?

Vic se tassa un peu. Le commandant le démolissait du regard.

— Je voulais qu'il jette un œil dessus au plus vite. C'est un type balèze. Il nous a mis sur la voie pour le vinaigre. Écoutez, si le tueur a voulu abandonner un message, il a pu le faire dans l'agencement de la scène de crime. La position des poupées n'a rien de naturel, on dirait des mères qui protègent leurs enfants. Je suis certain qu'il s'agit d'une mise en scène. Quant à l'expression du visage de la victime, elle semble hurler. L'assassin suivait peut-être un schéma précis ?

— Ne recommence plus jamais ça. Ou je te vire sur-le-champ.

Vic acquiesça timidement, tout en s'emparant du portable qui vibrait dans sa poche. Il s'excusa et sortit de la pièce.

À peine trente secondes plus tard, il ouvrait de nouveau la porte.

— Commandant ?

— Quoi ?

— On sait, pour le bébé sirène. Il s'agit d'un vol. Un conservateur a porté plainte voilà trois mois, il a retrouvé la porte de son musée fracturée.

— Bingo ! Quel musée ?

— Dupuytren. Un musée sur les maladies congénitales.

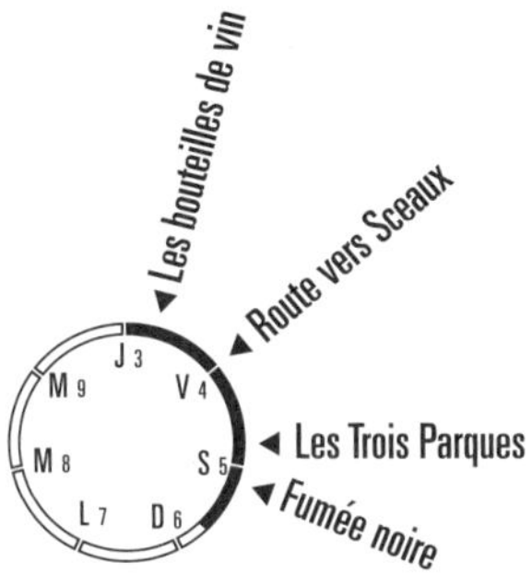

31. SAMEDI 5 MAI, 16 H 07

Vic était pressé de terminer sa journée, d'en finir avec ces horreurs et ces imbéciles qui encombraient son chemin. Ce soir, il avait prévu d'emmener Céline boire un verre sur les Champs-Élysées, puis de l'entraîner dans un restaurant congolais où l'on mangeait du poulet à la moambe, de la viande de crocodile ou de l'antilope grillée. Glisser de la plus belle avenue du monde aux sauvages profondeurs africaines était un programme qui lui plairait, à coup sûr.

Rue de l'École-de-Médecine, le lieutenant pénétra dans la faculté, vidée en ce jour de ses étudiants. Sous les longues arcades, seul résonnait le claquement de ses pas, et il en ressentit un frisson.

Achille Delsart patientait à l'entrée, devant la lourde porte en bois du musée. Vic s'attendait à rencontrer un vieil homme poussiéreux, mais le conservateur, 1 m 80, les cheveux très courts, rayonnait de jeunesse, et il était presque beau dans sa blouse blanche et ses Nike. Les deux hommes se serrèrent la main. Vic plaqua un sourire avenant sur ses lèvres.

— C'est gentil de me recevoir. Je sais que la faculté est fermée et…

— Vraiment pas de quoi. J'en profitais pour faire du tri. Crânes, ossements, bref, la routine. Et c'est toujours agréable de croiser des personnes extérieures à la faculté.

— Je ne vous embêterai pas longtemps, de toute façon. J'ai quelques obligations.

— Du genre une épouse qui vous attend ?

Achille montra sa propre alliance.

— Je connais le problème.

Vic acquiesça et désigna la nouvelle serrure.

— Vous m'expliquez ?

— J'ai retrouvé la porte fracturée en février dernier, aux alentours de 8 heures du matin. J'ai immédiatement porté plainte au commissariat du coin. C'est la première fois que ça arrive depuis que le musée existe.

Vic s'approcha de la porte, se retourna et observa autour de lui. Les arcades, le jardin central, la centaine de fenêtres des salles de classe alignées sur plusieurs étages.

— Depuis quand le musée existe-t-il ?

— Oh ! Depuis 1835. Guillaume Dupuytren, professeur de médecine opératoire à la faculté, a destiné une partie de sa fortune à la création d'une chaire d'anatomie pathologique. Aujourd'hui, l'établissement est financé par un important fonds privé, ce qui nous permet de l'enrichir, d'organiser des expositions de qualité et de développer un certain nombre de recherches autour des anomalies congénitales.

— Et qui est derrière ce fonds privé ?

D'un geste de la main, Achille incita son interlocuteur à entrer dans le musée.

— Un vieux collectionneur dont les coordonnées sont rangées avec les documents administratifs. Je vous les donnerai avant que vous repartiez, si vous voulez bien.

Vic sortit puis rempocha son portable. Presque déchargé, ça devenait une habitude.

— Parfait. L'entrée est gratuite pour les élèves en médecine ?

Ils passèrent devant la salle des archives, qui renfermait des centaines de bulletins de la société anatomique de Paris, des livres sur toutes les sortes de cancers, de tumeurs, de kystes. Puis ils se retrouvèrent face aux longues étagères vitrées. Vic se sentit intrigué, pris au piège de la curiosité. Bien sûr, ces difformités le dégoûtaient mais, d'un autre côté, il ne pouvait nier son attirance.

— Évidemment. Les étudiants pénètrent ici comme bon leur semble. Dupuytren est un passage obligé, ouvert l'après-midi uniquement.

Vic jeta un regard sur l'affiche du film *Freaks*, datant de 1932, de Tod Browning.

— Un chef-d'œuvre ce film, commenta Achille. Il réunit bon nombre de curiosités de l'époque, dont un homme-tronc, des microcéphales, des lilliputiens. Pour en revenir aux étudiants, nous conservons ici des spécimens uniques en Europe, que chaque médecin se doit de voir au moins une fois dans sa vie.

— Comme des mains à sept doigts ou des pieds à huit orteils ?

— De même que des mains doubles ouvertes, fermées, palmées, des éléphantiasis du médium ou des doigts hypertrophiés. Rien que pour les mains, je peux tenir la journée.

Vic ne pouvait s'empêcher de fixer les squelettes, au loin, pareils à des gardiens improbables, avec leurs crânes démesurés et leurs os déformés.

— Parlez-moi plutôt de la sirène dérobée.

Achille Delsart tendit le bras.

— Allons tout au fond du musée. Puis-je savoir pourquoi, trois mois plus tard, ce vol intéresse soudain la brigade criminelle ?

— Je ne peux malheureusement rien vous dire. Désolé.

Vic s'arrêta soudain devant une série de portraits horribles.

— Ces photos n'appartiennent pas au musée Dupuytren, expliqua Achille, mais à celui de la médecine de Bruxelles qui nous les a prêtées pour notre exposition. Venez, je vais vous montrer.

Ils s'arrêtèrent devant une grande affiche représentant Elephant Man.

— Connaissez-vous le rapport entre John Merrick et Jack l'Éventreur ?

— Je suppose qu'ils sont les deux représentations qu'on se fait des monstres, chacun à leur manière, répondit Vic. Un monstre physique, l'autre moral.

— Pire, on les assimilait l'un à l'autre. En 1888, ce duo monopolisait la une des journaux. Pour les gens de l'époque, seuls des personnages comme Merrick pouvaient commettre des crimes aussi atroces que ceux de Jack l'Éventreur. Merrick a même été suspecté, une absurdité vu son handicap et ses difficultés à se mouvoir. Pour le peuple, Jack l'Éventreur ne pouvait être une personne dont le corps et le visage étaient normaux, comme vous et moi.

— Ils n'ont pas connu Ted Bundy ou Roberto Succo.

— Dans la littérature, le cinéma, on a toujours associé, même de manière subtile ou inconsciente, ces deux per-

sonnages. Patricia Cornwell, dans son ouvrage sur Jack l'Éventreur, cite Merrick et Hyde. Albert et Allen Hughes, dans leur film *From Hell*, ne peuvent s'empêcher de glisser un passage sur Merrick. Pourquoi n'y parle-t-on pas plutôt des peintres, des écrivains, des artistes de l'époque ? Il est quand même douteux d'associer systématiquement un malheureux frappé d'une maladie extrêmement rare, le syndrome de Protée, au pire monstre criminel engendré par l'humanité. On peut dire ce qu'on veut, mais Merrick n'est pas seulement mort de sa maladie, à vingt-sept ans. Il est aussi mort de désespoir.

Vic secoua la tête d'un air compréhensif. Achille s'approcha d'un cadre et le remit en place.

— Cette femme s'appelait Grace Mac Daniels, elle souffrait d'une singularité génétique appelée « syndrome de Sturge Weber ». Le cliché date de 1935, cette malheureuse est devenue une vedette des plus grands shows américains, après avoir remporté le concours de la femme la plus laide du monde. À son décès, à quarante ans, son visage n'avait plus rien d'humain, et pourtant, les badauds venaient encore la contempler sur son lit de mort, en payant l'entrée, par centaines.

— C'est horrible…

— Quoi ? Elle, ou le comportement des gens ?

— Le comportement des gens. Ces affamés d'images, de morbidité.

Achille acquiesça.

— Aujourd'hui, on traque la moindre ridule, on se gonfle les lèvres au Botox, mais quand mes visiteurs rentrent en ces lieux, ils prennent la réelle mesure de la réalité, et ils en sortent presque heureux de leur bonne santé.

— On relativise ici, en effet.

— Toutes ces créatures, ces squelettes, derrière leurs vitres, ont vécu. On les précipitait dans des gouffres en Grèce, on les brûlait au Moyen Âge pour hérésie, au début du XXe on les affublait de surnoms ignobles : « L'indescriptible », « La chienne irlandaise », « Elephant Man », « La femme baleine », « Nervio Nono », celui qui, même debout, touchait le sol avec ses mains. Un bébé naissait avec des poils et on accusait sa mère d'avoir copulé avec un animal ou le diable en personne. On leur crachait à la figure, on leur lançait des pierres.

Vic s'attarda sur d'autres photos, bien pires encore. Puis il se remit à avancer et tenta de recadrer la conversation sur l'enquête.

— Toutes les maladies congénitales ou les anomalies sont forcément aussi visibles ?

— Non. L'œil s'attache particulièrement à celles qui touchent le visage où les parties exposées du corps, mais beaucoup sont bien plus discrètes, intimes, comme l'hermaphrodisme, les langues poilues, les pousses dentaires anarchiques.

— Les pousses dentaires anarchiques ?

— Des dents qui poussent dans le nez, sur le palais, sous la langue, et même sous la paupière.

Ce que Vic découvrait allait au-delà de l'entendement.

— Quoi d'autre ?

— Oh, il existe une infinité d'autres cas, plus ou moins saillants. Des malformations des cordes vocales, comme pour Tino Rossi, des cœurs battant à droite, ce qu'on appelle les *situs inversus*, ou deux poumons placés du même côté. Ou encore, des kystes de plusieurs kilos, dans le corps. Le record est six ou sept kilos. Parfois l'anormalité concerne tout simplement les caractéristiques sanguines. Quelques personnes appartiennent à des groupes non référencés. Moins de dix individus au monde constituent par exemple le groupe A-H. Il y a aussi Joe Thomas, de Détroit, qui produit en grande quantité un anticorps sanguin très rare, l'anti-Lewis B, qu'il vend à mille cinq cents dollars le litre à une importante société biologique. Il en a donné presque mille litres en une cinquantaine d'années.

Ils arrivèrent devant des bocaux et des cires. Achille
560 s'immobilisa devant un large récipient où reposait, à côté d'un chat cyclope et d'un fœtus anencéphale, un bébé sirène.

— Il a emporté seulement le spécimen féminin, annonça-t-il. Un bébé mort-né, datant de 1956.

Dans le bocal, l'être grimaçait, les paupières transparentes et finement nervurées rabattues sur les yeux. Ses jambes minuscules, sans pieds, s'unissaient dans un surplus de peau.

— Et… il n'a rien volé d'autre ? demanda Vic.

Achille secoua la tête.

— Non, cela m'a paru étrange, d'ailleurs. Un drôle de collectionneur, car ce musée présente des pièces bien plus remarquables.

« Si tu savais ce qu'il a fait avec la sirène… » se dit Vic en prenant quelques notes.

— Pas de témoins ?

— Je me suis aperçu du vol un lundi matin. Cette faculté n'a aucun système de sécurité, n'importe qui peut s'y introduire.

Vic pensa que le tueur avait dû venir repérer les lieux auparavant.

— Conservez-vous un listing des visiteurs ?

— Absolument pas. Je donne un billet et les personnes n'appartenant pas à la faculté payent leurs cinq euros, en liquide la plupart du temps.

— Et je suppose que vous n'avez rien remarqué d'anormal non plus ? Genre un type déjà venu plusieurs fois ? Ou quelqu'un atteint d'une anomalie visible ?

— Nous avons régulièrement des gens mal formés, parmi nos visiteurs. Ils viennent ici afin de se renseigner ou peut-être pour se sentir un peu moins… différents. Mais je serais bien incapable de vous donner leurs coordonnées.

Vic sortit la photo de Leroy de sa poche.

— Cette femme vous dit quelque chose ?

Achille s'empara du cliché et l'observa attentivement.

— Jamais vue. Enfin, je crois. En tout cas, je puis vous assurer qu'elle n'est pas de la faculté, parce que je l'aurais remarquée.

— Je confirme, elle n'était pas de la faculté.

Vic rempocha sa photo. Encore une piste qui se terminait en cul-de-sac. Il tendit sa carte à Achille, pressé d'en finir. Il était temps d'oublier le boulot et de rejoindre Céline.

— Au cas où quelque chose vous reviendrait, même un détail, appelez-moi.

Le jeune homme inclina la tête.

— Je ne sais pas si ça peut vous intéresser mais… un homme est venu hier, en début d'après-midi, avec sa femme. Et c'était très curieux, parce qu'il cherchait quelque chose mais sans savoir quoi. Il a visité le musée, il voulait à tout prix que je lui dise si des événements inhabituels avaient eu lieu. Je ne lui ai rien dévoilé, bien sûr, surtout qu'il était assez agressif. On aurait dit qu'il enquêtait, comme vous.

L'impression d'un coup de fouet, d'avoir déjà entendu

cela. D'abord aux Trois Parques, hier soir. Et à présent, ici, à Dupuytren.

— Il enquêtait ? Sur quoi ?

— Je vous l'ai dit, je l'ignore, et le pire, c'est que lui aussi l'ignorait. Il m'a même prié de le rappeler s'il se produisait un truc louche, ou si quelqu'un posait de drôles de questions. À l'évidence, il avait prédit votre visite.

— Il vous a demandé de le rappeler ? Ça veut donc dire…

Fièrement, Achille sortit une carte de sa poche.

— Les coordonnées de ce type. Ça vous intéresse ?

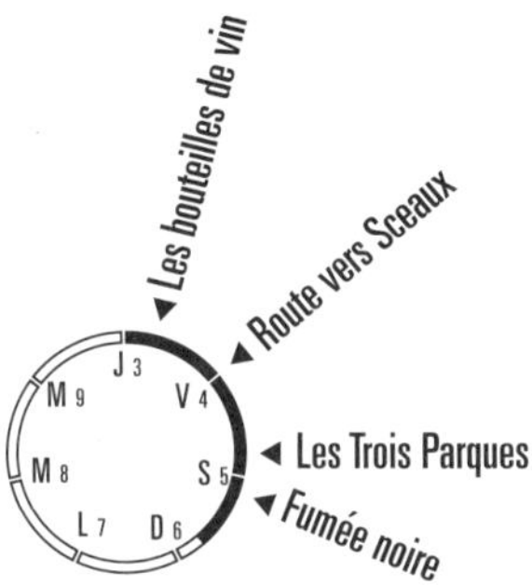

32. SAMEDI 5 MAI, 18 H 14

Vic raccrocha son téléphone, à bout de batterie, et bifurqua juste à l'entrée de Lamorlaye, là où un panneau indiquait « Allée de la côte ». Une heure et demie auparavant, à peine sorti du musée Dupuytren, il était passé récupérer Wang à la brigade.

— Ta femme n'avait pas l'air contente au téléphone, constata ce dernier en suçant un bonbon au piment.

— Non, sans blague ? Depuis que je bosse, je ne suis pas rentré une seule fois à l'heure.

— Rassure-toi, moi non plus, et ça fait vingt ans.

Après un dernier virage, la voiture passa un portail et pénétra sur un large chemin forestier. Sous les frondaisons, le soleil de fin de journée n'apparaissait que par intermittence. Au bout de cinq cents mètres, la demeure se profila, colossal bloc blanchâtre enfoncé au cœur des arbres. Wang colla son nez contre le pare-brise.

— Wouah ! On dirait Alcatraz version bourgeoise ce truc.

Ils quittèrent leur véhicule et se retournèrent quand ils entendirent des branches craquer derrière eux. Une Audi grise arrivait, le moteur au ralenti. Une femme blonde, radieuse et formidablement élancée, en sortit, deux paquets dans les mains. Ses sourcils se froncèrent immédiatement.

— Je peux vous aider ? demanda-t-elle.

Wang ne put s'empêcher de la regarder de haut en bas. Jambes sublimes, et il adorait les femmes aux cheveux courts, surtout les blondes. Il brandit sa carte de police, un sourire de circonstance sur les lèvres.

— Nous avons quelques questions à poser à monsieur Kismet.

— La police criminelle de Paris, ici, à Lamorlaye ? Mais… Que lui voulez-vous ?

— L'interroger sur une affaire de meurtre.

Sylvie se figea soudain. Vic se proposa de lui porter un paquet.

— Ne vous inquiétez pas, notre métier nous contraint souvent à rencontrer des gens sans rapport direct avec nos affaires. Le banquier d'une victime par exemple, ou l'instituteur de sa fille. Pas de quoi vous alarmer.

— Quel est le lien, dans le cas de mon mari ? demanda-t-elle. Les deux flics se regardèrent brièvement. Puis

Wang décida de se lancer :

— Comment dire… Notre enquête nous entraîne sur différents lieux assez insolites, et il se trouve que votre mari s'y est rendu très récemment.

— C'est tout ?

— Vous savez, une enquête, c'est souvent routinier. Pourrait-on discuter à l'intérieur ?

Sylvie les invita à la suivre. Ils montèrent silencieusement les trois grosses marches du perron.

— Où mon mari s'est-il rendu ?

— D'abord un musée sur les maladies congénitales, puis… une auberge, Les Trois Parques.

Ils traversèrent le vaste hall et arrivèrent dans la cuisine. Partout traînaient encore des affaires emballées, des chauffages électriques, ainsi que du matériel de chantier. Scies, burins, ciment, plâtre. Les pièces étaient gigantesques, avec des plafonds à cinq mètres de hauteur. Sur les murs, des portraits. Des personnages au visage fermé, aux vêtements sévères. Cette habitation dégageait une impression de froideur séculaire.

— Alors, madame ? insista Wang. Le musée Dupuytren, Les Trois Parques ?

Sylvie inspira en posant son sac sur la table.

— Il m'a emmenée hier dans cet horrible musée, dans le 6ᵉ. Une brusque envie, comme il en a très, très souvent. Mon mari est maquilleur-créateur, il invente des monstres pour le cinéma. Il travaille également avec de nombreux musées de France pour différentes expositions, comme celle qui se déroule en ce moment à Lyon.

Vic la considéra d'un air sceptique.

— Je suis moi-même allé à Dupuytren. Le conservateur a affirmé que monsieur Kismet ne connaissait pas réellement la raison de sa présence là-bas. Il l'a même senti agressif.

— Il a dû se méprendre. Mon mari est assez extravagant et s'emporte facilement. Il a juste fait son numéro, il est doué pour l'improvisation. Il adore tromper son monde. Quand il ne s'exprime pas à travers ses moulages, il le fait autrement. Est-ce un crime ?

Les deux flics étaient debout, à l'entrée de la cuisine, sans qu'elle leur propose de s'asseoir.

— Et pour Les Trois Parques ? insista Wang.

Sylvie se tourna vers l'évier et se rinça les mains. Son chat se glissa entre ses talons en ronronnant.

— Je l'ignore. Je ne sais même pas de quoi vous parlez.

— Il s'agit d'un endroit de rencontres un peu décalé. Des gens avec… des particularités physiques repoussantes s'y retrouvent.

Sylvie interrompit brièvement son mouvement, ce qui ne leur échappa pas.

— Il est de votre devoir de raconter tout ce que vous savez, précisa Wang. Dans tous les cas, nous le découvririons par nous-mêmes. Alors autant vous montrer coopérative.

— Et cela vous étonne que Stéphane se trouve là-bas, aux Trois Parques ?

— Plutôt, oui. Ce n'est pas trop le genre de promenade pour un homme marié.

Elle lâcha un petit rire nerveux.

— Eh bien moi, cela ne m'étonne pas, voyez-vous. Stéphane aime le noir, le bizarre, avoir peur et faire peur. Il est continuellement à la recherche de nouvelles sources d'inspiration, pour créer ses monstres. Il ne se base pas uniquement sur l'imaginaire, il puise aussi dans la nature humaine, ses multiples dysfonctionnements. S'il devait descendre aux enfers pour découvrir le véritable visage du diable, je vous garantis qu'il le ferait.

Sylvie s'essuya les mains avec une serviette.

— Vous devriez attendre son retour. Il aura certainement une bonne explication à vous fournir.

— Où est-il ?

— Je ne sais pas.

La jeune femme retourna vers la table et sortit les courses de ses paquets. Elle devait s'occuper les mains, impérativement.

— J'ignore pourquoi vous venez traîner ici, mais mon mari n'a strictement rien fait. Je ne vois rien d'étonnant à ce qu'il se soit rendu dans les deux endroits dont vous me parlez. Tout cela est lié à son travail. Ce n'est pas lui qui foule votre territoire, mais vous le sien, vous comprenez ?

— Nous comprenons parfaitement, rétorqua Wang en se grattant l'arrière du crâne. Que faisait votre mari, dans la nuit du mercredi 2 au jeudi 3 mai, aux alentours de minuit ?

Sylvie réfléchit, et son visage retrouva soudain une certaine sérénité.

— J'avoue qu'avec Stéphane, on ne sort plus souvent ensemble mais là, voyez-vous, nous dînions au restaurant. La Cravache d'Argent, à Chantilly.

Elle fouilla encore dans ses sacs et, voyant que les flics ne bougeaient pas, lança :

— Il vous faut plus de détails, évidemment. Alors voilà, nous y sommes arrivés vers 22 heures, et sommes repartis… Oh, 1 h 30 du matin, au moins. On a eu une grosse, grosse discussion, tous les deux. Et pour les témoins, vous en trouverez des dizaines. Le restaurant était bondé.

Elle fixa Vic droit dans les yeux.

— Vous voulez connaître les menus, aussi ?

— Non, ça ira.

— Vous avez vos réponses ? Alors, si vous permettez…

— C'est qu'on aimerait bien rencontrer également votre mari, pour avoir sa version des faits et vous laisser définitivement tranquilles.

— Je répète, je ne sais pas où il est !

— Il a bien un téléphone portable, vous pouvez essayer de le joindre, non ?

— Désolée, mais j'ai horreur des portables.

Sylvie déballa deux belles statuettes en céramique et se tourna vers les flics.

— Vous voyez, ces jumelles saïgonnaises, c'est aussi en rapport avec les recherches de mon mari, ses rêves, ses fantasmes, que je les ai achetées… D'ordinaire, je n'y aurais pas fait attention. Mais là, il m'en avait tellement parlé…

Elle s'avança dans le hall, suivie par les deux policiers. L'une des statuettes trouva exactement sa place sur une tablette en bois noir. Stéphane n'avait pas tort : cet emplacement lui convenait à la perfection. Elle posa l'autre statuette dans un coin, derrière une caisse.

Vic s'approcha de la Saïgonnaise et la caressa lentement.

— Vous nous avez dit que votre mari fabriquait des monstres. Peut-être le trouverons-nous sur son lieu de travail ?

— Je ne pense pas. Son lieu de travail est au sous-sol.

— Et peut-on y faire un tour ? Juste quelques minutes ?

Sylvie hésita. Ces types étaient pires que des teignes.

— D'accord. Vous comprendrez ainsi pourquoi mon

mari se rend dans des musées sur les maladies congénitales ou dans d'autres endroits tout aussi insolites. Si cela peut le disculper de je ne sais quoi.

Wang félicita son collègue d'un clin d'œil, alors que Sylvie s'avançait déjà vers une porte.

— Comment en vient-on à créer des monstres ? lui demanda le jeune lieutenant en la rejoignant.

Ils descendirent tous les trois les escaliers, dans l'obscurité.

— Mon mari est venu sur Paris sans rien dans les poches, pour faire de la figuration, avec le secret espoir de devenir acteur. Il a un véritable don pour ça. Mais tout est si difficile dans ce milieu… Alors il arrivait tout juste à survivre, de casting en casting, jusqu'à ce qu'il réussisse à obtenir un poste de chef de file, pour organiser la figuration. En même temps, il a commencé à travailler dans un atelier de maquillage pour le cinéma, et il s'est rendu compte qu'il avait un certain talent.

— Quel genre de talent, plus précisément ?

— Celui de créer des figures extraordinaires. Des créatures que l'on ne croise nulle part sur Terre, hormis dans l'esprit des gens. Stéphane excelle dans son métier.

Vic se plia soudain en deux, la main gauche sur l'avant-bras droit. Il serra les dents. Wang se retourna.

— Eh, Marchal ? Un problème ?

Vic se redressa, les traits tirés.

— Ce n'est… Ce n'est rien… fit-il en contractant les mâchoires. Une petite douleur dans l'avant-bras. Je… Je fais pas mal de rameur chez moi, ces derniers temps. J'ai dû me froisser un muscle, ou me choper une tendinite. Avancez, je… j'arrive…

— Vous êtes sûr ? demanda Sylvie.

— Absolument.

Quand ils lui tournèrent le dos, il serra très fort le poing, une dizaine de fois. L'atroce douleur finit par s'estomper, et il les rattrapa.

— Cette odeur ? demanda-t-il.

Sylvie se frottait les épaules, il faisait froid au sous-sol.

— Ammoniac, un stabilisateur du latex. Moi, je ne le sens même plus.

— Ces caves sont gigantesques. Combien de pièces ?

— Une bonne quinzaine. Vous évoluez dans un ancien refuge de chasse. Avant, ici même, se déployait toute l'intendance nécessaire pour accueillir une famille entière d'aristocrates. Les buanderies, les cuisines, ainsi que des salles où l'on entreposait, écorchait et fumait le gibier. D'où les crochets de boucherie, au plafond. Puis, voilà une quarantaine d'années, ce domaine a été loué pour des tournages de films. Certaines pièces, à l'étage ou ici, au sous-sol, sont encore en l'état.

Elle ouvrit une porte. Vic eut un mouvement de recul. Des ongles étaient incrustés dans les murs ensanglantés, rayés de griffures. Le sol était jonché de touffes de cheveux collées par un liquide marron.

— À quoi rime tout ceci ? demanda Wang, brusquement sur ses gardes.

Sylvie s'avança dans la cave.

— Ce n'est pas du vrai sang, je vous rassure. Il s'agit juste d'un ancien décor de cinéma. Mais nous allons faire des travaux, et tout ça va bientôt disparaître.

Ils longèrent le couloir et passèrent devant d'autres portes en bois. Sur l'une d'elles, Vic aperçut le dessin d'un bébé aux membres déformés. Il s'arrêta et se décida à ouvrir. Sylvie se précipita et posa sa main sur celle du jeune lieutenant.

— Non. Pas celle-là.

Vic resta sans bouger, surpris. Sylvie retira brusquement sa main et crut bon de se justifier :

— Mon mari et moi… on ne pourra jamais avoir d'enfant, il souffre de… Non, il ne faut pas entrer là-dedans, Stéphane n'était pas au mieux de sa forme quand il a dessiné toutes les planches à l'intérieur. C'est une vision très, très noire de… la naissance. Cela ne vous donnerait pas une bonne image de lui.

Vic sentit un frisson lui remonter le long de l'échine. Après-demain, Céline faisait son amniocentèse.

— Je voudrais quand même voir, s'il vous plaît.

Sylvie hocha la tête sans conviction.

— Sans moi, alors. C'est le seul endroit où je… je ne peux pas pénétrer. L'interrupteur se trouve sur la gauche.

Les deux flics entrèrent l'un derrière l'autre. Vic referma la porte et alluma la lumière. Chuintement électrique.

Sur les quatre murs, du sol au plafond, se déroulait une fresque immense. Des centaines et des centaines de dessins au fusain.

— Ce type est un taré, chuchota Wang. Si on omet le coup de l'alibi au restaurant, on pourrait tenir notre homme.

Vic ne répondit pas. Devant eux se déployait un ensemble titanesque de monstruosités. Chaque illustration représentait un bébé difforme, avec, en dessous, le

nom de l'anomalie dont il souffrait. On y parlait d'anomalies simples, comme les hémitexies, l'hermaphrodisme, les monstres siamois. Mais aussi de monstres autosites, comme les sirènes, les exemcéphaliens, les otocéphaliens, les cyclocéphaliens, avec un œil unique au milieu du front. Puis, plus on avançait, pire c'était. Les monstres omphalosites, genre anidiens, au corps réduit à une bourse cutanée avec un cordon ombilical, les monstres doubles parasites…

Wang s'approcha de la représentation de la sirène.

— Tu as vu ? Drôle de coïncidence, non ?

Vic se positionna entre deux miroirs placés face à face, et regarda son reflet se démultiplier à l'infini.

— On baigne dans les coïncidences depuis le début, et à mon avis, on en cherche un peu trop. Je veux dire, tout cela, cette sirène, ces monstres, ne font pas de lui un coupable. Son univers me paraît somme toute logique, cohérent avec les Parques ou Dupuytren. Comme dit sa femme, on ne fait qu'empiéter sur son territoire. Nous sommes les intrus, pas lui.

Wang continuait à avaler chaque dessin de ses petits yeux noirs.

— La femme, elle te paraît comment, justement ? Elle nous cache quelque chose, non ?

— Apparemment, ils ont des problèmes de couple. Elle ignore où il se trouve, et elle parle de lui comme d'un étranger. Tu sais, les gens habitent parfois de grandes maisons pour se fuir l'un l'autre. On sort ? Je ne me sens pas à l'aise ici.

— Je reste encore une minute.

— OK, je t'attends dans le couloir.

Vic alla rejoindre Sylvie, qui patientait un peu plus loin.

— Je comprends mieux ce que vous vouliez dire. C'est très impressionnant.

Puis il resta silencieux quelques secondes, encore sous le coup de ce qu'il venait de voir. Décidément aujourd'hui… Ici… à Dupuytren… Il se souvint de sa discussion avec le conservateur du musée. Et en particulier de ses explications concernant les anomalies plus ou moins visibles. Il demanda tout bas :

— J'aimerais connaître la maladie de votre mari, celle qui l'empêche de donner la vie. Ça restera entre vous et moi.

Sylvie se rebiffa.

— Pourquoi je vous confierais de quoi souffre mon mari ? C'est extrêmement personnel.

Vic tenta le tout pour le tout.

— Ce que je vais vous dire est aussi très personnel, murmura-t-il. Ma femme et moi, on ne peut pas avoir d'enfant non plus. Chose certaine, je suis le fautif, mais on ignore d'où vient le mal, pour l'instant. Je… J'enchaîne des batteries d'examens, c'est épouvantable de se trouver dans cette situation… Voilà pourquoi cela m'intéresse.

Sylvie voulut se retenir, mais les mots sortirent d'eux-mêmes.

— Mon mari souffre d'une absence congénitale des canaux déférents.

Vic plissa légèrement les paupières.

— C'est une maladie invisible ?

— Invisible ? C'est-à-dire ?

— Je veux dire… De l'extérieur.

— Complètement invisible.

Sylvie baissa la tête, puis la releva.

— Vous allez chercher votre collègue et on termine cette visite, si vous le voulez bien ?

Une minute plus tard, ils avançaient de nouveau de pièce en pièce. Dans une autre cave s'empilaient des centaines d'affiches de films d'horreur, et ailleurs, encore, des tirages couleurs d'insectes, agrandis des milliers de fois. Pattes de poux, abdomens d'acariens, trompes de moustiques. Sans compter, de-ci, de-là, les têtes coupées, les bras arrachés, les bidons de faux sang ou de vomi factice.

— En dehors des mannequins, votre mari reproduit-il les odeurs ? demanda Vic.

— Comment ça ?

— Quand il fabrique un cadavre, y associe-t-il l'odeur de putréfaction ? Je crois que certains réalisateurs américains utilisent cette méthode pour rendre les tournages plus réalistes et impliquer les acteurs.

— En Amérique, peut-être, mais certainement pas ici. Vous ne sentirez que l'odeur de l'ammoniac.

Elle les invita à pénétrer dans Darkland. Vic retrouva son regard d'enfant. Il touchait du bout des doigts les mâchoires acérées, les paupières caoutchouteuses, les yeux en verre ou les oreilles en résine. Wang stoppa net devant l'établi.

— C'est… Mais c'est Carla Martinez ?

— Exact, souligna Sylvie. Mon mari travaille sur un film dans lequel elle joue en ce moment, qui s'appelle…

— *Le Vallon de sang*, compléta Wang en fixant son collègue. Le film qu'ils tournent dans les studios Calendrum, à une centaine de mètres de l'endroit où notre victime a été découverte.

Sa phrase gela l'ambiance. Sylvie s'assit sur un siège à roulettes, un peu abasourdie.

— Et alors ?

Vic s'approcha de Darkness, effroyable monstre composé de deux créatures dont l'une semblait habiter l'autre. Il l'ausculta avec curiosité, alors que Wang poursuivait l'interrogatoire.

— Il est temps que vous nous expliquiez, non ?

— Que je vous explique quoi ? Ces ateliers ne sont-ils pas la meilleure des explications ? L'univers de mon mari est peuplé de monstres ! Tout n'est que… pure coïncidence !

— S'il vous plaît, madame Kismet.

Elle se tortillait les doigts.

— Votre tueur est peut-être un fan de cinéma ? Possible, non ? Je… Je n'ai plus rien à vous dire. Sortez, maintenant.

Vic, qui venait d'apercevoir une paire de gants en latex, dit d'une voix apaisante :

— J'ai vu des cachets à proximité du réfrigérateur, dans votre cuisine. Des Effexor. Votre mari est sous antidépresseurs ?

Sylvie se rétracta comme une huître.

— Non, c'est moi… c'est moi qui ai des problèmes.

La jeune femme sentait sa poitrine se serrer de plus en plus. Elle ne voulait pas raconter l'histoire de Stéphane, pas à des inconnus prêts à tout pour l'accabler.

Tel un rouleau compresseur, Wang s'approcha et demanda :

— Il y a une couverture, dans le coin, et une tonne de gobelets de café à côté. Votre mari dort ici, dans les sous-sols ? Souffre-t-il de troubles de la personnalité ? A-t-il déjà consulté un psychiatre ?

Sylvie se redressa, avec l'horrible impression que le flic avait fouillé dans ses pensées.

— Mais pour qui vous prenez-vous ? Vous venez ici,

chez moi, pour accuser mon mari ! Et à présent, vous le traitez de malade mental ?

La mélodie de *Rhapsody in Blue* interrompit leur dialogue. Sylvie s'empara de son portable. Sur l'écran s'affichait un prénom : « Stéphane ». Elle voulut ouvrir le clapet, mais Wang l'en empêcha et la briefa rapidement :

— Alors comme ça, vous n'aimez pas les portables, hein ? Vous mettez le son, et vous lui demandez où il est. Et ne lui dites surtout pas que nous sommes ici, où je vous garantis que tout cela va très mal se terminer. On est d'accord ?

Sylvie ôta sa main d'un mouvement sec, enclencha le haut-parleur et répondit :

— Stéphane ? Où es-tu, bon sang ? Il est presque 19 heures !

— Écoute ! J'ai besoin que tu fasses une recherche sur Internet ! Et sans poser de questions, OK ?

D'un signe de la tête, Wang l'incita à accepter. Sylvie se précipita sur l'ordinateur et, après quelques secondes, ouvrit un navigateur.

— Je t'écoute.

— Va sur le site de cinéma, il est dans les favoris. Et tu tapes *Les Secrets de l'abîme*, c'est un film de 1988.

Sylvie s'exécuta. Elle sentait la présence oppressante des deux policiers, juste derrière elle.

— C'est bon ? fit Stéphane. Tu regardes la fiche détaillée de ce film et tu me donnes le nom du chef décorateur.

Un clic. Sylvie se figea. Wang, accroupi, nota son trouble.

— C'est… C'est John Lane.

— C'est ça ! C'est lui qui…

— Qu'est-ce que tu fais ? l'interrompit Sylvie. Rentre s'il te plaît, j'aimerais qu'on passe une soirée tranquille, tous les deux.

— Non, je quitte Méry, je fonce chez Hector Ariez.

Sylvie baissa les paupières. Stéphane continuait à parler.

— Tu ne me croiras jamais, mais Mélinda, elle…

Elle raccrocha hâtivement. Moh Wang lui sauta dessus.

— Pourquoi vous avez raccroché ?

La jeune femme se sentait de plus en plus mal.

— Parce que je refuse d'étaler notre vie privée devant vous. Je ne sais même pas si votre visite est légale. Alors maintenant, partez.

— Qui sont John Lane et Hector Ariez ?

— Une seule et même personne. John Lane est un pseudonyme.

— D'accord. Pouvez-vous me donner une adresse ?

Sylvie attrapa un crayon et la griffonna sur un papier. Vic remarqua que ses doigts tremblaient. Les antidépresseurs ?

— Qui est cet homme ? demanda-t-il.

Sylvie n'en pouvait plus, il fallait qu'ils disparaissent, le plus vite possible.

— Un décorateur de cinéma, comme indiqué sur la fiche du site. Lui et Stéphane se sont déjà rencontrés à plusieurs reprises. Et s'il se rend là-bas, c'est sûrement pour discuter travail.

Moh tira son collègue par l'épaule et l'entraîna un peu plus loin.

Tu vas y aller, ordonna-t-il.

— Quoi, tu plaisantes ? T'as vu l'heure ?

Wang considéra Sylvie. Celle-ci était recroquevillée sur sa chaise, la tête entre les mains.

— Tu files, j'ai dit. Il n'a que trente kilomètres d'avance. En fonçant, tu devrais le rejoindre chez ce Hector Ariez peu après son arrivée. Tu t'assures que ses réponses sont cohérentes avec celles de sa femme. Moi, je reste avec elle, pour éviter qu'elle le prévienne entre-temps. J'en profiterai pour vérifier l'alibi du restaurant.

— T'exagères, bon sang. J'ai une vie, mince !

— Tu t'es déjà fritté avec ta femme tout à l'heure. Tu n'es plus à ça près.

Vic hésita. S'il refusait, à coup sûr, l'affaire remonterait aux oreilles de Mortier.

— Bon… Il me faut ton portable, le mien est déchargé. Je te le laisse et je te donne aussi mon chargeur. J'appelle en cas de problème.

Wang fit la moue.

— Pas de connerie avec mon joujou, ou je t'étripe.

S'adressant à Vic, Sylvie les interrompit :

— Dites…

Le policier se retourna.

— Oui ?

— Le gant en latex que vous avez volé, il dépasse de votre poche. Je vous garantis que vous allez avoir des ennuis. Tous les deux.

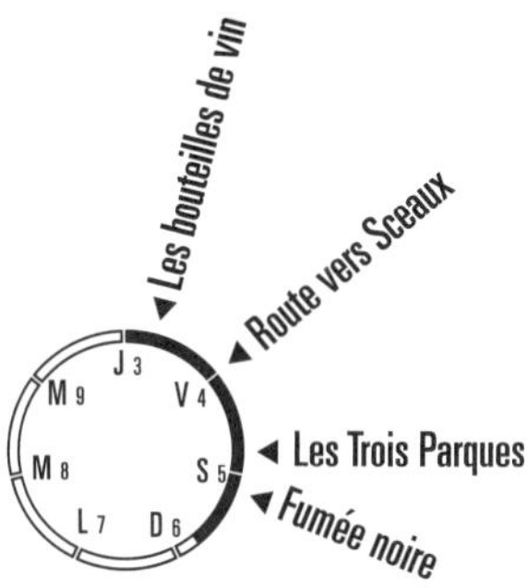

33. SAMEDI 5 MAI, 20 H 28

Stéphane se gara derrière la Porsche rouge de Hector Ariez. En apercevant le numéro de plaque, 8866 BCL 92, il revit défiler tout un fragment de son rêve, « Route vers Sceaux ». Il entendit au fond de lui-même l'annonce de l'avis de recherche, à la radio, concernant la mort de Mélinda. Il vit le mouchoir rose sur son siège, et Stéfur, le front trempé, le crâne rasé, jaillissant de la Ford un pistolet au poing.

— Stéphane Kismet ? s'étonna Victoria Ariez en ouvrant la porte. Encore vous ?

— Je dois voir John. Tout de suite.

La jeune femme blonde eut un léger mouvement de recul.

— Pour quelle raison ?

Stéphane s'avança vers elle avec détermination.

— Parce qu'il le faut.

Victoria le jaugea d'un air suspicieux. Ses cheveux défaits, ses vêtements chiffonnés, l'odeur de sueur… Elle déclara enfin :

— Il est en train de travailler. Entrez, je vous prie. Je vais le chercher.

— Non, je vous accompagne. J'ai besoin de lui parler en tête à tête. Mais avant, j'ai une question à vous poser.

— Oui ?

— Vous connaissez l'emploi du temps de votre mari ?

— En partie oui. Pourquoi ?

— Les 8 et 9 mai prochains, qu'a-t-il prévu de faire ?

Victoria réfléchit.

— Je l'ignore. Mais il travaille pas mal sur *Le Vallon de sang*, en ce moment, et je sais juste que, le 9 mai, c'est notre anniversaire de mariage, nous fêtons nos six ans.

— Mes félicitations, répondit Stéphane mécaniquement.

Ils traversèrent des pièces richement meublées avant d'arriver jusqu'au bureau de Hector Ariez. Victoria frappa deux petits coups secs et entrouvrit la porte.

— Chéri ? Je suis avec Stéphane Kismet. Il veut absolument te voir.

— Stéphane Kismet ?

Ils patientèrent quelques secondes, puis la porte s'ouvrit sur un homme de grande taille, au visage fin et au nez légèrement tordu. Il portait un bermuda gris et un polo Lacoste de couleur verte.

— Stéphane ?

— Bonjour Hector. Peut-on discuter en privé ?

Ariez sembla hésiter, et cette hésitation apparemment anodine amena Stéphane à penser qu'il ne se trompait pas. Puis le décorateur l'invita à entrer et à prendre place dans un fauteuil, embrassa son épouse et ferma la porte de son bureau. Sans dire un mot, il empoigna une carafe de whisky en cristal et versa l'alcool dans deux verres épais. Des photos dédicacées d'illustres golfeurs – Tiger Woods, Padraig Harrington, Zach Johnson – ornaient les murs.

— Vos mains tremblent, remarqua Stéphane. Un souci ?

— J'ai besoin de me détendre, j'ai travaillé toute la journée, et ce n'est pas terminé. Je répondais à un mail qui m'a particulièrement mis en rage. Que me vaut votre visite, un week-end, et à une heure aussi tardive ?

Il lui parlait en lui tournant le dos. Stéphane parcourut rapidement le bureau des yeux. Une pièce sobre, ordonnée, sans fioritures : des vitres propres, des crayons bien taillés, et dans un coin, du matériel vidéo – caméra, trépied, appareil photo – bien rangé. Tout l'opposé du fouillis indescriptible de Darkland.

— À votre avis ?

Hector lui apporta son verre. Son front luisait d'une pellicule de sueur.

— Vous aimez le whisky, je crois me rappeler, dit Ariez. Celui-ci est un Aberfeldy Single Malt vingt-cinq ans d'âge.

Stéphane décida de surprendre son interlocuteur.

— Parlez-moi de Mélinda Grappe.

— Qui ?

— Mélinda Grappe. La gamine de dix ans qui habite Méry-sur-Oise.

Hector Ariez esquissa un imperceptible sourire, qu'il aurait pu dissimuler si Stéphane ne l'avait pas fixé intensément.

— Vous êtes venu ici pour me demander si je connaissais une Mélinda Grappe ?

— Exactement.

— Et cela ne pouvait pas se régler par téléphone ?

— Non.

Ariez porta son verre à ses lèvres et laissa le whisky exciter ses papilles gustatives avant de l'avaler, l'air détaché.

— Ce nom ne me dit rien. Une actrice ?

— Ne vous fichez pas de moi ! Une fillette aux cheveux bouclés, aux yeux verts, avec une dent en moins.

Ariez se recula de quelques pas et éteignit l'écran de son ordinateur.

— Non, désolé, je ne connais pas cette fille.

Stéphane expira par le nez, comme un buffle.

— Et Hennocque, vous connaissez ?

Le décorateur secoua lentement la tête.

— Non plus. Mais que voulez-vous, à la fin ? Victoria m'a déjà parlé de votre comportement pour le moins troublant d'hier. Et cela ne semble pas aller mieux aujourd'hui.

Stéphane avala son whisky, cul sec, sans la moindre grimace.

— Vous ne pouvez imaginer à quel point je vais bien. Vous ne vous rappelez pas, alors je vais vous rafraîchir la mémoire. Vous avez aménagé des décors au fond de la carrière Hennocque pour *Les Secrets de l'abîme*, un film de 88. Vous étiez le décorateur.

Ariez se tapota la tempe avec l'index.

— Maintenant que vous le dites… Mais je ne me souviens pas de tous les endroits où je monte des décors. Cela date un peu, tout de même, non ?

— Vous mentez. Je sais que vous mentez.

Stéphane parlait de plus en plus fort. Ariez se mit sur la défensive.

— Pouvez-vous enfin m'expliquer ce qui justifie

votre venue deux jours d'affilée, avec une attitude pour le moins extravagante, si ce n'est déplacée ? Vous avez des problèmes avec Éverard ? Il m'a parlé de ce buste de Martinez, que vous fabriquez. Trop de pression ? Puis-je vous aider ?

Stéphane se leva, claqua son verre sur le bureau et prit un air agressif.

— Je me fiche du buste de Martinez ! Et je n'ai jamais été aussi détendu ! Montrez-moi votre planning ! Je veux connaître votre emploi du temps, les 8 et 9 mai !

— Vous vous moquez de moi ?

Stéphane se précipita sur un agenda et s'en empara. Ariez le lui arracha des mains.

— Ne touchez pas à cela !

Stéphane leva un index menaçant devant lui.

— Vous vous rendez souvent à Méry-sur-Oise ces derniers temps, n'est-ce pas ? Vous… Vous y allez pour observer une petite fille du nom de Mélinda Grappe. Vous ne prenez peut-être pas la Porsche, non, non, c'est bien trop voyant, mais un autre véhicule, une camionnette que vous louez, probablement sous un faux nom. Quel nom ? Quel pseudonyme, cette fois ?

— Mais vous êtes malade ou quoi ? Vous venez m'agresser, ici, chez moi ? Il faut vous faire soigner, Kismet !

Stéphane ne contrôlait plus ses nerfs.

— Je sais ce que vous avez en tête, Ariez. Et je vous garantis que je ne vous laisserai pas faire. Vous ne toucherez pas à cette gamine. Rien de ce qui devait se produire ne se produira.

Hector Ariez le saisit par l'épaule d'une poigne ferme, ouvrit la porte et le poussa dans le couloir.

— Votre femme doit être bien malheureuse avec un taré comme vous ! dit-il. Ce n'est pas un médecin qu'il vous faut, mais un hôpital psychiatrique ! Et maintenant, fichez le camp d'ici !

Stéphane était aussi rouge qu'une braise. Avant de sortir, il s'adressa à Victoria Ariez :

— Surveillez votre mari, madame ! Il n'est pas celui que vous croyez !

Il rejoignit la Ford. Et, alors qu'il s'apprêtait à démarrer, hors de lui, la portière passager s'ouvrit. Un homme s'installa à ses côtés, manquant d'écraser l'appareil photo numérique qui traînait sur le siège.

Stéphane sut alors immédiatement qu'il s'agissait du fameux Victor de ses rêves.

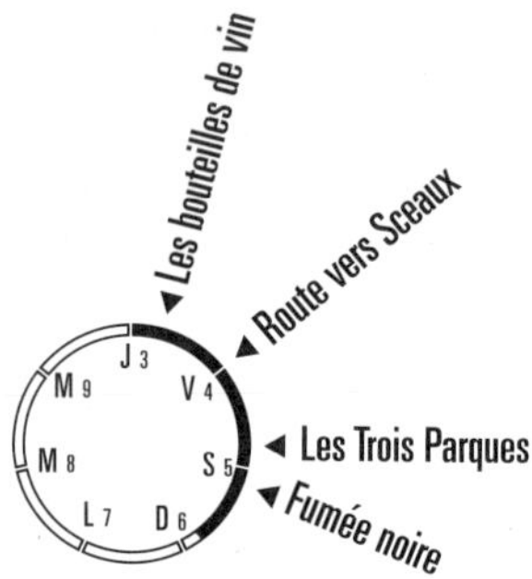

34. SAMEDI 5 MAI, 20 H 48

— Garez-vous plus loin, s'il vous plaît, dit Vic en rempochant sa carte de police. Là-bas, juste derrière ma voiture.

La couleur, le pare-brise fissuré… Stéphane reconnut le véhicule croisé sur le parking des Trois Parques.

— Comment m'avez-vous retrouvé ?

Ce fut la seule phrase qui lui vint à l'esprit. Vic l'observa, légèrement surpris.

— C'est si important que cela ?

Stéphane se demanda s'il ne perdait pas la tête.

— Votre arme, c'est un Sig Sauer ?

— Exact. Vous vous y connaissez ?

— Je… On… On les utilise, pour les tournages de polars.

Stéphane ne savait plus ce qu'il devait dire, ni ce qu'il devait faire. L'arme de ses rêves appartenait probablement à ce flic. Comment arriverait-elle en sa possession ?

— Il y a quelque chose d'étrange, dit Vic en constatant la nervosité de Stéphane. Un policier débarque dans votre voiture, et vous ne lui demandez pas ce qu'il fait là, mais comment il vous a retrouvé. Dans votre métier, vous en voyez souvent, des policiers de la Criminelle s'installer dans votre véhicule ?

Malgré toutes les questions qui l'assaillaient, Stéphane

savait qu'il devait la jouer serré. Les flics n'étaient pas le genre de personnes avec qui on pouvait parler de prémonitions. Pour eux, ce mot risquait fort de rimer simplement avec préméditation. D'un autre côté, il fallait qu'il en apprenne le plus possible au sujet de ces femmes mutilées. Il improvisa.

— Le réceptionniste des Trois Parques m'a parlé d'un policier qui semblait me chercher. Je suppose que vous menez une enquête qui vous a conduit vers ce sinistre établissement, et que vous souhaitez m'interroger parce que je m'y suis rendu ? Enquête de routine ?

Vic hocha la tête en souriant. Stéphane lut dans ce sourire toute la jeunesse et l'inexpérience de son interlocuteur.

— Tout à fait exact, répliqua Vic. Vous m'ôtez les mots de la bouche. À croire que vous devinez l'avenir.

— Peut-être, après tout. Il s'agit d'une affaire de meurtre ?

— De mieux en mieux. Vous en savez des choses.

— La Criminelle se déplace rarement pour des histoires de sacs volés. Ce qui me surprend plus, c'est votre âge. Votre accent… Vous êtes nouveau ?

Vic remballa sa bonne humeur pour prendre une expression plus déterminée.

— Bon, venons-en au fait. Vous travaillez pour un film intitulé *Le vallon de sang*, qui se tourne en ce moment même dans les studios Calendrum. Vous vous êtes rendu dans cette zone récemment ?

— Pas depuis une bonne quinzaine de jours. Pourquoi ?

— Que faisiez-vous aux Trois Parques hier ?

Stéphane garda un ton calme.

— J'observais.

Vic jeta un œil vers l'appareil photo numérique qu'il avait posé en face de lui.

— Vous observiez… Quoi, les oiseaux migrateurs ? Les glands dans les chênes ?

— Un policier avec de l'humour ? C'est bien ce que

je pensais. Vous débutez. Je cherche l'inspiration pour la création de nouveaux monstres. Je parcours ainsi tous les lieux insolites qui me tombent sous la main. Catacombes, laboratoires de biologie, nécropoles, hôtels bizarroïdes, et j'en fais ensuite une espèce de grosse soupe, dans mon cerveau.

Vic regarda loin devant lui, les yeux mi-clos.

— D'après le type au moignon, Grégory Mache, vous avez tenté de vous saigner avec un couteau dans votre voiture. Drôle de comportement pour un simple observateur.

Stéphane se pencha, fouilla à l'aveugle sous son siège et ramassa l'une des deux pommes qu'il avait embarquées avant de se rendre aux Trois Parques.

— Cette brute est entrée dans ma Ford alors que je m'apprêtais à éplucher ma pomme. Et il m'a volé mon couteau. J'y tenais beaucoup. Il venait de mon père adoptif, on ouvrait les poissons avec.

— Je vois.

— Dites… Pendant ma tournée des endroits insolites, j'ai découvert un impressionnant musée sur les maladies congénitales. Dupuytren, vous connaissez ?

Vic contracta imperceptiblement les mâchoires. Les propos de Kismet s'accordaient parfaitement avec ceux de sa femme. Et Wang, entre-temps, avait appelé pour confirmer l'alibi du restaurant.

Stéphane Kismet n'était pas coupable.

— Pourquoi ai-je l'impression que c'est vous qui m'interrogez, et non l'inverse ? répliqua le jeune flic.

— Un homme, qui sait exactement où je me trouve, entre dans ma Ford et s'installe à son aise, comme bon lui semble. J'ai bien le droit d'en savoir un peu plus, non ?

— Bon, reprenons. Depuis quand menez-vous vos observations aux Trois Parques ?

— Oh, depuis hier seulement. Je faisais des recherches sur Internet, j'ai découvert l'existence de ce lieu qui m'a paru intrigant et, de ce fait, je m'y suis précipité.

— Alors vous êtes allé à Dupuytren l'après-midi, et aux Parques le soir ?

— Comment savez-vous que je suis allé à Dupuytren dans l'après-midi ? Ou alors…

Stéphane eut une bouffée de chaleur. D'un coup, le cheminement des événements se dessina dans sa tête.

— C'est ça ! Vous aussi, vous vous êtes rendu là-bas ! En rapport avec votre affaire !

— En effet.

Stéphane claqua des doigts, il s'agita comme un mobile déréglé.

— Et c'est de cette manière que vous êtes remonté jusqu'à moi. Parce que j'ai laissé ma carte au conservateur ! Vous vous êtes rendu chez moi, et… et alors que j'appelais ma femme, vous avez tout entendu ! Voilà pourquoi elle paraissait si bizarre !

— Décidément. On ne peut rien vous cacher.

Stéphane désigna le billet jaune du musée que Sylvie avait posé au-dessus de la boîte à gants.

— Vous devez me dire pourquoi votre enquête vous a amené jusqu'à ce musée.

— Pourquoi je le ferais ?

— Parce que… Parce que, pour une raison que j'ignore, je suis concerné par votre histoire. Écoutez Victor, je crois que le destin a décidé de notre rencontre.

— Qu'avez-vous dit ?

— Que je croyais que le destin…

— Non, avant. Comment m'avez-vous appelé ?

— Victor, pourquoi ?

Le lieutenant de police fronça les sourcils.

— Comment savez-vous que je m'appelle Victor ? Personne ne m'appelle Victor.

La lèvre supérieure de Stéphane se mit à trembler.

— Parce que… Parce que c'était écrit sur votre carte de police.

Les deux hommes se jaugèrent en silence. Vic inspira

longuement puis s'empara de l'appareil numérique, devant lui.

— Pas mal, votre reflex. Moi, j'avoue que j'hésite entre un reflex et un bridge. Vous pensez qu'il y a une réelle différence ?

— Laissez ça, s'il vous plaît.

Vic le soupesa, fit mine de s'intéresser à l'optique et l'alluma.

— L'écran est vraiment génial. Très lumineux.

— Que faites-vous ?

Vic empêcha Stéphane de reprendre l'appareil et, malgré ses protestations, fit défiler les photos sur le petit écran LCD. Il ne découvrit d'abord que des images de prothèses, puis… une gamine dans la rue, que Kismet avait photographiée depuis l'intérieur de son véhicule.

Il releva un regard sombre.

— Pourquoi vous photographiez une petite fille à la dérobée ?

— Je… Je ne peux rien vous raconter. Vous seriez la dernière personne à me croire sur cette planète.

— Vous pouvez toujours essayer. On verra ensuite.

— Non. Dites-moi d'abord ce que vous faisiez au musée Dupuytren. Dites-le-moi.

Le policier fixait les mains de son interlocuteur, crispées sur le volant. Stéphane Kismet croyait en quelque chose. Il croyait en quelque chose dur comme fer, mais Vic était absolument incapable de deviner quoi.

Il sentit qu'il devait lâcher un peu de lest pour comprendre.

— J'enquêtais sur un vol.

— La porte forcée… Le conservateur m'a menti. Quel vol ?

— Sirénomélie, ça vous parle ?

Il passa comme un flux dans le regard des deux hommes. Vic sut que Kismet ne jouait pas la comédie, il ne simulait rien du tout.

— Votre homme a volé un bébé sirène ? Mais pourquoi ?

— Confidentiel, désolé. Pourquoi cette histoire vous intéresse-t-elle tant ?

— Je… Je recherche aussi le sensationnel, voilà pourquoi, improvisa Stéphane. Un voleur de monstres est sans doute un monstre lui-même.

Il ferma un instant les yeux, essayant de se remémorer l'intégralité de ses rêves. Les photos des victimes mutilées, les messages sur les murs de la chambre 6, la conversation téléphonique avec ce flic. Rien en rapport avec un bébé sirène.

— À vous, votre histoire, dit Vic.

Stéphane jouait avec le feu, mais il fallait faire parler le lieutenant. Il se mit à raconter :

— Ma femme ne vous a parlé de rien, sur mon passé ? Mes… flashes ?

— Rien du tout. Nous avons seulement discuté de vos créations.

— Depuis tout jeune, j'ai comme… des flashes. Des événements, que je sens juste avant qu'ils se produisent.

Vic ne trahit aucune émotion. Céline croyait aussi en ces bêtises-là, aux pouvoirs de l'esprit, au karma et compagnie. Mais pas lui. Pas un flic de la Criminelle, pas un passionné d'échecs, pas un fils né d'une famille de policiers. Néanmoins, il joua le jeu, même si cela était inutile puisque Kismet avait *a priori* un alibi pour la nuit du meurtre.

— Vous voulez dire… des visions ?

— Pas vraiment. Ni des intuitions, ni des prémonitions. J'ignore comment les définir. Je n'ai pratiquement jamais rêvé de ma vie. Enfin si, je rêve comme tout le monde, mais… mais je ne me souvenais jamais de rien. Ça arrive souvent aux somnambules.

— Moi aussi, je me souviens rarement de mes rêves, si ça peut vous rassurer. Et vous êtes somnambule ?

— Depuis l'enfance, mais pas toutes les nuits,

heureusement, et je ne m'éloigne jamais vraiment de l'endroit où je me couche. Bref, j'avais une dizaine d'années et mon père adoptif n'arrêtait pas de m'emmener à la pêche, très tôt le matin, dans les torrents des Vosges. Pour me réveiller, il se passait un vieux masque de Dracula sur le visage, vous savez, ces ignobles machins en plastique avec un élastique. Il se penchait là où je dormais, le sol, mon lit, le coin de ma chambre, et m'agitait doucement le bras. Et quand j'ouvrais les yeux…

— Drôle de façon de réveiller un enfant.

— Je vous affirme que ça fonctionnait. Chaque fois, je bondissais. Il voulait m'élever à la dure, faire de moi un homme. Mon père adoptif était un montagnard, vous comprenez ?

— Parfaitement.

— Le soir, là où les parents racontent en général des légendes avec des princesses, lui me parlait de monstres,

de loups-garous qui m'emporteraient si je me comportais comme un gamin, si je continuais à déambuler ainsi la nuit, si je pleurais. J'étais terrorisé. Je m'endormais avec la peur au ventre. Et pourtant, je ne me réveillais jamais en sursaut, jamais de cauchemars, rien. Rien ne sortait de mon esprit, tout s'y… emmagasinait.

— Et… c'est pour cette raison que vous fabriquez vos monstres. Tout ressort par vos mains aujourd'hui.

— C'est ce que racontent les psychiatres que j'ai rencontrés.

Il laissa planer un silence, avant de poursuivre :

— Je ne rêvais pas, du moins je le croyais, mais tout au long de ma vie, je… je me suis vu effectuer des actions d'une manière si forte que je me sentais obligé de les réaliser. Comme une impression de déjà-vu, mais à la force décuplée…

Vic l'interrompit.

— Du genre, vous vous voyez monter des escaliers, en vous disant : « Mais j'ai déjà monté ces escaliers. Et maintenant, je sais qu'une femme va sortir sur son palier. » Et au moment où vous pensez cela, elle sort sur son palier, sauf que vous ignorez si vous l'avez pensé juste avant, ou précisément alors qu'elle sortait. Ça m'arrive tout le temps. Il paraît que c'est physique, l'information de chacun des deux yeux qui arriverait décalée dans le cerveau.

— Non, pas dans mon cas. Je fais des actions sans rapport avec une suite logique d'événements. En 1998, je prenais le TER pour Rennes. À cette époque, on pouvait encore descendre les fenêtres. À un moment donné, quand j'ai aperçu une maison rouge avec des tuiles noires, incrustées de tuiles blanches qui indiquaient la date 1918, j'ai soudain vu le train dérailler. Une vision d'une force telle que je me suis jeté sur le signal d'alarme et que j'ai sauté par la fenêtre.

— Wouah !

— Je me suis retrouvé en morceaux à l'hôpital, avec plus d'une dizaine de fractures et des hématomes partout. N'importe qui serait mort, mais pas moi. Miraculeusement vivant.

— Et le train ?

Le visage de Stéphane se décomposa.

— J'ai sauté en pleine courbe. D'après les survivants, le train a brusquement freiné et déraillé. Un défaut dans les freins, selon les experts.

Vic plaqua sa nuque contre l'appuie-tête et garda le silence quelques secondes.

— Bon sang… En croyant au déraillement du train, vous l'avez vous-même provoqué.

— Je… Je crois qu'il aurait déraillé, de toute façon. En fait, quand j'ai aperçu la maison avec ses tuiles, je n'ai pas réellement vu le train dérailler. J'ai *su* qu'il allait dérailler. Une partie de moi le savait. Comme si… Comme si quelqu'un me l'avait soufflé à l'oreille. Je n'avais d'autre choix que de tirer le signal d'alarme, et de sauter. Après, quand j'ai essayé de raconter cela, ça m'a valu de longues séances chez les psys. Tous ces passagers morts ou blessés par ma faute me hantaient. Les termes récurrents dans la bouche des spécialistes étaient : « hallucinations visuelles », « propension au suicide », « schizophrénie ». Mais je ne suis pas schizophrène. Tout est réel. Sans l'être vraiment. Enfin, je…

Vic hocha la tête.

— D'accord, monsieur Kismet…

— Vous ne me croyez pas, hein ?

— J'ai un peu de mal, voyez-vous.

Stéphane haussa les épaules.

— Normal, un policier est forcément quelqu'un de terre à terre. Même ma femme ne me croit pas. La seule solution qu'elle trouve est de m'envoyer chez des psys. À croire que je les attire, ceux-là.

Vic inspira et se redressa sur son siège.

— Les prémonitions, ce n'est pas trop ma tasse de thé. Selon moi, tout s'explique par la multitude des événements invisibles qui nous entourent. Au lycée, un prof m'avait par exemple parlé d'un écrivain, Roberston, qui, en 1890…

— … publiait un roman mettant en scène la tragédie du *Titanic* qui n'arriverait que vingt-deux années plus tard, je sais. Et je sais aussi ce que vous a dit votre prof. Que des centaines de milliers de livres et d'événements existent, constituant autant d'histoires, et que, forcément, les lois du hasard, de la probabilité et du temps qui passe impliquent que l'une d'elles se produira, au détail près, un jour ou l'autre. Plus il y aura de livres, d'images, de récits, d'événements, plus il y aura de… prémonitions.

— On peut dire cela, oui. Prémonitions, ou coïncidences, comme vous voulez.

Vic désigna l'appareil numérique.

— Et donc, la photo de la gamine ? Une vision, là aussi ?

Stéphane baissa les paupières.

— Je crois qu'elle va mourir. Bientôt.

Vic essaya de ne pas trop marquer son impatience et sa volonté de rentrer chez lui.

— D'accord… De quelle manière ?

— Noyée au fond d'une carrière inondée, Hennocque. Et je crois que Hector Ariez est mêlé à tout cela.

— D'où la raison de votre présence ici.

Vic comprenait mieux les explications du réceptionniste des Trois Parques et du conservateur du musée qui tous deux parlaient d'un comportement bizarre, limite agressif. Il saisissait mieux aussi la détresse apparente de Sylvie Kismet. Son mari semblait salement dérangé.

— Vous prenez des antidépresseurs ? Des neuroleptiques ? Des anxiolytiques ?

— J'ai arrêté… De la cochonnerie. Dites, vous allez enquêter sur Hector Ariez ?

— Désolé, mais cela ne se passe pas ainsi.

— Ah… Vous avez un enfant ?

— Non.

— Si vous aviez une gamine de l'âge de Mélinda, vous comprendriez.

Stéphane regarda la route, devant lui.

— C'est pour bientôt ? demanda-t-il.

Quoi donc ?

— L'accouchement.

Vic tenta de cacher sa surprise.

— Qu'est-ce que vous racontez ? Ma femme n'attend pas d'enfant. Vous délirez ou quoi ?

— Pourquoi mentez-vous ?

— Vous arrêtez avec ça, d'accord ?

— La grossesse se passe mal ?

— Fermez-la, j'ai dit ! Ou je vous fiche mon poing dans la gueule !

Ce simulacre d'interrogatoire avait assez duré. Vic finit par tendre deux cartes de visite à Stéphane. Ce malheureux avait d'évidents problèmes psychologiques, beaucoup de soucis, mais rien qui puisse l'aider à faire avancer l'affaire.

— Vous avez toutes mes coordonnées, professionnelles et même perso, en cas d'urgence.

— Alors c'est tout ?

— Oui, c'est tout ! Quoi ? Vous voulez continuer à me raconter la fin des aventures du vilain petit canard ? Je vous contacterai, si besoin est. Point à la ligne. Et à votre place, je suivrais le conseil de votre femme et je retournerais voir un psy.

Vic sortit de la voiture. Stéphane l'imita et s'avança pour lui barrer le passage.

— Vous devez m'en dire plus sur votre dossier. Vous devez encore m'interroger !

Vic ne put s'empêcher de rire.

— Ça, c'est original ! Quelqu'un qui veut se faire interroger par la police ! On se rappelle si nécessaire, d'accord ?

— Écoutez ! Il va se passer des choses horribles, et…

— Il se passe des choses horribles tous les jours. Poussez-vous, s'il vous plaît.

Stéphane lui attrapa l'épaule. Vic le repoussa violemment.

— Virez vos pattes de là !

— Je… Je ne voulais pas. Excusez-moi, je… Dites-moi au moins sur combien de meurtres vous enquêtez ! Deux ? Deux meurtres ?

— Un meurtre. Et c'est déjà bien assez.

— Blonde ou brune ?

— Que disent vos visions ? lança Vic d'un ton exaspéré.

— Brune ?

— Désolé, mais elle était blonde. Il faudra porter plainte au bureau des visions foireuses.

Stéphane sentit une incroyable vague de détresse l'envahir. S'il se mettait à parler du corps de la blonde transpercé d'aiguilles, de celui de la brune saucissonné dans du barbelé contre un placard, il finirait en prison.

Il regarda les cartes de visite. Bientôt, il savait qu'il

entrerait le numéro de Victor Marchal dans son téléphone à l'écran brisé. Et que les deux hommes, quoi qu'il arrive, allaient de nouveau se rencontrer. Dans le rêve, ils se tutoyaient.

Il savait aussi que la brune des photos allait mourir, sans qu'il ne puisse rien y faire.

Le jeune lieutenant démarrait, Stéphane se précipita soudain vers le véhicule et frappa au carreau. Vic baissa la vitre en soupirant.

— Quoi encore ?

— Un détail, un tout petit détail.

— Abrégez, s'il vous plaît.

— Est-ce que les nombres quarante-six ou quarante-sept vous évoquent quelque chose ?

— Ça devrait ? Au revoir, monsieur Kismet.

Stéphane recula et dit, sans quitter le lieutenant des yeux :

— Votre femme… Vous devriez vous trouver avec elle, en ce moment.

Derrière eux, un long croassement. Un corbeau faisait ployer une branche. Stéphane le fixa quelques secondes, et dit :

— Vous voyez, ce corbeau ? En Inde, on l'assimile à un messager de la mort. Il vient annoncer des malheurs inévitables.

Vic était à la limite d'exploser.

— Pourquoi vous me dites cela ?

— Aujourd'hui, j'ai échoué. Pas moyen de changer les choses. Et de ce fait… on se reverra bientôt, quoi qu'il advienne.

Arrivé au bout de la rue, perturbé, Vic jeta un dernier regard dans son rétroviseur sur Stéphane, immobile, planté au milieu de la chaussée.

Avec la furieuse impression d'avoir déjà vécu cette scène.

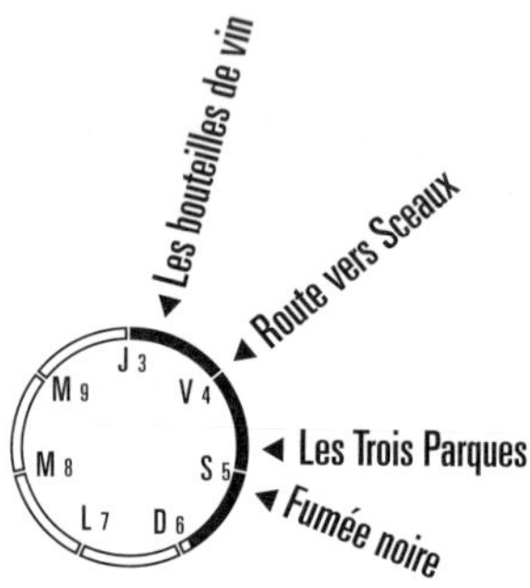

35. SAMEDI 5 MAI, 20 H 55

Cassandra Liberman était morte de fatigue. Elle avait passé sa journée de magasin en magasin, d'administration en administration, afin d'effectuer les derniers préparatifs pour son voyage. Elle irait d'abord au Burkina Faso puis à Madagascar. Ce séjour d'un mois représenterait sans nul doute un tournant décisif dans sa jeune carrière.

Elle rentra chez elle et déballa les objectifs dernier cri qu'elle s'était achetés. Des focales pour le portrait, la macro, le grand-angle. Elle avait lâché environ cinq mille euros, mais le jeu en valait la chandelle. Elle reviendrait de son périple avec une collection de photos qui, à coup sûr, déplaceraient des foules entières, comme au temps des « spectacles extraordinaires » où s'exhibaient des stars comme John Doogs ou James Elroy, un trompettiste cul-de-jatte.

Cassandra avait déniché un vrai filon. Chasser, répertorier, photographier les pires anomalies du corps humain, y apposer sa griffe, et les exposer dans de prestigieuses galeries. Et l'Afrique recelait des trésors en terme de monstruosités et de maladies spectaculaires.

Ce soir-là, Cassandra s'endormit heureuse et pleine de rêves.

Plus tard, elle émergea de sa nébuleuse inconscience avec une drôle d'impression.

Une étouffante sensation de chaleur.

Un coup d'œil mécanique sur son radio-réveil lui indiqua qu'il était seulement 23 h 53. Elle avait pourtant l'impression d'avoir dormi longtemps.

La jeune femme se redressa mollement et alluma une veilleuse. Ses mains, son front, ses draps, son oreiller ! Trempés de sueur.

Comment pouvait-il faire aussi chaud ?

Elle rejeta la lourde couette de plumes sur le côté. Entièrement nue, elle se leva et ouvrit la fenêtre. Dehors, une température d'une dizaine de degrés, peut-être. Elle laissa l'air frais glisser sur sa poitrine, sur ses tempes, derrière ses oreilles. Du pur bonheur.

En face, les arbres frémissaient, sombres gardiens nocturnes devant une lune gonflée. Et, partout autour, la nature bruissait, hostile dans l'obscurité.

Parcourue d'un frisson, Cassandra referma la fenêtre, enfila une fine liquette noire et se décida à descendre les escaliers. La climatisation avait dû se dérégler. La maison était neuve, certes, et ce système de régulation thermique était soi-disant ultra-perfectionné, mais il fallait bien une première fois.

Encore à moitié endormie, elle se dirigea vers le salon en allumant une à une les lumières à mesure qu'elle avançait. La demeure était plongée dans un silence inquiétant, on pouvait entendre le léger grésillement des différents appareils électriques. Ordinateur, réfrigérateur, congélateur. Même si Cassandra aimait le lugubre, cela ne l'empêchait pas d'avoir peur comme n'importe quelle femme de vingt-quatre ans vivant seule en lisière de la forêt. À vrai dire, elle détestait avoir à se lever comme ça en pleine nuit.

Elle arriva dans la salle à manger. Le thermostat se trouvait sur le mur d'en face, à côté de la cuisine. La chaleur lui incendiait les poumons. Combien faisait-il ?

— 28 degrés ? C'est quoi ce délire ?

Cassandra appuya sur le bouton « moins » jusqu'à ramener le réglage à 15 degrés, elle aimait la fraîcheur.

Vachement bien l'électronique, sauf quand ça se mettait à déconner.

Elle en profita pour allumer l'écran de son ordinateur et vit immédiatement qu'Amandine était sur MSN. Elle ne put s'empêcher d'abandonner un petit message : « À demain ma poupée, je retourne me coucher avec une folle envie de te sucer les douze orteils aux Parques – ☺. »

Elle bâilla généreusement puis se dirigea vers la cuisine. Cette chaleur de fournaise lui avait raboté la trachée.

Ce fut juste après l'ouverture de la porte du réfrigérateur que ses pieds marchèrent sur quelque chose d'horriblement froid. Cassandra baissa les yeux.

Une minuscule flaque d'eau.

Elle s'accroupit, les sourcils froncés. L'eau était glacée, comme si… Elle s'agenouilla et posa la tempe sur le carrelage pour regarder sous l'appareil. Quelque chose… Elle avança sa main, grimaçante.

Et récupéra un glaçon.

Elle se redressa brusquement, soudain apeurée. Rien autour d'elle. Pas un bruit. Aucun objet déplacé.

Cassandra se trouva stupide. Le glaçon était sûrement tombé du freezer à l'ouverture de la porte. Avec la chaleur, il avait commencé à fondre instantanément.

Elle se mit à rire nerveusement. Quelle conne !

Elle descendit la moitié d'une bouteille d'eau fraîche et s'aspergea le visage et la nuque. Le liquide lui fit un bien immense.

En remettant la bouteille à sa place, elle jeta un œil au compartiment supérieur du frigo. La porte était correctement fermée. Comment le glaçon avait-il pu tomber de là ?

Ça ne valait pas la peine d'ouvrir. Pourquoi chercher à comprendre l'incompréhensible ? Pourquoi s'effrayer pour rien ? Elle pouvait refermer et retourner se coucher.

Mais sa main se plaça sur la poignée du freezer. Elle devait savoir. Juste pour se prouver que les fantômes n'existaient pas.

Elle ouvrit. Alors, son cœur s'accéléra. Cassandra recula de trois pas et s'empara, toute tremblante, d'un couteau.

Le bac à glaçons se trouvait bien là, mais complètement vide.

Elle l'avait pourtant rempli la veille, elle en avait la certitude.

Quelqu'un se cachait dans la maison.

La jeune femme posa une main tétanisée sur son épaule. Dans l'autre main, la lame tranchante.

Que se passait-il ? Devenait-elle paranoïaque ? Non, non, elle était sûre d'elle, pour les glaçons.

Le réfrigérateur se mit à ronronner plus fort encore.

Cassandra tressaillit. Si elle restait là, elle allait crever de peur. Il fallait tenter de remonter en quatrième vitesse, s'enfermer dans sa chambre et appeler la police avec son téléphone portable. Oui, foncer, sans chercher à savoir si l'intrus était encore ici ou déjà reparti.

Sur la pointe des pieds, elle s'avança jusqu'au seuil de la pièce. L'escalier n'était qu'à trois ou quatre mètres, sur la gauche. Elle inspira en silence et s'élança dans le hall, le couteau devant elle. Elle escalada les marches quatre à quatre, haletante, sans jamais se retourner. Il la traquait peut-être. En haut, dans le couloir, elle courut à tout rompre vers sa chambre.

Une fois à l'intérieur, elle se jeta sur le verrou et le tourna à double tour. Sauvée.

Ce fut quand elle respira un grand coup, le front sur la porte, que l'odeur vint lui tordre les narines.

Une terrible odeur de cadavre.

La même puanteur que la veille, dans le jardin.

Cassandra gardait la main crispée sur la poignée, incapable de bouger.

Parce que, derrière elle, le plancher grinçait.

Elle se mit à hurler et combattit la rigidité de son corps pour se retourner, enfin.

Elle aurait dû brandir son couteau, mais celui-ci chuta sur le sol.

La terreur s'enroula autour de sa gorge.
Puis tout devint noir.
Sa dernière vision fut celle d'un monstre.
La pire horreur jamais vue de toute sa vie.
Sa courte vie…

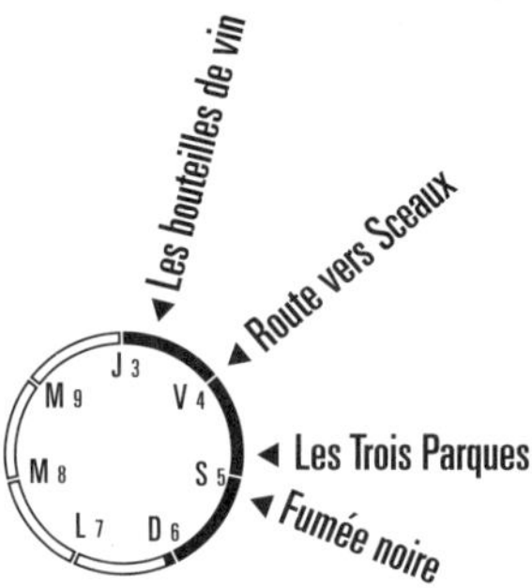

36. DIMANCHE 6 MAI, 02 H 12

Recroquevillée sur le canapé, les genoux contre le torse, Sylvie tremblait.

En face d'elle, le téléviseur à écran plat diffusait une vieille cassette de son mariage, à la bande usée à force de rembobinages. On y voyait Stéphane, debout sur une estrade, débraillé et coiffé d'une fausse barbe, qui se donnait en spectacle avec ses deux beaux-frères et une brochette d'amis. Les invités, dans la salle, étaient pliés de rire. Stéphane rayonnait d'une telle joie de vivre.

La jeune femme ne regardait plus, absorbée par la violence de ses images intérieures. Celles d'un mari qui, au fil des années, s'était enfermé dans son atelier à créer des monstres, à accepter des commandes au-delà du raisonnable, jusqu'à sombrer dans l'overdose. Un mari pour qui s'étaient rompues toutes les relations : avec les proches, les amis, et même ses propres frères à elle, qui ne comprenaient pas pourquoi elle restait avec un fou, un schizophrène suicidaire. Un époux qui dérivait de plus en plus vers les berges de la folie. Un mari tout simplement… différent. Différent et malade.

Sylvie entendit le bruit de la porte d'entrée. Elle tressaillit.

Elle se releva brusquement et fonça vers le hall.

Stéphane était agenouillé sur le sol, totalement ivre,

face à la statuette en céramique qu'il fixait d'un air ahuri. Encore un élément de ses rêves qui se mettait en place.

Sylvie se jeta sur lui et tambourina sur sa poitrine.

— Espèce de salopard ! cria-t-elle en commençant à pleurer. Je… Je croyais qu'il t'était arrivé quelque chose ! Tu ne réponds plus à aucun de mes coups de fil ! Mais pourquoi ? Pourquoi ?

Stéphane se redressa, chancelant.

— Tout est en moi. Toutes ces images… Elles me hantent bien au-delà de tout ce que tu peux imaginer, elles ne me laissent jamais tranquille. Ces horribles photos de corps mutilés, ces voix, dans ma tête. Tous ces accidents, ces morts… Tout se mélange, je… je n'y comprends plus rien, Sylvie. Aide-moi… Aide-moi, je t'en prie.

Sylvie se laissa choir à ses côtés.

— Comment ? Comment veux-tu que je t'aide ? Que dois-je faire ?

Stéphane tourna ses yeux rougis vers elle. Des larmes coulaient dans sa bouche.

— Me croire… Tu dois juste me croire.

Elle lui passa une main sur la nuque et l'aida à se lever.

— C'est au-dessus de mes forces. Il faut te soigner. Un médecin pourra t'aider à émerger, j'en suis persuadée. Ça a déjà fonctionné.

Elle inspira longuement, douloureusement, et annonça :

— J'ai vu le tatouage sur ta hanche, la nuit dernière. Cela n'a aucun sens.

— Ça en a un pour moi.

— Et puis la police est venue aujourd'hui, ils… ils disent que tu traînais sur des lieux en rapport avec un crime. J'ai pris ta défense du mieux que j'ai pu, j'ai inventé, menti pour toi. Mais bon Dieu, Stéphane, ça fait plusieurs jours que tu disparais sans donner de nouvelles. Tu dérailles complètement, tu t'enfonces dans des délires incompréhensibles. J'ai peur. J'ai peur de ce que tu as pu faire.

Stéphane s'appuya contre un mur.

— Tu ne penses tout de même pas que j'aurais pu faire quelque chose de mal ?

Son épouse ne répondit pas. Elle s'était reculée dans l'ombre, le poing serré contre sa bouche. La situation empirait, jour après jour.

Stéphane se laissa glisser lentement jusqu'à se retrouver assis sur le sol. Son haleine sentait le whisky.

— Je crois que Hector Ariez va… tuer une gamine. La petite Mélinda de mon rêve… Tout se met en place, Sylvie. Tout se met implacablement, irrémédiablement en place. Et moi, j'ai l'impression de n'être qu'un… qu'un spectateur. Un simple spectateur incapable d'agir.

Sylvie essayait d'étouffer ses sanglots, mais elle n'y arrivait pas.

Des éclats de joie résonnèrent depuis le salon. Sur l'écran de télévision, Stéphane venait probablement de sabrer une bouteille de champagne.

— Tu entends ? reprit Stéphane. Tu entends comme
nous étions heureux ? Tu te souviens, notre rencontre, quand… quand on faisait les figurants ? Tu étais une femme sur la plage et moi, le con en train de se noyer…

— Tout ça est bien loin à présent.

Stéphane leva ses yeux vers Sylvie.

— Tu n'aurais pas dû te couper les cheveux. Ni acheter cette statuette. Pourquoi tu as fait ça ?

— J'ai simplement besoin que tu fasses attention à moi. Que tu saches que j'existe.

Stéphane sécha ses larmes.

— J'ai vu le jeune flic aujourd'hui. Celui qui est venu ici. C'est quelqu'un d'intelligent. Il semble comblé, sa femme attend un enfant. Tout va bien pour lui. Tu vois, des gens peuvent être heureux. Ou penser l'être.

— Il m'a dit qu'il ne pouvait pas avoir d'enfant, répondit Sylvie, étonnée.

— C'est qu'il t'a menti, sa femme est enceinte. Nous sommes tous amenés à mentir, un jour ou l'autre… Tu penses que les héros mentent, eux aussi ?

— Les héros ?

Sylvie se leva, intérieurement anéantie.

— Je crois que je vais t'imiter. Je vais aller me verser un verre, un grand, grand verre. Alors moi aussi, je me prendrai pour je ne sais quoi. Et qui sait, je devinerai peut-être notre futur. Un futur que je vois très sombre.

Quand elle revint, cinq minutes plus tard, elle trouva Stéphane effondré sur le sol.

Il dormait.

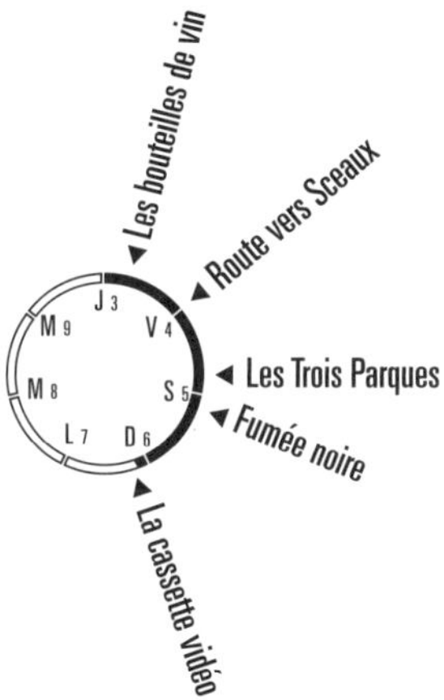

37. DIMANCHE 6 MAI, 04 H 25
CINQUIÈME RÊVE : LA CASSETTE VIDÉO

— Alors, tu t'amènes ? fit la voix de Vic.

— Deux minutes ! Je suis en train de pisser ! répondit Stéphane.

Sur sa hanche gauche, un tatouage. « Parle-moi de Mélinda. Mes messages sont sur les murs de la chambre 6. Les Trois Parques. Laisses-y les tiens. »

Il sortit des toilettes en titubant et traversa le vaste hall. La statuette gisait toujours sur le sol, pulvérisée. Il passa sous le portrait austère de la baronne de Reille et rejoignit Vic dans le salon. Le flic ne s'était pas rasé depuis des jours. Il fumait une Marlboro.

Sur la table basse, s'empilaient des canettes vides.

— Je crève de chaud, avoua Stéphane. Ça me fait toujours pareil quand je bois de la bière. Avec Sylvie, on…

— Tu devrais peut-être arrêter alors. Ça commence à faire beaucoup. Bientôt, tu ne tiendras plus debout.

— Je m'en fiche. Pourquoi je tiendrais debout, hein ? Dis-le-moi.

— Il le faut. J'ai rembobiné un peu. Regarde attentivement.

La cigarette entre les lèvres, Vic enfonça le bouton « play » du magnétoscope.

Stéphane fixa l'image, de qualité médiocre. La caméra d'où provenait l'enregistrement semblait placée en hauteur, dans un angle, à proximité d'un lampadaire. En arrière-plan se laissaient entrevoir les ombres noires d'une usine aux formes géométriques, dominée par une haute cheminée. Au bas de l'écran étaient incrustés à l'image une date et un horaire : samedi 5 mai 2007, 22 h 09.

— Tout est identique, fit Stéphane dans un souffle. Ça n'a pas fonctionné.

— Attends, ça arrive… Maintenant !

Sur la vidéo, il pleuvait des cordes. Tout à coup, une forme se faufila dans le champ jusqu'à atteindre un trou dans un grillage. Elle portait un sac à dos, des gants et un long imperméable noir. Vic fit un arrêt sur image au moment précis où la silhouette passait sous la lumière du lampadaire.

— Voilà notre assassin, dit Vic en finissant sa bière.

— Rien n'a changé. Absolument rien…

Malgré la pluie et la mauvaise définition de l'image, le visage sur l'écran paraissait monstrueux, couvert de boursouflures, les yeux se perdaient sous des amas de peau et on ne distinguait pas les cheveux car l'homme portait une capuche. Vic poussa au maximum la luminosité du téléviseur.

— À ton avis, il porte un masque ?

Stéphane se leva et s'approcha de l'écran. Sous le lecteur de DVD, la chaîne hi-fi indiquait la date et l'heure. Le 13 mai 2007, 0 h 20.

— Je n'en sais rien. On voit rien sur cette vidéo de surveillance. Il fait noir, il flotte. Ça ressemble bien à la prothèse que je t'ai donnée, non ?

— À peu de chose près, oui.

— C'est tout ce qu'on a ?

— Oui. Cet enfoiré est un courant d'air, répondit Vic, la tête baissée.

Il paraissait résigné à accepter son destin.

Stéphane décapsula une autre canette.

— À nos malheurs… dit-il d'un ton horriblement triste.

Il leva sa canette devant lui et ajouta :

— Stéphane, si tu nous regardes. Bon courage. Et à la tienne, mon pauvre gars.

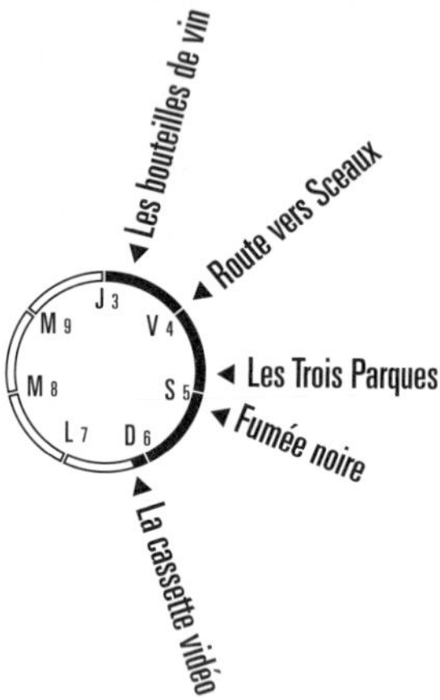

38. DIMANCHE 6 MAI, 04 H 30

Stéphane se réveilla en sursaut. Il se demanda ce qu'il

faisait là, couché dans le hall.

Il se redressa doucement et tenta de se rappeler la fin de sa journée. Son entretien avec le flic, devant chez Hector Ariez, son arrêt dans un bar, la ronde des whiskies, la discussion avec Sylvie, puis… le trou noir.

Il avait horriblement mal au crâne. Il se rendit dans le salon et jeta un regard évasif sur la chaîne hi-fi. 4 h 33 du matin, le dimanche 6 mai.

Immédiatement, tout son rêve lui revint en tête. Victor Marchal, la mine ravagée, cigarette aux lèvres. Stéfur, s'approchant de la télé. L'arrêt sur image. La date sur la chaîne hi-fi. Dimanche 13 mai 2007, 0 h 20.

Ses poings se contractèrent. Il connaissait maintenant précisément le décalage temporel entre ses rêves et la réalité. Six jours et vingt heures.

Stéphane se mit à paniquer. Les rêves se concrétisaient de plus en plus. Et l'échéance du premier approchait à une vitesse effroyable. C'était pour la nuit de mercredi à jeudi.

Il tenta de se calmer, de comprendre aussi. Avec ce songe, il venait de s'assurer que ses personnages du futur évoluaient en temps réel d'un rêve à l'autre. Ils menaient une vie, mangeaient, dormaient, leurs blessures guérissaient… Une véritable existence, avec un écoulement du temps identique à celui du présent. Des heures de soixante minutes, des minutes de soixante secondes.

Donc, si les rêves disaient vrai, la caméra de surveillance avait filmé hier soir, le 5 mai, vers 22 heures.

Hier soir, 22 heures, un homme au visage monstrueux avait volé quelque chose dans un sac à dos, à l'intérieur d'une usine. Le fameux tueur que cherchait le flic. L'assassin de la blonde, et le futur tortionnaire de la brune, dont on risquait de retrouver bientôt le corps, enroulé dans du barbelé.

Qu'avait-il dérobé ? Comment Stéfur avait-il récupéré cette cassette ?

Stéphane fonça au sous-sol et partit s'enfermer dans Darkland, surexcité. Là, il promena ses doigts sur le haut de sa hanche. Le coup du tatouage avait fonctionné, Stéfur portait sur lui exactement la même inscription, au même endroit.

Stéphane avait réussi à lui transmettre un message. Bien sûr, il s'agissait seulement d'une marque sur un corps, mais au moins, le personnage de ses rêves se savait compris et observé.

« Stéphane, si tu nous regardes… Bon courage. Et à la tienne… » Ces mots ne cessaient de circuler dans sa tête. Et cette image : Stéfur brandissant sa canette à sa santé. Il sentit la rage monter en lui.

— Espèce de poivrot ! s'écria-t-il en brisant un crayon à papier. Tu n'as rien d'autre à faire que de boire des bières ? Pourquoi tu ne m'as pas dit quelle cassette tu regardais, hein ? C'était trop compliqué pour ta petite cervelle dérangée ?

Il frappa du poing sur son établi et, d'un revers de la main, balança le buste de Carla Martinez sur le sol. Au diable Éverard et tout le reste. Tout avait maintenant si peu d'importance par rapport à ce qu'il vivait.

Pourquoi Stéfur ne l'aidait-il pas ? Pourquoi n'avait-il pas inscrit des phrases partout autour de lui, afin que lui puisse les lire et comprendre ?

Stéphane se prit la tête dans les mains. Sans doute son double futur n'avait-il pas eu le choix. Après tout, lui aussi vivait des situations qui l'empêchaient certainement d'agir à sa convenance. En plus, il ignorait probablement quand Stéphane rêvait de lui, et les songes ne duraient que quelques minutes à peine.

Stéfur avait-il pu retourner aux Trois Parques ? Et si les circonstances l'en avaient empêché ? Que faisait-il au domaine accompagné de Victor, à boire des canettes, alors que toutes les polices de France le recherchaient ? Qu'avait-il bien pu se passer pour que la situation change à ce point ?

Était-ce à cause de lui, Stéphane ? De ses actions présentes, de ses recherches ?

Il se redressa en claquant des doigts. Oui, peut-être ! Et si ses agissements présents avaient empêché le meurtre de Mélinda ? Et si son enquête avait modifié la marche programmée des événements, avec une répercussion sur le futur ?

Oui, oui ! Les menaces à l'encontre d'Ariez l'avaient sûrement dissuadé d'agir.

Stéphane se jeta sur un gros marqueur noir et se mit à écrire sur les murs de Darkland. Le coup du tatouage avait fonctionné. Donc, celui des messages devait marcher également. Si Stéfur habitait de nouveau le domaine, comme le laissait supposer ce dernier rêve, alors il passerait la majeure partie de son temps dans son antre. Et il verrait nécessairement ces phrases.

Stéphane nota donc : « Tu dois tout me raconter pour Mélinda. Comment as-tu revu le flic Victor ? Qui cherche-t-il ? Quelle cassette regardez-vous ? Parle-moi de l'enquête. Je sais que tu ignores quand je rêve de toi, mais par pitié… Écris sur les murs et reste dans la pièce, à les fixer.

Tes yeux me serviront de caméra. Je dois savoir ! On peut changer la suite des événements ! Sauver des gens ! »

Et il écrivit, encore et encore.

Puis il s'assit sur sa chaise à roulettes. Tout y était. L'ensemble des questions qui lui brûlaient les tripes. Sur lui, sur Stéfur, sur ces phénomènes inexplicables.

Il suffisait juste que Stéfur réponde, écrive à son tour sur les parois, et tout s'éclairerait.

Gonflé à bloc, le jeune homme se versa un reste de café froid. Le futur n'était peut-être pas aussi immuable que le prétendait Jacky, le physicien. On pouvait maîtriser sa destinée, modifier la marche programmée des événements. On était libre.

Stéphane sortit son carnet et nota sur les pages correctement reliées le contenu de son rêve. Les images de la cassette de surveillance. Les dates, les horaires. Puis il s'attacha à la description du visage du monstre. Certaines notes étaient ultra précises, d'autres beaucoup moins. Le dialogue entre Victor et Stéfur lui paraissait par exemple complètement incohérent. Les deux hommes avaient parlé d'un masque. D'après leurs dires, Stéfur aurait donné une prothèse ressemblant au visage du tueur à Victor. Où, et quand ? Dans combien de jours ?

Stéphane eut alors une incroyable idée. Il lâcha son stylo et se précipita vers une pièce annexe, remplie de têtes de mannequins, de bras, de jambes en polystyrène ou en plastique. Il fouilla, trouva une tête qui lui convenait et vint la positionner sur son établi, à la place du buste de Martinez.

Il ouvrit trois boîtes de latex prévulcanisé et commença son moulage. Ses mains broyaient, lissaient, malaxaient à une vitesse impressionnante. Des bosses, des trous, des courbes prenaient forme. La figure se tordait, devenait monstrueuse, comme sur la vidéo. L'homme portait-il un masque ou pas ? Quelle maladie rongeait les chairs à ce point ?

Stéphane tenait entre ses doigts le faciès abrupt, démoli

par la nature, de quelqu'un qui tuait. Un visage qu'il n'était censé voir que dans quelques jours.

Il avait pris de l'avance sur le futur.

Il changeait les choses.

Il releva les yeux vers cette face inhumaine. Un frisson le parcourut, il se recula brutalement. Se dressait, face à lui, le Mal incarné. Un démon qu'il devait affronter. Il avait peut-être ce *don* de prémonition pour ça…

9 h 45, à sa montre.

Il arrêta tout, fonça vers le robinet pour se rincer les mains et grimpa en quatrième vitesse à l'étage.

Dans la chambre, Sylvie dormait d'un sommeil profond. À côté d'elle, une bouteille de vodka presque vide. Son maquillage avait coulé sur ses joues, sur les draps et sur l'oreiller.

Il aperçut son appareil photo numérique, branché sur l'ordinateur. Il l'avait pourtant laissé dans la Ford. Pourquoi son épouse s'intéressait-elle à son contenu ?

« Surveiller Sylvie », avait noté Stéfur sur les murs de la chambre 6, dans le troisième rêve. Pourquoi ?

Il enfila une chemisette, un jean noir, se passa rapidement un coup de brosse dans les cheveux et disparut.

Il tenait dans une main les clés de sa voiture, ainsi que le masque vert de *The Mask*. Dans l'autre, un grand couteau de cuisine.

9 h 55. Il arriverait largement à temps à Méry-sur-Oise. La messe ne débutait qu'à 11 heures.

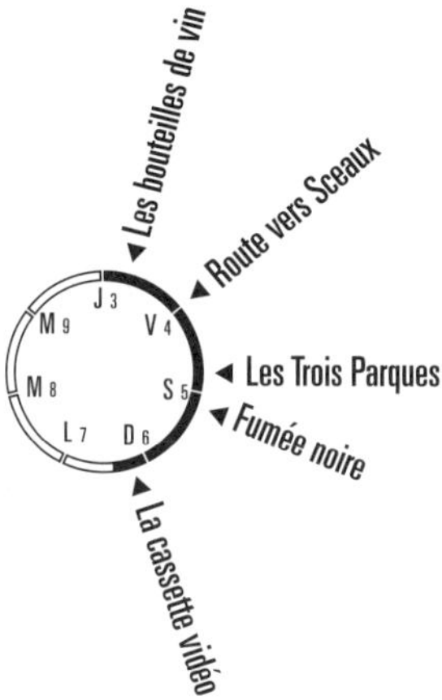

39. DIMANCHE 6 MAI, 10 H 23

Vic s'en voulait. Sur le trajet entre Boulogne-Billancourt et Chevreuse, il n'avait cessé de penser à Céline, à la manière dont il l'avait encore abandonnée ce matin, sans un mot. Leur dispute de la veille, très violente, les avait de nouveau contraints à dormir séparés. Lui dans la pièce du futur bébé, plié en deux sur un matelas gonflable. Et elle, dans leur chambre, en pleurs, recroquevillée sous la couette. Elle menaçait déjà de partir quelques jours chez sa mère à Avignon.

Et ce matin, quand Mortier l'avait interrompu dans son petit déjeuner en solo pour lui annoncer la découverte d'une nouvelle victime, Vic avait tout simplement fui le foyer. Il avait prévu de passer le dimanche à tenter de réparer la casse, mais il était finalement en route vers une scène de crime.

À peine trois semaines de travail, et son couple partait déjà en vrille. Heureusement, dans quelques mois, le bébé allait arriver. Wang avait raison, cette affaire-là n'était pas pour un débutant. Après quatre jours d'enquête, Vic commençait sérieusement à le constater.

Le jeune lieutenant s'engagea sur le chemin qui menait à la maison de Cassandra Liberman, une belle construction en brique à l'orée de la forêt, sans aucun voisin à proximité. Côté témoins, ça risquait encore d'être léger…

Vic descendit de sa Peugeot et se fraya un passage entre les différents services qui s'affairaient déjà, dont notamment le SRPJ de Versailles, la Scientifique et la gendarmerie. Les hommes au képi bleu étaient en effet arrivés les premiers sur les lieux, suite à l'appel d'une jeune femme rousse nommée Amandine Gosselin, qui avait découvert le corps.

Wang et Joffroy fumaient une clope à l'entrée. Mortier discutait avec le capitaine du SRPJ de Versailles. Partout, des hommes s'activaient, chacun concentré sur sa tâche. Dans le jardin, sur l'allée, aux portes, aux fenêtres et, bien évidemment, dans la demeure. Tous les visages, sans exception, étaient fermés, cadenassés, hermétiques. Vic rejoignit les deux lieutenants de son équipe et les salua.

— Alors, même tueur, il paraît ? demanda-t-il d'une voix sans entrain.

— Non, tu crois ? répliqua sèchement Joffroy. J'espère que tu n'as pas petit-déjeuné.

— Cette fois, si. Je n'avais pas vraiment prévu de me pointer ici un dimanche, tu vois ?

— Le genre de choses auxquelles il faudra t'habituer. Ton paternel te l'a jamais dit ?

— Mon père ne me disait pas grand-chose concernant la face noire du boulot.

— Il devait te parler autant qu'une carpe, alors.

Vic fixa leurs cigarettes avec une envie dangereuse. Cette fois, il faudrait entrer là-dedans, sur une scène de crime toute fraîche, et le corps serait encore présent, bien au chaud dans son bain de sang. Il mâcha un chewing-gum, puis essaya de se préparer au pire.

— Que s'est-il passé ? demanda-t-il.

Wang écrasa son mégot du talon. Même lui ne paraissait pas dans son assiette.

— Faut voir par toi-même, mec. Parce que cette fois, je ne peux pas t'expliquer.

— Franchement rassurant, rétorqua Vic en se frottant les mains.

— On n'est pas là pour te rassurer.

Un technicien livide sortit sur le palier et aspira une grosse bolée d'air. Après quelques secondes, il pénétra de nouveau à l'intérieur.

Vic déglutit en silence.

— Deux victimes en moins d'une semaine. Ça vous suggère quoi ?

— Un type qui a pété un câble, et qui frappe sur tout ce qui bouge, répondit Wang.

— Un rapport entre elle et Leroy ?

Joffroy se tapa la tempe avec l'index.

— T'es con ou quoi ? On vient de découvrir son corps, V8 ! Tu piges ça ? Le boulot, c'est toi qui le fais ! T'es plus le spectateur niais devant sa télé qui attend que ça se passe !

D'ordinaire, Joffroy n'était pas à prendre avec des pincettes, mais là, il battait des records. Après tout, lui aussi avait sûrement ses problèmes personnels. Vic s'adressa à Wang.

— Moh ? Tu m'accompagnes à l'intérieur ?

Il secoua la tête.

— Je fume d'abord une nouvelle clope. Faut au moins ça. Tu peux rejoindre Demectin, elle termine les prélèvements avant qu'on emmène le corps. Normalement, elle ne se déplace pas trop. Mais là, depuis quelques jours, c'est la fête.

Vic hésita, jeta un œil vers Mortier, qui discutait avec son homologue de Versailles, et se décida à entrer. Dans le hall, il se débarrassa de son chewing-gum dans une poubelle et récupéra une combinaison auprès d'un technicien.

— Que s'est-il passé ? répéta-t-il d'un ton pincé, à cet homme qu'il ne connaissait pas.

— C'est à l'étage qu'il faut aller. Prenez aussi le masque.

— Pour l'odeur de putréfaction ?

— Oui. Une puanteur ignoble.

Vic enfila en silence le surpantalon, les gants, la charlotte, la blouse, les surchaussures, et le masque.

Il fallait y aller. Tout oublier. Les sourires, les sentiments, l'humanité. Et affronter le Mal. Faire honneur à ce métier horrible.

Une fois à l'étage, l'odeur vint lui tordre l'estomac, comme la première fois. Vic suivit précautionneusement le périmètre fixé par les services de la Scientifique. Il n'était plus certain de vouloir poursuivre. On était dimanche, merde, le jour où les gens se reposent, pratiquent leur sport ou boivent une bière devant la télé.

Il s'autorisa quelques secondes devant la porte de la chambre, ferma les yeux, les rouvrit, essaya de se vider l'esprit, puis entra.

Il se focalisa d'emblée sur le lit, sa couette en plumes, mais ce n'était pas le théâtre du carnage, cette fois. Une inimaginable toile morbide était exposée à sa droite, contre le mur.

Vic fit une grimace et parvint à retenir ses tripes. Des mines graves se tournèrent vers lui, puis chacun se remit au travail. Photos, relevés, mesures, prises de notes. Tout cela formait un contraste surprenant dans cette chapelle d'horreur. La technologie la plus avancée face à la barbarie la plus primitive.

La fille était attachée avec du barbelé à une robuste armoire, debout, les bras pendant mollement sur le côté, les pieds nus et joints, déchirés par les liens en métal. Les dernières phalanges de ses doigts avaient été coupées, s'en échappaient à présent des stalactites de sang.

Mais là n'était pas le pire. Le pire, c'était la tête.

Elle était inclinée sur la droite, le crâne recouvert d'un drap marron qui tombait jusque sur les épaules, où un autre tissu, bleu cette fois, prenait le relais jusqu'aux chevilles. Visage en bouillie. Les lèvres et la langue étaient coupées, mais surtout, un crochet énorme perforait le menton et resurgissait sous la lèvre inférieure. À l'extrémité de cet arc de métal était nouée une corde, au bout de laquelle pendaient des sacs de toile, de tailles et de poids différents. L'ensemble, tellement lourd, avait démantibulé la mâchoire inférieure. Quand au regard, il se perdait dans le néant, replié sur sa propre souffrance.

Vic n'osa imaginer le calvaire des dernières secondes de cette femme. Le barbelé qui laboure la peau, le crochet, la chair arrachée, et surtout, la terreur.

Gisèle Demectin s'approcha du jeune lieutenant.

— Pas beau à voir, n'est-ce pas ?

Elle hocha la tête en direction des IJ, qui arrivaient avec un brancard et des pinces coupantes. Vic s'avança à son tour. Au-dessus de la victime était noté à la craie sur l'armoire : « 82/100 ».

— Quand est-elle décédée ? demanda Vic.

— À vue de nez, je dirais entre huit et douze heures. Morte étouffée, probablement, on le voit aux pétéchies. Au moment où sa mâchoire inférieure s'est brisée, elle a dû se trouver incapable d'évacuer le sang provoqué par cette rupture. Le liquide s'est alors introduit dans ses poumons. Elle s'est noyée dans sa propre hémoglobine.

L'odeur était insupportable. Vic s'efforçait de respirer par la bouche. Il demanda à Demectin :

— Elle présente aussi des traces de piqûres sur l'avant-bras ?

Le légiste acquiesça.

— On peut supposer qu'il lui a injecté de la morphine, à elle aussi. Regardez les sacs de grain qui pendent à sa mâchoire inférieure, observez bien les différents poids. Il a d'abord placé des gros sacs, les plus lourds, de manière à bien écarter la mâchoire et solliciter les muscles maxillo-faciaux. Puis il a « réglé » avec des poids beaucoup plus légers, afin d'atteindre la limite d'élasticité des muscles, juste avant le point de rupture. Je vous laisse alors tranquillement imaginer la douleur provoquée au moment où la morphine a cessé d'agir.

Demectin retira ses lunettes et se frotta le front avec un mouchoir.

— Cette région du visage contient une multitude de muscles et de nerfs, c'est un terrain particulièrement sensible à la douleur. Vous noterez aussi que, comme la première fois, elle a énormément sué, ce qui laisse supposer qu'elle a vécu un très long calvaire. Et il l'a également couverte de vinaigre.

Vic étouffait. Il ressentait une envie furieuse d'arracher son masque, de le balancer sur le sol, et de rentrer serrer sa femme contre lui.

— Et… elle a été violée ?

— Non.

Le légiste ôta ses gants et ordonna aux IJ d'emporter le corps, avant d'ajouter :

— Ah, autre chose. Comme la première fois, il y avait un objet à côté de sa main droite, posé sur la poignée de l'armoire. Un objectif d'appareil photo 35-200 mm.

Vic sentit une présence dans son dos. Wang.

— Alors ? fit son collègue. Deuxième scène en quatre jours, et même pas un mois de Criminelle. Tu fais partie du haut du classement, mec.

— Pour une fois, j'aurais préféré le bas.

Demectin les salua et quitta la pièce.

— Je me demande si je suis fait pour ce job, putain, reprit Vic.

— On se pose tous la question au moins une fois. Sauf que pour toi, c'est vachement tôt.

Wang sortit de sa poche un bonbon au piment.

— L'enfoiré a brisé tous les miroirs, dans toutes les pièces, dit-il avant de l'avaler. De la cave au grenier.

Vic fronça les sourcils.

— Quoi ?

— T'as bien entendu. Tu me parlais de *Dragon rouge*, l'autre fois. Ben là, c'est pareil. Miroirs en miettes.

— Il avait fait ça chez Leroy ?

— Non. Mais bon, à mon avis, le Matador n'aime pas

sa propre tronche. C'est peut-être pour cette raison qu'il les mutile, pour qu'elles lui ressemblent. Et celle-là, il ne l'a pas manquée. D'ailleurs, t'as vu la note ? 82 sur 100. C'est peut-être une note artistique, qui sait ? Ou un indice de ressemblance ? Ouais, un indice de ressemblance avec lui, après qu'il les a mutilées. Leroy n'avait obtenu qu'un maigre 78. Il progresse…

Wang désigna le linoléum.

— Je ne sais pas si tu as remarqué, mais comme chez Leroy, il y a des petites flaques, à certains endroits. Dans la cuisine, devant la chambre et à proximité de la victime.

— De l'eau du robinet ?

— Sûrement, à confirmer. Et on ne sait pas ce qu'il fiche avec.

— On a la craie ?

— Pas cette fois. Zéro empreinte pour le moment. Là aussi, il progresse. Mais on a toujours nos marques de trépied, sur le seul tapis de la pièce. Il a encore filmé, et il veut nous le faire savoir. Parce que son matos, il aurait pu le poser n'importe où ailleurs.

Vic était incapable d'avoir l'esprit clair, d'assimiler les informations. Il s'appuya sur le mur.

— T'es pas vraiment bavard, remarqua Wang.

— J'ai super mal dormi. Et puis ça me tourne, à l'intérieur.

— Ça vaut encore le coup que je te parle ?

Vic souffla longuement.

— Vas-y… Je t'écoute… Je n'ai peut-être pas l'air, mais je t'écoute.

— Il n'y a plus d'électricité, nulle part.

— Les… Les fusibles ?

— Volatilisés, comme chez Leroy. Là, je dois t'avouer qu'on cale tous. Incompréhensible. Il craint peut-être la lumière ? Un vampire ?

— Je peux ouvrir la fenêtre ? demanda Vic à un IJ.

— Allez-y. On a terminé pour ce coin-là.

Vic retira son masque et s'enivra d'air frais. Il baissa les paupières, s'envola ailleurs. Avignon, son soleil, ses grillons. Puis il se retourna, l'esprit un peu moins embrouillé.

— Pourquoi l'a-t-il habillée de cette façon ? Pourquoi ces espèces de draps sur la tête ? Apparemment, il a cherché à lui faire prendre une pose. Enfin, c'est ma première impression. Ses vêtements, le mouvement de sa tête n'étaient pas naturels.

— Avec une vingtaine de kilos accrochés à la mâchoire, difficile d'avoir un mouvement naturel.

— Non, ce n'est pas ce que je voulais dire, mais… mais rappelle-toi Leroy, avec les poupées. Ça faisait comme… comme une mise en scène. Là, il pose un objectif d'appareil photo à côté du corps. Elle est photographe ?

— Elle l'est, bien vu.

— Il cherche peut-être à nous montrer quelque chose en disposant comme ça ces objets.

— Ton ami médecin, ou historien, je sais plus, il n'a toujours rien trouvé concernant les poupées et Leroy ?

— Pas de nouvelles. Et cette saloperie de portable qui est encore déchargé.

— Faudra peut-être songer à en racheter un. Comme il faudra penser à changer le pare-brise de ta voiture.

— Ah oui ? Et quand ?

— Toi, t'as des soucis, fit Wang, les mains dans les poches.

— Moins qu'elle. Moins qu'elle, putain. Son amie, celle qui a découvert le corps, on l'interroge ?

— On a commencé. Un psy, Joffroy et des mecs du SRPJ de Versailles sont avec elle. Je ne te raconte pas le choc. On va voir ce que l'interrogatoire va donner, mais… il y a quand même un truc louche.

— De quel genre ?

— La victime est photographe, certes. Mais *a priori*, c'est un peu particulier. Amène-toi.

Ils descendirent les escaliers jusqu'au rez-de-chaussée, puis d'autres marches encore, qui les menèrent à la cave. Là, ils s'enfoncèrent dans un antre protégé par une épaisse porte en bois, forcée par le serrurier. Des hommes y étaient occupés à prendre des photos et à relever des empreintes.

Une fois au centre de la pièce, Vic tourna sur lui-même. Les murs étaient couverts de posters. Des montages numériques. Mickey Rourke avec une main à six doigts, Johnny Depp la face aussi déformée qu'Elephant Man, Bruce Willis manchot.

— Les monstres, encore, murmura Vic en serrant les poings. C'est pas vrai.

Il donna un coup de pied dans le vide.

— Moh ?

— Quoi ?

— Donne-moi une clope.

— Sûr et certain ?

Vic remua sa boîte d'allumettes dans sa poche, du bout des doigts.

— Oui… Donne…

Wang lui tendit une cigarette avec un sourire pervers.

— On savait que tu tiendrais pas longtemps.

— Qui ça ?

— Tout le monde.

— Même toi ?

— Surtout moi.

Vic s'en empara, la renifla avec nostalgie puis s'approcha du portrait de Mickey Rourke. Il la plaqua alors sur la figure en papier glacé.

— Il a quand même plus la classe avec une clope qu'avec une main à six doigts, non ?

Il jeta la cigarette en l'air, Wang la rattrapa.

— Allez vous faire foutre, toi et les autres. Je ne refumerai jamais. Même si je devais regarder le diable dans les yeux.

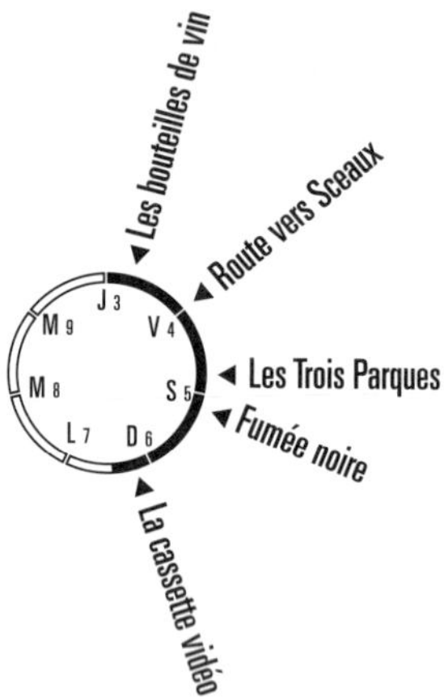

40. DIMANCHE 6 MAI, 10 H 45

Vingt minutes que Stéphane attendait, et toujours pas de Mélinda. Et si elle n'allait pas à la messe ? Comment l'aborderait-il, dans ce cas ? Lundi à la sortie de l'école, avec le danger de se faire repérer par ses camarades ?

Stéphane croqua dans sa pomme, tandis que la radio diffusait en sourdine un air des Rolling Stones. Au loin, un type venait d'ouvrir le capot de sa voiture, d'où s'échappait une fumée blanchâtre. Stéphane n'y prêta pas vraiment attention et laissa son regard se poser sur un bar-tabac, légèrement sur sa gauche. Ouvert, même le dimanche. Il regarda encore sa montre et sortit de son véhicule avec une belle série de numéros en tête. Après tout, pourquoi n'encaisser que les aspects négatifs du futur ? Le rêve aux Trois Parques lui avait livré le tirage du loto de mercredi, autant en profiter.

Dans le café traînaient quelques piliers de bars. Stéphane s'empara d'un billet à six grilles et cocha 4-5-19-20-9-14 en se sentant écrasé par le poids de la fatalité. Le loto n'était-il pas la figure emblématique du hasard ? Quarante-neuf boules, brassées dans une sphère en rotation, à un instant bien précis, pour que sorte une combinaison de six chiffres, avec une probabilité d'environ un sur treize millions. Comment le destin pouvait-il contrôler de si petits, de si imprévisibles détails ?

— Une seule grille en multiple ? fit le buraliste. Vous y croyez, vous.

Stéphane plaqua un billet de cinquante euros devant lui.

— J'ai l'avantage de voir l'avenir. Mais pour tout vous dire, je voudrais que ces numéros ne sortent pas.

— D'où l'utilité de jouer, lui répondit le buraliste en posant son billet sur le comptoir.

Stéphane regarda nerveusement derrière lui, vers le pavillon de Mélinda. Son pouls s'accéléra brusquement. Les parents refermaient la porte d'entrée en saluant la fillette.

Mélinda venait de franchir la grille et s'engageait dans la rue, seule, à bon rythme.

Sans même réfléchir, Stéphane se rua vers la sortie.

— Oh ! Vous oubliez votre billet ! fit le client juste derrière lui.

Mais Stéphane courait déjà dehors.

Dans son véhicule, il récupéra le masque de *The Mask* et courut jusqu'à la hauteur de Mélinda, sur le trottoir d'en face.

Au départ, la petite ne le remarqua pas. Car Mélinda aimait compter le nombre exact de pas qui la menaient à l'église de Méry. Mais elle fut soudain distraite de son jeu.

Quelqu'un avec le masque d'un film qu'elle adorait, *The Mask*, gesticulait comme un fou sur sa gauche. Il sautait, tournait, agitait les bras dans tous les sens. En s'engageant dans un parc arboré, Mélinda essaya de l'ignorer. Impossible. Vraiment trop marrant ce bonhomme, avec ses grandes dents blanches, sa face verte comme un chewing-gum Hollywood et ses yeux de crapaud.

Le Mask passa devant elle en courant, en sifflant. Puis il se mit à marcher sur les mains, avant de chuter lourdement. Mélinda entendit un grognement, et elle sut que le

Mask s'était fait franchement mal. Elle s'arrêta, les deux poings serrés au bord des lèvres.

Stéphane ôta son masque, le visage tordu de douleur.

— Ça m'apprendra à faire le pitre. Je suis vraiment trop vieux pour des bêtises de ce genre.

La gamine n'en crut pas ses oreilles.

— Tu as la même voix que dans le film !

— Sauf que je ne suis pas Jim Carrey ! Jim Carrey, c'est le vrai Mask, et il est carrément plus souple que moi !

Stéphane regarda discrètement autour d'eux. Personne ne se promenait dans le parc, hormis une vieille dame avec son chien, au loin. Il s'accroupit devant la gamine. Elle portait une petite robe bleue, un gilet blanc et des bottines noires. Vraiment magnifique, derrière ses beaux yeux verts.

— Écoute Mélinda, il va falloir que le Mask te montre quelque chose.

— Tu connais mon nom ?

— Tu connais bien le mien, non ?

— Oui mais toi, tu es célèbre, c'est pas pareil.

Stéphane lui tendit le visage en latex.

— Tiens, prends-le. Mais fais attention, ne l'abîme pas, il s'agit du vrai et j'y tiens beaucoup.

— Le vrai de vrai ?

— Cent pour cent, c'est un cadeau de Jim Carrey en personne. Tu connais la carrière Hennocque ?

Mélinda acquiesça, manipulant fièrement le masque verdâtre, qu'elle finit par enfiler.

— Oui, elle se trouve pas très loin de chez moi. Mais mon papa m'a interdit d'y aller. C'est dangereux.

— C'est bien, Mélinda, très bien. Tu as raison. Seulement moi et le Mask, on voudrait te montrer quelque chose là-bas. Quelque chose de très important pour toi.

Elle secoua la tête.

— Non, non, non. Je vais à la messe. Et puis je ne pars jamais avec des inconnus.

Stéphane lui ôta tendrement son déguisement.

— Je suis encore un inconnu pour toi ? Et le Mask aussi ?

— Non, je… C'est bizarre, mais je crois que je t'ai déjà vu. Tu es déjà venu ici, dans ce parc ?

— Peut-être, qui sait ? Et pour la messe, tu diras à tes parents que tu y es allée. Le spectacle ne doit pas varier beaucoup, d'un dimanche à l'autre.

Il enfila de nouveau le masque et se mit à imiter un curé, le dos courbé, les paumes des mains tournées vers le ciel, répétant des gestes de prière exagérés. La petite éclata de rire.

— Tu m'accompagnes à présent ? reprit Stéphane plus sérieusement. Ma surprise vaut vraiment le déplacement.

Il dut combattre ardemment mais, aidé du Mask, ils purent la convaincre de monter dans la Ford, à l'abri de tous les regards. Stéphane avait déjà repéré les lieux autour de Hennocque. Il se gara dans une ruelle en pente, entraîna Mélinda par la main et franchit une épaisse rangée de buissons. Derrière se dressait un haut grillage, mais, trois mètres sur la gauche, un gros trou permettait d'accéder à l'entrée de la carrière.

— Je ne savais pas qu'on pouvait venir par ici, dit Mélinda, impressionnée.

— Tu as déjà essayé ?

— Non, un jour des copains ont voulu m'emmener, j'ai refusé. Les garçons, ils veulent toujours aller dans des endroits interdits.

— Ça, c'est vrai. Mais toi, tu ne dois jamais aller dans les endroits interdits.

— Je n'y vais jamais.

— Ça se voit.

Stéphane avait emporté une lampe torche. Et sous son pantalon, la lame du couteau lui piquait la jambe droite.

Là où ils se trouvaient, personne ne pouvait les apercevoir. Des rangées d'arbres les protégeaient des regards.

— C'est nous les aventuriers ! s'écria-t-il, imitant une

voix de pirate. Jack Sparrow et toute sa bande ! À l'assaut !

— À l'assaut ! répliqua Mélinda en levant le bras.

Stéphane s'engagea le premier sous la roche et, une fois dans l'ombre, alluma sa torche.

— Suis-moi, murmura-t-il.

Mélinda se retourna, hésita, et finit par rejoindre Stéphane.

— Alors, ce n'est pas mieux que la messe ? demanda-t-il.

Partout, des gouttes perlaient. Dans cette atmosphère de silence, les voix rebondissaient sur les parois.

— Si, c'est mieux.

— Tu m'étonnes. Tu sais pourquoi tu vas à l'église, tous les dimanches ?

— Pas vraiment, non. Je suis obligée, c'est tout.

Stéphane avançait prudemment, en tenant la main de la

gamine. Le chemin devenait dangereux. Le sol glissait à cause des infiltrations, des irrégularités dans la roche, de la pente invisible. Devant eux, les galeries, numérotées – 86, 87, 88… – se démultipliaient. Où était-ce inondé ? Quelle direction suivre ?

Stéphane ne pouvait admettre l'idée que dans ces carrières, dans trois ou quatre jours, la petite fille à ses côtés serait retrouvée morte.

— Vraiment joli, s'étonna Mélinda avec ses yeux d'enfant. On continue ?

Stéphane posa la lampe entre eux, les sourcils froncés, et s'agenouilla de nouveau.

— Non, Mélinda, on ne continue plus. C'est terminé.

Lentement, il plongea la main sous sa chemise et brandit l'arme blanche. L'enfant voulut crier, mais il lui plaqua la main sur la bouche.

— Non, non ! fit Stéphane. Oh, excuse-moi ! Ne crie pas, je t'en prie ! Écoute-moi et jure de ne pas crier, d'accord ?

Mélinda acquiesça, inquiète.

— Ce couteau, il est pour toi ! Je ne cherche pas à te faire du mal !

— Quoi ?

— Je ne suis vraiment pas doué pour rassurer les gens, moi… Ce couteau, je vais le cacher ici, exactement où nous sommes, le long de la roche.

Il se redressa et déposa l'arme dans une minuscule cavité, à la hauteur de Mélinda.

— Tu vois, là ? Tu retiens bien cet endroit. Nous sommes obligés d'y passer si nous voulons continuer à descendre. Retiens-le bien, surtout.

— Mais pourquoi tu fais ça ? Pourquoi tu caches un couteau ici ?

— Mélinda, tu ne dois jamais, jamais accompagner un inconnu, tu m'entends ? Je suis un inconnu, et j'aurais pu te faire beaucoup de mal.

— Mais toi tu es gentil, tu…

Stéphane secoua la tête.

— Les inconnus sont toujours gentils. Ils peuvent essayer de te faire rire, te promettre des choses, imiter le Mask, Donald, Mickey ou d'autres personnages, mais tout cela est faux. Ils agissent ainsi pour t'attirer. Voilà ce que je voulais aussi te montrer en t'amenant ici.

— Oui… Oui, je comprends.

Puis Stéphane s'attela à décrire précisément Hector Ariez avant de dire :

— Si un jour ce monsieur te force à venir par ici et se montre méchant, alors tu prends ce couteau, et tu plantes la lame là, dans son ventre. Et puis tu cours vers la sortie, d'accord ?

— D'accord. Je veux remonter maintenant. J'ai froid.

— On va remonter. Aujourd'hui, nous sommes dimanche, mais mardi ou mercredi, tu devras te méfier de tous les messieurs que tu rencontreras, d'accord ? Tu ne vas pas oublier ce que t'a dit le Mask ? Méfie-toi de tout le monde.

— Je ne vais pas oublier.

— Promets-le-moi. Promets aussi de ne jamais revenir ici.

— Je le promets.

Ils sortirent enfin des galeries. Avant de monter dans la voiture, Stéphane prit dans son coffre un rouleau d'essuie-tout et nettoya les chaussures boueuses de Mélinda.

— Une dernière chose, Mélinda. Tu ne parles pas de notre rencontre à tes parents, ni à personne d'autre. N'oublie pas, tu devais être à l'église. OK ?

— Oui, oui, compris.

— Très bien… À quelle heure tu rentres d'habitude ?

— Midi et quart.

— On va pouvoir y aller.

Avant de la déposer à l'angle de sa rue, Stéphane l'embrassa affectueusement sur le front.

— Je t'aime beaucoup, Mélinda. Quand j'étais un peu plus grand que toi, j'avais une amie exceptionnelle, qui te ressemblait beaucoup. Elle s'appelait Ludivine.

— Tu ne la vois plus ?

Stéphane baissa les yeux.

— Fais bien attention à toi. Tu me rends le masque ? J'y tiens beaucoup.

Elle le lui tendit avec regret.

— Tu vas revenir me voir ?

— Je ne crois pas. Mais je ne serai jamais loin de toi. Je te le promets.

Elle aurait pu être sa fille. Un rêve inaccessible.

Il la regarda s'éloigner, avec la satisfaction du devoir accompli. Mélinda ne partirait plus avec un inconnu. Il venait de tout changer, définitivement, il en avait la certitude.

Ce fut quand il posa son regard sur le siège passager qu'il le vit. Tombé de la poche de Mélinda.

Le petit mouchoir rose tout propre, joliment brodé d'un nounours.

Le mouchoir en sang de son rêve.

Ce rêve où, à la radio, on le recherchait comme fugitif, meurtrier présumé d'une gamine prénommée Mélinda.

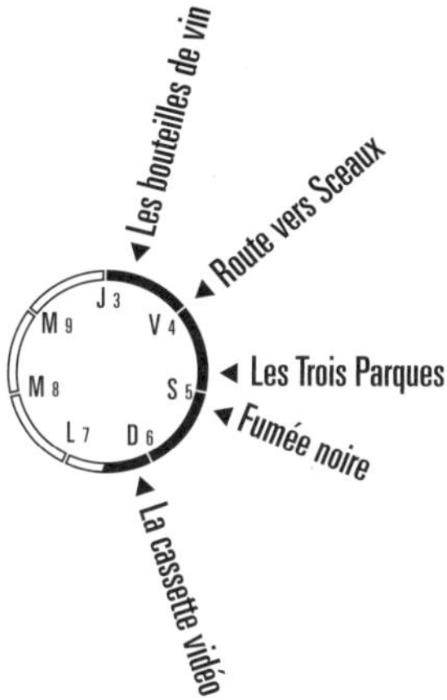

41. DIMANCHE 6 MAI, 12 H 29

Mortier et Vic patientaient devant la maison de Cassandra Liberman, un gobelet de café à la main, quand Joffroy les rejoignit. Derrière lui, Amandinc Gosselin, accompagnée d'une psychologue, montait dans un véhicule de police. La jeune femme rousse s'enveloppa sous une large couverture de laine. Plus jamais elle ne verrait la vie comme avant.

— Alors ? demanda le commandant Mortier.

Avant de répondre, Joffroy récupéra une Thermos dans le coffre d'une 407 et se servit un café. Wang était resté à l'intérieur pour poursuivre les recherches, avec les techniciens de la Scientifique et quelques autres courageux.

— Ces deux filles-là ne se voyaient que depuis peu. Et devinez où ?

— Les Trois Parques ?

— Bingo.

Joffroy leva son récipient en plastique en direction de la maison et reprit :

— D'après Gosselin, Liberman était fascinée par les malformations. Et elle a six orteils à chaque pied, que Liberman n'arrêtait pas de photographier, de caresser ou de… sucer. Il doit bien traîner sur son PC une centaine de photos, rien que de ses panards. Fétichiste jusqu'au bout des ongles.

Mortier grimaça.

— Le Matador piocherait donc ses victimes parmi les clientes de cet établissement ?

— Il semblerait, répliqua Joffroy. Et il s'intéresse non pas à celles atteintes de déformations, mais à celles qui en abusent pour assouvir leurs fantasmes. Peut-être des profiteuses à ses yeux… Il connaît leurs pratiques, leur centre d'intérêt si particulier. Il doit forcément s'agir de quelqu'un qui, de près ou de loin, a déjà été en contact avec ces filles. Aux Parques ou ailleurs.

— On continue à surveiller les Parques, alors ?

— Oui.

Le commandant de police prit un air satisfait.

— Très bien. Quoi d'autre ?

Joffroy les emmena sur le côté de la maison, à proximité de la bouche d'aération.

— La victime a confié à Amandine Gosselin, par MSN, avoir été observée, la veille, depuis cet endroit. Elle a parlé de l'odeur de cadavre et d'une voiture grise.

— Des indices dans l'herbe ?

— Rien.

Mortier s'accroupit et jeta un œil à travers l'ouverture, en chuchotant pour lui-même :

— T'es tranquillement venu te rincer l'œil avant de revenir le lendemain, hein ? Tu as forcé la porte d'entrée, sans te précipiter… Ensuite, tu es monté avec ton matériel, bien tranquillement. Tu la réveilles, l'attaches à l'armoire avec ton barbelé, lui plantes la morphine dans le bras. Et là, tu commences à travailler, espèce de salopard. Qu'est-ce qu'elle a fait pour mériter ça ? Pourquoi tu t'es acharné à ce point sur son visage ? Tu leur demandes de te regarder, quand tu leur coupes les doigts ? Qu'est-ce qui te fait jouir ? Les entendre te supplier ?

Mortier fit glisser ses deux mains ouvertes sur sa face de granit. Vic comprit à ce moment que cette montagne chauve, aux traits durs, n'était pas juste un policier, mais aussi un homme, avec une femme, des enfants, des soucis, des joies, des peines. Dans un soupir, le gradé se redressa. Joffroy enchaîna :

— Gosselin s'était rendue aux Trois Parques par curiosité, voilà un mois environ, après avoir entendu parler de l'endroit dans une soirée. C'est là-bas qu'elle a connu Cassandra Liberman, qui payait ou baisait les gens pour prendre en photo leurs malformations. Cette fille était une fada, elle s'apprêtait à partir en Afrique pour y photographier toutes sortes de maladies monstrueuses.

— De mieux en mieux.

— La rousse ne nous a rien appris de plus. Jamais l'impression d'avoir été observée, ou même suivie. Elle et Liberman restaient très prudentes aux Parques. Rien de louche, donc, hormis l'étrange épisode de ce type qui voulait absolument louer la chambre 6, la veille, et qui aurait réclamé son adresse.

— Stéphane Kismet, c'est ça ?

— En personne.

Mortier se tourna vers Vic et l'incita à prendre la parole d'un hochement de tête.

— Comme je vous l'ai déjà expliqué, dit le jeune lieutenant, c'est un gars qui tient des propos incohérents, assez fantasque et un peu allumé sur les bords. Il m'a parlé de rêves, de prémonitions. Il possède un alibi pour le premier meurtre, le restaurant, et sa voiture est bleue, pas grise.

— Celle de sa femme est grise, précisa Wang.

— Comme la mienne, celle du commandant ou de millions de personnes. Kismet vit au sous-sol, chez lui. Il fabrique des monstres, des trucages pour le cinéma, et se fait remarquer partout où il passe. De plus, j'ai apporté l'un de ses gants en latex au labo, pour comparer avec les empreintes sur la craie. Un gant utilisé. Empreintes différentes, et pas d'amidon de maïs à l'intérieur. Ce n'est pas notre homme.

— V8 a raison, fit Joffroy. Aux dernières nouvelles, il aurait loué la chambre 6 des Parques pour une semaine.

Le réceptionniste semblait en furie, car ce… Kismet lui a barbouillé sa tapisserie au marqueur. Attendez…

Il sortit une feuille de sa poche.

— Écoutez bien, ça vaut le coup : « Je suis Stéphane, et je crois que les messages que tu notes depuis le futur, sur le mur d'en face, me sont adressés. Aujourd'hui, nous sommes le vendredi 4 mai, il est presque minuit. Et toi, à quelle date es-tu ? Je n'ai pas pu lire tous les messages. Tu dois me dire comment je peux t'aider. Pourquoi on te recherche. La police est venue ici, aux Trois Parques, pourquoi ? »

Les trois hommes se regardèrent d'un air entendu.

— D'accord, répliqua Mortier. Repli sur soi, isolement, idées et convictions délirantes, persuadé qu'on l'épie ou qu'il est l'objet d'un complot. Mon cousin est schizophrène, et ça y ressemble. On le garde tout de même dans un coin de notre tête, il a peut-être vu quelque chose. Sinon, sur la scène de crime elle-même ? Ton sentiment, V8 ?

Vic écrasa son gobelet en plastique dans le creux de sa main. Il était encore sous le coup de ce qu'il avait vu.

— Rappelons-nous la première victime, Leroy. Elle abordait la monstruosité à travers ses fantasmes, c'était une sirène maléfique qui faisait l'amour avec des amputés. Alors, il l'a punie de la même façon, en l'unissant à un bébé sirène.

— Il lui a rendu la monnaie de sa pièce.

— Exactement. Dans le cas de la seconde victime, cela s'est de nouveau produit. Cassandra Liberman approchait l'horreur principalement par la photo. Résultat, il la défigure, la met en scène et abandonne symboliquement un objectif photographique.

— Il s'adapte au profil de ses proies. Et frappe en conséquence.

— Oui, il tue en rapport avec leur métier ou leurs fantasmes, il les punit assurément de leur mépris envers la différence physique. Donc, lui aussi doit être touché par cette même différence, comme nous le suspectons depuis le début. Le regard que les gens posent sur lui doit le dégoûter, de même qu'il supporte difficilement qu'on le touche, d'où son acte d'amputation des lèvres, des doigts et de la langue. De ce fait, il est peut-être célibataire, sûrement asocial et exerce un métier à l'abri des regards. Veilleur de nuit, magasinier, mécano, bref, un job où il passe inaperçu. Il a longtemps, trop longtemps encaissé les attitudes méprisantes, les attaques verbales, les moqueries. À présent, à l'âge de la maturité physique et intellectuelle, il frappe. Il est robuste, assuré, vingt-cinq, trente-cinq ans.

— Pourquoi il ne les viole pas ?

— Ce n'est peut-être pas ce qui l'intéresse.

— Ou alors, il ne peut pas. Il est peut-être impuissant, comme Kismet. Alors, il se venge sur le reste du corps. Il a carrément réduit le visage de Liberman en bouillie, on dirait qu'elle a reçu un obus en pleine tronche. Pourquoi elle plus que Leroy ? Tu peux m'expliquer ça ?

Vic secoua la tête.

— On ne peut pas vraiment dire qu'il ait gâté Leroy,
mais… je n'en sais rien. Liberman profitait de la souffrance des sujets qu'elle photographiait pour en tirer des bénéfices. Le Matador lui a fait payer pour tout le monde, il s'est acharné sur son visage. Le visage est la première chose que l'on regarde, il représente l'identité, la personne, et aussi la différence. Vous avez noté que le 78 sur 100 de Leroy est passé à 82 sur 100 pour Liberman ? Que cherche-t-il à atteindre ? Le 100 sur 100 ? Que note-t-il, précisément ? La ressemblance ? Puis il y a encore l'expression de cette bouche, tordue de douleur, comme pour Leroy. Visiblement, il accorde une grande importance à cette partie du visage.

Wang vint les rejoindre, un gros album dans la main.

— Liberman ne se contentait pas de photographier des malformations, envoya-t-il. Elle étudiait aussi toutes les atrocités que l'histoire a pu engendrer et qui concernent le corps humain. Elle possédait un tas de bouquins sur la torture, l'Inquisition, la dissection, la chirurgie, mais le plus stupéfiant, c'est ça…

Il leva l'album devant lui.

— Il était enfermé dans un tiroir, nous avons dû le forcer. Donc *a priori*, le tueur ne l'a pas vu. On trouve là-dedans un tas de négatifs, en noir et blanc, qui montrent des choses horribles. Ce sont apparemment des documents d'archives qui datent de la Première Guerre mondiale, sur lesquels Liberman a réussi à mettre la main.

— Pire que ce que tu peux voir d'ordinaire ? s'enquit Mortier.

— On frôle le record, là. Le mieux, c'est qu'il y a aussi une lettre de remerciements. Et d'après ce document, les photos tirées de ces négatifs sont actuellement exposées au musée des hospices civils de Lyon. Mais surtout…

Wang ouvrit l'album et piocha un négatif qu'il tendit à Mortier.

Le commandant le dirigea vers le ciel. Joffroy et Marchal s'approchèrent. Leurs traits se décomposèrent. Sur le film argentique, un visage masculin déchiqueté, aux morceaux de peau salement recousus. Le dessous du menton était traversé par un crochet au bout duquel pendaient des sacs de différents poids.

Le visage ravagé d'une Gueule cassée de la Grande Guerre.

L'œuvre du Matador, sur la face de Cassandra Liberman, en était la reproduction fidèle.

Mortier se prit le front entre le pouce et l'index. Puis il se tourna vers Vic.

— T'es un habitué des musées, tu fonces sur Lyon en TGV. Fais des recoupements avec Dupuytren, Les Trois Parques, tout ce que tu veux.

— Commandant on est dimanche, je…

— Quoi, on est dimanche ? Un problème ?

— Non.

— Il me faut cet enfoiré, il me le faut le plus vite possible.

Vic soupira et s'adressa durement à son supérieur :

— Mon portable est déchargé, vous me prêtez le vôtre, que j'appelle ma femme ? La prévenir, au moins, si ce n'est pas trop vous demander.

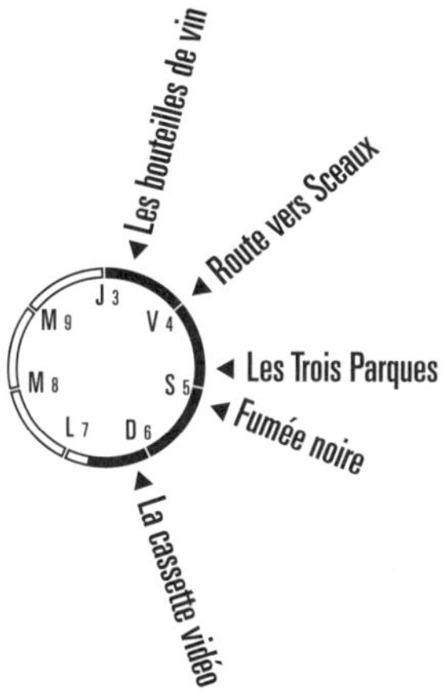

42. DIMANCHE 6 MAI, 16 H 34

Seul dans sa grande demeure, Stéphane s'était replié dans Darkland. Pour unique lumière, un halogène, baissé au minimum. Ici, dans le cimetière de ses créatures morbides, entouré des messages destinés à Stéfur, il se sentait en sécurité, protégé du monde extérieur.

Il consulta avec la plus grande attention son carnet, à la recherche de nouveaux indices, d'autres voies d'investigation. Il avait rencontré Ariez, le flic, Mélinda, déniché Dupuytren, les Trois Parques, Hennocque, vu la craie blanche, la statuette asiatique, et encore d'autres détails. Mais à présent, il fallait absolument tout réordonner. Essayer de démêler cet inextricable sac de nœuds et agir.

Il retraça mentalement l'itinéraire de Stéfur tel qu'il l'imaginait, malgré les zones d'ombre entre les rêves. D'après ses notes et ses calculs, tout avait commencé le jeudi 10 mai, vers 2 h 30 du matin. Dans moins de quatre jours, lui-même courrait peut-être dans cette même maison, en pleurs, les mains en sang, et dévalerait les escaliers pour se rendre devant les bouteilles de vin. Là, un Sig Sauer, certainement celui de Victor Marchal, se braquerait sur sa tempe. Il avait beau retourner la question dans tous les sens, Stéphane ne voyait qu'une origine possible au sang sur ses mains. Mélinda…

Deuxième rêve, « Route vers Sceaux ». Toujours le 10 mai, à 19 h 30, Stéfur, dans sa Ford, foncerait chez Hector Ariez avec le flingue du policier. Comment avait-il récupéré l'arme ? Sur le siège passager traîneraient, tout couverts de sang, le petit mouchoir rose de Mélinda et des habits. Notamment la veste de pêcheur de son père, perdue depuis des années quelque part dans les Vosges.

Il fallait empêcher ces horreurs, contrer la marche implacable des événements. Par tous les moyens.

Stéphane secoua la tête et courut jusqu'à sa cave à vin.

Après le premier rêve, il était descendu ici, avec Sylvie, pour y inverser le bourgogne et le bordeaux, de manière à les positionner comme dans le rêve. Quelqu'un, quelque chose, un marionnettiste invisible, faisait tout pour que les rêves se réalisent, au détail près. Mais ce quelqu'un, Stéphane était résolu à le contrer.

Il fallait tout tenter, surtout le plus simple. Aussi remit-il les bouteilles dans leur position initiale. Bordeaux en dessous, bourgogne au-dessus. Un détail stupide qui, peut-être, pouvait tout changer, faire mentir les rêves, et contrarier la suite des événements.

Il remonta ensuite au rez-de-chaussée, s'empara de la statuette asiatique et la fracassa contre le sol. Puis il ramassa les morceaux et les fourra dans un sac-poubelle. Comment apparaîtrait-elle sur cette table dans son futur, puisqu'elle n'existait plus ? Restait aussi le mouchoir de Mélinda à jeter. Il hésita, et se jura finalement de le lui rapporter, quand tout ce délire serait rentré dans l'ordre. Il voulait revoir cette gamine, le mouchoir serait un prétexte.

Il retourna enfin s'enfermer dans Darkland et se concentra de nouveau sur ses rêves pour tenter de les analyser. Deuxième songe : Stéfur, au volant de sa Ford, qui écoutait la radio. La journaliste annonçait que Mélinda venait d'être retrouvée morte, noyée dans la carrière Hennocque. Et, apparemment, on le recherchait, lui.

Stéphane porta une tasse de café froid à ses lèvres. Comment pouvait-il, en dépit de tout ce qu'il savait, se retrouver mêlé au meurtre d'une gamine ? Et s'il avait été victime d'un coup monté ? Et s'il avait voulu empêcher Ariez de tuer la fillette et que, ce faisant, d'une manière ou d'une autre, les soupçons s'étaient reportés sur lui ? Oui, c'était envisageable. Franchement cohérent, même. Ce qui expliquait pourquoi, dans le rêve, il débarquait devant chez Ariez avec un Sig Sauer. Pour se venger.

Il comprenait. Il comprenait de mieux en mieux ce qui allait se produire s'il ne changeait rien. S'il ne combattait pas le destin.

Rêve suivant. Le lendemain, le 11 mai, vers 14 heures. « Les Trois Parques ». Stéfur s'était réfugié dans une chambre d'hôtel. Il avait le crâne rasé et un masque en latex pour se cacher le visage. Sur son lit, des photos de scènes de crime. Une blonde et une brune, toutes deux tuées de façon ultraviolente. Comment avait-il obtenu ces clichés ? Le policier, ce Victor, les lui avait-il donnés ? Apparemment, Stéfur était désespéré, puisque, sur le lit, il s'était mis l'arme dans la bouche et semblait prêt à appuyer sur la gâchette. Qu'avait-il fait ? Qu'avait-il à se reprocher pour en arriver là ?

Stéphane serra le poing. Non, jamais il ne ferait de mal à personne.

Et pourtant, les morts jalonnaient son existence. Ludivine Coquelle. Gaëlle Montieux. Et les victimes du déraillement du train.

Toujours dans ce rêve, Stéfur avait aussi noté des messages sur les murs. Pourquoi « Rester loin de Mélinda » ? Aujourd'hui, Stéphane savait qu'il avait fait ce qu'il fallait. Il n'y avait plus qu'à espérer que la gamine avait compris la leçon, que jamais plus elle ne suivrait des inconnus. Il ne pouvait pas avoir empiré la situation en transgressant le message.

Cette autre phrase, concernant sa femme, l'inquiétait bien plus. « Surveiller Sylvie. » Pourquoi ? Que venait-elle faire dans cette histoire ? Avait-elle, elle aussi, quelque chose à se reprocher ? Pourquoi « Fuir avec Sylvie, loin de la maison » ? Étaient-ils en danger ? Qui pouvait les menacer ? Et que représentaient les autres notes, comme ce « Noël Siriel » ? « Tes messages BP 101 » ?

Il se rappela qu'il n'avait toujours pas rempli les papiers pour ouvrir la boîte postale 101. Il faudrait le faire prochainement.

Restait enfin ce coup de fil, passé par Stéfur à Victor, dans la chambre d'hôtel. Leur dialogue incompréhensible sur cette histoire de science, de nombres quarante-six et quarante-sept.

« C'est dingue comment les destins peuvent changer pour un rien. Quarante-six ou quarante-sept, qu'est-ce que ça change ? »

Stéphane ferma les yeux. Dans le rêve, Stéfur demandait des nouvelles de l'épouse du flic. Visiblement, à en croire le ton de Victor, leur relation battait de l'aile. Stéfur lui conseillait d'ailleurs de retourner auprès d'elle.

Pourquoi Victor avait-il caché à Sylvie la grossesse de sa femme ? D'ordinaire, un homme l'affiche plutôt fièrement. Pourquoi, lui, réagissait-il ainsi ? Qu'est-ce qui l'effrayait ? « Pourquoi tu n'as pas su empêcher ça ? » avait dit Victor à Stéfur. Empêcher quoi ? Leur séparation ? Un accident ? Son décès ? Cette femme, il ne la connaissait même pas !

Il sortit la carte de visite personnelle du lieutenant. Devait-il se rendre là-bas, à Boulogne-Billancourt ?

Stéphane se redressa, un peu fébrile, et posa sa tasse à côté du masque horrible, cette figure probable du meurtrier des deux femmes, aperçue sur la cassette de surveillance.

« Qui es-tu ? Où te caches-tu ? Qu'as-tu volé ce soir-là, à l'usine ? Comment va-t-on remonter jusqu'à toi ? » se demanda-t-il.

De l'air, il lui fallait de l'air.

Dans le couloir, il remarqua la porte légèrement

entrebâillée de sa pièce secrète, celle aux fresques infâmes. Il y pénétra, les sourcils froncés. Qui était entré ici ? Certainement pas Sylvie. Les flics, alors ? Victor Marchal ?

Il s'arrêta entre les deux miroirs qui démultipliaient son reflet en une infinité de Stéphane et vérifia que rien n'avait été dérangé. Puis il s'approcha de la représentation du bébé sirène. Les policiers l'avaient aussi probablement remarquée, et avaient dû y voir une drôle de coïncidence. Et pourtant, il s'agissait bien d'une coïncidence. Stéphane n'avait rien à voir avec le vol de Dupuytren.

Il s'apprêtait à ressortir quand, soudain, il s'immobilisa au milieu de la pièce, l'œil fixé sur un bébé au nez plat et large, aux yeux curieusement écartés, au crâne allongé.

Un bébé trisomique.

Son cœur s'accéléra dans sa poitrine.

Le nombre quarante-sept.

« D'autant plus qu'il n'y en a jamais eu quarante-sept. »

Le nombre de chromosomes dans les cellules d'un bébé trisomique. Les vingt-trois chromosomes reçus du père, les vingt-trois de la mère, et le chromosome surnuméraire, résultat de l'anomalie génétique…

Stéphane se précipita sur son portable et composa le numéro du flic. Il tomba immédiatement sur sa boîte vocale. Téléphone éteint, probablement.

Il remonta vitesse grand V, laissa un mot pour Sylvie et fonça vers sa voiture.

Direction Boulogne-Billancourt.

Dans le futur, Stéfur n'avait pas réussi à éviter un drame. Probablement la mort du bébé, ou celle de la mère.

Mais lui, il y parviendrait.

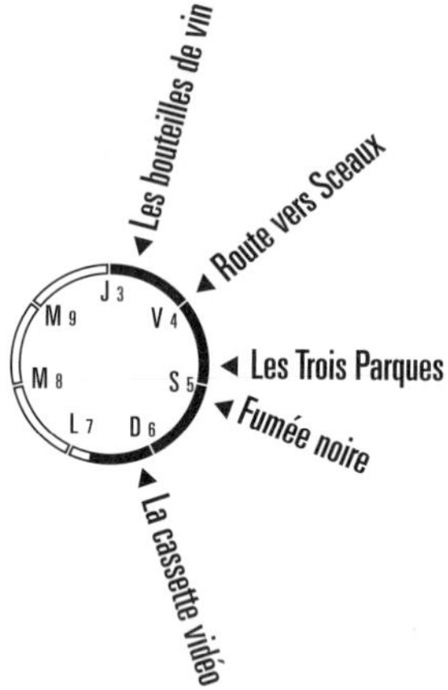

43. DIMANCHE 6 MAI, 17 H 12

Deux heures après son départ de Paris, le TGV pénétrait en gare de Lyon Part-Dieu. En descendant sur le quai, Vic aperçut des couples enlacés et en ressentit une profonde tristesse. Peut-être un autre type, un mec bâti pour le métier de flic, les journées et les nuits sur le terrain, aurait-il apprécié cette virée dominicale, mais pas lui. Il refusait d'infliger à sa femme, à son futur enfant, ce que son propre père lui avait infligé : l'absence.

Là, seul à arpenter le bitume, il réalisa qu'il s'était sans doute trompé de métier. Il existait tant de jobs moins noirs et moins destructeurs, surtout pour un type acharné, pointilleux et instruit comme lui.

Il entra dans une pharmacie de garde et acheta un tube de Guronsan. Il détestait les excitants, les somnifères, les drogues. Mais là, pas le choix…

Il héla un taxi et demanda la direction de l'hôpital de l'Hôtel-Dieu. Il y avait rendez-vous avec Dominique Sertis, le conservateur du musée des hospices civils.

Le personnage, d'une cinquantaine d'années, ne devait pas être beaucoup plus grand que Wang mais compensait sa petite taille par une classe sans égale.

Vic expliqua d'emblée la raison de sa venue – le meurtre sauvage de Cassandra Liberman – et demanda à visiter l'exposition, avec une seule idée en tête : enfin rentrer chez lui. Dominique Sertis lui offrit un café dans le hall.

— Un véritable succès, cette exposition. Plusieurs milliers de visiteurs, aussi avons-nous décidé de la prolonger jusqu'à fin juin.

Lentement, ils avancèrent vers le musée et pénétrèrent dans une première salle réservée aux objets et instruments médicaux. Chirurgie, obstétrique, urologie, odontostomatologie…

— D'où est partie l'idée ?

— Le but est de faire découvrir à notre public les prémices de la chirurgie réparatrice au début du XXe siècle. Très vite, nous sommes entrés en contact avec mademoiselle Liberman, qui détenait une impressionnante collection de clichés originaux. En plus de cette collection photographique unique, nous avons commandé huit moulages faciaux d'authentiques Gueules cassées, reproduites d'après des photos et des témoignages. L'exposition montre également les techniques employées pour la restauration des visages, ainsi que l'apparition des prothèses et des greffes. Comme vous allez le constater, c'était très archaïque.

Vic posa les questions de routine sans rien apprendre de primordial pour l'enquête. Après la prise de quelques notes inutiles, il continua la visite, guidé par son hôte.

Au bout d'une autre salle, celle des archives, ils abordèrent la partie de l'exposition dédiée aux clichés noir et blanc, tous commentés d'un petit texte. Vic crut bien s'engager, encore une fois, dans l'antre de la folie. Les photos, effroyables, défiaient l'imagination.

— Cassandra avait retravaillé ces images à l'ordinateur, de manière à leur donner un coup de jeune et à les éclaircir. Un travail formidable.

— Vous la connaissiez bien ?

— Nous ne nous sommes vus que trois ou quatre fois, lors de la préparation de l'exposition. Une fille intrigante, mais passionnée et très professionnelle.

— Une passion qui, indirectement, l'a tuée.

Vic s'approcha des agrandissements de ces portraits de soldats, tous extrêmement jeunes. Visages mutilés, brûlés, déchirés. Le métal d'appareils barbares se mélangeait à leur chair. Des lambeaux de peau, issus d'autres parties du corps – bras, cuisses –, se retrouvaient greffés au menton. Sur l'un des clichés, Vic reconnut un écarteur de mâchoires, en tous points semblable à celui utilisé par le tueur sur Leroy.

— Parlez-moi d'eux, demanda Vic d'une voix émue. Racontez-moi l'histoire de ces pauvres types.

Sertis réajusta un cadre bancal avec une précision d'horloger.

— La Grande Guerre a causé les blessures les plus effrayantes jamais imaginées. On parle souvent des morts au combat, mais cet affrontement fut avant tout une boucherie qui laissa derrière elle presque trois millions de blessés dont trois cent mille mutilés. Et vous connaissez le responsable ?

— Les hommes ? Les chefs ? L'armée ? L'idiotie du monde ?

— L'artillerie. Les éclats d'obus sont à l'origine de soixante-dix pour cent des blessures. Somme toute, les balles ou les baïonnettes ne tuèrent que très peu, relativement à ça. Le processus de fragmentation des obus était étudié de manière à ce que les éclats ne perdent pas leur vitesse, même en contact avec la chair. Ils pouvaient arracher n'importe quelle partie du corps et continuer sur leur lancée sur plusieurs dizaines de mètres, si bien qu'on a retrouvé des fragments de corps fichés dans ceux de leurs voisins. Quand les brancardiers arrivaient sur les premières lignes, surtout la nuit pour éviter les tirs ennemis, ils ne réussissaient pas à distinguer les morts des vivants. Et parmi les vivants, ils devaient choisir. D'innombrables blessés ont agonisé longuement sur les champs de bataille, parce qu'on considérait qu'il n'y avait plus d'espoir pour eux. Et aussi parce que même les brancardiers, pourtant habitués à l'horreur, ne pouvaient supporter pareille vision d'apocalypse. Lisez ici, sous ce portrait, le témoignage de l'un d'entre eux.

Vic lut à voix haute :

— « Je détourne les yeux, mais j'ai vu et je n'oublierai jamais, dussé-je vivre cent ans. J'ai vu un homme qui à la place du visage avait un trou sanglant. Plus de nez, plus de joues ; tout cela disparu, mais une large cavité au fond de laquelle bougent les organes de l'arrière-gorge. Plus d'yeux mais des lambeaux de paupières qui pendent dans le vide… »

Le jeune policier posa nerveusement sa main sur son front.

— C'est terrible… Ces gens… Ces gens dégageaient une odeur ? Je veux dire, toutes leurs plaies, leurs…

— Évidemment, une véritable odeur de cadavre. Ils bavaient sans cesse, leurs blessures s'infectaient en une journée et, malgré les antiseptiques, il en émanait une puanteur extrême.

Sertis haussa les épaules.

— Les Gueules cassées représentent certainement le pire héritage de la guerre, comme vous pouvez le voir.

Oui, cela se voyait, et le Matador aussi voulait que son acte se remarque. Comme avec la sirène et Dupuytren, il voulait que le rapprochement avec les Gueules cassées se fasse, il voulait prouver qu'on ne doit pas plaisanter avec l'horreur, ni l'exhiber aux yeux des curieux, avides de morbidité. Leroy et Liberman venaient de payer le prix de leur mépris.

Le lieutenant s'avança vers d'autres photographies et se figea devant celle tirée à partir du négatif que Wang leur avait montré. Le conservateur la commenta :

— Le procédé du sac, qui permet de traiter la constriction de la mâchoire.

Sans aucun doute, le Matador s'était inspiré de ce cliché pour accomplir son « travail ».

— La Grande Guerre, continua Sertis, a été celle de l'improvisation. Personne ne s'attendait à ce qui allait arriver, à tant d'inhumanité. Face à l'artillerie, les hôpitaux ont été saturés à une vitesse foudroyante. Certains d'entre eux fermaient même leurs portes aux Gueules cassées, les

« baveux », comme on les appelait. Mais devant la multiplication de ces blessés au visage – entre quinze et trente mille –, la chirurgie maxillo-faciale, quasiment inexistante, s'est finalement développée. Le procédé du sac fut l'une des pires atrocités en termes de reconstruction faciale. Faire passer un crochet dans la chair, sous le menton, et y suspendre des poids pour éviter la constriction… Imaginez le supplice du blessé, qui devait supporter cela chaque jour.

Plus loin, d'autres scènes encore.

— Regardez tous ces instruments épouvantables, des dilatateurs, des poires d'écartement, des ouvre-bouches à vis. Ah, ces gens réussissaient à survivre, bien sûr, mais combien se sont suicidés à l'hôpital ? Combien furent rejetés par leur propre famille ? Combien sont morts de désespoir ?

Achille Delsart, à Dupuytren, avait prononcé exactement la même phrase, à propos de John Merrick. Les deux conservateurs tenaient d'ailleurs un discours très proche, comme si face à tant d'abomination on apprenait nécessairement l'humilité.

Le jeune lieutenant désigna un miroir, à l'arrière-plan d'une photo.

— Ce miroir est brisé ?

— Bien observé. Beaucoup de Gueules cassées étaient effrayés par leur propre visage, la plupart ne se reconnaissaient pas ou ne voulaient pas se reconnaître. « Cet objet de malheur », comme ils l'appelaient, était d'ailleurs interdit dans certains services.

Vic n'en revenait pas. Le Matador avait soigné sa mise en scène jusqu'à reproduire ce détail.

Ils se rendirent dans la pièce suivante, où étaient présentés les huit moulages grandeur nature des Gueules cassées. Les mannequins, habillés de tenues militaires, paraissaient constitués de chair et d'os, et le spectacle était terrifiant.

— Très impressionnant, commenta le policier. Dire que… que ça a existé.

— Ces cires sont sublimes, n'est-ce pas ? fit le conservateur. Stéphane Kismet a fait un travail merveilleux.

Vic crut bien qu'il allait s'écrouler.

— Le… Le Stéphane Kismet qui travaille pour le cinéma ? Longs cheveux noirs, et… il habite dans l'Oise ?

— Lui-même. Toutes les œuvres sont signées « S.K. », sur la nuque, vous pouvez vérifier.

Vic s'approcha d'une reproduction en cire et observa derrière la nuque. « S.K. »

— Et… lui et Liberman se connaissaient ?

Sertis secoua la tête.

— Non, pas à ma connaissance, en tout cas. Les projets photos et cires ont été menés séparément. Vous savez, Kismet n'a pas travaillé que pour nous, il réalise beaucoup de moulages pour d'autres musées liés à l'anatomie. Pas étonnant que vous retombiez sur lui si vous mettez les pieds dans ce genre d'exposition. Il est la référence en la matière.

Le lieutenant de police acquiesça d'un léger mouvement de la tête. Kismet avait croisé Cassandra Liberman aux Trois Parques, devant la chambre 6, mais apparemment, d'après Amandine Gosselin et le réceptionniste de l'auberge, ni l'un ni l'autre ne se connaissaient.

S'agissait-il, une fois encore, d'une simple coïncidence ?

Vic considéra attentivement les figures de cire qui lui faisaient face. Pouvait-il exister, sur cette Terre, plus atroce souffrance que de voir une partie de son visage arrachée, ses dents explosées en morceaux, et d'espérer sur un champ de bataille l'arrivée des secours ? De voir ses frères d'armes partir en lambeaux ? Qu'est-ce qui était alors le pire ? Vivre, ou mourir ?

Leroy et Liberman avaient-elles supplié, comme ces soldats, pour qu'on les achève, pour que la douleur cesse ?

Avaient-elles voulu mourir ?

D'un coup, Vic s'arrêta, comme frappé par une évidence.

— Bon Dieu ! Voilà ce qu'il évalue sur les murs !

— Pardon ?

— La douleur ! Il donne une note à la douleur !

Le jeune flic se mit à aller et venir entre les mannequins. Le Matador injectait la morphine, officiait sur ses victimes – les extrémités coupées, les aiguilles dans les muscles pour Leroy, le barbelé et les sacs suspendus pour Liberman – et attendait le réveil du corps. Et là, il devait se placer face à elles, et mesurer l'onde fulgurante qui fusait de leurs yeux, de leur cri, du tressaillement de tous leurs nerfs.

Le Matador cherchait à provoquer le point ultime de la souffrance, avant de le noter sur le mur, comme un trophée. On ne peut raconter la douleur, la décrire. Le seul moyen, c'est de la vivre ou de la voir. La regarder à cent pour cent. Observer les traits qui se décomposent, écouter l'intensité du hurlement qui transperce le bâillon, entendre les dents grincer.

« Je sais que ça te fait mal. Très, très mal. Combien, combien selon toi ? Soixante-dix ? Quatre-vingts ? Tu as bien crié. Sur mon échelle de la douleur, je vais te mettre une excellente note. »

S'il mesurait leur douleur, alors sans doute souffrait-il, lui aussi. Une vraie, une grande douleur physique, sûrement engendrée par une maladie nécessitant un apport régulier de morphine.

Vic regarda son avant-bras, le poing serré. En lui aussi rampait le serpent de la maladie. Sa névralgie cervico-brachiale, un mal invisible que ne détectaient ni les IRM, ni les électromyogrammes, ni les rayons X. Un mal qu'il gardait précieusement pour lui, qu'il ne partageait qu'avec son médecin. Une bête pernicieuse qui l'empêcherait sûrement, un jour, de tenir un flingue.

Le Matador, quant à lui, voulait au contraire partager sa douleur. De manière explosive.

Quel infâme procédé trouverait-il la prochaine fois pour dépasser le 82 sur 100 de Liberman ? Quand et où frapperait-il ?

Et sur qui s'acharnerait-il, cette fois ?

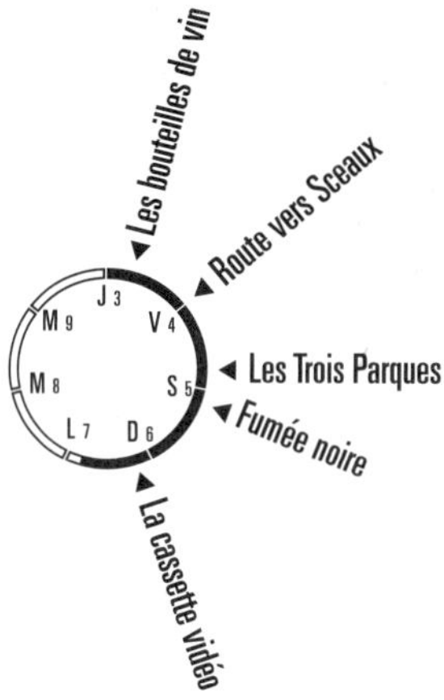

44. DIMANCHE 6 MAI, 17 H 53

Après le départ précipité de Vic, dans la matinée, Céline avait décidé de faire le ménage de fond en comble pour tenter de s'occuper l'esprit. Son mari avait quitté l'appartement sans même lui adresser la parole après avoir été, une fois de plus, appelé par la brigade. S'il ne fixait pas de limites, ils lui demanderaient de décrocher la lune.

Elle pria égoïstement pour qu'il plaque tout. Qu'ils puissent encore rentrer à Avignon, tant qu'il n'était pas trop tard.

Céline déballa la poussette laissée dans son carton depuis l'emménagement. Elle la déplia fièrement et la testa dans le salon, imaginant déjà le nourrisson y faire ses premiers gazouillis. Vivement la naissance.

La jeune femme alla ranger quelques objets dans la chambre du bébé, replaça méticuleusement des peluches orange et jaunes – des couleurs neutres, garçon ou fille – et ferma la porte au moment où l'on sonnait à l'interphone.

Elle décrocha, un peu surprise. Pouvait-il s'agir du père de Vic ?

— Madame Marchal ?

— Oui ?

— Je suis un ami de Victor. Je peux le voir ?

— Il est en déplacement, à Lyon.

— Je dois vous parler.

Céline hésita, puis appuya sur le bouton. Un ami de Vic, ici, à Paris ?

Elle se rua dans la salle de bains et se donna un coup de brosse à cheveux. Pantalon de jogging, pas maquillée, yeux lourds et gonflés de sa mauvaise nuit, bonjour la féminité ! Elle voulut se passer de l'eau sur la figure, mais on sonnait déjà.

— Oui, oui ! J'arrive !

En ouvrant la porte, elle ne put cacher un léger étonnement. L'intensité du regard, l'étroitesse de la bouche, l'homme en face d'elle ressemblait vaguement à son mari.

Troublé, Stéphane se racla la gorge et dit :

— Puis-je... Puis-je entrer quelques instants ?

Céline rejeta une mèche de cheveux sur le côté.

— C'est que... Euh... Oui, bien sûr. Je vous en prie. Excusez-moi pour la tenue, mais j'étais en plein rangement et...

— Pas de souci.

Le hall d'entrée était étroit, tout comme le salon où elle l'emmena. Stéphane se sentait gêné de pénétrer ainsi dans l'intimité du flic.

Discrètement, il observa le ventre de la jeune femme à travers sa tunique bleu et blanc. Pas flagrant, même quasiment invisible. Impossible de deviner sa grossesse.

Céline l'invita à s'asseoir dans le canapé, s'installa en face de lui et sembla attendre qu'il lui parle. Stéphane ne savait pas par où commencer, ni comment aborder le sujet. Il ignorait d'ailleurs de quel sujet il était réellement venu lui parler.

Il sortit la carte de visite de Vic, qu'il posa sur la table.

— Pour vous dire la vérité, je ne suis pas véritablement un ami de votre mari.

— Je m'en doutais. Personne ne l'appelle Victor. Vous êtes un collègue ?

— En fait, pas vraiment. Il est venu m'interroger hier soir, dans le cadre d'une enquête. Je vous rassure, je ne suis qu'un témoin, mais j'ai une information très importante à lui communiquer.

Céline fronça les sourcils.

— Dans ce cas, je ne comprends pas bien la raison de votre présence ici. Vous avez son numéro, vous ne pouviez pas l'appeler ?

— J'ai essayé, impossible de le joindre.

Céline soupira en secouant la tête.

— Oui, son portable n'arrête pas de se décharger. Et il n'a pas encore pris le temps de le changer. Ou plutôt, ils ne lui en ont pas laissé le temps.

— Vous parlez de ses collègues ? Sa hiérarchie ?

Stéphane remarqua le regard fuyant de son interlocutrice. Elle semblait mal à l'aise. Il se redressa et lui tendit la main.

— Oh ! Pardon, je ne me suis même pas présenté. Je m'appelle Stéphane Kismet, et je travaille pour le cinéma. Dans le maquillage, plus exactement. Les E.T., Alien et autres vilaines bêtes, c'est moi.

— Vous savez, je ne regarde pas tellement la télé.

— Heureusement que tout le monde ne fait pas comme vous, sinon je n'aurais plus qu'à pointer aux Assedic.

Elle eut un sourire forcé. Stéphane se pencha vers l'avant.

— Votre mari ne vous a pas parlé de moi ?

— Pas du tout. Il ne me parle pas énormément de son travail. Je crois qu'en ce moment, il enquête sur une histoire de meurtres, mais je ne pourrais pas vous en dire beaucoup plus. Vous devriez me laisser vos coordonnées, il vous rappellera en rentrant.

Les yeux de Stéphane s'illuminèrent.

— Je vois que vous attendez un enfant ?

De minuscules fossettes se creusèrent sur les joues de Céline.

— Ça ne se voit pas ! Comment vous le savez ?

— Oh, j'ai juste aperçu des biberons emballés, sur la table de la cuisine. C'est pour quand ?

— Octobre, normalement.

— Garçon ou fille ?

Céline hésita à répondre. Pourquoi ne partait-il pas ?

— Je ne veux pas savoir. Vic voudrait, lui, mais… je suis un peu superstitieuse, et je pense qu'il faut garder la surprise jusqu'au bout.

— Il existe un truc populaire au Viêtnam pour prédire le sexe d'un enfant. Si la procréation a lieu un lundi, un mercredi ou un vendredi, ce sera un garçon.

Céline inclina la tête, avec le sentiment que cet homme en savait plus qu'il ne le laissait entendre. On était dimanche, en fin d'après-midi. Pourquoi n'avait-il pas attendu le lendemain pour contacter Vic ? Pourquoi son déplacement jusqu'ici ? Et pourquoi être monté, malgré l'absence de son mari ?

Elle tenta de garder un ton assuré, même si, au fond d'elle-même, elle commençait à ressentir une certaine crainte.

— Vous semblez connaître mieux que moi les traditions de ce pays. J'en suis pourtant originaire, répliqua-t-elle.

— Ah oui ? C'est une contrée que j'adore, qui me passionne depuis l'adolescence. La première fois où j'ai cassé ma tirelire, c'était pour acheter un livre sur la *Nam Tien*.

— La marche vers le Sud…

Stéphane approuva d'un hochement de la tête.

— Avec mon épouse, nous devions partir en vacances là-bas.

— Devions ?

— Oui. Excusez-moi, mais c'est assez compliqué.

Céline se leva poliment.

— Comme je vous ai dit, monsieur, mon mari ne

rentrera pas tout de suite. Et… Désolée, mais du travail m'attend.

Stéphane ne bougea pas d'un millimètre. La jeune femme comprit alors qu'il y avait quelque chose d'anormal.

— Parlez-moi de votre mari, demanda-t-il. À votre accent, je suppose que vous n'êtes pas des Parisiens pure souche ?

Elle le sentait de plus en plus mal à l'aise. D'après Vic, en observant les mains, on pouvait deviner les sentiments, les motivations des gens. Et cet homme ne cessait de se les frotter nerveusement.

Céline s'éloigna encore, elle souhaitait maintenant son départ immédiat.

— Si vous me disiez clairement le but de votre visite ? Je pourrais lui transmettre votre message ?

Stéphane se leva brusquement et la fixa droit dans les yeux.

— Ce n'est pas lui que je suis venu voir, mais vous.

L'accélération du rythme cardiaque de Céline fut fulgurante.

— Moi ? Mais…

— Un événement grave risque de vous arriver, ou de toucher votre bébé.

Il serrait les poings. Céline désigna de l'index la porte du hall. Sa voix tremblait.

— Je vous… Je vous en prie. Sortez à présent.

Stéphane s'approcha un peu, en agitant ses deux mains devant lui.

— Non, non, n'ayez pas peur ! N'ayez pas peur de moi ! Je suis décidément très maladroit pour mettre les gens à l'aise. C'est… C'est un malentendu ! Si vous prenez peur, ça ne fonctionnera jamais.

— Je voudrais que vous me laissiez seule à présent.

— Je… Écoutez, je sais, c'est bizarre, ma présence ici, à cette heure, mais est-ce que vous soupçonnez quelque chose pour votre enfant ?

— Quoi ? Mon enfant ? Qu'est-ce que vous racontez ?

— Avez-vous fait des examens qui montrent des signes de trisomie ?

Céline était désormais plaquée contre le mur du salon. En une fraction de seconde, il se passa quelque chose de très curieux en elle. L'impression que la phrase qu'elle s'apprêtait à prononcer, là, maintenant, elle venait juste de la prononcer, dans un horrible ralenti. Ce qui l'effraya plus encore.

— Que voulez-vous ? Dites-moi ce que vous voulez, et allez-vous-en, je vous en prie.

Stéphane ne bougeait plus.

— Juste que vous me répondiez. Et je vous garantis que je disparaîtrai.

— Pourquoi vous…

— Répondez, s'il vous plaît. Votre bébé.

Céline explosa, elle ne tenait plus.

— Non ! C'est trop personnel ! Dégagez ou je hurle !

Stéphane s'approcha, la mine grave. Il se souvenait des paroles, dans son rêve :

« — Pourquoi tu n'as pas su empêcher ça ?

— J'aurais dû quoi ? Kidnapper une femme enceinte ? »

Il reprit, d'un ton à glacer le sang :

— Je ne partirai pas sans réponse, vous m'entendez !

Céline se jeta sur le côté mais, sans savoir comment réagir, Stéphane l'attrapa par le col. Elle se mit à crier, le griffa à l'avant-bras. Il la propulsa violemment vers la banquette, elle chuta sur le flanc gauche et se redressa fébrilement, terrorisée.

Complètement paniqué, Stéphane leva les mains en l'air.

— Excusez-moi ! Excusez-moi, je… je ne voulais pas !

Il tenta de s'approcher d'elle, mais elle se recula, les deux bras devant le visage.

— Vous devez me croire, bon sang ! répéta Stéphane. Je ne cherche pas à vous agresser !

Céline restait là, immobile. Ce malade avait entièrement perdu les pédales.

— Si… Si je vous dis ce que vous voulez, vous jurez de ne pas me faire de mal ?

— Mais je ne veux pas vous faire du mal ! Pour qui me prenez-vous ? Un malade mental ? Vous aussi, vous vous y mettez ?

Il avait hurlé, hors de lui. Il respira profondément.

— Je vous donne ma parole, souffla-t-il. Mais, par pitié, arrêtez de me prendre pour un monstre.

Elle s'assit sur l'accoudoir d'un fauteuil, les mains sur les épaules, frigorifiée, tétanisée.

— L'échographie des quatre mois a révélé des os propres du nez invisibles et une… une clarté nucale élevée. Ces indices laissent penser à une trisomie 21. Comment… Comment saviez-vous que mon bébé présentait ce risque ? Vous êtes allé voir le docteur Sénéchal, mon gynécologue ? Vic vous a parlé ? Ou alors, vous nous espionnez ?

— Mais non ! Je ne suis pas allé chez votre gynécologue, et je ne vous espionne pas non plus ! Arrêtez !

— Comment vous savez, alors ?

— J'ai eu une vision.

— Une vision ?

Stéphane se balançait légèrement sur lui-même, en se mordant le bout des doigts.

— J'essaie seulement de comprendre. Comprendre pour vous aider. J'ignore pourquoi, mais je sais qu'il pourrait vous arriver un malheur, à vous ou à votre bébé, d'ici quelques jours.

Céline frissonna. Ce type la terrifiait. Le genre à péter un câble instantanément. Il fallait qu'elle réussisse à sortir d'ici, à s'enfuir.

— De quel genre ?

— Un drame qui va anéantir votre mari. Il disait que… qu'il haïssait la science. Et je pense qu'il voulait parler d'un chromosome en trop. Avez-vous prévu de passer un examen bientôt ? Quelque chose en rapport avec votre grossesse ?

Céline resta silencieuse. Ce taré voulait du mal au bébé. Un schizophrène échappé d'un asile, qui avait accédé à son dossier gynécologique, et capable de l'éventrer pour faire taire ses visions. Elle remarqua une paire de ciseaux sur la table de la salle à manger. Si elle était assez rapide, il n'aurait pas le temps de réagir.

Mais elle se ravisa. Il devait être bien plus fort qu'elle. Elle se décida à répondre, pour gagner de précieuses secondes.

— On me fait une amniocentèse, demain matin. On va me… me prélever du liquide amniotique, pour des examens approfondis.

Stéphane claqua des doigts.

— C'est ça ! Bon sang !

Il se précipita vers elle et lui attrapa les poignets qu'il

serra très fort.

— Vous ne devez pas aller à ce rendez-vous ! Je ne sais pas s'il va vous arriver un drame sur la route, ou chez le gynécologue, mais votre bébé n'est pas trisomique ! « D'autant plus qu'il n'y en a jamais eu quarante-sept ! »

Céline se mit à pleurer.

— Vous me faites mal… Je vous en prie…

Stéphane serra plus fort encore.

— Non, non, vous ne comprenez pas ! Je ne veux pas vous blesser, mais vous protéger, au contraire ! Si vous allez à ce rendez-vous, vous perdrez votre enfant ! C'est ce que vous voulez ? Être responsable de sa mort ?

— Non ! Non !

Il la lâcha.

— Je ne peux rien vous prouver, mais il faut me croire.

— Je… Je vous crois. Je n'irai pas à cet examen. Je vous jure que… que je n'irai pas.

Le visage de Stéphane s'éclaircit, avant de s'assombrir de nouveau.

— Vous mentez.

— Non.

— Pourquoi je vous ferais confiance ? lui demanda-t-il.

Si ce malade était convaincu de quelque chose, il ne fallait surtout pas le contrarier. Céline répliqua avec tact :

— Parce que je vous le dis. Moi, je vous crois. Alors vous devez me croire, vous aussi.

Ce fut elle qui l'agrippa, cette fois. Elle le fixa d'un regard enflammé.

— Vous *devez* me croire.

Stéphane se recula, à bout de forces, jusqu'à la porte d'entrée. Là, il serra la poignée et dit :

— Vous êtes superstitieuse, vous croyez en ces choses-là. Votre enfant n'est pas trisomique. Ne laissez pas le destin vous le voler en sortant demain.

Et il disparut, en refermant doucement derrière lui.

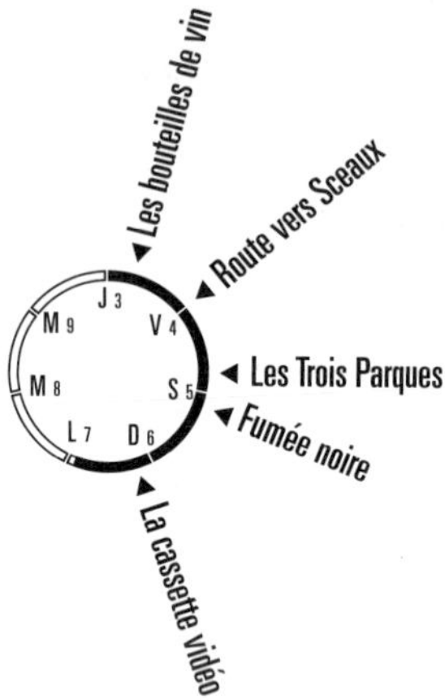

45. DIMANCHE 6 MAI, 23 H 05

Lentement, les somnifères commencèrent à faire effet. Dans la fraîcheur du sous-sol, entre ses monstres et les notes sur les murs, Stéphane se sentait bien, loin de tout. Presque dans les nuages.

Ça allait arriver. Le rêve. La communication avec le futur. La rencontre avec l'enfer. Stéfur avait-il reçu les messages inscrits sur les murs de Darkland ? Avait-il répondu de la même façon ? Déjà, les questions commençaient à s'estomper. La torpeur gagnait.

Au moment où il allait sombrer définitivement, son corps se cabra. Stéphane se redressa, les sens en éveil.

Des bruits. Des martèlements. Ça venait d'en haut. La porte d'entrée.

Il se releva, étourdi par les cachets, puis remonta au rez-de-chaussée. Qui pouvait bien tambouriner si tard ? Il imagina tout de suite le pire. Un drame ? La police ? La gendarmerie ? Et si Mélinda…

Une fois dans le hall, il jeta un œil vers l'étage. Sylvie crispait ses mains autour de la rambarde, dans un pyjama de soie bleu sous une épaisse robe de chambre. Ses yeux rouges témoignaient d'une nuit encore agitée de pleurs. Ils échangèrent un regard inquiet. Qui frappait ?

À peine Stéphane eut-il ouvert la porte qu'une ombre jaillit et le plaqua au sol. Un coup sourd, puis un choc au niveau de l'œil gauche le mirent presque KO.

Sylvie hurla.

Pieds nus, elle se précipita dans l'escalier.

— Arrêtez ! Arrêtez, bon sang !

Les coups pleuvaient sur l'abdomen, la poitrine, les flancs. Stéphane s'était recroquevillé en chien de fusil, les deux mains plaquées sur le visage.

— Salopard ! Salopard ! cria l'homme.

Sylvie agrippa la chemise de Vic Marchal et le tira vers l'arrière. Le flic la repoussa. Il était hors de lui, ses poings voltigeaient dans tous les sens. Il paraissait se battre pour la première fois.

— Qu'est-ce qu'il vous prend ? s'écria la jeune femme en se penchant vers son époux. Mais vous êtes devenu dingue ?

Vic haletait comme un fauve. Il tendit un index menaçant.

— Votre… Votre taré de mari est venu voir ma femme ! Il… Il est entré chez nous, et… et il l'a quasiment agressée !

Stéphane se relevait avec peine. Son œil gauche commençait déjà à bleuir. Il porta ses doigts à sa bouche et en récolta une goutte de sang.

— Putain… Vous n'y êtes pas allé de main morte.

Sylvie tremblait de tous ses membres.

— Je vais porter plainte contre vous ! lâcha-t-elle. Vous ne vous en tirerez pas comme ça !

— Tu ne feras rien… souffla Stéphane en s'adressant à elle. Non, tu ne feras rien. Je ne veux pas porter plainte.

— Quoi ? Tu délires ? On ne peut pas le laisser entrer chez nous et…

— Tu laisses tomber, d'accord ?

Vic ne décolérait pas.

— Recommencez une seule fois, dit-il d'une voix menaçante, et je vous jure que je vous tue ! Ne vous approchez plus jamais de ma femme !

Sylvie se mit à crier :

— Mais qu'est-ce qu'il se passe ? Qu'est-ce qu'il se passe ?

— Ma femme est enceinte ! Et ce cinglé lui a raconté que notre bébé allait mourir !

Sylvie fixa Stéphane avec un regard désespéré. Dans ses yeux éteints, on pouvait lire qu'elle croyait le lieutenant. Elle fourra ses mains dans ses poches, frigorifiée.

— Dis-moi qu'il ment. Dis-moi juste que tu n'es pas allé voir son épouse… Que tu n'as pas dit que son bébé allait mourir. Que tu n'as pas eu, encore une fois, une vision.

Stéphane répondit en baissant le front :

— Si… Tout est exact. Ce bébé va mourir.

Sylvie se recula jusqu'à buter contre le mur.

— Mon Dieu…

Stéphane s'étira douloureusement les côtes, puis s'adressa à Vic :

— Vous devez me croire. Aussi fou que cela puisse paraître, vous devez me croire. Si votre femme va à ce rendez-vous chez son gynécologue, votre bébé mourra. Pourquoi je vous mentirais ? Je cherche juste à vous aider !

— Le pire, espèce d'enfoiré, c'est que Céline t'a presque cru. Je l'ai retrouvée bouleversée, prostrée dans un coin, en larmes. J'ai eu tout le mal du monde pour la convaincre de se rendre demain à ce fichu rendez-vous.

Le jeune lieutenant se massait frénétiquement l'avant-bras.

— Mais elle va y aller. Oh oui, crois-moi, elle va y aller !

— Vous le regretterez. Par pitié, il s'agit de votre enfant !

— Ce que je regrette le plus, c'est de ne pas t'avoir envoyé à l'hôpital.

Stéphane se prit la tête dans les mains, les yeux tournés vers le sol. Il se parla à lui-même, tout bas :

— Vous ne viendrez pas pleurnicher quand il sera trop tard.

Vic se dirigea lentement vers la porte.

— Je ne veux plus jamais te voir sur mon chemin. Et vous, madame, vous devriez réagir en conséquence. On ne peut pas laisser ce genre de taré dans la nature.

Stéphane se tamponna le coin de la bouche avec un mouchoir en papier.

— Ne me dites jamais que j'aurais pu faire quelque chose. Que je ne vous avais pas prévenu.

Mais Vic avait déjà disparu. Loin dans la nuit s'éleva un long crissement de pneus.

Quand Stéphane se retourna, il lut, dans les yeux de sa femme, une peur indicible. Pas de l'incompréhension, ni de la pitié, mais une terreur d'enfant.

— Toi aussi, bientôt, tu te rendras compte que tout cela est véridique, murmura-t-il. Mais alors il sera trop tard.

Et il repartit au sous-sol, les épaules voûtées.

Sans goût, sans volonté, frappé du sentiment de n'être qu'une marionnette, il se regarda dans un miroir. Pas encore de traces de piqûres, ni de griffures sur le visage… Mais, déjà, l'hématome autour de son œil.

Exactement comme dans les rêves.

Il n'y avait rien à faire. Aucun moyen de contrer la marche implacable des événements.

Et, quoi qu'il fasse à présent, il était persuadé que son premier rêve se réaliserait, intégralement.

Il s'endormit avec l'insoutenable pensée que, dans trois jours, un horrible mécanisme labourerait sa vie.

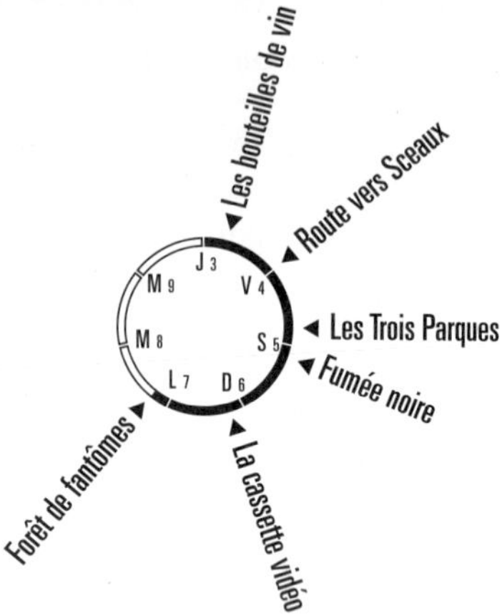

46. LUNDI 7 MAI, 06 H 30
SIXIÈME RÊVE : FORÊT DE FANTÔMES

Stéphane jeta son fusain usé et en prit un nouveau. Une goutte de sueur s'écrasa sur son dessin, à proximité du Sig Sauer. Il redressa la tête, empoigna une bouteille de whisky et en avala plusieurs gorgées. Puis il se leva et la fracassa contre un mur. Là où, déjà, gisait un poste radio, en miettes lui aussi.

Darkland était devenu une pièce abandonnée, vidée de ses âmes, de ses figures, de sa vie. Les monstres se trouvaient regroupés dans un coin, recouverts de draps blancs, sauf Darkness. Une peinture rouge vif, étalée de façon grossière, couvrait presque tous les murs.

Stéphane s'approcha en titubant des quelques fragments de messages encore lisibles sous les coups de pinceau. « … cassette regardez… Parle-moi de l'enquê… tu ignores quand je rêve de toi, mais par pitié… »

— On a essayé, toi et moi, murmura-t-il. On a vraiment tenté le coup. Il s'en est fallu de si peu pour qu'on y arrive. Mais c'est ce *si peu* qui nous a manqué chaque fois. Tout était si difficile à comprendre, et nous disposions de tellement peu de temps. Je t'aime mon ami. Si tu m'entends, je t'aime…

Stéphane se dirigea vers les mannequins et en ôta les draps, un à un. Il s'arrêta devant Darkness, le monstre au crâne ouvert. À bout de forces, il tira sur la petite tête présente à la place du cerveau. La boule de latex finit, arrachée, dans sa main.

— Tout est terminé à présent. Tu n'as jamais su m'aider. Et je n'ai jamais su te comprendre.

Lentement, il retourna vers le portrait qu'il avait commencé à dessiner. Sur la feuille, Sylvie avait les cheveux courts, les traits lisses et réguliers. Mais, progressivement, Stéphane rajouta des touches de fusain qui lui déformèrent le visage. Les yeux grossirent, le menton se tordit, les joues se comblèrent de bosses, de creux, jusqu'à devenir monstrueuses. Le crayon appuyait sur le papier, y abandonnant de grosses traînées difformes.

— Pourquoi ? Pourquoi ?

Stéphane laissa tomber son fusain, désespéré. Il posa son coude sur la table et s'allongea sur son bras. Et là, à quelques centimètres de son dessin, il se mit à pleurer, puis finit par s'endormir.

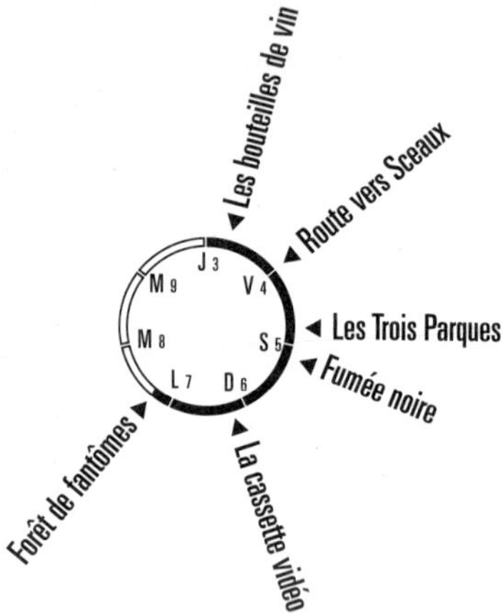

47. LUNDI 7 MAI, 07 H 30

Dans la salle de bains, la voix de Stéphane s'abattit comme un couperet :

— Où est-ce que tu vas ?

Sylvie sursauta. Son mari venait d'apparaître à l'entrée de la pièce. Longs cheveux emmêlés, yeux enflammés, barbe méchamment hirsute. Le tour de l'œil gauche d'un jaune souillé.

— Tu fais franchement peur à voir, répliqua-t-elle. Tu sens l'alcool, la sueur. De plus en plus, tu ressembles à un fauve terré au fond de sa cage.

Stéphane esquissa un sourire effrayant.

— Tu as peur de moi ? Non, c'est moi qui devrais avoir peur de toi.

Sylvie referma son tube de mascara.

— Qu'est-ce que tu racontes ? Encore un de tes rêves ?

Stéphane s'appuya contre le chambranle.

— Tu t'es énormément absentée, ces derniers temps. Des journées complètes. Et les soirs, chaque fois qu'on se disputait. Ou même quand je restais dans Darkland. Je te croyais dans la chambre, alors que tu étais sans doute ailleurs. Où allais-tu ?

Sylvie voulut sortir, mais il l'en empêcha, menaçant.

— Où allais-tu ?

Elle le fixa avec assurance.

— Chez Nathalie. Mais qu'est-ce que ça peut te foutre ?

— Pas de bol, je l'ai appelée. Et elle ne t'a pas vue depuis deux semaines. Qu'est-ce que tu réponds à ça ?

Sylvie baissa la tête et força le passage. Stéphane lui emboîta le pas et l'agrippa par le bras.

— Dis-moi où tu étais toutes ces nuits !

— Lâche-moi !

— Tu as des trucs à te reprocher, hein ? C'est quoi, ton rapport avec la petite Mélinda ? Avec ces meurtres horribles ? Une tête de monstre, ça te dit quelque chose ?

— Bon sang ! Tu me fais mal !

Stéphane avait des gestes de plus en plus nerveux.

— Tu as un lien avec tout ce qui tourne autour de moi, hein ?

— Non !

— Tu achètes la statuette, tu te coupes les cheveux ! Tu fais tout pour que mes rêves se réalisent ! Tu m'arranges des rendez-vous chez des psys, tu cherches à m'assommer de médocs. « Prends ceci ! Avale cela ! » Qu'est-ce que tu mijotes ?

Elle le repoussa violemment, se mit à courir, dévala les escaliers, s'empara de son sac à main et disparut.

Stéphane se rua vers une fenêtre à l'étage. Dans la voiture, juste avant de démarrer, elle sortit son téléphone portable et le plaqua immédiatement à son oreille.

— Espèce de garce... À qui tu téléphones ?

Il pensa à tous ses rêves. Ici, dans la maison. À l'hôtel. Avec le flic. À l'absence d'alliance autour de son doigt... Dans les cauchemars, Stéfur n'avait quasiment jamais parlé de Sylvie. Où était-elle, alors que Victor et Stéfur regardaient la vidéo dans le salon ? Pourquoi, dans son tout dernier rêve, lui avait-il dessiné un visage de monstre identique à celui de la cassette ? Projection inconsciente, délire, ou Stéfur savait-il quelque chose que lui-même ignorait encore ? « Surveiller Sylvie »… Qui avait recouvert les monstres d'un drap blanc ? Qui avait cherché à effacer les messages sur les murs de Darkland avec la peinture rouge ? Qui voulait les empêcher de communiquer ? Elle ? Sa propre femme ?

Il se dirigea vers leur chambre et vit l'appareil photo numérique, branché la veille sur le port USB, qu'elle avait pris soin cette fois d'éloigner du PC. Il s'en empara et chercha à lire les photos. Mémoire effacée.

Stéphane alluma le PC, l'écran d'accueil lui demanda un mot de passe. Il tapa « edelweiss », un code qu'elle utilisait toujours.

Il se rendit dans le répertoire des photos et constata que, là aussi, il était vide.

— Où les as-tu planquées ?

Il se frotta les lèvres d'un geste tremblant. Dans les options des dossiers, il afficha les fichiers cachés, et opéra une recherche sur les extensions « jpeg ». Cette fois, il obtint des résultats. Il cliqua sur un dossier, méticuleusement dissimulé dans le système.

Il ouvrit les images et fronça les sourcils, ahuri. Sylvie l'avait pris en photo sous tous les angles, recroquevillé sur le sol, alors qu'il dormait. Elle avait également photographié Darkland, les monstres, le buste fracassé de Martinez et le masque en latex du visage de la cassette. Puis plein d'autres choses. Gros plans sur les somnifères, posés à ses côtés. Sur la bouteille de whisky, pleine, à moitié vide, vide. Sur son tatouage. Sur son œil boursouflé. Un dernier cliché qui datait donc de cette nuit. Cette salope l'espionnait. Se nichait aussi, dans l'ordinateur, la photo de Mélinda, prise depuis l'intérieur de sa voiture.

À quoi jouait sa femme ? Que cherchait-elle à démontrer ? Au fin fond de lui-même, une petite voix lui murmurait quelque chose. Quelque chose d'inimaginable.

Il fouilla alors plus en profondeur.

En remontant dans l'arborescence, il découvrit un autre

répertoire. Des enregistrements sonores. Il cliqua sur un premier fichier audio.

Et il ne put en croire ses oreilles.

Sylvie avait tout enregistré, consciencieusement. Leurs conversations… Lui, parlant seul dans Darkland… Même son altercation avec le policier ! « Dis-moi qu'il ment. Dis-moi juste que tu n'es pas allé voir son épouse… Que tu n'as pas dit que son bébé allait mourir. Que tu n'as pas eu, encore une fois, une vision. » Stéphane se rappelait : quand le flic l'avait tabassé, Sylvie avait plongé les mains dans les poches, puis tout répété, comme si elle bâtissait… des preuves.

Tremblant, il ouvrit la messagerie, mais ne trouva rien de suspect. Elle avait peut-être pris plus de précautions que pour les photos et effacé ses e-mails compromettants.

Stéphane se leva et regarda autour de lui. Il fouilla dans les papiers, sur le bureau, puis son regard se dirigea vers le tiroir. Il tenta de l'ouvrir, sans succès. Fermé à clé. Il tira sur la poignée de toutes ses forces et parvint à arracher la serrure.

Dans un compartiment, il dénicha l'enregistreur numérique. Un engin minuscule. Il inspecta encore. Sous l'appareil, il découvrit des radiographies remontant à son accident avec la petite Gaëlle Montieux : des coupes de son cerveau, sous IRM, après son traumatisme crânien. Puis il souleva un tas d'autres documents. Des photocopies de ses bilans psychiatriques, datant de plusieurs années. Des lettres signées de son médecin traitant. Des ordonnances d'antidépresseurs, d'anxiolytiques, de calmants. Le PV de l'accident de voiture. Une accumulation de papiers qui retraçaient son parcours au sein des hôpitaux et des cabinets spécialisés.

Stéphane dut s'appuyer sur le bureau. Il se sentait sur le point de défaillir.

Sa femme était en train d'assembler des éléments pour tenter de prouver la dérive de son état psychique. Elle voulait qu'on le prenne pour un fou.

Il baissa les paupières. Des images lui revinrent en tête. « Surveiller Sylvie. » Le message de Stéfur prenait enfin un sens.

Sylvie cherchait à le faire interner en hôpital psychiatrique.

Immédiatement, il se rappela les piqûres, dans ses rêves, sur son avant-bras.

Il recula, jusqu'à buter sur le lit, et s'effondra sur le matelas. Il était piégé. Seul au monde, sans personne à qui se confier.

S'il ne fuyait pas, comme le lui conseillait Stéfur, peut-être finirait-il sous peu enfermé dans une cellule. Mais fuir où ? Chez ses parents adoptifs ? Non. S'il disparaissait dans les Vosges, il enfilerait cette fichue veste de pêcheur qu'il pensait perdue, et, d'une manière ou d'une autre, il se retrouverait dans sa cave, les mains en sang.

Non, il ne fuirait pas. On voulait l'enfermer ? Eh bien, qu'on l'enferme !

— Venez ! hurla-t-il. Venez me chercher ! Coffrez-moi à double tour, bande de tarés ! Et rien de ce qui devait arriver n'arrivera ! Je suis complètement siphonné, vous le voyez bien ? Alors, enfermez-moi, je ne demande pas mieux !

Il se recroquevilla sur le lit et se mit à pleurer. Sylvie, sa propre femme… Il n'arrivait même pas à lui en vouloir. N'avait-elle pas, à plusieurs reprises, tiré le signal d'alarme ? Mais il n'avait rien vu, bien trop obsédé, égoïste. Elle réclamait de l'amour, et il l'avait assommée d'incompréhension et de souffrance morale.

On frappa à la porte. Très fort. Tous les sens de Stéphane s'enflammèrent. Le flic. Ou des infirmiers, déjà ?

Il dévala les escaliers quatre à quatre, puis ouvrit en brandissant une batte, prêt à se défendre.

— Eh ! Tu délires, bébé ?

Engoncé dans son espèce de longue veste en daim, Éverard écarquilla les yeux.

— La vache ! Tu t'es passé une prothèse ou c'est ta vraie tronche ?

Stéphane resta quelques secondes sans réagir.

— Excuse-moi mais… je suis malade.

Le producteur de ZFX Méliès Films s'intercala dans l'embrasure de la porte.

— Ça se voit. T'as la prothèse de Martinez ? Il me la faut. Maintenant. On tourne demain à 10 heures.

— Écoute, je suis désolé, je n'ai pas eu le temps et…

Éverard se raidit.

— Steph, Steph ! Oh, Steph ! Ne me dis pas ce que mes oreilles ne veulent pas entendre, d'accord ? Tu vas chercher le buste, tu me le donnes, et je disparais. Merde, je ne devrais pas être ici à perdre mon temps. Tu ne peux pas imaginer la somme de soucis qui me tombent sur le bout de la queue.

— Pas autant qu'à moi, crois-moi.

— Ah oui ? Et de quel genre ? Plus de cinquante personnes attendent ta putain de prothèse, alors je te garantis que tu vas me la donner !

Stéphane essaya de le tempérer.

— Je te la rapporte, d'accord ?

Éverard lui tapa sur l'épaule.

— Petit plaisantin, va ! Décidément, tu ne changeras jamais.

Quand Stéphane remonta du sous-sol, il lui posa dans une main le buste flasque, et, dans l'autre, les yeux en verre.

— Tiens, débrouille-toi avec ça. Et maintenant, tire-toi.

Éverard resta tout d'abord sans voix. Puis, du bout des doigts, il leva le morceau de latex devant lui et dit :

— Non mais… tu te fous de moi, là ?

— J'ai l'air ? J'ai un truc contagieux. À ta place, j'éviterais de traîner dans le coin.

Éverard devint rouge de colère.

— Sale drogué de mes deux ! Tu oses me planter comme ça ?

— Je n'ai pas le choix. Je te jure que je n'ai pas le choix.

— Prépare-toi à te prendre une tonne d'avocats au cul !

— C'est le cadet de mes soucis. Dans trois jours, ma tête sera mise à prix, je vais peut-être finir à l'hôpital psychiatrique. Je pense même que je vais bientôt crever. Alors envoie-les-moi, tes avocats. Qu'ils me jettent en prison. Tu ne peux pas savoir à quel point ça m'arrangerait. Et maintenant…

Il le poussa dehors.

— … Dégage de là.

Éverard resta deux bonnes minutes devant la porte fermée, à déblatérer un tas d'insultes, puis finit par disparaître.

Encore sous le choc de ses découvertes, Stéphane se versa un grand verre de whisky et s'assit dans un fauteuil du salon. Puis il alla récupérer son téléphone portable à l'écran brisé, les pages blanches, et composa le numéro des parents de Mélinda. Quand la mère répondit, il se fit passer pour le directeur de son école et lui joua un court numéro, de manière à s'assurer que la gamine était encore en vie.

Dieu merci, elle l'était. Pour l'instant.

Il inspira profondément, à demi rassuré. Car restait l'autre problème : dans quelques heures, l'épouse du flic, la jolie Vietnamienne, vivrait probablement le pire drame de sa vie.

Il le savait, et il n'y pouvait rien.

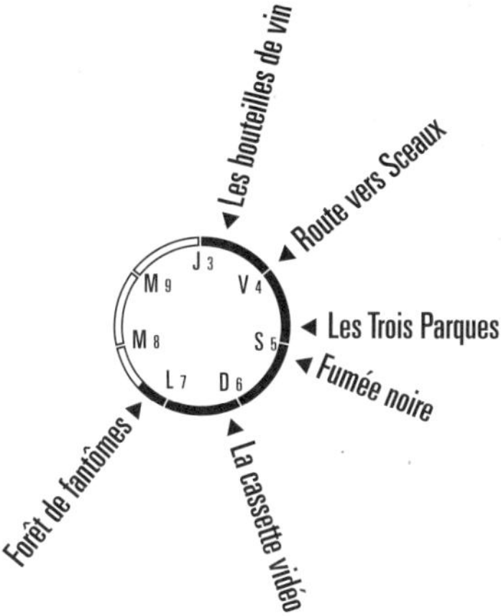

48. LUNDI 7 MAI, 10 H 30

— Amène-toi, Marchal ! J'ai une idée, une sacrée idée et il me faut une voiture !

Vic releva les yeux du rapport médicolégal de Liberman et fixa Wang.

— Ça me soûle de jouer les chauffeurs, tu vois ? Et puis, j'attends un coup de fil important de ma femme, elle passe des examens ce matin. Je ne bouge pas d'ici.

— T'es pas à la brigade pour chômer. Ta femme, on s'en cogne. Amène-toi !

Wang arracha le portable de son chargeur, empoigna son collègue, le tira hors du bureau dont ils avaient provisoirement hérité et désigna l'un des plombiers.

— Regarde ce type, regarde-le bien, dit-il en se dirigeant d'un pas rapide vers les escaliers, une petite fiole à la main. Il sue, mec. Il sue parce qu'il a chaud. Parce que son chalumeau, il génère de la chaleur. Et nos victimes aussi, elles ont sué à mort.

— Je sais. Je sais aussi que leur calvaire a été particulièrement long et douloureux. Oh ! Tu m'écoutes ?

Mais Wang disparaissait déjà à l'étage inférieur, sautant

les marches deux à deux. Dans un soupir, Vic le suivit en direction du rez-de-chaussée.

*
* *

La maison de Cassandra Liberman n'était plus qu'une tombe de briques, effrayante, un endroit qui, dans l'esprit des gens, resterait pour des générations l'autel d'un carnage. Une demeure devenue inhabitable. Invendable.

Wang arracha les rubans PN en travers de la porte d'entrée, introduisit la clé et pénétra le premier. Vic sursauta quand la porte claqua derrière eux, rabattue par un coup de vent. Il régnait encore, dans ces grands espaces vides, une lourde odeur de rance.

— Bon… souffla Vic. Tu vas enfin parler ou il te fallait juste un chauffeur ?

Moh se dirigea vers le salon.

— Tu te rappelles ce que disait le rapport du légiste sur la température de la pièce, à la fois chez Liberman et chez Leroy ?

— Plus trop, non. Je sais juste qu'elle lui servait pour définir l'heure du décès.

— Dans les deux cas, la température ambiante était de 18 degrés. Exactement le même niveau.

Vic haussa les épaules.

— Et alors ?

— Quand tu règles à 18 degrés, tu n'as pas besoin d'une grosse couette en plumes pour dormir. Comme celle dans la chambre de Liberman.

— Mouais… C'est tout ?

Moh Wang s'approcha du thermostat, les mains dans les poches.

— Toujours dans le rapport, Demectin a détecté des traces d'amidon de maïs sur les victimes.

— Ça, je sais. Notre tueur a ôté ses gants en latex pour toucher ses victimes, avant de les remettre.

Wang sortit un gant neuf de sa poche.

— Enfile-le, enlève-le, et renfile-le…

Vic s'exécuta, intrigué. Après la manœuvre, Moh désigna les extrémités extérieures du gant.

— Qu'est-ce que tu vois ?

— De la poudre.

— Exact. Quand tu retires un gant, tu as de la poudre plein les mains. Donc, quand tu l'enfiles de nouveau en t'aidant de l'autre main, tu laisses forcément des traces de cette poudre sur l'extérieur du gant.

— Et ?

— De ce fait, une fois renfilé, ton gant abandonne une infime quantité d'amidon sur tout ce que tu touches.

Wang sortit une fiole de sa poche et versa du liquide sur le bouton du thermostat. Celui-ci se teinta de reflets mauves.

— Bingo. L'amidon réagit avec l'iode et se colore.

Vic se frotta le menton.

— Donc, il aurait d'abord augmenté la température puis, après son crime, aurait replacé le bouton sur 18 degrés ?

Wang acquiesça en sortant une cigarette, qu'il n'alluma pas.

— Exactement, et ce n'est pas tout. Accroche-toi, parce que tu vas rire.

— Je n'ai pas trop le cœur à rire en ce moment.

— Tu te rappelles que certains des cheveux de Leroy étaient légèrement brûlés ?

— Oui. Mais pas ceux de Liberman, d'après le rapport.

— Justement, ça n'arrêtait pas de trotter dans ma tête, sans que je comprenne. Pourquoi Leroy, et pas Liberman ?

— Mmmh ?

— Parce que Liberman avait les cheveux courts, et Leroy, les cheveux longs.

— Là, j'ai du mal, tu vois.

— Tu sais ce qui peut expliquer les brûlures ? Des

chauffages électriques. L'assassin s'est amené avec des chauffages électriques portatifs.

— Quoi ?

— Souviens-toi des mots de Réré, le clodo avec son pif monumental. Il racontait avoir vu le tueur entrer avec des « grillages ». C'étaient sûrement ces chauffages. Notre tueur les a rapprochés de la victime puis branchés. Certains cheveux, trop près des résistances, ont grillé. Il voulait créer une très forte chaleur, de manière à nous tromper sur l'heure du crime.

Vic en resta bouche bée.

— La vache ! Ça, c'est super bien vu.

— Pour les fusibles volés, j'ai deux options. La première, il se fout de notre gueule et les pique comme un symbole, un moyen de dire : « Creusez-vous bien la tête là-dessus, bande de crétins, pendant que moi, je m'éclate. » Et l'autre, plus cohérente, c'est qu'il a augmenté la puissance des chauffages de plus en plus, au fur et à mesure de son office, jusqu'à ce que les plombs sautent. Et en repartant, il n'a pas pris qu'un seul fusible, mais tous, afin de brouiller les pistes.

Moh se mit à aller et venir, très rapidement.

— Pour établir l'heure du décès, le légiste a le choix entre le diagramme de Henssge ou la mesure du potassium dans l'humeur vitrée. Demectin est une adepte de la première méthode, plus fiable, selon elle. Elle se base sur un nomogramme qui tient compte d'un tas de facteurs. Intérieur, extérieur, environnement humide ou sec, etc. Juste après la mort, à une température ambiante d'environ 18 degrés, il y a un plateau de deux heures pendant lequel la température corporelle ne varie presque pas, avant de commencer à baisser progressivement. Le légiste tient compte de toutes ces données pour dater l'heure du décès. Mais si tu chauffes énormément la pièce et le corps avant la mort, tu fausses tous les résultats, car il mettra beaucoup plus longtemps à descendre en température. Tu fais croire que tu tues à minuit, mais tu agis bien plus tôt. Nous, le matin, on n'y voit que dalle, parce que au final, la température alentour est redescendue à la valeur du thermostat, soit 18 degrés. On a déjà eu le cas, voilà quelques années, où un assassin particulièrement retors avait enroulé le corps dans des couvertures avant de les retirer, mais les couvertures, ça laisse des fibres. Par contre, des chauffages électriques… c'est invisible, hormis la sudation abondante des victimes.

Wang se gratta l'oreille avec son ongle démesuré.

— Et comme il est super malin, il peut même abandonner volontairement un morceau de craie cassée, avec l'empreinte de quelqu'un d'autre dessus. Bref, tu vois ce que je veux dire ?

Vic leva la tête au plafond.

— Tu penses à Kismet, c'est ça ?

— Son alibi du restaurant tombe à l'eau, puisque le crime a sans doute eu lieu avant l'heure estimée par le légiste. Et quand tu regardes bien, tout devient vachement logique. Les Trois Parques, les monstres, Dupuytren, et maintenant l'histoire de l'exposition à Lyon avec Liberman. Sans oublier les chauffages électriques au milieu du fourbi, quand on est allés chez lui.

— Moi aussi, j'en ai deux chez moi.

— Oui, mais avoue que ça fait beaucoup. Je crois qu'on devrait interroger ce type plus en profondeur.

Vic secoua la tête.

— Non, non… Ça ne colle pas avec Kismet. Je reste persuadé qu'il n'y est pour rien. Il est trop… allumé, il se fait remarquer partout où il passe. Au musée, aux Trois Parques. Notre tueur est organisé, rigoureux, il ne laisse rien au hasard. Kismet est du genre brouillon.

Après réflexion, il ajouta :

— En plus, d'après le rapport, notre deuxième victime s'est fait tuer aux alentours de 2 heures ou 3 heures du matin. Si on prend en compte cette histoire de chauffages, ça ramènerait le meurtre à 22 heures, voire plus tôt encore. Et tu sais où il se trouvait, Kismet, à ce moment-là ? Chez

Hector Ariez, puis avec moi. Même si Sceaux n'est pas si loin de Chevreuse, c'est impossible qu'il soit venu jusqu'ici tout mettre en place et faire subir ces horreurs à Liberman en si peu de temps.

— C'est des approximations, tout ça.

Le portable de Vic vibra. Il serra le téléphone au creux de sa main. Céline…

— Excuse-moi.

Il s'éloigna dans la cuisine et décrocha.

— Céline ?

— Non.

Ce n'était pas son épouse au bout de la ligne, mais un homme.

Un médecin, qui se mit à parler d'une voix grave et monocorde.

Vic se laissa choir, les genoux au sol.

Avant de hurler.

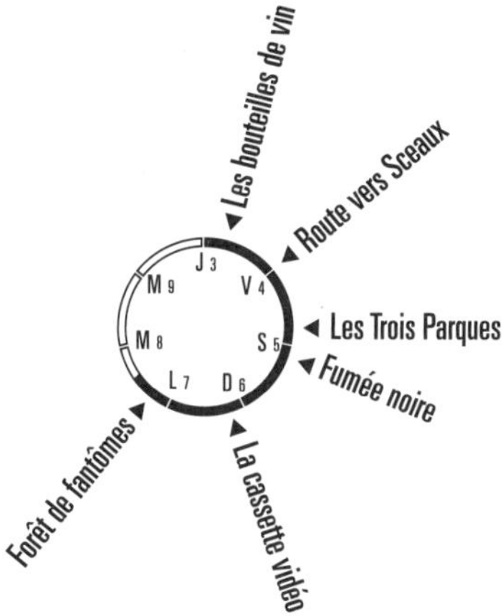

49. LUNDI 7 MAI, 12 H 23

Céline était allongée sur un lit d'hôpital, immobile, les traits empreints d'une profonde tristesse. Les néons plaquaient sur son visage des reflets tranchants. Le gynécologue se tenait à ses côtés.

— L'hystérotomie a dû nécessiter une anesthésie générale, détailla le docteur Sénéchal. Elle va mettre un peu de temps à se réveiller. Nous allons devoir la garder au moins jusqu'à jeudi… Un psychologue viendra vous parler, à tous les deux, dans la soirée.

Les larmes au bord des yeux, Vic caressait les cheveux de sa femme. Il se retourna et demanda au gynécologue-obstétricien :

— Expliquez-moi ce qu'il s'est passé.

Sénéchal raconta qu'une complication au sein du placenta s'était produite lors de l'examen. Un cas d'une extrême rareté qui avait provoqué une rupture prématurée de la poche des eaux.

Vic, moralement abattu, sombra dans un long mutisme. Les paroles de Stéphane Kismet résonnaient dans sa tête. Il déclara finalement :

— Je veux que vous fassiez quand même les examens du liquide amniotique.

— Mais… pourquoi ?

Vic fixa le médecin dans les yeux.

— Je veux savoir si mon enfant était trisomique ou non. Je veux savoir si… si l'on m'a dit la vérité.

— Qui cela ? Quelle vérité ?

— Je veux savoir.

Sénéchal lui accorda un regard compatissant.

— On ne peut pas revenir en arrière. Pourquoi chercher à souffrir inutilement ? Ceci est une blessure que vous devez panser le plus vite possible, avec votre épouse. On conseille souvent, dans ce cas, de…

Vic lui attrapa le poignet.

— Faites cela pour moi, je vous en prie.

Après quelques instants, le gynécologue lui répondit, la mine grave :

— Je vous appelle dès que j'aurai les résultats.

Vic embrassa Céline et posa une dernière question au médecin :

— Mon… Cet enfant… C'était un garçon ou une fille ?

— Un garçon. C'était un garçon.

Une fois hors de la chambre, Vic fonça aux toilettes et s'envoya de grandes giclées d'eau glaciale sur les pommettes. Comment tout cela avait-il pu arriver si vite ? Dans quel état se réveillerait Céline ? Comment pourrait-elle supporter sa nouvelle vie à Paris, désormais ? Et la chambre du bébé déjà préparée ? Et la poussette, les biberons, les petits bavoirs, les peluches ?

Dégoûté, à bout de forces, il attrapa sa boîte d'allumettes et se regarda dans le miroir. À quoi bon se fixer des limites, se discipliner alors qu'on pouvait mourir n'importe quand, n'importe où, même dans le ventre maternel, l'endroit le plus protégé, le plus sécurisant au monde ? Pourquoi se priver et se faire mal par l'abstinence, puisque quelqu'un d'autre décidait à notre place de la vie ou de la mort ? Des gens fument trois paquets par jour et meurent de vieillesse. Des jeunes en parfaite santé claquent d'un anévrisme au cerveau en faisant leurs devoirs. Des mômes crèvent dans des incendies. Qui décidait ? Pourquoi ?

Une fois dans le couloir, il s'empara de son portable et appela à Avignon. La mère de Céline… Elle s'effondra.

Elle allait prendre le TGV et monter à Paris dans la journée.

Puis Vic retrouva Sénéchal et lui demanda :

— Quand ma femme va-t-elle se réveiller ?

— Oh… Elle en a encore pour cinq ou six heures, je pense. D'autant plus que le sommeil naturel va probablement prendre le relais. Elle était épuisée en arrivant ici. Depuis quand n'avait-elle pas dormi ?

Vic ne répondit qu'une dizaine de secondes plus tard, complètement ailleurs.

— Nous dormons très mal tous les deux en ce moment. Appelez-moi s'il y a le moindre problème.

— Vous ne restez pas ?

Le regard de Vic se troubla.

— Je dois voir quelqu'un. Un type extraordinaire.

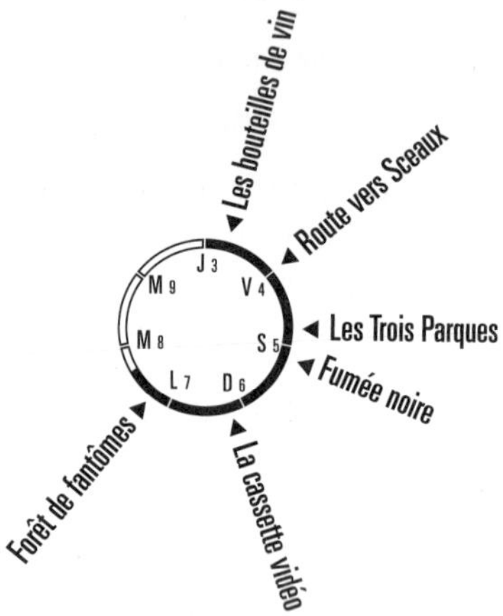

50. LUNDI 7 MAI, 14 H 11

— Cela s'est produit… Je me trompe ?

Sans attendre sa réponse, Stéphane invita Vic à descendre dans Darkland.

Le jeune lieutenant regarda partout autour de lui, abasourdi. Des dizaines, des centaines de phrases ornaient les murs, dans un gigantesque maelström. Stéphane Kismet y racontait des scènes incohérentes. Ça parlait de dates, de mort, de futur, de Mélinda, d'Ariez, de maladies. À qui s'adressait-il ? Une présence invisible ? Un esprit ? Et pourquoi ? N'importe qui apercevant cette pièce pour la première fois aurait immédiatement cru au repaire d'un fou. Peut-être, simplement, Stéphane Kismet devenait-il fou. Un fou capable de voir l'avenir.

Frigorifié, le jeune flic baissa la tête.

— Vous aviez raison. Complètement raison, bon sang.

— Désolé pour votre bébé.

Vic s'avança un peu plus dans cet univers de monstres et de démence. Il avait l'impression de se trouver dans le cerveau de Kismet, au fond de son inconscient, là où naissent les pires cauchemars. Son cœur battait fort.

— Vous… Vous avez deviné que ma femme était

enceinte, que notre enfant présentait peut-être une trisomie, vous m'avez appelé Victor, puis vous avez… prédit que mon bébé allait mourir. Vous avez dit que le destin avait décidé de nous mettre sur le chemin l'un de l'autre. Vous devez tout m'expliquer. Depuis le début.

Stéphane sortit une bouteille de whisky d'un sac en plastique.

— Je vous en sers un verre ?

— Un grand verre. Dire qu'il y a trois jours, je détestais ça, l'alcool… Mais maintenant, je ne dors plus, je ne mange plus, je me bourre de cachets pour tenir… Manque plus que la clope.

Il sortit un paquet de cigarettes emballé, ainsi que sa boîte d'allumettes.

— Vous permettez ?

— Allez-y. Mais ne me dites surtout pas que vous reprenez aujourd'hui.

Vic gratta plusieurs fois l'allumette intacte sans succès, puis réussit finalement à l'embraser. Il porta sa cigarette à la bouche.

— Si, maintenant, face à vous. Et sans regret. Sans aucun regret.

— Vous ne devriez pas.

— Ne vous y mettez pas. Suffisamment de personnes me disent déjà ce que je dois faire ou ne pas faire. Ras-le-bol.

— Dans l'un de mes rêves où on regardait une cassette vidéo tous les deux, vous fumiez, il était donc prévu que vous recommenceriez. Le destin vous manipule, vous aussi.

Vic toussa, puis, lentement, la fumée descendit dans ses poumons. Il ne ressentit aucun plaisir particulier mais, tout de même, cela lui fit du bien de braver l'interdit, de se sentir libre, pour une fois.

— Comment va votre épouse ? demanda Stéphane.

Vic but une grosse gorgée d'alcool en fixant un masque monstrueux, posé sur l'établi.

— Expliquez-moi, je vous en prie. Vos visions. Dites-moi tout ce que vous savez.

Stéphane s'assit sur son siège à roulettes et croisa les bras.

— J'ignore si je peux. J'ai besoin que vous y croyiez, et je ne suis pas certain que…

— Même si je n'y comprends absolument rien, comment pourrais-je ne pas y croire ? Mon bébé est mort et vous saviez que cela allait se produire, alors que la probabilité que ça arrive était quasiment nulle. Un autre gynécologue, un autre moment, un endroit différent, un feu rouge au lieu d'un feu vert, et le fœtus aurait probablement vécu. Et vous, vous aviez prévu cela, de manière si… précise…

Stéphane avala cul sec son whisky, se retourna, s'empara de son carnet et s'avança dans le sous-sol.

— Suivez-moi. C'est à quelques kilomètres d'ici seulement. C'est là-bas que je veux vous raconter. À l'endroit où tout a commencé. Voilà si longtemps…

*

* *

Stéphane prit la direction de Coye-la-Forêt, s'engagea sur la route communale et se gara, cinq minutes plus tard, sur le bas-côté. Les deux hommes pénétrèrent dans un bosquet, puis arrivèrent à proximité d'une vieille voie de chemin de fer. Stéphane escalada un grillage branlant pour se retrouver sur les rails.

— Alors, vous me suivez ?

Le flic l'imita et ils se mirent à marcher le long du ballast. Lentement, Stéphane commença à raconter :

— Juillet 92, j'avais quinze ans. Mes parents adoptifs descendaient régulièrement des Vosges pour venir à Coye en vacances, dans leur famille. Moi, j'adorais cette ville, parce que, chaque année, je revoyais une amie prénommée Ludivine Coquelle, la petite voisine. Nous nous connaissions depuis nos sept ans.

Il ramassa un bâton et le jeta au loin, avant de reprendre sa marche, entre les rails.

— Avec Ludivine, on jouait souvent ici. Une voie de chemin de fer que l'on croyait abandonnée.

— Elle ne l'est pas ?

— Non.

Stéphane désigna une courbe, à une centaine de mètres devant eux.

— C'est là-bas que ça s'est produit.

— Vous ne devriez pas marcher sur ces rails.

— Il ne m'arrivera rien. Pas aujourd'hui, tout au moins. Les rêves prémonitoires ont au moins cet avantage.

Il accéléra le pas et continua avec émotion :

— Nous avions suivi précisément ce trajet… Ludivine avançait juste… devant moi, en équilibre sur le rail de gauche. Je vois encore ses bras, déployés comme des ailes d'oiseau, puis… puis ses cheveux dans le vent. Tout est si net en moi. J'ai oublié des millions de choses, mais pas ces minutes-là. À un moment donné, en passant devant…

Il progressa de dix mètres, et posa les pieds sur le bois craquelé.

— … cette traverse précisément, celle qui est plus claire que toutes les autres, j'ai vu quelque chose dans ma tête… Un train qui surgissait du virage.

Il ferma les yeux, visiblement très affecté.

— Alors, instantanément, je me suis… jeté à droite, en hurlant : « Un train va arriver ! Recule, Ludivine ! Recule ! » Elle s'est tournée vers moi, a ri, et s'est écriée : « Qu'il vienne alors ! » Deux secondes plus tard, la masse jaillissait.

Vic s'immobilisa en secouant la tête.

— Mon Dieu… Elle y est restée, et pas vous.

Stéphane demeura un moment sans voix.

— J'ai survécu à quelque chose d'incroyable, reprit-il enfin. Ma femme, mes fréquentations d'aujourd'hui ignorent tout de cette histoire. Ces images-là me rongent l'estomac, comme un ulcère. Lorsque j'ai… tué accidentellement la petite Gaëlle Montieux, voilà deux mois, les… les gendarmes n'ont pas fait le rapprochement avec cette affaire de Coye, vieille d'une quinzaine d'années. S'ils l'avaient fait, je n'ose pas imaginer ce qu'ils auraient pensé.

— Et pourtant, vous n'y êtes pour rien.

— J'aurais pu la sauver au lieu de me jeter sur le côté. J'aurais dû courir vers elle et la pousser.

Il regarda loin devant lui.

— Six années plus tard, j'ai essayé d'empêcher un accident de train que j'avais vu dans un flash, en tirant le signal d'alarme. Mais il y a eu un défaut dans le système de freinage, et des dizaines de passagers ont péri. Et moi, moi, je m'en suis encore sorti. Pourtant, n'importe qui y serait resté en sautant du train. Et il y a soixante-deux jours exactement, je cherche à éviter de percuter une gamine à un endroit, et du coup je la percute quand même, un peu plus loin. Je me suis fracassé contre un arbre. J'ai été sauvé miraculeusement parce que j'avais pris la Mercedes, alors que je prends toujours ma vieille Ford.

680 — Vous habitez tout près d'ici… Quinze ans plus tard, vous êtes revenu pour tenter de comprendre, c'est ça ?

Stéphane contracta les mâchoires.

— Juste après mon emménagement, voilà trois mois, je me suis rendu ici, pour… me rappeler. Ça faisait si longtemps.

Il baissa les yeux.

— Depuis quelques jours seulement, depuis que je me souviens de mes rêves, je sais que Stéfur – mon personnage dans ces rêves, une sorte de double de moi-même au futur – a toujours été là. C'est lui le petit bonhomme sur mes dessins d'école. C'est lui qui m'a poussé à tirer le signal d'alarme du train. C'est lui qui m'a fait freiner devant la borne N16. Et c'est lui qui m'a dit d'avertir Ludivine que le train arrivait. Il essaie d'empêcher des accidents qu'il a vus, en me prévenant par les rêves. Mais les rêves ne servent à rien, les malheurs se produisent quand même, parce que le destin fait tout pour ça. Et moi, moi je survis, certainement parce que le destin n'avait pas prévu que je meure de cette façon. Ce fichu destin refuse de se laisser faire. Regardez avec votre femme… J'ai tout tenté pour empêcher les examens, et pourtant… Quoi que je fasse, je n'arrive pas à changer le cours des événements.

Stéphane s'approcha de Vic et le regarda dans les yeux.

— Il est temps que je vous explique tout ce que je sais sur votre affaire. Et si vous me mettez en prison, alors tant mieux. C'est préférable à ce qui risque de se produire. Je ne veux pas avoir d'autres morts sur la conscience. Parce que je n'arrive plus à sortir leurs cris ni leurs visages de mon crâne, vous comprenez ?

Vic piocha une cigarette, voulut l'allumer mais ne trouva pas de feu. Il la jeta au sol, de rage.

— Je n'y comprends rien, mais je vous écoute.

— Depuis jeudi, reprit Stéphane, je me rappelle ces rêves qui me hantent probablement depuis mon enfance. Je me vois évoluer dans un futur décalé de six jours et vingt heures. J'ai tout noté dans ce carnet. Lisez-le. Il manque quelques pages, mais l'essentiel y est. Le gnon sur mon œil gauche que vous m'avez donné. L'écran de mon portable brisé. Un coup de fil, que vous allez me passer dans exactement quatre jours, où vous me parlerez de votre femme, d'une histoire de quarante-six et de quarante-sept, le nombre de chromosomes d'un enfant trisomique. Tout, absolument tout se réalise. Et je ne peux rien y changer.

Vic s'empara du calepin.

— Qu'est-ce qui m'assure que tu n'as pas tout noté *a posteriori* ?

— Lisez… Lis ce carnet, et tu comprendras… Tu remarqueras que là aussi, on s'y tutoie. Encore une pièce du puzzle qui se met en place.

Vic s'éloigna de la voie de chemin de fer, s'assit contre un tronc d'arbre et plongea dans cet univers dément. Il lut les notes avec attention.

— Sacré nom de Dieu…

Son visage se décomposait à chaque page qu'il tournait.

— Tu parles des photos de scène de crime avec le défaut de pellicule, en haut à gauche ! C'est confidentiel. Comment ? Comment tu as pu savoir ?

— Je l'ai vu, c'est tout.

— La victime, attachée avec du barbelé… Le crochet dans la bouche… Bon Dieu… Tu as écrit ça vendredi, et Liberman est morte dans la nuit de samedi à dimanche.

— Liberman… Ça me dit vaguement quelque chose.

— La fille qui a travaillé sur l'exposition des Gueules cassées de Lyon. La brune que tu as croisée aux Trois Parques. Chambre 6.

Stéphane encaissa le coup, plus désespéré encore.

— Tout est lié… On est comme prisonniers d'une pelote de laine, bourrée de coïncidences.

Vic se rongeait les ongles en lisant. Il lâcha le carnet, mal à l'aise.

— Les piqûres, sur ton avant-bras, dont tu parles dans

ton calepin…

— Elles ne sont pas encore là. Une idée ?

— L'assassin injecte de la morphine à ses victimes sur l'avant-bras droit.

Stéphane souleva légèrement sa manche, l'air hagard.

— Ce sang sur mes mains, dans le premier cauchemar… Ça signifie qu'il a essayé de me tuer ? Que j'ai réussi à m'enfuir ?

— Il élimine des personnes en rapport avec ton univers. Celles qui exposent la monstruosité aux yeux de tous, qui l'utilisent pour servir leurs ambitions. Liberman, Leroy. Tu corresponds parfaitement au profil de ses victimes.

Stéphane devint très pâle. Vic se releva et fit quelques pas.

— Non, non. Tout cela n'est pas possible, fit le flic. Tu ne peux pas tenir l'avenir entre tes mains, on ne peut pas connaître des événements à l'avance. Ça remet trop de choses en cause. Tu… Tu…

— Quoi ? Je suis fou ? Ou alors, je suis moi-même le meurtrier que tu recherches ? Tu penses que j'ai assassiné ces femmes ? Que j'ai voulu du mal à ton bébé, que je l'ai tué ce matin ? Et le défaut de pellicule, tu l'as dit toi-même ! Comment ? Comment aurais-je pu deviner ?

Vic ramassa un gros caillou et le jeta contre un arbre.

— Putain ! Comment c'est possible ?

— J'en sais rien, Victor. J'en sais fichtrement rien. Mais ça m'arrive, à moi. Et je te garantis que ce n'est pas le pied. Peut-être que je connais les numéros du loto du prochain tirage, mais cela ne vaut pas toute l'horreur qui s'abat à côté. Pire qu'une malédiction.

Le flic leva le carnet devant lui.

— Tu décris là-dedans le visage du tueur ! Tu relates des faits que la police est seule à savoir ! Comment as-tu pu être mêlé à tout ça ? Comment as-tu pu accéder à ces informations, même dans le futur ?

Stéphane écarta les bras.

— Mais… ce n'est toujours pas clair pour toi ?

— Quoi ? Le fait que je discute avec un voyant puissance dix ?

— Non ! Que nous évoluons dans une boucle temporelle ! Que je me retrouve impliqué parce que… ce futur est en train de se mettre en place là, maintenant ! Parce que ces photos de scènes de crime, quoi qu'il arrive, tu vas me les donner ! Je crois que… depuis le début, en cherchant à tout éviter, je crée en fait le contenu de ces rêves. Par exemple pour le billet de musée jaune. Je l'ai vu dans mes rêves, et il a fait que je suis allé à Dupuytren. Sans lui, on ne se serait probablement jamais connus, puisque c'est grâce à ça que tu es remonté jusqu'à moi.

Stéphane observa une dernière fois la traverse de chemin de fer, l'air grave.

— Et il reste à présent environ deux jours avant que le premier cauchemar se réalise. Après-demain, dans la nuit, si on ne fait rien, alors…

Vic l'interrompit :

— Et il faudrait piger ce charabia en une journée ? En plus, tu dis qu'il manque des pages.

Les prunelles de Stéphane s'illuminèrent.

— Vous… Vous pourriez vous y mettre à plusieurs ? Quelqu'un qui surveille Hector Ariez. Un autre Mélinda. Et moi, aussi. Je ne veux pas mourir. Ni subir ce que… ce que ces pauvres filles ont subi.

— Que veux-tu que je fasse ? Que je me pointe devant mon commandant, la bouche en cœur, en lui disant que je détiens un carnet magique décrivant avec précision le meurtre de plusieurs victimes ?

Stéphane le regarda fixement.

— Au moins, à présent, je ne suis plus seul. Ce n'est pas anodin si on se retrouve sur ces rails, tous les deux, aujourd'hui. Ils sont parallèles, comme nos destins… ils restent unis, ils dépendent l'un de l'autre. Nous étions faits pour nous rencontrer.

— Merci du cadeau.

Stéphane désigna le carnet.

— Relis tout. Toi, tu comprendras des choses qui ne me disent rien. L'enquête, c'est ton métier, non ? Cherche, cherche là-dedans ! Ça vaut bien le coup de se griller les neurones !

Vic tourna les pages. La plupart se détachaient de la reliure, il prit garde à ne pas les mélanger.

— Ce tatouage bizarre, sur ta hanche… Tu l'as vraiment fait ?

Stéphane releva son tee-shirt.

— D'accord. Si on en croit tes notes, ça signifie que ce tueur… on n'est pas près de l'attraper, puisqu'on court encore après, dans le futur.

— À moins que tu réussisses à saisir le sens de ce baragouin.

Vic serra les lèvres et poursuivit sa lecture.

Quelques minutes plus tard, Stéphane remarqua qu'il fronçait les sourcils.

— Tu as une piste ?

Vic sortit un papier de sa poche. L'adresse que lui avait fournie Achille Delsart à Dupuytren.

— Bon Dieu ! Tu as écrit là-dedans « Noël Siriel » ! Tu sais qui c'est, Noël Siriel ?

— Non, ça ne me dit rien.

— C'est lui qui finance Dupuytren !

Vic déplia le clapet de son portable.

— Je préviens la brigade.

Stéphane se précipita et l'empêcha de téléphoner.

— Non, non, tu ne préviens personne. Tu l'as dit toi-même, tu... tu n'as pas d'explications cohérentes à donner.

— Quoi ? Je devrais y aller seul ? Et si je me mets dans le pétrin à cause de toi ?

— Tu n'auras pas d'ennuis. Je t'accompagne.

Vic plaqua une main ferme sur son torse.

— Non, toi, tu essaies de dormir.

— Je veux t'aider ! Je veux attraper ce fumier, je...

Vic le dévisagea.

— Tu n'as toujours pas compris que c'est en dormant que tu pourras m'apporter la plus grande aide ?

Il tendit le carnet devant lui.

— Je le garde un peu, j'en ai besoin. Tu as tout en tête, toi.

— Plus vraiment. Tu sais, en ce moment, tout se mélange très vite...

— Je te le rends bientôt. Et surtout, surtout, à partir de maintenant, tu ne parles ni de Siriel, ni de notre rencontre, ni de tes visions à personne d'autre que moi. On sort du cadre de la loi, de tout ce qu'on m'a appris à l'école. On... On n'est même plus dans un monde logique.

Il ajouta, tout en s'éloignant :

— Céline et moi, on se surprenait à rêver, chaque fois qu'on passait devant un vieux manoir à vendre, à côté d'Avignon. Je viens de perdre mon enfant, le destin me l'a volé. J'ai peur de détester mon métier. Ces numéros de loto, dans ton carnet. Je pense que je vais les jouer. Même si je ne suis pas encore vraiment sûr d'y croire...

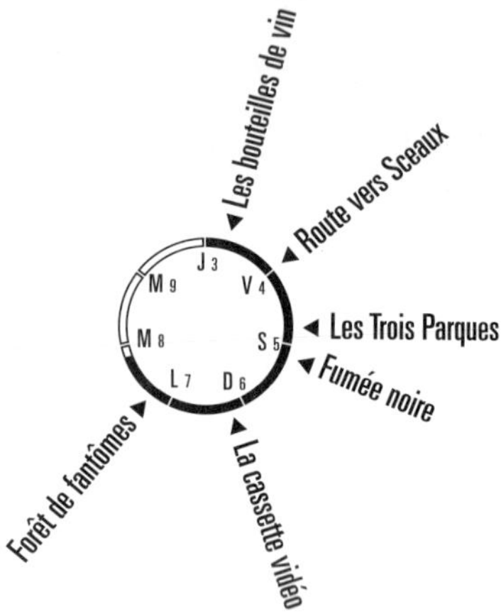

51. LUNDI 7 MAI, 18 H 39

Seul à présent, Vic avançait dans l'épaisse forêt d'Halatte, au nord de Paris. Il avait quitté l'autoroute pour rejoindre une nationale, puis de la nationale il était passé sur une départementale. D'après l'adresse fournie par le conservateur de Dupuytren et les indications du GPS, il arriverait chez Noël Siriel dans quelques kilomètres.

Vic regarda sa montre. La mère de Céline venait probablement d'arriver à l'hôpital, moins de trois heures après son départ d'Avignon. Par téléphone, Vic lui avait expliqué que Céline dormirait encore longtemps, et qu'il comptait la rejoindre dès que possible. Il n'avait pas donné les raisons de son absence, il n'en avait pas eu le temps. La batterie de son portable l'avait lâché, et il se trouvait de nouveau injoignable.

Un profond nid-de-poule le ramena à la réalité. Les essieux claquèrent un bon coup, le véhicule décrivit un léger écart avant que Vic parvienne à redresser le volant. Au-dessus de lui, le soleil s'effaçait : la forêt était particulièrement dense, comme prête à l'écraser. Fallait-il y voir un quelconque avertissement ? En bordure de route, le nombre de propriétés diminuait.

Même en retournant la question dans tous les sens, Vic

ne comprenait pas comment le Stéphane Kismet du futur – puisqu'il en était réduit à penser une chose pareille… – s'était retrouvé à écrire le nom de Siriel sur son mur. Quel rôle jouait le vieux collectionneur dans cette histoire macabre ? Comment pouvait-on posséder un don de voyance si développé ? Rien de logique dans tout ça.

Vic s'engagea sur une voie qui s'enfonçait d'une centaine de mètres dans les bois. À son extrémité, il aperçut un solide portail et de hauts murs de brique bâtis en arc de cercle de chaque côté. La maison était colossale et paraissait ancienne. Vic se gara devant la grille et alla sonner à l'interphone, au-dessus duquel se tenait une petite caméra.

Une voix un peu rocailleuse demanda :

— Oui ?

Vic montra sa carte de police devant l'objectif.

— Vic Marchal, police judiciaire. Je souhaiterais parler à monsieur Siriel.

Après un court silence, l'interphone chuinta.

— Je vous ouvre. Franchissez ensuite la porte d'entrée de la maison. Le salon sera droit devant vous.

Les deux battants métalliques s'écartèrent sur un large terrain à la végétation foisonnante. Derrière une rangée d'arbres était garé un puissant 4 × 4. Un lierre agrippait la demeure et se déversait sur la toiture, au-dessus de laquelle une haute cheminée crachait de la fumée. Vic s'avança, une boule dans la gorge. Personne, hormis Kismet, ne le savait dans ce trou de verdure. Et il n'aurait jamais aucune explication à fournir à ses supérieurs. Cette visite devait rester secrète. À tout prix.

Il poussa la porte d'entrée et pénétra à l'intérieur, son arme à portée de la main.

Dans le vaste hall circulaire, particulièrement obscur, les murs étaient recouverts de tableaux gigantesques, une alternance morbide de scènes religieuses et guerrières. Vic en prenait plein la vue, l'ensemble était absolument splendide mais terriblement poignant. Car ces œuvres picturales, sans exception, représentaient la mort, la violence, la douleur. Elles unissaient l'horreur et le divin, et semblaient, par leur agencement, vouloir reporter la faute des guerres, la folie des hommes, sur Dieu et la religion. Chaque visage était creusé par l'angoisse et donnait une impression de souffrance extrême. Vic en trembla d'émotion. Il tourna sur lui-même et, soudain, se figea devant un tableau.

Sous un cadre doré, on pouvait lire : « Le Massacre des innocents ». Au premier plan, on y apercevait deux bébés morts, trucidés à l'arme blanche. Et derrière, d'autres enfants, serrés dans les bras de leurs mères en fuite. Le pire était sans doute le visage de ces femmes, drapées dans des étoffes pourpres, la bouche ouverte, hurlant leur terreur au ciel.

Annabelle Leroy avait exactement ce visage-là. Et les dix-huit poupées disposées au pied du lit de la victime évoquaient directement ces enfants dans les bras de leurs mères.

— Exceptionnel, ce tableau de Reni, non ?

Vic se retourna en sursautant. Un homme d'une bonne soixantaine d'années, peut-être même soixante-dix, habillé d'un pantalon de flanelle grise et d'une chemise bleue, se tenait à bonne distance derrière lui, dans une autre pièce. Vic tenta de masquer sa surprise lorsqu'il découvrit son visage. Siriel présentait d'épaisses plaques de couleur grisâtre sur les joues et sur le front, comme des écailles de poisson. L'homme était plutôt frêle, légèrement voûté, et certainement incapable de soulever un corps comme celui de Liberman.

Siriel continua à parler sans s'avancer.

— Le Reni montre l'acte d'amour le plus désespéré, avec ces mères qui tentent de protéger leur progéniture des bras meurtriers. Regardez également ces œuvres de Bellini, de Poussin, et de bien d'autres encore. En termes de représentation de la souffrance, vous avez actuellement sous les yeux les tableaux les plus remarquables.

Noël Siriel pria Vic de venir le rejoindre dans le séjour, tout en s'éloignant.

— Entrez, mais ne vous approchez pas de moi… Gardez vos distances, d'accord ?

Vic avança sans vraiment comprendre. Siriel était-il contagieux, ou se méfiait-il ? Il tenait une gélule entre son pouce et son index, et il l'observait attentivement, comme un joaillier face à un diamant. Tandis que le policier pénétrait dans la pièce, entourée d'une impressionnante bibliothèque dont les ouvrages rivalisaient de beauté dans leurs ornements, Siriel s'approcha d'une cheminée à foyer ouvert, située en son milieu. Des bûches s'y consumaient.

Alors qu'il restait lui-même debout, Siriel invita Vic à s'asseoir, à bonne distance de lui, de l'autre côté d'une table qui semblait directement taillée dans un tronc. Sur la droite, un petit écran de surveillance montrait l'entrée du portail, au niveau de l'interphone.

— Puis-je savoir ce qui me vaut la visite d'un policier si jeune et si ambitieux ?

— Pourquoi ambitieux ?

— Vous seriez deux, sinon. C'est ainsi que cela fonctionne, je crois ?

Vic décida d'aller droit au but.

— J'enquête sur des meurtres particulièrement pervers, qui m'ont mené jusqu'au musée Dupuytren. Je suis tout naturellement remonté jusqu'à son principal financeur. Vous.

— Quelle logique implacable, fit le vieil homme. Et ?

— Et j'ai bien fait, semble-t-il. À l'évidence, le tueur s'est inspiré de l'un de vos tableaux, le Reni. Drôle de coïncidence, vous ne trouvez pas ? Dupuytren, cette toile à présent…

Siriel esquissa un sourire. D'épais sourcils gris protégeaient ses yeux bleus.

— Ah, le Reni. Sans doute mon préféré. Je ne possède malheureusement qu'une copie. Très bonne, certes, mais l'original demeure inaccessible. Certains de mes tableaux sont par contre des originaux. J'ai réuni les conditions d'humidité, de lumière et de température optimales pour que ma collection garde toute sa force. Elle mourra bientôt ici, avec moi. Je ne la léguerai pour rien au monde.

— Répondez à ma question, s'il vous plaît. Comment se fait-il qu'un assassin se soit inspiré de votre tableau ?

— Mon tableau ? Des dizaines de peintres ont interprété le thème du « Massacre des innocents », il n'y a pas que Reni. N'y voyez-vous pas là uniquement l'œuvre du hasard ? Une coïncidence ?

— Une coïncidence, oui. Amusant que vous me parliez de coïncidence.

Siriel sortit un mouchoir, l'humidifia avec un brumisateur et se tamponna méticuleusement les lèvres. Vic ne comprenait pas : pourquoi restait-il si près du feu ? Pourquoi ne venait-il pas s'asseoir, lui aussi ?

— Sur quel genre de meurtres enquêtez-vous ? demanda Siriel.

— Vous l'ignorez ?

— Évidemment. Comment je le saurais ? Seriez-vous venu ici parce que vous me suspectez de quelque chose ?

Le jeune flic n'avait pas une idée précise de la raison de sa présence dans cette demeure, mais il se savait sur la bonne piste. Le nom de Siriel dans le carnet de Kismet, et maintenant ces tableaux, en parfaite corrélation avec le fil de l'enquête… Et puis… ce visage, ravagé par une étrange maladie de la peau… la méfiance apparente de Siriel… Il était forcément impliqué dans cette histoire.

— On a affaire à un tueur qui abandonne, sur le lieu du crime, une forte odeur, et qui, manifestement, souffre d'une grave maladie physique, peut-être congénitale.

Siriel ferma les yeux et inspira longuement.

— Raison supplémentaire pour que vous me suspectiez, évidemment… Dites-m'en plus, s'il vous plaît.

— Pourquoi ?

— Peut-être pourrais-je vous aider ? Comme vous

pouvez le constater, les maladies congénitales, ça me connaît…

Vic hésita. Fallait-il réellement tout lâcher, montrer leurs avancées ? Ou faire front, ne rien révéler, et prendre le risque qu'il se referme comme une huître ? Vic opta pour la première solution, y aller franco.

— Notre meurtrier attache ses victimes, puis leur injecte de la morphine avant de les torturer. Il chauffe les corps pour fausser les analyses de médecine légale concernant l'heure de la mort. Mais cela n'a pas fonctionné. Nous sommes bien plus avancés, plus malins qu'il ne le pense.

Siriel le regardait avec gravité. Même à côté du feu comme il l'était, il ne suait pas d'une goutte. Le flic continua à exposer les faits.

— Il a pour le moment fait deux victimes, tuées de manière atroce. Dans les deux cas, il les prive des organes les plus sensibles du toucher, parce qu'il ne supporte pas qu'on porte la main sur lui, sûrement en raison de traumatismes passés. Lui, par contre, aime caresser ses proies, il en ôte même ses gants en latex.

— Les viole-t-il ?

— Non. L'une des victimes a été retrouvée éventrée, le corps criblé d'aiguilles, le visage déformé comme celui de ces femmes hurlant sur le tableau de Reni. Elle était entourée de dix-huit poupées, dont l'une déformée. Pour l'autre victime, il a utilisé des poids. Il les lui a suspendus à la mâchoire, comme on le faisait pour les Gueules cassées de la Grande Guerre. L'assassin a aussi chaque fois attribué une note, qu'il a écrite sur un mur à la craie.

Siriel buvait les paroles de son interlocuteur.

— Quel genre de note ?

— Il mesure leur souffrance.

— La souffrance. Ça m'interpelle.

— Pourquoi ?

— Savez-vous ce qui fait le lien entre les tableaux de ma galerie ?

— La souffrance, justement ?

— Le cri. Le cri de Marie, quand on lui arrache le Christ des mains. Le cri des mères à qui l'on vole les bébés. Le cri des soldats agonisant sur les champs de bataille. Le cri représente l'unique moyen de transmettre la souffrance dans une scène figée, tous les artistes vous le diront. Le cri s'érige en une explosion de sensations visuelles, corporelles, sonores. Il permet de mesurer les échelles de douleur. Il ramène l'homme à ce qu'il est : un animal, qui ne dispose de nul autre instrument de protection que le cri pour survivre et espérer que son prédateur lui laissera la vie. Faire crier quelqu'un revient à exprimer sa domination sur lui. À le posséder.

Siriel fixa Vic droit dans les yeux. Son visage ne trahissait aucune émotion.

— Ce que je vous ai raconté semble vous inspirer, fit le lieutenant. Intéressons-nous maintenant un peu à vous, si vous le voulez bien.

— Ma vie n'est pas très passionnante, vous savez.

— Puis-je savoir pour quelle raison vous financez un musée comme Dupuytren ?

Siriel observa à nouveau sa gélule à la lueur des flammes.

— Vitamine D. En connaissez-vous l'utilité ?

— Pas explicitement, et je ne pense pas que…

— L'essentiel de la vitamine D est synthétisé par la peau sous l'effet de l'exposition au soleil. Elle est capitale pour la santé des os et des dents, et un déficit peut entraîner une sclérose en plaques, de l'hypertension, des maladies cardio-vasculaires et toutes sortes de cancers. J'ai un cancer, monsieur, un cancer incurable de la moelle osseuse qui ne me laisse plus que quelques semaines, avec beaucoup d'optimisme.

Vic insista :

— J'en suis désolé, mais pourquoi financer Dupuytren ?

— Les gens doivent comprendre que la monstruosité et la différence font partie de cette diversité voulue par

Dieu sur Terre. Je veux qu'ils arrêtent de rire quand ils croisent un être atteint de fibrome ou d'un kyste facial. Je veux qu'ils respectent leur prochain, quel que soit son habillage charnel. Dupuytren est le témoignage vivant de la réelle nature des choses. Un musée comme celui-là se doit d'exister.

Vic se redressa, et posa ses deux mains à plat sur la table en bois.

— Monsieur Siriel, avez-vous quelque chose à voir avec ces meurtres ?

Siriel souleva lentement le bas de sa chemise. Vic grimaça intérieurement. Les plaques n'étaient pas que sur le visage, elles le dévoraient de partout.

— Je souffre depuis la naissance d'une ichtyose lamellaire particulièrement sévère, une maladie congénitale qui donne cet aspect répugnant à ma peau. Mais ce n'est pas la maladie, le pire. Elle ne provoque pas réellement de douleur, on n'en meurt pas et ils proposent aujourd'hui de bons médicaments qui, disons… limitent la casse. Non, non, le pire, c'est…

Il serra les poings. Son visage exprimait à présent une haine terrible.

— … la méchanceté des gens. Mon enfance, mon adolescence ont été un enfer. L'isolement, le rejet, le regard des autres sur moi… Tout ce qu'on a trouvé à faire, c'était de se moquer, de me montrer du doigt, de me considérer comme un monstre.

Il s'humidifia encore les lèvres avec son mouchoir plié.

— Pour les autres, nous ne sommes que des bêtes de cirque. Des *freaks*.

— Nous ?

— Oui, nous…

— Qui commet ces meurtres immondes ? Pourquoi ces crimes ?

Siriel gardait un air extrêmement calme. Plus rien ne semblait l'émouvoir.

— Je l'ignore.

— Vous mentez.

Le vieil homme désigna la sortie.

— Je ne peux rien vous apprendre de plus. C'est par là… Je ne vous raccompagne pas.

Vic le fusilla du regard.

— Je vais revenir. Je vous garantis que je vais revenir. Et accompagné, cette fois.

— Je l'espère bien. Ma maison est toujours ouverte aux étrangers.

Alors que Vic se dirigeait vers le hall, Siriel le rappela.

Le lieutenant de police écarquilla les yeux. Le vieil homme le braquait avec un flingue.

— Alors comme ça, vous alliez m'abandonner sans avoir obtenu vos réponses ? dit Siriel. Quel piètre policier vous faites. Le pire qu'il m'ait été donné de rencontrer, à vrai dire. Asseyez-vous là, contre le mur. Nous allons encore discuter un peu.

Il secoua la tête, comme pris de pitié.

— Je pensais que la peau du bébé sirène, cette idée de vinaigre, l'odeur de gangrène abandonnée sur le lieu du crime, *Le Massacre des innocents* ou ce Grégory Mache vous mèneraient à moi beaucoup plus rapidement. J'ai bien cru que vous ne viendriez jamais, et que j'allais finir par mourir sans profiter de votre ignorance.

Vic sentit une effroyable spirale se resserrer autour de lui. Siriel était au courant de tout.

— Grégory Mache ? Vous voulez dire que…

— Un simple gérant. Les Trois Parques m'appartiennent.

Siriel saisit un tisonnier et poussa une bûche enflammée sur le parquet.

— C'en est terminé, reprit-il. Votre présence me libère enfin, mon histoire s'achève, tandis qu'une autre commence. Le relais est assuré, comme on dit. Mon successeur fera du bon travail.

Dans un léger crépitement, le feu s'attaqua lentement aux boiseries de la bibliothèque. Vic voulut se redresser, mais Siriel l'en dissuada en tirant à un mètre de son épaule droite.

— Vous voudriez partir avant de savoir ?

— Savoir quoi ?

— Votre incompétence me désole tant.

Il continuait à faire rouler des bûches et à disperser des braises sur le sol.

— Votre homme, celui que vous recherchez, connaît les mécanismes de la douleur comme personne. Il connaît son action, ses dérivés, son histoire. Il retrace le chemin de la douleur à travers les âges : la représentation du tableau de Reni, les Gueules cassées, Frida Kahlo ou la Madone de Bentalha, drapée comme l'une de vos victimes… Ne l'avez-vous pas reconnue en cette fille, Cassandra Liberman ?

— Qui est l'assassin ? demanda Vic.

Siriel porta la gélule entre ses dents et la croqua dans une grimace. Vic voulut se lever. Nouvelle détonation, à cinquante centimètres, cette fois.

— Il paraît que ce genre de poison donne la mort en quelques minutes, sans provoquer aucune souffrance. Nous allons voir… Celui que vous recherchez n'est pas le monstre. Les monstres, ce sont ceux qui regardent, qui tournent la tête vers les accidentés de la route, qui s'abreuvent du malheur des autres. Le monstre, c'est la société. Et la société doit payer.

Le feu rampait déjà le long des parois et embrasait les livres. Vic regroupa ses genoux contre son torse. Il n'y avait rien à tenter. Siriel avait tout préparé, dès que Vic avait sonné à l'interphone.

— Quand va-t-il tuer à nouveau ? demanda le flic.

— Bientôt… Très bientôt. La machine vengeresse est en marche. J'ai pu voir sa prochaine victime. Et je me régalerai de sa souffrance, dans l'autre monde.

Il sortit un DVD de sa poche et le regarda en souriant.

— Tout se trouvait là-dedans, murmura le vieil homme.

Un simple DVD, qui n'attendait que vous et contenait l'ensemble des réponses à vos interrogations.

Il le lança dans la cheminée.

— Le voilà qui s'envole en fumée, devant votre impuissance. Avez-vous déjà réussi à mettre en image un fantasme ? Cette… substance insaisissable que tout l'argent du monde ne peut vous apporter ? Moi, j'y suis parvenu… Je me suis offert le film de… de mon fantasme. Et mon exécuteur, celui de sa souffrance. Voilà pourquoi… nous nous sentons si proches, lui et moi.

Siriel se plia en deux. Un filet de bile coulait de sa bouche, il se frotta avec son mouchoir.

— Pas si… indolore que ça… Bon sang…

— Dites-moi de qui il s'agit ! s'écria le lieutenant en se décalant vers la droite, poussé par les flammes qui se rapprochaient dangereusement.

— Vous… Vous m'avez dit qu'il chauffait les corps… Bravo pour votre déduction… N'avez-vous pas retrouvé de l'eau, à proximité ?

— Si ! Des petites flaques, sur le sol. D'où ? D'où proviennent-elles ?

Siriel plissa les yeux. Les flammes s'élevaient à présent devant la porte du hall. Une épaisse fumée noire roulait sous le plafond.

— Il faut toujours être… attentif aux détails. Il ne chauffe pas les corps pour retarder je ne sais quoi. Le croyez-vous aussi stupide ? Sortez de… de votre science policière, et étudiez un peu plus ce que la nature nous a offert…

— Nos sens ?

— Voyez même au-delà de… de nos cinq sens, cherchez plus loin… Par quoi comble-t-on le manque ? Si vous étiez un bon enquêteur, vous auriez essayé de… de ressentir ce que votre tueur a ressenti… devant ces corps brûlants. Alors, vous auriez compris. Vous auriez fait jouer les opposés, vous vous seriez sublimé.

— Dites-m'en plus ! Parlez ! Parlez encore ! Qui est-il ?

Siriel se cabra dans une violente contraction, avant de chuter sur le sol, les yeux dans le néant. Vic se jeta sur lui et le secoua.

— Parlez, bon sang !

Mais le vieillard était mort.

Le flic se releva et jeta un œil vers la cheminée. Le DVD était calciné et tordu sous l'effet de la chaleur. Autour, tout brûlait, les livres, les documents, les meubles. Rien, plus rien à sauver. Il fonça à travers le rideau de feu qui s'étendait devant lui et l'empêchait de sortir. Le tissu de sa veste s'embrasa. Il hurla et l'ôta en continuant sa course dans la galerie de tableaux. Enfin, il parvint à l'extérieur.

L'air frais. La forêt. La vie.

Vic eut soudain très froid. Sa veste, dans les flammes. Et, surtout, le carnet de Stéphane. Parti en fumée…

Il se dirigea vers le portail, haletant. Siriel avait sacrifié son existence, ses collections, pour qu'aucun secret ne s'échappe de sa maison. Il avait emporté l'horreur de ses actes avec lui.

Mais avant de mourir, il avait pris soin de transmettre sa haine. Un tueur qui officiait à sa place, et qui ne s'arrêterait certainement jamais.

Soudain, au milieu de la propriété, Vic releva le front. Un craquement, derrière lui. Il se retourna. En face, les troncs noirs perçaient les ténèbres. Le vent soufflait dans les feuilles. De son canon, le policier balaya l'espace. Il se décida à marcher rapidement en direction de sa voiture.

Quand, d'un coup, ses narines se mirent à palpiter.

L'odeur. L'odeur de cadavre.

Il se cachait quelque part.

Vic braqua dans le vide, à gauche, à droite, devant, derrière. Ses jugulaires battaient à tout rompre.

Un rapide bruissement de feuilles. Sans réfléchir, Vic ouvrit le feu trois fois d'affilée. La vibration du Sig lui foudroya l'épaule. Et alors, un autre feu se propagea : celui de la douleur. Vic se plia en deux, la main sur l'avant-bras, les mâchoires prêtes à exploser. C'était comme si, d'un coup, son sang s'était transformé en un flot d'aiguilles. Son arme tomba sur le sol. Plus rien n'existait, hormis le brasier intérieur.

Quand celui-ci se dissipa enfin, Vic tremblait dans la terre, recroquevillé comme un chien.

Au-dessus de lui, la lune disparut, comme soudain éclipsée. Pourtant, aucun nuage ne perturbait la voûte céleste.

L'odeur de putréfaction s'intensifia instantanément.

Le tapis végétal crissa, à sa gauche. Juste contre son oreille.

Puis quelque chose de froid se posa sur sa tempe.

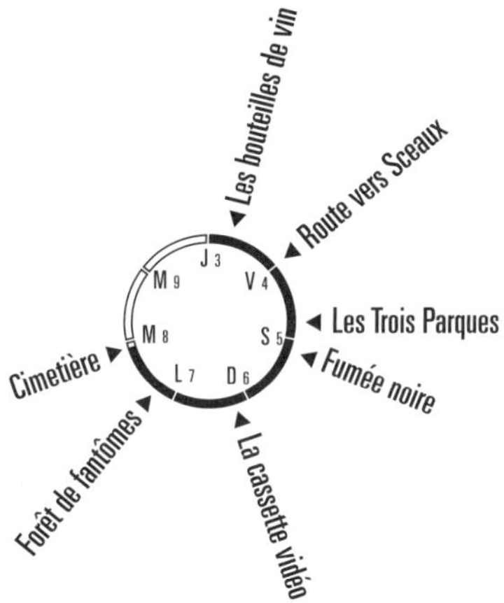

52. LUNDI 7 MAI, 21 H 18
DERNIER RÊVE : CIMETIÈRE

Il pleuvait. Le genre de pluie glaciale qui tombe drue, inonde la terre et fait se courber les fleurs. Stéphane était tourné vers l'entrée du cimetière de Lamorlaye. Il fixait la longue procession noire de costumes, de chapeaux et de parapluies qui s'engouffraient dans les véhicules avant de disparaître pour rejoindre la ville.

Stéphane se tenait là, immobile, les bras le long du corps, les poings serrés, tandis que le froid venait lui mordre les joues, les cheveux, la nuque.

— Tu vois, tout cela n'a servi à rien, dit-il. Strictement à rien. Si seulement j'avais pu être plus clair, plus… Mais comment l'être avec toutes ces horreurs dans ma tête ? Avec tout ce qui s'est passé ? Comment rester sain d'esprit ?

Vic Marchal, costume noir, chemise blanche et cravate foncée, vint se positionner devant lui et l'abrita avec son large parapluie.

— Tu as fait le maximum. Tout cela est tellement… illogique. En quoi faut-il croire ?

Le regard perdu, il porta une cigarette à ses lèvres et

l'alluma calmement. Les gouttes tambourinaient sur la toile, au-dessus de leurs têtes.

— On va le coincer, Stéphane. Je te garantis qu'on va choper ce salopard. On est tout près désormais.

— Ça ne changera rien. Elle est morte. Il l'a assassinée et rien ne la ramènera.

Stéphane caressa longuement son visage humide, en soupirant douloureusement.

— Le pire, c'est que j'ai déjà fait ce rêve… Mon tout dernier cauchemar où je nous voyais là, tous les deux, devant la tombe, sous cette même averse, ces mêmes parapluies, ces mêmes personnes. Avec les mêmes fleurs qui ornaient la même tombe, la même couleur de marbre, les mêmes vases. Comment peut-on savoir les choses si précisément et ne pas empêcher qu'elles arrivent ?

— Parce qu'il te manquait les éléments les plus importants. On ne peut reconstituer un puzzle sans en posséder toutes les pièces.

Lentement, Stéphane se retourna vers la sépulture, recouverte de fleurs et de plaques. Il se baissa et ramassa les bouquets posés au sol, qu'il essaya de regrouper délicatement. Puis, avec peine, il caressa du dos de la main l'inscription gravée dans le marbre.

« Sylvie Kismet – 1974-2007. »

— Dans le rêve, j'ai vu cette épitaphe. Je savais qu'elle allait mourir.

Il s'effondra à genoux.

— Pourquoi ? Pourquoi je n'ai pas réussi à te sauver ? Mon amour !

Et il pleura, pleura à s'étrangler, alors que la pluie tombait plus fort encore.

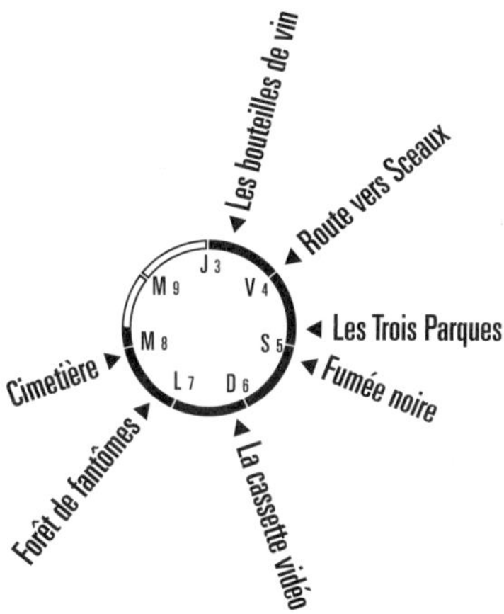

53. MARDI 8 MAI, 07 H 22

Stéphane se réveilla en sursaut. Il se rua hors de Darkland et fonça à l'étage.

— Sylvie ! Sylvie ! Oh non !

Le lit. Vide. 7 h 24, déjà. Pourquoi ne se réveillait-il que maintenant ? Les somnifères, pour l'aider à s'endormir plus rapidement… Bon Dieu !

On était mardi. Demain dans la nuit, il courrait dans cette même maison avec les mains en sang. Il s'agissait du sang de Sylvie, il en avait la certitude à présent.

La peur au ventre, il se précipita vers une fenêtre. Dehors, plus d'Audi grise. Il se jeta sur son téléphone portable, composa le numéro de sa femme et tomba sur le répondeur. Paniqué, il laissa un message :

— Tu es en danger, tu dois aller à la police tout de suite !

Il s'empara de vêtements propres. Jean et tee-shirt enfilés en un éclair. Il ne prit même pas le temps de se laver, ni de se coiffer. Ses cheveux tombaient pêle-mêle sur ses épaules, sa barbe poussait salement. Dans la cuisine, il broya trois somnifères, qu'il dilua dans une bouteille d'eau.

La Ford démarra en trombe.

Jamais de toute sa vie il ne roula si vite en pleine ville. Il doublait à tout va, se rabattait de justesse, provoquant des coups de klaxons et des appels de phares. Puis arriva le bouchon, sur la Francilienne. Impossible d'avancer. Stéphane téléphona encore et encore. Nouveaux messages sur le répondeur. Dans les autres voitures, ses voisins de galère le fixaient bizarrement, les yeux ronds.

— Quoi ? hurla-t-il. On me prend pour un taré ? On va me prendre toute ma vie pour un taré ? Mais je suis taré, complètement taré !

Enfin le périphérique. 8 h 43. Puis Paris intra-muros. La capitale déroula ses longues avenues, ses boulevards, ses rues. L'agence immobilière. Stéphane se gara sur le trottoir, juste devant l'entrée, et se précipita à l'intérieur du bâtiment.

— Sylvie ! Je veux voir Sylvie Kismet ! Je suis son mari et je veux la voir tout de suite !

L'hôtesse le considéra avec méfiance, avant de saisir son téléphone et de composer un numéro interne.

— Pas de réponse, finit-elle par dire en raccrochant. Si vous voulez bien patienter…

Haletant, Stéphane retourna dehors, devant l'entrée. D'ordinaire, Sylvie arrivait gare du Nord, prenait le métro, avant de terminer à pied jusqu'à l'agence. Un retard, un simple retard. Il se mit à aller et venir nerveusement. Il n'y avait rien de mieux à faire que d'attendre.

Après d'interminables minutes, il l'aperçut enfin, au bout de la rue, impeccable dans son tailleur beige. Il courut dans sa direction.

— Sylvie ! Oh !

La jeune femme lui adressa un regard étonné, qui très vite se teinta de crainte.

— Laisse-moi ! ordonna-t-elle en continuant à marcher. Rentre à la maison ! Une grosse journée m'attend, ce n'est pas le moment !

Stéphane lui emboîta le pas.

— Tu es en danger. Le… Le tueur va s'en prendre à toi.

— Ben voyons.

— Tu dois me croire !

— Je te crois. Tout ce que tu voudras. Rentre chez nous.

Arrivé au niveau de la Ford, Stéphane lui attrapa le poignet.

— Tu dois venir avec moi ! Il faut fuir loin d'ici ! Il faut…

Sylvie ne se laissa pas faire. Ses joues s'empourprèrent.

— Fiche-moi la paix ou je fais un scandale !

Stéphane n'hésita pas une seconde. Il observa autour d'eux, puis la tira jusqu'à la voiture et la poussa à l'intérieur. Cette fois, Sylvie hurlait pour de bon.

— Mais qu'est-ce que tu fais ? Arrête ! Arrête !

Stéphane parvint à fermer et verrouiller la portière passager. Dehors, des badauds s'arrêtaient, incrédules. Sylvie se débattit, elle griffa Stéphane au visage. Trois marques bien distinctes sur sa joue. Puis elle tira de toutes ses forces sur la poignée pour tenter de sortir, et finit par l'arracher. Dans un réflexe malheureux, Stéphane la gifla.

— Oh ! Excuse-moi ! Je ne voulais pas.

Il démarra, fonça jusqu'au bout de la rue et s'arrêta. Là, il plaqua sa femme contre le dossier de son siège, l'air menaçant, et écrasa la bouteille d'eau avec les somnifères sur ses lèvres.

— Bois ! Bois ça !

Sylvie pleurait.

— Je… Je t'en prie… Non…

— Bois !

Elle s'exécuta et le fixa, les yeux pleins de terreur.

— Ne me fais pas de mal…

— Jamais ! Jamais je ne te ferai du mal ! Je sais que tu me prends pour un fou, mais je fais tout cela pour te protéger. Quelques jours… Juste quelques jours, puis tout redeviendra normal, comme avant.

— Rien n'a jamais été normal. Laisse-moi Stéphane, je t'en prie. J'ai peur.

Stéphane se regarda dans le petit miroir du pare-soleil. Les griffures, sur son visage. Puis la poignée arrachée, au sol. Comme dans l'un de ses rêves.

— Comment c'est possible ?

Sylvie ressentit une profonde tristesse de voir son mari dans un tel état. La déchéance mentale avait été si foudroyante.

— Où… murmura-t-elle. Où m'emmènes-tu ?

— Pas là-bas. Certainement pas là-bas.

La voiture s'extirpa du dédale parisien, puis suivit le panneau « Lyon » avant de s'engager sur l'A6. Sylvie luttait pour rester éveillée. Stéphane la vit s'endormir. Une si jolie femme. Il la protégerait. Et personne ne pourrait l'en empêcher. Rien ne se produirait. Cette fois, il prendrait le dessus.

Mais, brusquement, il ralentit, avec l'envie douloureuse de faire demi-tour. S'il fuyait loin de Paris, comment surveiller Mélinda ? Comment la protéger, elle aussi ? Ses doigts se crispèrent. La petite ou sa femme.

Son choix était fait. La décision la plus terrible de toute sa vie. Abandonner Mélinda, sa chevelure bouclée, sa dent en moins.

— Je suis tellement désolé, ma petite. Pardonne-moi. Oh, pardonne-moi…

Quelques heures plus tard, il s'arrêta sur une aire d'autoroute. Il engloutit une demi-bouteille d'eau puis en profita pour ôter la batterie de son portable. Il chercha celui de Sylvie dans les poches de son tailleur. Introuvable, tout comme son sac à main, certainement perdu dans la lutte devant l'agence. Ses papiers, son argent… Tant pis, il y avait bien plus urgent.

Il reprit la route. Après encore trois heures de conduite apparurent les premiers reliefs.

Pas ceux des Vosges, là où le destin l'attendait probablement de pied ferme…

Mais ceux de l'Ardèche.

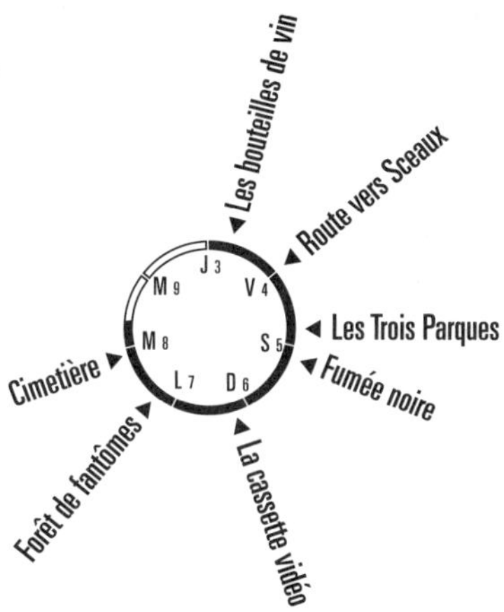

54. MARDI 8 MAI, 09 H 45

À l'hôpital, Vic se reposait dans un fauteuil aux côtés de son épouse depuis environ une demi-heure. Avant de venir la retrouver, il était passé faire des radiographies de la tête dans un cabinet privé. Elles n'avaient révélé aucun traumatisme. Il avait expliqué s'être cogné violemment en chutant dans les escaliers de leur immeuble.

La vérité s'avérait bien pire. L'assassin lui avait donné un grand coup de crosse à l'arrière du crâne et Vic était resté inconscient sur le sol quelques minutes, avant de pouvoir péniblement rejoindre sa voiture, tandis que la maison de Siriel partait en fumée.

Depuis, une question le taraudait. Pourquoi le meurtrier l'avait-il juste assommé, pourquoi ne l'avait-il pas éliminé ? Probablement l'avait-il épargné parce qu'il se sentait au-dessus de tout et que Vic ne faisait pas partie de son plan.

Lui, Vic Marchal, lieutenant de police à la première division, fils de l'un des flics les plus réputés du pays, risquait bien pire que l'interdiction d'exercer. À cause de lui, Noël Siriel, un personnage clé de l'affaire, s'était suicidé. Et cela pouvait lui valoir de sérieux ennuis.

Le vieux sadique n'existait plus, ses secrets s'étaient

envolés avec lui. Tant pis. Tant pis pour l'enquête, pour ses collègues, pour les futures victimes. Vic devait garder le secret. Coûte que coûte.

Depuis l'arrivée de son mari, Céline n'avait pratiquement pas parlé. Elle s'était blottie contre lui, les yeux dans le vague, les lèvres sèches. Aucun mot ne parvenait à la réconforter. Cet enfant, elle l'avait porté, senti bouger, et rien ne pouvait à présent combler cette perte.

— L'homme… finit-elle par lâcher dans un souffle. L'homme de l'autre fois, venu m'annoncer que… le bébé allait mourir…

— Je ne l'ai pas revu, mentit Vic. J'ignore qui il est, je ne le connais pas. Tu dois l'oublier. Oublie tout. Paris, mon métier, le bébé. Ta mère et moi, on va s'occuper de toi. D'accord, ma puce ?

Elle soupira, ferma les yeux puis finit par s'endormir.

Une heure plus tard, le portable de Vic, qu'il avait laissé à recharger sur une prise, se mit à vibrer. Le jeune homme se leva doucement et le récupéra. Un nouveau message qu'il n'avait pas écouté, datant de la veille, avait provoqué un rappel. Son ami médecin. Vic plaqua le téléphone contre son oreille.

« Vic, c'est Gilles. Désolé pour le retard, mais j'ai eu quelques problèmes de santé. J'ai vu tes photos de scène de crime, et j'ai trouvé. Cette femme transpercée d'aiguilles, ces bébés, ce visage de souffrance. C'était presque flagrant, et encore une fois, désolé de t'avoir fait attendre. Ton tueur s'est inspiré de deux sources principales, des œuvres artistiques en rapport avec la douleur morale et la souffrance physique. Je t'expliquerai tout en détail de vive voix, mais je peux déjà te dire les choses en deux mots. D'abord, la manière dont a été tuée et mise en scène ta victime blonde ressemble comme deux gouttes d'eau à un autoportrait de Frida Kahlo, une artiste mexicaine très célèbre, sur lequel elle est transpercée d'aiguilles. À huit ans, elle a été atteinte de poliomyélite, une maladie qui lui a déformé le pied droit et lui a valu le surnom de “Frida l'estropiée". À dix-huit ans, alors qu'elle revient de son école d'art, son bus percute un tramway. Une barre de fer la transperce de l'abdomen au vagin. Elle en gardera des élancements insoutenables durant de très, très longues années. C'est le sens de ces aiguilles sur tout le corps. On dirait que, sur cette Terre, des êtres naissent pour souffrir. Plus tard, Kahlo sera atteinte de fibromyalgie, un mal omniprésent et incurable. Elle ne peindra plus que des œuvres en rapport avec cet enfer. Ton assassin doit se retrouver en elle. Cherche une relation avec la souffrance invisible, permanente, et aussi la douleur, au sens moral du terme. Souffre-t-il de fibromyalgie, lui aussi ? D'un mal intérieur, imperceptible ? Bref, revenons à tes photos, car ce n'est pas fini. La disposition des étoffes, la manière dont le visage est tourné, avec la mise en scène des bébés, m'ont fait penser à une représentation picturale d'une scène biblique, "Le Massacre des innocents". Je ne vais pas tout te raconter ici, appelle-moi si… »

Dans sa main, le portable se mit à biper. Un appel en parallèle. Vic fit la bascule et sortit discrètement de la chambre. Le commandant Mortier… Vic inspira profondément et prit l'appel.

— Tu te trouves où, là ? attaqua immédiatement son supérieur.

— À l'hôpital avec ma femme, je devais vous appeler mais…

— On tient notre homme.

Vic fronça les sourcils.

— Quoi ?

— Enfin presque, juste une question d'heures. Une plainte vient de remonter jusqu'à nous. Un type a embarqué une femme de force dans sa bagnole, en pleine rue. On a retrouvé le sac à main, c'est celui de Sylvie Kismet. Et le type, devine ?

— Stéphane Kismet ?

— Bingo ! Son alibi du restaurant ne tient plus avec cette histoire de chauffages électriques.

— Mais il était avec moi lors du deuxième meurtre. Et…

— Qui te dit qu'il n'a pas trouvé une autre astuce ? On lui demandera, les yeux dans les yeux. Ce qui est sûr, c'est que ce fumier est passé à la vitesse supérieure, et ça ne m'étonnerait pas qu'il s'en prenne à sa propre femme.

Vic resta sans voix, Mortier se gourait complètement. Stéphane Kismet avait dû faire un dernier rêve d'une importance primordiale, qui justifiait son départ houleux.

— Oh ! Marchal ? T'es encore là ?

— Oui, commandant… Je… Je suis juste un peu surpris. Je ne pensais pas que Kismet…

— Tu ne pensais pas, non, le voilà le problème. Je ne t'appelle pas par plaisir. T'as foiré, sur ce coup-là, attends-toi à quelques vagues.

Vic tremblait sous ses vêtements. Il avait laissé un message sur le répondeur de Stéphane, l'exhortant à le rappeler immédiatement. Si les collègues tombaient dessus… Heureusement, dans le message, il n'avait pas parlé de Siriel.

— Et… Et vous savez où il se trouve ?

— Pas encore, on va voir avec son opérateur téléphonique ou celui de sa femme, si on peut capter un signal. Puis on étendra aux caméras de péages, de stations-service, etc. Mais tu sais, de nos jours, les types en cavale, ils ne vont pas bien loin. Ce qu'on espère juste, c'est arriver à temps, avant qu'il ne lui fasse subir un calvaire.

— Et moi, je fais quoi ?

— Ce que tu veux.

Le commandant raccrocha. Vic resta paralysé quelques secondes, puis il finit par sortir fumer une cigarette devant l'hôpital. Pourquoi Kismet avait-il contraint sa propre femme à monter dans sa voiture ? De quoi, de qui avait-il peur ? Pourquoi ne le rappelait-il pas ?

Il s'installa sur un banc, la tête entre les mains. Il avait perdu le carnet des rêves, sa chance, peut-être, de comprendre les raisons du geste de Kismet. Sa chance, aussi, de gagner au loto. Son manoir… Il se rappela les propos de Stéphane sur le destin, qui empêchait toujours qu'on modifie ce qui était prévu.

Il se sentait mal. Il fallait gérer l'enquête, la perte du bébé, ces rêves, et admettre qu'un homme voyait le futur. Trop, bien trop pour un seul homme.

Stéphane Kismet connaissait peut-être toute la vérité. Il savait ce qui allait se produire. Il était innocent, et on allait sans doute l'arrêter pour meurtre.

Alors il pria. Il pria pour que ce pauvre Kismet, s'il se faisait prendre, ne parle jamais de Siriel.

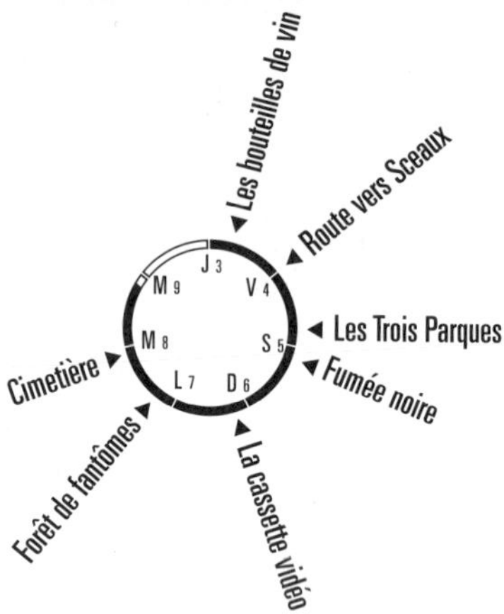

55. MARDI 8 MAI, 17 H 30

Labeaume était un village construit dans la roche, à flanc de falaise, aux ruelles si pentues et étroites qu'aucune voiture ne pouvait y circuler. Surplombant la Beaume, l'un des confluents de l'Ardèche, l'endroit semblait évoluer hors du temps. Personne dehors, pas un volet ouvert, aucun son, hormis le glissement inquiétant du vent sur les murs de pierre. En vingt ans, rien n'avait changé.

À l'époque, Stéphane et ses parents adoptifs y venaient parfois, chez Julien, le frère de son père, avant que des problèmes familiaux ne rompent entre eux toute relation. Quand il frappa à la porte, ce jour-là, il espérait trouver la maison vide, l'oncle Julien résidant, d'après ses souvenirs, principalement en Provence.

Pas de réponse. Pour une fois, la chance lui souriait. On lui offrait une planque parfaite. Discrètement, Stéphane descendit un petit escalier taillé dans la pierre et contourna la demeure. Il enroula son tee-shirt autour de son poing et brisa un carreau. Une fois à l'intérieur, il déverrouilla la porte d'entrée, sortit de nouveau par-derrière et rejoignit sa voiture, qu'il avait cachée à l'extrémité d'un chemin caillouteux.

Il ne revint qu'une fois la nuit tombée, avec des provisions achetées sur une aire d'autoroute, et Sylvie dans les bras. Il referma la porte de la maison derrière lui, hors d'haleine mais rassuré, certain que personne, absolument personne ne l'avait remarqué.

À supposer qu'on le recherche, jamais on ne penserait à venir le trouver ici. Même aux yeux de ses parents, l'oncle Julien n'existait plus.

Sa montre indiquait 22 h 39. Un peu plus de vingt-quatre heures à tenir avant la réalisation du premier rêve, « Les bouteilles de vin », avant cette descente dans la cave de sa maison, les mains pleines du sang de Sylvie.

Il resta dans la chambre à regarder son épouse allongée sur le lit, le cœur rempli d'amour et de tristesse. Quelle sensation étrange de savoir que son destin changeait en ce moment même. Elle allait vivre, alors qu'elle aurait dû succomber sous les coups d'un bras meurtrier. Pourquoi elle ? Pourquoi, tout simplement ?

La jeune femme se réveilla et, immédiatement, ses yeux s'emplirent de terreur. Elle observa partout autour d'elle, la bouche à demi ouverte. Les murs de pierre, le vieux mobilier, la poussière, les volets fermés, la faible lumière…

— Où sommes-nous ?

— Chez un oncle dont je ne t'ai jamais parlé. Pour la simple et bonne raison que je ne l'ai plus revu depuis mon enfance. Ici, nous sommes en sécurité.

Stéphane lui passa une couverture sur les épaules.

— Il fait froid, continua-t-il. J'avais horreur de dormir dans cette vieille baraque quand j'étais môme.

Sylvie se recroquevilla. Elle se toucha les lèvres.

Stéphane bâilla, puis il aperçut une photo jaunie accrochée au mur, sur laquelle son oncle levait fièrement une belle truite. Il ne se rappelait même plus son visage, ni sa voix. Ne lui restaient que des bribes de souvenirs bien trop lointains. Des éclats de rire, des disputes… Il se leva et ouvrit le tiroir d'une commode. Un album de photos.

Il s'en empara religieusement et souffla sur le film de poussière qui le recouvrait.

La solitude avait guidé la vie de son oncle Julien. Pas de femme, ni d'enfant. Des clichés pâles, sans vie, juste des instants volés au bord de la rivière. Stéphane sentit les larmes lui monter aux yeux quand il vit ses parents adoptifs, les pieds dans l'eau. Paul et Marie. Depuis combien de temps ne leur avait-il plus adressé la parole ?

Stéphane tira ses cheveux vers l'arrière et tourna une nouvelle page de l'album. Soudain, il crut bien qu'il allait s'évanouir.

Sur la photo, son père, de l'eau jusqu'aux genoux, engoncé dans sa veste de pêcheur. Cette putain de veste de pêcheur qu'il croyait perdue ! Elle était peut-être planquée ici ! Ici, en Ardèche !

Il se tendit brusquement, secoué, tremblant, avec la brutale impression d'une mauvaise farce. Ses yeux parcoururent la chambre. Il se précipita vers une lourde armoire, alors que Sylvie le suivait du regard, inquiète. Rien du côté gauche, juste des pulls de laine imprégnés de naphtaline, d'épaisses chemises à carreaux, des cirés usés. Mais, au fond à droite, il la découvrit. Kaki, avec son anneau de métal rouillé, son accroc sur le rabat, sa tache d'huile au niveau du col. Du fond de sa détresse, il eut le sentiment que cette veste lui souriait.

Il l'arracha de son support, voulut la déchirer, mais n'y parvint pas. Comme un défi, il l'enfila et s'écria, la tête tournée vers le plafond, vers le ciel :

— Tu as vu ? Tu as vu, je la porte ! C'est bien ce que tu voulais ! Et maintenant, qu'est-ce que tu comptes me faire ? Me téléporter ?

Il se rua alors dans la minuscule cuisine, dénicha un gros couteau de chasse et retourna dans la chambre. Sylvie se mit à sangloter. Stéphane pointa l'arme blanche dans sa direction, les yeux exorbités.

— Quoi ? Tu crois réellement que c'est pour toi ? Que je vais te trancher la gorge ? Tu as peut-être raison, qui sait ? Tu cherchais bien à me faire interner, non ? J'ai découvert les papiers à côté de l'ordinateur ! J'ai gâché tes plans ?

— Ce n'est pas…

D'un coup, du côté de l'entrée, retentit un fracas gigantesque. En une fraction de seconde, des hommes armés pénétrèrent dans la pièce et Stéphane se retrouva plaqué au sol sans même avoir le temps de comprendre. Des menottes lui enserrèrent les poignets, alors qu'il se débattait en hurlant.

Le commandant Mortier s'approcha de Sylvie, prise de panique.

— Ça va, madame ?

— Je… Oui, mais laissez-le ! Il ne m'a fait aucun mal. C'est mon mari, bon sang !

Elle leva un regard perdu vers le policier.

— Comment nous avez-vous retrouvés ?

— Votre portable… Apparemment, il est dans votre véhicule. On a repéré le signal.

Mortier se retourna, l'air sévère, tandis que Stéphane ne cessait de crier. Il était hystérique.

— Faites ce qu'il faut, bordel, je me tape pas huit cents bornes avec un malade qui gueule dans mes oreilles !

Un médecin de la police s'approcha avec une seringue, qu'il lui planta dans le bras. Dans un dernier sursaut, Stéphane se cabra avec une rage inouïe, et l'aiguille se cassa net dans sa chair. Un jet de sang gicla sur les visages.

— Tenez-le bien !

— Non ! s'écria Stéphane. Non ! Ma femme va mourir ! Pitié, non !

Des doigts, des mains l'agrippèrent, puis, à nouveau, une pointe s'enfonça dans son avant-bras droit.

Quelque chose s'écoula alors dans ses veines.

Quelque chose de foudroyant.

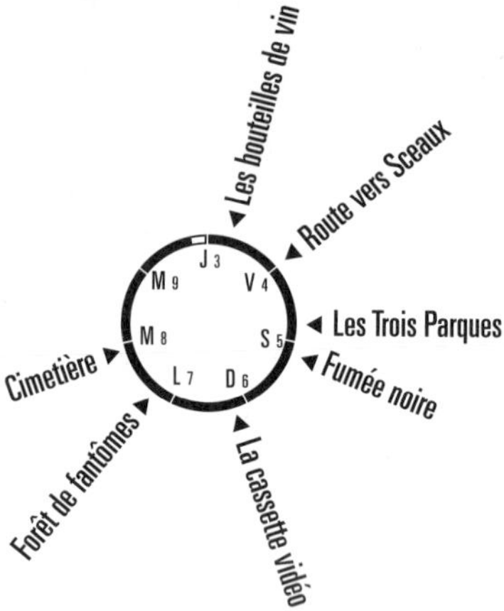

56. MERCREDI 9 MAI, 17 H 32

— Je veux le voir.

— Tu ne le verras pas, Marchal. Pas maintenant. Il vient d'émerger, ils lui ont mis la dose en route. Il est en plein interrogatoire. On cherche à comprendre les raisons de sa virée en Ardèche.

Vic donna un violent coup de poing contre le mur.

— Merde !

Joffroy, impassible, écrasa sa cigarette dans un cendrier.

— Inutile de détruire pour autant toute la brigade… Wang s'occupe des aveux. Après, à la justice de déterminer sa part de responsabilité. Cette espèce de salaud va tout faire pour éviter la taule et se faire passer pour fou. Moi, je veux qu'il crève au fond du trou. On ne tue pas de cette façon sans savoir ce qu'on fait. Qu'il crève !

Vic ne tenait plus en place.

— Quand je pourrai le voir ?

— Rentre chez toi, tranquillement. Parce qu'à mon avis, on en a pour jusqu'au milieu de la nuit. Wang ne le lâchera pas de sitôt.

— Arrêtez de tous me dire de rentrer chez moi, OK ?

Ses lèvres tremblèrent légèrement, puis il finit par affirmer :

— Ce type n'y est pour rien.

— On va voir ça. Il prétend avoir passé la soirée à se pinter dans un bar, après votre rencontre, cette fameuse nuit où Liberman est décédée. J'y crois pas un instant.

Vic fixa son collègue avec assurance.

— Il n'est pas coupable.

Joffroy haussa les épaules.

— Décidément… Le commandant avait raison, t'es pas fait pour le métier. D'ailleurs, en plus de tes conneries, attends-toi à avoir quelques emmerdes supplémentaires. Parce que, apparemment, tu l'as revu sans nous en informer. Un message, sur son répondeur. Qu'est-ce que t'as à voir là-dedans ?

— J'ai sympathisé avec lui, la loi me l'interdit ?

— Drôles de fréquentations.

— Pas plus drôles que tes conneries. Le PQ dans mon tiroir, c'était toi. J'ai trouvé des miettes de biscottes, au fond. Ça t'a bien amusé, crétin ?

Le lieutenant au Perfecto tendit un index menaçant.

— Doucement, V8, doucement, OK ?

Vic était hors de lui. Une veine ressortait au milieu de son front.

— Dis-moi au moins pourquoi il a enlevé sa femme. Quelles raisons donne-t-il ?

— T'es grillé. T'auras tenu un mois. Pas si mal, après tout, pour un pistonné.

Joffroy sortit du bureau en claquant la porte. Quelques secondes plus tard, Vic partit s'enfermer dans sa voiture. Il cogna sur son volant. Quelle bande de cons ! Il les détestait, tous. Mais pas autant qu'il se détestait lui-même. Il s'alluma une clope et laissa la fumée lui pénétrer les narines. Ensuite, il roula un peu, trouva une rue pas trop fréquentée, baissa son siège et, assuré de ne pas être vu, se mit alors à pleurer. Longuement.

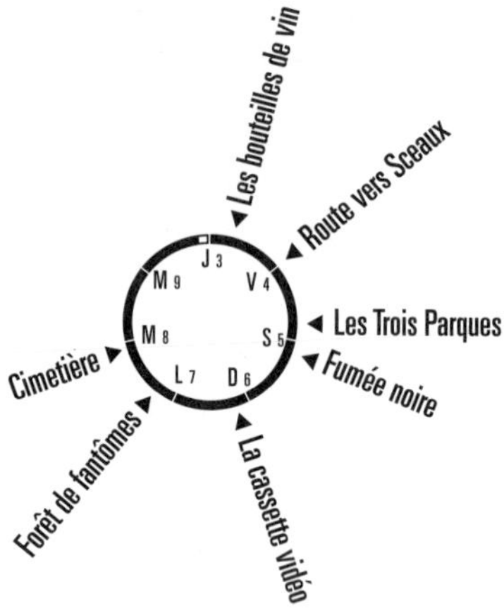

57. MERCREDI 9 MAI, 20 H 36

La radio diffusait *One*, de U2. Une torpeur feutrée envahit Darkland. Du haut de son escabeau, Sylvie donnait des coups de rouleau dans tous les sens, recouvrant de peinture rouge les horribles phrases inscrites sur les murs. Cela lui était pénible, mais elle devait absolument s'occuper les mains, se vider l'esprit et effacer les rêves de Stéphane. Laisser cette pièce en l'état, c'était, encore, subir la folie de son mari. Toute trace de délire devait disparaître, au plus vite.

D'un coup, ses yeux tombèrent sur la description d'un songe bien étrange. Elle se figea, lut avec attention, et fixa son rouleau de peinture, interloquée. Comment était-ce possible ? Ses jambes flageolèrent, elle dut se retenir à l'escabeau pour ne pas tomber.

One se terminait, quand Sylvie crut percevoir un bruit, provenant du fond du sous-sol.

— Il… Il y a quelqu'un ?

Les sourcils froncés, elle descendit, posa son matériel et avança doucement vers la porte. Elle jeta un regard dans le long couloir sombre et poussiéreux, puis haussa les épaules. Le chat, sans doute.

Cependant, lorsqu'elle se retourna, elle eut la certitude d'une présence dans son dos. Pas le temps de faire face. Une main lui écrasa le visage. Elle hurla.

— Oh ! Du calme ! lança une voix d'homme. Ce n'est que moi !

Sylvie se dégagea, avant de serrer contre elle Hector Ariez.

— Tu devais frapper à la porte, bon Dieu ! J'ai failli crever d'une attaque !

— C'était ouvert.

Elle poussa un long soupir de soulagement.

— Merci… Merci pour ta visite. Je…

Hector la regarda au fond des yeux.

— Je ne pourrai pas rester. Ma femme m'attend, c'est notre anniversaire de mariage.

— Oh non…

Il l'embrassa fougueusement, elle répondit à l'étreinte avec passion.

— Comme tu m'as manqué, chuchota-t-il. Tu me manques tout le temps.

— Bientôt, tout cela sera terminé. J'ai… J'ai vraiment tout fait pour le sauver. Je l'aimais tellement. Tellement…

— Ce malade aurait pu te tuer. Tu as fait ce qu'il faut pour l'internement ?

— Oui… Je signe les papiers demain.

Elle baissa les yeux. Ses lèvres tremblaient.

— Quoi ? fit Ariez. Qu'est-ce qui te tracasse à ce point ?

— Les notes, sur ces murs. Suis-moi.

Ils s'avancèrent au milieu de la pièce. Elle éteignit la radio.

— C'est… monstrueux, constata le décorateur. Comment a-t-il pu écrire des choses pareilles ?

— Il n'a fait que raconter dans le détail les rêves qu'il fait depuis presque une semaine.

— Les rêves ? Tu ne vas pas t'y mettre, toi aussi ?

Elle hésita avant de répondre :

— Quand je suis entrée ici, mon premier réflexe a été de regrouper ces six horribles monstres dans un coin et de les couvrir de draps blancs. Je ne voulais plus les voir.

Puis… Puis j'ai récupéré ce pot de peinture rouge, pour… pour tout faire disparaître.

— Tu as bien fait.

Sylvie désigna une phrase du doigt.

— Lis… Lis ce qui est marqué là-haut. Je l'ai vu alors que je m'apprêtais à l'effacer.

— « Cassette de »…

— Non, juste à côté.

— « Hauntedmouth, Peperbrain, Darkness, disparus sous des draps blancs. Puis la peinture rouge, partout, étalée grossièrement sur les murs de Darkland »…

Ariez fronça les sourcils.

— Et alors ?

— Et alors ? Je suis en train d'étaler grossièrement de la peinture rouge ! Il avait inscrit cela bien avant que je le fasse. Et je n'avais pourtant jamais lu ces phrases.

— Juste une coïncidence, voilà tout.

— Et puis il y a d'autres petits détails. On dirait que… certains événements se réalisent, en ce moment même.

Hector se dirigea vers un drap et le souleva. Darkness apparut.

— Dans ce cas, perturbons le destin ! Il suffit de tirer tous ces draps pour faire mentir ces idioties.

Sylvie courut et remit le linge blanc en place, les doigts tremblants.

— Non ! Laisse-les, je t'en prie. Regarde, il est inscrit que tous les monstres sont recouverts, sauf Darkness. Et tu viens d'ôter son drap, justement. Tu ne trouves pas cela incroyable ?

Ariez se jeta sur elle et la plaqua contre le bureau. Sylvie s'abandonna à ses caresses. Ils firent l'amour entre les bocaux et les masques en latex.

— Tu n'as pas été comme d'habitude, dit Ariez en réajustant ses habits.

— Comment voudrais-tu ?

Il lui caressa délicatement le menton du dos de la main.

— Je reviendrai dans deux jours si tu veux. Demain, je passe la journée avec ma femme, à la maison. Il faut bien faire des sacrifices. Et puis, mieux vaut rester discret pour le moment. Tu es sûre que ça va aller ?

— Pour une femme dont le mari affirme qu'elle va mourir cette nuit… Tu ne peux pas rester ? Invente une excuse, je ne sais pas… Un appel du boulot de dernière minute. Tu fais ça tout le temps !

— Non, désolé. Ce soir, impossible… Pourquoi tu ne dormirais pas à notre hôtel ?

— Non, non… Je règle tous les papiers pour demain, puis j'irai habiter chez Nathalie, une semaine ou deux.

Ariez tomba sur les phrases du deuxième rêve, où Stéphane expliquait qu'il débarquait chez lui, à Sceaux, l'arme au poing. C'était censé se produire le lendemain. Il reboutonna sa veste, soudain mal à l'aise.

— Je t'appelle quand même demain, en fin d'après-midi.

— Je n'ai plus mon portable, ils l'ont gardé à la brigade de police. Je te donne mon nouveau numéro de ligne fixe. Tu notes ?

Il s'exécuta. Sylvie le raccompagna jusqu'au rez-de-chaussée et le regarda s'éloigner.

— Au fait ! s'écria-t-il en montant dans sa voiture. Ça sent vraiment mauvais dans le coin. Tu vérifieras demain matin, mais il doit y avoir une bête crevée quelque part devant ta maison.

Il n'alluma ses phares que bien plus loin, avant de piquer une grosse accélération sur la N16.

Sylvie referma à double tour, traversée de frissons. Hector avait raison, une puissante odeur de rance se répandait dans le hall. Une canalisation bouchée ?

Elle courut jusqu'au sous-sol, ralluma la radio et se remit à couvrir les murs de peinture. Effacer, tout effacer.

Sur les ondes, on annonça le tirage imminent du loto. Sylvie s'arrêta net. Elle descendit en quatrième vitesse de son escabeau et chercha sur le mur. Oui, là. À gauche. Des numéros. 4-5-19-20-9-14.

— Le loto, le loto… Pourquoi maintenant ?

Le tirage venait de démarrer, et Sylvie eut l'impression,

à cet instant, que plus rien n'existait, hormis la voix du commentateur qui résonnait dans la pièce.

— 4…

Quatre. Un choc dans la poitrine. Il y était, ce fichu numéro y était. Sylvie se frotta les lèvres d'un geste nerveux. Pas grave, juste une coïncidence, une de plus. Après tout, il n'était pas rare d'avoir quelques numéros.

— 5…

Un coup de scalpel, ce chiffre. Sylvie suivit des yeux les mots encore intacts.

« Le petit mouchoir rose, brodé… Ne plus avoir confiance en Sylvie… Hector Ariez va peut-être tuer Mélinda. »

— 19…

Il se dressa en elle comme une vague puissante, un raz de marée acide qui la submergea. Elle se rappelait à présent toutes les coïncidences troublantes de ces derniers jours. Cette plaque d'immatriculation dont Stéphane avait rêvé, qui était celle de la voiture de Hector. Puis ce moment terrible où elle avait cru découverte sa liaison, alors qu'il ne s'agissait que de rêves, de visions.

« Six jours et vingt heures de décalage. Premier rêve : jeudi 10 mai, 2 h 35 du matin… Le sang sur les mains. »

Sylvie regarda sa montre. Mercredi 9 mai, presque 21 h 00. De rage, elle reprit son rouleau et donna de grands coups de peinture sur ces mots. Plus rien ne devait exister ! Rien !

« Vingt, pensa-t-elle. Vingt, vingt, vingt. »

— 20…

Tout s'entrechoquait dans sa tête. Les détails, les infimes détails. La statuette jumelle, qu'elle avait remise en place en rentrant. Sa coupe de cheveux. Les bouteilles de vin inversées. Les cauchemars… Ces horribles cauchemars se réalisaient.

— 9…

Non ! Toute sa vie semblait partir en fumée. Des flashes jaillirent sous son crâne. Stéphane qui saute du train. Stéphane qui freine sans raison. Stéphane, en morceaux. Ces endroits inconnus, qu'il paraissait pourtant connaître. Et s'il n'avait jamais été fou ? Et s'il avait réellement eu toutes ces visions ?

« Tu es en danger Sylvie. Le tueur va s'en prendre à toi », lui avait-il dit en l'emmenant de force dans la voiture.

Elle n'écoutait plus, elle savait que le 14 allait sortir. Immanquablement.

— Et pour finir, le numéro 14…

Elle lâcha son rouleau sur le sol, fonça dans la cave et, dans l'obscurité, inversa rapidement les bouteilles de vin, comme si, subitement, elle pouvait contrer les rêves, changer le cours des choses, alors que son mari s'y escrimait, dans l'incompréhension, depuis des années et des années. Pourquoi venait-elle de positionner la statuette comme dans le rêve, alors que, justement, Stéphane avait brisé sa jumelle ? Pourquoi avait-elle d'ailleurs acheté des jumelles ? Tout n'avait-il pas été prévu dans ce sens ? Elle se prit la tête dans les mains. Devenait-elle cinglée, elle aussi ?

Une certitude l'envahit. Il fallait appeler ce lieutenant, Victor Marchal. Lui expliquer que Stéphane n'avait rien d'un malade mental. Que, sans doute, il possédait une certaine forme de don, de sensibilité. Que ses rêves devaient être mêlés à leur histoire, leurs meurtres incroyables. Elle fonça de nouveau dans Darkland pour y chercher le numéro du policier, se rua sur un tiroir, mais quelque chose la bloqua dans sa course.

L'odeur. Cette terrible odeur de cadavre, qui émanait à présent de Darkness.

Sylvie se retourna, le cœur à l'envers. Ses yeux parcoururent alors l'espace obscur : les bocaux, le vieux matériel entassé, les six monstres, couverts de…

La jeune femme cessa de respirer. Darkness la fixait avec ses pupilles abominables. Son drap avait disparu. Comme l'indiquait le message sur le mur.

Alors, incapable de bouger, Sylvie compta les fantômes recouverts. Un… Deux… Trois… Quatre… Cinq… Et six…

Il aurait dû y en avoir seulement cinq.

Lentement, l'un des draps se mit à remuer et progresser vers elle, oscillant comme une marionnette.

Sylvie voulut s'enfuir, mais le fantôme fondait déjà sur elle et l'enveloppait dans une dernière danse macabre.

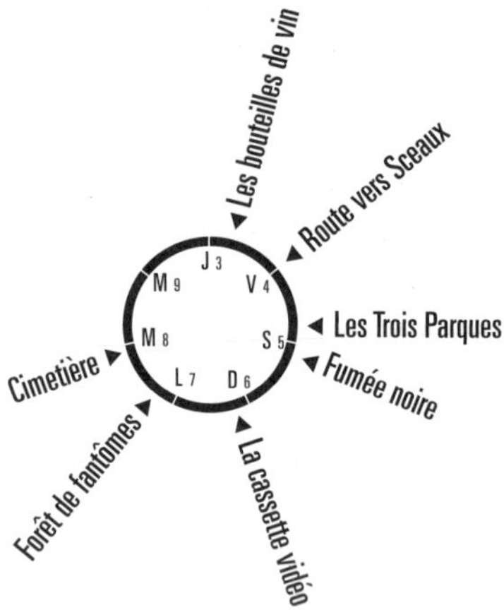

58. MERCREDI 9 MAI, 23 H 23

Wang et Mortier sortirent de la salle d'interrogatoire, en nage, le front plissé et les yeux lourds. Vic patientait dans le couloir, les mains dans les poches.

— Alors ? demanda-t-il.

Wang haussa les épaules.

— J'ai jamais vu ça. Il hurle pour parler à sa femme, il ne cesse de répéter qu'elle va mourir. Pire qu'une bête furieuse, ce type. On aurait beau le torturer à mort, il ne nous dirait même pas son âge.

— Torturer à mort, ça te connaît, non ? Ton tatouage effacé au laser, le dragon… L'ancienne mafia chinoise…

— Ferme ta gueule !

Alors que Wang s'éloignait, le regard mauvais, Vic s'adressa à Mortier :

— Il faut envoyer quelqu'un chez la femme de Kismet, tout de suite.

— Tu t'y mets, toi aussi ? On vient de le faire, pour le calmer un peu. On l'a aussi laissé appeler là-bas. Sylvie Kismet n'a pas répondu, mais ce taré lui a laissé un message. En substance, quelque chose comme : « La police va bientôt arriver, mais tu dois fuir maintenant, ou il va te tuer. Il va te tuer avant 2 h 35 du matin ! » Sacrément allumé, non ?

Vic regarda sa montre. 23 h 41.

— Quand est partie la patrouille ?

— Elle ne devrait pas tarder à arriver.

— Pourquoi on ne le relâche pas, bon sang ? Joffroy vient juste de me dire qu'il possédait un alibi pour la mort de Liberman.

Mortier alluma une cigarette. Des câbles électriques gisaient sur le sol.

— On en a eu la confirmation voilà tout juste une heure, il traînait bien dans un bar à Lamorlaye, le soir du meurtre. Il n'est effectivement pas coupable. Comme sa femme refuse de porter plainte pour cette escapade en Ardèche, alors oui, on devrait bientôt le libérer. Elle ne veut pas que la justice vienne interférer avec les procédures qu'elle a lancées. D'après ce que j'ai compris, demain, elle le fait interner, il ne manque plus qu'une signature. L'hôpital psychiatrique, direct.

— On doit le relâcher ! Maintenant !

— Non. Sa femme ne veut plus l'avoir sur le dos avant son internement. On a trouvé un petit motif pour le garder, genre effraction. Pourquoi tu t'intéresses tant à lui ? Ton appel, sur son portable… Qu'est-ce que ça veut dire ?

Piégé, Vic décida de la jouer franc jeu. Il bouillait intérieurement.

— Il avait prédit que mon bébé allait mourir, forcément, ça crée des liens. Il ne vous est jamais venu à l'esprit que ses intuitions pouvaient être réelles ? Que son épouse pouvait *vraiment* être en danger ?

Mortier le fusilla d'un regard noir.

— Tu te fous de ma gueule ou quoi ?

— Stéphane Kismet correspond exactement au profil des victimes, il expose la monstruosité pour en tirer profit. Et tuer sa femme pourrait être un moyen de le faire souffrir, lui. De le torturer au-delà de la mort physique.

— Connerie !

Le portable du commandant se mit à sonner.

— La patrouille…

Après qu'il eut répondu, son visage se décomposa. Il raccrocha, les mâchoires serrées, le désespoir au fond des yeux.

Il n'eut pas besoin d'expliquer.

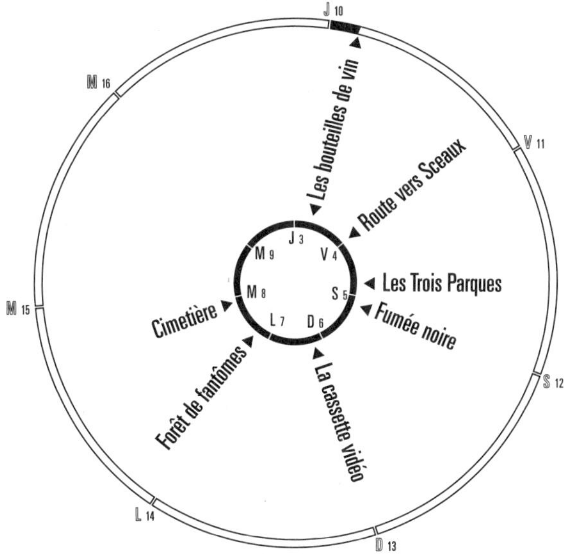

59. JEUDI 10 MAI, 02 H 28

Stéphane se jeta hors de la voiture de Vic. Dehors, sous les frondaisons du domaine, des gyrophares nimbaient les troncs d'arbres de rouge et de bleu. Des hommes parlaient dans des talkies-walkies, des véhicules démarraient, les rubans PN claquaient dans le vent. Tout semblait terminé.

Sans réfléchir, le visage défait, Stéphane se rua dans le hall. En le rejoignant, Vic aperçut Demectin derrière la vitre d'une ambulance. Le corps avait probablement déjà été enlevé. Dégoûté, brisé, le flic s'arrêta au niveau de ses collègues, alors que Kismet s'enfonçait dans cette infâme maison.

Stéphane grimpa les escaliers et courut jusqu'à la chambre, où des techniciens en tenue terminaient leurs prélèvements.

— Oh ! Vous ! s'écria l'un d'eux.

Les hommes voulurent l'empêcher de s'approcher, mais il fondait déjà sur le lit et agrippait les draps ensanglantés en hurlant. Il régnait dans la pièce une chaleur de fournaise et une odeur de putréfaction insupportable.

— Ma femme ! Oh, mon Dieu ! Où… Où est… le corps de ma femme ?

On l'empoigna, il se débattit, lutta. Le peu d'énergie qui lui restait quitta son organisme et, vide de tout, il se laissa emmener hors de la pièce, totalement abattu, regardant ses mains, ses horribles mains pleines de sang.

— Désolé, monsieur, la dépouille est en route pour l'IML, expliqua un des techniciens. Prenez cette torche, il n'y a plus d'électricité. Et laissez-nous terminer notre travail… S'il vous plaît.

Il eut le temps, encore, d'apercevoir les liens, le sang, avant que la porte se rabatte lourdement. Étourdi, écrasé de larmes, Stéphane se redressa, alluma sa lampe, redescendit en abandonnant des traces rouges dans l'escalier. Tout tournait dans son champ de vision. Titubant, il appuya sur un interrupteur, sans succès. Il passa sous le portrait de la baronne de Reille, se traîna jusqu'au hall où il découvrit la statuette de son premier rêve, intacte. D'un geste d'une violence inouïe, il la pulvérisa, puis se rendit jusqu'à la porte du sous-sol. Il descendit alors les marches. Ces putains de huit marches.

Il savait exactement ce qu'il allait faire. Il l'avait rêvé, et à présent, il le vivait. Son futur le fracassait de plein fouet.

Son faisceau jaunâtre croisa un miroir. Abasourdi, drogué de désespoir, il s'arrêta devant et vérifia chaque détail. L'hématome à l'œil, les trois griffures, la veste de pêcheur… Tout y était, absolument tout ! Il serra le poing et, hors de lui, écrasé de souffrance, tapa de toutes ses forces contre la surface réfléchissante.

Il comprenait, de mieux en mieux, au fur et à mesure qu'il avançait.

Il comprenait l'incompréhensible.

La boucle temporelle se refermait, là, maintenant.

Stéphane devenait Stéfur. Il n'avait toujours été qu'un. L'autre, celui de ses rêves, n'existait pas en tant que tel. Cet autre, c'était lui. Ici et maintenant.

Il secoua la tête et fonça en direction de la cave. Les bouteilles ne pouvaient pas être comme dans le rêve, il les avait inversées ! Il pria de tout son cœur pour que leur position soit différente, pour qu'au moins une infime partie de son destin ait pu changer. Se prouver à lui-même qu'il n'était pas qu'une marionnette. Qu'il aurait pu, avec d'autres efforts, sauver Sylvie. L'arracher des griffes du monstre.

Le rai de lumière descendit lentement vers les bouteilles. Et il observa, les yeux remplis de larmes.

Le bordeaux au-dessus, le bourgogne en dessous.

Comme dans le rêve. Ces saloperies de bouteilles étaient positionnées comme dans le rêve. Quelqu'un d'autre, Sylvie peut-être, avait dû les inverser à nouveau. Sa femme… Sa femme l'avait peut-être cru dans ses tout derniers instants.

Il se laissa tomber sur les genoux, poussant un long gémissement. La lampe roula, le faisceau éclaira les traces de piqûres sur son avant-bras. Et il pleura, le front au sol, le nez dans la poussière, la poussière dans la bouche, avant que la colère le fasse se redresser.

Il était devenu Stéfur ! Il était le type de ses songes !

Dans sa détresse, il saisissait le sens de tout cela : un Stéphane passé devait rêver de lui. Un Stéphane identique à lui-même, qui venait d'arrêter les antidépresseurs, qui allait se rendre compte qu'il rêvait et voyait le futur. Et que, finalement, il n'y pourrait rien changer.

Un Stéphane qui évoluait six jours et vingt heures auparavant.

Il devenait le Stéfur d'un Stéphane du passé. Il devenait celui dont ce Stéphane allait rêver.

Tout s'embrouilla sous son crâne. L'éternel recommencement. L'anneau de Moebius.

Dans une parcelle de son cerveau, il entendit sa femme hurler à l'aide.

Comment avertir le Stéphane du passé ? Quand allait-il rêver ? Quelles secondes de sa vie allait-il partager ?

Et Sylvie…

Avec la lampe, il fouilla autour de lui, trouva la craie au-dessus du tas de charbon, cette craie qu'il avait lui-même dénichée, et se mit à écrire sur les murs.

— Quand ? Quand liras-tu tout cela ?

Il nota tout ce qu'il pouvait, sans organisation aucune, sans réflexion, alors qu'il voyait encore le sang des draps, qu'il sentait encore l'immonde odeur de putréfaction. « Tu rêves d'un futur décalé de six jours et vingt heures. Tu dois ignorer ces rêves. Ignore-les tous ! Ignore Mélinda, ignore-moi, ignore tout ce que tu peux ignorer. Le 10 mai, Sylvie va mourir. Sauve-la. Sauve-la, tu as compris ? » Il se rendit compte qu'il écrivait pratiquement dans le noir, et que, de surcroît, ses phrases ne véhiculaient qu'ambiguïtés et non-sens. Comment Stépas, le Stéphane du passé, pourrait ignorer ses rêves, alors qu'il lui annonçait clairement que Sylvie allait mourir ? Il barra cette dernière phrase, « Sylvie va mourir », jusqu'à ce que la craie disparaisse définitivement

entre ses doigts. Au moment où il voulut ramasser sa lampe, quelqu'un surgit, derrière lui, l'arme au poing.

Vic rempocha son Sig Sauer en tremblant.

— Je t'ai entendu hurler, je pensais que… Laisse tomber…

Stéphane s'appuya contre un mur. Plus rien n'existait, hormis le visage de Sylvie, dans sa tête.

— Ma femme… Qu'est-ce qu'il lui a fait…

Le flic serra les mâchoires. Il détesta soudain son métier, cette région. Il réalisa qu'il n'avait rien à faire dans une brigade de police, avec des types qui lui répugnaient, qui brassaient du sang et des tripes à longueur de journée.

— Son corps est parti pour l'institut médico-légal, mais notre légiste va faire au mieux pour le respecter.

— Le respecter ?

Stéphane se recroquevilla, les mains sur la tête.

— Tu crois que je ne sais pas comment tout ça fonctionne ?

— Tu pourras lui faire un bel enterrement.

— Un enterrement… Un enterrement… Il pleuvra, ce jour-là… Et tu seras là, à mes côtés, devant la tombe.

Ses yeux n'étaient plus que deux puits de larmes.

— Je ne réussirai pas à vivre avec ça, Vic. C'est impossible. En même temps, je… je sais que je n'aurai jamais le courage de me flinguer. Parce que… Parce que…

Le lieutenant s'agenouilla devant lui et lui prit les mains.

— On tient quelque chose, Stéphane. Pour la première fois depuis le début de cette affaire, on tient quelque chose de concret. Et c'est grâce à toi. Grâce à toi, tu m'entends ?

Stéphane leva un regard triste.

— Plus rien n'a d'importance… Tout ce que nous avons voulu éviter n'a servi qu'à… le créer… Je ne suis qu'un point qui avance sur un anneau sans fin.

— Non, rappelle-toi, ton coup de fil passé depuis la brigade, vers 23 heures. Le téléphone a sonné dans ta chambre, et l'assassin a entendu le message adressé à ta femme. Ça l'a fait paniquer. Et il a commis des erreurs.

Stéphane n'écoutait pas vraiment, son expression était vide. Sylvie, morte…

— Dans la panique, il a laissé un sac à dos avec une boîte hermétique, remplie de viande putréfiée. Des morceaux de charogne.

— Des… Des charognes…

— C'est de là que provient l'odeur abandonnée sur les scènes de crime. Tu as changé le futur, Stéphane. Tu as vraiment changé le futur. Tu vas peut-être empêcher qu'il y ait de nouvelles victimes.

— J'ai regardé les photos des autres cadavres, dans mes rêves, répondit Stéphane d'une voix éteinte. J'ai vu les tortures infligées à ces femmes. C'est ce qu'il a fait à Sylvie, hein ?

— Non, non. Ce n'était pas pareil ici… Il n'a pas eu le temps. Ta femme n'a pas souffert. Je te le jure.

Stéphane s'étrangla dans un sanglot, puis désigna les phrases, sur le mur de la cave.

— J'ai noté ça, mais… mais je sais que ça ne servira à rien. Si je n'ai rien pu changer, c'est que… le Stéphane du passé, le moi d'il y a une semaine, ne changera rien non plus. Rien n'a pu être empêché, ou même dévié. Tout cela est… vain.

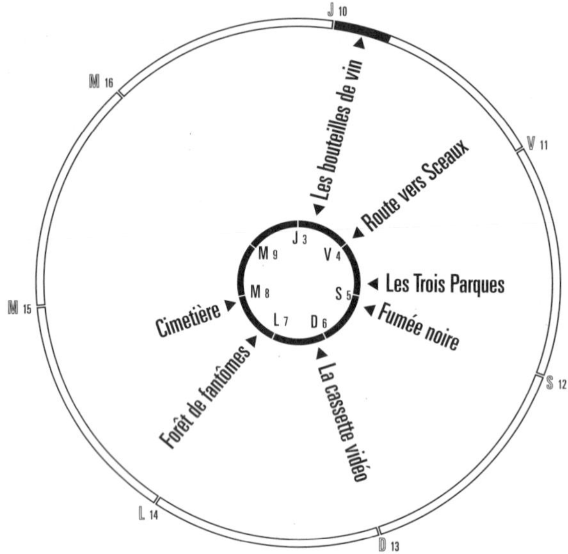

60. JEUDI 10 MAI, 06 H 54

Plus rien n'existait. Juste quelques sons lointains, accompagnés des premières lueurs du jour. Stéphane se releva lentement du sofa, la tête douloureuse, les yeux gonflés et brûlants. Lorsqu'il aperçut le visage blanc et tiré de Vic, en face de lui, tout lui revint d'un coup, comme une avalanche sous son crâne. Il resta là un bon moment, sans bouger.

Il voulut empoigner la bouteille de whisky sur la table basse, mais Vic l'en empêcha.

— Non, Stéphane.

— Et maintenant ? Qu'est-ce que je deviens ? On m'emprisonne ? On m'interne ? On ne me laisse même pas enterrer ma femme ?

Le flic se frottait les mains nerveusement. Les équipes avaient quitté la demeure.

— Rien de tout ça. On va faire ce qu'on fait d'ordinaire. Contacter des organismes d'aide aux familles, et…

— Non, je n'en veux pas. Je ne veux plus entendre parler de psys, de médecins, d'hôpitaux. Plus jamais…

— Tu n'as pas de famille, d'amis ?

— Des amis ? De la famille ? Je ne sais même pas d'où je viens. J'ai grandi dans une famille qui n'était pas la mienne, chez des parents qui m'ont pris pour un fou et ont fini par me rejeter.

— Et du côté de ta femme ?

— Elle ne parlait plus à grand monde, à cause de moi. Je… Je vais appeler un de ses frères, un type à qui je n'ai pas parlé depuis des années. Il faut qu'il s'occupe de tout ça. Je ne pourrai pas… Pas tout seul.

Le lieutenant de police passa ses deux mains sur son visage. Il crevait de fatigue, et Céline rentrait en début d'après-midi de l'hôpital.

— Même si cette maison est gigantesque, tu ne peux pas rester ici, dans le lieu où ta femme a été tuée. La chambre a été scellée, et ce n'est pas bon pour toi. Tu devrais peut-être partir à l'hôtel quelques jours, tu…

— J'ai passé ma vie à côtoyer l'horreur, je… je suis un monstre moi-même, tous ceux qui m'approchent me détestent ou décèdent. Laisse-moi tranquille, s'il te plaît.

Stéphane se leva et se dirigea vers la cuisine. Il s'empara de deux aspirines et de la boîte d'antidépresseurs.

— Sylvie était toujours assise là, sur cette chaise. Je ne la regardais même plus, et maintenant qu'elle est morte, je ne vois plus qu'elle. Je… Je sens son parfum, je la vois passer son glaçon sur ses lèvres, comme elle le faisait chaque matin, à la même heure, dans l'un de ses jolis tailleurs.

Il se tourna vers le flic, alors que le chat s'approchait de sa coupelle de lait vide.

— Que va-t-il se passer pour Sylvie ? Quand ? Quand pourrai-je récupérer son corps ?

— Je vais veiller à ce que l'institut médicolégal et les pompes funèbres s'occupent de tout.

— Retourne auprès de ta femme, elle vient de perdre son bébé. Je te remercie, mais ça va aller…

— Non, ça ne va pas aller.

— Et puis, tu as du travail, tu…

Vic soupira.

— Je vais sans doute être viré de l'enquête. Ils sont descendus à la cave, ils ont vu les phrases, sur les murs. La manière dont tu décrivais les victimes, cette histoire de défaut de pellicule… J'ai raconté que je t'avais tout expliqué, même les infos confidentielles. Pour te protéger.

— Quoi ? Mais…

— Je t'ai couvert pour tous les détails. Les scènes de crime, les suppositions, les avancées de l'affaire. Tout. Avec les notes sur les murs, c'était le seul moyen de ne pas faire de toi un complice de l'assassin. Le commandant m'avait déjà donné un avertissement, parce que… j'avais envoyé des photos à un ami médecin… Pour moi, c'est quasiment fini, je ne vais pas faire de vieux os à la première division, ni même dans la police.

— Je… Je suis désolé de t'avoir mis dans cette situation. Avec Siriel, puis maintenant…

— Merci à toi de n'avoir rien lâché pendant l'interrogatoire.

— Pas compliqué, ils me prennent vraiment pour un taré.

Vic serra les mâchoires.

— Siriel savait. Il connaissait l'identité de l'assassin, il possédait un film qui aurait sans doute répondu à toutes nos interrogations. Cet homme, c'était le mal incarné.

Stéphane esquissa un sourire triste.

— On est liés maintenant, dans… le malheur.

Il jeta un regard distrait vers son portable qui vibrait. Un nom : « Duval ».

— Mon ami physicien… La dixième fois qu'il appelle, peut-être. Sans doute a-t-il gagné au loto. Ils étaient deux, d'après la radio. Tout ça est tellement ironique. Et maintenant, laisse-moi seul. J'ai… J'ai besoin de faire le vide. J'ai tué ma femme… Je n'ai rien pu faire pour la sauver.

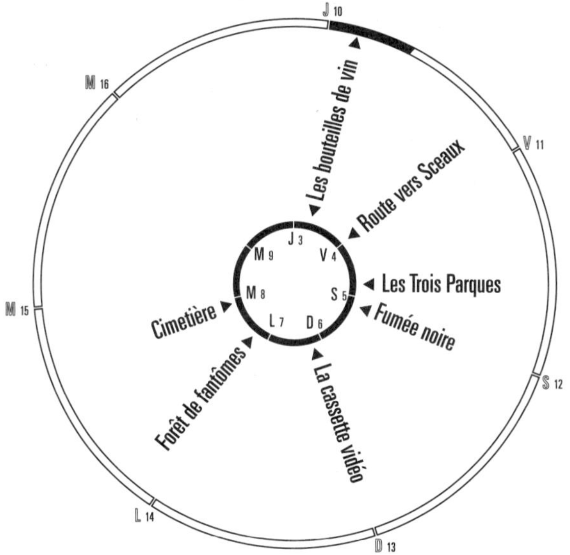

61. JEUDI 10 MAI, 10 H 12

Elle était morte. Bel et bien morte. Ce n'était plus seulement un cauchemar. Rien ne la ramènerait. Jamais. Comment survivre à cette souffrance ?

Assis sur les marches du perron avec des feuilles et un stylo, mais incapable de rien écrire, Stéphane avait l'impression qu'il commençait à peine à réaliser ce qui était arrivé. Il laissa le soleil réchauffer son visage, ce qui lui fit un bien immense. Puis il se leva et s'avança dans ce vaste domaine, où les oiseaux chantaient, les arbres bruissaient. Le printemps était magnifique aujourd'hui. Il s'éloigna, dans Lamorlaye, le long des paddocks ombragés, entre le bleu du ciel, le vert des feuilles et le rouge de la terre. Des enfants prenaient des leçons d'équitation, bien droits sur leur monture. Il songea brutalement à Mélinda, la petite fille de Méry-sur-Oise.

Il regarda sa montre, puis fouilla dans ses poches. Plus de carnet de rêves. Brûlé chez Siriel, avait expliqué Vic. Il serra les poings, ferma les yeux et tenta de se souvenir, à demi abruti par les cachets, par l'alcool. Dans son deuxième songe, il roulait en direction de Sceaux, l'avis de recherche passait alors à la radio, le soleil déclinait, la lune escaladait la voûte céleste. Il devait être 19 heures, 19 h 30. Restait donc grand maximum sept ou huit heures avant le flash radio. Peut-être était-il déjà trop tard.

Pris de panique, il chercha une cabine téléphonique et en dénicha une à proximité de la poste.

— Madame Grappe ?

— Qui est à l'appareil ?

Il haletait.

— Votre… Votre fille est en danger.

— Qui êtes-vous ?

— Allez chercher votre fille immédiatement, parce que je vous garantis que je vais la kidnapper dans la journée. Elle s'appelle Mélinda, elle a les cheveux bouclés et une dent en moins. J'ai fouillé dans son dossier, je suis entré par effraction dans son école, demandez à son directeur. Je l'ai observée tous les jours. Si vous ne m'écoutez pas, votre fille mourra. Je la tuerai de mes propres mains. Allez la chercher.

Et il raccrocha, espérant lui avoir fait suffisamment peur pour qu'elle réagisse.

Il alla ensuite s'isoler du côté des paddocks, s'assit contre un arbre, dans un état second, sortit son stylo, sa feuille de papier et se mit à écrire une longue, longue lettre, à destination de Stépas, le Stéphane du passé. Il ne la lirait sans doute jamais, mais peu importait. Stéphane devait se vider, d'une manière ou d'une autre, et tenter de comprendre l'impossible.

À bien réfléchir à sa situation, à Stépas, à Stéfur, et en écrivant noir sur blanc ses horribles déductions, il se rendit compte d'un fait stupéfiant : Sylvie était vivante dans le passé. Leur séparation n'avait pas lieu dans la distance, mais dans le temps. Pas un problème de kilomètres. Mais de jours.

Il fut brusquement secoué d'une immense joie. Il savait que les événements pouvaient être modifiés. N'avait-il pas interrompu l'assassin avec son coup de téléphone depuis la brigade ? N'avait-il pas fourni de nouveaux éléments à la police en utilisant ses rêves ? Et s'il pouvait changer les choses, agir sur le passé, en transmettant des messages à Stépas ? Il pourrait alors peut-être empêcher la mort de Sylvie !

Oui, c'était possible. Il disposait de six jours pour trouver l'assassin et communiquer l'information au Stéphane du passé qui, ensuite, la relaierait au Victor du passé. Alors, Sylvie ne serait pas tuée.

Il poursuivit la rédaction de sa lettre avec l'impression de sombrer de plus en plus dans l'incompréhensible et le non-sens. Et en la relisant, il se dit que cela ressemblait à l'œuvre d'un fou.

Il comprit enfin le rôle de cette fameuse BP 101. Sans doute permettait-elle de passer des informations à Stépas. De communiquer entre le futur et le passé. Ou dans l'autre sens. Il regretta de ne pas l'avoir louée avant, cette boîte était peut-être la clé de tout.

Alors, il courut jusqu'au domaine récupérer les formulaires et les documents et revint faire les démarches auprès d'un employé de la poste. Vingt minutes plus tard, il possédait la clé de la boîte 101.

Lorsqu'il ouvrit la petite porte de bois, prêt à y déposer sa lettre, il sentit sa gorge se nouer. Dans la boîte se trouvait déjà une feuille pliée. Il referma brusquement et se précipita vers le guichet.

— Cette boîte postale a été louée, récemment ?

— Non.

L'employé consulta ses registres avant d'ajouter :

— À vrai dire, elle ne l'a jamais été. Vous êtes le premier.

Stéphane retourna contre son arbre, interloqué. Il déplia la lettre récupérée, avec une grande appréhension. Sur le papier, il reconnut immédiatement son écriture.

Il ferma les yeux, les rouvrit, et se mit à lire…

Jeudi 10 mai 2007

Stéphane,

Cela me fait tout drôle de m'écrire à moi-même, je dois l'admettre.

J'ignore comment cela a commencé, combien il y en a eu avant, combien il y en aura après. J'écris cette lettre maintenant, au pied d'un arbre, juste après la mort de ma bien-aimée, alors que je traînais le long des paddocks et après un coup de fil adressé à la mère de Mélinda.

Je suis l'un de tes prédécesseurs. Moi aussi j'ai rêvé d'un Stéfur, tout comme ce Stéfur a nécessairement lui-même rêvé d'un Stéfur, et ainsi de suite. Nous sommes tous des Stéfur, des reflets piégés dans le miroir de notre propre existence. Nous nous succédons sans cesse, avec un intervalle de six jours et vingt heures, et tous nous menons chaque fois cette même vie.

Tout comme toi en ce moment, je ne rêve plus. Pourquoi ? je l'ignore encore. La fenêtre temporelle s'est-elle refermée ? Ou alors, cela signifie-t-il simplement que je vais mourir ?

Jamais nous n'avons pu ramener Sylvie. Jamais ce Stéphane qui rêve de moi (mon Stépas), cet autre Stéphane qui rêve de toi (ton Stépas), n'ont pu faire quoi que ce soit pour dévier la marche du destin. Jamais tu n'as rien pu faire, comme je n'ai rien pu faire. Sans doute parce que si le Stéphane du passé, Stépas, réussissait à la sauver, alors il se passerait quelque chose d'impossible. Elle est morte aujourd'hui, et son corps est actuellement entre les mains du légiste. Contrairement au chat de Schrödinger, elle ne peut être à la fois morte et vivante. Le destin n'aime pas les paradoxes, alors il fait tout pour éviter qu'ils adviennent. Lampe qui tombe en panne, obligation de fuir, chute inopinée, etc.

Ah, bien sûr, tu as dû croire que certaines choses se produisaient entre le passé et le futur, des formes de « transmissions », ou de paradoxes, que l'on pourrait maîtriser à volonté. Mais regarde bien ta hanche gauche. Le tatouage s'y trouve déjà. Il n'est pas apparu par « transmission », comme tu l'as sans doute cru en te le faisant puis en rêvant, voilà quelques jours. Ce tatouage existe dans le futur parce que tu te l'es fait dans le passé, tout simplement. Tout comme ces stupides messages, que, toi comme moi, avons écrits sur les murs de l'hôtel ou dans Darkland à destination de Stéfur. As-tu seulement réfléchi à l'absurdité de ce geste ? Stéfur, c'est nous-mêmes dans six jours, ça ne sert à rien d'écrire des choses que nous savons déjà. D'ailleurs, quelle est l'utilité de cette lettre, au fond, puisque tu viens d'écrire la même, j'en suis certain. Peu importe. Elle a le mérite de me faire réfléchir.

Nous en arrivons toujours à ce même point : dans ce monde, Sylvie meurt, le bébé du flic meurt, et Mélinda va probablement mourir, sans que nous puissions rien y faire. C'est ça, notre petite vie à nous. Notre petite histoire dont personne n'a rien à foutre.

Voilà... Excuse-moi, je n'en sais pas plus pour le moment. Je suis comme toi, perdu. Pourquoi ça nous arrive à nous ? Qui nous a déposés sur ce fichu anneau de Moebius ? Pourquoi rien ne change jamais, quoi qu'on fasse ?

Peut-être avons-nous entre les mains la preuve irréfutable que le voyage dans le temps, les boucles temporelles ou les mondes parallèles existent, mais... je crois que nous sommes condamnés à la garder pour nous, n'est-ce pas ? L'hôpital psychiatrique nous ouvre ses portes tellement grandes...

Autre chose, qui te rassurera peut-être. Sylvie est vivante.

Eh oui, elle est vivante dans le passé, vous n'êtes pas si loin l'un de l'autre, ton Stépas est encore avec elle. Après tout, il n'y a que six jours d'écart. Ce n'est pas la distance qui vous sépare aujourd'hui, mais le temps, il suffit juste d'avoir l'esprit un peu plus ouvert que la moyenne. Avec cette vision-là, tu verras, tout passe beaucoup mieux.

Sauf que, dans six jours... elle mourra une nouvelle fois.

Je suis décidément très pessimiste, mais avoue qu'il y a de quoi.

Bon... Il semblerait que nous n'ayons plus rien à nous dire, après tout, nous connaissons tout l'un de l'autre, non ? Et, en définitive, cette lettre ne t'apprend rien, puisque ce sont tes propres pensées. Je dois rentrer, la famille de Sylvie va arriver en fin de journée. Et d'ailleurs, toi aussi tu dois rentrer, pour la même raison.

Quand tu regarderas cette infinité de reflets de toi-même, entre tes deux miroirs, pense à moi. Je suis l'un d'entre eux. Et je suis certainement mort à l'heure qu'il est.

À bientôt, ailleurs peut-être.

PS 1 : Je voudrais que tu remettes cette lettre à sa place, pour les suivants. Mais auparavant, fais quelque chose pour moi, pour les Stépas qui te suivront. Retourne cette feuille et fais une petite croix. Tu sauras ainsi combien de Stéfur t'ont précédé.

PS 2 : Je relis cette lettre, et de plus en plus, je pense que je suis fou.

Stéphane redressa lentement la tête, abasourdi. Chacun de ses gestes lui semblait évoluer au ralenti.

Cette lettre était celle qu'il venait d'écrire à l'attention de son Stépas, mot pour mot.

Il se releva et, avant de redéposer la feuille d'origine dans la BP 101, il se décida à la retourner pour savoir combien de Stéphane étaient passés par cette BP 101. Savoir depuis quand ils tournaient sur l'anneau, lui, les autres. Savoir combien de reflets se dessinaient dans le miroir.

Et là, à nouveau, l'impression que le monde s'écroulait.

Le verso était noir de croix.

Une infinité de croix.

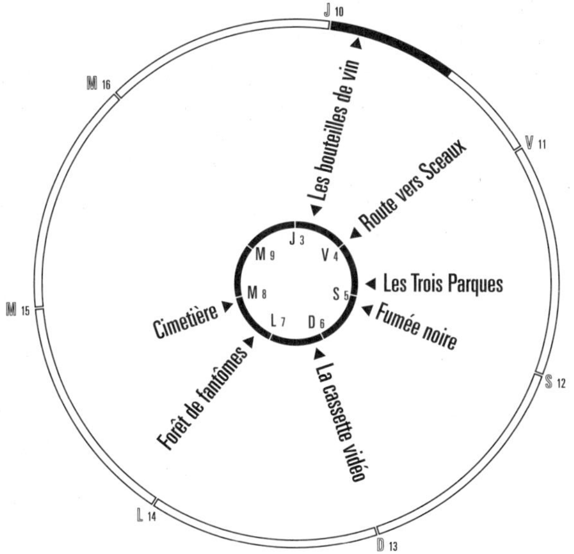

62. JEUDI 10 MAI, 15 H 37

Quand Vic et Céline arrivèrent sur leur palier, ils eurent la désagréable surprise de voir un homme recroquevillé devant la porte de leur appartement. Lorsque Stéphane releva la tête, la jeune femme s'immobilisa, la main devant la bouche.

— C'est lui… C'est lui qui…

— Je sais, répliqua Vic, les sourcils froncés. Que fais-tu ici ?

Stéphane se redressa d'un coup, le regard fuyant, incapable de soutenir celui de Céline.

— Il… Il faut que je te parle. J'ai essayé d'appeler ton portable. Déchargé, encore. J'ai… J'ai une info très importante à te donner.

Instinctivement, Céline posa sa main sur son ventre. Ses yeux étaient encore ravagés par les larmes.

— Comment ? Comment vous avez su, pour le bébé ?

Stéphane se décida à la regarder enfin.

— Mes visions, vous vous rappelez ?

La jeune femme hocha doucement la tête.

— Vous auriez dû me croire, ajouta-t-il.

La gorge serrée, Céline s'empressa d'ouvrir la porte. Elle passa devant les biberons empaquetés, les tétines, le matériel de puériculture, et partit sans un mot s'enfermer dans sa chambre, tandis que Vic emmenait Stéphane dans le salon.

— Qu'est-ce que tu fais ici, bon sang ? Je rentre à peine de la gare. On vient juste de reconduire la mère de Céline et ma femme a besoin de moi !

— Tu me sers un verre ?

— Non. Encore une fois, qu'est-ce que tu fiches ici ?

— Je ne reste pas longtemps, il faut que je retourne chez moi, la famille de Sylvie arrive dans la journée. Tu dois me donner toutes les infos concernant les deux meurtres précédant celui de… de ma femme. Les photos, les noms, les adresses, les détails, tout !

740 — Écoute, je n'ai plus trop la tête à ça en ce moment. Je ne sais pas si…

— Fais-le ! Je t'ai confié mon carnet, mon intimité, je t'ai fait confiance ! À toi de faire pareil.

Vic le fixa étrangement. Stéphane paraissait beaucoup moins affecté que dans la matinée. Il était même curieusement excité.

— D'accord.

Vic revint avec une épaisse pochette de photocopies et la lui tendit.

— Prends-en soin. Qu'est-ce que tu mijotes ?

— Tu m'as dit que le tueur avait oublié un sac à dos et une boîte remplie de viande avariée, là où…

— C'est exact. Je n'en sais malheureusement pas plus, je retourne au boulot demain et je crois que ça va barder pour moi.

— Tu te rappelles mon rêve concernant la cassette vidéo ? Celui où toi et moi on voit l'assassin passer par un trou dans le grillage d'une usine, filmé par une caméra de surveillance ?

— J'ai cru lire cela dans ton carnet, oui. Je ne me souviens plus bien.

— Il portait un gros sac à dos. Sûrement celui que vous avez retrouvé chez moi, à côté de Sylvie.

Stéphane sortit une feuille pliée de sa poche.

— Je ne savais pas de quelle usine il s'agissait, mais maintenant, je sais.

— Tu plaisantes ?

— Il s'agit d'une usine d'équarrissage. Le tueur y a piqué sa viande avariée.

— Une usine de… Merde, ça semble logique.

— J'ai fait une recherche sur Internet de ce genre d'usine dans la région parisienne, et j'en ai trouvé quatre. Et en fouillant un peu plus, j'ai même déniché des photos, sur des blogs perso. Des habitants mécontents, en rage contre les odeurs insupportables. Des odeurs de cadavres d'animaux.

Stéphane déplia la feuille, imprimée en couleur, et la posa sur la table.

— Usine de Saint-Denis. C'est celle de mon rêve !

Il échangea avec Vic un regard complice.

— Tu es certain ? demanda le flic.

— Presque. Autant que je me souvienne, c'est celle-là qui correspond le mieux. La forme des bâtiments, des cheminées… Les autres sont trop différentes.

Vic se frotta le menton.

— Une usine… Il vole donc la viande dans une usine. Mais pourquoi ne pas la laisser tout simplement pourrir chez lui ?

— Tu pourrais le faire, toi, ici, dans ton appartement ? Sans attirer l'attention de ta femme ou de tes voisins ? J'ai senti l'odeur, c'était infect, ça imprégnait presque toute ma grande maison. Cette usine est vieillotte, il passe juste par un trou et se sert, il n'y a pas grand risque. La caméra qui l'a filmé semblait disposée de l'autre côté de la rue. Ce n'était peut-être même pas une caméra de l'usine d'équarrissage.

— Et donc ?

— J'ai besoin de toi, il faut que tu ailles là-bas maintenant, que tu enquêtes, que tu poses des questions. Tu peux retrouver la cassette, qui sait… Nous découvririons peut-être des éléments nouveaux ? Tu es de la police, ils te recevront sur-le-champ. Moi, ils vont me jeter, direct. T'as vu ma tête de déterré ? Fais ça. Fais ça pour moi. Pour Sylvie.

Le flic jeta un œil vers la chambre.

— Je ne peux pas. Je… Je vais appeler les collègues, ils vont…

Stéphane secoua la tête.

— Non ! C'est toi qui dois le faire ! Si tu les mets sur le coup, les infos vont nous échapper, on… on ne maîtrisera plus rien. Tu ne disais pas qu'ils allaient te virer de l'affaire ? En plus, on se trouve piégés dans quelque chose d'improbable, d'illogique. Il n'est plus question

d'enquête, de procédures, et tu le sais. Essaie seul, et s'il n'y a rien à en tirer, alors, dans ce cas, tu leur files le tuyau, d'accord ?

Vic prit le temps de la réflexion.

— OK, je fais juste l'aller-retour alors. Mais… un truc m'échappe encore. Si tu as fait le rêve de la cassette, c'est que…

— Je sais. Mon fameux coup de fil de cette nuit, depuis la brigade, a fait que le tueur a oublié sa boîte de viande. On pensait avoir modifié les événements, mais… j'ai rêvé voilà quatre jours de cette cassette, nous l'avions en main dans mon songe ! Cela signifie que nous sommes remontés vers cette usine d'équarrissage. Et que, pour remonter vers cette usine…

— Il nous fallait forcément la boîte de viande oubliée. Et donc, le coup de fil passé cette nuit. Ton Stéfur avait déjà fait exactement la même chose que toi. Merde… La boucle…

— On n'a rien changé du tout. Ce coup de fil était prévu par le destin depuis le début, comme le reste.

Mais… mais je veux continuer à penser qu'on peut modifier les choses. J'ai besoin d'y croire. Je veux me battre pour Sylvie. Pour sa mémoire.

Vic se massa les tempes.

— C'est dingue. Comment cela aurait-il pu être prévu ? C'est impossible !

— Si, malheureusement.

— Non, peut-être que… que sur la scène de crime, chez toi, mes collègues ont relevé des indices qui nous auraient menés à cette usine, même sans la boîte de viande oubliée. Peut-être qu'on est réellement en train de gagner du temps. Que le futur, tel que tu l'as rêvé, change vraiment.

— J'aimerais tellement te croire. Va à l'usine maintenant… Vas-y avant tes collègues. Toi et moi, on veut la même chose à présent : le tueur.

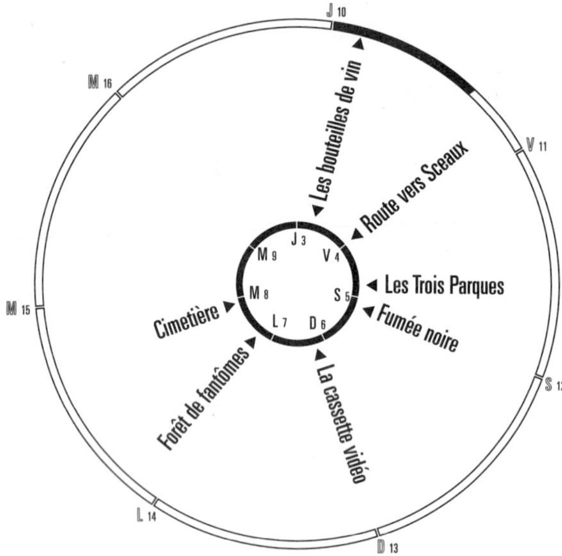

63. JEUDI 10 MAI, 17 H 12

Installé dans Darkland, Stéphane ne quittait plus des yeux le mur en face de lui. Le texte inscrit défilait aussi en audio sur le dictaphone numérique de Sylvie, juste à ses côtés. Grâce au dossier fourni par Vic, il y avait décrit précisément les meurtres, les histoires de chauffages électriques, il avait noté les adresses des victimes, parlé de Dupuytren, des Trois Parques, de l'usine d'équarrissage. Des événements qui s'étaient déjà produits, d'autres qui allaient se produire. Il fallait essayer, tenter le tout pour le tout. Glisser le maximum de messages dans le rêve de Stépas, même si Stéphane savait pertinemment que cela risquait fortement d'échouer. En tant qu'ancien Stépas, il était particulièrement bien placé pour le savoir.

Stéphane n'avait qu'un seul objectif : mettre le feu dans le passé, tout perturber, créer des failles, des incohérences, et, peut-être, permettre l'arrestation de l'assassin, avant qu'il s'en prenne à Sylvie. Il ignorait quelles seraient les répercussions, quels paradoxes ou mouvements impossibles se créeraient. Mais il fallait essayer de provoquer une rupture.

Le long message se terminait par :

« Tu vas recopier tout cela sur une lettre, et la déposer chez un policier, Victor Marchal, dont voici l'adresse : 14, avenue Pierre-Grenier, appartement B2, Boulogne-Billancourt.

Et… n'en parle à personne, pas même à Sylvie. Surtout pas à elle, d'ailleurs. Je t'expliquerai tout au fur et à mesure, dans tes autres rêves.

Bon courage. »

Voilà, c'était aussi simple que cela. Il fallait juste rester là, et attendre. Stépas n'y comprendrait probablement rien, mais il se fierait aux indications, et il agirait.

Plus tard, alors que ses yeux commençaient à fatiguer, à force de concentration, Stéphane perçut la sonnerie du téléphone, dans le salon. Il secoua la tête.

— Merde…

La famille de Sylvie n'était pas encore arrivée. S'était-elle perdue ? Il hésita, puis finit par se précipiter au rez-de-chaussée. Sur le cadran digital du téléphone, il aperçut un numéro qui lui disait vaguement quelque chose. Il ferma les yeux une fraction de seconde. Aucun doute, c'était bien celui de Hector Ariez, rentré dans son propre portable quelques jours plus tôt, à Méry. Comment ce salopard connaissait-il le numéro de cette nouvelle ligne ?

La main tremblante, il décrocha sans parler, comme s'il venait de comprendre, d'un coup, les absences, les regards, le trouble de Sylvie chaque fois qu'il évoquait le nom de Hector Ariez.

Sylvie, Hector Ariez. Hector Ariez, Sylvie…

Une voix masculine se fit entendre.

— Sylvie ? Alors, c'est terminé ? Il est au trou ?

Stéphane serrait le combiné de plus en plus fort.

— Sylvie ? Pourquoi ne réponds-tu pas ? Quelqu'un est à côté de toi ? Tu ne peux pas répondre, c'est ça ?

Pas un bruit.

— J'ai compris. Rappelle-moi plus tard. Je t'aime…

Il raccrocha. Stéphane fracassa le téléphone contre le mur, dans un mouvement de rage inouïe.

« Il est au trou ? » il avait dit. Au trou.

À ce moment précis, Stéphane sentit qu'il était capable de tuer à son tour. L'enfoiré s'était tapé sa femme, alors que lui se perdait dans les délires de son subconscient. Comment ? Comment avaient-ils osé ?

Il ôta son alliance et la posa dans le creux de sa main. Sylvie… Pourquoi ? Il respira profondément, essayant de résister à la colère. Il se rappelait le deuxième songe, « Route vers Sceaux » : lui, fonçant chez Ariez, l'arme au poing. Là se trouvait sans doute l'erreur de Stéfur : s'être emporté. Non. Il allait tranquillement retourner dans Darkland et rester face à ses notes, les yeux grands ouverts. Transmettre l'information en priorité. La vengeance viendrait plus tard, bien plus tard, quand Sylvie serait définitivement sauvée. Il avait le temps.

Il abandonna son alliance sur la table et se dirigea vers le sous-sol.

Ce fut lorsqu'il passa devant une fenêtre du hall qu'il les vit. Des gendarmes, enfonçant avec détermination leurs lourdes bottes dans la terre. Stéphane paniqua, et un nom claqua immédiatement dans sa tête : Mélinda.

On venait le chercher pour Mélinda.

Son cœur battait à tout rompre. Il se plaqua contre le mur. Les gendarmes s'approchèrent et cognèrent à la porte. Là, juste à côté. L'un d'entre eux tenait un bélier portatif.

— Gendarmerie nationale ! Ouvrez !

Dans les secondes qui suivirent, un bruit monstre résonna, puis le verrou de la porte explosa.

Les pistolets se braquèrent dans toutes les directions. Mais Stéphane avait disparu.

Devant l'immensité de la demeure, les gendarmes n'eurent d'autre choix que de se séparer. Deux en haut pour les différents étages, un au rez-de-chaussée, et un dernier homme au sous-sol.

Ce même homme qui, une minute plus tard, recevait de la peinture rouge en pleine figure, et un coup de pot métallique sur le crâne. Il s'effondra en gémissant.

Paniqué, perdu, Stéphane ramassa le pistolet. Ses mains tremblaient, la peinture dégoulinait de ses doigts. Qu'avait-il fait ? Il se ressaisit, courut jusqu'à Darkland et embarqua un maximum de choses : la tondeuse à cheveux, les vêtements propres de Darkness, une prothèse en latex, le dossier du lieutenant Marchal. Il fourra le tout dans un vieux sac, retourna dans sa pièce aux dessins de bébés difformes et passa par une petite fenêtre qui ouvrait sur le jardin.

Quelques instants plus tard, la Ford démarrait et disparaissait au bout du chemin.

Stéphane souffla un bon coup. Il s'en était fallu de peu. Et maintenant, où aller ? On le rechercherait partout, vérifierait ses relevés de carte bleue, diffuserait des avis à la radio et à la télé, sans doute. Il n'avait personne pour le soutenir, le croire, hormis le flic. Mais un flic restait un flic.

Hors de question de se faire prendre. Pas avant d'avoir sauvé Sylvie.

Il regarda le Sig Sauer du gendarme qu'il venait de frapper, posé à côté du sac. Puis il sortit de la boîte à gants le mouchoir rose de Mélinda, avec lequel il essuya ses mains couvertes de peinture. Mélinda… Qu'avait-il bien pu lui arriver ? Il frappa de toutes ses forces sur le tableau de bord.

Sur la N16, en direction de Paris, il s'arrêta sur le bas-côté et se changea dans sa voiture. Il enfila les vêtements de Darkness. Pantalon noir et chemise à carreaux noirs et blancs.

Puis, sans réfléchir, face à son rétroviseur extérieur, il plongea la tondeuse dans sa belle chevelure noire et se rasa jusqu'au crâne, laissant les longues mèches s'envoler dans le vent. À voir cette tête blanche et lisse, il comprit qu'il n'était plus qu'un homme traqué, qu'on n'hésiterait pas à abattre si nécessaire.

Il redémarra avec la rage au ventre. Cette fois, il éprouvait la violente envie que l'un de ses cauchemars s'accomplisse.

Aller flinguer Hector Ariez. Celui qui avait baisé sa femme. Celui qui, d'une manière ou d'une autre, lui avait embrouillé l'esprit.

Après, il trouverait une planque, un endroit où l'on ne lui poserait aucune question. Un endroit où il pourrait laisser ses messages.

Il baissa alors le pare-soleil. Et récupéra une petite clé avec le numéro 6. La chambre des Trois Parques, qu'il avait louée pour une semaine. Son Stéfur s'y était retrouvé, il avait réussi à écrire sur les murs. Donc, forcément, lui aussi y arriverait, puisque tout se réalisait. Après tout, il suffisait de suivre les rêves.

Quand il regarda sa montre, elle affichait 19 h 30 passées.

Alors il alluma la radio et tourna le son à fond. On y parlait d'un gagnant du loto, puis de la découverte du corps de la petite Mélinda dans la carrière Hennocque.

Stépas n'avait certainement pas pu lire les messages dans Darkland, à cause des gendarmes.

Mais il les lirait dans l'auberge, au rêve suivant. Il le fallait à tout prix car le temps défilait, et rapprochait la Sylvie du passé de l'issue fatale.

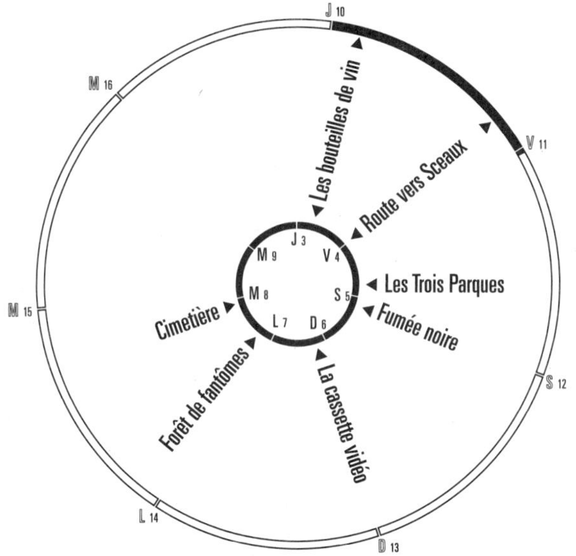

64. VENDREDI 11 MAI, 00 H 23

Vic fit un arrêt sur image sur la copie de la cassette lorsqu'il sentit la présence de Céline dans son dos. Il se retourna, les yeux vitreux. La bouteille de cognac avait morflé.

— Ils ont encore parlé de cette petite Mélinda aux infos tout à l'heure, lâcha-t-il dans un soupir. Je ne comprends pas ce qui a pu lui arriver. Stéphane le savait, il l'avait prévu.

Céline passa les bras autour du cou de son mari et posa la tête dans le creux de son épaule.

— Et si c'était vraiment lui ? Et s'il avait effectivement fait du mal à cette gamine ?

— Non, non. Je te jure que si tu avais vu la panique dans ses yeux quand il parlait de ses rêves, tu l'aurais cru. Demain, je vais me rendre dans la carrière et essayer de comprendre.

Céline s'immobilisa en silence, plongée dans une

tristesse évidente. Vic prit son verre et avala encore une gorgée d'alcool.

— Si seulement j'arrivais à le joindre. Mais il a dû couper son portable. Pauvre gars…

Céline fit le tour du canapé et vint se blottir dans ses bras. Face à eux, l'image en noir et blanc de la cassette tremblait sur une forme qui venait de passer par un trou dans le grillage, et qui enjambait des gravats et des tiges métalliques coulées dans le béton. Vic fixa l'écran, dubitatif.

— Le plus dingue, c'est que Stéphane a rêvé de cette cassette et qu'elle existe vraiment. Je l'ai récupérée dans une usine de traitement chimique, de l'autre côté de l'usine d'équarrissage. Tu te rends compte ? Ce qui lui arrive, ce que… ce qu'il m'a fait admettre, cela remet tellement de choses en cause.

Il ouvrit la main droite de Céline et promena un index sur sa ligne de vie.

750 — Et si tout était vraiment écrit à l'avance ? Et si… si on ne maîtrisait rien ? Si nous n'étions que des instruments, contrôlés par je ne sais quelle armée invisible ? S'il était inscrit, quelque part dans un livre, que notre… notre enfant devait…

Céline se recroquevilla plus encore, la joue plaquée contre son torse.

— Ce n'est pas toi qui parles, là, murmura-t-elle. Toi qui ne crois qu'en la réalité des choses… Tu as un peu trop bu…

— Je n'arrête pas de me poser la question. Ça trotte dans ma tête. Que se serait-il passé si Kismet avait réussi à nous convaincre de ne pas faire l'amniocentèse ce jour-là ?

— Ne remue pas le couteau dans la plaie, Vic.

Il fit tourner le liquide ambré dans son verre, devant lui.

— Tu sais, j'ai de vieux souvenirs de mes cours de sciences… et de la théorie d'un physicien américain, Hugh Everett, sur… les univers parallèles. Il affirmait que chaque choix que nous faisons durant notre vie divise l'univers. Il n'est pas question de Dieu, de Création, de hasard, mais de… quelque chose de complètement différent. Je trouvais cela débile, à l'époque.

Céline soupira discrètement, mais elle resta là, plaquée contre lui, à l'écouter.

— Au moment de sa naissance, l'univers est face à de nombreuses possibilités : la valeur de la constante de gravitation, celle de la masse de l'électron… Le truc, c'est qu'il se divise chaque fois qu'une de ces possibilités est retenue. Naissent ainsi un tas d'univers parallèles, tous différents suivant la valeur de ces constantes fondamentales. La grande majorité de ces univers ne peut pas donner naissance à la vie. Trop denses, trop brûlants, trop dilatés, trop n'importe quoi. Néanmoins, une petite fraction de ces univers se révèle apte au développement de la vie, parce que toutes ces constantes ont les valeurs qu'il faut. C'est le cas du nôtre. Nous existons uniquement parce que nous nous trouvons dans ce monde-là. Il n'y a ni hasard, ni Création divine.

Il termina son verre. Sa main tremblait.

— À chaque événement décisif, et ce depuis toujours, un monde parallèle se crée. L'un où l'événement se réalise, et l'autre où il ne se réalise pas. C'est… C'est le cas du chat de Schrödinger. Alors, sans doute que dans un monde parallèle, un autre passé, tu n'es pas allée faire l'amniocentèse parce que Stéphane Kismet a réussi à nous convaincre, et notre enfant vit. Il…

Céline se leva et le regarda dans les yeux, au bord des larmes.

— Dans le monde où nous vivons, notre enfant ne naîtra jamais, Vic. Et ça, il va falloir que tu l'admettes.

Elle attendit quelques secondes avant d'ajouter :

— Je vais partir chez ma mère quelques jours, le temps que tout aille mieux. J'ai besoin de sortir de cet appartement, je n'en peux plus.

Vic accusa le coup.

— Tu… tu abandonnes déjà notre nouvelle vie, alors ?

— Notre nouvelle vie, c'était avec le bébé. Sans lui, avec un métier qui te dévore, je ne me sens pas encore capable de supporter tout ça. Pas si près du drame… J'ai besoin de faire le point, ne m'en veux pas.

Elle se leva et fixa son mari qui ne se retourna même pas.

— Je pars demain matin, ajouta-t-elle. Ne m'appelle pas, c'est moi qui t'appellerai quand je me sentirai mieux.

Elle disparut dans la chambre, tirant doucement la porte derrière elle.

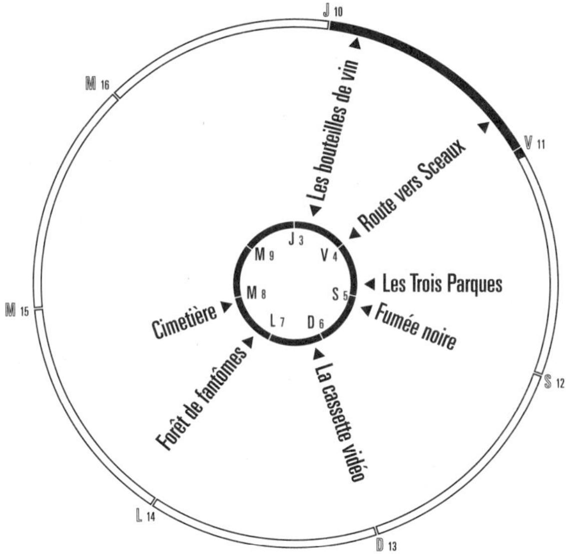

65. VENDREDI 11 MAI, 00 H 46

Lentement, sur le parking des Trois Parques, une voiture vint se garer à proximité d'un individu qui patientait dans le noir, debout contre un arbre. La femme, au volant, baissa sa vitre et fit un signe interrogatif du menton. L'homme au visage brûlé acquiesça de la tête, les mains dans les poches. À bien regarder au fond de ses yeux, il faisait peur. Mais cette part de ténèbres, la femme ne pouvait la deviner. Autour d'eux, la nuit régnait, les arbres étendaient leurs ombres sinistres sous la lune.

Le couple d'une nuit passa devant l'enseigne de l'auberge sous la lueur des phares. L'homme portait un vieux sac à la main.

Le réceptionniste, à l'accueil, ne posa aucune question, il ne releva d'ailleurs même pas la tête vers ce visage marqué par le sceau des flammes. L'habitude, sans doute. Sans un mot, la femme régla et prit la direction de la chambre 24. Elle devait bien peser cent vingt kilos et n'avait pas l'air commode. Ongles longs, fringues noires, chaussures très pointues. Jolie fête en perspective. Quand elle se retourna, elle fronça les sourcils : plus personne derrière elle. Où était passée cette face cramée qu'elle se réjouissait de baiser ?

Stéphane sortit la clé de son sac et pénétra dans la chambre 6. Ainsi déguisé, on ne viendrait jamais le chercher ici. Néanmoins, par précaution, il avait caché la Ford bien plus loin, dans les profondeurs du bois.

Il ôta sa prothèse en latex, tira les rideaux et alluma la lumière. Ses yeux s'agrandirent de surprise. La tapisserie avait été changée depuis la semaine dernière, elle était verte à rayures jaunes à présent, comme dans le troisième rêve, « Les Trois Parques », au lieu de bleue. Stéphane se tapa la main sur le front. Logique, fichtrement logique ! Le réceptionniste avait dû voir les mots tracés au marqueur et avait donc changé la tapisserie.

Stéphane s'assit quelques minutes sur le lit, l'arme à ses côtés, et souffla longuement. Une fois arrivé à Sceaux, il s'était garé derrière la Porsche de Hector Ariez, immatriculée 8866 BCL 92, puis était sorti discrètement. Là, il avait cogné à la porte, Ariez avait répondu, sa femme se tenait derrière lui… À ce moment, Stéphane n'avait pas trouvé le courage de buter l'amant de Sylvie. Alors il avait juste détruit son couple, en révélant à Victoria Ariez que son cher mari la trompait.

Quant à la famille de Sylvie, elle avait déjà probablement débarqué à Lamorlaye et appris qu'on le recherchait pour le meurtre d'une gamine.

Il alluma la télé, dans l'attente d'un flash d'informations. Contrairement à Stéfur, il prit garde à ne pas trop augmenter le volume, pour ne pas se faire remarquer. Hors de question de se faire virer de la chambre.

Il posa le sac sur le matelas, en sortit le dossier des meurtres et un marqueur, et recommença à noter sur les murs ce qu'il avait inscrit dans Darkland. Le contenu d'une lettre, à remettre à Victor Marchal.

Une heure plus tard, tout y était. La nouvelle tapisserie était noire d'explications claires et cohérentes. Le Stéphane du passé comprendrait.

En levant ses yeux vers les informations diffusées à la télé, Stéphane songea à Mélinda. Et il ne put s'empêcher d'exploser en larmes.

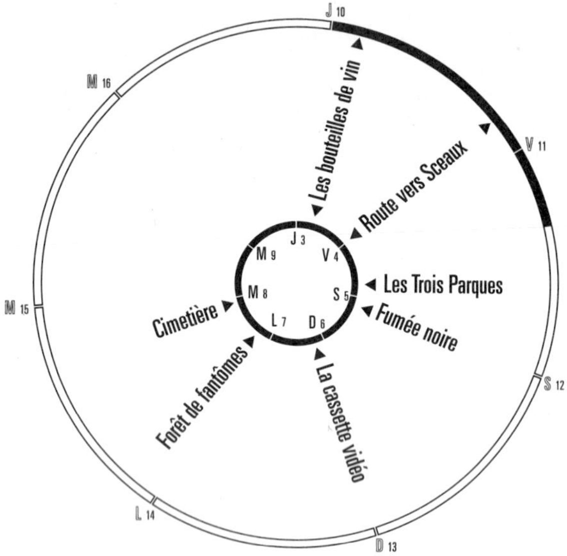

66. VENDREDI 11 MAI, 10 H 35

— C'est officiel, Marchal. Tu ne bosses plus sur l'affaire.

— Commandant, je…

Mortier souffla un dernier nuage de fumée et écrasa son mégot dans un cendrier.

— Tu quoi ? Tu te crois tout permis ? Tu crois pouvoir révéler des données confidentielles à n'importe qui, même à des suspects ou des médecins en je ne sais quoi ? Tu déconnes complètement, Marchal !

Mortier attrapa d'un geste mécanique une autre cigarette et se leva.

— T'as dépassé les bornes. Retourne à ton bureau ou va t'acheter un téléphone qui marche, en attendant que je te trouve quelque chose.

— Quelque chose ? Sur quoi allez-vous me mettre ?

— Sur quoi ? répéta-t-il d'un ton ironique. Tu n'as qu'à aider les gendarmes à retrouver ton pote Kismet, tiens. Je savais bien que ce type-là pouvait péter les plombs n'importe quand. L'enlèvement de sa femme, et cette gamine à présent. Dommage que sa femme n'ait pas eu l'occasion de signer les papiers d'internement, parce que la petite, elle serait encore vivante à l'heure qu'il est.

Vic se sentait mal à l'aise. La cassette de vidéosurveillance où l'on distinguait le tueur était au fond de son sac. La remettre à Mortier empirerait encore la situation. Il sauterait probablement sur l'occasion pour le virer définitivement et lui causer un tas d'ennuis.

— Dites-moi au moins si vous avez d'autres indices sur notre enquête… de nouvelles pistes…

— Tu veux savoir ? On patauge !

— La viande retrouvée ? Des infos ?

— Pourquoi tu t'acharnes comme ça ?

— Je vous en prie.

Mortier soupira.

— Nos experts ont planché sur les concentrations bactériennes, notamment celle de…

Il feuilleta un dossier.

— … *pseudomonas*, qui proviennent du tube digestif et d'un excès d'humidité. On est vachement avancés, hein ?

— Excès d'humidité ? Vous ne pensez pas que la viande pourrait venir d'une usine à viande, ou d'équarrissage ?

— Ou du fin fond d'un jardin. Faire pourrir de la viande, ce n'est pas ce qu'il y a de plus compliqué.

Il chiffonna une feuille et la jeta à la poubelle.

— On nous a collé un expert en criminologie dans les pattes, qui est en train de tout analyser et d'établir un profil. Il paraîtrait que la première scène de crime est inspirée d'un truc religieux.

— Ah bon ? Et quel truc ?

— Écoute Marchal, je n'ai pas le temps de bavarder avec toi. D'autant plus qu'on doit quitter les locaux avant lundi, on est quasiment les derniers, t'as pas remarqué ? Allez, tire-toi !

Vic sortit en claquant la porte. C'était vrai, les couloirs

devenaient de plus en plus vides, les étages supérieurs n'abritaient plus aucune équipe.

Il se dirigea vers les toilettes, posa son sac sur le lavabo et s'aspergea le visage d'eau froide. Même s'il était, en un sens, soulagé de ne plus travailler sur ces horreurs, il se sentait comme dépossédé. Cette enquête l'avait habité le jour, la nuit.

Dépossédé de l'enquête. Dépossédé de Céline. Flic raté, mari raté.

Hors de lui, Vic s'empara de son sac et disparut. Restait une autre affaire à élucider. Peut-être plus incompréhensible encore.

*

*   *

L'air était horriblement froid et humide. Vic releva le

col de sa veste et se courba pour passer sous une concrétion rocheuse. Devant lui, le capitaine Lafargue, de la gendarmerie de Méry-sur-Oise, s'arrêta avant de s'engager sur une des pentes les plus sévères de la carrière Hennocque.

— Faites très attention, ça glisse.

Vic s'approcha prudemment. Sur le sol s'écoulait une fine pellicule d'eau. En s'agrippant à des excroissances sur les parois, les deux hommes progressèrent lentement jusqu'à une galerie inondée.

— C'est ici, au milieu de l'eau, que trois spéléologues amateurs l'ont découverte hier, à 17 h 20. Nous sommes arrivés très vite sur les lieux. Le corps flottait et une lampe brisée traînait au fond du bassin. Selon les premiers constats, la petite avait une fracture du crâne, et elle a probablement été noyée.

— Probablement ?

— J'attends les résultats de l'autopsie d'une heure à l'autre. Vic se retint à la roche et désigna un passage praticable au-dessus d'eux.

— Elle ne pourrait pas simplement avoir dérapé, s'être

assommée et noyée ? Ça glisse drôlement. Cela expliquerait la présence de la lampe brisée.

— Évidemment… Et elle serait venue ici d'elle-même, une gamine de dix ans ?

— Pourquoi pas ? J'ai remarqué des trous dans le grillage, avant de pénétrer dans la carrière. Il est probable que des gamins jouent à s'aventurer jusqu'ici.

Le gendarme fit la moue. Apparemment, il détestait qu'on empiète sur ses plates-bandes.

— En effet, ça arrive parfois. Mais c'est rare.

— Jamais d'accidents ?

— Qu'est-ce que vous voulez ?

— Comprendre comment tout s'est enchaîné si rapidement. Comprendre ce qui justifie un avis de recherche à l'encontre de Stéphane Kismet, alors que l'autopsie n'a encore rien révélé. Que lui reprochez-vous, exactement ?

— Vous allez très vite piger. On remonte et je vous fais un petit topo ?

Lafargue orienta sa lampe vers l'arrière, incitant Vic à faire demi-tour. Les deux hommes gravirent péniblement la pente, puis le gendarme reprit son souffle avant d'expliquer :

— Hier, aux alentours de 11 heures, madame Grappe reçoit un étrange coup de fil. Un homme, qui lui annonce qu'il va kidnapper et tuer Mélinda. Immédiatement après avoir raccroché, elle fonce vers le parc, là où Mélinda est partie jouer avec son ami Arthur parce que leur institutrice est malade. Personne. Elle court alors chez la mère d'Arthur : le môme est là, seul, dans sa chambre. Il lui dit, et il nous répétera par la suite, que Mélinda jouait avec lui dans le parc et qu'elle a voulu retourner chez elle. C'est la dernière fois qu'il l'a vue. Selon lui, il était environ 10 h 30. La fillette n'est jamais rentrée à la maison.

— Le coup de fil a pourtant été donné une demi-heure plus tard !

— Qui sait ? Kismet a peut-être agi avant de téléphoner, histoire de semer le trouble. L'autopsie confirmera l'heure du décès. Bref, juste après cette menace, tout s'emballe. Sans l'ombre d'une hésitation, on lance le plan enlèvement. Pourquoi si vite ? Parce que le week-end dernier, le bureau du directeur de l'école de Mélinda a été fracturé, les dossiers scolaires ont été fouillés. Dès le plan lancé, deux appels remontent : celui d'une directrice d'école, signalant le comportement inquiétant d'un type aux longs cheveux noirs, à la recherche d'une certaine Mélinda, samedi dernier. Puis, aussi, celui du buraliste habitant face à la maison des Grappe. Il se souvient de quelqu'un qui correspond parfaitement au signalement de Kismet, il avait joué le ticket gagnant du loto avant de se sauver précipitamment ! Vous n'en avez pas entendu parler à la radio ?

Vic tenta de rester impassible. Il n'avait pas pu jouer la combinaison.

— Non, je… je n'ai pas entendu.

— Six numéros, en multiple. Le ticket a fini entre

les mains d'un gars qui passait là par hasard, alors que Kismet sortait en courant ! Pas de chance pour Kismet, ce coup du loto, hein ? De quoi le mettre en rogne.

— Plutôt, oui.

— Ça expliquerait son geste, vous ne croyez pas ? Genre le type qui apprend qu'il a perdu son billet et pète les plombs.

— Des suppositions, juste…

— Bref, en parallèle, on remonte à l'endroit d'où provenait l'appel passé à madame Grappe. Il s'agit d'une cabine de Lamorlaye.

Vic serra les mâchoires, ce qui n'échappa pas au regard du capitaine. Le gendarme poursuivit :

— Tout naturellement, on contacte la gendarmerie de la ville. Et là, un brigadier se souvient lui aussi de quelqu'un qui correspond parfaitement au signalement qu'on lui donne. Il nous a instantanément dirigés vers Stéphane Kismet. On a eu de la chance, Kismet était venu à la gendarmerie pour une drôle d'histoire de vélo volé quelques jours auparavant, le recoupement a été très rapide.

Vic se sentait de plus en plus mal à l'aise.

— Cela ne fait pas forcément de lui le coupable, fit-il remarquer.

— Non, mais ce n'est pas fini. Hier, toujours, vers 17 heures, quatre gendarmes descendent chez Kismet, l'un d'eux se fait agresser et Kismet prend la fuite. Drôle de réaction pour un gars qui n'aurait rien à se reprocher, non ? Et, comme si le nombre d'éléments l'accablant n'était pas suffisant…

Il s'avança vers un renfoncement dans la roche.

— À cet endroit précis, nous avons découvert un couteau. Certaines empreintes sur le manche sont identiques à celles retrouvées au domicile de Kismet. Avec une preuve pareille, vous auriez encore des doutes ?

— Certaines empreintes, dites-vous ? Une idée de l'origine des autres empreintes ?

— Peu importe. Quand on tiendra notre homme, il nous éclairera.

Vic était sonné. Il sortit de la carrière avec l'impression d'étouffer. Il respira un grand coup, les mains sur les genoux. Son téléphone sonna. L'écran affichait « S. Kismet ». Il s'éloigna et décrocha nerveusement.

— Stéphane ?

— Oui…

— Qu'est-ce que tu fiches, bon Dieu ? Où es-tu ? La police te recherche partout !

Faible, presque chancelant, planqué dans son hôtel, Stéphane peinait à tenir son téléphone. Il crevait de soif, de faim, et il était à deux doigts de s'endormir. Tout s'embrouillait dans sa tête, il ignorait si Stépas avait déjà rêvé, s'il allait le faire. Et Vic qui parlait, qui l'exhortait à se rendre à la police, qui lui reprochait aussi de n'avoir pas pu sauver sa femme, avec ces histoires de science foireuse, de quarante-six, de quarante-sept.

Stéphane inclina la tête, songeur. Quarante-six, quarante-sept… Les chromosomes ! Les chromosomes du caryotype humain !

À cet instant précis, au beau milieu de leur dialogue, le cœur de Stéphane s'emballa subitement : il avait déjà entendu ces paroles-là, mot pour mot. Dans un rêve passé. C'était là, maintenant ! Stépas rêvait probablement en ce moment même !

De violents coups à la porte l'empêchèrent de dire quoi que ce soit. Il raccrocha, en état de panique.

À l'autre bout de la ligne, Vic resta un temps sans réaction, le portable au bout des doigts. Derrière lui, le capitaine claquait ses chaussures pleines de boue contre la roche. Le jeune lieutenant regarda ses baskets, couvertes de boue elles aussi. Une évidence se dessina dans sa tête. Il courut alors vers l'homme en uniforme.

— Ce gamin qui jouait avec Mélinda, Arthur !

— Oui ?

— Donnez-moi son adresse !

*

* *

La femme qui ouvrit la porte avait une mine grave et des yeux lourds. Il flottait quelque chose de sévère, d'autoritaire dans son regard. Vic se présenta et lui demanda où se trouvait Arthur.

— Mon fils ne quitte plus sa chambre depuis la mort de Mélinda, raconta-t-elle. C'est monstrueux, j'espère qu'ils vont très vite coincer ce salaud.

— Je peux parler à votre fils deux minutes ? demanda Vic en s'avançant légèrement.

— Oui, mais rapidement alors. Il est déjà assez perturbé comme ça.

Il pénétra dans l'entrée.

— Je voudrais voir les chaussures qu'il portait hier, quand il est allé jouer dans le parc avec Mélinda.

Elle fronça les sourcils.

— Pourquoi ?

— Une petite vérification de routine.

— Ah, la police. Toujours à vérifier après coup. Vous feriez mieux d'être ailleurs, en ce moment, au lieu d'embêter mon fils.

— Peut-être, madame. Peut-être…

Elle revint avec une paire de baskets. Vic remarqua immédiatement la boue qui les couvrait. De la terre pas encore tout à fait sèche.

— Cette terre… Il n'a pourtant pas plu hier.

— Et alors ? Que voulez-vous ?

— Si je pouvais voir Arthur à présent.

— Vous pouvez, oui.

Elle l'accompagna jusqu'à la chambre du gamin. Arthur jouait avec un circuit automobile. Quand il aperçut Vic, il se courba, serra ses mains sur sa manette et fit accélérer son petit véhicule bleu sur le grand huit.

— Dis bonjour au monsieur ! s'écria la femme d'un air très dur.

Arthur leva un regard craintif. Vic se retourna.

— J'aimerais rester seul avec lui, si cela ne vous dérange pas.

La mère hocha la tête puis ferma la porte.

— Arthur, je suis policier, et si je me trouve ici, avec toi, c'est pour comprendre ce qu'il s'est vraiment passé, hier.

Le garçon se replia plus encore sur son circuit. Il ne répondit pas.

— Arthur ? Tu as joué dans le parc avec Mélinda, hier ?

— Oui, répondit-il sans relever la tête.

— C'était ta meilleure amie, Mélinda ?

— Ma meilleure…

Vic s'accroupit. Il regarda le véhicule tourner en rond, indéfiniment, sur le huit formé par le circuit.

— Tu sais qu'un homme risque d'aller en prison, parce qu'on croit qu'il a fait du mal à ton amie ?

— C'est bien fait.

— Cet homme, je le connais, c'est une personne très

gentille, extraordinaire, et jamais il ne ferait de mal à un enfant. Alors, tu sais pourquoi il aurait fait du mal à Mélinda ?

— Non.

Vic arracha la voiture électrique de son circuit. Arthur releva ses yeux bleus.

— Tu es allé à la carrière Hennocque avec Mélinda, hier, n'est-ce pas ?

Le garçon lança un œil vers la porte fermée. Ses lèvres se crispèrent.

— Non, c'est pas vrai, protesta-t-il d'une voix volontairement basse. Maman m'a interdit d'aller là-bas ! Jamais je ne désobéirais à maman !

Vic se retourna, fixa la porte et considéra de nouveau Arthur.

— Et ta mère te disputerait si tu y allais ? Tu serais sévèrement puni, hein ?

Le garçon se tortilla les doigts.

— Oui. Je suis pas allé là-bas. J'ai pas le droit.

De plus en plus, Vic saisissait l'ampleur du malentendu. C'était horrible, impensable.

— Regarde ma carte de police… Regarde-la.

Vic attrapa les mains d'Arthur et les serra dans les siennes.

— Je te promets que personne ne te punira. Personne, d'accord ?

Arthur fit un léger mouvement de la tête. Vic se mit à parler.

— Alors voici ce que moi, je crois : c'est Mélinda qui t'a parlé de la carrière Hennocque. Elle t'a dit qu'elle était allée là-bas il n'y a pas longtemps, qu'il s'agissait d'un endroit magnifique, et qu'elle savait comment entrer à l'intérieur. Alors, elle a voulu te montrer, elle t'a convaincu, et tu l'as suivie. Une sacrée aventure, hein ? Tous les deux, vous avez traversé le parc, vous êtes passés sous le grillage, vous avez pénétré dans le tunnel interdit. Elle avait sûrement emporté une lampe avec elle. Là-bas, dans la grotte, je pense même que Mélinda t'a montré un couteau, pour t'impressionner. Tu l'as touché, ce couteau.

Vic poursuivit lentement, alors que, face à lui, Arthur se décomposait :

— Ensuite, vous avez encore avancé, jusqu'à cette grande pente, et là, elle a glissé. Elle s'est cogné la tête et elle est tombée quelques mètres plus bas, dans l'eau. Alors toi, tu as paniqué, tu as eu peur et tu as fui. Tu es revenu t'enfermer dans ta chambre, et tu as gardé ce secret pour toi. Voilà, Arthur. Et maintenant…

Vic posa sa main à plat sous le menton de l'enfant.

— … tu vas me dire si tout cela est vrai.

Il fallut dix, peut-être vingt secondes, avant que l'enfant ouvre sa bouche.

— Vous jurez de ne rien raconter à maman ?

*

* *

Vic avait réussi à joindre à nouveau Stéphane et l'avait convaincu de se rendre à la brigade de police. Les preuves de son innocence allaient être établies par le témoignage du petit Arthur, dont les empreintes digitales se trouvaient sur le couteau avec celles de Mélinda. On ne l'accusait plus de meurtre.

En sortant de la gendarmerie, Vic prit la mesure de ce qu'il s'était passé : en voulant sauver Mélinda, Stéphane Kismet avait assemblé le puzzle de sa mort. Si elle était retournée dans cette carrière, c'était parce que lui-même l'y avait amenée.

Il l'avait tuée de la même manière qu'il avait tué Gaëlle Montieux dans ce fameux virage de la N16, Ludivine Coquelle sur la voie de chemin de fer, ou ces passagers du train en 98 : en faisant tout pour éviter leur mort.

Stéphane Kismet ne se contentait pas de voir l'avenir. Stéphane Kismet était maudit.

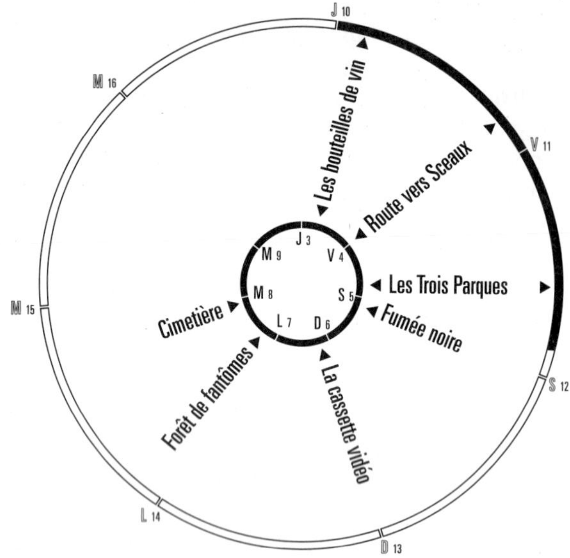

67. VENDREDI 11 MAI, 20 H 23

Dans une petite pièce de la brigade, Vic ferma la porte à double tour et baissa les stores.

— On se trouve dans une salle d'interrogatoire au troisième étage, ce niveau et celui du dessus sont déjà désertés à cause du déménagement, personne ne viendra nous déranger. On fait ce que je t'ai dit, OK ?

Stéphane se tenait recroquevillé sur une chaise, considérant ses mains. Ses yeux n'étaient plus que deux boursouflures en manque de sommeil.

— Tu es sûr que tes collègues vont me laisser tranquille ?

— Pas de souci, tu es sous ma responsabilité. Ils sont en train de régler les dernières paperasses avant de te faire sortir. C'est un peu long à cause de cette histoire d'agression sur gendarme.

Stéphane releva le front.

— J'ai fait tout mon possible, Vic. Rien n'a changé

autour de nous. Je ne sais plus où j'en suis. Tout s'embrouille, se mélange. Le passé, le futur. J'ignore où se trouve la réalité. Je crois que je pète les plombs.

— Dans ce cas, on est deux.

— Tous mes efforts sont vains, ceux des autres Stéfur aussi. On est… On est une infinité à tourner en rond. Le message aurait peut-être pu passer aux Trois Parques, mais j'ai dû fuir au moment crucial, quand j'ai finalement compris que Stépas me voyait. Le réceptionniste avait reloué la chambre à d'autres occupants, ils m'auraient cassé la gueule s'ils m'avaient pris là-dedans. Même chose la veille, avec ces gendarmes qui ont débarqué chez moi et qui m'ont empêché de rester devant mes messages. Bon sang, les rêves sont si brefs. Sans ces cauchemars, jamais Mélinda ne serait morte. J'aurais dû rester loin d'elle. « Rester loin de Mélinda. » Tout se transforme en catastrophe autour de moi.

Vic allait et venait devant une grande feuille blanche scotchée sur un miroir sans tain, un marqueur rouge à la main.

— C'est pour ça qu'on va s'organiser et transmettre juste le nécessaire. Il faut que ça marche. On va y arriver, toi et moi.

— Toi et moi ? Dans le passé, on ne se connaît pas encore ! Comment veux-tu ?

— Nous nous sommes rencontrés le soir même où Cassandra Liberman est morte, soit le samedi 5 mai, vers 20 heures, devant chez Hector Ariez. Tu te souviens ?

— Oui, oui.

— En tenant compte de ton décalage de six jours et vingt heures, à l'heure actuelle, dans le passé, nous sommes samedi 5 mai, un peu avant 1 heure du matin. On doit essayer de cerner au mieux le moment où ton « toi passé » va rêver. Tu te rappelles ce que tu faisais à cette heure ? Dans la nuit du 4 au 5 mai ?

Stéphane se prit la tête entre les mains.

— J'en sais rien, je… j'ai la mémoire bousillée. C'est

ça le problème, depuis le début. Si je me souvenais de tout ou si mon carnet n'avait pas brûlé, ce serait beaucoup plus simple.

— Fais un effort !

Stéphane essaya de se remémorer la suite des événements. Il mit du temps à répondre.

— Je… J'étais allé à Dupuytren avec Sylvie en début d'après-midi, puis… puis aux Trois Parques le soir je crois, parce que j'avais rêvé de la chambre d'hôtel. La chambre 6.

Vic hocha la tête.

— Exact, c'est là où nous nous sommes croisés sans nous voir. Tu sortais du parking après une altercation avec Grégory Mache, et moi, j'arrivais, à la recherche d'un type qui aurait eu un membre gangrené. Ensuite ?

— Je suis allé chez Jacky, mon ami physicien. Il m'a parlé de ces histoires de goutte d'eau dans le Rhône et d'anneau de Moebius. Puis… Puis je suis retourné aux Parques inscrire les messages sur le mur, pour Stéfur.

— Très bien, c'est que tu y croyais déjà, tu savais déjà que tu voyais le futur. Un bon point pour nous. Et après ?

— Je me suis fait faire un tatouage, sur la hanche… Puis je suis rentré. Il devait être aux alentours de 2 heures du mat. Je n'y comprenais plus rien. Avec Sylvie, on… s'est disputés, comme souvent. Elle m'a jeté une photo au visage, puis elle est partie. Elle s'était coupé les cheveux, comme dans mes rêves, ça m'a anéanti. Alors, j'ai bu pas mal de verres… Et après… Je sais pas. J'ai dû m'endormir.

Vic regarda sa montre et fit un rapide calcul.

— 2 heures du matin ? C'est parfait. Dans le passé, tu vas probablement t'endormir dans quatre ou cinq heures. Tu te souviens de ton rêve ?

— Non, désolé. C'était très flou, très gris. Je me souviens de bruits de pas, de cris. Des escaliers…

— Quoi d'autre ? Quoi d'autre, bon sang ?

— Non, non… Rien ne vient vraiment. Je venais de siffler une demi-bouteille de whisky !

Vic inspira bruyamment.

— En espérant que ton Stépas ne boira pas tant, cette fois.

— Pas de raison que ça change.

Vic posa un tube, un gobelet en plastique et une bouteille d'eau sur la table.

— Guronsan. Prends-en deux, ça te tiendra éveillé.

— Écoute, je suis naze, mes yeux me brûlent, j'ai presque pas dormi ces derniers jours.

Vic remplit le gobelet d'eau, y plongea les comprimés et le tendit à Stéphane.

— Bois.

Stéphane s'exécuta en grimaçant. Le lieutenant parut satisfait et s'installa face à la grande feuille blanche.

— Bon… On ne doit surtout pas se disperser et t'écraser d'informations, sinon, tu risques de mal gérer les priorités, de faire n'importe quoi et de provoquer le malheur. Il faut être le plus clair et synthétique possible.

Vic inscrivit alors sur la feuille :

« Je suis Vic Marchal, on va se rencontrer samedi devant chez Hector Ariez. Dans ta voiture, tu me parleras de tes rêves, et tu me diras que j'ai toujours su que Joffroy avait caché le PQ dans mon tiroir, à cause des miettes de biscottes. Que je me suis mis à boire du cognac infect. Que Céline est enceinte, et que le bébé sera peut-être trisomique. Ensuite, tu me diras ceci :

“Céline ne doit surtout pas aller à son amniocentèse ou le bébé mourra.”

Usine d'équarrissage de Saint-Denis. L'assassin s'y rendra le samedi 5 mai, à 22 heures.

Voilà, me concernant. Te concernant, tu ne dois surtout pas emmener Mélinda Grappe à la carrière Hennocque. C'est ce qui la tuera. Le plus simple est d'oublier cette gamine. »

Stéphane se frotta la joue. Son crâne rasé luisait sous l'éclat du néon.

— Mon Stéfur, tous les Stéfur ont déjà dû essayer cela. Et ils ont échoué.

— Non ! Ça va fonctionner. Le destin te contrôle toi, ce que tu fais, ce que tu écris. Mais pas moi. C'est là, la faille.

Stéphane réfléchit un instant.

— Notre rencontre devant chez Ariez a eu lieu vers 20 heures, c'est donc là-bas que Stépas te remettra toutes ces informations. Mais si tu n'avais pas le temps d'aller à l'usine d'équarrissage ? Et si tu ne me croyais pas ?

— J'aurai le temps, répondit Vic. Et je te croirai, obligatoirement, puisque tu me raconteras des choses que moi seul connais.

— Pourquoi tu ne me notes pas ton numéro de portable plutôt ? Comme ça, Stépas pourrait t'appeler directement

en se réveillant ? On gagnerait du temps !

— Non, non. Mon portable n'arrête pas de se décharger, tu risques de ne pas pouvoir me joindre. Et puis, tu t'imagines me raconter ça par téléphone ?

Stéphane relut le message en secouant la tête.

— Lors de notre rencontre dans ma voiture, je risque de ne rien révéler, de tout garder pour moi, et d'essayer de défaire ce sac de nœuds tout seul.

Vic se leva précipitamment et l'attrapa par le col.

— Non ! Tu me parleras, tu entends ? Tu dois me parler !

— Tu as beau me dire ce que tu veux, que puis-je y faire ?

Vic se tira les cheveux.

— C'est une histoire de dingues !

— J'ai été ce Stéphane du passé, j'ai ressenti ce qu'il ressent en ce moment face aux rêves. De la peur, de l'incompréhension, l'impression de sombrer dans la folie. Il ne te dira rien dans la voiture, même avec toutes ces informations personnelles que tu as notées. Parce que tu le suspectes, et qu'il se sent piégé. La meilleure solution aurait été de glisser une lettre anonyme chez toi, ça aurait pu…

— On n'a pas le temps, je ne suis jamais chez moi ! Il faut le coincer à l'usine, coûte que coûte ! Ça va fonctionner. À partir de maintenant, essaie de te détendre et de te préparer. Il va falloir que tu sois concentré.

Et il s'assit, sans plus bouger, prêt pour une longue, longue attente.

Quatre heures plus tard, vers minuit, Vic secouait la tête pour ne pas s'endormir. Stéphane avait lui aussi parfois l'impression de sombrer, mais il se battait pour garder ses yeux ouverts.

Plus tard encore, à l'étage du dessous, les deux hommes entendirent de brusques mouvements de chaises. Une vitre se brisa. Puis des cris : « Au feu ! Sortez ! »

Le flic se retourna subitement, paniqué. Derrière les persiennes, des lueurs rouges s'agitaient déjà. De la fumée roulait sous la porte. Il se leva, ouvrit, et un épais nuage gris pénétra dans la pièce.

— Merde ! C'est pas vrai ! Ça crame !

Il se protégea le nez avec sa manche, en toussant.

— Suis-moi !

Stéphane ne se leva pas de sa chaise.

— Non, je reste. C'était ça, dans le rêve ! Cette image de gris omniprésente ! Stépas va bientôt rêver ! On courait dans le couloir et…

Vic revint vers lui et lui agrippa le bras.

— Si tu restes, tu vas crever !

Il l'arracha de son siège et le tira vers la porte. Dans le couloir, la chaleur grimpa instantanément. Ils enjambèrent des câbles électriques qui traînaient sur le sol. En toussant, les deux hommes bifurquèrent dans un escalier. Les nuées grises mordaient les globes oculaires, torturaient les poumons. Ils croisèrent d'autres types, dont on ne voyait plus que les rangers noirs. Stéphane eut une impression de déjà-vu ultraviolente, il avait déjà repéré ces grosses chaussures dans son rêve ! Cette fumée, ces flammes ! Stépas était sans doute en train de rêver, maintenant !

Il fit brusquement demi-tour. Lorsqu'il voulut pénétrer dans la salle d'interrogatoire, Vic l'empoigna par le col.

— Qu'est-ce que tu fous ! On dégage, merde !

Stéphane se retourna. Tout se brouillait. On ne distinguait quasiment plus rien.

— Quelques minutes ! s'écria-t-il. Juste quelques minutes à l'intérieur ! Il doit savoir ! On doit lui expliquer !

— Dans quelques minutes, il sera trop tard ! Tu vas brûler vif ! On n'a pas le temps ! Allez !

— Non !

— Allez !

Une énorme flambée attaqua la porte. Les éléments se déchaînaient. Stéphane se débattit et finit par se libérer de l'étreinte.

— Regarde ! hurla-t-il. Le destin fait tout pour m'empêcher d'entrer ! Mais cette fois, il ne m'aura pas ! Plutôt crever !

Il pénétra à l'intérieur. Titubant, il s'enferma à double tour. La fumée opaque lui attaquait les yeux et les narines. À tâtons, il avança jusqu'au miroir, alors que Vic tambourinait contre la porte. Il n'y voyait plus rien, ni les objets, ni les inscriptions.

Il aspira une gorgée de dioxyde de carbone, cracha, et réussit à énoncer :

— *Femme de... Victor... Empêche l'amniocentèse... Si... Sinon, son bébé... va mourir... Elle va... te mentir... Empêche-la... coûte que coûte...*

Sa tête lui tournait, il se plia en deux, à la limite de s'effondrer. Autour de lui, le feu s'acharnait. Mais il devait se battre. À tout prix. C'était maintenant. La bascule. La lutte contre le destin. Il articula encore péniblement :

— *Usine d'équarrissage... Saint-Denis... samedi 5 mai, à... 22 heures. Tue l'homme qui passera... par le trou... du grillage... L'assassin... Tue-le !*

Il succombait à présent, à genoux, une main sur la poitrine, l'autre en direction de la poignée de porte. Il tenta, dans un ultime effort, de se relever. En vain. Il se sentait agoniser. Le destin cherchait à l'éliminer.

Alors il entendit une vitre exploser, puis sentit une main puissante le lever de terre, et le précipiter vers le cœur du brasier.

Et tandis que Vic le transportait, il sut qu'il avait réussi. Que Stépas, celui qui rêvait de lui en ce moment même, allait recevoir son message.

Il avait déjoué le destin. Il avait déjoué cet abominable lanceur de dés.

Quelques secondes plus tard, à peine dehors, Vic et Stéphane s'évanouirent exactement au même moment et chutèrent lourdement sur le sol, avec l'impression d'avoir été percutés violemment en plein visage.

À l'hôpital, Vic relata cette étrange sensation de choc, mais les médecins expliquèrent cette perte de connaissance par une intoxication au monoxyde de carbone due à l'inhalation des fumées.

Pourtant, les examens sanguins ne révélèrent rien de vraiment probant.

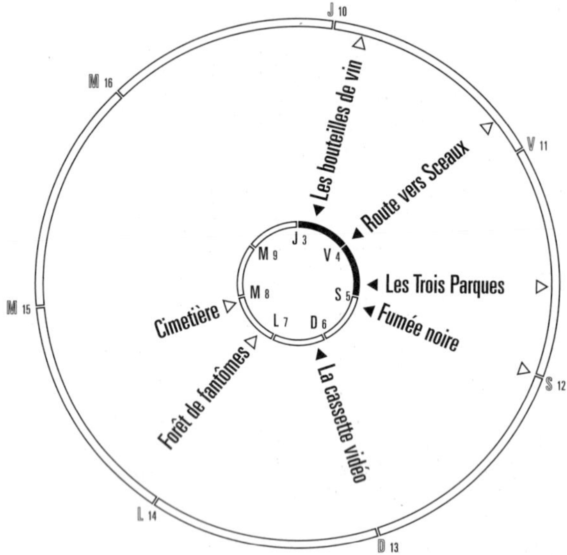

68. SAMEDI 05 MAI, 04 H 12
SIX JOURS ET VINGT HEURES PLUS TÔT…

Stéphane se réveilla, recroquevillé sur le sol à côté de son lit. Avec sa biture de la veille, après son passage aux Trois Parques et sa discussion chez Jacky, le physicien, il avait un peu mal au crâne, mais des mots claquaient encore au fond de sa tête. Des mots horribles.

« Assassin. Tue-le. Samedi 5 mai. 22 heures. Usine d'équarrissage. Saint-Denis. »

Que signifiait ce charabia ? Le Stéphane de son rêve, agonisant, parlait aussi d'un certain Victor. De son épouse enceinte. D'une amniocentèse à empêcher. Ce Victor devait être le même Victor avec qui il avait discuté au téléphone dans son cauchemar précédent, aux Trois Parques. Le Victor qui parlait de ces nombres incompréhensibles, quarante-six, quarante-sept. Qui était-il ? Comment le joindre sans connaître son nom de famille ?

— Crétin de Stéfur ! Qu'est-ce que tu fichais à quatre pattes, au milieu de toute cette fumée ?

Il se leva, manqua de perdre l'équilibre et s'appuya sur son matelas. Encore embrumé par l'alcool, il ne se souvenait que de vagues bribes de son cauchemar, mais les mots, ses propres mots, restaient en lui avec précision. « Assassin. Équarrissage. Tue-le. »

Tuer ? Qui ? Et pourquoi ?

Devant lui, sur les draps du lit, traînait la photo Polaroïd de Sylvie, avec les cheveux coupés. Seul dans la grande chambre, Stéphane considéra son tatouage tout frais de la veille, « Parle-moi de Mélinda. Mes messages sont sur les murs de la chambre 6. Les Trois Parques. Laisses-y les tiens ». Il enfila son pantalon et descendit dans Darkland. Alors, il se jeta sur son carnet de rêves, aux pages détachées. C'était le quatrième rêve étrange. Les précédents l'avaient amené à aller enquêter à Dupuytren, puis aux Parques, la veille, où il avait inscrit les messages sur la tapisserie bleue. Cette fois-ci, il s'était vu agoniser sur le sol, avec beaucoup de difficultés pour parler, pour respirer. Où cela pouvait-il bien être ? Apparemment, dans le rêve, s'étalaient des phrases notées sur une grande feuille. Mais il n'avait pu les lire, à cause de la fumée. Il s'agissait certainement d'un message que Stéfur voulait lui adresser.

Que s'était-il passé ? Comment cet idiot de Stéfur avait-il pu se retrouver dans une situation pareille ?

Stéphane maudit le personnage de ses rêves. Si seulement Stéfur pouvait donner des informations claires et cohérentes !

Il relut ce qu'il venait d'écrire, abasourdi, choqué. « Assassin. » Quel assassin ? Celui des deux filles mutilées sur les photos avec le défaut de pellicule ? Quel rapport avec une usine d'équarrissage ?

Il regarda sa montre. Presque 5 heures du matin, on était samedi 5 mai. Il fallait qu'il éclaircisse tout cela. Comprendre le sens de ces fichus rêves, comprendre comment, dans environ six jours, il pourrait agoniser dans une pièce en feu à marmonner des incohérences.

Dans un premier temps, il fallait essayer de retrouver la petite Mélinda. Foncer à Méry-sur-Oise, faire le tour des établissements scolaires, comprendre quel rôle elle jouait dans cet incroyable micmac.

Puis, le soir, aller au rendez-vous fixé par le personnage de ses rêves à Saint-Denis. Avant 22 heures.

Là-bas, une fois à l'usine, il improviserait. Mais il n'était certainement pas prêt à tuer quelqu'un.

*

*   *

Sur la route de Méry, Éverard, le producteur, l'appela pour obtenir des nouvelles de la prothèse. Stéphane lui certifia qu'il la lui fournirait le lundi, dans deux jours. Il en profita pour lui demander le numéro de Hector Ariez et le rentrer dans son répertoire téléphonique.

Plus tard, après avoir vérifié que le gendarme Lafargue existait bel et bien, et avoir croisé une directrice d'école particulièrement désagréable, il pénétra par effraction dans une école primaire. Des feuilles de son carnet s'envolèrent, et il cassa l'écran de son portable en chutant lourdement depuis la grille. Il dénicha néanmoins l'identité d'une certaine Mélinda Grappe. Petite fille aux yeux verts, avec une dent en moins et une croix autour du cou. Il sut immédiatement que c'était elle, la môme dont on parlait dans ses rêves.

Il attendit devant un bar-tabac mais ne parvint pas à discuter avec la gamine à cause de ses parents. Pas grave, il reviendrait plus tard. Le lendemain dimanche, peut-être, alors qu'elle irait à la messe. Il l'emmènerait dans la carrière Hennocque pour lui faire peur et la persuader de ne plus jamais y mettre les pieds.

Vers 19 heures, il se gara devant chez Hector Ariez, convaincu que celui-ci avait un lien avec la petite Mélinda. Le chef décorateur avait en effet créé des décors à Hennocque, en 1988, pour un film intitulé *Les Secrets de l'abîme*. Ils burent un whisky dans son bureau, la discussion dégénéra rapidement et Stéphane l'accusa ouvertement d'observer la fillette en cachette.

À 20 heures, tandis qu'il sortait de chez Ariez et qu'il s'apprêtait à foncer vers l'usine d'équarrissage de Saint-Denis, un flic débarqua dans sa voiture. Un certain Victor Marchal, armé d'un Sig Sauer, venu l'interroger sur la raison de sa présence à Dupuytren, puis aux Trois Parques.

Le Victor de ses rêves, il en eut la certitude.

Au cours de l'entretien avec le policier, Stéphane ne cessa de regarder sa montre. Saint-Denis, Saint-Denis, avait dit le Stéfur de ses rêves, aller là-bas, et tuer.

Les deux hommes restèrent extrêmement méfiants durant tout leur échange. Stéphane reconnut s'intéresser aux endroits en rapport avec des monstres et déclara qu'il se trouvait aux Trois Parques uniquement par hasard. Jamais le lieutenant ne lui parla des meurtres en eux-mêmes. Et jamais Stéphane ne raconta le contenu de ses songes. Il avait trop peur d'être suspecté, de se faire arrêter ou d'être impliqué dans une histoire dont il n'était pas responsable. Qui raconterait à un flic de la Criminelle qu'un personnage imaginaire ordonnait le meurtre d'un homme ?

Il évoqua tout de même quelques éléments de son passé – les différents accidents –, mais réalisa rapidement qu'il passait pour un fou aux yeux du policier et qu'il ne pouvait aller plus loin dans ses explications sans risquer d'avoir des ennuis.

Alors que le flic avait déjà rejoint sa voiture, Stéphane l'interrogea pour savoir si les nombres quarante-six et quarante-sept lui évoquaient quelque chose. Mais le lieutenant sembla ne rien comprendre à la question.

Stéphane hésita une dernière fois à lui parler de l'usine d'équarrissage, l'endroit où, peut-être, il allait croiser l'assassin. Il décida finalement de garder le silence.

Il se débrouillerait seul.

*

* *

Les dernières lueurs du soleil se dissipaient derrière une rangée d'arbres quand Stéphane s'approcha des lourds bâtiments de béton et de tôle.

Il renfonça sa casquette sur ses longs cheveux, observa à droite, à gauche, et se glissa à travers un trou dans le grillage, ce même trou qu'il avait vu dans son rêve. Il prit garde à ne pas se blesser aux pointes de métal mêlées aux gravats et courut se cacher derrière une benne.

De cet endroit, il pouvait observer les différents secteurs de l'usine : les trémies de déchargement, la zone de lavage, celle des cuiseurs, les énormes tuyaux d'écoulement des eaux usées… Il resta là à attendre sans bouger de longues minutes, un couteau à la main. Le mot « assassin », prononcé par Stéfur, ne cessait de résonner sous son crâne.

Le ciel s'était chargé de lourds nuages menaçants. Le vent forcit un peu, sifflant entre les tubulures et les enchevêtrements métalliques.

Tout à coup, Stéphane aperçut une ombre qui contournait les gravats et se faufilait par le trou dans le grillage. Il serra son couteau plus fort encore. Immédiatement, la silhouette obliqua à droite, en direction d'une fosse recouverte d'une bâche. Elle se retourna, puis disparut sous le plastique noir.

Stéphane se redressa, paniqué. Les informations communiquées par Stéfur dans son rêve étaient vraies. Un individu avait bien pénétré dans l'usine aux alentours de 22 heures.

« L'assassin. Tue-le », avait également dit Stéfur, au bord de l'agonie.

Stéphane s'approcha de la bâche et la souleva prudemment. Au fond d'un puits, un tunnel disparaissait sous le sol. L'odeur était insupportable.

Il se mit à pleuvoir. De lourdes gouttes, qui s'écrasèrent sur le plastique.

En serrant les dents, Stéphane agrippa une échelle fixée sur la paroi et descendit sans bruit. Ses baskets atterrirent dans un liquide visqueux. Du jus de cadavres. L'obscurité était à présent totale. Seul la perturbait le faisceau d'une lampe. Stéphane se plaqua contre le mur, immobile.

L'individu ne se tenait qu'à une dizaine de mètres. Son visage démoli ondulait de boursouflures, ses lèvres pendaient comme des kystes. L'ombre se penchait, découpait, arrachait, glissait des pièces de viande, du liquide, du sang dans des boîtes hermétiques.

Stéphane se raidit. Il se sentait sur le point de vomir. Un rat s'échappa alors en couinant devant lui.

La silhouette se figea, se redressa, enfila précipitamment son sac à dos et orienta la lampe dans la direction de l'animal. À ce moment, le temps sembla s'arrêter. Stéphane se persuada que l'individu pouvait entendre battre son cœur. Il se plaqua plus encore contre la paroi, cessa de respirer mais, brusquement, le faisceau embrasa son visage.

D'un coup, l'individu bifurqua sur la droite et s'éclipsa.

Sans réfléchir, Stéphane se mit à courir, le couteau à la main, sur une matière poisseuse, constituée d'abats, de nerfs, de sang. Il prit l'embranchement sur la droite et réalisa trop tard qu'il s'agissait d'un cul-de-sac. Il eut tout juste le temps de voir l'homme le propulser violemment contre la paroi. La douleur fut fulgurante.

Il se releva, sonné, alors que des pas claquaient dans le jus, derrière lui. Péniblement, il se traîna jusqu'à l'échelle, rassembla tout son courage pour remonter et marcha jusqu'au grillage. Il pleuvait à verse, impossible de voir, de distinguer quoi que ce soit.

Quand il atterrit dans la rue, hors d'haleine, puant le cadavre, il ne trouva plus personne.

L'agresseur s'était volatilisé.

Il avait raté le rendez-vous, cette chance offerte de modifier le destin.

Il avait échoué.

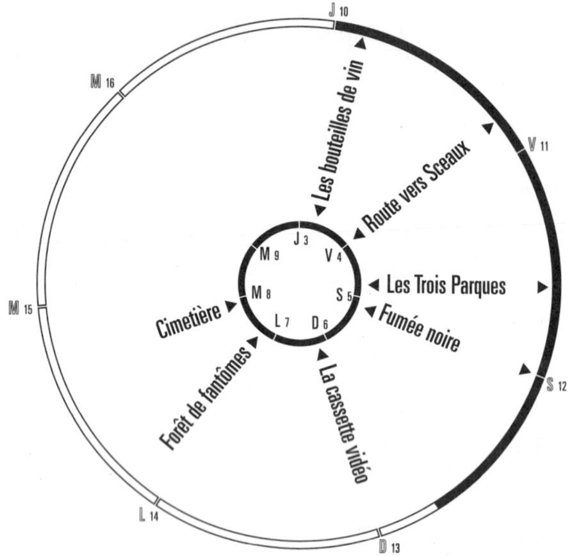

69. SAMEDI 12 MAI, 18 H 45
SIX JOURS ET VINGT HEURES PLUS TARD…

Installés dans la Peugeot, Vic et Stéphane fixaient le bâtiment austère de l'institut médico-légal, quai de la Rapée. Ils venaient de sortir de l'hôpital, où ils avaient subi des examens qui n'avaient rien révélé de grave. Les deux hommes se souvenaient juste avoir été comme « frappés » en sortant de la brigade en feu, puis être tombés dans les vapes pour se réveiller quelques heures plus tard dans une chambre anonyme. On mit cela sur le compte de l'intoxication à la fumée.

Stéphane regarda une nouvelle fois sa montre. Dans un passé de six jours et vingt heures, le tueur venait, une heure plus tôt, de pénétrer dans l'usine d'équarrissage.

Cela faisait donc une heure que Stépas, s'il avait bien reçu et exécuté le message, avait tué l'assassin de sa femme. Et changé le cours des événements.

— Je veux croire que ça a fonctionné. J'ai vu le destin

en colère quand ta brigade a brûlé. J'ai vu qu'il essayait de m'empêcher d'aller au bout. Mais je suis allé au bout, contrairement à mon Stéfur.

Vic inspira longuement.

— Tu es sûr que tu veux m'accompagner là-dedans ? Je peux y aller seul.

Stéphane hocha la tête, les lèvres pincées.

— Je veux voir.

Ils sortirent de la voiture de Vic et marchèrent vers le bâtiment, à la fois excités et terrifiés. Le vent soufflait légèrement. Stéphane rabattit les pans de sa veste.

Le lieutenant montra sa carte de police à l'accueil et entraîna Stéphane dans les sous-sols de l'IML, où étaient conservés les cadavres. Ils pénétrèrent dans une grande pièce éclairée par des néons. Sur les murs se succédaient des rangées de petites portes métalliques.

Vic s'approcha du garçon de morgue et lui demanda à voir le corps du numéro 88, là où selon le rapport d'autopsie reposait Sylvie Kismet.

Stéphane s'approcha, les mains jointes, le cœur serré. Curieusement, il repensa alors à ce chat de Schrödinger, dont on ignorait s'il était mort ou vivant tant qu'on n'avait pas ouvert la boîte. Sylvie pouvait être morte, comme elle pouvait être vivante.

Lorsque l'employé fit coulisser le tiroir, Stéphane ferma les yeux et se surprit à marmonner quelque chose qui ressemblait vaguement à une prière.

Il espérait un miracle. Il ne trouva que la violence de la réalité.

Un sac noir reposait sur la planche en acier inoxydable. Une forme humaine s'y laissait deviner. Vic fixa Stéphane d'un air triste, et tira lentement la fermeture Éclair.

Stéphane sentit son estomac se retourner. Il sortit en courant.

Vic resta figé, abattu, vidé de ses forces. Lui aussi avait espéré. Pour Sylvie, bien sûr. Mais aussi pour Céline, pour le bébé. Il se sentait tellement stupide. Comment avait-il pu croire qu'un fœtus, sorti du ventre maternel, pourrait s'y trouver de nouveau ? Qu'une femme mutilée, dont le corps se putréfiait, pourrait avoir quitté ce sac de morgue ?

Il remonta la fermeture Éclair d'un geste résigné, avant de demander à l'employé, d'une voix éteinte :

— Le 104, s'il vous plaît…

C'était inutile, mais il devait le voir de ses yeux.

Pas de miracle, là non plus. Il reconnut le visage fracassé de Cassandra Liberman.

Il fallait s'y résoudre. Il ne s'était rien passé à l'usine d'équarrissage. Le Stéphane du passé n'avait sans doute pas reçu le message.

En sortant, Vic s'alluma une cigarette dans la cour de l'institut. Il se souvint alors qu'à peine quelques jours auparavant, il était venu ici pour la première fois, plein de bonne volonté, avec le désir secret d'être un flic irréprochable et dont on serait fier. Aujourd'hui, il n'était plus rien. Il s'avança sur le trottoir, aperçut Stéphane, debout contre le capot de sa voiture, et comprit qu'il pleurait. Il y avait tellement cru. Pour lui, aujourd'hui, c'était comme si sa femme était morte une seconde fois.

D'un coup, Stéphane courut dans sa direction, l'index pointé devant lui. Un doigt qui désignait la caméra de surveillance de l'IML.

— La cassette ! s'écria-t-il. La cassette de surveillance de l'usine d'équarrissage, tu l'as encore ?

— Elle est restée dans mon sac, dans le coffre de ma voiture. Pourquoi ?

— Il faut qu'on aille chez moi. Il faut qu'on la visionne.

Vic soupira.

— Ça fait presque vingt-quatre heures, Stéphane. Vingt-quatre heures qu'on sombre dans… dans une espèce de folie collective. Je veux que tout cela s'arrête.

— Cette cassette permettrait de voir si Stépas a effectivement reçu le message. Elle nous permettrait peut-être de comprendre pourquoi il a échoué.

Vic hésita, puis désigna sa voiture d'un mouvement de la tête.

— Je te la donne si tu veux, tu n'as pas besoin de moi pour la regarder. Je rentre chez moi.

Le policier ouvrit son coffre et fronça les sourcils.

— Qu'est-ce que c'est que cette histoire ?

— Quoi ? fit Stéphane en s'approchant.

— Pas de sac, pas de cassette. Je… Je l'avais déposé là hier ! J'étais sur le point de remettre l'enregistrement à mon commandant, mais comme il m'a démis de l'affaire et que j'ai eu peur d'avoir des problèmes, je ne l'ai pas fait. J'ai remis mon sac dans le coffre, je vois encore mon geste.

Stéphane se frotta le menton, sceptique.

— T'avais sans doute mal fermé ton coffre. Ton sac, on te l'a piqué, peut-être pendant qu'on était à l'hosto. Dans tous les cas, elle est paumée. Eh merde !

Stéphane se mit à aller et venir nerveusement. Il claqua soudain des doigts.

— Tu vas sûrement m'en vouloir à mort. Mais il va falloir que tu repasses à Saint-Denis pour avoir une autre copie. Après, on file à Lamorlaye.

Vic eut un regard noir.

— Tu te fiches de moi ?

— Je t'en prie, fais ça pour moi. C'est la dernière chose que je te demanderai, je te le jure. Cette cassette, il faut qu'on la visionne le plus vite possible. C'est un œil grand ouvert vers le passé. Vers Stépas…

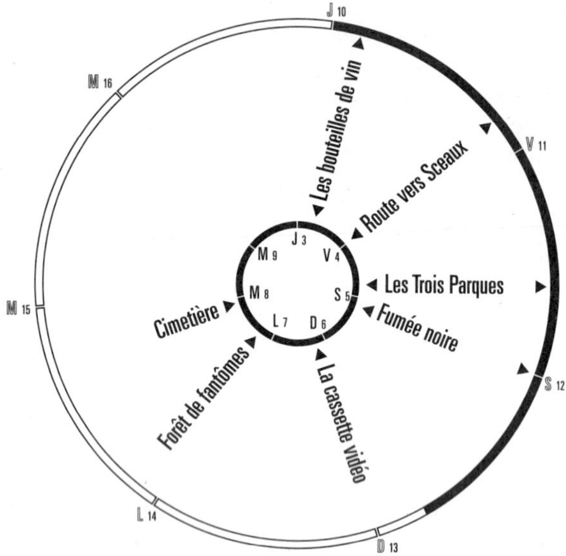

70. SAMEDI 12 MAI, 19 H 00

On frappa à la porte d'un réduit d'à peine six mètres carrés, aménagé en laboratoire photo et salle de montage vidéo.

— Je peux entrer ? demanda une voix féminine.

L'homme ôta son casque audio et se retourna brusquement. Son front se couvrit instantanément d'une pellicule de sueur.

— C'est fermé, je vais sortir. Deux minutes, d'accord ? Des photos sont en cours de développement.

Très rapidement, l'individu éjecta le DVD de son banc de montage et le rangea dans une boîte métallique qu'il ferma à clé. Puis il s'empara de trois films huit millimètres, de radiographies, de documents médicaux et fourra le tout dans un tiroir. Derrière lui, des photos noir et blanc de paysages et d'animaux étaient suspendues à un fil par des pinces, mais elles étaient déjà sèches depuis longtemps.

L'individu s'essuya le front avec le bas de son tee-shirt et s'approcha de la porte.

— Tu as éteint ? demanda-t-il.

— Oui, c'est bon.

Il déverrouilla, sortit et referma la porte derrière lui. Puis il s'approcha d'un interrupteur et alluma, dévoilant une vaste pièce, très haute, qui ressemblait à un vieil atelier, avec toutes sortes d'outils et du matériel de bricolage. Fer à souder, scies, haches, quincaillerie diverse. Il n'y avait aucune fenêtre, juste un escalier qui partait vers l'étage supérieur.

Il se retourna vers sa femme.

— Je t'ai déjà dit de ne pas venir me déranger ici.

Elle lui tendit des produits antiseptiques.

— Tiens, les voici.

Il ne la remercia pas. Il baissa son pantalon militaire, ôta une compresse et observa la large cicatrice dans sa chair, le long de sa cuisse gauche. Les quatre points de suture soigneusement réalisés n'avaient pas empêché une petite infection sur l'extrémité supérieure de la blessure. L'homme la nettoya avec soin, appliquant minutieusement un tampon imbibé de Bétadine.

— Tu aurais quand même dû aller à l'hôpital, lui reprocha sa femme, tu n'es pas médecin. Après une semaine, ça aurait dû cicatriser mieux que ça.

— J'ai déjà vu pire, non ?

Il plaça les pansements propres rapportés par son épouse dans une petite pochette en cuir, attachée à sa taille par une ceinture.

— Tu as reçu mes nouveaux kits de suture ? demanda-t-il.

— Pas encore.

Sa femme allait et venait, le regard soucieux.

— Je suis inquiète, avoua-t-elle. Tu te blesses de plus en plus, et c'est chaque fois plus grave. Cette entaille-là aurait pu te tuer.

— C'est pour cette raison que les kits de suture existent.

— Mais imagine ! Imagine seulement que…

— Il n'y a rien à imaginer. Laisse-moi, à présent, j'ai du travail avec mes photos.

La femme voulut s'approcher, mais il tendit une main ouverte devant lui.

— Laisse-moi, j'ai dit.

Elle n'insista pas. Mieux valait en rester là.

À peine eut-elle disparu que l'homme partit s'enfermer dans son laboratoire. Il se fichait bien des photos, suspendues là depuis des jours sans que son idiote de femme s'en aperçoive.

Non, ce qui l'intéressait par-dessus tout, c'était le DVD.

Il le sortit de nouveau de sa boîte métallique et le glissa dans un lecteur.

Puis il remit son casque, augmenta un peu le volume et fit défiler le film monté.

Sa langue courut sur ses lèvres.

Le film était splendide.

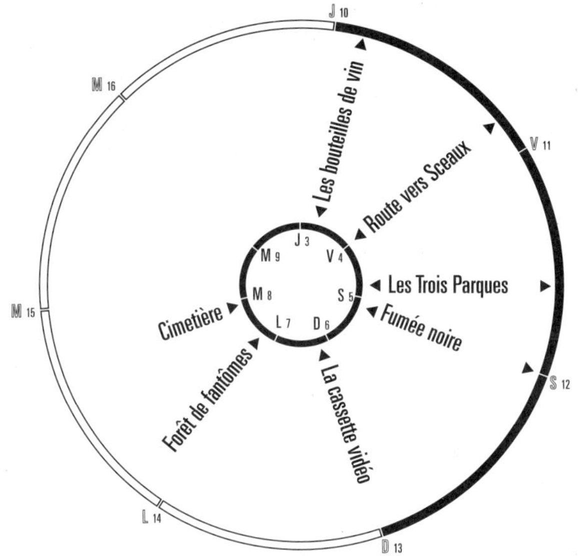

71. DIMANCHE 13 MAI, 00 H 10

Il était presque minuit quand les deux hommes pénétrèrent dans la maison de Lamorlaye, avec, enfin, une copie de la cassette de surveillance en leur possession. Vic ne comprenait pas comment Stéphane Kismet réussissait encore à vivre dans la demeure où sa femme s'était fait sauvagement assassiner. Apparemment, il n'avait pas oublié de faire le plein d'alcool. Le réfrigérateur était rempli de canettes de bière, et quatre bouteilles de whisky – dont une déjà vide – reposaient sur la table de la cuisine.

Stéphane décapsula deux canettes et en tendit une à Vic, qui tenait la cassette vidéo dans la main.

— Plus j'y pense, et plus je me dis que notre quête n'a aucun sens, fit le flic. On ne peut pas ramener les morts. Tout comme le contenu de cette cassette ne peut pas changer.

Stéphane engloutit sa bière à une vitesse impressionnante. Il s'en ouvrit une seconde.

— C'est ce qu'on va voir. Amène-toi.

Une fois dans le salon, Vic ôta son blouson et s'assit dans le canapé. Il s'alluma une cigarette et souffla la fumée par le nez. Stéphane n'en démordait pas, il voulait y croire encore. Il plongea la cassette dans le magnétoscope et rembobina avant d'appuyer sur « play ». Sur le téléviseur, la bande se mit à cracher ses images en plan fixe. Stéphane accéléra par à-coups, jusqu'à ce que l'heure au bas de l'écran s'approche de 21 h 55. À 22 heures précises, on vit soudain l'assassin se faufiler par le trou dans le grillage en direction de l'usine, puis sortir du champ visuel.

— Je la connais par cœur, c'est exactement le même scénario, dit Vic en se redressant. D'ici quelques minutes, il va pleuvoir des cordes, puis notre homme va ressortir et disparaître. Ni vu, ni connu.

Il s'empara d'une nouvelle bière que Stéphane avait rapportée et en descendit une bonne moitié.

— Tu vois ? Rien n'évolue vraiment. Ce qui est passé ne peut être modifié.

Il pompa longuement sur sa cigarette avant de l'écraser dans une capsule avec un geste de dégoût. Puis il fixa Stéphane avec un air triste.

— Je vais repartir pour Avignon. Je vais reprendre des études de psychologie, un ou deux ans, puis je travaillerai dans le cabinet du frère de Céline. Je vais arrêter de boire, de fumer, de me transformer en cadavre. Je… Je ne peux plus bosser dans la police après ce qu'il s'est passé chez Siriel, avec… ce que je cache… Sans oublier cette douleur dans mon bras, qui me bouffe la vie chaque fois que je tiens une arme. Je dois quitter cette ville. On va revendre notre appartement hors de prix et habiter une petite location dans le Sud. Avec l'argent qui nous restera, on pourra tenir, le temps que tout aille mieux.

Stéphane ne répondit pas, mais son regard signifiait qu'il comprenait. Le jeune lieutenant termina sa bière et, d'un mouvement du menton, désigna le téléviseur.

— Ça va arriver…

Lorsque l'horloge incrustée au bas de l'image indiqua 22 h 10, une silhouette franchit le trou, direction la sortie. En cours de route, elle se retourna vers l'usine, comme essoufflée. Et quand elle poursuivit sa course, elle ne prit pas garde aux tiges métalliques qui sortaient de vieux blocs de bétons entassés à proximité du grillage. L'homme chuta lourdement. Il disparut alors du champ. Impossible de savoir s'il s'était relevé ou pas.

Vic se pencha en avant, les sourcils froncés.

— Attends ! Ce passage est complètement différent de ce que j'ai vu la première fois ! Rembobine !

Mais Stéphane ne quittait plus l'écran des yeux. Car son double passé – même si on ne reconnaissait absolument pas Stéphane à cause de sa casquette et parce qu'il ne levait pas les yeux vers la caméra – venait d'apparaître dans l'angle de l'image. Il s'approchait à son tour du grillage et passait lui aussi par le trou avant de disparaître en marchant, les mains sur les côtes.

Stéphane se leva d'un bond.

— Ça a marché ! Il est allé à l'usine d'équarrissage ! Même s'il a laissé l'assassin se tirer, il a compris le message ! Il sait que tout cela est vrai !

Vic se redressa également, abasourdi, tandis que Stéphane s'emparait d'une troisième bière et la levait devant lui, s'adressant au plafond.

— Bien joué, mec ! Tu as réussi ! À ta santé !

Il considéra Vic avec une pointe d'espoir au fond des yeux.

— On a réussi à changer quelque chose !

Le lieutenant restait perplexe.

— Peut-être oui, répliqua-t-il, perturbé par ce qu'il venait de voir. Mais les meurtres ont quand même eu lieu. Il faut qu'on se résigne, une bonne fois pour toutes. Ce qui est mort est mort. Pour toi, comme pour moi… Je vais remettre la cassette à mon commandant, peut-être qu'elle les aidera à s'en sortir. Si le tueur s'est blessé, il a sans doute perdu du sang, ils pourront alors faire des analyses ADN. Mais je veux vérifier quelque chose avant…

Il s'empara de la télécommande et fit dérouler la cassette en retour accéléré. À « 21 h 32 », on voyait un homme avec une casquette pénétrer dans l'usine.

— On ne te reconnaît pas là-dessus, ni quand tu entres, ni quand tu sors. Tu ne seras pas ennuyé par les collègues.

Stéphane perdit son enthousiasme. Vic avait raison. Une partie du message était sans doute passée, mais en définitive, rien n'avait changé.

— J'y vais, dit le flic en éjectant la cassette. J'ai encore un peu de route, je tombe de fatigue et j'ai une barre horrible dans la tête. Il faut que je dorme.

— Tu peux rester ici, tu sais ?

— Non, c'est gentil, mais je préfère rentrer chez moi.

Alors que Vic enfilait son blouson, Stéphane lui dit :

— C'est l'enterrement de Sylvie lundi. Je sais que tu ne la connaissais pas, mais…

— Je serai là.

*

* *

Quand Vic rentra chez lui, il se servit un dernier cognac pour s'aider à s'endormir sans Céline. Elle lui manquait horriblement.

Il ne remarqua pas que le niveau de la bouteille avait mystérieusement augmenté par rapport à la dernière fois…

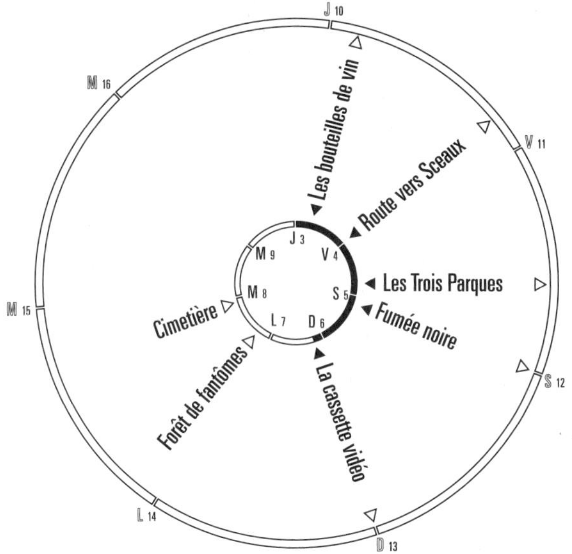

72. DIMANCHE 6 MAI, 05 H 32
SIX JOURS ET VINGT HEURES PLUS TÔT…

Le rêve avait été stupéfiant. Hallucinant. Stéphane y avait vu Stéfur installé dans le canapé du salon, avec Vic Marchal, en train de boire des canettes et, surtout, de visionner une cassette vidéo. Celle provenant d'une caméra de surveillance qui donnait sur l'usine d'équarrissage ! Une cassette sur laquelle on le devinait, lui, à la poursuite de l'homme au visage monstrueux !

Il s'agissait de son périple de la veille. Sur la vidéo, le fuyard semblait s'être empalé sur une tige d'acier. Stéphane n'avait rien remarqué, à cause de la pluie, des gouttes d'eau dans les yeux, de la douleur dans ses côtes. Mais peut-être y avait-il des indices à récupérer sur place. Il se rua vers sa Ford et démarra en quatrième vitesse.

Une fois garé dans la zone industrielle déserte, Stéphane traversa la rue et observa l'une des pointes d'acier, à côté du grillage. Il repéra la caméra de surveillance, lui tourna le dos et enfonça sa casquette avant de s'approcher. Un morceau de tissu ensanglanté se trouvait accroché à la tige. Peut-être cet échantillon serait-il utile pour la police ? Mais comment le leur transmettre ? Comment leur faire comprendre qu'il s'agissait d'un bout du pantalon ensanglanté du tueur ? Une idée lui traversa alors l'esprit : il allait envoyer l'information de manière anonyme à ce flic, Vic Marchal, en lui signalant l'endroit exact du délit. Il retourna à sa voiture, s'empara de son reflex numérique et photographia sa « scène de crime ».

Il rechercha aussi des traces de sang sur le sol. Mais la pluie de la veille avait tout effacé.

Assis dans sa voiture, il comprenait de mieux en mieux ce qu'il s'était passé. Stéfur lui avait demandé de se rendre à l'usine d'équarrissage afin d'intercepter le meurtrier, puis il avait probablement visualisé la cassette du 5 mai, vers 22 heures, pour tout suivre presque en direct. Un moyen très astucieux de sauter dans le temps et d'observer le passé.

Stéphane imagina la déception de Stéfur, face à son écran. Car, même s'il disposait de ces photos pour la police, il n'était pas parvenu à éliminer l'assassin.

Mais il ne faillirait pas dans l'autre mission. Ce soir, il se rendrait chez la femme de ce flic et ferait tout pour qu'elle évite son amniocentèse demain. Même s'il fallait pour cela employer la force.

Il rentra chez lui aux alentours de 7 heures et se mit à mouler le visage monstrueux du tueur, tel qu'il en conservait le souvenir.

En fin de matinée, il partit pour Méry-sur-Oise et parvint à aborder la petite Mélinda alors qu'elle se rendait à la messe. Il l'emmena à la carrière Hennocque et lui fit tellement peur qu'il était sûr que plus jamais elle ne suivrait un inconnu. Même s'il devait « rester loin de Mélinda », il ne pouvait avoir empiré les choses.

Ensuite, dans l'après-midi, il glissa une enveloppe kraft dans une boîte à lettres à proximité du poste de garde de la brigade, adressée au nom de Vic Marchal. Elle contenait les photos du morceau de tissu ensanglanté prises à l'usine, ainsi qu'un mot tapé à l'ordinateur : « L'assassin que vous recherchez s'est blessé sur une tige en fer, dont vous trouverez les photos sous ce pli, en face du grillage de l'usine d'équarrissage de Saint-Denis. Il est venu y prendre de la viande en décomposition. Une cassette de surveillance vous donnera la preuve que je ne mens pas. »

À présent, il fallait s'occuper de cette histoire d'amniocentèse. Convaincre l'épouse de Vic Marchal qu'elle perdrait son bébé si elle décidait de la faire.

En se rendant chez elle, il apprit que Marchal était parti pour Lyon. La jeune femme se trouvait donc seule. Cela l'arrangeait, mais leur rencontre se passa pourtant très mal. Il ressortit de l'appartement en colère et frustré. Elle avait affirmé qu'elle ne se rendrait pas au cabinet médical le lendemain matin pour réaliser son amniocentèse. Mais elle avait menti, il le savait.

La main sur la portière de sa voiture, les yeux tournés vers le troisième étage et ses petites fenêtres, il s'interrogea : que faire ? Pouvait-il rentrer tranquillement chez lui ct laisser ce bébé mourir ? Il avait lamentablement échoué à l'usine d'équarrissage en laissant filer le tueur, hors de question de tout rater à nouveau. Le Stéphane du futur avait été très clair : il fallait empêcher cet examen par tous les moyens.

Quand il monta dans son véhicule, il n'avait plus qu'un seul nom en tête. Un nom que Céline Marchal avait prononcé quelques minutes plus tôt : Sénéchal. Le nom de son gynécologue.

Le docteur Sénéchal.

Il remit sa casquette et noua ses cheveux en une queue-de-cheval qu'il fit disparaître sous son pull.

Trente-cinq minutes plus tard, il se garait dans une petite rue, marchait cinq ou six cents mètres en frôlant les murs et frappait à la porte d'une belle maison bourgeoise, au sud d'Issy-les-Moulineaux.

Ses mâchoires étaient serrées comme jamais.

Il tenait un lourd bâton à la main.

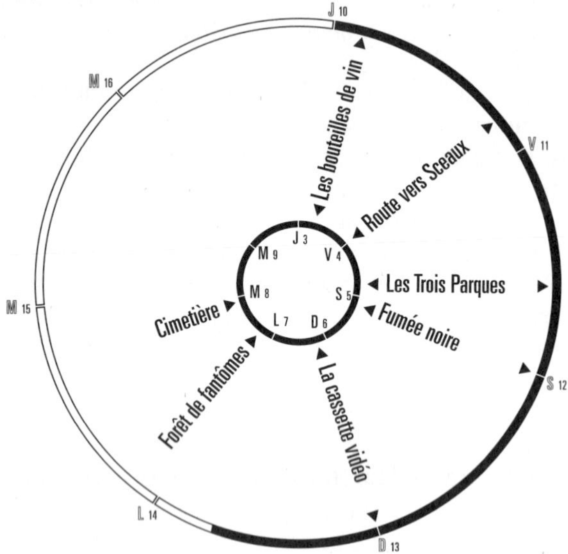

73. DIMANCHE 13 MAI, 15 H 32
SIX JOURS ET VINGT HEURES PLUS TARD…

Vic regarda l'heure affichée sur le radio-réveil quand la sonnerie de son portable retentit. 15 h 32. Assommé par son long sommeil réparateur, il mit un temps à revenir à la réalité. On était dimanche, en plein après-midi, le soleil rayonnait à travers les stores et des gens se promenaient dans la rue. La vie continuait.

Il se leva en catastrophe et courut jusqu'à son téléphone, qu'il avait laissé à recharger sur une prise de la cuisine. Il pria pour que ce soit Céline, qu'elle lui annonce enfin son retour.

Mais ce n'était pas Céline, c'était Mortier.

— Marchal, on peut savoir ce que tu fiches ?

Vic passa une main dans ses cheveux en bataille.

— Commandant ? Que se passe-t-il ?

— Le Matador, ça te dit quelque chose ? On bosse cet après-midi, je te rappelle. Tu connais la nouvelle adresse, non ? C'est pas parce que ça a brûlé à Bessières qu'on annule. Magne-toi.

Il raccrocha sèchement, comme d'habitude. Un dimanche, bon Dieu…

Vic en avait plus qu'assez d'être traité comme un pion. Un jour on le démettait de l'affaire, un autre on avait besoin de lui. Aujourd'hui, tout cela allait se terminer.

*

*   *

L'ensemble des quatre étages de l'ancien centre de police était parti en fumée. Le bâtiment ressemblait à un squelette de métal carbonisé. Dans la cour, derrière le poste de garde, Vic reconnut quelques véhicules de sa brigade et de la police scientifique, probablement le service incendies-explosifs qui cherchait encore à déterminer les causes du sinistre. *A priori*, le feu avait démarré au deuxième étage, en pleine nuit, et n'avait fort heureusement tué personne. Aux dernières nouvelles, on soupçonnait un problème électrique.

Vic remonta la rue de Rome, puis bifurqua rue Legendre avant de tourner de nouveau un peu plus loin, en se fiant au GPS. En pénétrant dans une large cour pavée où un flic en uniforme lui demanda ses papiers, il reconnut la silhouette épaisse de Mortier, appuyé contre un mur de pierre blanche. Le bâtiment, avec l'une de ses extrémités en pointe et les petites lucarnes par-dessus son toit en ardoise, avait des allures de mini 36, quai des Orfèvres. Voilà une semaine, Vic aurait sans doute éprouvé beaucoup de fierté à pénétrer ici, mais certainement pas aujourd'hui.

Il s'approcha du commandant et lui tendit la cassette vidéo qu'il tenait dans la main.

— Vous devriez jeter un œil à ça, dit-il avec amertume, sans saluer son supérieur.

Mortier le dévisagea froidement.

— C'est quoi ?

— C'est en rapport avec les morceaux de viande qu'on a retrouvés chez Stéphane Kismet. Lorsque vous m'avez démis de l'affaire, je vous avais signalé qu'ils provenaient peut-être d'une usine d'équarrissage, je ne m'étais pas trompé. Vous avez la preuve là-dessus.

Il se recula un peu, les mains dans les poches, tandis que Mortier le fixait d'un drôle d'air. Vic s'humidifia les lèvres avant de parler. Les mots qu'il allait prononcer étaient sans doute les plus durs qu'il ait eu à dire de toute sa vie.

— Je vais démissionner.

Mortier resta figé. Vic lut dans ses yeux de glace une étrange surprise, lui qui s'attendait plutôt au regard d'un guerrier vainqueur face à un ennemi dont il voulait se débarrasser depuis longtemps.

— Tu déconnes là, Marchal ? Cette cassette, tu te fous

de moi ?

— Absolument pas.

Mortier caressa son crâne chauve.

— Le pire, c'est que t'as l'air sérieux. T'es quand même bien au courant qu'on a depuis presque une semaine une copie de cette cassette ?

Ces derniers jours, Vic avait appris à encaisser l'improbable, mais cette fois c'était trop. Il eut comme un voile noir devant les yeux, et si Mortier ne l'avait pas retenu, il serait tombé.

— Oh, Marchal !

— Oui, commandant… Mon évanouissement et ma chute d'hier ont dû laisser des séquelles. Je… Je crois que j'ai des pertes de mémoire.

— Pas que des pertes de mémoire. Tu veux brutalement démissionner alors que t'es l'un de mes meilleurs flics. Tu m'annonces que je t'ai démis de l'affaire. Je qualifierais plutôt ça de délire temporaire. Alors je vais faire comme si je n'avais rien entendu et, exceptionnellement, tu vas retourner chez toi. T'as pas l'air en bonne forme.

Vic s'appuya sur le rebord d'une fenêtre. Il n'était pas sûr d'avoir bien entendu, Mortier ne pouvait pas avoir prononcé des mots pareils. Pas le Mortier qui l'avait salement écarté de l'affaire. Il releva ses yeux noirs et demanda :

— Comment avez-vous obtenu cette cassette ?

Mortier écrasa son mégot, le ramassa et le jeta à la poubelle.

— Sur un coup de génie qui provient de ta petite tête.

— C'est-à-dire ?

Les prunelles de Mortier exprimèrent une forme soudaine d'inquiétude pour son subordonné.

— Au lendemain de la mort de Cassandra Liberman, lundi dernier, tu nous as appelés depuis l'usine d'équarrissage de Saint-Denis. T'as suivi ta propre piste, t'as découvert comment il se procurait sa viande, et mieux que ça…

Mortier leva la cassette.

— … Grâce à toi, on a une approximation de sa morphologie et son profil ADN.

Vic hallucinait. Était-il possible que le Stéphane du passé ait finalement réussi à le joindre ou à lui transmettre un quelconque message ?

— Son… Son profil ADN ? répéta-t-il.

— Faut vraiment que je te refasse la totale ?

— S'il vous plaît…

— Le Matador s'est empalé sur une barre en fer, à la sortie de l'usine. Comme il avait vachement flotté, il n'y avait plus aucune trace, mais heureusement, grâce au luminol, on a vu que le type avait pissé le sang. Les taches fluo nous ont emmenés à quelques dizaines de mètres de là, derrière un entrepôt. Là, en fouillant un peu, on a trouvé quelque chose de surprenant dans l'herbe. Une aiguille, du fil de chirurgie, une petite bouteille de désinfectant.

— Il se serait recousu lui-même ?

— Contre la tôle de l'entrepôt, en effet, vu les marques de sang. Mais ce n'est pas le fait qu'il se soit recousu lui-même qui me surprend aujourd'hui encore. C'est surtout ce qu'il pouvait fabriquer avec ce kit de soins sur lui. C'est comme si… comme s'il s'attendait à se blesser. Et malgré cette grosse blessure, il est quand même allé tuer Cassandra Liberman dans la foulée.

Vic n'arrivait pas à y croire, tout ceci défiait l'entendement.

— Ça… Ça me revient un peu, maintenant que vous me le dites, fit-il. Il y avait bien un deuxième type sur la cassette ?

— Oui. C'est encore aujourd'hui le gros point d'interrogation. On avait pensé à un employé mais *a priori*, c'est une fausse piste. Peut-être un gars qui traînait dans le coin, on continue à enquêter. Allez Vic, tire-toi. J'ai encore du taf.

Vic, il l'avait appelé Vic.

— Et où on en est avec l'affaire aujourd'hui ? demanda le lieutenant.

Son supérieur fronça les sourcils.

— C'est plus grave que je ne pensais, ton accident d'hier. Je me trompe ? Pourquoi tu n'as rien dit, à l'hôpital ? Pourquoi tu ne leur as pas signalé tes troubles ?

— L'affaire, commandant…

Mortier soupira.

— On suit surtout la piste de l'ADN, on multiplie les enquêtes de proximité dans la zone industrielle de Saint-Denis, on interroge les hôpitaux, les centres de soins, les fournisseurs de kits de suture. On fait tout ce qu'on peut. On a besoin de bras, et on en manque cruellement.

Avant d'entrer dans le bâtiment, le commandant lui rendit sa cassette et ajouta :

— C'est la première fois que je m'entends dire ça, mais retourne voir le médecin. T'as bossé plus tard que Wang chaque nuit de la semaine dernière. Et ça, crois-moi, c'est un véritable exploit.

La porte se referma derrière lui. Vic resta là, abasourdi, seul au milieu de la cour pavée. Il n'avait absolument aucun souvenir de ce que rapportait le commandant, il n'était jamais allé à l'usine d'équarrissage avant cette nuit, il en avait la certitude. Et il était tout aussi persuadé de ne pas avoir travaillé tard, ni d'avoir de si importants trous de mémoire. Mais alors, que lui arrivait-il ? Comment le commandant pouvait-il avoir la cassette avec les deux individus ? Était-il possible que, d'une manière ou d'une autre, la présence du Stéphane passé à l'usine d'équarrissage ait changé le destin à ce point ? Pouvait-il y avoir un monde où Vic était un mauvais flic aux yeux de ses équipiers et un autre où il était un bon flic ?

Dubitatif, il songea à ce que lui avait dit Stéphane à propos de l'incendie de la brigade. Son sentiment d'avoir vu le destin en colère au milieu des flammes.

Le passé…

Vic sentit alors son cœur s'accélérer brutalement dans sa poitrine. Il sortit son portable et composa le numéro de Céline. Elle ne répondit pas, et il laissa un message sur son répondeur : « Je sais que tu m'écoutes ma chérie,
je sais aussi que c'est toi qui devais me rappeler. Mais si tu m'aimes autant que je t'aime, alors prends le prochain train et rentre. »

*

*   *

Il faisait déjà nuit. Vic allait et venait dans son appartement, fixant avec appréhension l'enveloppe posée sur la table de la cuisine. Il l'avait trouvée au-dessus des photocopies du dossier Matador, dans un tiroir. Une enveloppe qui contenait des photos d'une barre en acier ensanglantée, et surtout, une lettre anonyme : « L'assassin que vous recherchez s'est blessé sur une tige en fer, dont vous trouverez les photos sous ce pli, en face du grillage de l'usine d'équarrissage de Saint-Denis. Il est venu y prendre de la viande en décomposition. Une cassette de surveillance vous donnera la preuve que je ne mens pas. »

Vic commençait à comprendre. Quelque chose qui

échappait à la raison, et qui remettait en cause tout ce qu'il avait appris. Quelque chose qui l'effrayait.

D'un coup, il entendit la clé tourner dans la serrure. Il jaillit du canapé et fonça dans le hall. Quand Céline apparut avec sa valise à roulettes, il la prit dans ses bras.

— J'ai tellement attendu ton coup de fil, murmura-t-elle. J'ai tellement espéré que tu m'appelles avant que je le fasse. Et tu l'as fait…

Vic lui posa un doigt sur les lèvres, lui ôta son manteau, sa veste, et commença à déboutonner le bas de son chemisier. Ses doigts tremblaient, ils ne réussissaient pas à saisir correctement les petits boutons. Il comprit, à ce moment-là, ce qu'avait dû ressentir Stéphane Kismet face au tiroir de la morgue, il sut à quel point son ami avait dû être à la fois mort de trouille et débordant d'espoir.

Céline se laissa faire. Depuis quand ne l'avait-il pas touchée ainsi ? Cela lui paraissait une éternité. Le nombril apparut. Vic s'agenouilla, souleva le reste du tissu.

Cette image le marquerait jusqu'à la fin de ses jours.

Céline n'avait plus aucune cicatrice de son hystérotomie.

Alors, il explosa de joie. Il serra sa femme de toutes ses forces contre lui et pleura dans son cou. Il marmonna dans ses sanglots des phrases qu'elle comprit à peine. Quand il releva ses yeux trempés de larmes, il lui dit :

— Demain matin, je veux qu'on aille faire une échographie. Je veux voir le bébé.

Céline sourit, comblée devant tant d'énergie et d'amour.

— Mais… Mais pourquoi ?

— Parce que… Parce que je veux démarrer une nouvelle vie. Je veux profiter de chaque jour avec vous deux.

— Tu ne te laisseras plus manger par ton travail ?

Vic secoua la tête.

— C'était pour cette raison que tu étais partie chez ta mère, n'est-ce pas ? Parce que je ne rentrais plus jamais ici à cause de mon travail et que… qu'on s'était disputés ? Ce n'était pas à cause du bébé ?

— Bien sûr que non, ce n'était pas à cause du bébé. Qu'est-ce qu'il a à voir là-dedans ? Je voulais te faire comprendre que j'existais, voilà tout.

Vic la souleva délicatement et l'emmena jusqu'au lit.

Il oublia tout ce qui l'entourait. Il oublia le malheur de Stéphane, enfermé dans Darkland et qui s'approchait de plus en plus du gouffre de la folie. Égoïstement, il ne pensa plus qu'à lui-même, sa femme, le bébé. Il ne songea qu'à l'instant présent et ils firent l'amour jusqu'au petit matin.

*
* *

Ils n'avaient pu obtenir de rendez-vous avant l'après-midi. Le gynécologue qui remplaçait Sénéchal – qui avait été agressé à son domicile – étala du gel de transmission ultrasonique sur le ventre de Céline, alluma son moniteur, et s'empara d'une sonde qu'il approcha lentement.

Vic avait l'impression que le praticien bougeait au ralenti, que chacun de ses gestes se décomposait à l'infini. Il fixait le petit moniteur en noir et blanc, et il perçut, dans le noir intense des prunelles de Céline, qu'elle aussi attendait, avec cette excitation que seules les futures mères peuvent connaître.

Et là, ce fut l'explosion de vie. Le fœtus de quatre mois, que Vic avait vu arraché du sein maternel, se trouvait bel et bien là, uni à sa mère par le cordon ombilical.

Le futur père se mit à rire, à pleurer. Il entendait chaque battement de cœur qu'amplifiait l'appareil, il distinguait chaque geste minuscule. La jeune femme releva le cou, posa ses mains à plat sur son ventre, elle était heureuse. Heureuse de voir à quel point son mari avait subitement changé, et à quel point il allait aimer ce bébé.

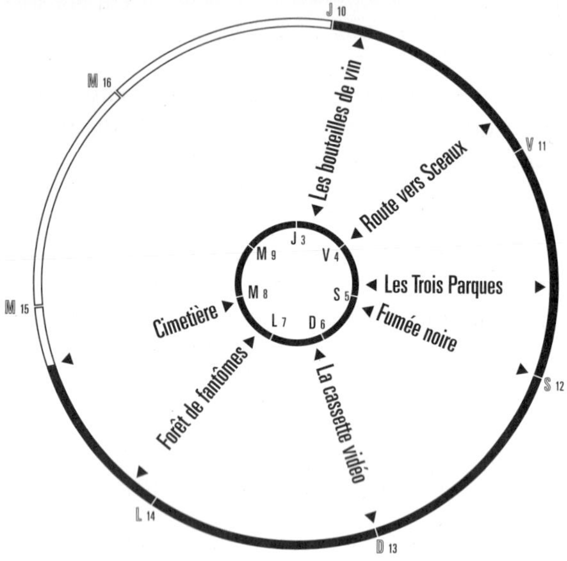

74. LUNDI 14 MAI, 17 H 18

Il pleuvait. Le genre de pluie glaciale qui tombe drue, inonde la terre et fait se courber les fleurs. Stéphane se détacha de l'assemblée et s'avança, les yeux pleins de larmes. Il s'effondra à genoux devant la tombe lorsque quelques gerbes recouvrirent le couvercle du cercueil. Les gouttes s'écrasaient sur son crâne chauve et sur le haut de son costume.

Personne ne l'aida à se redresser. Aux yeux de tous, Stéphane Kismet était un malade, un type dangereux pour lui, pour les autres.

Alors un homme, un homme qui venait juste d'arriver, que personne ne connaissait, surgit de l'arrière de l'assemblée et vint le relever et le soutenir. Cet homme, c'était Vic. Avec Stéphane, ils échangèrent un regard silencieux et restèrent là, à deux, pendant que le lourd bloc de marbre se refermait sur le caveau.

C'était terminé. Des nuées de fleurs se déversèrent aux

abords de la tombe avant que le long cortège de costumes noirs disparaisse lentement, sans un mot, sans un regard.

Stéphane garda les yeux au sol.

— Tu es venu quand même ?

— Évidemment…

— Tu vois, tout cela n'a servi à rien. Si seulement j'avais pu être plus clair… Mais comment ? Comment l'être avec toutes les horreurs qui circulent dans ma tête ? Avec tout ce qui s'est passé ? Comment rester sain d'esprit ?

Il prit une fleur et en arracha les pétales un à un.

— C'était mon dernier rêve, dans le passé. Nous, ici, devant cette tombe. Nous n'avons plus aucun moyen de communiquer avec Stépas, à présent. J'ai eu beau raconter, écrire ce que je voulais, Stépas va se réveiller et tout faire pour sauver Sylvie, mais où qu'il aille, où qu'il se cache, on le rattrapera. On ne peut pas lutter, le destin est trop fort.

Vic se plaça en face de Stéphane et le regarda droit dans les yeux.

— Mon bébé est vivant. Tu as pu changer les choses.

Un flux indéfinissable, une forme d'énergie jamais ressentie jusque-là, traversa le corps de Stéphane. Il esquissa un sourire triste. Vic lui prit les deux mains.

— C'est un garçon. Il y a tout juste quelques heures, le gynécologue a dit qu'il se développait remarquablement bien. Tu lui as sauvé la vie.

— Je n'aurai pas fait que de mauvaises choses, alors ?

Vic lui passa le bras autour de l'épaule et l'emmena un peu en retrait.

— Je ne comprends pas bien, dit Stéphane en inspirant profondément et en se frottant les yeux avec un mouchoir. Comment ta femme a-t-elle pu redevenir enceinte subitement ?

Vic secoua la tête.

— Non, non, ça ne s'est pas passé comme ça. Ce que je vais te dire va te paraître incroyable mais Céline n'est jamais allée faire son amniocentèse. Parce que Stépas a cassé la figure à son gynécologue. Écoute-moi bien. Quand tu as bravé les flammes de l'incendie, je pense que tu as réussi à enfin contrer le destin, et à partir de ce moment, les choses ont changé. Stépas a reçu le message dans ses rêves, un message qu'il n'aurait jamais dû recevoir. Et à cause de cette incohérence, dans le présent de Stépas, au moment de son réveil, tout a dû se passer comme si le monde s'était scindé en deux, comme avec le chat de Schrödinger. L'univers où Stépas n'a pas reçu le message, c'est l'univers dans lequel nous évoluions jusqu'alors, et l'univers où il a reçu le message, c'est l'univers où le gynécologue a été agressé, où Céline n'a pas perdu le bébé, où il y a deux personnes sur la cassette, où le tueur s'est blessé. L'univers dans lequel nous nous trouvons maintenant !

Stéphane observa l'eau qui ruisselait sur le sol, pensif.

— Et… tu veux dire qu'à présent, à cause de Stépas, nous aurions basculé de notre ancien passé vers… un nouveau passé ?

Vic se passa la main dans les cheveux.

— C'est exactement ça ! C'est incompréhensible, mais… c'est comme si nous avions transité. Oui, c'est ça… Tous les deux, nous avons transité de l'ancien univers vers le nouveau, celui où Stépas a reçu le message. Et je crois que cela s'est produit au moment où on sortait de la brigade en feu. Je te portais sur mon dos. Tu te souviens ? Nous avons ressenti comme un choc. Et juste après, on s'est tous les deux évanouis.

Stéphane l'écoutait en silence, apparemment sonné.

— Tu… Tu as dû être aspiré, continua Vic, et j'ai été entraîné avec toi parce que j'étais collé à toi. Physiquement, on n'a pas bougé, mais… d'une manière ou d'une autre, on a traversé une dimension invisible, qui n'est ni le temps, ni l'espace. Tu es… Tu es une personne hors du commun, tu possèdes une faculté que nul ne peut comprendre.

Stéphane fixa la pierre tombale, le regard éteint.

— En tout cas, ce n'est certainement pas un don, c'est une malédiction.

— Non, Stéphane. Mon bébé va naître.

— Mais pas de chance pour moi, rien n'a changé me concernant. Mélinda et Sylvie sont mortes dans les deux univers. L'ancien, et le nouveau.

— Parce que les changements n'ont pas été suffisamment importants. Le tueur a juste été blessé, pas tué. Il a poursuivi sa mission. Et ce qu'a fait Stépas n'a pas non plus empêché Mélinda d'aller à la carrière, ni que ma brigade parte en fumée, parce qu'il n'y a pas de relation de cause à effet. Nous évoluons dans un autre univers, très proche de l'ancien. Presque confondu, à vrai dire.

Vic croyait à peine à ce qu'il disait, mais c'était la seule manière d'expliquer l'inexplicable. Il ajouta :

— Depuis que j'ai vu le bébé dans le ventre de ma femme, je pense à autre chose, et ça me travaille. Tu te rappelles l'événement qui a fait que je suis revenu vers toi et que je t'ai cru ?

Stéphane hocha lentement la tête et répondit :

— J'avais prédit la mort de ton bébé. J'étais en train d'écrire dans Darkland quand tu es revenu me voir, prêt à écouter mon histoire et à m'aider.

— Exactement. Mais dans ce monde-ci, il n'est pas mort. Ce qui veut dire que mon « Vic passé » n'est pas revenu vers toi probablement avant que tu enlèves ta propre femme, car il n'avait aucune raison de le faire. Et donc, dans ce monde-ci, je n'ai certainement pas encore lu ton carnet de rêves. Je n'ai pas fait le rapprochement avec Siriel. Je ne suis donc pas allé chez lui. Et de ce fait…

Stéphane le dévisagea, tandis que ses deux poings se serraient le long de son corps.

— … Ce vieux sadique est peut-être encore vivant.

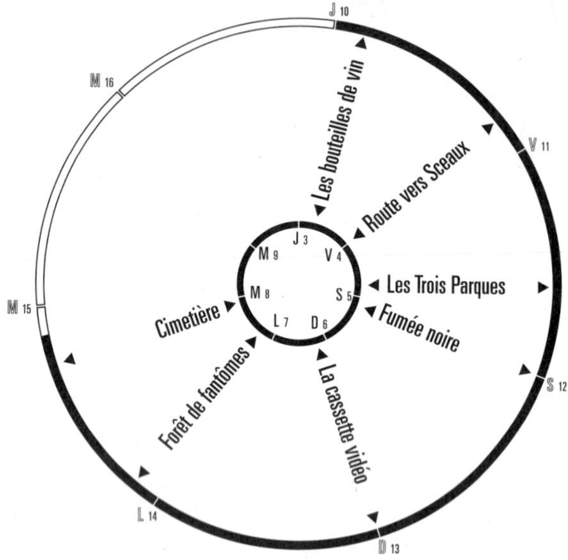

75. LUNDI 14 MAI, 20 H 10

De retour dans la forêt d'Halatte, un endroit où il s'était pourtant juré ne jamais revenir, Vic reconnut enfin la demeure de Noël Siriel. Il se gara sur le bas-côté.

— C'est dingue, dit-il à Stéphane. À l'heure près, je me trouvais ici, lundi dernier. Et la maison était en train de brûler.

Il fixa l'interphone depuis l'habitacle de la Peugeot.

— Siriel attend l'arrivée de la police tôt ou tard. Il est armé. Il se tiendra sur ses gardes, prêt à se suicider et à tout faire flamber. Mais le plus important, c'est que je récupère le DVD qu'il porte sur lui. Toi, tu attends ici. Si, dans dix minutes je ne sors pas, tu… viens voir, OK ?

— D'accord. Fais gaffe.

— Toi aussi, tu fais gaffe et tu ne bouges pas d'ici. Lors de ma dernière visite, le tueur rôdait dans le coin, il m'a assommé.

— C'est rassurant. Mais normalement, avec mes visions…

— Il ne devrait encore rien t'arriver, je sais.

Vic sortit. Il sonna à l'interphone et, comme la première fois, montra sa carte de police en direction de la petite caméra.

Une voix un peu rocailleuse demanda :

— Oui ?

— Vic Marchal, police judiciaire. Je souhaiterais parler à monsieur Siriel.

Après un court silence, l'interphone chuinta.

— Je vous ouvre. Franchissez ensuite la porte d'entrée de la maison. Le salon sera droit devant vous.

Alors que les battants du portail s'écartaient, Vic s'avança rapidement. C'était réellement hallucinant, ce n'était plus une impression de déjà-vu, *c'était* du déjà-vu.

Il traversa le jardin et dégaina son arme. Surprendre Siriel, le plus vite possible.

La porte d'entrée était ouverte, le lieutenant s'engagea dans le hall orné de ses magnifiques tableaux, le Sig Sauer devant lui. Il s'arrêta un moment au centre de la galerie, espérant que Siriel apparaîtrait dans son champ de vision comme la première fois. Mais il n'en fut rien.

Vic s'avança prudemment, puis surgit dans le salon. Siriel se tenait à l'autre bout de la pièce, à côté de la cheminée, et tenait le DVD dans sa main.

— Alors c'était lui… fit-il en désignant d'un geste de la tête l'écran de surveillance. Le brun aux cheveux longs qui a surpris mon *ami* à l'usine d'équarrissage.

Vic jeta un rapide coup d'œil vers l'image. Ce crétin de Stéphane était sorti de la voiture et attendait en plein dans le champ de la caméra. Le jeune lieutenant braqua Siriel de plus belle.

— Posez immédiatement ce DVD sur le sol ou je tire.

— C'est donc uniquement ce DVD que vous êtes venu chercher ? Vous ne vous posez aucune question ? Vous n'attendez aucune réponse ?

— J'ai déjà mes réponses.

La réplique sembla le déstabiliser.

— Savez-vous seulement ce qu'il contient, ce DVD ?

— Votre fantasme, et la souffrance de l'assassin.

Siriel inclina la tête, les lèvres serrées. Il passa quelque chose dans ses yeux, de la surprise mêlée à de la haine. Brusquement, il lâcha le DVD dans la cheminée et voulut s'emparer de l'arme posée devant lui, mais un coup de feu retentit. Une balle en pleine poitrine projeta le vieil homme sur le sol.

Le flic se précipita et, avec le tisonnier, poussa le DVD hors des flammes. Il le ramassa. Apparemment, le disque n'était pas endommagé.

Vic se tourna vers Siriel, qui gisait à ses pieds, baignant dans son propre sang. Ses lèvres remuaient faiblement.

— Comment… Comment vous avez su… chuchota-t-il dans un râle.

Les mâchoires serrées, Vic lui écrasa le visage avec sa semelle.

— Je t'ai déjà vu mourir une fois, espèce de salopard. Tu ne t'en sortiras pas mieux maintenant.

Et le vieux rendit son dernier souffle.

Un bruit, derrière la porte. Vic se retourna, à bout de nerfs, à deux doigts de tirer.

Stéphane accourait, haletant. Il s'immobilisa. Alors, celui à qui on avait tout pris, tout arraché, tout volé, s'abattit sur la dépouille du vieil homme, comme un loup affamé, et frappa, frappa encore. Le maigre corps bondissait sous les coups.

— Pourquoi ? Pourquoi, espèce de fumier !

Vic rengaina son arme et tira son ami par le bras.

— Laisse-le. Ça ne sert plus à rien.

Stéphane se redressa, les yeux rouges de colère. Il désigna le DVD que Vic tenait au bout des doigts et se tourna vers un large écran plat.

— Mets-le.

— Tu devrais d'abord me laisser le regarder seul.

Stéphane le lui arracha des mains et partit le glisser dans le lecteur.

Il alluma l’écran.

Ça démarrait. L’impensable.

Comme des flashes subliminaux, apparurent une multitude de séquences, dont certaines n’étaient qu’images fixes, d’autres des fragments à peine plus longs, d’autres encore, de simples inserts, véritables coups de scalpel visuels. Se mélangeaient du noir et blanc, de la couleur, du sépia. De l’accéléré, du ralenti, des fondus. Les victimes aux différents stades de leur calvaire. Entre ces plans s’intercalaient des radiographies de fractures, des photos de plaies, de brûlures. Les deux spectateurs plissaient les yeux, secouaient la tête, voyaient sans voir, entendaient sans entendre. Des sons – bruits de scie, de marteau, hurlements, flammes – accompagnaient les images. Tout n’était qu’explosion de sang, de tripes, de souffrance. Stéphane s’effondra quand il aperçut, un instant à peine, une bouche
qui hurlait, dans laquelle on fourrait un chiffon.

La bouche de sa femme.

Puis, quelques secondes plus tard, entre des plans immondes, vint une image de ses grands yeux bleus. Puis une autre de sa poitrine, alors que défilaient de nouveaux supplices, les souffrances d’autres victimes. Puis encore des fractures, des radiographies. Crâne, tibia, poignet en miettes, tandis que des rires d’enfants éclataient, des moqueries, des sifflements. À nouveau, des photos d’un corps de môme, dardé d’aiguilles. Des pleurs, des gloussements. Un fakir qui se transperçait la langue. Des Indiens qui marchaient sur des braises ou se baignaient dans du verre.

Les deux amis restaient figés. Sur l’écran, un visage monstrueux. Une main, posant des chauffages électriques face à un corps trempé. Un gant qui touchait, explorait la chair. Un long souffle de jouissance se mêlait aux lamentations des victimes. Des doigts puissants plongeaient dans un bol de glaçons, malaxaient la chair. Des cris. L’éclat d’un scalpel. Le sang, partout.

Durée du film, deux minutes et vingt-quatre secondes.

L'écran se mit alors à cracher des parasites bleutés.

Vic, à la limite de vomir, s'avança vers le lecteur et arrêta le DVD. Une pulsation battait sous son crâne. Il plaça ses mains sur son visage, incapable de dire un mot. Stéphane se tenait replié sur lui-même, les yeux dans le vide. Il écarta enfin les lèvres pour demander :

— Qu'est-ce... Qu'est-ce que c'était...

Vic le regarda, les larmes aux yeux.

— Un fantasme... Nous... avons vu le fantasme de... Siriel, mêlé à... la souffrance de l'assassin...

Stéphane redressa la tête.

— La... La souffrance de l'assassin ? Quelle souffrance ?

— Je n'en sais rien. Je n'en sais rien, bon Dieu.

Ils restèrent là un moment, inertes. Enfin, Vic se décida à sortir le DVD du lecteur et le mit dans sa poche.

Puis il s'approcha du corps de Siriel, le retourna, déchira sa chemise et enfonça son doigt dans le trou causé par la balle. C'était trop profond. Il dénicha un coupe-papier sur le bureau et, dans une grimace, parvint à récupérer le morceau de métal. Ensuite, il attrapa le tisonnier, prêt à disperser les braises et les bûches enflammées sur le sol.

Stéphane lui agrippa le bras.

— Pourquoi ? Pourquoi tu veux tout brûler ? Pourquoi on... on n'appelle pas ta brigade ?

— Parce que, encore une fois, j'ai franchi les frontières. Je ne veux pas me retrouver en taule à cause d'un tel monstre, séparé de ma femme et de mon futur enfant. Je veux rentrer à Avignon et reprendre une vie normale. Dis-moi que tu me comprends, Stéphane. Dis-le-moi.

Sans répondre, Stéphane le lâcha, et Vic accomplit son geste destructeur. Au moment où s'élançait la première flamme, il murmura :

— Dans un autre passé, ces lieux ont déjà brûlé une fois. Rendons au destin ce qui lui appartient.

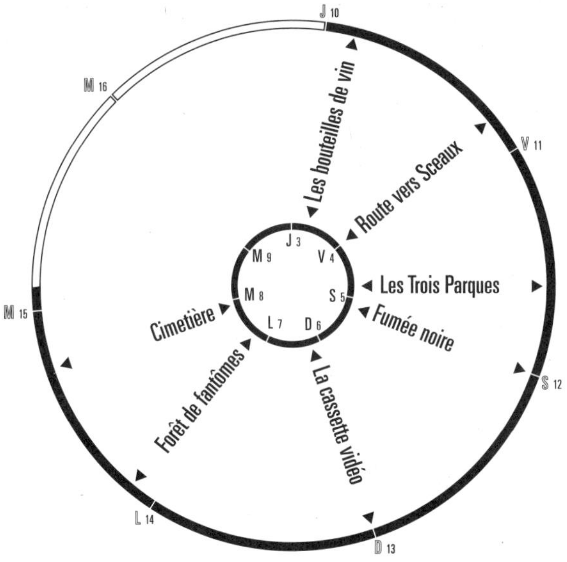

76. MARDI 15 MAI, 02 H 37

Il avait fallu attendre. Attendre que Céline s'endorme pour sortir la copie du DVD et la glisser dans le lecteur du salon. Avant d'appuyer sur la télécommande, Vic ferma toutes les portes, but un grand ballon de cognac, d'un trait, puis il baissa les paupières quelques instants. Quelles sensations curieuses et antagonistes… Voilà une semaine, il venait de perdre son enfant et Céline déprimait à l'hôpital. Et aujourd'hui… Tout était si différent. Certes, ils n'avaient pu ramener Sylvie Kismet, mais le bébé, son bébé, son sang, grandissait dans le ventre de sa femme.

Lorsque l'écran s'anima, les images le frappèrent de nouveau avec une violence phénoménale. Mais Vic se força à endurer le spectacle horrible. Il cherchait le détail révélateur. Qui torturait ces pauvres femmes ? Que voulait exprimer l'assassin dans cette œuvre macabre ? Sa signature, l'empreinte de sa personnalité se dissimulaient-elles dans ce montage infâme ?

Vic faillit éteindre. Pourquoi ne pas envoyer anonymement le DVD à la brigade ? Ils l'analyseraient, progresseraient, découvriraient de nouvelles pistes… Oui, pourquoi pas ?

Cependant, il éprouva le besoin de persévérer. Pour Stéphane. Ce pauvre Stéphane qui, lui aussi, décortiquait une copie de cette abomination, seul, dans sa grande maison.

Alors Vic fit abstraction de tout, et se força à adopter un regard de flic. Aller simple pour l'enfer.

Le film se présentait en un montage vidéo et sonore assez perfectionné. La réalisation était sophistiquée. S'agissait-il du travail d'un professionnel ? D'un amateur ? Chose certaine, il œuvrait dans un endroit secret, à l'abri des regards.

Vic plissa les yeux. Impossible de reconnaître le visage du Matador, il portait un masque en latex – très ressemblant à celui moulé par Stéphane. Jamais on ne le voyait debout ou en plan large. Le film était monté de telle façon qu'on ne pouvait deviner sa taille, ni ses caractéristiques physiques, sans un matériel informatique et anthropométrique perfectionné. Ce salopard avait pris ses précautions.

Vic fit défiler de nombreuses fois le film au ralenti, l'analysa séquence par séquence et effectua de longs arrêts sur image. Quelque chose le frappa alors. Les radiographies, dispersées çà et là, succédaient chaque fois à une scène sanglante et elles avaient toutes un point commun. Les os étaient courts, bien trop courts pour être ceux d'un adulte. Vic s'enfonça plus encore dans son siège. Les tibias, fémurs, clavicules fracturés appartenaient à un enfant. Vic eut l'intuition qu'il s'agissait d'un seul et même enfant. Un squelette malmené, radiographié aux différents stades de son développement. La charpente de l'assassin, sans aucun doute. Mais pourquoi tant de blessures ? Sur l'un des clichés, Vic dénombra dix-huit fractures. Il fronça alors les sourcils, s'approcha de l'écran et zooma au maximum vers le coin inférieur droit.

Son cœur se serra, il tenait peut-être quelque chose.

Une date. Il crut lire « 1987 ».

Puis, sur d'autres radiographies, plus loin dans le film, il lut « 1989 », « 1990 », « 1992 ».

Rien d'autre. Juste des dates.

Vic se versa un autre verre avant de revenir à la vidéo. L'enfant avait grandi sans cesser de se fracturer les os. Pourquoi ? Souffrait-il d'une maladie qui les fragilisait, comme la maladie des os de verre ? Le battait-on violemment ? Ou alors, avait-il régulièrement de graves accidents ?

Vic ne put s'empêcher de penser à Stéphane. Son saut du train. Ses multiples sorties de route. Ses nombreux séjours à l'hôpital.

Il chassa cette idée de sa tête et songea plutôt aux paroles de Siriel, avant sa première mort. « Je me suis offert le film de mon fantasme. Et mon exécuteur, celui de sa souffrance. » Si les radiographies se succédaient dans ce montage, si nombreuses, il devait nécessairement y avoir une raison valable. Elles étaient probablement là pour représenter la souffrance du Matador.

Le jeune homme s'intéressa ensuite à d'autres scènes qui, dans ce déferlement d'horreurs, revenaient régulièrement. Ce vieux fakir, qui se transperçait la langue en fixant la caméra sans broncher. Pas un mouvement de sourcil, pas une grimace. Puis, juste après, une silhouette, qui évoluait très lentement sur des braises ardentes. Et, plus loin encore, un individu qui se roulait tranquillement dans les tessons de verre, alors que son corps se mettait à saigner. Vic revint en arrière, concentré, et s'arrêta sur le visage de l'homme aux braises dès qu'un plan le lui permit. Aucun doute, il s'agissait chaque fois du même type, un Indien d'une soixantaine d'années, qui réalisait ces prouesses pour la caméra. Pour le Matador en personne.

Qui était cet homme ? Pourquoi l'assassin s'était-il intéressé à lui ?

Vic resta encore de longues minutes à observer les images sans comprendre réellement ce qui faisait le lien entre elles. Tout avait à l'évidence un rapport avec les agressions physiques, la souffrance, la douleur. Mais lequel ?

La souffrance… Un terme omniprésent dans l'enquête.

Sur l'écran, Vic observa la main du meurtrier. D'abord gantée, puis nue, plongeant dans le bol de glaçons avant de caresser les ventres brûlants des victimes, trempés de sueur par la chaleur des chauffages. Quel était le visage de l'assassin, à ce moment-là ? Que lui procuraient ces caresses ? Pourquoi alterner le chaud des résistances électriques et le froid des glaçons ? Vic songea à ces petites flaques d'eau, découvertes sur les lieux du crime. Des glaçons…

« Voyez même au-delà de nos cinq sens, cherchez plus loin… Par quoi comble-t-on le manque ? » avait dit Siriel.

— Par quoi, bon sang ? s'énerva Vic. De quel manque parles-tu ?

La voix rugueuse du vieil homme résonnait inlassablement sous son crâne.

« Si vous étiez un bon enquêteur, vous auriez essayé de ressentir ce que votre tueur a ressenti devant ces corps brûlants. Alors, vous auriez compris. Vous auriez fait jouer les opposés, vous vous seriez sublimé. »

Quels opposés ? Le chaud et le froid ? Le feu et la glace ?

Vic se leva et tourna le thermostat à fond.

Il fallait essayer.

Il visionna encore une fois le film, se laissa envahir par les images, par l'univers ténébreux du monstre. Alors il se dirigea vers la cuisine, ouvrit le frigidaire et remplit un bol de glaçons. Puis, sans bruit, il brancha deux chauffages électriques qu'il disposa sur le sol. Les engins commencèrent à souffler une chaleur intense. 27 degrés. 29… 35…

Vic ôta son tee-shirt et vint s'asseoir à quelques

centimètres des résistances rougeoyantes. Son corps se couvrit bientôt d'une fine pellicule translucide. Des gouttes se mettaient à perler sur son front, ses pommettes, ses épaules. Il imagina l'assassin, observant sa proie attachée entre ces deux chauffages. Qu'avait-il ressenti ? Avait-il eu une érection ?

Il revit le fakir, à l'assaut des braises, le visage impassible. Alors que la chaleur grimpait encore, il songea aux victimes, leurs doigts, leur langue, leurs lèvres coupées. Il pensa au kit de suture trouvé par Mortier, près de l'usine d'équarrissage.

Devant lui, les glaçons commençaient à fondre. La chaleur devenait difficilement supportable. Trempé, Vic se courba et plongea sa main chaude dans le bol glacial. Et là, il ressentit une douleur intense. Un arc de froid qui se propagea du bout de ses doigts jusque dans sa main, son bras, sa poitrine.

Le froid… Le froid lui faisait mal. Comme le chaud.

Et le contraste amplifiait encore la souffrance.

Les radiographies, les os brisés, cette note, accrochée au mur… Le tueur voulait absorber la douleur de sa victime. Il voulait savoir ce qu'elle ressentait.

Il stimulait ses thermorécepteurs, les malmenait par le chaud et le froid pour s'approcher du seuil de la douleur.

Alors, dans ce jeu des extrêmes, Vic sut.

Il sut quel sens l'assassin avait voulu sublimer avec ses glaçons et ses chauffages, quel manque il avait voulu combler à travers ce raz de marée de violence.

Il comprit aussi pourquoi il se promenait en permanence avec un kit de suture sur lui.

C'était maintenant évident.

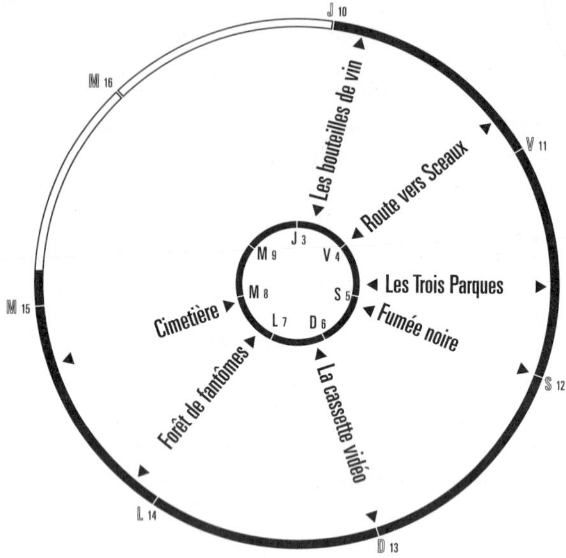

77. MARDI 15 MAI, 05 H 23

Enfoncé dans le canapé du salon, une copie du DVD entre les mains, Stéphane n'osa pas allumer le téléviseur et se laissa ensevelir par le silence. Les images, les cris, les visages en sang ne cessaient de le harceler. Il le savait, il ne parviendrait plus dorénavant à trouver la paix.

Face à sa bouteille de whisky entamée, il ne comprenait toujours pas. Pourquoi Sylvie ? Qu'avait-elle à voir avec les autres victimes ? Comment l'assassin l'avait-il sélectionnée ?

Ce soir plus que jamais, c'était pour lui évident : ses fichus rêves ou prémonitions avaient toujours été à l'origine d'un drame. Des gens qui n'auraient peut-être pas dû mourir étaient morts. Et Sylvie faisait maintenant partie du cycle. Stéphane inclina la tête, le regard absent.

Il s'efforça de songer à ces derniers jours, un écoulement temporel gonflé d'horreur, de tourments, de souffrance. De quelle façon son épouse avait-elle été impliquée dans ses rêves ? Comment ces cauchemars avaient-ils modifié son destin ? Comment avaient-ils simplement provoqué sa mort ?

Stéphane manipulait nerveusement le DVD entre ses doigts. Tout était sans doute là-dedans, sur ces images abominables qui lui martelaient encore le crâne.

Il était persuadé qu'il avait précipité sa femme dans les ténèbres. Mais quel avait été l'événement déclencheur, cette fois-ci ? Quel signal ? Sylvie avait sûrement croisé le tueur récemment, alors qu'elle n'aurait jamais dû. Qui pouvait-il être ? Un producteur ? Un médecin ? Un psychiatre ? Oui, un psychiatre. Ce Robowski. Ce rendez-vous auquel il n'était jamais allé parce qu'il surveillait Mélinda. Peut-être, peut-être pas.

Stéphane ferma les yeux, tandis que des visages défilaient sous son crâne. Ariez, Marchal, Éverard, Siriel, le réceptionniste des Trois Parques, Machine… Des inconnus pour la plupart, mis sur son chemin à cause de ses rêves.

L'un d'entre eux, peut-être, avait filmé ces meurtres ignobles. Il avait fabriqué ce condensé d'horreur que Stéphane tenait là, entre ses mains.

Alors, subitement, l'un de ces visages se détacha des autres.

Stéphane leva le disque devant ses yeux. Il y vit le regard de l'assassin.

Cinq minutes plus tard, après avoir récupéré une adresse auprès des renseignements, il quittait le domaine dans un crissement de pneus.

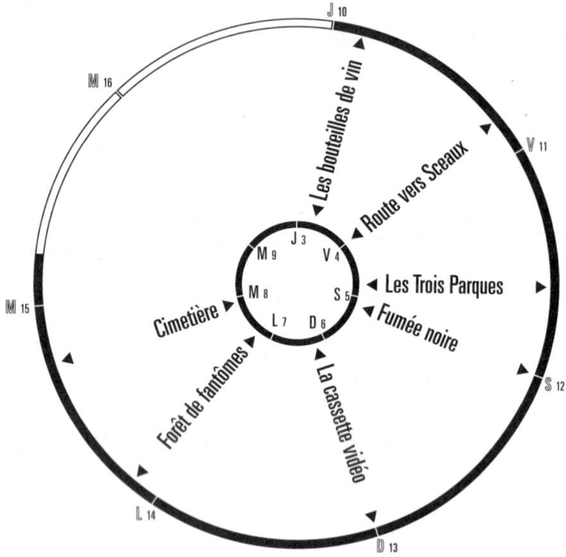

78. MARDI 15 MAI, 07 H 26

Arrivé devant l'hôpital Necker, dans le 15e arrondissement, où l'avaient orienté ses recherches sur Internet, Vic se gara en catastrophe sur une place de livraison et sortit en courant. Cet hôpital s'occupait, entre autres, des maladies génétiques et congénitales chez les enfants.

Sur son portable, comme sur sa ligne fixe, Stéphane demeurait injoignable. Pourquoi ne répondait-il pas ?

Vic parvint, non sans mal, à se frayer un chemin à travers le dédale de l'établissement, jusqu'au service de pédopsychiatrie et à trouver un interlocuteur, le professeur Shaffran. Le jeune lieutenant expédia rapidement les présentations. Il étala devant lui les captures d'écran des radiographies, imprimées à l'aide de son ordinateur depuis le DVD. L'ensemble était de qualité médiocre, mais on y voyait clairement les multiples fractures.

— Mes déductions m'ont mené chez vous, expliqua-t-il. Je recherche ce patient.

Shaffran, la quarantaine, jouait avec son stylo qu'il faisait tourner entre ses doigts.

— Et c'est tout ce dont vous disposez ? Des photocopies de radios ?

— Oui, celles d'un enfant qui a peut-être été soigné dans votre hôpital, plusieurs années durant.

— Peut-être ?

— Vous suivez ici les enfants atteints de maladies rares, je me trompe ?

— Oui, entre autres… Même si c'est loin d'être l'essentiel de notre activité.

— Et l'insensibilité congénitale à la douleur en fait partie ?

L'expression de Shaffran changea. Il prit les photocopies bien en main et fronça les sourcils.

— Insensibilité congénitale à la douleur, évidemment. Ces clichés sont malheureusement typiques. De quand datent-ils ?

— 87, 89, 90, 92.

Shaffran lâcha les feuilles sur son bureau.

— Presque vingt années plus tard, il est fort probable que ce patient soit mort. Désolé.

— Il n'est pas mort.

Le professeur regarda Vic, l'air sceptique.

— Les patients souffrant de cette maladie atteignent rarement l'âge adulte, vous savez. Regardez ces radios, elles parlent d'elles-mêmes. Toutes ces fractures… Et ce n'est pas tout. Dès le plus jeune âge, les enfants atteints d'ICD se sectionnent la langue avec les dents, se mordent les doigts jusqu'à l'os ou posent les mains sur des plaques brûlantes sans même s'en apercevoir. J'ai eu le cas, voilà quelques semaines, d'un bébé de dix mois qui continuait à marcher à quatre pattes, avec les deux jambes cassées. Tant que les parents sont extrêmement vigilants, ces gamins s'en sortent. Mais imaginez-les à l'école, dans la rue, en proie à toutes sortes d'agressions dont ils n'ont pas conscience. Imaginez-les adultes, seuls, confrontés au monde réel. Une simple coupure peut entraîner la mort. Quoi que l'on pense, la douleur est utile. Elle nous avertit des agressions pour le bien de notre organisme.

Vic songea à l'épisode de l'usine d'équarrissage relaté par Mortier, à cette blessure sur les tiges d'acier, qui n'avait pas empêché le Matador de détaler comme un lapin et de se recoudre seul une dizaine de mètres plus loin.

— Ces malades conservent le sens du toucher, n'est-ce pas ? Grâce aux thermorécepteurs et aux mécanorécepteurs ?

— En effet. Leurs nocicepteurs, ces terminaisons nerveuses sensibles à la douleur, sont défectueux, mais les récepteurs du toucher demeurent opérationnels.

— Et ne peuvent-ils pas, grâce à cela, se représenter ce qu'est la douleur ? L'approcher ? Par exemple en plongeant leur main dans de l'eau glacée, puis de l'eau bouillante ?

— Dès 45 degrés ou en dessous de 0 degrés, les thermorécepteurs ne donnent plus d'informations supplémentaires. Ce sont normalement les nocicepteurs qui prennent le relais. Mais vous avez raison, poser une main sur une surface très chaude, puis juste après très froide, est un moyen biaisé de stimuler au maximum les thermorécepteurs et de savoir à quoi peut ressembler la douleur. Un peu comme un élastique que l'on tendrait au maximum, sans qu'il se rompe. D'autre part, ces patients adorent palper la matière, cela leur permet de compenser, de ressentir, d'avoir conscience de leur propre corps et des dangers qu'il encourt.

Vic se redressa et posa ses deux mains à plat sur le bureau.

— Disposez-vous d'un fichier regroupant ces patients ?

— Évidemment, vous pensez bien. Mais cela est confidentiel et…

Le flic sortit trois photographies de sa poche, qu'il plaça sous les yeux du professeur.

— Voilà ce que ce gentil garçon a fait, et il s'apprête à recommencer. Alors s'il vous plaît, ne me parlez pas de secret médical pour un dossier vieux de vingt ans. Je veux des noms. Tout de suite.

Shaffran poussa les photos sur le côté en grimaçant, sembla hésiter, puis finit par s'emparer de sa souris.

Il tapa un code, ouvrit un dossier, puis un autre... Très vite, une liste d'une trentaine de personnes apparut.

Vic s'arrêta immédiatement sur une identité. Sur un prénom, plus précisément.

Un prénom qui ne pouvait être qu'un signe du destin. Une coïncidence annonciatrice d'une existence de souffrance.

Vic disparut avant même que le professeur n'ait eu le temps de relever la tête de son écran.

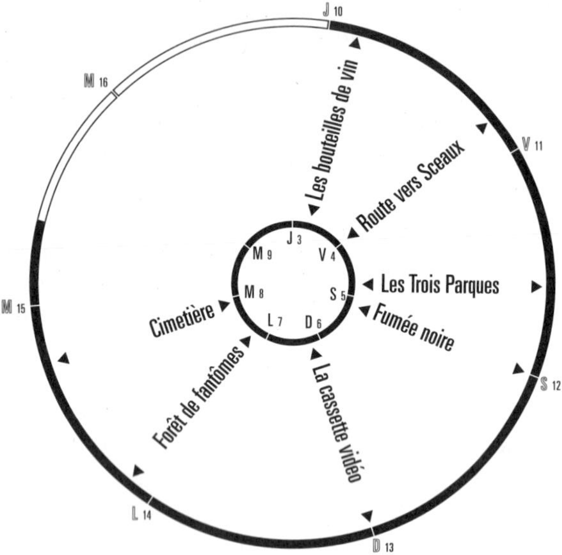

79. MARDI 15 MAI, 08 H 14

C'était cette adresse que la femme lui avait donnée, à une centaine de mètres à peine de l'usine d'équarrissage de Saint-Denis. Celle d'un ancien atelier industriel.

C'était là que, d'après elle, son mari passait la majeure partie de son temps libre, à retaper des vieux meubles, et aussi à faire de la photo et de la vidéo. Des passions, avait-elle dit. Des passions…

Il était marié. Ce monstre qui tuait des gens de la pire des manières était marié.

Après avoir escaladé une grille, Stéphane dénicha une fenêtre brisée, dans l'arrière-cour. Il ôta méticuleusement les morceaux de verre tranchants et se glissa par l'ouverture.

Un couteau à la main, il s'avança lentement, sans bruit, dans une large pièce vide, sombre et poussiéreuse.

Soudain, Stéphane entendit comme un crissement de verre pilé sous son pied. Il s'immobilisa. Rien autour de lui, pas un souffle, pas un murmure. Il reprit sa progression en longeant les murs sales, puis aperçut un escalier. Au bas des marches, il s'engagea prudemment dans un couloir, et pénétra dans un atelier obscur, sans fenêtre, tout juste éclairé par quelques veilleuses de sécurité.

Alors il sentit une présence, derrière lui. Il n'eut pas le temps de se retourner.

La douleur dans son mollet fut si insupportable qu'il s'écroula sur le sol, à la limite de l'évanouissement.

Recroquevillé, se tenant la jambe entre les mains, il vit la flamme bleue d'un chalumeau s'approcher de son nez. L'individu donna un coup de pied dans le couteau, tira Stéphane par le col et le regarda, les yeux dans les yeux.

— Toi ? s'étonna-t-il.

Stéphane se sentit soulevé du sol et traîné jusqu'à une chaise. Il hurla de douleur.

— Cette brûlure que tu ressens dans le mollet te rend incapable d'agir, de réfléchir, elle te paralyse au même titre que la peur. Tu ne peux plus marcher, tu ne peux plus rien contre moi.

L'homme posa son chalumeau à côté d'une scie électrique et désigna du doigt un fauteuil, recouvert de longues pointes en acier et dont le dossier et les accoudoirs étaient munis de sangles.

— Que penses-tu de mon mobilier ? C'était pour la prochaine petite salope, mais puisque tu es venu jusqu'à moi…

Il fouilla dans un tiroir et, une dizaine de secondes plus tard, s'agenouilla devant Stéphane, leva sa manche et lui fit une injection.

— Voilà… Morphine… Tu seras un peu dans le gaz, mais tu vas voir, la douleur va vite disparaître. Pour l'instant.

— Pourquoi ? Pourquoi vous faites tout ça ? gémit Stéphane.

L'homme se redressa, ignorant la question.

— J'ai entendu ce coup de téléphone, ce message, alors que je m'occupais de ta femme. Comment tu as pu deviner que j'allais agir à ce moment-là ? Et comment m'as-tu retrouvé ?

Le produit agissait déjà. Stéphane se sentait légèrement étourdi, alors que le feu dans son mollet s'éteignait lentement.

— La photo de la petite fille à quatre jambes et… quatre bras que vous m'avez montrée à Dupuytren… Vous êtes allé en Inde… Et c'est… c'est là-bas que vous avez filmé ce vieil homme qui se transperce la langue… sur le DVD.

— Tu es décidément très brillant, même si ça ne m'explique pas comment tu as fait pour l'obtenir, ce DVD, ou comment tu m'as retrouvé à l'usine d'équarrissage.

— Allez vous… faire foutre… Vous êtes un monstre…

Achille Delsart le gifla violemment.

— Non, *tu* es un monstre ! Comme tous ceux qui viennent s'extasier devant l'abominable ! Ceux qui se moquent, ceux qui rejettent ! Je me souviens du regard de ta femme à Dupuytren, face à ces corps malheureux. C'est ce regard-là qui m'horripile, que je ne veux plus voir. C'est ce regard-là que je punis.

Il rapprocha le fauteuil de torture.

— Pour eux, j'étais devenu un objet d'expérimentation. À l'école, on m'envoyait toujours en première ligne, pour les bagarres. Je me sentais fier, flatté, important, mais on m'utilisait, comme un vulgaire cobaye. On me piquait, on me pinçait, on me plantait des aiguilles, on me brûlait avec des flammes de briquet, pour « jouer », pour « essayer ». On m'a tout fait subir, je ne ressentais pas la douleur, mais ma souffrance intérieure était pire que tout. Et puis Siriel m'a montré la voie. Il m'a fait comprendre qu'aux yeux des autres, je n'étais pas différent d'un John Merrick. C'est d'ailleurs à cette exposition que… que j'ai sélectionné Leroy et Liberman. Car, évidemment, elles étaient venues se repaître devant les photos d'Elephant Man…

Il brillait quelque chose d'indéfinissable dans ses yeux. Peut-être la manifestation du mal absolu.

— Je dois dire que ta femme a été une exception. Elle est morte par ta faute, pour ainsi dire. Si tu n'étais pas venu à Dupuytren, ce jour-là, jamais je ne l'aurais croisée. Et elle serait encore en vie. Triste coup du sort, non ?

Achille regarda sa montre et se tourna vers son fauteuil trafiqué.

— C'est maintenant que les choses sérieuses commencent. Je ne voudrais pas que les effets de la morphine s'estompent avant que tu sois bien installé, ce serait du gâchis.

Stéphane tenta de se lever mais il se sentit vaciller et se retrouva à terre. Il essaya alors de se traîner sur la droite, de fuir en rampant.

— Il est temps d'en finir avec toi, s'écria Achille en actionnant sa scie électrique.

La lame tournait, l'engin hurlait.

— Tu veux goûter à ça ?

Il posa l'outil sur le sol, agrippa Stéphane par l'épaule et le redressa pour l'entraîner vers le fauteuil. Stéphane se sentait mou, inerte, comme extérieur à son propre corps. Mais, de tout son poids, il se laissa tomber sur son bourreau et le ceintura de ses bras.

Sous l'effet de la surprise, Achille trébucha, se prit les pieds dans le fil électrique de la scie et chuta lourdement. La lame lui entailla profondément la jambe gauche. Le sang gicla sur le visage des deux hommes.

— Espèce de petit enfoiré ! grogna le tueur, indifférent à la douleur.

Ils roulèrent alors l'un sur l'autre. L'engin électrique sifflait, propulsant des giclées pourpres. Achille prit facilement le dessus. Stéphane n'était plus qu'une forme flasque, vidée de ses forces.

Dans la semi-obscurité, le Matador chercha la scie à tâtons autour de lui. Il réussit à l'attraper mais ne parvint pas à la lever. Il blanchissait déjà, la vie l'abandonnait, le sang coulait comme un fleuve de sa cuisse. Il s'effondra.

Stéphane s'assit sur sa poitrine, titubant, le visage, les vêtements dégoulinant d'hémoglobine. Il était méconnaissable.

Il empoigna la scie de ses deux mains.

— Pour ma femme, fit-il en approchant le disque dentelé des yeux du tueur. Pour elle, et toutes les autres.

Et, alors que Stéphane s'apprêtait à lui cisailler la tête, deux coups de feu retentirent et le figèrent dans son mouvement. L'outil s'écrasa sur Achille. La roue tourna sans s'arrêter dans un bruit sourd…

Stéphane s'écroula sur le côté, il sentit la caresse froide du carrelage sur sa joue. Il flottait dans la brume, il était bien, sans souffrance. Un petit trou rouge lui transperçait la poitrine.

Devant lui, Vic, les traits crispés, se tenait plié en deux, la main resserrée autour de son avant-bras droit.

Le flic releva le front, et un hurlement horrible retentit dans tout le bâtiment.

— Non !

Il se rua vers Stéphane. Dans l'obscurité, face aux formes en mouvement, frappé par la douleur, il s'était trompé de cible. Il avait abattu celui qu'il avait pris pour l'agresseur. Son ami…

Le visage inondé de sang, Stéphane parvint à esquisser un sourire.

— Alors… Alors c'est toi… C'est toi qui a interrompu mes rêves…

Il toussa, avant de reprendre :

— Mais… il fallait bien que moi aussi, je… je sois l'objet de ma propre… malédiction. J'ai rêvé de moi-même, après tout.

— Stéphane ! Non ! Je t'en prie, reste avec moi !

Dans un dernier effort, Stéphane contracta ses doigts dans le dos de Vic.

— Je sais qu'un jour… tout cela n'aura pas lieu… Je sais qu'un jour… toi et l'un des Stépas, vous réussirez et que Sylvie vivra…

Il souffla lentement, puis il y eut comme un éclair dans ses yeux.

Vic sentit alors la pression dans son dos se relâcher.

D'un geste très tendre, il libéra l'ange qui avait sauvé son enfant.

Et l'embrassa sur le front.

ÉPILOGUE
QUATORZE MOIS PLUS TARD

— Jamais je n'aurais pensé revoir cette ville, chuchota Céline avec un peu d'amertume dans la voix.

Vic, au volant, lui massa la nuque d'une main, alors qu'ils s'engageaient sur le périphérique.

— C'est pour la bonne cause. Demain, le Viêtnam… Et tes grands-parents. Tu es heureuse ?

— Très. Un arrière-petit-fils, tu imagines ?

La jeune femme se retourna en souriant vers son bébé. Son visage rayonnait.

— Stéphane ne va pas tarder à se réveiller.

Vic se pinça les joues et se frotta les yeux. Certes, la route depuis Avignon avait été éprouvante, une chaleur accablante régnait dans l'habitacle, mais il suait anormalement. La nervosité de prendre l'avion, sans doute. Et cet horrible cauchemar, dont il n'avait qu'un vague souvenir, dans lequel il avait vu ce nombre, 880, incrusté dans le sol avec le chiffre des unités qui tournait lentement. Quand le 0 était devenu 8 de manière à former 888, une gigantesque bourrasque de flammes surgie du ciel était venue carboniser son visage et celui de sa femme, le réveillant dans un cri.

— Profitons encore un peu du calme, alors, se contenta-t-il de répondre.

Une fois garés sur le parking de l'aéroport, ils sortirent

leurs bagages et installèrent le bébé dans sa poussette. L'enfant avait de beaux cheveux noirs, comme sa mère, et les iris très foncés de son père.

L'avion était à l'heure, décollage prévu à 17 h 12. En ce jour, le 9 juillet 2008, Roissy était bondé. Les destinations se succédaient sur le tableau des départs. Les vacanciers patientaient, pleuraient, riaient, s'énervaient. Un brouhaha envahissait le hall.

15 h 25. L'enregistrement des bagages se déroula sans encombre.

Le couple prit le temps de boire un rafraîchissement dans une cafétéria. Les doigts de Vic tremblaient, des auréoles se dessinaient sur sa chemise. Il fit tout pour que Céline ne remarque rien, mais quelque chose n'allait pas en lui.

16 h 45. Au moment où la famille s'apprêtait à embarquer pour le vol 796, on annonça un retard indéterminé.

— Que se passe-t-il ? demanda Céline. Tu n'arrêtes pas de te tripoter les mains.

Vic ne décollait plus les yeux du tableau d'affichage.

— Ce retard m'inquiète, dit-il en se rongeant les ongles. Pourquoi seulement notre vol à nous, juste avant qu'on embarque ? Regarde ! L'avion se trouve là-bas, en face. Pourquoi on cherche tant à nous faire rester dans l'aéroport ? On… On dirait que c'est fait exprès.

Céline soupira.

— Non, ce n'est pas fait exprès. Non, on ne cherche pas à nous faire rester dans l'aéroport. Des retards comme ça, il y en a tout le temps.

— Non. Il se passe un truc pas normal. Je… J'en suis sûr.

La jeune femme lui serra les deux mains. Ces derniers temps, Vic avait été tendu. Il s'était un peu renfermé sur lui-même.

— Je t'en prie, fit Céline. Tu dois arrêter de voir des coïncidences partout, de tout suspecter, de croire sans cesse qu'on te guette.

Vic se mit à observer les gens dans le hall. L'ex-flic de la Criminelle veillait encore en lui. Le bruit environnant lui donnait mal au crâne. Soudain, au-dessus d'eux, le tableau des départs indiqua : « Retard vol 796. 18 h 14 ».

— Mince, que se passe-t-il encore ? dit Vic d'un ton paniqué.

— Ce n'est rien… répondit Céline dans un soupir.

Vic ne tenait plus en place. Il partit chercher une autre boisson au distributeur et l'engloutit en quelques secondes. Ça n'allait pas mieux, il tremblait toujours autant. La chaleur était écrasante. Au bout d'une demi-heure, le bébé se mit à pleurer.

À nouveau, l'affichage des départs changea : « Embarquement vol 796 ».

— Tu vois bien, fit Céline.

Très vite, les passagers s'entassèrent devant la zone d'embarquement. La famille Marchal s'inséra dans la file.

Vic ne parvenait pas à se détendre. Il continuait à scruter les visages autour de lui. En se décalant légèrement, il remarqua un homme chauve, resté assis, qui occupait un enfant en lui faisant un tour de magie avec des cartes. L'individu se leva, ramassa ses deux sacs et se dirigea vers la file. Il portait un tee-shirt noir avec une publicité pour un site de poker, « www.888.com ».

888.

D'un mouvement brusque, Vic s'empara de la poussette, prit sa femme par le poignet et la tira sur le côté.

— On doit sortir d'ici. Tout de suite.

Il se mit à courir en direction du hall principal, avec la poussette et l'enfant. Céline lui emboîta le pas, ahurie.

— Oh ! Que se passe-t-il ? Vic !

— Tout de suite, j'ai dit !

Il passa les contrôles en sens inverse, prétextant qu'il ne pouvait plus prendre l'avion à cause d'une urgence familiale, puis se fraya un passage dans la cohue en accélérant plus encore.

— Vite ! cria-t-il. Dépêche-toi !

Céline courait à sa suite en essayant désespérément de le raisonner, mais il ne l'écoutait plus. Ils arrivèrent en trombe devant l'aire des taxis.

Alors Vic se sentit envahi par une immense détresse. Tout était bouché. Les routes, les voies d'accès, les parkings. Impossible de quitter les lieux, de s'enfuir. Il arracha le bébé de sa poussette, la laissa sur place et reprit sa course folle. Derrière lui, Céline n'en pouvait plus.

Ils atteignirent enfin un énorme bloc de béton qui délimitait l'arrière d'un parking souterrain. Là, Vic força Céline à s'accroupir. Ils étaient épuisés.

18 h 08. Soudain, la terre se mit à trembler.

La déflagration souffla les vitres avec une puissance phénoménale. Des éclats de verre parvinrent jusqu'à leurs pieds.

Partout on entendait des cris, des hurlements, des claquements de portières, des coups de klaxons. Le hall de

l'aéroport sombrait dans un gigantesque nuage de poussière et d'étincelles.

Son fils serré contre lui, Vic redressa lentement la tête. À ses côtés, Céline restait prostrée. Le jeune homme lui caressa délicatement la joue et se mit à pleurer.

Ça lui arrivait.

Il comprit alors pourquoi il avait été mêlé à toute cette histoire.

Il avait toujours été comme Stéphane. Et aujourd'hui, les flashes se réveillaient.

Un don. Une malédiction.

Je tiens à remercier les éditions Le Passage pour leur soutien. Merci à Yann qui a su s'immerger dans le texte et m'accompagner sur l'anneau. Ce n'était pas chose aisée avec cette histoire.

Retrouvez Franck Thilliez sur son site Internet :
www.auteursdunord.com

Composé par Nord Compo
à Villeneuve-d'Ascq (Nord)

Imprimé et façonné en France
par Normandie Roto Impression s.a.s
en août 2016

Couverture imprimée en France
par Boutaux Packaging.

POCKET – 12, avenue d'Italie – 75627 Paris Cedex 13

N° d'impression : 1603666
Dépôt légal : novembre 2016
S27195/01